Michael A. Stackpole est un romancier et un créateur de jeux vidéo américain maintes fois récompensé. On ne le connaissait jusqu'ici en France que pour ses romans *Star Wars*, voilà un oubli réparé. *La Guerre de la Couronne* est très certainement sa plus grande saga, célébrée dans le monde entier.

Du même auteur, chez Milady, en grand format :

La Guerre de la Couronne :
1. *Forteresse Draconis*
2. *La Furie des dragons*
3. *La Grande Croisade*

Chez Milady, en poche :

La Guerre de la Couronne :
1. *Forteresse Draconis*
2. *La Furie des dragons*
3. *La Grande Croisade*

www.milady.fr

Michael A. Stackpole

La Furie des dragons

La Guerre de la Couronne – 2

Traduit de l'anglais (États-Unis) par Noémie Saint-Gal

Milady

Milady est un label des éditions Bragelonne

Titre original : *When Dragons Rage* –
Book Two of *The DragonCrown War Cycle*

Suivi d'un extrait de : *The Grand Crusade* –
Book Three of *The DragonCrown War Cycle*

Carte :
D'après la carte originale de Elizabeth T. Danforth

ISBN : 978-2-8112-0745-8

Bragelonne – Milady
60-62, rue d'Hauteville – 75010 Paris

E-mail : info@milady.fr
Site Internet : www.milady.fr

À la mémoire de Austin H. Kerin
(Sans son livre, je ne serais pas écrivain aujourd'hui.)

Remerciements

Anne Lesley Groell a la patience d'une sainte et fut bien gentille avec moi lorsque ce roman s'est douloureusement étiré bien après sa date de remise. Les erreurs qui s'y trouvent sont miennes, et leur mort tout à son honneur. L'auteur voudrait aussi remercier tous les lecteurs qui ont tenu leur promesse de lire un peu de Fantasy en attendant leur prochain BattleMech ou leur dose de sabre laser.

La Prophétie Norrington

Un Norrington pour les mener,
Immortel dans le feu forgé
Victorieux de la mer à la glace.

Le pouvoir du Nord il brisera
Un fléau il tuera,
Enfin il sauvera Vorquellyn.

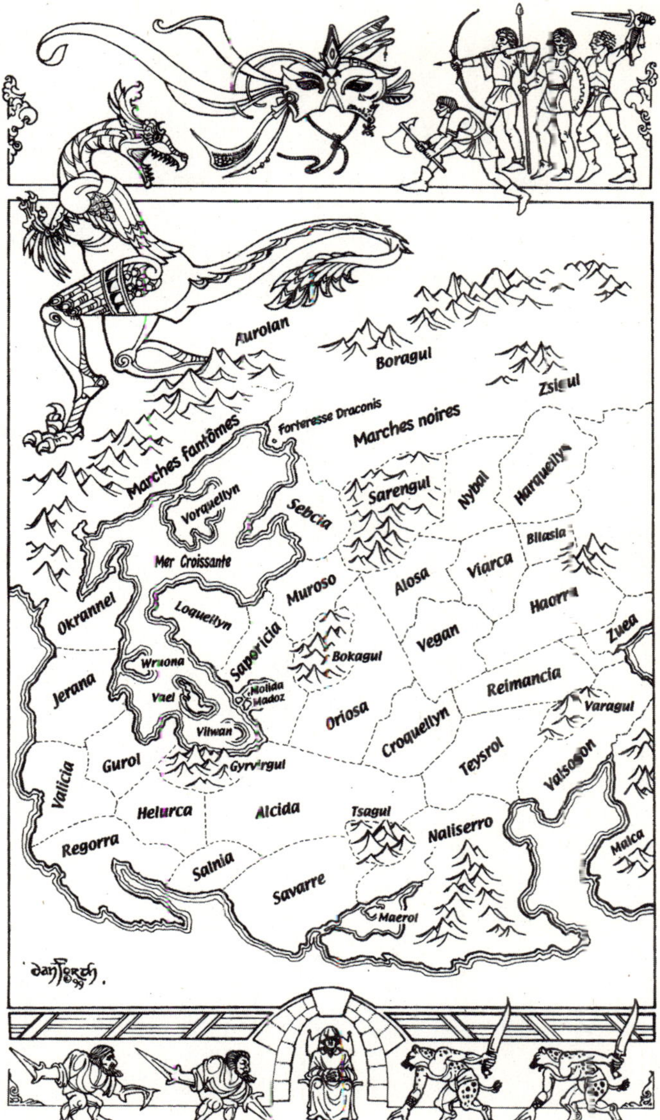

Aurolan
Boragul
Forteresse Draconis
Marches noires
Marches fantômes
Sarengul
Nybal
Voraquellyn
Sebcia
Bilasia
Mer Croissante
Viarca
Alosa
Muroso
Okrannel
Loquellyn
Vegan
Zuea
Saporicia
Bokagul
Wruona
Jerana
Reimancia
Molida
Madoz
Vael
Varagul
Oriosa
Vilwan
Croquellyn
Teysrol
Gurol
Gyrvirgul
Valicia
Helurca
Alcida
Tsagul
Naliserro
Regorra
Malca
Salnia
Savarre
Maerol
dan Frerch 99

Chapitre premier

Un rideau de brume bleue se referma sur la princesse Alexia d'Okrannel, assombrissant le paysage alentour. Si elle n'avait pas ressenti une impression de solidité sous ses pieds, elle n'aurait eu aucun moyen de différencier le haut du bas.

Ce n'est pas comme s'il y ait vraiment un sol ici, ou un haut et un bas.

Elle leva la tête et regarda droit devant elle, essayant de voir la montagne qui devait se dresser au loin. En harmonie avec ses pensées, la brume azurée tourbillonna et s'écarta, s'écoulant sous la forme d'un brouillard rampant qui s'accrochait au bord de sa robe. Elle vit effectivement le pic pointu qui cachait un triangle de ciel étoilé.

Alors qu'il se trouvait à des kilomètres, elle l'atteignit en trois enjambées. Elle sourit, car la réduction de la brume et de la distance n'était pas les seuls changements. Elle était arrivée dans une simple robe blanche et une courte pèlerine mais, le temps d'atteindre la montagne et l'arche de la caverne près du sommet, ses vêtements avaient pris l'apparence d'une tunique guerrière, d'un pantalon ordinaire et d'une bonne paire de bottes.

Elle reconnut ces vêtements : il s'agissait des derniers qu'avaient portés Corbeau. Elle en fut surprise, car elle avait beau circuler dans un monde magicke où la réalité s'adaptait à ses désirs, elle n'avait pas choisi cette tenue consciemment. Ou bien son esprit la trahissait, ou bien d'autres forces influaient de manière certaine sur le domaine de la Communion.

Alyx leva les yeux vers l'arche de pierre qui formait l'ouverture de la grotte et ramena ses longs cheveux blond pâle sur son épaule. Les nattant machinalement, elle lut : « Ce qui est secret dedans reste secret dehors, pour le bien de tous et du monde. » Sans poésie ni pouvoir, ces paroles décrivaient le sort qui pesait sur les conversations tenues de l'autre côté de l'arche. Une fois réveillée, elle ne pourrait rien partager de ce qu'elle aurait dit ou entendu.

Elle frissonna et redressa les épaules. À Yslin (des mois auparavant, qui lui semblaient des années), on l'avait invitée à rejoindre la plus vieille et la plus élitiste des sociétés secrètes : la Grande Communion des Dragons. Tout Communiant pouvait accéder au lieu de rencontre enchanté grâce à une transe qui donnait l'illusion du sommeil. Alexia s'était mise au lit à *L'Auberge du Masque écarlate* avant de faire le voyage. Il s'agissait de sa première expédition volontaire, si bien qu'un semblant de peur lui pinçait le ventre.

Sans cesser de tresser ses cheveux, elle entra dans la caverne, se baissant parfois pour éviter longues stalactites. Elle poursuivit sa progression sur les lacets d'un chemin phosphorescent qui menait vers une grande arche. Cette dernière formait un pont surplombant une crevasse. Elle n'en voyait pas le fond et soupçonnait qu'il n'y en avait pas. La distance qui séparait un bord de l'autre était bien réduite et malgré tous ses efforts elle ne parvint pas à l'étendre. De l'autre côté, la grotte s'étrécissait en un couloir tortueux et pentu qui s'ouvrait enfin sur une large caverne emplie d'un air humide et du doux bruit des vaguelettes sur la grève.

Un bateau attendait au bout d'une jetée qui avançait dans le sombre lac souterrain. Il n'avait pas de mât et arborait la forme d'un dragon dont la tête inquiétante formait la proue. Sur le pont arrière s'élevait une construction en acier, animée par la magick, qui semblait être le résultat de l'union d'un humain et d'un dragon. Ses mains énormes et griffues reposaient sur le gouvernail. Ses yeux sombres ne reflétaient aucune lumière, ni ne cillèrent lorsque Alyx embarqua.

Elle se tourna vers lui.

— Maroth, sois ma porte.

Le bateau tangua légèrement puis entama sa traversée du lac. Alexia se mit à la proue. De l'eau s'écoulait bruyamment sous la quille et quelques gouttes froides vinrent lui éclabousser les pommettes. Seule la brise qui fouettait son visage trahissait la vitesse du navire.

Ce dernier filait dans un vide sans étoiles qui ne lui fournissait que peu d'indices visuels d'un quelconque déplacement. Derrière Alexia, la jetée avait disparu et, lorsqu'elle se retourna pour regarder de nouveau vers l'avant, une île avait surgi qui dominait le bateau. Celui-ci rejoignit un petit quai.

Il se laissa glisser jusqu'à l'arrêt, avec un léger heurt seulement, et Alexia sauta sans effort sur le quai de pierre. Elle se retourna et salua le pilote.

— Merci, Maroth.

La créature mécanique n'offrit aucune réponse.

Alexia gravit les marches et peu à peu elle reconnut les lieux auxquels l'île avait emprunté des paysages pour se former. Les marches lui rappelaient l'entrée par la mer de Forteresse Draconis, malgré l'absence des meurtrières à dragonels qui avaient défendu le petit port. Et il y avait encore les tours cylindriques caractéristiques des forts menaçant les armes de Chytrine qui pouvaient les détruire. Mais l'île ne présentait aucune cicatrice de bataille et, même si Forteresse Draconis n'était pas encore tombée la dernière fois qu'elle l'avait vue, Alyx s'imaginait que l'attaque de Chytrine l'avait désormais réduite à un tas de ruines fumantes jonchées de cadavres.

Elle monta toutes les marches puis atteignit la couronne de l'île et entama une descente le long d'un chemin escarpé vers l'intérieur. Un jardin luxuriant l'accueillit, riche de fleurs épanouies malgré le crépuscule. Leur beauté n'était rien comparée à la symphonie délicieuse de leur parfum nocturne. Certains arbres portaient des fruits et Alexia se sentit saliver.

Elle sourit, se demandant si ce n'était qu'une illusion ou si elle faisait de même à la taverne.

Pourrais-je cueillir quelques fruits ? Auraient-ils un goût merveilleux si je mordais dedans ?

— De fait, oui, ma fille.

Elle se retourna, prête à se battre, puis se détendit et se redressa.

— Vous m'avez surprise.

— Toutes mes excuses.

La silhouette grossière d'un homme se détacha d'un bosquet ombragé. D'une stature solide et puissante, il portait un surcot noir brodé d'un motif d'écailles qui rappelait la peau d'un dragon. Ses gantelets et ses bottes (tout de métal et s'achevant par des griffes) reprenaient le même thème. Le heaume élaboré sur sa tête lui dissimulait entièrement le visage, mais les yeux dorés brillaient et bougeaient comme des vrais. Même les oreilles avaient l'air fonctionnelles.

Alyx savait qu'il s'agissait de l'apparence choisie par l'homme en ce lieu et qu'il était assez à l'aise dans cet environnement pour prendre celle qu'il désirait. Ce qu'elle parvenait à faire avec ses vêtements, il y arrivait sur toute sa personne.

Et davantage.

Le Dragon Noir tendit la main et cueillit une pomme rouge et mûre sur une branche qui pendait au-dessus de lui.

— Elle ne te nourrira en rien, mais son goût n'en sera pas moins agréable.

Alyx se redressa et pressa une main contre son ventre.

— Je ne suis pas certaine de réussir à garder le moindre aliment pour l'instant.

Il plissa les yeux.

— Quelles nouvelles, dites-moi ? Que s'est-il passé ?

Alexia se passa la main sur le front avant de tourner vers lui un regard violet.

— Depuis que je vous ai parlé pour la dernière fois, beaucoup, beaucoup de choses. À la suite de votre mise en garde, Adrogans a envoyé certains d'entre nous à Wruona pour prendre aux pirates le fragment jeranais de la Couronne du Dragon. Nous l'avons dérobé avant de fuir. Le peu qu'il restait de leur flotte après l'attaque de Vilwan a été détruit par Kerrigan.

— Je savais que vous aviez rencontré quelque succès, mais je ne connais pas Kerrigan.

Elle hésita un instant.

— Kerrigan Reese. Il vient de Vilwan, il n'a pas plus de dix-sept ans. Il est grand, mais c'est une boule de graisse et l'on pourrait facilement confondre avec un enfant de noble trop gâté. Toutefois, il est intelligent et possède un pouvoir incroyable. Il peut invoquer des sorts qu'aucun humain n'a jamais maîtrisés et d'autres encore qui n'ont pas servi depuis le temps d'Yrulph Kirûn.

Le Dragon hocha la tête d'un air grave.

— Le mentor de Chytrine. Un homme si jeune possédant une telle puissance pourrait être dangereux. Il est bien mûr pour son âge, n'est-ce pas ?

Alyx regarda la pomme qui se trouvait dans la main du Dragon et l'imagina dans la sienne. Elle y apparut puis s'évapora.

— Je le souhaiterais, mais non. Son dernier professeur, Orla, essayait de le faire mûrir, mais elle a été tuée à Wruona. Il a fait énormément d'efforts depuis et travaillé avec diligence pour le baron Draconis mais, sans rien pour le guider, je ne sais ce qu'il fera. Le choc de la mort d'Orla ne l'a pas encore frappé et, s'il perd le contrôle, il pourrait se révéler très dangereux.

L'homme se mit à faire les cent pas.

— Le Norrington. Il était à vos côtés aussi ?

— Will, oui. (Alyx sourit.) C'est un voleur, excellent qui plus est. Il n'a pas beaucoup de conscience, mais on dirait bien qu'il lui en pousse une. Peri – Perrine, ma sœur gyrkyme – pense qu'il a un bon fond. Je fais confiance à son jugement. Après notre fuite de Wruona, nous avons rejoint Loquellyn. Les elfes n'avaient pas l'intention de laisser Peri y mettre un pied, mais Will leur a fait changer d'avis. Il a un côté imprévisible. Lui aussi est jeune, plus jeune que Kerrigan, et il peut être très puéril. Mais on peut compter sur lui au combat et il sait faire preuve d'une grande intelligence.

— Ce qui sera important, puisqu'il est la clé de la prophétie qui détruira Chytrine. Pendant un temps, nous avions pensé que c'était le cas de son grand-père ou de son père, Bosleigh. Lorsqu'ils ont rejoint Chytrine et sont devenus ses *sullanciri*, nos espoirs se sont reportés sur une autre personne.

Alyx soupira.

— Nous avons rencontré quelques *sullanciri* et nous en avons même tué. Vous savez que j'en ai éliminé un à Svoin. Plus tard,

Résolu a tué Ganagrei au sud de Forteresse Draconis, après que nous avons évacué avec les réfugiés. Avez-vous des nouvelles de là-bas ?

Il secoua la tête.

— Les nouvelles sont rares. Ce qui laisse supposer le pire : que les forces de Chytrine l'ont complètement détruite. Pourtant ses armées n'ont pas encore pris la route du Sud, alors peut-être cherche-t-elle encore les fragments de la Couronne du Dragon.

— Ou bien les défenseurs ont tellement mis à mal son armée qu'elle doit attendre les renforts. (Alexia se tapota le menton.) Il est possible que les deux suppositions soient justes. Forteresse Draconis était très grande : pleine de tunnels et de galeries. Peut-être que des survivants tiennent encore bon, se battent encore. Peut-être a-t-elle été brisée, mais l'écraser complètement serait difficile.

Le Dragon se tourna vers elle.

— J'espère que tes estimations sont exactes. Je soupçonne que tu le sauras avant moi si c'est le cas. Mais comment se fait-il que tu n'y sois pas ?

— Chytrine a laissé libre passage aux Oriosans et aux non-combattants. Je ne voulais pas partir, mais Dothan Cavarre m'a demandé de protéger son épouse et ses enfants durant leur retour en Oriosa. Je ne savais pas avant plus tôt aujourd'hui qu'il avait un autre objectif. (Elle hésita une seconde.) Le baron Draconis a demandé à Kerrigan de créer le double d'un morceau de la Couronne du Dragon, qu'il a laissé derrière lui tandis qu'il faisait sortir le vrai clandestinement. Chytrine s'y est laissé prendre, bien qu'elle nous ait tout de même envoyé ses troupes. Nous les avons repoussées… c'est à ce moment-là que Résolu a tué Ganagrei.

— Il n'y a pas de mal à tuer un *sullanciri*. Quand est-ce arrivé ?

— Il y a deux semaines… non, dix-huit jours. Lorsque nous avons atteint la Sebcia, nous avons changé les chevaux et accéléré le plus possible pour atteindre l'Oriosa avec Ryhope. Quand nous avons passé la frontière, Kerrigan nous a confié qu'il était en possession du fragment, et aussi qu'il avait jeté un sort sur un autre. Il n'est pas certain que Chytrine le détectera mais, dans le cas contraire, cela instillera en elle un sentiment de méfiance qui jouera en notre faveur.

Le Dragon Noir acquiesça.

— Oh oui, sans aucun doute.

La tête forgée se redressa lorsqu'il se tourna davantage pour la contempler.

— Tu n'es pas venue ici lorsque tu étais en chemin, alors que tu avais quitté Forteresse Draconis et vu un *sullanciri* succomber…

Alyx s'étonna.

— Je ne pensais pas qu'il y avait…

Il secoua la tête.

— Non, tu n'es en rien obligée de partager quoi que ce soit, mon enfant. Voici où je voulais en venir : tout s'est précipité et il est compréhensible de vouloir relativiser. Tu n'es venue qu'une fois hors de danger, toutefois. Que s'est-il passé d'autre ?

Elle se rembrunit.

— La première fois que nous nous sommes rencontrés, vous m'avez dit que je pouvais avoir confiance en Corbeau. Une fois en Oriosa, ses compatriotes l'ont arrêté. Ils le détiennent. Vous saviez qui il était, n'est-ce pas ?

La silhouette sombre confirma lentement puis croisa les mains derrière le dos.

— Son identité m'est depuis longtemps connue.

— Comment avez-vous pu me dire que je pouvais lui faire confiance ? Il est Tarrant Hawkins, l'homme qui a trahi la dernière expédition chargée de détruire Chytrine ! Kenwick Norrington est devenu un *sullanciri* à cause de lui ! (Elle serra les poings.) Certains disent même que mon père est mort par sa faute !

— Tu te sens trahie.

— Oui !

Alexia était surprise par les émotions qui l'agitaient. Elle n'avait pas tout à fait pris le Dragon Noir au mot, mais ses paroles au sujet de Corbeau l'avaient mise dans de bonnes dispositions à l'égard de Tarrant. Découvrir qu'il était le pire des hommes hors des légions de Chytrine l'avait blessée.

— Tu te sens un peu trahie par moi puisque je t'ai dit de lui faire confiance, mais plus encore par Corbeau, n'est-ce pas ? (Il pencha légèrement la tête.) Peut-être te demandes-tu pourquoi il ne t'a pas confié son identité, et pourtant tu réagis avec la même répugnance que toute autre personne. Oui, l'on a décrit Tarrant Hawkins comme un être mauvais, mais tu l'as connu personnellement. Corbeau est-il mauvais ?

— Cela n'a pas d'importance. Un homme ne peut changer ce qu'il était.

Le Dragon Noir émit un reniflement moqueur, de petits jets bleus de flammes froides lui sortant de chaque narine.

— Dans ce cas, ma fille, je te crois face à deux explications différentes. La première, c'est que Corbeau est aussi maléfique que le Hawkins de la légende et qu'il a réussi à te tromper. La seconde…

Alyx plissa les yeux.

— La seconde, que Hawkins était aussi courageux que Corbeau et que ce que l'on raconte à son propos est faux. Mais si c'était le cas, pourquoi laisserait-il se répandre de tels mensonges ?

Un sourire de dragon écarta les mâchoires de son interlocuteur.

— Il n'avait pas le choix, Alexia. On le considérait comme une menace. Il a été neutralisé. Il a déjà de la chance d'être en vie. Il vaut mieux supporter les calomnies que de finir dans une tombe.

— Quelle menace représentait-il ?

— Il a dit aux souverains que Chytrine reviendrait attaquer leurs royaumes une génération plus tard, or il s'agissait d'un message qu'ils ne voulaient pas entendre ou ne voulaient pas que l'on entende.

— Ils savaient qu'elle reviendrait ? (Alexia posa les poings sur ses tempes.) Chez les Gyrkymes, on imaginait bien qu'elle serait de retour, mais personne ne savait qu'elle en avait fait le serment. Vous me dites que les souverains le savaient vraiment et ne s'y sont pas préparés ? Personne à l'exception du baron Draconis et du roi Augustus ? Comment est-ce possible ?

— Une couronne sur la tête ne garantit pas un cerveau dans le crâne.

— Mais refuser de reconnaître cette menace, c'est criminel !

— Oui, mais souviens-toi qu'ils vivaient dans la peur. Un *sullanciri* avait assassiné la reine Lanivette dans son château de Meredo, alors que tous ses soldats étaient sur le qui-vive.

Elle acquiesça.

— Ce qui a fait de Scrainwood le roi, et un collaborateur assuré.

— Bien sûr, et quel autre souverain ne craindrait pas la même chose pour lui et son pays ? (Il ferma à demi les paupières.) Pour beaucoup, s'ils ne faisaient rien, Chytrine ne les percevrait pas comme une menace. Ce qu'ils ne comprenaient pas, c'est que ne rien faire pour s'opposer à un tyran ne fait que l'aider.

Alexia ouvrit la bouche une seconde avant de la refermer.

— Corbeau et Résolu ont passé plus de vingt ans à la combattre.

— Ils n'étaient pas les seuls. Et on leur faisait confiance. (Le Dragon Noir se remit à faire les cent pas.) Le baron Draconis n'aurait jamais laissé Corbeau voyager à vos côtés, sinon.

— Vous voulez dire que Cavarre savait ?

— Certainement, oui.

— Qui d'autre ?

Il haussa les épaules.

— Augustus, sans doute, quelques autres. Une fois que l'on a cru Hawkins mort, il a été oublié. Quelques Vorquelfes connaissent sa véritable identité, mais aucun ne le trahirait puisqu'ils ont besoin de lui pour regagner leurs terres.

Alyx frissonna. La révélation du vrai nom de Corbeau l'avait ébranlée et troublée. C'était un compagnon d'armes, un ami. Elle l'appréciait. Il avait risqué sa vie pour la sauver. Il avait combattu et tué des *sullanciri*. Il lui avait donné de bons conseils. Certes il lui avait menti, mais seulement pour protéger son identité.

— Alors Corbeau connaissait mon père ?

— Il fut un temps où ils se connaissaient tous. L'honnêteté et le courage de Hawkins impressionnaient ton père.

Elle haussa un sourcil.

— Vous le connaissiez aussi ?

— Je n'ai jamais eu le plaisir de l'appeler « mon frère », mais je le connaissais ainsi que ses exploits. C'était un homme bon. Il aurait été extrêmement fier de toi. (Il sourit de nouveau.) Mais nous partagerons ces souvenirs plus tard. Ce sont tes inquiétudes au sujet de Corbeau qui t'ont menée jusqu'ici.

Sa remarque figea Alexia.

— Vous lisez dans mes pensées ?

Il haussa les épaules.

— Plus tu viendras ici, plus tu t'y sentiras à l'aise. Je ne lis pas réellement dans tes pensées, mais il y a certaines choses que tu projettes violemment. Par exemple, tu as raison de te dire que Corbeau ne devrait pas être exécuté pour des crimes dont il fut accusé il y a si longtemps. Tu trouveras un plan. Mais je te supplie d'être prudente si tu agis de façon à défier les autorités. Tu es une princesse, même d'une nation occupée par les Aurolanis, tu peux te servir de ton statut.

Elle sourit.

— Même si je préférerais l'aider à s'évader du cellier à légumes où il est maintenu prisonnier avant de disparaître ?

— J'apprécie une approche directe autant que toi, mais ce plan n'est pas suffisant. Tu as besoin de plus : d'un plan qui déroutera tes ennemis durablement.

— Chytrine ne s'en souciera pas.

— Ce n'était pas d'elle que je parlais. (Il la dévisagea de ses yeux dorés.) Chytrine n'est pas seule à vouloir le pouvoir sur le Sud. Plus tu deviendras puissante, plus l'on s'opposera à toi. Mais ils sont tous bien prudents et plus tu leur donneras à réfléchir, plus ils agiront de manière circonspecte.

— Et là c'est vous qui me donnez à réfléchir.

Elle sourit, ayant entendu dans les paroles du Dragon l'écho de ce que Corbeau lui avait dit à Yslin.

— Oui, je crois que j'ai un plan. Tout ce qu'il faut c'est…

Le Dragon leva une main.

— Ne me dis rien ou tu ne pourras en parler dans le monde physique. Mais si ce que je perçois de tes pensées est exact, alors ce plan fera autant pour déstabiliser tes ennemis que pour sauver Corbeau… ce que j'approuve au plus haut point.

— Merci. Et, avec un peu de retard, merci de m'avoir avertie au sujet du vol du fragment jeranais. Si vous n'aviez rien dit, Chytrine l'aurait en sa possession.

Il secoua la tête.

— Les remerciements sont inutiles. C'était tout ce que je pouvais faire. Tu as accompli le plus difficile et tout l'honneur t'en revient. Maintenant tu vas sauver Corbeau, ce pour quoi je te suis également reconnaissant. Va et fais ce que tu dois. Le monde en dépend.

Il fit un geste et Alexia sentit la tête lui tourner. Elle perdit connaissance l'espace d'un instant, puis réapparut dans son lit. Le vacarme de la salle principale de la taverne était assourdi par la porte de bois. Le plan qu'elle avait commencé à mettre au point se cristallisa définitivement dans sa tête. Repoussant la couverture, elle balança ses longues jambes hors du lit et se mit à enfiler ses bottes.

— Corbeau, tu as passé ta vie à sauver les autres. À partir de maintenant, tes efforts vont être récompensés.

Chapitre 2

Will Norrington faisait les cent pas au pied de son lit, jetant des regards venimeux au Vorquelfe à la carrure solide qui était adossé à la tête.

— Ils vont tuer Corbeau. Comment tu peux rester là sans rien faire ? Tu parles d'un ami !

Résolu cligna une fois des paupières, lentement, puis le dévisagea de ses yeux froids et argentés.

— Attention à ce que tu dis, gamin.

Un frisson parcourut l'échine de Will, vite interrompu par la fureur brûlante qui agitait le jeune homme.

— Tu vas me tuer à cause de ce que je dis ?

— Non.

Le mot avait été prononcé d'une voix basse et rauque, comme un grondement. Parce qu'il était d'origine elfique, Résolu avait de longues jambes. Et, se serait-il tenu debout, la brosse de ses cheveux blancs aurait touché le plafond. De plus, il n'avait pas la stature svelte de la plupart des elfes. Il avait les bras gonflés de muscles et la peau largement décorée d'arcanes tatoués. Il était couvert de cicatrices, certains bourrelets ressortant sur ses poings.

Il avait plissé les yeux.

— Fais attention à ce que tu dis ; si tu continues, tu vas le regretter. Dis-moi ce que tu penses vraiment.

Will, dont le physique était tout à fait opposé – les yeux gris et les cheveux bruns, il était petit, svelte et relativement préservé par sa jeunesse –, mit les poings sur les hanches et se renfrogna.

— Je dis ce que je pense ! On devrait aller tirer Corbeau de cette poubelle à navets et filer d'ici.

— Vraiment ?

Les yeux argent du Vorquelfe n'avaient ni blancs, ni pupilles, Will n'était donc pas certain qu'il le regardait.

— Imaginons que tout se déroule selon ton plan. Sans prendre en compte l'évidence, bien sûr.

— C'est-à-dire ?

— C'est-à-dire qu'on n'a nulle part où aller. Que les soldats sont beaucoup plus nombreux que nous.

— Milice locale. Nous pourrions nous infiltrer et faire disparaître Corbeau, tu le sais.

Résolu se permit l'esquisse d'un sourire le temps d'un battement de cils.

— Ils nous poursuivraient quand même.

— Alors on les tue.

— Vraiment ? (Son visage se ferma.) Pourquoi ?

— Ils vont tuer Corbeau. Ça t'a échappé quand Mably nous a retrouvés sur la route ? Ils croient que Corbeau est ce dénommé Hawkins condamné à mort. Ils vont l'emmener à Meredo : Scrainwood va faire semblant de l'écouter et puis il le tuera. C'est inacceptable !

— Pourquoi ?

Will écarquilla les yeux.

— Parce que Corbeau n'est pas Hawkins ! C'est pas lui, le Traître, et il est pas question qu'on les laisse l'emmener ! S'il faut qu'y en ait quelques-uns qui meurent parce qu'ils sont trop stupides pour voir la vérité, eh bah, des fois la stupidité c'est mortel.

— Ça, c'est vrai. Mais je me méfierais.

Quelque chose dans le ton de Résolu transcenda l'indignation de Will.

— Qu'est-ce qu'il y a ?

Le Vorquelfe haussa un sourcil.

— Tu estimes que nous devrions agir ainsi parce que tu es persuadé qu'ils ont pris Corbeau pour Hawkins.

— C'est le cas.

Résolu secoua la tête.

— Non. Hawkins était Corbeau.

La mâchoire de Will se décrocha. Il se pencha en avant, agrippant le pied du lit. Il avait l'impression d'avoir reçu un coup en plein ventre tant il avait de mal à respirer. La voix de Résolu ne recelait aucun mensonge, aucun sens caché, et Will avait beau essayer, il ne trouvait aucune façon de tourner les mots différemment.

Mais c'est impossible !

Tout le monde connaissait l'histoire du Traître, celui qui avait vendu les héros du monde à Chytrine. Dans les chansons, il était devenu Croûteux, calculateur et poltron, toujours défait. Il était de notoriété publique que le véritable Hawkins s'était suicidé de honte.

— Non, c'est pas possible. Pas Corbeau.

Will leva les yeux et croisa le regard inflexible de Résolu. La gorge du jeune homme se serra et des larmes débordèrent sur ses joues.

Pleurer ? Non, non, non !

Il se couvrit le visage d'une main et frappa du poing sur le lit.

— Tu as tort ! Forcément !

Résolu maintint une voix égale.

— Tu es plus intelligent que ça, gamin. Réfléchis. Réfléchis comme je sais que tu en es capable.

Le garçon releva la tête et essuya ses larmes.

— À quoi je dois réfléchir, Résolu ? Corbeau peut pas être Hawkins. Hawkins était un lâche et un magouilleur. Pas Corbeau.

— Tu étais là, Will. Il s'est laissé prendre sans se défendre.

— Oui, d'accord, mais il l'a fait pour nous protéger ! C'est tout lui, de croire que l'erreur serait réparée. (Will sourit, hochant la tête.) Il fait trop confiance aux gens, et tu le sais.

— Oui. Tout comme Hawkins. (Le Vorquelfe plia les genoux et y posa ses bras.) Raison pour laquelle il devait mourir.

Will s'appuya pesamment au pied du lit et secoua la tête.

— Je refuse d'y croire. Comment Corbeau peut être Hawkins ?

— Parce qu'il faisait trop confiance. Les faits sont réels. Hawkins a accompagné le seigneur Norrington, ton grand-père, et Leigh Norrington, ton père, lors de la dernière guerre contre Chytrine, il y a vingt-cinq ans. Sur le chemin, ton père a trouvé une terrible épée, Temmer. Elle le rendait invincible au combat, mais pas invulnérable. Il perdrait sa dernière bataille, tel était le prix à payer pour brandir cette arme.

» Ce fut celle de Forteresse Draconis. Chytrine possédait un très vieux *sullanciri*, un hoargoun mort-vivant. Tu as vu l'un de ces géants des glaces à Svoin, mais celui-là était mort bien avant ma naissance. Il se servait de la peur comme les putois de leur odeur. Les guerriers qui l'affrontaient paniquèrent et s'enfuirent, ton père y compris. Seuls deux hommes tinrent bon.

Will releva la tête.

— Du côté de la porte intérieure, là ?

Résolu acquiesça avec sérieux.

— Ton père avait fui, Scrainwood à sa suite. Hawkins courait aussi, mais parce qu'il craignait pour ton père. Il le retrouva, lui prit Temmer des mains et abattit le *sullanciri*.

— C'est vrai ? (Le jeune voleur fronça les sourcils.) Je n'en avais jamais entendu parler.

— Ceux qui y étaient le savaient, mais beaucoup avaient été rendus tellement fou de terreur qu'ils ne voulaient que rarement repenser à cette bataille.

— Tu dis que deux hommes sont restés pour l'affronter. L'autre, c'était le père de la princesse Alexia, non ?

Le Vorquelfe confirma.

— Tu as vu cette place à Forteresse Draconis. Tu as vu le lieu de sa mort. Hawkins ne put le sauver, mais il en a protégé bien d'autres. À cause de ça, il fut choisi pour monter au Nord avec ton grand-père et le roi Augustus afin de poursuivre l'armée de Chytrine en déroute. Lorsque Chytrine s'est séparée de ses soldats, Hawkins a eu l'autorisation de rejoindre le groupe qui partait après elle.

— Bien sûr, puisqu'il avait Temmer.

— Non. Temmer s'est brisée en tuant le *sullanciri*.

Résolu tourna la tête vers l'épée au pommeau en forme de clé de voûte.

— Celle-ci, c'est Tsamoc, c'est elle que Hawkins portait lorsqu'il s'est lancé à la poursuite de Chytrine.

Will acquiesça. Il avait vu Corbeau s'en servir au combat. Au cœur de la lame luisait une pierre aux reflets d'opale. Elle possédait une magicke suffisante pour tuer un *sullanciri* à la bataille de Svoin, même si ç'avait été la princesse Alexia qui s'en était alors servie.

— Tous ces héros savaient qu'il s'agissait d'une mission suicidaire, ils partirent quand même. Sauf qu'elle se révéla pire encore : Chytrine leur avait tendu un piège. Elle en tua certains, en blessa grièvement d'autres, mais les fit tous basculer dans son camp. Elle en fit de nouveaux *sullanciri*, puisque les anciens avaient été abattus. Et elle tortura Hawkins, physiquement et mentalement. Elle lui proposa de faire de lui son époux, de lui donner toutes les terres du Sud s'il menait ses troupes.

» Hawkins refusa et survécut à ses tentatives pour le tuer. Il redescendit dans le Sud et rapporta aux souverains ce que Chytrine lui avait dit : que les enfants d'alors ne verraient jamais grandir leurs propres enfants. Elle avait juré de les attaquer de nouveau et tous savaient que sa menace était réelle.

Will fronça les sourcils.

— Mais si tout ça est vrai, alors Hawkins avait rien fait de mal. Pourquoi Scrainwood veut le tuer ?

— Scrainwood éprouve une haine profonde envers Hawkins. Il voulait Temmer. Il voulait être un héros, mais il n'a fait que prouver sa lâcheté. Hawkins le savait. Mais, plus important surtout : les rois et les reines se retrouvèrent face à un problème. L'Okrannel était tombé devant Chytrine et cela en avait effrayé plus d'un. Ils savaient que, si la menace de Chytrine était rendue publique, la panique se déclencherait. Les gens se révolteraient. Pour obtenir la sécurité qu'ils désiraient, il leur faudrait envoyer leurs fils et leurs filles mourir en Okrannel. Ils ont tenu le même raisonnement lorsqu'ils ont refusé de délivrer Vorquellyn, ma terre. Alors il fallait détruire Hawkins pour que personne ne le croie. (Résolu releva le menton.) À Yslin, dans la forteresse Gryps, le père de Hawkins lui a retiré son masque. Il lui a dit qu'il n'avait plus de fils nommé Tarrant. Ce n'est pas tout à fait le moment où Corbeau est né, mais c'est certainement celui où Hawkins est mort. Nous les Vorquelfes, nous l'avons recueilli parce que nous savions ce que c'est d'être apatride. Et nous savions que Hawkins ne pouvait être ce traître qu'on l'accusait d'être. (Il sourit, plissant les yeux.) Peu de temps après notre rencontre, Hawkins a fait le serment de voir Vorquellyn libérée avant sa mort. Tout comme Oracle savait que tu faisais partie de la prophétie, de la série d'événements qui mèneraient à la rédemption de Vorquellyn, nous savions que c'était le cas pour Hawkins aussi. Grâce à cela, nous étions certains que les rumeurs étaient fausses.

Will cligna des yeux.

— Après m'avoir dit tout ça, tu n'aides pas à le libérer ? Ça va être d'une grande aide, son exécution, pour libérer votre île.

Résolu secoua passionnément la tête.

— Tu ne comprends pas, gamin. Réfléchis. Corbeau n'a pas mis le pied en Oriosa depuis plus de vingt ans. Pourquoi ? Parce que nous savions qu'à un moment ou un autre quelqu'un révélerait la vérité. Ce sont les Vorquelfes ménestrels qui ont commencé à chanter sur Croûteux. Ils ont lancé la rumeur que Hawkins s'était suicidé et les gens les ont crus, car, pour eux, un traître devrait avoir la décence de se tuer de honte. Plus tard, ces mêmes ménestrels ont créé les chants du Corbeau de Kedyn : tous vrais, hein. Malgré tout, nous savions que venir en Oriosa serait trop risqué.

— Pourquoi il l'a fait, alors ?

— Tu peux répondre à cette question.

Will ferma les yeux et se concentra. Corbeau avait passé vingt-cinq ans à combattre Chytrine. Il avait parcouru le monde à la recherche de Will, sachant qu'il était le dernier des Norrington, dont la prophétie disait qu'il détruirait Chytrine. Il s'était battu pour tuer les soldats de la reine et pour l'empêcher d'obtenir un fragment de la Couronne du Dragon. Et, au retour, ils avaient tué un autre *sullanciri* et rendu la princesse Ryhope et ses enfants à l'Oriosa.

Le voleur ouvrit de nouveau les yeux.

— Pour Corbeau, venir ici, mettre Ryhope en sécurité en valait le risque ?

— Ryhope ? C'était toi le plus important, Will. Tu es le Norrington.

Will leva les yeux au ciel.

— Là n'est pas la question. On peut pas laisser Corbeau pourrir dans ce trou.

— Certainement pas, mais y pénétrer par la force et l'en faire sortir ne fonctionnera pas non plus. Tu es intelligent, Will, sers-toi de ta tête.

— C'est ce que je fais ! Le faire s'évader ici sera plus facile qu'à Meredo.

Résolu secoua la tête.

— Va plus loin. On obtiendra la liberté de Corbeau par un autre moyen que l'épée.

Will fit rouler ses épaules, mal à l'aise.

— Peut-être, mais ce serait amusant de planter une épée dans quelqu'un comme le mandataire Mably.

— Et ça causerait plus de problèmes que ça en résoudrait. (Le Vorquelfe s'étira de nouveau.) Trouve-moi une solution qui fonctionnerait pour une ombre plutôt qu'une lame.

Le garçon poussa un profond soupir.

— T'es vraiment d'aucune aide.

— Quand tu auras un plan qui marchera, je t'aiderai.

— J'ai besoin d'aide pour trouver un plan. (Will fronça les sourcils.) Alors en attendant, tu vas rien faire du tout ?

— Si, je vais dormir. (Résolu bâilla.) Pas tout le temps qu'il te faudra pour en trouver un, quand même. Je ne pense pas avoir besoin de dormir plus d'une semaine.

Le voleur lui tira la langue.

— Bon, bah je vais dans la salle principale trouver l'inspiration.

Avant que Will atteigne la porte, Résolu le rappela.

— N'oublie pas ton masque !

Will se raidit, puis décrocha le masque d'une patère au mur. Le signe de l'orphelin avait été découpé sous l'œil droit du simple masque vert. Le roi d'Oriosa l'avait marqué de son sceau au-dessus et entre les deux yeux. Will l'attacha. Le cuir était frais sur son visage.

Tandis qu'il le nouait, il s'assura de coincer un cheveu dans le nœud, pour faire du masque une part de lui-même.

Il se retourna et écarta les mains.

— Content ?

— Pour l'instant, oui.

Will se glissa hors de la chambre et longea le couloir, passant devant la chambre d'Alexia, qui se trouvait à droite, et celle de Kerrigan à gauche. Cela l'énervait que tous deux se soient retirés pour la soirée, il aurait cru qu'ils voulaient autant que lui libérer Corbeau. Toutefois, son irritation s'évanouit lorsqu'il repensa à ce que Résolu l'avait forcé à prendre en compte.

Peut-être qu'ils travaillent à un plan de leur côté.

Will sourit tandis qu'il descendait l'escalier. Alexia trouverait un moyen de délivrer Corbeau. Quant à Kerrigan, eh bien, Will n'était pas aussi sûr de lui, mais il avait fait preuve de courage lors de leur fuite, alors tout était possible.

Les pas de Will le menèrent dans la petite salle commune de l'auberge et, un instant, le brouhaha familier de la taverne lui donna le sourire. Puis, petit à petit, les conversations moururent tandis que les clients se tournaient vers lui. La plupart portaient des masques, à l'exception d'un groupe d'éleveurs de porcs qui se trouvaient tout au fond, loin de la cheminée. Les masques avaient beau cacher en grande partie leur expression, Will vit des yeux s'écarquiller, des sourires naître.

Des applaudissements s'élevèrent spontanément, puis un homme corpulent qui semblait avoir gagné un kilo pour chaque cheveu perdu se leva et fit signe à Will de s'avancer.

— Mes amis, voici Will Norrington, le Norrington. C'est lui qui détruira Chytrine ! Il a conduit la princesse Ryhope jusqu'ici, dans notre ville ! Plus important encore, c'est lui qui a enfin livré le Traître aux mains de la justice !

Le regard de Will s'agrandit d'horreur.

— Non, ce n'est pas ça du tout !

Le sourire de l'homme s'élargit, creusant des fossettes sur son visage.

— Voyez, modeste avec ça ! Un vrai héros d'Oriosa !

Les applaudissements se firent plus intenses et leur folie frappa Will en vagues de plus en plus fortes. Tous ces gens se trompaient sur Corbeau. Plus important, ils ignoraient qu'il était là parce que Chytrine avait écrasé Forteresse Draconis et qu'avant le printemps elle pouvait piller Tolsin.

La joie sur leur visage coupa court à son envie de hurler. Tous savaient très bien comment il était arrivé là. Y repenser, néanmoins, penser à leurs maisons brûlées, leurs enfants massacrés, à la disparition de leur village et de leur pays, tout ça les rendrait fous. Ils se réjouissaient d'une petite victoire, d'un petit geste de rébellion, parce que cela leur donnait de l'espoir.

Ma présence leur donne de l'espoir.

Will frissonna. Vingt-cinq ans auparavant, les dirigeants de ce monde avaient détruit Hawkins pour préserver l'espoir de leur peuple. Désormais, ce même peuple faisait de Will un symbole. Il n'avait rien fait et il était célébré, alors que Corbeau, qui avait tant accompli, était avili.

L'homme chauve prit Will par le bras et le guida jusqu'à une table.

— De la bière pour notre héros ! S'il vous plaît, seigneur Norrington, asseyez-vous, asseyez-vous, joignez-vous à nous.

Will s'assit d'un mouvement mécanique, regardant la chope débordante de bière qui était apparue devant lui.

Son hôte attira le ménestrel près du feu.

— Rimeur, joue-nous une belle chanson.

Il hésita un instant puis donna une tape dans le dos de Will.

— Chante-nous Croûteux ! Ça vous plairait, non, monseigneur ?

Will plissa les yeux tandis que les prémices d'un plan de l'ombre se formaient dans son esprit.

— Oui, oui, ça me plairait bien. (Le jeune voleur sourit à son hôte.) Chantez-moi l'histoire de Croûteux. J'ai beaucoup à apprendre.

Chapitre 3

Kerrigan Reese frissonna dans son lit, enroulé dans une épaisse couverture de laine qui sentait la sueur. Le jeune homme corpulent l'avait tirée par-dessus sa tête. Il faisait de son mieux pour rester immobile, afin que le craquement de la paille du matelas ne puisse le ramener à la réalité.

Toutefois, ses frissons le trahissaient. Ses tremblements tiraient de la paille de petits bruits. Des grattements de rats, peut-être, ou d'insectes. Ou des scarabées qui creusaient dans une tombe et dévoraient la chair des morts…

Il secoua la tête, chassant ses pensées grâce au bruit de tonnerre qui résulta du mouvement. Pendant une minute ou deux, cela fonctionna, puis le crissement reprit. Et dessous, le bourdonnement des conversations de la salle commune : des rires, des cris et une chanson idiote.

Kerrigan se demanda comment ils pouvaient chanter à un moment pareil. Tout s'était effondré autour de lui. Le monde qu'il avait connu durant les dix-sept premières années de vie avait explosé comme un alambic pris dans un sortilège raté. Sa vie sur Vilwan avait été faite de paix et de confort, même s'il ne s'en était pas aperçu à l'époque. Ses professeurs avaient été sévères, mais lui avaient appris toutes sortes d'enchantements qu'aucun mage humain n'avait maîtrisés depuis des siècles.

Voire jamais !

Il savait comment fonctionnait le monde, le malheur que représentait Chytrine. La grande histoire de Vilwan lui avait fourni toutes les informations sur les guerres menées contre elle. Il avait tout lu sur la perte de Vorquellyn et sur la guerre précédant sa naissance. L'Okrannel était alors tombé devant les forces de Chytrine, mais cette dernière avait été arrêtée à Forteresse Draconis. De toute évidence, ils s'imaginaient que la dernière guerre avait mis fin à ses ambitions, mais le renouvellement des attaques de la reine contre le Sud démentait cette idée.

Et avait détruit la vie de Kerrigan.

Chytrine avait formé une alliance avec Vionna, la reine des pirates de Wruona. Ces derniers avaient envoyé une flotte pour attaquer Vilwan, comprenant des dragonels montés sur les bateaux. Et même un dragon ! Une violente bataille avait fait rage à l'extrémité nord de l'île. L'invasion avait échoué, mais le prix à payer pour la repousser avait été terrible.

Kerrigan n'avait pas assisté à la bataille. À l'instar de nombreux sorciers de son âge et même des plus jeunes, il avait été évacué de Vilwan. Tandis que les navires qui avaient conduit les troupes sur Vilwan remmenaient Apprentis et Initiés, le véritable objectif de Chytrine était apparu. Des pirates avaient attaqué la flotte d'évacuation, détruisant les bateaux, dévastant toute une génération de magickants. Kerrigan avait été grièvement blessé et, sans la chance et un concours de circonstances, il serait mort.

Là, il était devenu le jouet de jeunes Panquis, avait voyagé jusqu'à Yslin et vers l'Okrannel, où il avait aidé à préparer le siège de Svoin. On l'avait alors envoyé dérober un fragment de la Couronne du Dragon que le compagnon de Vionna, l'Araignée d'Azur, avait volé à la Jerana. Lors de cette quête, Orla, son dernier maître, avait été tué.

Puis il y avait eu le siège de Forteresse Draconis et une seconde évacuation vers le Sud. Cette fois, il avait pris en charge un petit groupe d'enfants. Il avait été incapable de protéger les jeunes sorciers qui s'étaient trouvés avec lui sur le premier voilier, mais il avait juré qu'il n'arriverait rien à ces petits, les fils et filles des braves défenseurs de la forteresse.

Il avait tout supporté avec courage. Il s'en rendait compte. Mais une fois qu'ils avaient atteint l'Oriosa et qu'il s'était trouvé libéré de la promesse faite au baron Draconis, tout s'était effondré autour de lui. Avant de mourir, Orla lui avait fait promettre de ne plus rien avoir affaire avec Vilwan et de suivre Corbeau et Résolu. Ce dernier n'éprouvait de toute évidence que du dédain pour Kerrigan. Et même si le Vorquelfe semblait en éprouver pour tout le monde, le jeune homme n'était pas pour autant rassuré. Et Corbeau, qui avait été gentil et généreux, languissait en prison, si bien que Kerrigan se sentait désormais très seul.

Il entendit les échos d'une mélodie et la reconnut, ce qui le surprit beaucoup. Car, s'il pouvait se targuer de posséder une puissante magick, il était loin d'avoir l'oreille musicale. L'un de ses mentors avait une faiblesse pour les chansons de tavernes, et des ménestrels étaient venus à Vilwan le distraire… tout cela au profit de Kerrigan, bien entendu. Il ne se rappelait aucun des vers de cette chanson, mais le refrain lui parvint clairement lorsque l'audience en bas le reprit en chœur :

Le voilà mort le Croûteux
La tête sur le billot
Et son cœur au feu
De l'ail dans la bouche
Vers le sud on le couche
Son corps fracassé
Ouais, c'est comme ça
Qu'on traite les lâches, mon gars !
Et surtout ceux qui se croient très rusés !

La chanson continuait à raconter une mésaventure de Croûteux, le faisant passer pour un idiot. Kerrigan ne doutait pas que Corbeau avait été Hawkins. Lorsque les autorités oriosanes étaient venues l'arrêter, Corbeau avait prévenu Kerrigan de garder le secret que le baron Draconis lui avait confié. Le comportement mystérieux de Corbeau à ce moment-là avait été pour Kerrigan un aveu de culpabilité. Mais qu'il soit Croûteux ? Ça, c'était une surprise ! Surtout parce que Croûteux avait toujours été considéré comme un benêt et que Corbeau ne l'était certainement pas.

Désormais, Kerrigan ne possédait plus que le secret qu'on lui avait confié. Plongeant la main sous ses tuniques, il en sortit un sac de cuir lourd, gonflé comme s'il contenait une pomme de métal. Lorsqu'il l'ouvrit, il y eut un éclair doré qui devint rouge un instant plus tard. Il fit tomber l'objet dans sa main droite qu'il soutint avec la gauche.

Forteresse Draconis protégeait autrefois trois des fragments de la Couronne du Dragon qu'Yrulph Kirûn avait créée des siècles auparavant. Après qu'il eut été vaincu, la Couronne avait été brisée et les parties, dispersées. Le baron Draconis avait demandé à Kerrigan de créer un faux rubis, puis lui avait confié le vrai, à emporter pendant l'évacuation.

La pierre sertie d'or brillait d'une riche lumière rouge qui battait lentement. Le jeune magickant avait autrefois tenu un autre des fragments, mais il était resté froid et sans vie au toucher. Celui-ci s'était réchauffé entre ses mains et, lorsqu'il le frôla, la lueur s'intensifia au contact de la peau.

Kerrigan n'avait rien remarqué de tel lorsqu'il était à Forteresse Draconis, il en aurait parlé au baron si ç'avait été le cas. La lueur était apparue la première fois lorsqu'ils fuyaient la forteresse et s'était intensifiée depuis. Il ne savait pas ce que c'était, ni pourquoi cela arrivait. Peut-être aurait-il dû se sentir effrayé, mais il n'y arrivait pas.

La lueur du rubis se fit plus vive, éclairant l'abri étroit formé par la couverture. Kerrigan l'étudia et elle battit lentement. Il sentait de la chaleur sous ses doigts (du moins avait-il une impression de chaleur), alors il approcha la pierre de son visage pour vérifier que l'échauffement était réel.

C'était le cas, un peu. Soudain la lueur cessa de battre et prit la forme d'un tunnel écarlate qui l'attira. Il fut gagné par la panique. Un frisson lui parcourut le corps : la même sensation qui hérissait les cheveux sur la nuque lorsqu'on se sentait espionné. Kerrigan tenta de pencher la tête en arrière, de baisser les mains, mais découvrit que son corps était aussi rigide que l'armure magicke qui jaillissait de sa chair pour le protéger.

— *Tu n'es qu'un enfant.*

Les mots avaient été prononcés tout bas, murmurés et sans aucune substance, pourtant ils semblaient percer le brouillard rouge qui définissait son univers. Il ne sentait plus du tout son corps, et pourtant n'avait aucune impression de liberté. C'était comme si son être tout entier flottait sans forme derrière sa vision. Il voulait se précipiter pour regarder, pour voir s'il pouvait trouver celui qui lui parlait, mais il n'y arrivait pas.

— Il n'y a rien à voir, petit garçon, parce que tu es à l'intérieur.

Deux choses lui vinrent tout de suite à l'esprit. En premier lieu, il sut que celui qui parlait lisait dans ses pensées. Il tenta de les bloquer, mais même le sortilège de protection le plus simple à exécuter fut repoussé comme une feuille morte par une rafale.

Ce qu'il sentit ensuite l'aurait fait trembler de peur si son corps avait été capable de bouger. Les mots le submergeaient, comme la montée d'une vague, mais ils ne représentaient que l'écume sur la crête : traduits, distillés, étirés et prédigérés afin qu il puisse les comprendre. Derrière eux se tapissait un pouvoir sans précédent.

Un million de questions fusait en lui. S'il était incapable de donner un sens à ce chaos, son interlocutrice – une femme, il en était certain – les triait comme si elles n'étaient qu'une poignée de pièces. Un filet de ce qui aurait pu être de l'amusement le caressa. Il essaya de se concentrer.

Kerrigan sentit que ses efforts ne faisaient qu'amuser sa visiteuse.

— Tu as bien des connaissances, petit garçon, mais pas encore de maturité. Tu n'es qu'un enfant dans les habits de son père qui joue à être un homme.

Tous ces mots – « petit garçon », « enfant », « père » et « homme » – tournaient dans la tête de Kerrigan. Certaines des nuances obéissaient aux règles des conventions communes, mais il y avait plus Il se serait attendu à percevoir un contraste plus marqué entre « petit garçon » et « homme ». Pourtant les deux termes étaient colorés d'une notion de jeunesse, même d'enfance. « Père » et « enfant » auraient dû posséder une plus grande affinité l'un avec l'autre, mais il y avait à la place une séparation. Comme si la voix se servait du mot « père » pour désigner un lien biologique, sans englober les notions de soins ou d'éducation que ce terme pouvait également sous-entendre.

Kerrigan se concentra de nouveau.

— *Qui êtes-vous ?*

Sa question fut suivie d'une explosion d'hilarité teintée de cynisme.

— *Il y a du pouvoir dans les noms, comme tu le sais. Mais ils n'en ont pas maintenant, pour nous. Nous sommes des joueurs que l'on déplace. Des pions. Les fils de nos destins se croisent et s'écartent, puis s'entremêlent encore pour fusionner ou détruire.*

Il entendit moins les mots qu'il éprouva une sensation d'élévation, de tours, de boucles et de plongeons, comme un oiseau qui flotterait sur les vents au-dessus des falaises. Tout d'abord, il eut une impression de légèreté et de vitesse, puis, pour finir, la voix le frappa et il chuta, privé de tout contrôle.

Une présence douce lui caressa l'esprit et il fut de nouveau en paix.

— *Pardonne-moi, petit garçon, car j'ai été longtemps privée de toute compagnie et j'en ai oublié ma force.*

Kerrigan frissonna.

— *Je ne suis pas un petit garçon. Ni un pion.*

— *Les pions ne se voient jamais comme tels.*

— *Qui me contrôle ?*

— *Ce n'est pas un jeu simple, Kerriganreese. Il y a beaucoup de joueurs, beaucoup qui exercent leur contrôle. Notre rôle n'est pas de résister, mais de savoir lorsque nous sommes contrôlés. Nous ne pouvons déterminer quand nous chuterons, mais peut-être comment.*

Kerrigan était troublé. Il avait grandi au milieu d'une profusion d'énigmes : ainsi parlaient les sorciers. Il avait toujours considéré qu'il s'agissait surtout d'esbroufe, mais voilà qu'il décelait des ondulations à la surface d'un profond océan. Il voulait voir au travers, mais savait aussi qu'il s'y noierait.

— *Plus mûr déjà peut-être.* (Les paroles le réchauffèrent.) *Tu sais qu'il y a beaucoup à accomplir. Tu ne peux le faire seul. Tu es plus fort que tu le crois, mais ta force vient de tes amis. Oublie cela et le monde souffrira.*

Le dernier mot claqua avec brutalité, comme un coup de poing, s'enfonçant loin dans son estomac. Sa paralysie cessa. Il se redressa brutalement et roula sur le côté gauche, agrippé au fragment qu'il serrait contre son abdomen. Il tremblait et tenta de se recroqueviller encore plus, mais sa taille l'en empêcha. La douleur dans son ventre projetait comme des éclairs dans tout le reste de son corps, mais s'évapora en un instant, le laissant couvert de sueur et glacé.

Glacé comme la pierre qu'il tenait entre ses mains.

Kerrigan rejeta la couverture et inspira de l'air plus frais. Il roula sur le dos et resta là, bouche bée. Il contempla les ombres du plafond et les rais de lumière qui passaient entre les planches mal ajustées. De la sueur lui coula dans les yeux et il l'essuya du revers de la main avant de remettre le fragment dans son sac de cuir et qu'il enfouit de nouveau sous sa tunique.

Il n'avait aucune idée de ce qui venait de lui arriver, aucune idée concrète, mais une bribe d'impression. Un esprit avait touché le sien. Il ne lui voulait pas de mal. La douleur qu'il avait éprouvée à la fin avait été causée par l'esprit, pour qui le mot « souffrance » signifiait bien plus que pour les humains.

Le mot ressurgit dans sa tête et Kerrigan le vit inscrit dans une belle écriture, comme un masque derrière lequel le terme se cacherait.

Tout comme celui derrière lequel le roi d'Oriosa dissimule sa lâcheté.

Toutefois, dans ce cas, le mot traduisait quelque chose de bien plus terrible. Le terme dissimulait des atrocités si épouvantables que, s'il en avait connaissance, elles le briseraient.

La logique l'incitait à croire qu'il venait de parler avec un dragon. Après tout, qui possédait la Couronne pouvait soumettre ces créatures. La seule pierre que possédait Chytrine lui donnait le contrôle d'au moins un dragon. Kerrigan avait-il été effleuré par l'esprit d'un dragon réduit en esclavage ?

Il fit rouler ses épaules et se redressa.

Cela n'a pas d'importance.

S'il s'agissait bel et bien de l'esprit d'un dragon contrôlé par Chytrine, la souffrance que connaissait cet être deviendrait constante si la reine remportait la victoire.

Le jeune magickant secoua la tête. Il était déterminé à ce que cela n'arrive jamais. Et il ferait appel à ses amis pour qu'ils l'aident à l'en empêcher.

Chapitre 4

Battant en vain des bras pour contrôler sa chute, le garde atterrit lourdement sur la table de bois ronde et la brisa complètement. Son casque de métal rebondit par terre. Il tinta et tourbillonna puis cogna le genou du mandataire Mably, ce qui était, pour Alexia, une conséquence accidentelle mais tout à fait bienvenue.

Mably, un homme maigre aux yeux marron et au cheveu rare, souffla et se tint le genou. Il foudroya Alexia du regard. Il portait un masque de cuir du vert oriosan, orné de nombreuses marques et de petites décorations qui soulignaient son autorité en tant que magistrat de Tolsin. Cet étalage de mauvais goût ne faisait que ridiculiser la férocité de son regard. Il se redressa devant sa table de la taverne du *Duvet de Chardon* et fit de son mieux pour garder une voix calme.

— Que me vaut cet honneur, princesse Alexia ?

Cette dernière avança d'un pas, de façon à clouer au sol la main du garde.

— Je suis venue rendre visite à Corbeau, mais cet homme a fait l'erreur de penser que je n'y suis pas autorisée.

Les narines de Mably se dilatèrent l'espace d'une seconde, puis il leva un petit bol de vin chaud.

— Il ne se trompait pas. Le Traître n'a droit à aucune visite.

Alexia se renfrogna et tourna légèrement la tête sur la gauche. Elle avisa rapidement les quelques clients de la taverne près de la cheminée. Lorsqu'ils baissèrent brusquement les yeux en faisant mine de ne pas avoir remarqué la scène, elle dit doucement :

— Si je vous ai bien entendu, magistrat, vous déclarez que Corbeau n'a pas droit aux visites.

— Tout à fait, princesse.

— Et vous faites l'erreur de croire que cette règle s'applique à moi ?

— Oui.

Alyx s'approcha de lui. Sa cotte de mailles dorée cliquetait. Elle se pencha, les mains gantées fermement appuyées sur la table, le nez à quelques millimètres de celui du mandataire.

— J'ai fait remarquer qu'il s'agissait d'une erreur.

Mably durcit autant qu'il le put son regard. Ses yeux n'eurent plus l'air aussi glaireux que des œufs à la coque, mais c'est tout ce qu'il obtint.

— Je m'en souviens. Ce n'est pas le cas.

— Ah, très bien. Réfléchissez à ceci : je suis princesse d'Okrannel. Je suis du même rang que votre souverain. Le roi Augustus est marié à l'une de mes cousines. Si je choisissais de considérer cette interdiction comme une insulte puis vous demandais réparation, que croyez-vous qu'il arriverait ? Pensez-vous qu'un de vos hommes se dresserait contre moi ? et croyez-vous que, si je les abattais tous, vous y compris, l'on me condamnerait ou me châtierait ? N'acquiescez pas, Mably. Vous n'êtes peut-être pas l'homme le plus intelligent du monde, mais vous n'êtes pas stupide à ce point. Je veux voir Corbeau. Je le verrai. Maintenant !

Elle se redressa et passa les pouces derrière la boucle ronde de sa ceinture.

Calmement, Mably prit son bol de vin, mais les vagues qui agitaient le liquide trahissaient sa peur. Il leva la main, l'agitant d'un geste indifférent en direction du fond de la taverne.

— La princesse souhaite voir le prisonnier. Laissez-la passer.

— Vous êtes bien aimable.

La voix de Mably se fit glaciale.

— Même vous n'imaginiez tout de même pas que vous auriez l'autorisation d'apporter une arme.

Alexia durcit le regard.

— Vous avez ma parole…

— La vôtre, oui, mais pas la sienne. Vous comprenez mon dilemme, princesse. Votre ceinturon, je vous prie.

Alexia le déboucla et le laissa glisser. Puis elle le rattacha et l'accrocha à la patère de l'un des piliers de bois. Sans ceinture, la cotte de mailles lui faisait comme une robe d'été et cliqueta fortement lorsqu'elle se dirigea vers le fond de la pièce. Là, un garde corpulent se mit debout à contrecœur, écarta une chaise de sous son large fessier, puis s'éloigna de la trappe qui menait au cellier.

Tandis qu'il l'ouvrait, Alexia décrocha une lanterne et l'alluma. La trappe révéla une série de marches abruptes semblables à celles d'une échelle de meunier, et de l'air froid et humide frappa la jeune femme lorsqu'elle descendit. Le garde referma le battant derrière elle et des grattements indiquèrent qu'il avait repris sa place. Elle écouta attentivement pour vérifier que Mably n'ordonnait pas à l'homme de la garder prisonnière, mais elle n'entendit rien. Dommage. Elle avait espéré que le magistrat ferait une erreur, mais il était bien trop lâche pour s'en prendre directement à elle.

Tolsin n'était qu'une petite ville et le besoin d'une geôle pour les prisonniers ne se faisait pas vraiment sentir. À l'arrivée de Corbeau, quelqu'un avait décidé qu'il fallait un endroit où le garder et personne n'avait trouvé mieux que le cellier du *Duvet de Chardon*. Alexia avait la raisonnable certitude que Mably possédait la taverne ou y avait une part d'investissement et que le gouvernement oriosan aurait à payer pour la mise à l'ombre de Corbeau.

Elle constata que les arrangements pour accueillir ce dernier avaient été minimaux. On avait dégagé un coin du cellier et étalé une botte de foin. On avait accroché une boucle de métal à un chevron et de là pendaient des chaînes qui s'achevaient sur des menottes. Elles étaient assez longues pour que Corbeau puisse s'allonger, ce qui surprit Alexia.

La lueur de sa lanterne atteignit enfin Corbeau, donnant quelques couleurs à ce qui n'avait été qu'une figure fantomatique recroquevillée dans un coin. On l'avait privé de ses vêtements et, même si ses longs cheveux blancs et sa barbe blanche suggéraient la vieillesse, son corps était encore celui d'un jeune homme. Il avait la jambe gauche toujours enflée à cause d'os cassés qui n'avaient été que partiellement réparés par magick. Sur le côté droit de son visage, une cicatrice unique partait de ses cheveux et courait le long de sa joue, puis rejoignait deux autres au niveau de la clavicule, qui continuaient leur descente au-delà de sa hanche, sur sa cuisse et son genou. Des milliers d'autres, devenues blanches avec le temps, parcouraient son corps.

Alexia étouffa un cri… non pas à cause de la nudité de Corbeau ou de ses cicatrices, mais à cause des hématomes récents qu'on voyait sur sa poitrine, ses bras, ses jambes et son visage. Il avait la lèvre inférieure coupée et son œil gauche était fermé tant il avait gonflé. Une croûte de sang recouvrait ses cheveux au niveau de sa tempe droite et un hématome sur sa poitrine avait la forme évidente d'une botte.

Lorsqu'il entendit l'exclamation d'Alyx, Corbeau ouvrit son œil valide. De la colère plutôt que de la crainte s'y reflétait. Puis il esquissa un sourire.

— Princesse. C'est un honneur. Je vous prie de me pardonner si je ne me lève pas.

Alexia secoua la tête et s'accroupit en posant la lanterne sur la paille.

— Ils vous ont battu ?

— Je les ai provoqués.

Elle fronça les sourcils.

— Vous les avez laissés vous arrêter sans vous rebeller. Vous ne feriez rien de si stupide.

Il étouffa un rire et son sourire étira sa lèvre fendue.

— Votre confiance en moi fait plaisir à entendre. Je crains de les avoir vraiment provoqués.

— Comment ?

Il leva les mains.

— Ils avaient enroulé la chaîne trop haut pour que je puisse m'allonger.

Son œil droit pétillait lorsqu'il écarta les mains, puis, rapidement, frappa ses poignets l'un contre l'autre. Les fers se heurtèrent avec un bruit étouffé, puis le droit s'ouvrit d'un coup.

— Une menotte ne vaut que par le ressort qui la maintient fermée. J'ai déroulé une bonne partie de la chaîne. Puis je me suis servi dans les provisions. Ce fût contient un vin correct et cette boîte en bois, un bon fromage.

Alexia sourit malgré elle.

— Alors je n'aurais pas dû m'inquiéter pour vous ?

Il grimaça lorsqu'il s'appuya plus fortement sur sa hanche gauche.

— Pas en ce qui concerne la nourriture. Du coup, ils ont décidé que je cachais une clé dans mes vêtements alors ils me les ont pris. Puis ils se sont dit que j'avais besoin d'une bonne correction.

— Je vais m'assurer qu'ils vous donnent de quoi vous vêtir. Je suis gelée, alors que je porte un gambison sous ma cotte de mailles. (Elle se frotta les bras.) Vous n'aurez pas à souffrir du froid ce soir.

Il haussa les épaules.

— J'ai connu de bien pires frimas et j'y ai survécu, mais j'apprécie votre bonté, Altesse.

— Corbeau, appelez-moi Alyx.

— Altesse, nous en avons déjà discuté.

— Les choses sont différentes. Avant, vous ne vouliez pas de familiarité entre nous car nos objectifs nous sépareraient un jour. Vous ne vouliez pas d'ennuis. Je ne savais pas alors de quoi vous parliez, mais maintenant oui, alors cela n'a pas d'importance.

Corbeau referma la menotte à son poignet droit.

— Altesse, ce n'était pas à mon identité que je pensais. Et je dois vous présenter mes excuses pour vous avoir trompée. J'aurais volontiers partagé tout ce que je savais de votre père. Je ne l'ai pas connu longtemps, ni très bien, mais je le respectais. Ne pas avoir été capable de lui sauver la vie reste mon plus grand regret à ce jour.

— Corbeau, je vous ai dit que tout cela n'avait pas d'importance. (Alexia se laissa tomber à genoux et pressa les poings sur ses cuisses.) Oui, je veux vous entendre parler de mon père, mais nous avons des problèmes plus urgents. Mably a l'intention de vous emmener à Meredo, où vous serez exécuté.

Corbeau hocha lentement la tête puis l'appuya contre le mur.

— Il s'est donné beaucoup de mal pour décrire ce qu'il adviendra de moi. Avec beaucoup de détails, même. J'ai cru comprendre qu'il espère conduire l'un des chevaux dont ils se serviront pour m'écarteler.

— Je ne le permettrai pas.

— Princesse, il n'y a rien que vous puissiez faire. Nous sommes en Oriosa. Scrainwood me hait depuis très longtemps, avec raison. Je savais en revenant ici que je risquais ma vie. Je n'avais pas le choix, et c'est tout. Il fallait mettre Will à l'abri, ramener Ryhope et emporter ce que le baron Draconis voulait sortir de la forteresse.

Le grattement d'un rat dans la paille détourna un instant l'attention d'Alexia.

— Vous avez tort de dire que je ne peux rien faire pour vous sauver.

— Altesse, je ne doute pas que vous le pourriez. (Il eut un rire léger.) Vous pourriez me jeter sur votre épaule comme si j'étais quelque demoiselle en dentelle dans une chanson de barde et protéger notre fuite à coups d'épée. Mais ensuite ? Ce n'est pas que vous ne pourriez pas me sauver, c'est que vous ne devriez pas. Souvenez-vous, vous êtes là pour convaincre les souverains de tenir tête à Chytrine. Vous allier à moi ne vous y aidera pas.

» Scrainwood me hait, car je sais qu'il n'est qu'un pleutre. Il y a vingt-cinq ans, j'ai traité tous les régnants de lâches. Je leur ai dit que Chytrine avait juré de revenir. S'ils suivent les plans de quelqu'un en relation avec moi, alors on commencera à douter de leur jugement et de leur aptitude à régner.

— S'ils sont aussi idiots ou couards, il y a de quoi douter.

Il secoua la tête.

— Je refuse de négocier à ce sujet. Vous ne devez pas oublier que, si vous voulez mener des forces armées contre Chytrine, vous aurez besoin de soldats. Si vous forcez les souverains à faire un choix entre votre sort et leur réputation, que choisiront-ils, à votre avis ?

— Cela ne vaut pas pour tous, Corbeau. La reine Carus de Jerana vient d'accéder au trône. Elle n'est pas liée par le jugement de son père. Vous êtes victime d'une injustice.

— Oui, mais une injustice qui dure depuis plus de vingt ans. Les hommes qui m'ont battu n'étaient même pas nés lorsque l'on m'a privé de mon masque, mais ils croient tout ce qu'on leur a dit sur moi depuis qu'ils sont tout petits. Même si vous, le roi Augustus et la reine Carus vous dressez pour dire qu'il s'agit d'une injustice, nul ne vous croira.

» Mais vous avez raison, Altesse. La reine Carus peut déclarer qu'elle a été trompée sur mon compte. Vous devez suivre son exemple et vous éloigner de moi. Vous devez dire que je vous ai dupée et afficher votre colère. Ne gâchez pas mes efforts. Vous gagnerez à me renier, et ce que vous gagnerez ne sera que plus d'embarras pour Chytrine.

Alexia secoua la tête si violemment que son épaisse tresse blonde passa par-dessus son épaule et manqua de lui fouetter la joue.

— Non, c'est hors de question. J'y ai réfléchi. Beaucoup. Vous êtes mon ami. Vous m'avez sauvé la vie. Je tiens à vous et je n'abandonne pas les gens qui comptent pour moi.

— Princesse, je ne vous entraînerai pas avec moi.

— Bien sûr que non. Comme vous l'avez déjà dit, je suis assez forte pour vous porter, Corbeau. (Elle se releva et baissa la tête vers lui.) J'ai un plan. Il vous sauvera la vie et il est effroyablement simple. Je vais vous épouser.

Agenouillé, Corbeau resta bouche bée puis, petit à petit, il se mit à rire. Ses épaules tremblèrent, puis il se laissa retomber dans le coin.

— Oh, très drôle, princesse. Cruel de plaisanter comme ça, mais très drôle.

— Ce n'est pas une plaisanterie.

Il releva la tête, son œil droit ayant pris la forme d'un croissant sous l'effet de la peur.

— Il y a intérêt.

— Non. C'est le meilleur plan possible. Je vous épouse et vous devenez mon prince consort. Cela vous élèvera à un tel rang de noblesse que Scrainwood ne pourra se livrer à une exécution sommaire. Vous obtiendrez un second jugement, puisque les procès par contumace ne sont reconnus dans aucun traité entre l'Okrannel et l'Oriosa. De plus, vous étiez jugé pour trahison et, puisque vous deviendrez un citoyen d'Okrannel lorsque nous nous marierons, ces accusations ne seront plus valables. Au mieux, ils pourraient tenter de vous accuser d'espionnage et cela échouerait car vous devriez être traduit en justice devant vos pairs, et aucun membre de la royauté ne voudrait établir ce type de précédent. Scrainwood pourrait exiger une compensation personnelle pour toute insulte que vous lui auriez infligée, mais nous savons tous les deux qu'il ne le fera pas.

— Pardonnez-moi, Altesse, mais avez-vous perdu la tête ? Votre plan est peut-être ingénieux, mais il ne sert à rien. Vous perdriez un gros avantage politique sans aucune bonne raison.

— Je ne vous considère pas du tout comme une mauvaise raison.

— Altesse, écoutez-moi, je vous en supplie. (Corbeau serra les poings.) Votre loyauté envers moi… je ne peux vous dire ce qu'elle signifie pour moi, mais elle n'a pas de sens. Vous devez vous assurer que Will affrontera Chytrine. Vous devez faire en sorte que Kerrigan atteigne tout son potentiel. Vous devez lever une armée pour détruire Chytrine. Vous ne pouvez vous laisser distraire par mon sort.

Alexia fit un pas vers lui et s'accroupit de nouveau, son ombre recouvrant la peau pleine de cicatrices de l'homme.

— Ce qui me paraît évident, c'est que votre sort est lié au mien, à ceux de Will, de Kerrigan, de Vorquellyn et de Chytrine. Si je vous laisse mourir, je laisse le monde mourir. (Elle tendit la main et lui caressa la joue gauche, en évitant d'effleurer l'œil tuméfié.) Je ne permettrai ni l'un ni l'autre. Nous ferons venir un prêtre et il nous mariera cet après-midi.

— Non. (Corbeau secoua la tête.) Même si nous nous mariions, personne n'y croirait. On penserait à une mascarade, avec raison.

— Ils seraient forcés d'y croire. Nous aurions des témoins.

— Ils les traiteraient de menteurs.

Elle grogna.

— Ils n'oseraient pas me traiter de menteuse.

— Si, mais dans votre dos. Devant vous, ils diraient que je vous y ai incitée. Non, Altesse, oubliez cette idée.

— Corbeau, elle vous sauverait la vie.

— Et gâcherait la vôtre. (Il prit sa main dans la sienne.) Princesse. (Sa voix n'était plus qu'un murmure.) Alexia, promettez-moi que vous ne le ferez pas. Je n'y consentirai pas, alors vos efforts seront gâchés. Non. Je vous en prie.

Elle pressa ses doigts.

— Vous ne vous laisserez pas faire, n'est-ce pas ?

Il secoua la tête.

— Alors je trouverai autre chose. (Elle se leva lentement, puis se pencha et ramassa la lanterne.) Je ne vous laisserai pas mourir.

Une lueur brilla dans l'œil droit de Corbeau. Était-ce une larme qui se formait, là au coin ?

— Ne vous souciez que du monde, Altesse. Celui que vous pouvez sauver. Rien d'autre n'a d'importance.

Chapitre 5

Will se réveilla la tête bourdonnante. Non parce qu'il avait trop bu la veille, mais parce qu'il était resté debout trop longtemps et que le réveil matinal de Résolu l'avait dangereusement privé de ses heures de sommeil. Il avait eu beau s'enfouir sous les couvertures et s'en servir pour cacher le soleil, ce fut en vain. Il avait somnolé et s'était réveillé une demi-douzaine de fois avant de renoncer, de sortir du lit et d'aller s'habiller.

Bien qu'il soit à demi endormi, il pensa à mettre son masque, le nouant avant de quitter la pièce. Avant la veille, il ne le prenait pas au sérieux. En tant que voleur, il avait toujours su l'importance de porter un masque, mais seulement pour préserver son identité. Le masque oriosan faisait exactement l'inverse : il révélait tous les détails sur la personne qui se cachait derrière. Will avait une conscience aiguë de l'ironie du sort : l'outil ordinaire du voleur lui permettait en ce lieu de repérer des victimes potentielles en lui montrant les décorations qui faisaient état de la prospérité ou de la noblesse du porteur de masque.

Et même s'il avait toujours porté son masque depuis Yslin, ç'avait été uniquement pour faire plaisir à ceux qui soutenaient l'armée. Mais la nuit précédente, dans la salle commune, il avait remarqué de quelle manière les gens ordinaires le regardaient. Ils lisaient son masque et croyaient ce qu'il proclamait, qu'il était *le Norrington*. À leurs yeux, qu'il ait été un voleur n'avait plus aucune espèce d'importance. On lui avait confié un masque qui élevait son statut, et cela faisait toute la différence.

Il aurait voulu n'éprouver que de l'indifférence, mais il en était incapable. En tout premier lieu, et cela lui faisait mal de l'admettre, les gens le considéraient vraiment comme leur seul espoir contre Chytrine. Leur confiance le surprenait car, dans le nid de voleurs où il avait grandi, faire confiance à quelqu'un était la première erreur avant de subir une trahison. S'il avait voulu vider les poches de ceux qui croyaient en lui, il aurait pu s'emparer de toutes leurs possessions en un clin d'œil.

Mais il ne voulait pas de leur argent. Ce qu'il voulait, c'était leur bénédiction et leurs vœux. Il avait une mission, sauver Corbeau, et son masque disait à tous ceux de Tolsin qu'il fallait lui faire confiance. Il lui conférait une crédibilité dont il n'aurait jamais joui autrement. Il était déterminé à se servir de ce pouvoir pour sauver son ami.

Et s'il se surprenait à vouloir employer un outil aussi précieux au bénéfice de quelqu'un d'autre que lui-même, il se rassurait en pensant que le monde avait bien changé en six mois.

Will descendit nonchalamment l'escalier jusqu'à la salle commune de l'auberge. Il rendit son salut à l'aubergiste puis sortit en ville. L'hiver approchant rafraîchissait l'air, mais la caresse du soleil le réchauffait. Depuis longtemps déjà, ce dernier avait dépassé les monts Bokagul au sud et, quelque part entre là-bas et Tolsin, se trouvait la ville de Valsina, où vivait la famille Norrington. L'épouse du père de Will en contrôlait les terres pour ses enfants… ses demi-frères, a priori. Bosleigh Norrington avait reconnu les deux garçons, mais des rumeurs malintentionnées murmuraient que ces derniers n'étaient pas de lui.

Tolsin n'était pas très impressionnante, même si elle restait assez grande pour abriter deux auberges, une taverne ainsi qu'un forgeron, plusieurs menuisiers et charpentiers. Au cœur de la ville se trouvait un marché où des fermiers et marchands ambulants vendaient leurs produits.

Tandis que Will flânait, guettant pour voir si l'entrée de la taverne du *Duvet de Chardon* se dégageait, il reconnut certains des clients de l'auberge de la nuit précédente. Il les salua d'un mot gentil ou d'un geste et remarqua qu'ils appréciaient son attention. Six mois auparavant, il aurait estimé de quelle somme il pouvait les délester ;

désormais il ne pensait qu'au malheur qui les frapperait s'il échouait dans sa mission.

— Bonjour, seigneur Norrington.

La voix était douce, malgré le ton quelque peu décidé. Sephi glissa une main au creux de son bras et lui sourit.

— Il faut que je vous parle.

Will l'observa sans se départir de son expression impassible. Elle avait natté ses épais cheveux noirs, et ses yeux noisette brillaient sous un masque brun foncé. Une entaille d'orpheline sous l'œil gauche indiquait qu'elle avait perdu son père. Un instant, Will se demanda s'il s'agissait de Distalus, l'homme avec qui elle voyageait en Alcida.

Pas de doute, lui, il est bien mort.

Sephi serra les lèvres lorsqu'elle vit qu'il ne lui rendait pas immédiatement son salut.

— Je vous en supplie, seigneur. Je sais que vous me croyez coupable d'une grave offense.

Tu as trahi Corbeau! pensa-t-il.

Il aurait voulu la repousser et ne s'en serait pas privé si deux pensées ne l'avaient pas retenu. La première lui soufflait que, puisqu'elle avait espionné pour l'Oriosa, elle pouvait lui servir.

Pour sauver Corbeau, je me servirai de tout ce que j'ai sous la main, sans le regretter un seul instant.

La seconde lui fut dictée par la légère supplication qu'il perçut dans sa voix. Elle voulait qu'il comprenne ses actions, ce qui signifiait qu'elle pouvait lui fournir des informations en échange de son absolution. Des informations qu'il désirait ardemment. Il hocha donc la tête.

— Oui, Sephi, si c'est bien là ton nom. Tu m'as blessé. (Il inspira profondément, puis souffla lentement. Il parlait d'une voix égale mais froide.) Corbeau t'as sauvé la vie et pourtant tu l'as vendu à des ennemis qui le tueront.

Les épaules de Sephi s'affaissèrent.

— C'est l'impression que cela donne, je sais. Et oui, mon nom est Sephi. Je vous en supplie, seigneur, laissez-moi vous exposer mes raisons.

— Elles sont sans importance.

— Pour moi, elles en ont. Vous êtes le Norrington et je vous ai fait du tort.

Will s'arrêta et se tourna vers elle, une main par-dessus la sienne. Il laissa filtrer un peu de chaleur dans sa voix, une promesse de combler le fossé entre eux.

— Je suis certain que tu as cru bien faire.

— Oui, c'est exactement ça ! (Elle acquiesça lentement puis baissa d'un ton.) Je sens que je peux me confier à vous parce que nous nous sommes vus nus.

Will sursauta légèrement. Au cours de l'été, Corbeau, Résolu et lui étaient tombés sur Sephi en Alcida. Ils l'avaient sauvée d'une bande de baragouineurs. Les compagnons de la jeune fille avaient été tués et elle avait été blessée. Ils avaient beau avoir voyagé longtemps, il n'avait jamais vu son corps grand et mince nu. Il s'en serait souvenu.

Puis une idée le frappa.

À notre rencontre, elle n'avait pas de masque !

Elle avait dû se sentir aussi vulnérable que lui sans ses vêtements.

Et Corbeau s'est fait prendre son masque !

Will ne pouvait ne serait-ce qu'imaginer combien cela avait dû le blesser.

Il hocha lentement la tête et entama ses manœuvres de manipulation.

— Oui, Sephi, tu peux me faire confiance. Depuis que je sais qui je suis, toute cette attention m'épuise, mais je connais l'importance de la confiance. Et, je l'admets, je me suis senti profondément trahi par toi.

— Mais Will, je veux dire, seigneur Norrington, je ne… ce n'était pas mon intention. (Elle poussa un profond soupir.) Seigneur, il faut que vous compreniez, j'ai grandi ici, en Oriosa. J'ai été bercée d'histoires sur le Traître, et les Oriosans se sentent encore plus trompés que les autres. La Prophétie Norrington, celle qui a prédit votre arrivée, avait été autrefois prise pour une référence à votre grand-père, puis à votre père. Lorsque le seigneur Norrington est parti combattre Chytrine, tout le monde s'est beaucoup réjoui et, lorsqu'il a échoué et qu'il a servi l'impératrice aurolanie, nous avons connu le désespoir. Pis encore, il avait été trahi par Hawkins, le lâche. Puis, pour laver l'affront du meurtre de la reine Lanivette par votre grand-père, votre père prit la direction du nord afin d'accomplir ce que ce fier groupe de héros avait échoué à mener à bien.

» Vous savez bien ce qu'il s'est passé : malgré sa bravoure, votre père a succombé aux promesses de Chytrine.

Sephi baissa de nouveau la voix et attira Will dans une ruelle entre l'étable principale de la ville et l'échoppe d'un charpentier.

— Distalus m'a dit que votre père a voulu obliger Chytrine à libérer ceux dont elle avait fait ses *sullanciri*. Elle l'a trompé et son père l'a convaincu de se joindre à eux.

Will frissonna. Il avait rencontré son géniteur. Ce n'était à présent qu'une créature monstrueuse qui servait de héraut ou d'ambassadeur à Chytrine. D'après ce qu'on lui avait raconté, son père n'était pas au meilleur de sa forme lorsqu'il était monté dans le Nord et, quoi que lui avait fait Chytrine, elle ne l'avait pas guéri.

Sephi reprit.

— Vous connaissez l'histoire du meurtre de la reine Lanivette, j'étais présente lorsque Distalus vous l'a contée. Mais il n'a pas tout dit. Quand le *sullanciri* s'est emparé d'elle, il lui a tenu la tête entre les mains. Il lui a dit à quel point Chytrine haïssait le Traître et que l'Oriosa serait la première nation qu'elle détruirait, car c'était celle de Hawkins. Il lui a dit que Hawkins était encore en vie et que, tant qu'il vivrait, l'Oriosa serait toujours en danger. Puis il lui a tordu le cou.

Will fronça les sourcils.

— Comment Distalus le savait-il ?

— Parce que le roi était là, seigneur. Le prince Scrainwood était là, à frapper le *sullanciri* pour essayer de lui faire lâcher la reine. Sans succès, et Nefrai-kesh lui a posé la tête de sa mère dans les mains, puis a promis de revenir pour lui. Si Hawkins ne mourait pas.

» Voilà, seigneur, pourquoi, lorsque le roi est monté sur le trône, Hawkins fut condamné à mort par contumace. Chytrine l'a pris comme un signe et c'est pourquoi l'Oriosa fut épargnée, même provisoirement. Puis le roi Scrainwood a dispersé des agents, comme moi, pour parcourir le Sud et trouver Hawkins, et vous. Il voulait vous mettre en sécurité, pour que vous détruisiez Chytrine et sauviez votre nation.

— Il voulait me retrouver ? Il avait déjà les Norrington de Valsina.

Sephi secoua la tête.

— Ils sont assez grands pour avoir l'air de héros, mais ils ne ressemblent en rien à des fils de votre père. Vous correspondez parfaitement et je sais que vous accomplirez la prophétie.

Le voleur n'avait aucune difficulté à percevoir la sincérité dans les paroles de la jeune femme. Il ne pouvait s'expliquer tout à fait pourquoi il savait qu'elle lui disait la vérité, mais des années à fréquenter les meilleurs menteurs des bas-fonds d'Yslin lui avaient permis de différencier la réalité de la fiction. Elle voulait qu'il la croie, elle avait réussi.

— Comment as-tu pu identifier Corbeau ? Tu n'étais pas née lorsque Hawkins a été exilé.

Elle haussa les épaules, mal à l'aise.

— Je ne l'ai pas reconnu, pas vraiment. Après que vous m'avez sauvée, il me manquait certains objets. Distalus avait tenu un journal et je devais envisager qu'il était tombé entre de mauvaises mains. Je ne savais pas qui vous étiez, tous, mais je vous ai pris certaines choses pendant que nous étions ensemble. De vous, j'avais un os rongé, de Résolu un bout de tissu ensanglanté et de Corbeau une mèche de cheveux. Lorsque j'ai atteint Yslin, je les ai confiés aux sorciers du roi et ils se sont servis de magick pour les identifier. En réalité, ils n'ont pas compris que Corbeau était le Traître avant de revenir à Meredo. Corbeau était alors en Okrannel et ils ont perdu sa trace jusqu'à ce qu'ils reçoivent un message leur disant que le Traître escortait la princesse Ryhope. J'ai été envoyée à Tolsin pour l'identifier.

Will hocha la tête, sachant qu'elle avait omis quelques détails, mais, pour le moment, ils n'avaient que peu d'importance.

— Quand tu as revu Corbeau, Sephi, t'es-tu souvenue qu'il t'a sauvé la vie ? T'es-tu rappelé comme il a bien soigné tes blessures ?

Il referma la main sur l'avant-bras de la jeune femme.

— Seigneur, vous devez comprendre. Toute ma vie, on m'a appris à haïr le Traître et à aimer mon roi. Lorsque je suis entrée au service du roi, ramener Hawkins devant la justice et mettre fin à la menace contre notre nation était un objectif sacré. Puis, lorsque les sorciers l'ont reconnu, on m'a appelée à la capitale. L'on m'a célébrée et félicitée. Le roi en personne m'a dit qu'il était fier de moi. J'étais… en fait, j'avais les pensées confuses. Je n'ai pas réfléchi avant de l'avoir identifié et d'avoir dit à son frère qui il était. La douleur dans les yeux du colonel Hawkins, la haine que je verrais dans les vôtres… (Elle hésita un instant.) Je sais que ce que j'ai fait n'était pas une erreur. On m'y a entraînée. Je devais le faire pour sauver ma nation. Mais je sais aussi ce que Corbeau a accompli à Wruona. Je sais ce qu'il a accompli à Svoin…

Will hocha la tête.

— La nuit dernière, ils chantaient à propos de Croûteux. Dans ces ballades, c'est un lâche. Il est le premier à s'enfuir, le premier à s'avilir, il mérite toujours un coup de botte au derrière. En les écoutant, la seule chose que je pensais, c'était qu'il ne s'agissait pas de Corbeau. (Sephi acquiesça lentement et Will lui adressa un sourire.) Sephi, je sais – Corbeau sait – que tu ne faisais que ton devoir. Tu n'avais pas le choix. Mais je sais aussi que Corbeau n'est pas Croûteux. Quelqu'un de si lâche ne pourrait en aucune façon passer un quart de siècle à combattre Chytrine. Et en aucune façon un lâche n'inspirerait une telle peur à Chytrine au point qu'elle fasse chanter une nation entière pour le tuer. Qu'elle veuille sa mort devrait t'apprendre sur lui tout ce que tu as besoin de savoir.

Elle écarquilla les yeux en entendant ces dernières paroles et posa la main sur sa bouche.

— Oh ! Qu'ai-je fait ?

— Ce n'est pas ce que tu as fait qui est important, Sephi. C'est le passé.

Will mit de la chaleur dans sa voix et lui offrit le moyen de rectifier ses erreurs.

— Je ne te demanderai jamais de trahir tes croyances ou tes amis. Mais, puisque nous savons à quel point Chytrine craint Corbeau, nous savons également qu'il est un élément clé pour la vaincre. Si Corbeau meurt, elle gagne, et nous ne pouvons le permettre.

— Oh, seigneur, je ferai tout… (Sephi lui agrippa le bras puis desserra sa prise, sa voix n'étant plus qu'un murmure.) Vous ne me faites pas confiance, avec raison. Croirais-je le mériter, je supplierais pour votre pardon.

Will lui sourit et lui caressa la joue.

— Sephi, la dernière chose que je veux, c'est te causer des ennuis. Je ne veux pas que tu ailles à l'encontre de tes principes. Toutefois, il y a bien quelque chose que tu peux faire pour m'aider, si tu le veux bien.

Elle acquiesça avec gravité.

— Tout ce que vous voulez, seigneur.

Will imita son geste, puis regarda autour de lui d'un air méfiant avant de baisser la voix. Elle se pencha, excitée, et il sut qu'il l'avait conquise. Il lui avait démontré qu'en croyant sauver sa nation elle avait en réalité compromis sa sécurité. Elle ferait tout pour réparer cela comme il le désirait. À Yslin, il n'aurait aucun scrupule à se servir d'elle mais, dans cette ville-là, il se sentait un peu mal à l'aise.

Quand même, elle a mis Corbeau dans le pétrin, elle peut bien l'aider à s'en sortir.

Il parla d'une voix à peine plus forte qu'un murmure.

— Garde les yeux et les oreilles grands ouverts. Je sais que tu es douée pour ça. Si tu entends ou vois quoi que ce soit qui pourrait aider Corbeau, fais-m'en part. Particulièrement à Meredo, puisque tu connais la ville.

— Oui, seigneur Norrington. Je vous le promets. (Elle soupira encore.) Lorsque je vous ai rencontré, je savais que vous étiez différent. Seulement, je ne savais pas à quel point. Je suis heureuse de vous avoir bien jugé et vous venez de le prouver. Merci, seigneur.

Il lui fit un clin d'œil.

— Ta confiance en l'Oriosa m'en dit beaucoup sur ma nouvelle nation, Sephi. Désormais, si nous travaillons ensemble, nous pouvons garantir son avenir.

— Oui, seigneur, exactement.

Elle retira son bras du sien et reprit la direction de la rue.

— Je vous donnerai des nouvelles.

Il acquiesça et la regarda partir. Il éprouva de nouveau un léger pincement de culpabilité à l'idée de l'avoir manipulée, mais le sentiment d'avoir été trahi l'étouffa complètement. Il ne savait pas ce qu'elle allait faire pour aider Corbeau ou à quel point elle serait efficace dans l'accomplissement de cette tâche, mais ça ne pouvait pas faire de mal de l'avoir de son côté.

Et si elle me trompait, comme la dernière fois ?

Will haussa les épaules et rejoignit la rue à grands pas. Il était le seigneur Norrington. Si elle choisissait de l'espionner et de le livrer à Scrainwood, eh bien, il faudrait qu'elle travaille dur pour trouver une raison de le dénoncer.

Le temps qu'elle découvre quelque chose d'intéressant, j'en aurai appris assez pour me protéger.

Sourire aux lèvres, Will reprit ses déambulations dans Tolsin et voyait, à l'expression des autres, que son humeur joyeuse était décidément un bon présage.

Chapitre 6

Kerrigan Reese se réfugia de son mieux dans l'ombre et frissonna. L'air frais de la nuit n'avait que peu de rapport avec son inconfort, car il s'était enfoui dans des vêtements de laine noirs qui le rendaient invisible. Il se mit même sur un genou, tout comme ceux qui menaient l'expédition, même s'il souffrirait d'un sérieux désavantage quand il devrait se déplacer rapidement.

Il frissonnait car la dernière fois qu'il avait participé à ce genre d'opération secrète, Orla était morte. Certes, les rues de Tolsin n'étaient pas celles du territoire des pirates, et la maréchaussée locale n'avait rien d'une bande de meurtriers assoiffés de sang auquel un *sullanciri* rendait visite. Malgré tout, il avait fait une erreur, alors, et son maître l'avait chèrement payé.

Au moins, la princesse pense que c'est une bonne idée. (Ses épaules s'affaissèrent un peu.) *Cela dit, elle n'est même pas là.*

Devant lui, voilés de noir, Résolu et Will s'étaient agenouillés pour observer la taverne du *Duvet de Chardon*. La construction basse à un seul étage n'avait l'air de rien avec son épais toit de chaume et ses fenêtres minuscules. Le peu de lumière pâle qui filtrait donnait à penser que la réserve de bougies se trouvait au plus bas, mais cette pénurie convenait parfaitement à leur entreprise.

Deux gardes se tenaient près de la porte. Ils luttaient contre le froid en frappant le sol de leurs pieds. À eux deux, ils auraient peut-être suffi à décourager la gent criminelle de Tolsin, mais pas l'équipe rassemblée cette nuit-là. Résolu aurait pu les abattre tous les deux en un instant et Will se débrouillait très bien au combat.

Dranae, un guerrier humain très grand, brun, barbu, aux yeux bleus, était accroupi à côté de Kerrigan. Il le dominait de sa taille et pesait plus lourd que lui, alors qu'il n'avait pas un gramme de graisse. Kerrigan aurait adoré posséder la même force, mais la vie sur Vilwan avait peu contribué à développer la musculature du jeune homme. Dranae portait un bâton court qui n'avait pas l'air de valoir grand-chose mais, entre les mains d'un homme fort, ce simple objet pouvait briser des os.

Les deux derniers membres de leur compagnie ne portaient aucune arme. Qwc, un Spritha, s'agrippait au toit du bâtiment contre lequel Kerrigan était collé. À lumière chiche, on avait l'impression que sa carapace verte était noire, mais ses quatre ailes scintillaient, quant à elles, comme si la lumière des étoiles y était emprisonnée. Il lissait ses antennes avec sa paire de bras supérieure et s'agrippait avec la paire inférieure et ses pattes. Mesurant à peine une trentaine de centimètres, il se rendait utile grâce à sa vitesse et ses ailes.

Il bourdonna tout bas :

— Que deux, là-bas, que deux !

Résolu hocha la tête.

— Lombo ?

Kerrigan regarda par-dessus son épaule la créature accroupie. Le Panqui était un être doué d'intelligence. Celui-ci avait été un pirate wruonin avant d'être trahi et manqué d'être tué. Immense, la peau protégée par des plaques osseuses, doté de longues griffes rétractables et d'une gueule pleine de dents, il avait l'air capable de détruire la ville entière à lui tout seul ; deux gardes de taverne n'étaient pas de taille face à lui. Dans la bataille contre les forces de Chytrine, le Panqui avait pris grand plaisir à attaquer et tuer les grands temeryx, sans même hériter d'une égratignure.

Lombo leva le museau et renifla, les oreilles aplaties contre le crâne.

— Deux dehors. D'autres à l'intérieur. Et Corbeau.

Le Vorquelfe acquiesça puis revint à Kerrigan.

— À ton tour, Initié. Peux-tu y arriver ?

Kerrigan se concentra un instant, puis agita les doigts en direction du bâtiment. Le sortilège fila, invisible, vers la taverne puis revint à lui, lui permettant de regarder par *œilmage*. Pour lui, l'obscurité de la nuit disparut et le bâtiment s'illumina, chaque être vivant devint plus brillant qu'une bougie. En plus des deux hommes à la porte, il y en vit trois à l'étage.

L'un dormait et les deux autres…

Kerrigan rougit et reporta son attention vers le rez-de-chaussée et le sous-sol. Quatre hommes occupaient la pièce principale et il identifia deux individus dans le cellier. Ils étaient tout près l'un de l'autre, mais l'un d'eux était allongé sur le sol, tandis que l'autre brûlait d'activité.

—Il y a quelqu'un avec lui, il lui donne des coups de pied.

Will se retourna, les yeux plissés.

—Arrête-le.

Le jeune mage ouvrit la bouche pour expliquer que, si lancer le sortilège en question était simple, le concentrer pour frapper des gens dans le sous-sol serait plus compliqué. Mais le regard de Will lui disait que toute explication serait vaine. Même s'il savait que ses maîtres l'auraient tancé s'il s'était servi de ses talents pour pratiquer une activité illégale, il prit une grande inspiration, ouvrit les mains, paumes en avant, et projeta le sortilège par vagues.

La magick coula sans effort, traversant la nuit comme un brouillard. Les deux gardes s'effondrèrent mollement près de la porte. À l'intérieur de la taverne, celui qui dormait s'enfonça plus profondément sous les couvertures et les deux autres plongèrent dans un profond sommeil. L'un d'entre eux tomba du lit et ne se réveilla même pas. Les gardes au rez-de-chaussée se renversèrent ou s'affalèrent sur leur chaise. Au sous-sol, l'homme qui frappait Corbeau s'effondra comme frappé par un éclair.

Kerrigan sourit et Will se dirigea vers le bâtiment. Le magickant lui attrapa le poignet.

—Attends.

—Pourquoi ?

Une série de bruits rythmés résonna autour de la taverne. De petites bêtes grassouillettes tombèrent de la gouttière et quelques autres du toit. Will avança la tête puis frissonna.

— Des rats ?

— Il y en a d'autres à l'intérieur. Sois prudent.

Le Vorquelfe leva une main et indiqua le bâtiment. Qwc s'y précipita à tire-d'aile puis poussa un sifflement suraigu. Les autres partirent à sa suite et Lombo redressa les deux gardes. Dranae et Kerrigan s'emparèrent de leurs lances et de leurs casques, puis prirent leur place tandis que Will déverrouillait la porte de la taverne avec un léger cliquetis. Lombo, le Vorquelfe et lui disparurent à l'intérieur. Le Spritha s'élança alors dans les airs et se mit à patrouiller en décrivant des cercles.

Tout était prévu. La princesse Alexia et son amie gyrkyme, Perrine, avaient invité à dîner le mandataire Mably ainsi que la noblesse locale. Tous avaient été assis du même côté, tandis que la compagnie ci-présente s'était retrouvée en bout de table, à faire semblant de trop boire alors que les autres se mêlaient de discuter des affaires du monde et d'autres événements importants. Aucun invité n'aurait l'autorisation de partir avant qu'Alexia déclare la fin des festivités et elle ne le ferait pas avant que Qwc revienne lui faire part de la réussite de leur équipée nocturne.

Dranae enfonça le casque cabossé sur sa tête.

— Ta maîtrise de la magick est impressionnante, Initié Reese.

Ce dernier s'étonna.

— Oh, non, c'était très brouillon. (Il repoussa du pied l'un des rats endormis.) Si je m'étais mieux concentré, j'aurais pu toucher seulement les hommes. Oh, et le chien dans le coin aussi. J'ai laissé filer le sortilège et atteint tout ce qui était à l'intérieur. J'aurais dû faire preuve de plus de précision.

— Mais Initié Reese, j'ai cru comprendre que, en dehors du domaine du combat, les humains n'avaient pas la discipline nécessaire pour utiliser la magick sur des êtres vivants. Même, le sort dont tu t'es servi ne fait-il pas partie d'une formule de guérison elfique pour faire dormir les blessés pendant que d'autres sorts de guérison font effet ?

— Eh bien, oui, mais… (Kerrigan fronça les sourcils.) Sur Vilwan, j'avais des instructeurs elfiques. Je ne pratique que ce qu'ils m'ont enseigné.

— Tu as très bien appris tes leçons.

— Comment se fait-il que vous connaissiez la magick ? (Kerrigan fit de son mieux pour maintenir une voix égale.) Sans vouloir vous offenser, vous…

— Je n'ai vraiment pas l'air d'un érudit ?

Dranae haussa les épaules et tapota le côté gauche de son casque.

— Tu sais que Corbeau, Résolu et Will m'ont sauvé d'un groupe de baragouineurs. J'étais leur prisonnier et j'avais reçu un coup sur la tête. Je ne me souviens de rien avant leur arrivée, alors je n'ai pas de réponse. Peut-être est-ce quelque chose que j'ai entendu sur Vilwan, en combattant les pirates. Il y avait des guérisseurs elfiques, là-bas, c'est probablement la raison.

Kerrigan acquiesça tout de suite.

— Leur magick est très difficile à apprendre à cause des différences avec celle des humains. La magick humaine construit, alors que l'elfique coule et pousse.

L'ouverture de la porte de la taverne coupa court à leur conversation. Résolu sortit le premier, suivi de Lombo, un garde dans chaque main. Il les assit près du battant, dos au mur. Will sortit en dernier et verrouilla la porte de nouveau derrière lui tandis que Dranae et Kerrigan rendaient les casques à leurs propriétaires.

Résolu fronça les sourcils et tourna dans le bon sens celui que Kerrigan avait enfoncé sur la tête du garde.

— C'est fait.

Kerrigan sourit.

— Ça a marché ?

— C'était parfait, Kerrigan ! s'écria Will en riant. Quand tout ça sera fini, toi et moi on sera invincibles. T'endors les gardes, moi je récupère la marchandise.

Le Vorquelfe baissa les yeux sur le voleur.

— Dis-moi que tu n'as rien dérobé, gamin.

Will dilata les narines.

— C'était pas dans le plan. Non.

— Bien. Alors bouge-toi.

Les cinq silhouettes s'éclipsèrent. Revenu dans l'ombre d'où il avait lancé le sortilège, Kerrigan hésita.

— Vous voulez que je les réveille ?

— Non.

— Oui.

Kerrigan regarda Résolu puis Will.

— Alors ?

Le Vorquelfe secoua la tête.

— Laisse-les se réveiller à l'aube, de manière naturelle.

Will gémit.

— Mais ça veut dire que le type au sous-sol va continuer à dormir !

— Qu'il dorme. Ça ne fait que retarder les choses.

Dranae haussa un sourcil.

— Celui qui frappait Corbeau ? Qu'est-ce que vous lui avez fait ?

Résolu haussa les épaules.

— L'échelle qui descend au cellier est raide. Il est tombé et s'est cassé la jambe.

Will hocha la tête.

— Et c'est vraiment pas beau, avec l'os qui ressort et tout.

Kerrigan pâlit.

— Vous lui avez volontairement cassé la jambe ?

— Je voulais lui casser les deux et puis lui enfoncer les pouces dans...

— Ça suffit, Will.

Résolu hâta leur traversée de la ville, une main dans le dos de Kerrigan.

— Parfois, Initié Reese, il faut contrer les petites méchancetés par un juste retour des choses douloureux. Cet homme guérira mais, chaque fois qu'il voudra frapper quelqu'un, il se souviendra. Ce n'est pas une grande victoire mais, pour ce soir, cela suffira.

Le bruissement annonçant l'arrivée de Perrine était plus doux que le grattement des pigeons sous les toits. Alyx sourit et se pencha par la fenêtre tandis que sa sœur repliait les ailes. Perrine arborait les couleurs du faucon, ordinaires chez les Gyrkyme de la caste des guerriers : des plumes brunes sur les épaules et le dos, qui devenaient d'un crème tacheté sur la poitrine et le ventre. Ses grands yeux d'ambre brillaient d'intelligence, bien que les marques foncées tout autour donnaient l'impression que des larmes avaient glissé sur ses joues. Toutefois, son grand sourire démentait toute tristesse.

— Tu avais raison, ma sœur, ils se sont rassemblés de l'autre côté de la ville, pensant la contourner avant de partir vers la capitale. Lombo s'est accroupi près de la porte et ne semble pas remarquer les deux gardes qui le bastonnent.

Alyx secoua la tête.

— Il vaut mieux que je descende au cas où il changerait d'avis. Peux-tu… ?

Perrine criailla joyeusement et s'élança dans l'air du matin d'un coup d'ailes puissant.

— Il n'y aura pas trop de sang versé, promis.

— Merci, ma sœur.

Alexia se retourna et traversa la chambre, laissant son sac et son épée. Comme de coutume, elle s'était natté les cheveux et les avait noués grâce à une lanière noire. Elle s'était vêtue d'une simple tunique en daim alliée à un pantalon, teint en noir. Elle avait rentré celui-ci dans ses bottes et avait passé autour de sa taille une large ceinture dans laquelle elle avait glissé ses gants. Habituée qu'elle était à sa cotte de mailles, elle se sentait légère et presque nue lorsqu'elle dévala l'escalier pour sortir dans la rue.

Elle ne mit pas longtemps à franchir la distance qui la séparait de l'auberge où le mandataire Mably et son escouade s'étaient rassemblés. Lombo se tenait toujours à l'entrée, des bouts de bois brisés jonchant le sol autour de lui. Perrine était perchée au-dessus de la porte et dévisageait Mably d'un œil torve. Qwc s'était installé sur l'épaule de Corbeau. Autour d'eux, une foule commençait à se former.

Alexia sourit lorsqu'elle brisa le cercle. Elle attrapa la bride du cheval de Mably.

— Magistrat, si vous m'aviez dit que vous aviez l'intention de partir à cette heure, j'aurais écourté notre dîner.

Sans le masque vert qu'il portait, Mably aurait montré un visage privé de toute couleur. Alexia révisa rapidement ce jugement, car il avait les yeux passablement rouges et sa peau tenait quelque peu de la teinte de son masque. Elle résista à la tentation d'effrayer le cheval du magistrat pour que ce dernier soit désarçonné.

— Princesse, je ne voulais pas vous déranger avec un événement si trivial que le déplacement du prisonnier.

— Peut-être ne pensez-vous pas que j'y trouve un intérêt, magistrat, mais là où va mon époux, je vais aussi.

Les yeux rouges de Mably lui sortirent de la tête.

— Pardon ?

Même Corbeau se redressa.

— Princesse, non.

De toute évidence, il voulait protester davantage, mais il n'en avait pas la force. On l'avait assis sur la selle et attaché là ; ses poignets aussi étaient fermement liés. On avait jeté sur lui une couverture grise élimée, mais elle tombait à mi-cuisse, mettant au jour ses jambes nues et bleuies.

Mably releva la tête.

— Vous prétendez que cet homme est votre époux ?

— Il l'est, affirma Alexia.

— Elle ment.

Mably sourit.

— Il le nie, princesse.

— Il délire, et ce n'est pas étonnant vu la façon dont il a été traité sous votre garde. (Alexia sourit cordialement.) Comme vous le savez bien, la coutume oriosane autorise une épouse à accompagner son mari à son jugement.

— Le jugement a été rendu, il se rend à son exécution. La coutume ne s'applique pas. (Mably grogna.) De plus, il nie votre mariage.

— Et vous maintenez qu'il est Hawkins, le Traître, un menteur avéré, alors comment pouvez-vous le croire ?

Elle montra la main gauche et toucha du pouce l'anneau d'or à son annulaire.

— Nous sommes mariés. Nous avons célébré notre mariage au temple de Kedyn de Forteresse Draconis. Le prince Erlestoke était un de nos témoins.

Corbeau gronda.

— Mably, vous n'êtes pas abruti au point de la croire, si ?

— Chut, mon aimé. (La princesse revint à Mably.) Regardez sa main, magistrat, vous y verrez son anneau. Le plus faible des magickants pourrait vous dire qu'elles sont liées comme il se doit après une telle cérémonie.

Le bureaucrate s'énerva.

— Il n'avait pas d'anneau quand nous l'avons interpellé !

— Il aura échappé à vos fouilles.

— Vous n'aviez pas de bague la nuit dernière.

— Peut-être avez-vous simplement manqué de la voir. (Alyx renifla.) C'est bien triste de boire autant.

Mably secoua la tête violemment, une fois, puis siffla de douleur.

— Princesse, vous savez que le seul magickant digne de ce nom est l'Initié Reese et je ne croirais pas ce qu'il dit sur ces bagues. Vous mentez.

— Elle ne ment pas.

Alexia se retourna et vit une femme mince, brune, sortir de la foule. En la voyant, Alyx se sentit submergée par la rage et, au-dessus de la porte, Perrine déploya les ailes.

C'est Sephi, celle qui a trahi Corbeau. À quoi joue-t-elle ?

Mably redressa la tête.

— Qu'est-ce que tu racontes, petite ?

Le regard de Sephi s'enflamma.

— J'ai dit qu'elle ne mentait pas. Ils sont mariés.

— Encore des mensonges.

— Vraiment ? (Sephi durcit le ton.) Vous savez bien qui je suis, mandataire Mably. Je suis les yeux et les oreilles du roi. On m'a envoyée ici pour confirmer l'identité du Traître. Je sais tout sur lui et je sais qu'ils sont mariés.

Le magistrat affaissa les épaules.

— Pourquoi tu ne me l'as pas dit plus tôt ?

— Magistrat, c'est au roi de décider des informations dont vous pouvez disposer. Êtes-vous plus intelligent que lui ? La réponse du roi serait différente de la vôtre, j'en suis certaine. (Sephi secoua la tête.) Je révèle cette information pour vous empêcher de commettre une erreur stupide, comme celle de promener le prince d'Okrannel nu dans tout l'Oriosa. Je ne permettrai pas que quiconque mette notre nation dans l'embarras.

Le magistrat s'affaissa sur sa selle.

— Je n'y crois pas. Il n'y avait pas d'anneau à son doigt.

— C'est parce que la princesse ment.

— La ferme ! (Le cri de Mably fit taire Corbeau mais lui coûta manifestement très cher. Il respira profondément pendant plusieurs secondes, puis regarda Alexia.) C'est une machination, je le sais. Vous ne me tromperez pas.

La princesse fit un pas en arrière.

— Si vous décidez de me taxer de menteuse, j'exigerai réparation. Vous pouvez choisir : endurer mon courroux, ou bien croire l'espionne du roi et me laisser accompagner mon époux à Meredo.

— Seulement vous, princesse.

— Bien entendu, seulement moi. Et mes gardes du corps.

Mably grogna. Alyx sourit.

— Vous savez qu'ils y seront de toute façon, magistrat. Ne luttez pas, c'est un combat perdu d'avance.

— Vous n'avez gagné qu'une escarmouche, princesse. (Mably se redressa sur sa selle.) C'est à Meredo que l'issue de la bataille sera décidée et elle ne sera pas en votre faveur.

Chapitre 7

Ils quittèrent Tolsin vers midi et Alyx était ravie du déroulement des événements ; elle admettait néanmoins que tout le monde ne partageait pas ce sentiment. Le mandataire Mably était manifestement furieux. Elle pouvait presque sentir le regard noir de l'homme sur sa nuque. Mably chevauchait devant la garde, qui fermait la marche, envoyée là par Résolu. Le magistrat de Tolsin avait quitté la ville en tête de la procession mais, comme certains des gardes étaient partis en éclaireurs, il s'était retrouvé au milieu du groupe d'Alexia et avait rapidement battu en retraite.

Les gardes avaient assisté à la déconfiture du magistrat face à Sephi et cet épisode l'avait desservi auprès d'eux. Ils semblaient plus le tolérer désormais que disposés à obéir à ses ordres. Plus Mably s'éloignait de Tolsin, moins il avait d'autorité sur eux et Résolu profita de cette faiblesse.

La prise de pouvoir du Vorquelfe acheva de mortifier Mably. Secondé par Dranae, Résolu envoyait les éclaireurs et organisait les relèves. Un seul des gardes refusa d'obéir à ses ordres. Will intervint d'un ton léger en lui disant qu'il était un imbécile de défier le Vorquelfe, et que les imbéciles se cassaient souvent les jambes dans d'affreux accidents. Le garde admit rapidement son erreur et découvrit par la suite que Résolu savait vraiment ce qu'il faisait.

Alexia aurait été parfaitement heureuse si Corbeau n'affichait pas une expression aussi maussade.

— Corbeau, vous ne pensiez tout de même pas que j'allais leur permettre de vous emmener, si ? Croyez-vous que vous auriez tenu jusqu'à Meredo ?

Il se renfrogna complètement.

— J'aurais probablement tenu un kilomètre de plus que Mably, mais c'est sans importance. Je ne voulais pas que vous vous retrouviez mêlée à ce qui va m'arriver. Je vous ai demandé de ne pas le faire. (Il leva la main gauche et toucha l'anneau d'or.) Kerrigan a créé les bagues, j'imagine, comme il a créé la copie du fragment ?

— Il a dû emprunter celles de l'aubergiste et de son épouse pour capter leur essence, mais oui.

Corbeau secoua ses cheveux blancs.

— Puis Will s'est introduit dans la taverne et me l'a glissée au doigt.

Alyx acquiesça.

— Je n'étais pas là. J'aidais à distraire Mably et quelques autres. Tout s'est déroulé sans difficulté.

— À part une jambe cassée, oui.

— J'ai cru comprendre qu'il vous frappait.

Corbeau haussa les épaules.

— Ça ne me faisait pas mal. Il cognait comme une fille.

Elle écarquilla les yeux.

— Si je vous frappais, vous ne diriez pas cela.

— Probablement pas. (Il la regarda, la chair autour de son œil gauche était d'un jaune pâle violacé.) Mais c'est comme si vous m'aviez frappé en agissant ainsi.

— Corbeau, ne me dites pas qu'être secouru a blessé votre orgueil ! (Alyx rit à gorge déployée.) Si oui, vous avez reçu plus de coups sur la tête que je le croyais !

Corbeau se redressa fièrement. Ce mouvement était difficile pour lui, mais il n'en laissa rien paraître. Un léger tressaillement de sa paupière trahit la douleur qu'il ressentait.

— Vous me connaissez bien mieux que cela, princesse. Je voulais que vous repartiez. Je voulais vous protéger de ce qui va m'arriver. J'y suis préparé depuis des années, mais vous avez été prise de court. Je suis seul responsable de ma condamnation et vous ne devriez pas vous y retrouver mêlée.

— Vous vouliez me protéger. Pourquoi ça ?

— Parce que vous êtes importante. Le monde compte sur vous.

Elle se pencha en avant, les deux mains posées sur le pommeau de la selle.

— Si c'était vrai, vous m'auriez empêchée par tous les moyens d'aller au combat.

Corbeau soupira.

— Le combat, c'est différent. Vous n'avez jamais été entraînée pour ce qui se prépare. Et il y a plus. Vous êtes une amie. J'ai aussi demandé à Résolu de partir lorsque tout ça a commencé.

Alyx plissa les yeux.

— Je ne comprends pas, Corbeau : vous êtes fidèle à vos amis, vous combattez à leurs côtés, vous leur sauvez la vie, vous endurez des décennies de honte à la recherche de celui qui sauvera ce monde qui vous a condamné… et pourtant vous ne pouvez pas comprendre pour quelles raisons ces mêmes amis vous soutiendraient ? Nous trouvez-vous à ce point superficiels ?

Il leva une main, et la manche de son justaucorps s'affaissa suffisamment pour dévoiler tous les bleus que les fers lui avaient laissés.

— Non, ce n'est pas du tout ça. Seulement…

Il avala sa salive et détourna le regard en se mordant la lèvre inférieure. Il ouvrit la bouche pour se remettre à parler, mais le souffle lui manqua.

Elle posa une main douce sur son épaule gauche.

— Corbeau, ce n'est rien.

— Bien sûr que si, princesse. (Il inspira profondément et expira lentement.) Dès le moment où l'on m'a destitué de mon masque, j'ai su que je faisais ce qu'il fallait. Même alors, lorsqu'ils me l'ont pris, lorsqu'ils ont dit à mon père de me le prendre, j'ai été détruit. J'ai eu l'impression qu'on m'avait arraché la peau du visage. J'avais toujours voulu me montrer digne du masque, et voilà qu'on me le retirait : ce fut la mort de Tarrant Hawkins.

» Après ça, du moins pendant les quelques mois qui ont suivi, je ne me souviens pas bien. J'ai bu à en perdre connaissance, mais je me réveillais toujours avec le visage nu. Je me serais bien perdu dans les plaisirs de la chair, mais personne ne voulait de moi. On m'a chassé des auberges. On m'a battu, frappé, craché dessus, jeté dans des bourbiers et dans les égouts. Aurais-je été la proie des flammes que les gens m'auraient uriné dessus, mais seulement pour que je souffre de mes brûlures.

Sa voix était à peine plus forte qu'un murmure. Un frisson parcourut Alexia. Elle le sentit dans sa main et se dit que son geste était peut-être ressenti comme une invasion, mais elle ne put se résoudre à la retirer. En fait, elle aurait voulu frotter les épaules de Corbeau, son dos, mais elle se retint pour éviter de lui faire mal.

Ce désir de le réconforter la troublait. S'il s'était agi de n'importe qui d'autre, elle lui aurait tapoté l'épaule et dit de tenir le coup. Chez les Gyrkymes, on ne parlait pas à cœur ouvert. Ils étaient si peu nombreux et vivaient dans une zone si restreinte que tout le monde savait tout ce qu'il y avait à savoir. Même si les Gyrkymes considéraient qu'une confidence était sacrée, les secrets devenaient souvent de simples informations et se répandaient rapidement. On ne cachait pas ses péchés et ils étaient volontiers pardonnés. Depuis qu'Alyx avait élargi ses horizons, ses compagnons avaient parfois éprouvé le besoin de se confier à elle et elle écoutait avec politesse avant de s'enfuir.

Mais cette fois, c'était différent. La douleur dans la voix de Corbeau passait en elle, lui mordant le ventre. Dans les paroles de l'homme, on sentait tout le poids qu'il avait dû porter et elle souhaitait pouvoir faire quelque chose pour l'en soulager. Lui presser l'épaule ne faisait donc qu'ajouter à son fardeau.

Corbeau parlait toujours, le regard rivé sur la route.

— Résolu était dans le Nord, sillonnant Boragul à la recherche de Chytrine. Comment il m'a trouvé ? Je n'en suis pas certain, mais il m'a sorti d'Yslin, m'a emmené loin des hommes dans les montagnes près du Gyrvirgul. Je ne sais pas pourquoi il s'est encombré de moi. Je n'ai rien fait d'autre que dormir, pleurer... et me haïr pour cela. Il se contentait de s'asseoir à mes côtés, silencieux quand j'en avais besoin, brutal quand j'en avais besoin, et de parler souvent de l'avenir, ce dont j'avais besoin plus que tout.

Alyx lui pressa de nouveau l'épaule.

— Résolu est votre ami.

— Oui, admit-il, et bien meilleur que je l'aurais jamais cru. Il m'a reconstruit. Il a créé le Corbeau de Kedyn, d'après une prophétie elfique que je le soupçonne d'avoir inventée. Mais surtout, il m'a rappelé ma promesse que Vorquellyn serait sauvée avant ma mort. Je me suis battu contre cette idée pendant quelque temps mais, finalement, elle a fait son chemin. Toutefois, je n'oubliais jamais qu'un jour comme aujourd'hui viendrait et je lui ai fait promettre de partir à ce moment-là.

— Comment le pourrait-il si vous êtes celui qui doit sauver Vorquellyn ?

— Tout ce que j'ai dit, c'est qu'elle serait sauvée de mon vivant. Plus tôt je mourrai, plus tôt cela arrivera.

Alyx lui jeta un regard en coin.

— Je soupçonne Résolu de ne pas voir les choses de la même façon.

— Il ne voit les choses qu'à sa manière.

Corbeau releva la tête et regarda Résolu qui chevauchait à l'avant.

— Résolu Brisepromesse !

Le Vorquelfe se tourna à demi, mit une main en pavillon derrière son oreille, puis l'écarta rapidement et haussa les épaules.

Corbeau gronda.

— Il est capable d'entendre un moustique respirer à vingt lieux, mais il est parfois foutrement sourd.

— Peut-être qu'il considère que cette accusation ne mérite pas de réponse. (Elle lui sourit avec chaleur.) Ou peut-être pense-t-il que vous abandonner serait une trahison bien pire.

Il lui jeta un regard en coin.

— Il n'a pas besoin qu'on le défende.

— Ce n'est pas lui que je défendais. Ce sont mes choix et moi. (Elle plissa les yeux.) Vous rappelez-vous avoir refusé de promettre de m'abattre si je passais du côté de Chytrine ? Vous aviez justifié votre refus en disant que vous ne vouliez pas que je me sente en sécurité. Vous vouliez éviter que je laisse tomber mes défenses au point de devenir sensible aux tentations de la reine. Vous rappelez-vous ?

—Oui.

—Vous ne me disiez pas que ce que je voulais entendre. Vous me disiez une vérité que j'avais besoin d'entendre. Eh bien, en voici une pour vous : nous sommes vos amis et nous avons besoin de vous à nos côtés. Peut-être cela interfère-t-il avec vos plans, mais vous devrez vivre avec.

Corbeau ferma les yeux un instant, puis acquiesça.

—Merci.

—Je vous en prie.

Il se racla la gorge.

—Quand même, vous n'auriez pas pu trouver un autre moyen, princesse ? Ce plan est tellement grossier que personne n'y croira.

—Pourquoi ? Personne ne me croirait capable de succomber à vos charmes ?

—Si j'en avais ! (Corbeau sourit.) Ne vous défilez pas. En prétendant m'avoir épousé, vous avez perdu toutes vos chances de conclure un mariage dynastique.

—Un avantage de plus.

—Soyez sérieuse.

Elle fit descendre la main le long du bras de Corbeau avant de la reposer sur le pommeau de sa selle.

—Je suis sérieuse. Vous savez que j'ai été entraînée pour mener des armées. C'était ce que désirait mon père et il en a fait part à Preyknosery Aile-de-Fer. Ce dernier a honoré ses désirs, et le roi Augustus s'est assuré que j'obtienne l'aide et l'entraînement nécessaires. Les Gyrkymes et lui savent ce que je vaux. Toutefois, ce n'est pas le cas de mon grand-père et de mon arrière-grand-tante. Ils ne voient en moi qu'une jument reproductrice à marier à un prince quelconque pour renforcer des alliances, obtenir une aide dans la reconquête de l'Okrannel. Ils me mettraient dans un lit pour gagner quelques troupes supplémentaires, alors que je pourrais reprendre l'Okrannel avec une poignée d'hommes !

—Peut-être bien, princesse, mais personne ne croira que nous sommes mariés.

Alyx sourit.

— Le Norrington et Perrine ont été les témoins de notre mariage. Le prince Erlestoke était là, que les dieux gardent son âme.

— Deux amis et un mort ? Personne ne se fiera à eux.

— Mais ils accepteront ma version. Il le faut parce que c'est ainsi que fonctionne la noblesse. M'accuser de mensonge aurait des conséquences.

— Mais lorsque ce mensonge sera découvert, princesse…

Elle secoua vivement la tête.

— Écoutez-moi, Corbeau, et écoutez-moi bien. Je connais votre histoire, on me l'a racontée toute ma vie. La honte, les mensonges, la façon dont ils vous ont décrit, tout cela n'a aucune importance : je vous ai rencontré. Vous m'avez sauvé la vie, j'ai sauvé la vôtre. Nous avons partagé une outre après la bataille, nous avons dévasté un nid de pirates et nous avons tué un *sullanciri*. Je sais que le Hawkins de la légende, l'infâme, ce n'est pas vous.

— Oui, mais…

— Non, Corbeau, pas de « mais ». (La gorge serrée, elle avala sa salive.) Si mon père avait vécu, je veux croire qu'il aurait été présent à votre procès et qu'il aurait tempêté contre cette injustice. Si le roi Augustus ne s'était pas trouvé en Okrannel, je suis certaine qu'il l'aurait fait aussi.

Corbeau secoua la tête.

— Ils n'auraient pas eu le choix.

— Nous ne le saurons jamais. Mais je connais Augustus et je sais qu'il n'aurait jamais accepté une telle injustice. Mon argument est simplement celui-ci : pour préserver leurs royaumes, les têtes couronnées ont choisi de détruire votre vie. Ils ont créé un mensonge et s'en sont servis pour se débarrasser de vous. Vous dites que votre père vous a dépossédé de votre masque. Croyez-vous qu'il l'aurait fait s'il avait su la vérité ?

Corbeau frissonna un instant, puis baissa la voix.

— Il la connaissait, et elle lui a suffi. Il n'avait pas besoin de leur mensonge.

Elle fronça les sourcils sans comprendre.

Plus tard.

— Corbeau, ce sont les souverains du monde qui vous ont fait ça. Je n'y participerai pas. Ce mensonge a fait bien assez de dégâts.

— Alors vous le combattez avec un autre mensonge ?

L'accusation de Corbeau était adoucie par le sourire qui étirait le coin de sa bouche.

Elle acquiesça.

— Il empêche votre exécution sommaire et nous permet de gagner du temps. Nombreux seront ceux qui tenteront de me convaincre d'annuler ce mariage. Je pourrai échanger l'annulation contre un pardon. Après tout, tout le monde sait que Hawkins s'est tué. Vous avez été pris pour lui par erreur, c'est tout. Souvenez-vous, chez les Vorquelfes, les contes du Corbeau de Kedyn datent d'avant la dernière guerre.

Corbeau se mit à rire.

— Oh, vous avez pensé à tout !

— Il a fallu. Will et Kerrigan posent les questions les plus gênantes. Bien sûr, comme tous les plans, celui-ci s'effondrera lorsque nous serons face à l'ennemi. (Alyx haussa les épaules.) Mais nous devons gagner, alors nous gagnerons.

Il la dévisagea puis secoua la tête.

— Scrainwood n'est pas un imbécile, mais il croyait ne s'en prendre qu'à moi. Il ne s'attendait sûrement pas à ça.

— Il a ouvert le bal il y a vingt-cinq ans et il danse depuis bien trop longtemps. (Alexia lui pressa de nouveau l'épaule.) L'heure est venue de payer les musiciens.

Chapitre 8

Des colonnes de flocons de neige dansaient sur le paysage aurolani, flottant dans sa direction comme doués d'intelligence et d'intention. Isaura tendit une main sans gant. De longs doigts fins sous une peau à peine plus foncée que les flocons s'enfoncèrent dans les tourbillons. Lorsqu'elle le toucha, le fantôme de neige se délita. De petits cristaux se posèrent sur ses longs cheveux et sa robe, aussi invisibles que s'ils étaient retombés sur le champ de neige à ses pieds.

La brise qui avait animé ce minuscule cyclone en provoqua d'autres qui s'envolèrent en direction du Conservatoire, comme si les guerriers du Sud assaillaient le bâtiment. Le Conservatoire avait été taillé dans le flanc d'une montagne. Les sortileges dont le *sullanciri* Neskaru s'était servi pour le construire avaient fondu la roche en forme de tours et de salles. Même les façades des murs extérieurs, battus par les furieux vents du nord pendant vingt-cinq ans, restaient lisses et immaculées.

Il y avait des élèves dans le champ de neige qui s'étendait devant le Conservatoire, car ceux qui y étudiaient depuis des années étaient devenus presque insensibles au froid. Ceux entraînés au combat se défiaient en duel, les filles comme les garçons nus jusqu'à la taille, le corps orné de tatouages colorés. Diverses magicks crépitaient entre eux, claquant dans l'air froid. Si les mages de combat avaient remarqué la brise qui se levait, ils ne cherchèrent pas pour autant à se mettre à l'abri.

D'autres anciens élèves portaient plus de vêtements, mais ils se souciaient tout aussi peu du vent. Les nouveaux, au contraire, la plupart des enfants et ceux affrontant leur premier hiver, se blottissaient les uns contre les autres, dos au vent. Isaura, qui se tenait pourtant assez loin, sentait qu'ils essayaient d'invoquer un sortilège pour se réchauffer. Parce qu'ils avaient été entraînés à Vilwan, leurs méthodes étaient maladroites, leurs efforts bloqués et le résultat bien peu satisfaisant.

Isaura pencha légèrement la tête à gauche et les observa. Les élèves de Vilwan avaient été recueillis en mer et ramenés en Aurolan pour être instruits par Neskaru, mais ils se défiaient de lui et de ses techniques tout comme ils cherchaient à résister au froid. Et souffraient pareillement des deux.

Isaura ne résistait pas au vent et au froid, elle les accueillait avec bonheur. Les Vilwanais considéraient le froid comme une absence de chaleur, mais ils ne voyaient tout simplement pas plus loin que le bout de leur nez. Il y avait de la chaleur dans le vent, car cette dernière n'était que de l'énergie, et sans énergie, il n'y aurait pas de vent.

La chaleur est là, il suffit de savoir où la chercher.

Un autre tourbillon s'abattit sur elle et elle sentit immédiatement son intention. Elle se retourna, le regard posé sur la forteresse de pierre noire qui dominait la vallée entourée de hautes falaises. Le Conservatoire était bâti en pierres de taille, mais la forteresse semblait faite d'un seul tenant : semblable à une dent qui aurait surgi du paysage enneigé, solide et pointue.

Isaura surprit un éclair blanc à la fenêtre d'une des salles les plus hautes et sourit. Elle se mit à marcher rapidement vers le château, le tourbillon tirant sur les jupes de sa robe, la pressant. Elle agita la main vers lui, pour retisser les fils d'énergie qui le parcouraient, et il retomba dans un petit nuage de poussière glacée.

De lui s'éleva un autre tourbillon, plus puissant. Il l'encercla une fois, lui tirant un cri de joie et faisant danser ses cheveux avec malice. La tempête se jeta sur elle, l'encerclant de sa fureur. Le vent poussa un hurlement inarticulé puis la souleva et la porta jusqu'à un balcon du château.

Isaura riait aux éclats, ses yeux d'argent brillaient tandis qu'elle s'élevait au-dessus du paysage. Hors de la vallée, loin au nord et à l'ouest, elle voyait les cônes sombres et lointains des volcans desquels s'élevait de la fumée. D'immenses champs d'un blanc pur s'étendaient entre eux, saupoudrés çà et là de petites constructions regroupées, en forme de dômes. La plupart des citoyens aurolanis vivaient dans de vastes cavernes aménagées. Les édifices qu'elle voyait constituaient en majorité des abris destinés aux divers troupeaux élevés sur la toundra.

Le tourbillon la déposa gentiment sur le balcon, puis se resserra en une colonne fine. Elle inclina gracieusement la tête.

— Je vous remercie de votre amabilité, monsieur.

Presque sans un bruit, la colonne de glace trembla puis se dissipa.

Souriante, Isaura passa sous l'arche de l'entrée. Lorsqu'elle entra dans le château, elle sentit le chatouillement du sortilège destiné à garder la chaleur. Quelques flocons de neige tombèrent de ses cheveux et de ses épaules, mais seuls les plus gros atteignirent le sol de pierre. Ils y fondaient rapidement, puis s'évaporaient.

Elle s'arrêta un mètre après le seuil de la grande salle. Cette dernière s'étendait dans l'obscurité loin devant elle, elle était bien trois fois aussi longue qu'elle était large ou haute. Au centre du mur et à l'opposé des portes principales se trouvait une cheminée assez grande pour qu'un homme puisse s'y tenir debout et assez large pour y loger toute une compagnie. Un feu y brûlait vivement, baignant la femme qui se trouvait devant d'une lumière ondulante.

Cette femme était aussi grande qu'Isaura et était dotée des mêmes oreilles pointues. Toutefois, ses cheveux étaient dorés, comme sa robe : un contraste avec les mèches blanches d'Isaura. Ses membres étaient bien dessinés, mais plus épais que ceux d'Isaura et elle affichait une confiance tranquille qui contrastait avec la fureur des flammes du foyer. Le feu vrombissait toujours, mais les flammes s'affaiblissaient, se tordant et flottant comme de la soie sur une brise légère.

Isaura lissa les plis de sa robe et passa une main dans ses cheveux. Elle se permit un sourire, révélant l'éclat pâle de fortes dents blanches, puis s'approcha de l'autre femme.

— Mère ! Vous êtes revenue du Sud ! Avez-vous réussi ?

— Oui, ma fille. (La femme se tourna vers Isaura, ses yeux bleu-vert vibrant du reflet du feu.) J'ai recueilli une partie de ce que je voulais à Draconis, mais un puzzle aussi.

— Un puzzle ? (Isaura fronça les sourcils.) Quelque chose ne va pas ?

— Non, mon enfant, ne grimace pas ainsi. Ton visage est bien trop beau pour refléter le souci. (Elle lui fit signe de venir.) Approche-toi, Isaura. Tu m'apporteras ton aide, alors tout ira bien.

Le cœur d'Isaura bondit dans sa poitrine tandis qu'elle rejoignait sa mère. Elle savait bien que l'impératrice Chytrine n'était pas vraiment sa génitrice. Chytrine l'avait adoptée alors qu'elle n'était qu'un nourrisson abandonné et de père inconnu. Pourtant Chytrine ne s'était pas souciée de cette bâtardise, elle l'avait recueillie et élevée comme sienne, lui accordant tous les privilèges d'une enfant légitime de lignée royale.

— Je veux vous aider, Mère. S'il vous plaît, je ferai tout ce que je peux.

— Je n'en doute pas.

Chytrine lui sourit affectueusement, mais ce sourire s'effaça rapidement. Comme si elle venait de penser à des problèmes que seule une impératrice était en mesure de résoudre.

— Ils me contrarient, dans le Sud, ma fille. Ils ont abattu Anariah à l'issue d'un piège cruel. Ils l'ont attiré en se servant de faux et en les liant aux véritables fragments de la Couronne du Dragon. Ce n'étaient pas de bonnes imitations, mais Anariah était jeune et n'avait pas l'habitude de ces magicks inférieures. Il ne s'est pas méfié avant qu'il soit trop tard.

Isaura ferma les yeux et baissa la tête. Anariah était un dragon doré qu'elle connaissait très peu, mais il avait été l'un des préférés de sa mère. D'abord il avait été attiré par le fragment de la Couronne que Chytrine avait possédé avant la chute de Forteresse Draconis. Elle lui avait confié ses plans pour la Couronne une fois qu'elle serait recréée et il s'était rallié à sa cause, jusqu'à devenir un fervent partisan de la campagne de Chytrine contre le Sud.

— Oh, Mère, vous avez ma plus grande sympathie.

— Je n'en doute pas, mon enfant. Tu es gentille.

Isaura sentit la pression d'un doigt sous son menton. Elle releva la tête et ouvrit les yeux.

— Il a sûrement été très courageux.

Chytrine hocha la tête avec solennité.

— Oui. Son dévouement envers notre cause n'a jamais fléchi. Anariah n'a jamais hésité devant le combat pour délivrer la Couronne des tyrans sudistes. Son espèce est mise en danger par leur possession des fragments, lui-même l'était, mais il n'agissait pas uniquement pour le bénéfice des dragons. Il luttait pour empêcher la pourriture du Sud de nous empoisonner. (Chytrine laissa retomber sa main et contempla le feu.) Oh, ma fille, tu n'as aucune idée de la corruption qui fait rage là-bas. C'est ma faute et tu dois me pardonner. Je t'ai gardée ici, sur nos terres, pour te préserver. Parfois – et ce n'est pas un reproche – tu es si sensible.

— Je sais que vous ne voulez que mon bien, Mère. (Isaura sourit.) Je me plais ici, dans votre royaume.

— Il est beau, n'est-ce pas ? Chaque fois que je voyage vers le Sud, il me manque, pas seulement parce que je déteste cette chaleur oppressante, mais la puanteur, l'humidité, la façon dont les choses poussent et vous aspirent. (Chytrine se rembrunit.) Tu vois, ma douce Isaura, le monde d'Aurolan est simple et c'est ainsi que les choses doivent être. Il est froid, il est dur. La force est préférée à la faiblesse. Ici, nous vivons en accord avec les lois du monde, comme il se doit.

» Mais là-bas, dans le Sud… Oh, Isaura, tu n'y croirais pas. Ils imaginent pouvoir contrôler les rivières, changer les lacs en champs. Ils construisent des barrages pour voler de la terre à la mer et s'étonnent lorsque celle-ci les détruit pour reprendre ce qui lui appartient. Et leurs villes… (Chytrine secoua lentement la tête.) Notre peuple vit dans des cavernes, entouré de roche. Nous trouvons un espace dans lequel exister mais, au sud, ils se servent de la pierre pour enfermer l'espace, le rendre plus petit. Ils ont tellement peur du monde qu'ils se réfugient dans ces petites cavernes artificielles qui se multiplient. Ici, lorsque quelque chose meurt, il est recueilli, bouilli, tout est utilisé pour le bien de tous. Nos déchets de nuit sont gardés pour nourrir les jardins. L'on ne gâche rien. Mais là-bas, ils vident leurs pots de chambre dans la rue. Les carcasses d'animaux flottent dans les caniveaux et les vermines rampent partout, se battent pour un cadavre et, pis, entrent dans les réserves, s'empiffrent jusqu'à devenir énormes. Et s'ils sont découverts et tués, sont-ils mangés ? Non, simplement jetés dans la rue pour nourrir une nouvelle génération de nuisibles.

Les yeux de l'impératrice s'enflammèrent.

— Je t'ai protégée de tout cela, ma fille, car j'en ai la nausée. Je déteste avoir à t'en parler, et je t'en protégerais à jamais, mais les circonstances ne me le permettent pas.

— Pourquoi ? Que se passe-t-il, Mère ?

— Bien des choses, Isaura, bien des choses.

Chytrine glissa la main dans l'une de ses manches et en sortit une pierre verte et dorée enchâssée dans de l'or. D'un geste de sa main libre, l'impératrice invoqua une petite table qui vola à travers la pièce et ballotta un instant à ses côtés. Lorsque le meuble se fut stabilisé, elle y plaça la pierre.

Isaura reconnut le premier fragment de la Couronne du Dragon, qui avait été libéré de Svarskya avant sa naissance. Il avait été en possession de sa mère pendant tout ce temps et celle-ci le portait à l'occasion. Isaura avait toujours beaucoup aimé la pierre à cause des vagues de couleurs qui la parcouraient. Parfois, lorsqu'elle n'était encore qu'une enfant, elle avait imaginé que la gemme lui faisait un clin d'œil, comme des yeux étincelants.

Chytrine tira une autre pierre de sa manche, jaune cette fois. La lueur du feu formait une croix lumineuse qui brillait à la surface de la gemme. Chytrine la posa sur la table, puis la caressa du bout des doigts.

— C'est celle de Draconis, Mère ?

— Oui, la première que nous avons retrouvée. Nous avions découvert sa copie et nous en sommes servis pour pister l'originale. Nous avons également découvert la copie du rubis et il nous a menés à ceci.

Chytrine plongea la main droite dans sa manche gauche et en sortit un rubis serti d'or qui, au premier coup d'œil, semblait apparenté aux autres par sa forme et sa conception. La pierre semblait pulser, comme sous l'effet d'un certain pouvoir, même s'il semblait bien plus faible que celui des deux autres pierres. Si Isaura n'avait pas cherché les différences et s'était contentée d'examiner la surface des gemmes, elle n'était pas certaine qu'elle aurait remarqué quoi que ce soit.

Elle tendit la main.

— Puis-je ?

— Oui, Isaura, il s'agit du puzzle que je voudrais que tu m'aides à compléter.

Chytrine lui confia le rubis, puis baissa les yeux et caressa la pierre jaune.

— Dis-moi ce que tu en penses.

Isaura couvrit la pierre de ses deux mains, puis la pressa contre sa poitrine. Elle ferma les yeux et inclina la tête. Elle repoussa de force le crépitement du feu et toute sensation de sa chaleur. Volontairement, elle isola son esprit de toute sensation physique et se focalisa sur la pierre. Isaura ressentit d'abord une certaine résistance, puis la surpassa brusquement.

— Oh ! s'exclama-t-elle à voix haute.

Elle ouvrit les paumes, la pierre tomba mais, avant qu'elle touche le sol, une vague de sorcellerie la rattrapa et la souleva de nouveau.

Isaura se mit tout de suite à genoux.

— Pardonnez-moi, Mère !

— Petite, c'est toi qui dois me pardonner. Je ne t'ai pas avertie. (D'un geste fluide, Chytrine fit flotter le rubis jusqu'à la table.) Qu'as-tu ressenti ?

Isaura se concentra.

— Plusieurs magicks, mère. Elle est liée à la Pierre véritable, et fortement. Il y a un sort ici qui s'emparerait de toute magick qui cherche la pierre et la convertirait en énergie pour nourrir le lien. Comme si tirer sur un fil ici pouvait faire sonner une cloche plus loin. Ce double sonnerait de plus en plus fort à mesure que l'on s'approcherait de la Pierre véritable.

Chytrine sourit.

— Oui, ce sortilège est très intéressant et assez inattendu. Et que dire de la magick qui a créé ce fragment !

La jeune femme fronça les sourcils.

— Elle est difficile à saisir. C'est un sort très compliqué, parce que le double porte en lui une véritable résonance du sort originel. Il combine les éléments de quatre types de magicks différents, mais ce n'est pas le plus intéressant. On dirait qu'il est construit comme un sortilège humain, pourtant il y a des traces elfiques et urZrethies. Qu'est-ce donc ?

Chytrine secoua la tête.

— Je ne sais pas, sinon que cela indique que le Sud s'est trouvé un nouveau champion, ou du moins une personne qui a le potentiel d'un nouveau champion. Nous ne pouvons pas compter sur le fait qu'il ait été tué à Draconis. Il est en vie quelque part, je le sens.

Isaura leva des yeux écarquillés par l'horreur.

— S'agit-il du Norrington, Mère ?

L'impératrice haussa un sourcil.

— Pourquoi penses-tu au Norrington, ma fille ?

— Parce que je m'inquiète pour vous. Nefrai-laysh a dit qu'il l'a vu et que vous avez envoyé Myrall'mara le détruire. Je sais que vous ne voulez pas que je m'inquiète pour vous, mais pourtant… je ne peux m'en empêcher. À cause de lui, je crains pour votre vie.

Chytrine se rapprocha d'elle à grands pas et lui caressa la joue.

— Ma chérie, tu n'as aucune raison de t'inquiéter. Le Norrington n'est qu'un chiot. Il reviendra à la raison, tout comme son père et son grand-père avant lui. Toutefois, il existe un danger. Il me faut quelqu'un en qui j'aie confiance pour m'aider à m'en occuper. Toi, Isaura, tu seras mon agent.

— Oui, Mère. (Un sourire éclaira le visage d'Isaura.) Je ne vous décevrai pas. Quoi que vous me demandiez, je le ferai.

Chytrine prit les mains de la jeune femme dans les siennes.

— Je le sais, mon enfant. Écoute-moi bien attentivement. Tu sais qu'une succession d'événements pourrait me coûter la vie. Yrulph Kirûn le savait et m'a préparée pour accomplir une mission. Je dois également me préparer à cette éventualité, alors je vais t'envoyer dans le Sud afin que tu voies par toi-même comment est la vie là-bas. Tu sauras que ce que je t'ai dit est vrai.

— Je le sais déjà, Mère. Je le sais dans mon cœur et ma tête.

— Isaura, ma chérie, il ne faut pas croire que la glace est solide tant qu'on ne l'a pas testée. Et bien que tu acceptes chacune de mes paroles, ce que tu verras te fera comprendre d'autant plus l'urgence de ma mission. (Chytrine hocha lentement la tête et lui pressa les mains.) Bien assez tôt, ma fille, tu partiras vers le sud pour voir par toi-même. Avec ton aide, l'hiver qui arrive sera le dernier que connaîtra le Sud.

Chapitre 9

Will ne se retourna même par vers le feu lorsque la brindille craqua.

— T'arrivais pas à dormir, Kerrigan ?

L'autre retint son souffle.

— Oh, le craquement t'a prévenu qu'il y avait quelqu'un. Aucun des autres n'aurait marché dessus, n'est-ce pas ?

En son for intérieur, Will avait envie de répondre « Non, grand abruti aux pieds de plomb ! », mais il se retint. Il haussa les épaules et lui désigna une partie couverte de mousse de la bûche sur laquelle il était lui-même assis.

— Moi seulement, mais c'est parce que je suis la seule personne encore moins exercée que toi à la vie dans les bois. Résolu a travaillé dur pour m'enseigner ces choses, mais tout ne rentre pas.

Kerrigan s'assit et referma la couverture autour de ses épaules.

— Ce n'est pas la peine de chercher à me ménager, Will.

— C'est pas le cas.

Le mage joufflu hocha la tête.

— Tu es un voleur. Marcher sur quelque chose comme une brindille alerterait les propriétaires d'une maison, alors tu auras appris depuis longtemps à ne pas le faire. De plus, je t'ai aperçu dans les bois, mais je ne t'ai jamais entendu.

Will ne put retenir un sourire lorsqu'il tourna les yeux vers Kerrigan. À sa gauche, à une vingtaine de mètres derrière eux, le feu autour duquel les gardes du corps de la princesse Alexia dormaient brûlait joyeusement. À l'extrémité sud de ce cercle, on avait dressé une tente afin de protéger l'intimité du couple de jeunes mariés. On avait planté un pieu devant, et deux chaînes reliées à des fers de cheville étaient passées dans les pans. Au-delà, une vingtaine de mètres plus loin encore, se trouvait le campement de Tolsin, où Mably et ses hommes s'interposaient entre le prisonnier et les chevaux.

À cette distance du feu, ils ne ressentaient pas la moindre chaleur et percevaient à peine un halo de lumière.

— J'avais vraiment pas l'intention de te ménager, Ker.

Le mage leva les yeux.

— Guère ?

— Ker, comme la première partie de ton nom ? Je sais que tu veux pas qu'on t'appelle Keri, mais c'est long, Kerrigan. C'est un surnom, tu sais ?

Kerrigan secoua la tête.

— Non, je n'en ai jamais eu.

Will écarquilla les yeux.

— Jamais ? J'en ai eu des tas, même mon prénom en est un. Bon, écoute, Will c'est mon surnom. (Il baissa la voix.) En vrai, je m'appelle Wilburforce.

Kerrigan approuva avec sérieux.

— C'est un beau nom, fort.

— Là, c'est toi qui veux me faire plaisir.

— Oh non, je suis très sincère. Lors de la Campagne du Crépuscule, il y avait un commandant de cavalerie oriosan, Wilburforce Eastlan, qui a aidé à repousser Kree'chux au nord. Tu le sais sûrement, ça, et aussi pourquoi on considère ton nom comme un bon présage. (Kerrigan le regardait avec des yeux verts innocents.) Quand nous avons traversé Valsina, c'est ce que tout le monde disait.

— Tu connais toute cette histoire-là, et tu sais pas ce qu'est un surnom ?

Le mage haussa les épaules.

— À Vilwan, on ne se servait pas de surnoms. (Il hésita un instant puis se renfrogna.) Non, pardon. À Vilwan, je n'en ai jamais eu. Je ne sais pas pour les autres.

Quelque chose dans la voix de Kerrigan piqua la curiosité de Will. Il se retourna, le tibia gauche en travers du tronc d'arbre abattu.

— T'avais pas d'amis qui t'appelaient par des petits noms ? Des fois, en hiver par exemple, certains des enfants m'appelaient « Fril » parce que ça rime avec « Will » et que c'est un raccourci pour « frileux », comme « Will » pour « Wilburforce », et parce que j'avais les pieds froids dans le lit. Je détestais ça. Frilie-Willie.

Le mage pencha la tête sur la droite et la hocha à plusieurs reprises. Will savait qu'il décodait le surnom, l'étudiant de la même façon que Résolu lui faisait étudier les traces de pas dans la terre. Enfin, Kerrigan le regarda de nouveau et cligna des yeux plusieurs fois.

— Je vois d'où ils le tiennent, oui. Et non, je n'avais pas vraiment d'amis. Je me souviens, quand j'étais très jeune, qu'il y avait quelques autres élèves qui apprenaient avec moi, mais nous avons été séparés très vite et l'on m'a donné des professeurs comme Orla, bien qu'aucun d'eux ne l'ait égalée.

— T'avais pas d'amis ? (Will essaya de dissimuler la surprise dans sa voix, mais échoua complètement.) Personne avec qui rire, avec qui chahuter, personne ?

Kerrigan eut un mouvement de recul.

— C'est différent, à Vilwan.

— Je m'en souviens. J'y suis allé. Et… (Will s'interrompit juste avant de dire que, durant son séjour, il avait vu de nombreux mages qui avaient des amis, qui se battaient en équipe, qui s'amusaient. Même Orla faisait preuve d'un certain sens de l'humour, parfois.) J'étais au siège.

— Bon, alors tu le sais. Ils m'ont fait partir. (Kerrigan soupira.) J'aurais voulu qu'ils me laissent tranquille. Je ne serais pas ici et Orla ne serait pas morte.

— Ouais, et Chytrine serait en possession du morceau de la Couronne du Dragon que tu transportes.

Kerrigan écarquilla les yeux et sa main bougea sous la couverture.

— Comment tu… ? Corbeau te l'a dit ?

Will secoua la tête et gratta avec l'ongle du pouce un bout d'écorce.

— Je suis un voleur, tu te souviens ? Tu surveilles ce truc comme un marchand de pierres précieuses garde un œil sur son chargement, ou un soupirant gâteux vénère la mèche de cheveux de son amoureuse. Personne d'autre n'aurait remarqué. Enfin, peut-être Résolu… il voit tout. Mais t'es assez large pour que la plupart des gens se disent que t'as des puces sous les bras.

— Je n'en ai pas !

Will haussa les épaules.

— Gratte-toi comme si c'était le cas et les gens te laisseront tranquille.

— Alors tu savais que je cachais quelque chose, mais comment savais-tu que qu'il s'agissait d'un fragment ?

Le voleur fit la moue. Plutôt que d'avouer à Kerrigan qu'il n'en avait pas été certain avant de le voir réagir à son coup de bluff, il décida de mentir.

— Tu le caches depuis qu'on a quitté Forteresse Draconis. En fait, à l'exception de ceux qu'on a fait sortir de là, tout ce qui avait de la valeur, c'était les fragments. Le baron Draconis allait forcément essayer d'en faire passer au moins un, et, s'il y a quelqu'un qui peut le cacher avec de la magick, c'est bien toi. J'en ai plus ou moins déduit le reste.

— Il m'a fait promettre de ne rien dire, de ne le dire à personne, sauf à Corbeau et à la princesse. Will, il ne faut pas que tu en parles !

Le voleur secoua la tête.

— J'en dirai pas un mot, mais tu dois me laisser t'aider à le cacher. Ici, sur la route, c'est pas très important. Mais quelque chose me dit que, vu ce que les gens pensent de Corbeau, Meredo va être un territoire ennemi. Chytrine avait placé un *sullanciri* à Yslin l'automne dernier, alors elle pourrait en mettre un à Meredo.

Le magickant hocha lentement la tête.

— Oui, ça paraît logique. Comment allons-nous le dissimuler ?

— Facilement. On commencera sur la route.

Will frissonna. Kerrigan se penchait vers lui, suspendu à ses lèvres. N'ayant pas eu d'amis dans son enfance, Orla étant morte, il avait désespérément besoin de quelqu'un à qui parler. Si Will avait voulu lui voler quelque chose, ç'aurait été tellement simple.

La petite part de Will qui avait profité de toutes les leçons de Marcus voulait se moquer de Kerrigan : *Voyez ce mage puissant en possession d'un objet tellement inestimable que l'impératrice aurolanie détruirait des nations entières pour s'en emparer !* Kerrigan avait déjà vu les richesses qu'elle avait offertes à la reine des pirates, Vionna, en échange du fragment de Lakaslin, alors il savait à quel point il devait être gardé précieusement. Et pourtant, il était prêt à écouter les conseils de Will ! Le voleur aurait pu s'emparer de la pierre en un clin d'œil et obtenir la récompense.

Will grogna.

— À partir de demain, mets toutes tes affaires dans l'une de tes sacoches de selle, et remplis l'autre de trucs sans intérêt. (Il ramassa une pomme de pin.) Des trucs comme ça et des crânes de petits animaux, des pierres à formes bizarres. Envoie Qwc et Lombo les chercher pour toi et passe du temps à les contempler. Propose de les montrer aux hommes de Tolsin. Qu'ils pensent que t'es un peu cinglé.

Kerrigan acquiesça.

— Ils le croient déjà. Et que je ne sers à rien, alors que j'ai allumé leur feu, avec du bois mouillé et tout.

— Je les aurai laissés se geler les fesses. À part peut-être Mably. Lui, je lui ferais prendre feu.

— Non, Will, ne pense comme ça. Ça n'a pas marché avec Wheele et Orla en est morte.

— Hé, Ker, arrête-toi là !

— Quoi ?

— Orla n'est pas morte à cause de toi. (Will leva une main pour prévenir toute protestation.) Je sais que tu as dit que j'avais aucun don pour lire dans la tête des gens quand je t'en ai parlé avant. Mais tu te souviens à Yslin ? Orla a rejoint Corbeau, Résolu et la princesse et nous avons attaqué un *sullanciri*. Et ce Lancier Noir a changé mes amis en monstres, il a fallu qu'on les tue. On n'avait pas le choix, ou bien c'est eux qui nous auraient tués. Mais quand tout a été fini, ils sont redevenus des enfants. Je pouvais pas m'empêcher de penser que, d'une façon ou d'une autre, on aurait pu éviter de les tuer.

» Mais tu sais, j'ai fini par comprendre que ce n'était pas ma faute. Si on remonte la chaîne, tout revient à Chytrine. C'est elle qui a créé les *sullanciri*, c'est elle qui veut me tuer et c'est elle qui a lancé les pirates sur Vilwan. C'est à cause d'elle que tu as dû partir avec Orla. (Il releva la tête.) Toi et moi, on n'est pas coupables. On fait peut-être pas tout comme il faut, mais on est obligés d'agir, parce que, sinon, elle gagnera et des gens mourront. Beaucoup de gens.

Kerrigan garda le silence, pinçant ses grosses lèvres. Will ne sut pas pendant combien de temps son interlocuteur réfléchit, mais assez pour que le froid et le silence commencent à le mettre mal à l'aise. Sans la buée que Kerrigan soufflait par les narines, on aurait pu penser que le mage avait été changé en pierre.

— Peut-être pas tout comme il faut, dit enfin Kerrigan, mais toi au moins tu réussis quelque chose. Moi je... (Kerrigan s'interrompit.) Tout mon entraînement devait me préparer à quelque chose de grandiose. Quoi, je n'en sais rien, personne ne me l'a jamais dit. On se contentait de m'en demander toujours davantage. Et puis, quand j'ai quitté Vilwan, les pirates ont essayé de nous arrêter. J'ai détruit leur bateau, mais ceux embarqués avec moi étaient blessés et puis notre voilier s'est retourné, à cause de moi, alors tous ceux qui n'étaient pas déjà morts se sont noyés. Après ça, j'ai lancé le mauvais sortilège à Wheele...

— Mais Kerrigan, grâce à ton sortilège, celui d'Orla a fonctionné. Et tu oublies tout ce que t'as fait pendant le siège de Svoin, quand tu as décodé les sorts à Loquellyn et qu'en allumant la poudre de feu tu as tué les troupes de Chytrine et sauvé ceux qui fuyaient Forteresse Draconis. Tu as fait de grandes choses, plein de grandes choses.

» Je sais que j'ai pas été juste avec toi. (Will soupira.) J'ai laissé Jack le Galeux et la bande de Garrow te battre. J'ai dit que tu t'étais figé quand ce gros griffeglace s'en est pris à toi. Je t'ai jamais dit à quel point j'étais désolé de la mort d'Orla. J'imagine que j'avais des amis quand j'étais plus jeune, mais personne en qui je pouvais avoir confiance comme toi en Orla. J'ai vu ce qu'elle valait et je t'envie de l'avoir connue. C'était quelqu'un de bien.

— Je sais. Elle me manque.

Ils gardèrent le silence quelques instants. Will pensa à Orla un peu, puis à Résolu et Corbeau. Tous deux étaient les premiers vrais amis qu'il avait jamais eus, les premiers en qui il pouvait avoir confiance, parce qu'eux avaient confiance en lui. Certes, ils l'avaient mêlé à tout ça sans lui révéler son identité, mais, avec le temps, il avait compris qu'ils essayaient de le protéger, qu'ils le préparaient à accepter son destin : à être celui qui, d'après la prophétie, allait mettre fin à l'invasion de Chytrine.

La voix de Kerrigan était douce.

— As-tu jamais imaginé que tu te retrouverais ici, Will ?

— Ici, dans une forêt d'Oriosa, à porter un masque, gelé, alors que l'homme le plus maléfique du monde dort auprès d'une belle princesse et que la femme la plus maléfique du monde envoie d'immenses armées pour me tuer ? Non, pas particulièrement, non.

— Tu sais bien ce que je veux dire.

Les mains du magickant apparurent de sous la couverture et il contempla ses paumes ouvertes.

— Quand j'étais petit, j'imaginais le futur. Je me disais que peut-être je deviendrais Grand Magister de Vilwan et que j'inventerais des sortilèges merveilleux. Et parfois, je rêvais de m'opposer à Chytrine. Dans ces rêves, je disputais contre elle un duel de sorcellerie, je la châtiais et sauvais le monde.

» Mais me voilà, dans un bois humide, à parler à quelqu'un de plus jeune que moi et qui, sans offense aucune, est aussi mal préparé que moi pour sauver le monde.

— N'oublie pas qu'on est poursuivis.

— Je n'ai pas oublié. (Kerrigan jeta un coup d'œil à la tente.) Orla m'a dit de suivre Corbeau et Résolu. Maintenant, il se trouve que Corbeau est Hawkins et que le roi Scrainwood va probablement le tuer. J'ai l'un des fragments en ma possession, tu es un pion sur l'échiquier du destin, Forteresse Draconis est tombée et mon professeur est mort. Ai-je omis quelque chose ?

Will sourit de toutes ses dents.

— Le général Adrogans a pris Svoin, puis l'a brûlée entièrement.

— Ah, oui. (Kerrigan grimaça.) Les choses se présentent mal.

— Vu sous cet angle, oui. Attends, si c'est moi l'espoir du monde, alors il y a vraiment de quoi s'inquiéter. (Will haussa les épaules.) Mais remarque, on n'est pas encore morts, on a tué deux des Lanciers Noirs de Chytrine et il lui manque toujours deux des fragments. La chute de Forteresse Draconis va forcer certaines personnes à agir, alors on a une chance.

— Oui, c'est déjà ça. (Kerrigan acquiesça lentement.) Et nous en profiterons au mieux. Reprenons : une fois que j'aurai rassemblé cette collection, j'y cache le fragment ?

Will secoua la tête.

— Non, mais tu t'en occuperas comme si elle contenait un objet de valeur. Tu en montreras une partie, mais sans jamais laisser personne l'examiner vraiment. Une fois à Meredo, c'est à elle qu'ils s'attaqueront. Quand ils découvriront qu'elle ne contient rien de précieux, ils penseront simplement que tu es fou et que tu n'as rien à cacher. Alors ils cesseront de chercher.

— Ça paraît logique. (Malgré sa réponse, Kerrigan n'avait pas l'air sûr de lui.) Une fois à Meredo, tu m'aideras à le cacher pour que personne ne le trouve ?

Will se leva, s'étira et se dégourdit les jambes.

— Oui, on lui trouvera une cachette que personne ne découvrira.

Kerrigan fronça les sourcils et ses bajoues tremblèrent.

— Mais, en toute logique, si nous pouvons la trouver, alors cela ne peut être un lieu que nul ne… Oh, pardon.

— On trouvera. (Le voleur sourit.) Crois-moi, Ker. Tu dois rendre la monnaie de sa pièce à Chytrine pour Orla, moi pour mes amis et plus encore. L'empêcher de mettre la main sur ce fragment n'est que la première étape de notre revanche.

Chapitre 10

La fureur du roi Scrainwood était plus froide que le vent du nord emportant les flocons de neige dans le ciel de Meredo. Alexia lui tournait le dos, les yeux rivés sur les fenêtres de la salle du trône. Elle se permit l'esquisse d'un sourire lorsqu'elle imagina à la fois l'expression de Scrainwood et l'amusement que la description de sa colère ferait naître sur le visage de Corbeau. Elle avait hâte de lui relater la scène.

Scrainwood était assis sur son trône. Furieux, il frappait le bras du siège de son poing serré, pendant que le ministre du protocole, Cartland Gapes, et le mielleux Cabot Marsham tentaient de faire entendre leur point de vue à l'ambassadeur okran, Vladoslav Svoinyk. Elle aurait souhaité que Perrine l'accompagne à la réunion, mais elle imaginait sans peine sa sœur gyrkyme s'emparer de Marsham et s'envoler sous les voûtes de la pièce avant de le lâcher.

— Avec tout le respect que nous devons à la Maison de Svarskya, le royaume d'Okrannel et la princesse Alexia en personne, disait Marsham, la voix dégoulinante de mépris, nous savons tous que ce mariage n'est qu'une supercherie ! De toute évidence, le Traître l'a trompée pour qu'elle dise qu'ils sont mariés, et ce dans l'intention de sauver sa propre peau. Ses dons d'escroquerie sont légendaires. Si la princesse ne donnait qu'un signe qu'elle a été dupée, nous…

Gapes, un homme grand à l'épaisse chevelure blanche, interrompit Marsham.

— Voici ce que nous voulons dire, monsieur l'ambassadeur : nous reconnaissons pleinement la force de la noblesse des Okrans ainsi que leur fierté. Grâce à cette fierté, ils sont restés entraînés et prêts à détruire Chytrine. De toute évidence, cette fierté les a conduits à libérer Svoin, la ville dont votre famille est originaire, et, sans la férocité d'une telle fierté, la princesse n'aurait pu diriger avec succès ses compagnons dans cette attaque audacieuse qui a sauvé le fragment de la Couronne du Dragon des mains des pirates de Wruona. Et cette même fierté, cette force, ce courage débordant lui ont permis de ramener la princesse Ryhope en sécurité, de lui sauver la vie et celle de ses compatriotes.

» Néanmoins, il faut aussi penser au sens de l'honneur tant vanté des Okrans : le même sens de l'honneur que celui dont a fait preuve le père de la princesse lorsqu'il a donné sa vie à Forteresse Draconis pour sauver ses camarades de toujours du *sullanciri* à la solde de Chytrine. Il est certain que la princesse comprend désormais toute la honte que sa liaison avec le Traître peut apporter à sa nation. Aujourd'hui, nous avons pris les mesures nécessaires pour que la nouvelle de ce prétendu mariage ne se répande pas davantage mais, à moins qu'elle y renonce, les rumeurs naîtront et nous n'aurons aucun espoir de les étouffer. Bien que la princesse se sente peut-être obligée de s'en tenir à une décision prise à la hâte, car il s'agit tout de même d'un engagement sérieux, elle doit aussi reconnaître que la précipitation favorise rarement la raison. Si elle le désire, une remarque judicieuse à cet instant sauverait l'honneur de l'Okrannel.

Lorsqu'elle se tourna de nouveau vers les occupants de la pièce, Alyx était toujours aussi impassible. Elle se positionna de façon que la lumière dans son dos rende son expression plus difficile à déchiffrer. Elle avait choisi de ne pas se présenter en armure intégrale, mais avait plutôt opté pour son uniforme alcidais, dénué toutefois de grade et d'insigne. Elle portait une dague à la hanche droite et avait eu la permission de la conserver par respect pour son rang.

Vladoslav Svoinyk était un homme de taille moyenne. Il avait l'air bien trop jeune, avec son visage rond et ses cheveux bruns, pour qu'on lui accorde une place importante à la cour d'Oriosa. Pourtant, l'intelligence de son regard sombre et la façon dont il hochait gravement la tête en réponse aux paroles du ministre le désignaient comme un homme prudent. Alyx avait vu des hommes comme lui parmi les guerriers. L'ennemi les sous-estimait facilement et payait un prix terrible pour cette erreur de jugement.

— Monsieur le ministre, vos paroles aimables sur la fierté et l'honneur de l'Okrannel nous réchauffent le cœur car, trop souvent notre nation a été considérée comme révolue. L'automne dernier, au Conseil des Rois en Alcida, c'est sur l'insistance du roi Scrainwood que la délégation d'Oriosa s'est avancée avant celle de l'Okrannel, ce que l'on aurait pu aisément prendre pour un signe que notre nation n'est plus qu'un rêve.

— Monsieur l'ambassadeur, cette erreur est due à une mauvaise interprétation de remarques sans importance que j'ai faites au ministre du protocole alcidais au sujet des croyances d'autres nations. Que mes paroles aient été alors attribuées à mon suzerain m'a brisé le cœur. Je suis le seul à blâmer de toute la gêne que vous et votre nation ont éprouvée.

Svoinyk hocha lentement la tête.

— Monsieur le ministre Gapes, votre amour du peuple okran ne nous est pas inconnu. Je trouve étrange pourtant que vous ayez négligé de mentionner l'une de nos qualités les plus célébrées : notre intelligence. Vous avez parlé du courage et de la fierté grâce auxquels la princesse Alexia a sauvé les vôtres et vaincu les pirates wruonins, mais vous n'avez pas mentionné l'intelligence dont elle a fait preuve pour réussir.

Gapes baissa la tête.

— Encore une fois, je vous ai offensé, alors que je n'en avais aucun désir. Son intelligence est évidente en la matière, ainsi que sa résistance et sa volonté. Si vous avez senti que je lui fais ainsi un affront, permettez-moi de me confondre en excuses.

Svoinyk sourit.

— Je trouve étrange, alors, monsieur le ministre, que vous reconnaissez son intelligence et que vous insistiez pourtant sur le fait qu'elle ait été dupée.

Gapes écarquilla les yeux mais, avant qu'il se remette de sa surprise, Marsham intervint d'une voix sèche :

— Le Traître en a trompé beaucoup d'autres, y compris ceux dont l'intelligence dépasse de loin celle de la princesse Alexia.

Svoinyk se figea et, dans ses paroles, la fureur glaciale de Scrainwood avait trouvé son égale.

— Vous me présentez donc un paradoxe, comte Marsham. Je sais que Hawkins vous a trompé et je ne peux qu'imaginer que vous vous pensiez plus intelligent que ma princesse. Mais elle me dit qu'elle n'a pas été dupée. Ce qui la rend supérieure à vous. De plus, nous avons de nombreuses preuves de son courage, de son ingéniosité, de sa fierté et de son honneur, alors que je n'ai encore rien entendu d'aussi révélateur à votre propos. Peut-être la princesse Alexia ne daignera-t-elle pas relever l'offense que vous lui faites, mais moi oui. Puisque la position que je tiens au service de mon roi m'empêche de vous demander réparation, j'y renoncerai s'il le faut.

Les paroles de Svoinyk ébranlèrent Marsham. Il s'empourpra mais, avant qu'il puisse dire un mot, le roi claqua des doigts.

— Ce sera tout, Marsham.

— Mais, mon roi…

— Ne me fatiguez pas si tôt dans la journée.

Scrainwood passa une main devant ses yeux, comme s'il souhaitait dissimuler son masque à Marsham et voulait s'épargner la vision de son vassal.

— Allez, rejoignez mon fils. Aidez-le à faire… quelque chose.

Le silence régna dans la pièce, seulement troublé par les pas pesants de l'homme qui se retirait. Les gonds de la porte grincèrent. Dehors, le vent siffla comme s'il gagnait en force, arrachant de plus gros flocons aux nuages gris qui plombaient le ciel. Scrainwood releva la tête lorsque la porte se referma, puis il attendit quelques secondes de plus avant de laisser tomber ces paroles :

— Finissons-en avec ces échanges de politesse, j'en suis las. (Il porta son regard sur Alyx.) Je n'ai jamais aimé Hawkins. Il a toujours été un magouilleur de basse extraction et je l'ai tout de suite compris. Je savais ce qu'il voulait : le pouvoir. J'étais là lorsqu'il a volé Temmer à Bosleigh Norrington.

Scrainwood se caressa la joue de la main droite. La légende du Traître disait que Hawkins avait giflé le roi, et Alexia ne doutait pas que ce dernier revivait la douleur de ce coup.

— Cela dit, princesse, je reconnais votre bravoure et votre sens de l'honneur, votre fierté, votre intelligence et votre courage. Je reconnais également votre appartenance au sexe faible. Vous êtes donc davantage influencée par vos émotions. Mais il est évident qu'au combat vous mettez les fragilités de votre nature de côté. Je vous demande de surmonter vos émotions et de comprendre que tous vos efforts seront vains en ce cas précis. Le Traître sera exécuté. Les choses ne peuvent pas être différentes.

Les narines d'Alyx frémirent. Elle commençait à voir rouge. Elle aurait pris grand plaisir à rejoindre le trône en quelques longues enjambées, pour en extirper Scrainwood et le battre comme plâtre. Deux choses la retinrent, la première étant la certitude que Scrainwood considérerait son attitude comme une preuve que l'insulte avait porté.

La seconde fut la main levée de Svoinyk.

— Altesse, la princesse contredirait votre point de vue. Son mariage avec Corbeau rend votre déclaration moins crédible. Monsieur le ministre Gapes s'accordera avec moi sur le fait que en tant que prince consort, Corbeau a droit à un nouveau procès, puisque son rang remet en question la possibilité qu'il ait pu trahir l'Oriosa.

À ces mots, Scrainwood émit un reniflement dédaigneux.

— Nous avons porté sa honte. Il est Oriosan.

— Pardonnez-moi de vous contredire, Altesse. À Yslin, son père l'a privé de son masque et a déclaré en public qu'il n'avait pas de fils nommé Tarrant. Si j'ai bien étudié vos lois, un père peut exiler ainsi son fils, et le nom de celui-ci sera radié des rouleaux d'Oriosa pour l'éternité. Puisque vous avez amené Hawkins le père à Yslin, vous avez certainement approuvé cet exil. De plus, le procès pour trahison de Corbeau s'est déroulé des années après l'exil. Au cours de votre histoire, le prince Lehern fut exilé de manière similaire par son père, à la suite de sa rébellion, pour justement empêcher son frère de l'accuser de trahison et de le tuer.

— Ne me donnez pas de leçons sur ma propre histoire, ambassadeur. Vous allez trop loin.

— Je ne souhaitais pas vous offenser, Altesse, car la princesse ne désire qu'honorer votre histoire et sait que, si l'Oriosa en tient compte, elle devra alors faire preuve de clémence envers l'homme qu'elle a choisi pour époux. (Svoinyk regarda Gapes.) Bien évidemment, le nouveau procès devra se dérouler devant un tribunal composé de ses pairs. Le roi Augustus est déjà en route. La reine Carus de Jerana vient également à Meredo. L'Oriosa sera bien sûr représentée. Peut-être le roi en personne se fera-t-il juge ?

Alyx se mordit l'intérieur de la joue pour retenir un sourire. Scrainwood s'agitait, mal à l'aise. Svoinyk avait prévenu la princesse, lorsqu'ils avaient parcouru les rues enneigées, qu'il informerait le roi du déroulement des événements. Augustus et Carus seraient à l'abri de tout reproche, et Scrainwood se retrouverait minoritaire. Il pourrait décider de se joindre à eux, mais cette décision lui coûterait. Même à demi dissimulée par son masque, l'expression de Scrainwood le trahissait.

— De plus, monsieur le ministre, le procès devra nécessairement être gardé secret. Nous ne voudrions pas empoisonner les relations entre nos deux pays en donnant à penser que l'Okrannel dissimulerait et protégerait un ennemi national. Si le procès vous permettait d'avancer des éléments de preuves que Corbeau est bien Hawkins, ceux-ci devront subir un examen rigoureux. Par conséquent, vous ne pourrez vous contenter de commérages.

Gapes fronça les sourcils.

— Enfin, monsieur l'ambassadeur, vous ne vous attendez pas que la nouvelle de la capture de Hawkins reste secrète ?

— Ah, mais monsieur le ministre, ne m'avez-vous pas déjà assuré que vous aviez pris les mesures nécessaires pour que ce soit le cas ?

Le ministre eut l'air perplexe, puis se tourna vers Scrainwood.

— Mon roi, je vous ai fait défaut, dit-il.

— En effet, Gapes, de façon dramatique. (Le roi regarda Alexia.) Autorisons-nous ces deux-là à se retirer, princesse ? Votre homme est bien capable d'obtenir pour vous tout ce que vous voulez et Gapes le lui accordera.

Alyx acquiesça.

— Vous savez que Marsham éventera tout secret plus vite qu'un marin écoule son or à terre.

— Je m'occupe de Marsham.

— Ou je le ferai à votre place.

Scrainwood plissa les yeux puis hocha la tête.

— Et vous me feriez ainsi une faveur, probablement. Gapes, accompagnez l'ambassadeur jusqu'à votre bureau, faites ce qu'il faut.

Svoinyk implora Alyx du regard, mais elle se contenta d'acquiescer.

— Allez-y. Vous savez ce que nous voulons.

— Oui, Altesse.

Svoinyk partit à la suite de Gapes.

Scrainwood se rassit sur son trône puis joignit le bout des doigts en posant les coudes sur les bras du siège.

— Il semblerait que nous vous ayons sous-estimée.

— Vous n'êtes pas convaincu ?

Le roi sourit lentement.

— Mon commentaire sur votre appartenance au sexe faible vous a touchée, n'est-ce pas ?

Le ton entendu de sa voix l'aurait surprise si Corbeau ne lui avait pas chuchoté dans la nuit l'histoire de Scrainwood et de son comportement lors de la première campagne des Norrington.

Corbeau a raison, cet homme se croit plus intelligent que n'importe qui d'autre.

Alyx redressa le menton.

— Je me suis sentie offensée, oui.

— Mais vous avez tenu votre langue. C'était bien joué.

Scrainwood indiqua la porte par laquelle les deux autres venaient de sortir.

— Cela vous a valu la victoire, même si vous vous êtes donné du mal pour rien. Ce prétendu mariage n'existe que pour protéger

Hawkins. Vous n'aviez pas besoin d'en venir à la tromperie. Vous auriez dû vous adresser à moi. Nous aurions pu nous arranger.

—Je ne vous crois pas, Altesse. (Elle le regarda froidement.) Je crois que Corbeau aurait été abattu en essayant d'échapper au mandataire Mably quelque part sur le chemin de la capitale. Cela vous aurait épargné une exécution publique, difficile à organiser en tout point, puisqu'il a sauvé la vie de votre sœur en la faisant sortir de Forteresse Draconis.

—Voilà une idée qui se défend, mais aucun ordre n'a été donné d'abattre Corbeau.

—Pas par vous, mais je serai toute prête à croire que Cabot Marsham aurait réussi à prévenir Mably à temps.

Le sourire de Scrainwood était bien trop serein.

—Votre inquiétude pour Corbeau suffirait presque à me convaincre que vous l'aimez réellement. Comment pouvez-vous ? Un tel homme ?

—C'est quelqu'un de bien. Il est courageux, loyal, désintéressé. (Alyx se renfrogna.) Pourquoi le détestez-vous autant ? parce qu'il vous a giflé ? parce qu'il vous a privé d'une épée et d'une place dans l'Histoire ? Vous savez ce qui est arrivé à Leigh Norrington. Vous étiez présent. Je ne l'ai entendu que dans les chansons, mais j'en connais assez pour savoir que la tragédie était bien réelle, même si les détails en sont perdus. Vouliez-vous réellement tout cela ?

La voix du roi se mua en grondement.

—Vous autres Okrans êtes-vous si décidés à m'avilir à coups de récits historiques ? Les temps étaient différents, les priorités également.

—J'ai combattu Chytrine. J'ai abattu des *sullanciri*. Je sais ce que vous saviez à cette époque.

—Non, oh que non ! Je n'ai pas grandi sous sa menace. Elle n'était qu'un monstre du passé. On s'en servait pour effrayer les enfants. Ses sous-fifres, les vylaens, les baragouineurs et les griffeglaces, ils étaient bien réels, mais rares ; si rares que, lorsque nous les surprenions sur nos terres, ils semblaient surgis d'une époque disparue. Nous n'étions pas préparés contre cette menace.

Et vous avez découvert que vous n'étiez pas à la hauteur.

Alyx frissonna.

L'homme qu'elle avait devant elle était devenu amer et lâche au fil des ans, mais elle savait aussi qu'il était déjà faible bien avant que sa génération aille combattre Chytrine. Elle se souvint du message que son fils Erlestoke lui avait demandé de lui délivrer et sut qu'il avait été dicté par le regard que portait un enfant sur son père… avant que Hawkins ait provoqué la fureur de Scrainwood.

— Par les dieux, c'est donc ça ? (Alyx se mit à faire les cent pas devant le trône.) Vous, le prince du royaume, avez été jeté dans un conflit pour lequel vous n'étiez pas préparé et voilà qu'arrivent Tarrant Hawkins, Bosleigh et Kenwick Norrington, un seigneur méconnu. Ils débusquent des baragouineurs. Ils trouvent une épée magicke. Votre nation est au premier plan des efforts accomplis pour sauver le monde et vaincre Chytrine et vous n'en faites pas partie. Vous y participez, bien sûr, mais vous vous épargnez le travail en vous cachant derrière votre statut de prince couronné.

— Non !

Scrainwood se leva brusquement, les poings serrés. L'écho de son exclamation résonnait dans le hall. On aurait dit qu'il était sur le point de se jeter sur elle. Sous son masque, ses yeux s'étaient enflammés, puis il toussa et la peau tout autour se plissa.

Il se rassit.

— Je ne suis pas aujourd'hui celui que j'étais alors. Le monde était différent et l'on m'avait élevé pour faire face aux exigences de l'époque : les alliances, les intrigues, les tractations… Tout cela, je connaissais, je maîtrisais. Un siècle s'était écoulé depuis la dernière invasion et, année après année, nous nous sommes autorisés à croire que Chytrine était morte ou qu'elle ne s'intéressait plus à nous. Je savais que je n'avais rien à craindre, et c'est alors que le monde a changé. On a usurpé le rôle qui me revenait de droit et je serais humilié par un jouvenceau venu des Marches ?

» Mais dans la mort de ces héros, j'ai vu le futur, princesse. J'étais de nouveau sur mon terrain, celui des alliances et des secrets, de la politique et des échanges. J'étais dans le monde du pouvoir et je voyais ce qu'il se passerait si la nouvelle que Chytrine était encore en vie et que sa menace était encore réelle se répandait : des soulèvements, l'exode : ce qui est arrivé à l'Okrannel mais cette fois à grande échelle. Je l'ai fait comprendre aux autres. C'est moi, réellement, qui ai sauvé le monde, car la simple menace de Chytrine l'aurait détruit.

Alyx secoua la tête. Cette logique avait un sens, mais elle ne tenait absolument pas compte de la réalité. Un homme incapable de répondre à un défi sur le champ de bataille le déplaçait dans une arène dont il se sentait le maître. Scrainwood s'était convaincu (peut-être avec justesse) qu'il avait sauvé le monde. Le problème, c'était qu'il ne l'avait sauvé que pour un temps : le temps que Chytrine lui avait accordé. Le retour de la reine menaçait tout. La vérité sur Corbeau et sa tentative de prévenir les souverains révélaient au grand jour la lâcheté de Scrainwood.

Un éclair de fureur la frappa. Scrainwood joua avec son anneau. Alyx se souvint que la bague portait un enchantement qui détectait les intentions hostiles de son entourage. Elle sourit.

Le serpent ! Il n'a pas deviné que sa remarque m'avait irritée, la bague l'a averti de ma colère.

Elle garda une voix calme et égale.

— Vous devez comprendre quelque chose, Altesse. Vous n'étiez pas prêt pour ce que vous avez subi il y a une génération. Moi, je le suis. Corbeau est très important pour la victoire contre Chytrine et, si vous y réfléchissiez, vous le verriez clairement. Mais comme je doute que vous soyez capable de considérer les choses de manière impartiale, je vais vous donner matière à réflexion.

— Une menace, princesse ?

— Non, pas une menace. (Elle resta impassible.) La dernière fois que j'ai vu votre fils à Forteresse Draconis, Erlestoke m'a demandé de vous transmettre un message. Il voulait vous dire que, pour le futur de votre nation, vous ne deviez pas vivre toute votre vie comme un lâche.

Ces paroles semblèrent ébranler Scrainwoof, mais pas autant qu'elle l'avait espéré.

— Fut un temps, il me considérait comme un héros

— Alors peut-être devriez-vous vous demander si vous souhaitez qu'il considère de nouveau son père comme un héros.

Scrainwood secoua la tête.

— Il est mort. Ce qu'il pense n'a plus d'importance.

— Si c'est là ce que vous croyez, alors vous avez vraiment de la chance. (Elle inclina une fois la tête.) Contre ce qui nous menace, si vous vous comportez comme un lâche, votre nation périra. Et il n'y aura plus personne pour penser à vous.

Chapitre 11

Je suis mort.

Erlestoke ne se faisait aucune illusion quant à ses chances de survie. Depuis plus d'un mois, les survivants de la garnison de Forteresse Draconis affrontaient la horde aurolanie dans une bataille sans fin. Le contrôle des ruines variait au fil des heures. Les envahisseurs dominaient le jour, les défenseurs, la nuit. La rumeur des échanges réguliers de tirs de draconettes et les cris des blessés emplissaient les ténèbres tandis que des groupes hétéroclites de défenseurs tendaient des embuscades à l'ennemi.

Les attaques de la garnison contre les troupes aurolanies n'avaient pas plus d'effet que des piqûres de moustiques. Tout ce que les survivants pouvaient faire, c'était s'en prendre aux patrouilles, détruire les réserves et se démener pour compliquer l'occupation de la forteresse. Le jour, les défenseurs se cachaient dans les tunnels qui couraient sous la ville. Les multiples tentatives pour les en dégager s'étaient mal terminées pour les Aurolanis.

Les soldats de Chytrine ne craignaient pas d'employer les techniques les plus répréhensibles pour les tirer hors de leur abri. La Tour de la Couronne avait été ornée d'un crâne de dragon mort à cet endroit des années auparavant. À ce crâne avait été attaché le cadavre de Dothan Cavarre, feu baron Draconis, et, jour après jour, des charognards s'en étaient gavés.

Au moins deux escouades de résistants avaient attaqué la troupe dans une tentative futile pour secourir les restes du baron. Ils avaient été abattus brutalement et désormais leurs cadavres pendaient aux ruines des murailles. Par cette exposition, Chytrine voulait intimider ses adversaires, mais les survivants n'y avaient vu qu'un défi.

Erlestoke avait empêché sa propre escouade de tenter une mission similaire en signalant que leurs ordres n'avaient pas changé : s'ils avaient été stationnés là, humains, elfes, *meckanshii* et urZrethies, c'était pour protéger le Sud de l'invasion et garder les fragments de la Couronne du Dragon.

« La meilleure façon de montrer notre respect au baron Draconis n'est pas de récupérer sa dépouille, mais de poursuivre la tâche à laquelle il a consacré sa vie. »

Les autres étaient tombés d'accord et leur dévouement était la cause de sa situation délicate, délicate au point qu'elle pourrait lui coûter sa propre vie. Avant sa chute, Forteresse Draconis avait été orientée de façon à empêcher les Aurolanis de descendre dans les états du Sud. La garnison n'avait peut-être pas été assez importante pour détruire une armée entière, mais il lui aurait été facile de couper les lignes de ravitaillement. Chytrine devait éliminer Forteresse Draconis avant de mettre en place son invasion.

Ce qu'elle avait fait. Ses soldats descendaient jour et nuit. La compagnie d'Erlestoke surveillait les mouvements des troupes, recoupait les informations puis les faisait passer au sud via l'*arcanslata* : une planchette de bois magicke qui envoyait à son double tout ce qu'on y écrivait. Erlestoke n'avait aucune idée de l'endroit où se trouvait le double de celle que son escouade utilisait, mais Jilandessa supposait qu'il s'agissait de l'Alcida ou de la Valicia, d'après les réponses brèves qu'ils recevaient. Son escouade n'avait fait qu'envoyer des informations sur les troupes sans dire qu'il était en vie, de crainte qu'on se serve de lui contre son père.

Deux jours auparavant, l'équipe d'Erlestoke avait rejoint l'un de leurs points de surveillance et avait vu apparaître de nouvelles bannières dans les rangs des Aurolanis qui partaient vers le sud. Ils s'étaient habitués aux grands drapeaux qui identifiaient une unité, mais dernièrement de plus petites oriflammes s'élevaient au-dessus. Au cours de leur repérage, une tempête était arrivée du nord, apportant avec elle de grandes quantités de neige, ce qui poussa les soldats à chercher refuge dans la forteresse et le groupe d'Erlestoke à rejoindre les chaudes profondeurs de la terre.

Lorsqu'un jour et demi plus tard la tempête avait cessé, se déplaçant plus au sud sans que sa fureur soit apaisée, Erlestoke avait mené Ryswin et Pack Castleton en repérage : ils étaient entrés dans des ruines proches qui leur servaient de tour de guet. Comme souvent, un groupe de baragouineurs passa par là. Tout se serait bien passé s'ils ne s'étaient pas arrêtés près du bâtiment où s'étaient réfugiés Erlestoke et ses hommes afin de se protéger du vent qui se levait.

Cela non plus n'aurait pas posé de problèmes, car les baragouineurs traînaient souvent jusqu'à ce que l'aube annonce un changement de tour de garde. Ces créatures à taille humaine avaient un museau allongé et des crocs solides, ainsi qu'une fourrure mouchetée de brun et de noir qui les rendait facilement repérables sur fond de neige. Leurs crânes épais étaient surmontés d'oreilles poilues et mobiles. Ils semblaient pourtant faire bien plus confiance à leur odorat qu'à leur vue ou leur ouïe. Erlestoke les entendait renifler dans la pièce inférieure et il supposa que leurs narines délicates supportaient mal les basses températures. Ils auraient d'autant plus de mal à repérer son odeur.

Erlestoke s'attendait à les voir partir lorsqu'il ferait assez noir. Il pourrait ainsi mettre ses hommes en sécurité. Les couinements enthousiastes des baragouineurs semblaient corroborer cette supposition. Mais soudain, un aboiement inopiné qui résonna dans la rue les interrompit.

Leurs baragouinages cessèrent rapidement et Erlestoke prit le risque de regarder à l'extérieur, se redressant à peine au coin d'un encadrement de fenêtre brisé. Il vit une grande créature mince qui descendait à grands pas l'avenue encombrée de neige. Le vent tourbillonnait autour d'elle, les flocons voletaient sur son passage. Elle portait un manteau blanc comme sa fourrure. L'être s'avançait lentement, la tête penchée d'un côté puis de l'autre. Si la mâchoire solide s'apparentait à un museau, le visage de la créature avait pourtant une apparence bien moins bestiale que celui des baragouineurs.

Et ses yeux.

Erlestoke savait qu'il en avait déjà vu de semblables, car ils étaient incolores. Ils s'apparentaient à ceux des Vorquelfes, privés de blancs, sans pupille visible… mais, dans son cas, ils étaient entièrement noirs. Pourtant, alors même qu'Erlestoke se faisait cette remarque, il surprit un mouvement dans les yeux de la créature : quelque force maléfique prisonnière de leur profondeur obscure.

L'être releva la tête. Erlestoke recula brusquement, mais il se savait repéré. Tandis que la créature sifflait un ordre, Erlestoke souffla sur le ventre de sa draconette à quatre canons. En réponse au commandement, les baragouineurs grognèrent et se mirent à monter les marches couvertes de neige vers le premier étage du bâtiment. Un coutelas à lame nue à la main, leur meneur apparut au coin du mur et chargea Erlestoke.

Celui-ci appuya sur la détente du quadnel, qui cracha du feu et du plomb. Une bille de la taille d'une olive surgit d'un nuage de fumée noire et s'enfonça dans le ventre du baragouineur. La force de l'impact le projeta en arrière et lui arracha son coutelas. Du sang écarlate gicla sur la neige blanche, puis l'intrus s'écrasa contre le deuxième baragouineur.

Le prince oriosan se redressa et tira l'épée qu'il portait dans son dos. Il tenait facilement l'arme dans une main car elle était moins lourde que son apparence le laissait supposer. La lame était enchantée, elle avait autrefois appartenu à l'un des *sullanciri* de Chytrine. Erlestoke repoussa le quadnel et attaqua les baragouineurs qui se précipitaient sur lui.

La magick de l'épée rendait le combat bien trop aisé. La couleur disparut à la vue de son porteur, à l'exception de là où une lueur dorée, rouge ou bleue suggérait le déplacement de l'énergie. Lorsqu'un baragouineur reculait le bras avant de frapper, du rouge irradiait dans les muscles nécessaires à l'attaque. Prévenu par le changement de couleur, Erlestoke pouvait parer.

Et la contre-attaque, pas seulement l'attaque, était facilitée. Le rebord de la lame n'avait pas l'air aiguisé et sa légèreté apparente pouvait laisser supposer qu'elle n'était pas bien redoutable. Mais en fait, elle tranchait les membres épais comme s'ils étaient des fétus de paille. D'un geste rapide, Erlestoke sectionna un poignet, projetant patte et coutelas plus loin, puis il donna un coup avec la garde pour écraser un visage.

Sa première attaque projeta un baragouineur, le visage à moitié enfoncé, puis, d'un revers, il découpa le ventre d'un autre qui se jeta par un trou du plancher et s'écrasa par terre. Un troisième se rua sur Erlestoke depuis l'escalier. Le baragouineur brandissait son coutelas à deux mains, l'air de vouloir s'en servir comme d'une hache.

Erlestoke s'avança vers lui et se pencha pour que le coup projette la créature par-dessus son dos. Le baragouineur s'écrasa brutalement sur la gauche, mais se remit vite sur ses pieds, dos à la fenêtre. Lorsque Erlestoke frappa sur la droite, l'épée mordit profondément dans la hanche d'un autre ennemi qui dégringola les marches avant de finir roulé en boule sur le premier palier enneigé.

Le prince se tourna vers le baragouineur encore indemne, mais maintint la lame penchée, le pied droit posé sur une marche plus bas. La lame lui soufflait que trancher vite au moment où la bête attaquerait ôterait l'usage des jambes à la créature et l'enverrait à travers le trou dans le plancher. Il y avait un risque que lui-même soit blessé dans la manœuvre, mais la seule chose qui importait à l'épée, c'était la mort de quiconque s'en prendrait à son porteur.

La réticence d'Erlestoke lui permit de retenir sa main un instant, mais cela n'eut bientôt plus aucune importance. D'abord à gauche puis de plus en plus à droite, de petites explosions percèrent des trous dans le mur, l'une après l'autre. Du plâtre et des lattes craquèrent et éclatèrent. De la fumée s'échappa de quatre trous.

Le cinquième ne brûla pas. La magick qui l'avait percé, quelle qu'elle soit, avait volé par la fenêtre et s'était écrasée en plein milieu du dos du baragouineur, en le soulevant. Erlestoke esquiva lorsque la créature fut projetée vers lui. Mais l'un des pieds de la bête se prit dans son épaule. Le baragouineur tourbillonna puis sa poitrine explosa, emplissant l'air d'une vapeur de viscères, de sang et d'os.

Au moment où Erlestoke releva la tête, du sang de baragouineur coulant toujours sur sa peau, il aperçut la créature pâle. Elle avait sorti une baguette de sous son manteau. Leurs regards se croisèrent, puis la créature leva sa baguette. Abandonnant son épée, Erlestoke se jeta sur son quadnel.

Il le ramassa et remonta rapidement le levier qui faisait tourner les canons pour en bloquer un de ceux qui étaient chargés contre le mécanisme de mise à feu. Par-dessus les cliquetis métalliques, il y eut la déflagration d'une autre draconette, puis une explosion terrifiante qui secoua le bâtiment. Le peu qui restait du mur qui se trouvait cinq mètres plus loin avait disparu. L'escalier avait été emporté, ainsi que le palier. La déflagration avait projeté des baragouineurs blessés et on ne voyait plus que des taches rouges dans les débris.

D'un geste machinal qui lui avait été inculqué pendant des heures d'entraînement, Erlestoke, à genoux sous la fenêtre, prépara le nouveau canon. Il visa la silhouette mince, remarquant immédiatement que son épaule gauche couverte de sang ruisselait sur son bras inutilisable.

Mais la créature leva le bras droit et une flèche bleue enflammée surgit de la baguette. Elle frappa la rue enneigée à quelques centimètres de Castleton, qui s'était accroupi et rechargeait son quadnel. L'explosion souleva le soldat et le projeta dans les airs. Il s'écrasa dans la neige une quinzaine de mètres plus loin et disparut dans un nuage de poudreuse qui retomba.

Erlestoke tira et toucha la créature en haut de la poitrine. Un jet de sang gicla dans l'air froid puis l'être bascula en arrière. Il trembla violemment de tous ses membres. Ryswin l'atteignit enfin et le décapita d'un coup sec.

Le prince sauta par la fenêtre et atterrit dans la neige à quatre pattes.

— Ryswin, ramenez cette chose avec vous.

— À vos ordres.

Erlestoke se précipita vers Castleton et le retourna. L'explosion lui avait arraché son masque et avait emporté une partie de son visage. Sa bouche molle remua un instant, mais il n'en sortit que des bulles sanglantes, aucune parole. Il arqua le dos puis retomba.

Le prince referma l'œil restant de Castleton avant de partir à la recherche de son quadnel. Il le passa à son épaule et revint auprès de son camarade tué pour tirer son cadavre. Ryswin le rejoignit rapidement et tous deux suivirent des passages secrets qui s'ouvraient devant eux et se refermaient derrière eux.

Erlestoke confia les deux quadnels à leur maître d'armes, Verum. Quelques personnes étaient venues chercher le corps de Castleton et, dans un coin, le lavaient et lui cousaient un linceul. De l'autre côté de la pièce, sur une table qui avait bien servi au cours de leur campagne, la Harquelfe aux cheveux noirs Jilandessa et le colonel *meckanshii* de Muroso, Jancis Côtedefer, avaient étendu la créature. Même privée de sa tête, celle-ci était assez grande pour que ses pieds dépassent du bord de la table.

Le prince les rejoignit.

— Qu'est-ce que c'est ?

L'elfe secoua la tête.

— Je n'ai jamais rien vu de tel, ni entendu parler d'une chose pareille. Je pourrais émettre des hypothèses, mais elles ne me plaisent pas du tout.

Erlestoke posa la main sur son épaule.

— Elle a plus de pouvoir que les vylaens. Il a fallu deux tirs de quadnel pour l'abattre et elle n'a cessé de bouger qu'une fois décapitée. Elle a donné des ordres aux baragouineurs, ils ont immédiatement obéi. Tout cela est suffisamment effrayant. Vos hypothèses ne peuvent l'être plus.

La guérisseuse hocha la tête, puis passa la main sur le ventre de la créature, dans le sens contraire du poil. Elle dévoila une peau rose puis le tatouage sombre d'un symbole arcanique.

— Le reconnaissez-vous ?

— Pas vraiment, mais j'en ai vu d'équivalents sur des Vorquelfes.

— Exactement. (Elle montra la tête de la créature.) J'ai utilisé de la magick sur le cadavre, un simple diagnostic pour capter son essence. Il y a du vylaen, de toute évidence, mais aussi de l'elfe. L'essence des elfes n'est pas foncièrement différente en fonction de leur terre d'origine mais, si l'on a du talent, on peut y trouver quelques variantes. Cette créature sent Vorquellyn.

Le prince hocha la tête.

— J'ai remarqué ses yeux.

Jancis Côtedefer tendit la main gauche et souleva l'une des paupières. Parce qu'elle était une *meckanshii* (un guerrier dont les membres inutilisables avaient été remplacés par des membres mécaniques), elle n'avait que deux doigts et un pouce, pourtant elle les bougeait avec une délicatesse particulière.

— Difficiles à manquer, ces yeux. Leur regard en fait même frissonner mon métal.

La mort avait terni les rétines, mais Erlestoke pouvait encore imaginer quelque chose rôdant dans leurs profondeurs. Il se tourna de nouveau vers l'elfe.

— Vous pensez qu'ils viennent de Vorquellyn ?

Elle confirma.

— Vous savez qu'il y a des siècles Yrulph Kirûn a forcé des *Araftii* et des elfes à s'accoupler pour créer les Gyrkymes. Je crains que Chytrine honore son maître une fois de plus en ayant créé ces monstres. On dirait un mélange de vylaens et de Vorquelfes, né sur Vorquellyn. Elle a pris leur terre d'origine, maintenant elle s'en sert pour créer une population de mages de guerre qui mènera ses baragouineurs contre nous.

À cette idée, le prince sentit un frisson lui parcourir l'échine.

— Pouvons-nous en être certains ?

— Je vais prendre des mesures, recopier les tatouages, chercher d'autres indices. Si nous en avions davantage, cela pourrait aider.

Erlestoke acquiesça.

— Je vais voir ce que nous pouvons faire.

Jancis serra son épaule mécanique avec sa main de chair.

— Altesse, nous savons que Chytrine est partie il y a une semaine, peut-être douze jours, et nous en avons conclu qu'elle avait trouvé et emporté toutes les parties de la Couronne du Dragon.

— Oui, c'est ce que nous avons déterminé. Et qu'elle avait maintenu ses troupes ici pour empêcher quiconque d'occuper de nouveau la forteresse et de menacer son ravitaillement.

— Deux conclusions tout à fait logiques. Mais alors, pourquoi ferait-elle venir ici des créatures aussi douées pour la magick ?

Le prince rajusta son masque.

— Je vois où vous voulez en venir. Si elle a une raison, elle doit être importante. Peut-être lui manque-t-il une partie de la Couronne ou y a-t-il quelque chose de valeur, dans les parages. Donc, il est aussi vital de savoir ce que font ici ces créatures que de connaître leur nature. Bien vu, colonel Côtedefer. Je n'y aurais pas pensé.

Ryswin les rejoignit et salua le prince.

— Altesse, Castleton est voilé. Nygal et moi allons l'emporter dans les tunnels et trouver un lieu où l'emmurer.

— Ryswin ! Venez vite ! cria Nygal Tymtas, le jeune soldat de Savarre posté près du corps de Castleton. Il se passe quelque chose de bizarre !

L'elfe et le prince se précipitèrent, puis s'arrêtèrent. Les pierres sur lesquelles le cadavre de Castleton avait été déposé commençaient à briller ; elles émettaient de la chaleur. Nygal fit un bond en arrière et le bout de ses bottes se mit à fumer. Étrangement, la toile blanche du linceul ne présentait aucune trace de brûlure. La roche se liquéfia et une fine croûte s'effrita, révélant une flaque rouge et or. Le cadavre sembla flotter là un instant, puis se mit à fondre, la tête et les épaules d'abord puis, petit à petit, jusqu'aux pieds. Ses orteils furent les derniers membres visibles et, lorsqu'ils disparurent, une vaguelette dorée passa par-dessus, puis la pierre noircit et refroidit.

Erlestoke contempla la pierre plate où le corps de son camarade avait reposé.

— Quelqu'un a fait quelque chose ? dit quelque chose ? Invoqué de la magick, n'importe laquelle ? (Un concert de réponses négatives s'éleva dans la salle.) D'accord, je vous crois. Je n'ai donc aucune idée de ce qu'il vient de se passer. Nous évacuons cet endroit dans l'heure. Emballez tout ce que vous pouvez. Nous partons plus en profondeur. (Il se retourna et les dévisagea.) Je ne sais pas si ce qui vient de se passer était une bonne chose ou non. Mais avant que nous puissions le déterminer, j'estime que l'événement est une raison suffisante de quitter les lieux.

Chapitre 12

Il ne vint pas à l'esprit de Kerrigan qu'attraper des flocons de neige avec sa langue pouvait remettre en question sa dignité avant qu'il entende un raclement de gorge derrière lui, accompagné d'un chuchotement.

Jusqu'à cet instant, Kerrigan était resté dehors, non loin de l'auberge dans laquelle il logeait, de la neige jusqu'aux genoux, et il s'était émerveillé de la manière dont elle adoucissait l'atmosphère de la ville. Elle rendait plus pâles les couleurs joyeuses des maisons et dissimulait le rouge des toits. Elle recouvrait les branches squelettiques des arbres d'épaisses guirlandes ; entre les racines de ces derniers, de minuscules congères s'étaient formées. Les lourds flocons tombaient lentement, puis tourbillonnaient, s'en allant parfois danser dans les rues, ou glissant des branches et des toits sous forme de nuages.

Kerrigan avait déjà vu de la neige à Vilwan. Mais là-bas, la douceur océanique la faisait fondre rapidement. Il n'en avait certainement jamais vu autant, ni n'avait jamais eu la permission de s'y promener.

Lever le visage vers le ciel et sentir les flocons fondre sur ses joues suffisait à le faire rire. Sa joie valait bien celle des enfants qui jouaient, s'envoyaient des boules de neige, construisaient des forts, criaient dès qu'ils s'en approchaient et qu'ils lançaient leurs munitions, puis s'enfuyaient, chassés par la riposte de leurs camarades. D'autres étaient allongés sur le dos et battaient des bras pour dessiner des Gyrkymes de neige, tandis que d'autres encore se glissaient dans des tonneaux et, en hurlant, dégringolaient les pentes à toute vitesse.

Kerrigan ne souriait pas seulement à cause de la neige. Il n'avait pas gardé un bon souvenir de ses expériences citadines précédentes.

À Yslin, il s'était perdu et avait été battu par un groupe de gamins des rues. Forteresse Draconis avait été une ville en guerre. Il n'y avait que peu d'enfants et encore moins de rires.

La différence ici, c'était l'attitude des gens. Pendant sa promenade dans les rues enneigées, il avait spontanément créé une boule de neige et l'avait lancée contre une enseigne (et l'avait largement manquée). Un homme qui rassemblait du bois lui avait souri. Des enfants visant la même enseigne de plus loin avaient crié de joie lorsque l'un d'eux l'avait touchée. Une femme qui époussetait des marches l'avait regardé et salué d'un sourire, le visage balayé par son souffle glacé.

Personne ne le connaissait puisqu'il n'était pas arrivé à Meredo en grande pompe. Il n'était qu'un individu ordinaire et, même dans une ville où ceux qui portaient des masques se considéraient supérieurs aux autres, tout le monde souriait quand même et restait poli. Ses échanges avec des étrangers étaient gais et spontanés. Ça lui plaisait.

La voix et le chuchotement, au contraire, n'avaient rien d'affable. Kerrigan se retourna lentement et aperçut trois silhouettes, deux masculines et une féminine. Il ne reconnut personne, mais l'homme cadavéreux qui semblait mener le groupe portait la robe grise des Magistri, malgré sa jeunesse apparente. Sa tête rasée, son nez crochu et sa pomme d'Adam proéminente ajoutés à la pâleur grisâtre de sa peau, tout venait renforcer l'impression que l'homme était mort ou près de l'être. La femme et l'autre homme, dont la stature compensait celle de leur chef, portaient tous deux la robe rouge écarlate des Initiés, mais privée des ornements qui auraient indiqué leur spécialité à Kerrigan.

Le Magister le salua avec solennité et croisa les mains derrière le dos.

— Vous êtes Kerrigan Reese.

Kerrigan sentit un frisson lui parcourir l'échine. Orla l'avait prévenu qu'il devait rester loin de Vilwan ; or ces trois-là représentaient son ancien pays. Il souhaita en partie pouvoir s'enfuir mais, même sans la neige, il n'aurait pas bougé assez vite pour échapper à un sort.

Et penser à s'enfuir, c'est penser comme une proie.

Kerrigan acquiesça d'un geste lent de la tête.

— Oui.

— Je suis Magister Syrett Kar. Je suis ici pour vous ramener à la maison.

— À la maison ?

— À Vilwan.

Kerrigan secoua la tête.

— Vilwan n'est pas mon foyer.

La femme se pencha pour murmurer quelque chose à Kar, mais le Magister leva la main pour la faire taire.

— Initié Reese, vous avez subi beaucoup d'épreuves. Le Grand Magister est fier de tout ce que vous avez accompli. Vous avez désormais l'ordre de revenir à Vilwan pour reprendre votre entraînement.

— Je n'ai plus rien à apprendre à Vilwan, Magister.

Kerrigan tira sur les manches du manteau en peau de mouton qu'il portait, puis retira ses mitaines.

— J'ai des choses à accomplir ici, et je le ferai.

— Vous faites erreur, Initié Reese.

L'homme laissa planer une menace. Et Kerrigan se sentit près de céder.

Toute ma vie j'ai fait des erreurs, j'ai appris, je me suis entraîné, j'ai essayé d'accomplir ce que personne n'a jamais pu faire, on m'a dit que je me trompais et on m'a fait recommencer encore et encore jusqu'à ce que je réussisse puis on m'a fait passer à autre chose.

Aucun de ses professeurs ne lui avait jamais dit pourquoi on lui demandait de faire tout cela, pourquoi on l'entraînait ainsi. Tout ce qu'on lui avait jamais dit, c'était qu'il avait tort, qu'il était idiot, ou lent, ou maladroit. Ses professeurs s'étaient servis du même ton que l'homme à cet instant, toujours, et quelque chose en lui voulait y obéir.

Quelque chose d'autre, toutefois, se rebella. C'était la part de lui que d'innombrables petits événements avaient renforcée. Depuis qu'il avait quitté Vilwan, il avait accompli bien des tâches. Rien d'exceptionnel, mais le souvenir de ces succès ôta tout pouvoir à la voix de Kar.

Kerrigan releva le menton.

— De quel droit me donnez-vous des ordres ?

Le Magister perdit un instant contenance, mais il se reprit bien vite.

— Comment osez-vous me répondre ?

— Pourquoi n'oserais-je pas, Magister ? Je sais que je participe à une lutte contre Chytrine. Je sais qu'elle ne reculera devant rien pour m'arrêter. Comment saurais-je que vous n'êtes pas un des élèves de son académie déguisés en envoyés de Vilwan ? En fait, je ne crois pas que vous veniez effectivement de Vilwan, je pense que vous servez au consulat.

Syrett Kar avait gardé un visage impassible, mais l'Initié trapu à sa droite n'y parvint pas. Il afficha sa surprise. Les yeux bleus de sa compatriote s'assombrirent et elle foudroya Kerrigan du regard. Elle fit quelques pas à gauche et retira ses gants.

Kar lui jeta un coup d'œil et fronça les sourcils.

— Initiée Tetther, ne nous emballons pas. L'Initié Reese ne va pas nous attaquer. (Il se tourna de nouveau vers Kerrigan.) Vous posez de bonnes questions. Nous devrions nous rendre au consulat pour y trouver les réponses. Je sais que vous n'y êtes pas encore allé. Cela devrait prouver ma bonne foi.

— Chytrine a sûrement des espions qui surveillent le consulat. (Kerrigan fit de son mieux pour empêcher sa voix de trembler.) Vous pouvez y retourner et, lorsque vous aurez les autorisations nécessaires pour ordonner mon retour, alors envoyez-moi un message et je viendrai. Pas avant.

— Nous disposons de ces « autorisations nécessaires » ! gronda l'Initiée.

Kerrigan tourna la tête avec une lente fluidité, imitant l'expression dédaigneuse de Résolu.

— Nécessaires pour vous, peut-être, mais j'estime que ma mission me place au-dessus de ces considérations.

Il savait qu'il était allé trop loin et la réaction fut brutale. Du pouvoir se mit à courir dans les doigts recourbés de l'Initiée. Kar se tourna vers elle, crachant un ordre, mais ses yeux s'étaient plissés de colère. L'autre Initié recula, le regard de plus en plus écarquillé d'horreur.

Le temps se mit à s'écouler étrangement pour Kerrigan. Une part de lui-même (l'enfant effrayé qui voulait obéir à Kar) identifia le danger. En percevant les échos de magick émanant de Tetther, Kerrigan déduisit qu'elle était spécialisée dans le combat et se préparait à l'attaquer sans douceur. Il voulait tomber à genoux et demander grâce, mais cette impulsion resta faible et contrôlable.

Une autre part de lui-même, celle qui avait étudié la magick, identifia tout autant la menace. Elle l'analysa en un instant, reconnut le sortilège et su qu'elle avait à disposition une demi-douzaine d'autres sorts capables de le contrer. Kerrigan aurait pu en lancer certains assez vite pour empêcher la fille d'agir. Son énergie se serait retrouvée enfermée dans son corps et l'aurait déchirée. Il voyait sa contre-attaque et ses conséquences comme un cas d'école : les dommages possibles lui apparaissaient comme collatéraux.

Une troisième partie de lui, celle qui était influencée par tout ce qu'il avait vu et fait depuis son départ de Vilwan, gagna. Il surmonta sa peur. Il reconnut le prix à payer. Puis d'un geste de la main droite, simple et efficace, il invoqua un sort qu'il connaissait si bien que l'effort qu'il dut engager fut minime.

C'était le sort de télékinésie dont il s'était servi pour sortir les livres de la bibliothèque et, avec la même facilité, pour soulever un bateau. Il s'en servit pour ébranler la neige sur un toit et la faire tomber sur l'Initiée dans une petite avalanche qui lui atterrit lourdement sur le dos, la fit basculer en avant et l'enfouit. Le choc coupa le souffle de la fille et brisa la concentration dont elle avait besoin pour lancer son sort.

Kar fit un bond en arrière. Il la regarda, puis épousseta soigneusement la neige sur son torse et ses bras avant de se tourner vers Kerrigan.

— Vous avez pris un risque à vous occuper d'elle ainsi.

Kerrigan secoua la tête.

— Pas du tout.

Il leva les yeux vers le toit et Kar suivit son regard. Là-haut, au sommet des tuiles rouges, Lombo était accroupi.

— Si je n'avais rien fait, lui aurait agi. Dites à Vilwan que je suis bien protégé, je vous prie.

Le Magister cligna des yeux, puis regarda Tetther, qui luttait pour se dégager du tas de neige.

— Vous ne correspondez pas à la description qu'on m'a faite.

— C'est-à-dire ?

Kar ouvrit la bouche pour répondre puis la referma.

— C'est sans importance. J'obtiendrai les autorisations. Mais je dois vous demander ce que vous considérerez comme « nécessaire ».

Kerrigan haussa les épaules.

— Il s'agit d'un sujet dont je pourrai discuter avec le Grand Magister dès son arrivée.

— Vous ne croyez tout de même pas…

Kerrigan leva une main.

— Mon dernier mentor a été tué par Chytrine, mais elle avait des décennies de plus que vous. Vous en connaissez assez sur moi pour savoir que je n'obéis à aucune école de magick, alors nul Magister n'est mon supérieur. Orla décédée, le Grand Magister est le seul à qui je dois obéissance. C'est ainsi que fonctionne Vilwan. C'est le système duquel provient votre autorité.

Kar fronça les sourcils.

— Vous me troublez, Initié.

— En quoi ?

— Vous avez conclu que je ne suis pas suffisamment doué dans la magick de combat pour vous arrêter. Si c'était le cas, je n'aurais pas emmené l'Initiée Tetther avec moi, et aurais-je eu le moindre soupçon de ce qui arriverait, je me serais fait accompagner de plus de mages. Vous êtes assez puissant pour ne pas me craindre, mais vous formulez pourtant une requête raisonnable afin de ménager ma dignité. Ainsi, je n'aurai pas à expliquer pourquoi j'ai manqué à ma mission.

Kerrigan lutta pour garder une expression impassible. Récemment, Will lui avait confié qu'il n'avait pas vraiment su ce qu'il transportait avant que Kerrigan confirme lui-même ses soupçons.

Will a appelé ça du « bluff ».

Tout comme Kerrigan avait cru que Will savait quelque chose qu'il ne savait pas, Kar supposait que le jeune mage en était arrivé à certaines conclusions. Il comprenait qu'il avait tout intérêt à laisser le Magister y croire.

— Magister, avec tout le respect que je vous dois, je suis allé à Svoin, Port Doré et Forteresse Draconis. J'ai vécu avec des Panquis. J'ai combattu des pirates. J'ai combattu des bandits à Yslin et des baragouineurs dans les bois des Marches noires. Je vous le répète : ce qui se passe est trop important pour que j'obéisse aux ordres du consulat. Si je devais choisir entre vous obéir ou vaincre Chytrine, eh bien, mon choix serait évident. Comme devrait l'être le vôtre.

Kar hocha lentement la tête, puis il rejoignit Tetther, toujours à demi enfouie sous la neige. Avec l'aide de l'autre Initié, il la dégagea. Kar renvoya les deux élèves puis se retourna et s'inclina devant Kerrigan.

— Je souhaiterais vous dire que nous nous reverrons sous peu, mais je n'en ai pas l'impression. J'appartiens, sachez-le, à l'école de Prescience. C'est ainsi que nous savions où vous trouver.

— La Prescience est l'un des arts les plus difficiles à maîtriser. (Kerrigan regarda le tas de neige.) Vous disiez que vous ignoriez si elle pouvait me battre. Vos visions ont pris fin à notre rencontre ici ?

— L'une de mes visions oui. Les autres, eh bien… (Il soupira, projetant un nuage de buée.) Initié, votre voie traverse plus d'obscurité que de lumière. Soyez prudent, mais ayez le cœur vaillant.

Kerrigan hocha la tête puis s'inclina avec respect.

— Merci, Magister. Si nos chemins se croisent de nouveau, j'espère que ce ne sera pas dans l'ombre, cette fois.

— Tout comme moi, Initié Reese, tout comme moi.

Le mage s'en alla et, dès qu'il eut tourné et disparu au coin, Lombo sauta du toit et atterrit dans le tas de neige qui avait enfoui Tetther. Il gratta la neige avec ses griffes, puis il sourit à Kerrigan.

— Bien pas tuer.

— Pardon de t'avoir privé de cette joie, mon ami. Elle ne méritait pas de mourir.

— Plus intelligent vivre plus longtemps.

— Très vrai. (Kerrigan sourit.) Si tu n'avais pas été là-haut, je n'aurais pas pensé à déverser la neige sur elle.

— Kerrigan pas tuer. (Lombo haussa les épaules.) Difficile pas tuer.

— Non. Tuer est simplement beaucoup plus facile pour d'autres. Moi, je ne peux…

— Pas besoin.

Lombo marcha tranquillement vers lui et passa un long bras autour de ses épaules.

— Kerrigan fait parle-Will. Mais moins.

Le magickant se mit à rire.

— Oui, Will parle beaucoup mais, parfois, ce qu'il dit est utile. C'était le cas ici. Nous avons pu échapper à de sérieux ennuis. C'était une bonne chose, je crois.

Lombo acquiesça.

— Beaucoup problèmes en vue.

— C'est ce que disait le Magister Kar. (Kerrigan poussa un soupir brumeux.) Espérons simplement que du « parle-Will » et du « pas tuer » suffiront à nous en sortir.

Chapitre 13

Will fit de son mieux pour ne pas rester bouche bée lorsque le comte Marsham le mena dans la salle du trône. Si à l'extérieur le palais avait l'architecture d'une forteresse, fenêtres étroites et murs épais, à l'intérieur il y avait de toute évidence eu des remaniements importants. Car si la salle du trône comportait toujours les larges piliers qui supportaient le plafond en voûte, les murs, eux, avaient été recouverts de panneaux de bois encadrés de dorures. Des fresques magnifiques les recouvraient et, même si un premier coup d'œil pouvait laisser penser qu'elles dissimulaient quelque porte secrète, elles étaient manifestement plus ornementales qu'utiles.

Un épais tapis vert était déroulé de la porte au trône. De chaque côté dépassait une mosaïque de marbre aux formes noires, blanches et rouges. À en juger par l'absence de patinage, elle devait être neuve. Quant au trône, il reposait sur une petite estrade et était constitué d'un fauteuil à haut dossier et d'un dais qui s'étendait sur les côtés pour abriter les fils de Scrainwood. Les sièges qui leur étaient destinés, à peine plus que des coussins verts sur des planches de bois, ne devaient pas les encourager à tenir cour.

Marsham s'arrêta au seuil.

— Altesse, voici le seigneur Norrington.

Scrainwood leva la tête du petit livre qu'il parcourait. Même si Will ne savait pas lire et n'avait pas beaucoup observé ceux qui avaient pour habitude de le faire, il savait que Scrainwood avait posé pour se donner l'air plus intelligent. La lumière qui filtrait par la fenêtre ne tombait pas assez près du trône pour lui permettre de déchiffrer les pages. Cela mit Will encore plus sur ses gardes, mais il fut toutefois capable d'adresser un semblant de sourire au roi.

Scrainwood referma le livre, lui rendit son sourire puis se leva.

— Bien entendu, Marsham, je reconnais mon ami le seigneur Norrington. Qui ne le reconnaîtrait pas ? Il a mis la ville sens dessus dessous. Notre peuple l'aime autant que moi.

— Bien sûr, Altesse. Tout comme je l'aime.

— Comme vous le devriez, Marsham.

Le roi hocha la tête puis le chassa d'un geste de la main. À une telle distance, le geste avait l'air anodin, mais il ébranla Marsham. De toute évidence, il n'aimait pas être congédié, surtout de manière aussi légère.

Il se retourna pour partir, mais Will l'arrêta d'une main tendue.

— Comte Marsham, vos services nous sont très chers.

Will prit la main de l'homme entre les siennes et la serra avec enthousiasme, puis se tourna à demi et lui indiqua la porte.

Marsham s'éloigna, non sans jeter un coup d'œil à ses doigts pour s'assurer que toutes ses bagues étaient toujours là. Il s'inclina avant de sortir puis tira les portes. Avant qu'elles se referment complètement, Will vit Marsham le foudroyer du regard et se retint de lui tirer la langue.

Cabot Marsham l'avait trouvé à *L'Auberge de la Panthère Sauvage*, où les compagnons d'Alexia s'étaient installés. Il avait eu le langage fleuri et le ton onctueux… un mot que Will tenait de Kerrigan et, même s'il n'en connaissait pas la signification, il sonnait juste. Marsham avait parlé de l'honneur que Will lui ferait s'il l'accompagnait auprès du roi, et de l'espoir et de l'amour qu'il ressentait pour le Norrington. Will avait remarqué des marques sur les doigts de l'homme qui laissaient supposer que celui-ci portait beaucoup moins de bagues qu'à son habitude. Marsham s'était également vêtu de vieux vêtements pour le trajet et sa bourse semblait bien plate.

Si la confiance était mesurée en or, Marsham n'aurait même pas pu acheter de la bière amère et du pain rassis destiné aux cochons.

Mais aux yeux de Will, c'était déjà trop bien pour Marsham, et trop bien pour le roi aussi. Malgré tout, il rajusta son masque et s'inclina profondément.

— Will, ces formalités sont inutiles entre nous. Vous avez beau n'être qu'un seigneur, nous sortons du même moule, vous et moi. Les temps glorieux réclament l'effort glorieux des hommes d'honneur, ce que nous sommes.

Scrainwood lui fit signe d'avancer avec autant de légèreté qu'il avait mis à congédier Marsham. Mais Will se rendit compte qu'il était plus naturel pour le roi de congédier que de convoquer.

— Approchez-vous, Will. Nous devons discuter.

Le voleur marcha tout droit le long du tapis, jetant des coups d'œil aux panneaux et aux fenêtres. Porter son masque ne le dérangeait pas, en général, mais cet accessoire le privait tout de même d'une partie de sa vision périphérique. Il repéra malgré tout bien des objets qui auraient pu avoir de la valeur s'ils n'avaient pas été trop lourds pour être emportés facilement.

La vision soudaine d'un incendie et de baragouineurs traînant des objets le frappa.

Ces objets quitteront le palais lors d'un pillage.

Il trouva l'idée plaisante, tout d'abord, car Scrainwood serait bien puni. Mais cette pensée mourut lorsque Will prit conscience que le pillage du palais signifierait que la ville était tombée. Les expressions souriantes de ceux qui l'avaient accueilli, de ceux qui l'avaient considéré comme leur sauveur, se muèrent en expressions torturées reflétées dans des flaques de sang.

Une fois à quelques mètres du dais, Will se concentra sur le roi.

— Qu'attendez-vous de moi, Altesse ?

— Tout d'abord, je vous souhaite la bienvenue de tout mon cœur et vous fais part de mes félicitations. Pardonnez-moi d'avoir mis si longtemps à vous convoquer. J'insiste pour que vous abandonniez vos arrangements actuels et que vous veniez vous installer ici, au palais.

Le voleur hocha la tête.

— Votre invitation est des plus aimables, Altesse, mais je resterai où je suis. Les gens apprécient ma présence, là-bas. Nous chantons et racontons des histoires. Ils sont heureux et moins effrayés.

Scrainwood hésita un instant.

— Mais il en va de votre sécurité.

— Vous, vous n'avez jamais bien regardé Résolu.

— Il s'agit de votre Vorquelfe ?

Will grimaça.

— Corbeau et lui m'ont trouvé et m'ont protégé. Il a tué un *sullanciri*. Tous les deux, en fait. Avec lui, je suis en securité.

Le roi acquiesça, mais Will trouva qu'il cédait bien vite.

— Je respecterai vos souhaits, mais je me dois de vous signaler que, en tant que pair du royaume, vous disposez d'un revenu qui vous permettrait d'être mieux logé.

Le visage de Will s'illumina à l'idée de recevoir de l'argent, mais l'éclair dans les yeux du roi le mit sur ses gardes.

— Je ne le savais pas, Altesse.

— Et pourtant. Vous n'êtes pas le noble le plus riche, mais Valsina produit des richesses. Le marchand Beaujoueur a administré les terres depuis que votre père… depuis son départ. Il tient de bons livres de comptes, détourne très peu et paie les taxes à temps. Ce ne serait pas une exagération de dire que vous pourriez acheter la taverne que vous fréquentez à l'heure actuelle sans entamer vos richesses de manière significative.

Le voleur fronça les sourcils et assimila lentement les paroles du roi.

— Autant, hein ? Ça fait beaucoup, parce qu'ils nous font payer un borgne la nuit.

Scrainwood se raidit lorsque Will se servit du terme familier pour parler de la pièce d'or du royaume. Officiellement connue sous le nom de « couronne », elle était frappée du profil de Scrainwood côté face. La plupart des pièces avaient été griffées ou grattées afin d'effacer son œil. Certains disaient que c'était parce que Scrainwood se servait de la magick pour les espionner, mais Will soupçonnait que la plupart voulaient seulement éviter que le roi voie leur trafic.

Will continua, laissant ses paroles couler rapidement et trahir son manque de sophistication.

—Alors ça ferait dix borgnes pour une semaine et trente en un mois, donc en une année ce serait, hum, eh bah plus d'argent que j'en ai jamais vu avant. Vous êtes sûr qu'il est à moi ?

—Oui, Will, il est vôtre. Par droit du sang… (Le roi mit de la gravité dans sa voix), mais ce droit ne doit pas vous faire oublier votre devoir envers la Couronne. Vous avez bien l'intention d'obéir et de remplir les devoirs d'un noble, n'est-ce pas, Will Norrington ? (Le voleur hocha la tête parce que c'était ce que le roi voulait.) Excellent.

Scrainwood descendit de son piédestal et marcha lentement jusqu'aux fenêtres. Il neigeait toujours. Ces quatre derniers jours, il n'y avait eu qu'une journée de soleil ; celui-ci n'avait fait que faire fondre une croûte sur la neige et recouvrir les routes de glace, puis deux jours de neige encore avaient de nouveau blanchi la ville. Le cocher de Marsham n'avait cessé de jurer en amenant Will au palais, car la glace avait fait du trajet une véritable épreuve. Quelques jours plus tard, la ville serait immobilisée.

—Comme vous le savez, Will, le procès de Hawkins pour trahison contre votre nation et votre famille va bientôt commencer. Le roi Augustus et la reine Carus arriveront tard ce soir ou tôt demain matin et le procès sera lancé dans cinq jours. Votre participation sera vitale. Parce qu'il est de Valsina, Hawkins est votre vassal. Il a envers vous et votre famille un devoir auquel il a manqué. (Le roi se retourna et la lumière en provenance de la fenêtre souligna sa silhouette d'un feu argenté tandis que son visage se retrouvait dans l'ombre.) Vous avez parlé de Corbeau avec affection. Je sais que les chansons que vous chantez dans les tavernes, chansons de votre création, le célèbrent. J'ai entendu « Le Lai de Ganagrei » et l'ai trouvé passionnante, même si elle est fantaisiste. Votre attachement à Hawkins est compréhensible, mais vous êtes jeune et, un jour, vous devrez assumer pleinement vos responsabilités d'adulte. Me comprenez-vous ?

Will acquiesça.

—Je crois que oui, Altesse.

— Alors assurons-nous qu'il n'y ait pas d'erreur. Vous avez obtenu un masque d'homme des années avant l'heure. Le destin vous a désigné, Will, le destin exigera de vous bien des choses que vous auriez souhaité éviter. Des années avant votre naissance, des années avant votre rencontre avec lui, Hawkins a trahi cette nation. Il m'a trahi. Il a trahi votre père, votre grand-père et a manqué de peu semer la ruine sur ce monde. Tous les combats que vous menez aujourd'hui sont de son fait, et ses efforts envers vous sont dictés par remords, rien de plus.

» En tant que noble de ce royaume, il est de votre devoir de protéger votre nation de la trahison. Pour cette raison, vous devez préserver la légalité. Hawkins a été condamné, mais, à cause d'une manigance de la princesse Alexia, nous devons le juger de nouveau. En tant que noble et son suzerain, vos paroles auront beaucoup de poids dans notre cour. Si vous le dénoncez, il sera condamné. Sinon, votre nation s'effondrera, car l'ordre et la discipline ne seront plus.

Le voleur se gratta la tête.

— Vous me dites donc que, à moins que j'aide à condamner un homme qui n'a rien fait de mal, je détruirai l'Oriosa ?

— Exactement, Will. (Scrainwood se rapprocha assez pour que Will voie son visage.) Autour de l'Oriosa, des forces sont en équilibre. Nous ne survivons qu'en maintenant cet équilibre. C'est la vie d'un homme – un homme loin d'être innocent – contre celle de tous les Oriosans. Autrefois, Hawkins se serait volontiers proposé pour cet échange mais, aujourd'hui, ce lâche lutte contre l'inévitable.

— Vous voulez donc que j'accomplisse mon devoir de noble du royaume ?

— Oui.

— Et vous voulez que je dénonce Corbeau ?

— Oui. (Scrainwood sourit.) Vous avez compris, mon garçon.

— Non, Altesse. Je ne crois pas que je le ferai.

Le roi pencha la tête et revint à son trône.

— Que voulez-vous dire ?

Will releva la tête.

— Eh bien, Altesse, pendant que j'étais ici, j'ai étudié toute cette histoire de devoir et mon devoir va à la nation.

— C'est ce que j'ai dit.

— Oui, mais vous n'êtes pas l'Oriosa. C'est différent.

Le roi lâcha un rire bref.

— Des leçons d'éducation civique de la part d'un bâtard des rues ? Tu feras ce que je te dis.

— J'accomplirai mon devoir en tant que pair du royaume et cela signifie dire la vérité au sujet de mon vassal. Je ne sais pas ce qu'il a fait il y a si longtemps, mais je sais ce qu'il a fait aujourd'hui et tuer un *sullanciri* n'est pas le moindre de ses exploits. Ni vous ni personne ne me ferez mentir sur Corbeau.

Le regard de Scrainwood s'enflamma de colère.

— Tu ne comprends pas ? Je t'ai fait, je peux te défaire.

Will ricana.

— Impossible. Vous avez fait de moi un noble, mais Corbeau a fait de moi le Norrington. J'ai passé cette dernière semaine à dire à tous ceux que je connais que je suis le Norrington. Ils m'ont vu. Ils m'ont entendu. Ils m'apprécient, ce qui est plus que ce qu'on peut dire de vous. Si aujourd'hui en sortant d'ici et je commence à raconter que vous êtes l'esclave de Chytrine, ils me croiront. Et ils le croiront jusqu'au moment où ils vous pendront avec vos propres entrailles.

— Tu vas trop loin !

Scrainwood sauta du dais et gifla Will du revers de la main. Le coup toucha le voleur au-dessus de l'oreille et le projeta vers la fenêtre. Il ne s'était pas attendu que Scrainwood l'attaque vraiment, mais il avait toujours su qu'un lâche n'est jamais très loin de devenir une brute.

Et il avait fallu Résolu pour lui apprendre à réagir.

Le visage violet de rage, le roi se rua sur Will et leva le pied pour le frapper. Le garçon roula sur le côté puis attrapa la jambe du roi et fit un demi-tour rapide avant de la relâcher. Déséquilibré, les bras ballants, Scrainwood s'écrasa le dos contre le mur puis glissa au sol. Sa petite couronne simple s'envola, brillant et tourbillonnant dans le soleil, puis résonna lorsqu'elle atterrit et rebondit sur la pierre froide.

Will pirouetta en arrière en se frottant l'oreille, puis baissa les yeux vers le roi des Oriosans. Scrainwood se frottait la nuque. Will ne vit de sang ni sur le mur ni sur la main, ce qui le déçut. Il se consola en entendant les gémissements de douleur du roi.

Puis il se rendit brusquement compte de ce qu'il venait de faire.

J'ai attaqué le roi. Quoi qu'il ait en tête pour Corbeau, ce ne sera rien comparé à ce qu'il va me faire. Oh, et s'il me tue pas, Résolu s'en occupera.

— Il pourrait y avoir un procès pour toi aussi, bâtard ! hurla Scrainwood. Je te ferai écarteler devant Corbeau, il en souffrira encore plus !

— Vous n'oubliez pas quelque chose ? Je suis le Norrington. Vous ne pouvez pas me tuer.

— Je suis dans mon royaume, je peux tout faire !

— À part une chose : vous ne pouvez pas donner d'espoir à votre peuple. (Will recouvrit son oreille rouge avec ses cheveux.) Sans espoir, sans cette croyance dans la prophétie, votre nation mourra. Que ça vous plaise ou nous, je représente cet espoir.

— Gamin, j'ai donné à mon peuple bien plus que de l'espoir, je l'ai protégé.

— En trahissant l'Oriosa. Tout le monde le sait, mais tout le monde a peur de réagir parce que vous faites contrepoids au pouvoir de Chytrine. Une fois l'équilibre brisé, vous êtes mort.

— Était-ce une menace ? (Le roi émit un grognement dédaigneux.) Comment oses-tu me menacer ?

— Hé ! Qui a commencé à taper qui, ici ? Qui parle de me faire écarteler ? Je rends autant que ce que je reçois, alors oui, je suis une menace pour vous ! (Will croisa les bras sur sa poitrine pour y contenir son cœur battant.) Et si vous ne croyez pas que je suis une menace crédible, vous n'avez qu'à penser à la dernière fois qu'un Norrington est venu dans cette salle. Je ne suis pas mon grand-père, mais je suis tout aussi fidèle à mon devoir que lui.

Will approcha du roi, puis se baissa et ramassa la petite couronne. Il la fit tourner dans ses mains, puis rouler vers Scrainwood.

— J'accomplirai mon devoir envers l'Oriosa, mes amis et le monde. Alors laissez-moi le faire tranquillement.

Sans un regard en arrière, Will sortit de la salle à grands pas, cognant du poing contre sa hanche pour se morigéner. Il avait été idiot de se laisser emporter par la colère. Scrainwood l'avait considéré comme un pion à manipuler, désormais il le verrait comme un ennemi.

Pas comme si j'en avais besoin d'un de plus.

Il haussa les épaules.

Qu'il fasse la queue. Si Chytrine laisse quelque chose de moi, il n'aura qu'à se servir.

Chapitre 14

Comme tous les chefs de guerre, Alexia détestait les surprises. Elle s'en protégeait le plus possible, mais le chaos politique de Meredo ne la mettait pas à l'abri. Le roi Augustus était arrivé d'Alcida et s'était confortablement installé dans le palais. La reine Carus avait pris résidence chez un noble et Alexia avait parlé avec les représentants des deux souverains. Parce qu'ils feraient partie du tribunal aux côtés du prince Linchmere, il aurait été inconvenant de parler directement avec eux, mais elle put expliquer à leurs délégués à quel point Corbeau était nécessaire à la guerre contre Chytrine.

Les vagues de blizzard avaient repoussé le début du procès, car les rues enneigées rendaient impossible tout déplacement dans Meredo. Alexia s'amusait de l'enthousiasme évident de Kerrigan… et de la haine de Will pour cette même neige à cause de laquelle il était facile de suivre un voleur à la trace et difficile de circuler sur les toits semés d'embûches. La neige embellissait la ville en cachant les dépôts d'ordures et en étouffant les bruits, ce qu'Alexia appréciait. Toutefois, elle en voulait à la tempête d'empêcher Perrine de voler.

Par conséquent, la princesse et sa sœur prisonnière à terre se contentaient de jouer aux échecs dans leurs appartements. Elles s'étaient mises d'accord pour jouer d'après les règles gyrkymes, selon lesquelles le pion gyrkyme (qui pouvait sauter par-dessus les autres puisqu'il savait voler) n'était abattu que par les archers qui tiraient en diagonale. Cette variante indignait d'ordinaire les joueurs, mais toutes deux avaient grandi avec, alors il leur aurait semblé étrange de jouer autrement.

Des coups violents frappés à la porte interrompirent le jeu. Avant même qu'Alexia donne la permission d'entrer, le loquet fut soulevé et la porte ouverte. Alexia s'était déjà levée de sa chaise et brandissait son épée.

La femme mince au visage en lame de couteau haussa un sourcil.

— Prête à verser votre propre sang, Alexia ?

La princesse ne baissa pas tout de suite son arme.

— Tante Tatyana, je ne vous imaginais pas un seul instant à Meredo. Comment êtes-vous arrivée ?

Elle haussa les épaules et se débarrassa de son manteau. Avant que le vêtement de laine noire touche le sol, l'un des deux hommes immenses qui se tenaient derrière elle le rattrapa. Ils portaient le même uniforme noir liseré de blanc sur les jambes et les manches. Alexia ne les reconnut pas, mais connaissait leur uniforme. Les gardes du Cercle de la Couronne étaient révérés par les exilés okrans et connus pour leur dévotion envers la famille royale en général et la Grande Duchesse Tatyana en particulier. Leur aurait-elle demandé de l'emmener sur la lune, qu'ils en auraient trouvé le moyen, et avec diligence.

— Dans mon carrosse jusqu'à ce qu'il neige, puis en traîneau. Nous avons l'habitude de la neige, en Okrannel, Alexia. Ce voyage n'avait rien d'une épreuve.

— J'imagine que non. (La princesse rengaina son épée dans le fourreau qui pendait au dos de sa chaise, puis désigna Perrine.) Vous vous souvenez de Perrine.

La vieille femme regarda la Gyrkyme des pieds à la tête comme si elle considérait une servante à l'esprit lent qui venait de casser un plat de valeur.

— Oui, bien entendu. Comment allez-vous ?

— Bien, Grande Duchesse.

— Excellent. Laissez-nous, maintenant.

— Ce n'est pas une servante, gronda Alexia. C'est ma sœur.

À cette remarque, Tatyana retroussa à son tour une lèvre fine qu'elle ne détendit pas sans effort.

— Votre sœur, vraiment, petite. Eh bien, je souhaite discuter avec vous et je vous éviterai l'embarras de le faire devant votre… sœur.

Peri se contenta de cligner ses grands yeux d'ambre d'un air innocent et Alexia eut envie de rire. N'importe qui d'autre se serait écrasé sous le regard bleu glacial de Tatyana, mais Perrine ne lui accordait aucune attention. Elle ne partirait que si elle le désirait ou si Alexia le lui demandait. Que sa présence irrite la Grande Duchesse était une motivation amplement suffisante pour qu'elle reste.

La princesse secoua la tête.

— Tout ce que vous me direz lui sera répété. Je n'ai aucun secret pour elle.

Tatyana écarquilla les yeux un instant.

— Aucun ?

Alyx hésita. Elle n'avait pas parlé à Peri de la Communion des Dragons, principalement parce qu'elle ne le pouvait pas. Cette impossibilité à partager rongeait Alyx, mais, si Peri remarqua quelque chose, elle n'en dit rien.

Toutefois, la question de Tatyana n'avait pas de rapport avec la Communion, mais avec quelque chose que la vieille femme trouvait bien plus important. À la suite d'une de ses visions, le Cercle de la Couronne avait spécifié que tout noble okran en exil devait, dès l'âge de quinze ans, partir pour un « voyage onirique » au cours duquel il entrerait en Okrannel et passerait la nuit sur sa terre d'origine. On considérait que les rêves qu'il avait cette nuit-là avaient le pouvoir de clairvoyance de la Prophétie Norrington. De retour à Yslin et dans le Cercle de la Couronne, les voyageurs avaient l'obligation de partager ces rêves avec les anciens. Aux yeux de son arrière-grand-tante, qu'Alexia ait confié ses rêves à Perrine aurait été une trahison plus sérieuse que celle de Corbeau.

Alexia hocha lentement la tête.

— Je partage avec elle mon cœur, mon âme, mes espoirs et bien des rêves, mais pas tous.

Tatyana parut momentanément soulagée. Elle leva une main et l'un des gardes entra dans la pièce, s'empara de la chaise où Alyx avait été assise et la proposa à la Grande Duchesse. Celle-ci s'installa avec délicatesse puis leva les yeux vers son arrière-petite-nièce.

— Je suis venue aussi vite que j'ai pu lorsque j'ai appris cette rumeur absurde selon laquelle vous auriez épousé un certain Corbeau. Qui est-il ?

Alyx croisa les bras sur son ventre et s'appuya contre le mur.

— Vous l'avez rencontré à Yslin, tante Tatyana. La nuit de la réception en l'honneur du général Adrogans. L'homme qui m'a apporté du vin.

— Votre serviteur ? Alexia, comment avez-vous pu ? Il n'est pas noble, il n'est rien. En outre, il s'avère qu'il est Hawkins le Traître ? Il a assassiné votre père, vous le savez.

— Il n'a rien fait de tel.

Le regard de la vieille femme s'emplit d'amertume.

— Vous étiez à peine née, alors.

— Et vous n'étiez pas à Forteresse Draconis.

— Non, mais j'étais bien présente lorsque les souverains de ce monde ont appris ce qui s'y était passé. Seul votre père s'est dressé contre le *sullanciri*. Hawkins aurait pu le sauver, mais il s'est enfui. Après sa mort, il est revenu avec l'épée qui avait abattu le *sullanciri* mais trop tard. Et il a pris son temps, en toute conscience, parce qu'il haïssait votre père d'être tout ce que lui n'a jamais pu être !

Sa voix pleine de fiel choqua Alyx. Elle avait toujours pensé que son arrière-grand-tante était amère, mais jamais encore ne l'avait-elle entendu parler avec une telle amertume. Tatyana avait beaucoup souffert de la mort du prince Kirill. Malgré tout, elle avait jusque-là réservé son agressivité à ceux qui se mettaient entre elle et ses plans pour libérer l'Okrannel.

Les narines de Tatyana frémirent de colère.

— Certains disent qu'il n'était alors qu'un enfant. D'autres trouveront des excuses à cause de l'époque ou du pouvoir du *sullanciri*, mais Hawkins lui-même a avoué regretter la mort de votre père. L'auriez-vous entendu, Alexia, l'auriez-vous entendu alors et non pas aujourd'hui, pas après qu'il a eu vingt-cinq ans pour mettre au point ses mensonges et se justifier à ses propres yeux... vous auriez su qu'il regrettait ses actions à Forteresse Draconis.

— Assez !

Alyx s'écarta du mur et frappa du poing sur la table, ce qui fit tourner et se renverser les pions.

— Je ne tolérerai pas que vous parliez ainsi de Corbeau ! De mon époux.

Tatyana écarquilla largement les yeux.

— Par les dieux, Alexia, tu ne portes pas son enfant !

La vieille femme tendit vers elle une main squelettique, les doigts crochus et tremblants.

— Assez, tante Tatyana, assez !

Alexia céda à la tentation et se frotta le ventre comme elle avait vu de nombreuses femmes enceintes le faire.

— Si vous êtes venue ici pour me tourmenter, vous commencez bien.

La voix de la vieille femme ne s'adoucit pas, mais se fit murmure.

— Je suis venue vous rappeler vos devoirs envers votre nation. Vous savez, aussi bien que moi, que lorsque nous libérerons l'Okrannel... lorsque vous libérerez l'Okrannel... vous monterez sur le trône. Même si notre nation a prospéré de son mieux en exil, nous savons toutes les deux que nos resscurces sont insuffisantes à la reconstruction du pays. Svoin n'est plus et la recréer nous mettra au bord de la ruine. Mais vous, vous êtes la clé d'une dynastie. Votre union avec un prince du Sud nous permettrait de nous relever.

Alexia se mit à rire et Peri se joignit à elle, plus doucement.

— Qui voudriez-vous que j'épouse, tante Tatyana ? Linchmere ? Le roi Augustus n'a pas de fils en âge. La Savarre, peut-être, mais elle est trop loin pour le commerce ; de même que toutes les autres nations, à l'exception de la Saporicia, la Jerana et le Gurol. Les deux premières n'ont aucun intérêt, et même si le prince Joachim de Gurol était en âge, son pays est aussi pauvre que le nôtre.

Sa tante secoua la tête.

— Vous oubliez l'évidence : Erlestoke d'Oriosa.

— Il est resté à Forteresse Draconis. Son père dit qu'il est mort.

La vieille femme haussa les épaules.

— Scrainwood n'est pas devin, Alexia.

Contrairement à vous ?

Alexia retint sa pique.

— Et vous croyez que mon mariage avec Corbeau empêchera une alliance ? Erlestoke, que les dieux soient bénis s'il survit, a une maîtresse et un enfant d'elle. Cela ne le rend-il pas encore moins désirable que je le suis ?

— Ne soyez pas idiote, Alexia. Vous savez comment fonctionne le monde. On peut s'arranger. On peut annuler des engagements.

Alexia durcit son regard violet.

— Très bien. Que l'on s'arrange, si je survis à cette guerre. Si je libère l'Okrannel.

Tatyana siffla entre ses dents et jeta un regard en coin à Peri.

— Vous libérerez l'Okrannel sans aucun doute. Vous le savez.

Un frisson parcourut l'échine d'Alexia. L'insistance de son arrière-grand-tante la ramena à son rendez-vous avec le Cercle de la Couronne après son voyage onirique. Debout devant eux, elle avait expliqué, en détail, la série de batailles qu'elle mènerait contre les troupes de Chytrine. Elle leur avait parlé des nouveaux mages de guerre qu'elle dirigerait et du déroulement des combats. Elle avait insisté sur le fait qu'elle serait victorieuse et les avait tous impressionnés par sa connaissance de l'art de la guerre. Ils avaient repris courage grâce à ses rêves et son talent, raison pour laquelle les Okrans faisaient reposer tous leurs espoirs sur elle.

— Oui, tante Tatyana, je le sais bien ; c'est pourquoi je sais que nous aurons le temps de mettre au point les arrangements dont vous parlez. Je n'ignore pas mon devoir envers ma nation, mais je suis aussi très consciente de celui que j'ai envers mes amis.

La vieille femme pinça ses lèvres fines, puis acquiesça lentement.

— Je vois. Il s'agit donc d'une feinte.

Alyx releva le menton.

— Nous avons dormi ensemble. Les gens de Scrainwood vous le diront.

— Oui, mais as-tu partagé sa couche ?

La question de Tatyana n'aurait pas dû la surprendre, pourtant ce fut le cas. Les nuits sur la route avaient fait naître entre Corbeau et elle une intimité physique. Il ne s'agissait pas de l'intimité à laquelle la question faisait référence, mais elle avait été bien plus qu'ordinaire. On pouvait la décrire comme agréable en partie, mais cela ne suffisait pas. Son incapacité à l'identifier l'agaçait autant que le fait qu'elle lui manquait.

La princesse se contenta d'émettre un grognement.

— Iriez-vous jusqu'à examiner mes chairs, Grande Duchesse ?

La vieille femme fit un geste du doigt et l'un des gardes s'avança jusqu'à ce que le cri perçant de Peri déchire l'air.

— Touche ma sœur et la sorcière sera ouverte de la gorge au ventre !

La Gyrkyme leva la main gauche, les griffes à l'aspect menaçant prêtes à frapper.

— Du calme, Peri.

Alexia foudroya le garde du regard jusqu'à ce qu'il revienne à sa place.

— Vous oubliez quelque chose, Grande Duchesse. Peut-être dirigez-vous le Cercle de la Couronne, peut-être votre frère vous écoute-t-il, mais la princesse couronnée, c'est moi. Aucun de vos édits et déclarations ne vous autorise à porter la main sur moi. Vous l'avez oublié une fois déjà et en avez payé un prix minime. Ni vous ni vos agents ne vous en sortirez aussi facilement, cette fois.

Tatyana serra les mains contre sa poitrine et frotta les doigts qu'Alexia avait mordus lors de leur première rencontre, lorsque la Grande Duchesse lui avait ouvert la bouche pour inspecter ses dents.

— Et avez-vous oublié, princesse couronnée Alexia, que, pendant que vous vous entraîniez pour libérer notre nation, je l'ai maintenue ? Les dettes que l'on doit à notre maison me sont dues à moi. Votre arrogance et votre manque de respect vous coûteront très cher.

La vieille femme se leva et tendit la main pour reprendre son manteau qui fut rapidement posé sur ses épaules.

— Allez donc, jouez à votre petit jeu pour sauver Corbeau. Mais souvenez-vous que dans vos rêves vous n'aviez pas d'époux. Réfléchissez prudemment à la façon dont vous influencez le futur.

Tant de choses reposent sur vos épaules, je ne vous laisserai pas tout gâcher pour un caprice.

— Pas pour un caprice, tante Tatyana, mais pour un ami et un homme qui fera beaucoup pour contrecarrer les plans de l'ennemi.

Tatyana haussa un sourcil.

— Vraiment. Alors peut-être ce Corbeau vaudra-t-il quelque chose. J'espère pour vous que ce sera le cas, ou il ne fera que vous distraire et votre folie réduira tout en cendres.

Chapitre 15

Le général Markus Adrogans, commandant de la Garde à cheval jeranaise et de l'expédition pour délivrer l'Okrannel, se trouvait sur une colline balayée par les vents, au nord de la ville de Guraskya. Il lui accordait le statut de ville, car il s'agissait de la capitale des terres hautes de Guranin, mais quand il la comparait aux cités sophistiquées du Sud et de l'Est (de pierres et de tours élancées), elle n'avait pas l'air d'être plus qu'un village qui s'était agrandi au-delà de ses limites.

Bien que conquis depuis longtemps, et qu'ils aient voué allégeance à la couronne okranne, les Guranins se tenaient à l'écart des autres populations. Les plus jeunes fils et filles des conquérants s'étaient mariés aux clans guranins mais, au lieu d'apporter la sophistication citadine, ils s'étaient laissé séduire par la force de la tradition et du sang guranins. Pendant des générations, les nobles de moindre importance fuyaient vers les terres hautes lorsque les villes ne pouvaient plus entretenir leurs rêves et leurs esprits rebelles. Les Guranins les avaient accueillis à bras ouverts.

Guraskya s'était étendue à la façon des terres hautes, ce qui revenait à dire qu'il n'y avait eu aucune planification. Des longères en bois rectangulaires, aux toits de chaume percés de trous pour laisser s'échapper la fumée, servaient d'abris. Elles n'avaient pas d'étages, ni même de nouvelles ailes destinées à accueillir les nouveaux membres d'un clan. Quand le besoin se faisait sentir, d'autres étaient construites, certaines proches des premières, d'autres plus éloignées, sans rien pour les relier et toutes penchées selon un angle qui leur donnait l'apparence de bouts de bois issus d'un jeu de jonchet abandonné.

Du sommet de la colline, Adrogans apercevait deux ou trois places de marché, mais au vu de leur taille et de leur localisation, il devina qu'elles avaient été aménagées sur d'anciens emplacements de longères qui avait brûlé. Au sud, à l'ouest et à l'est de ces installations se trouvaient quelques parcs à bétail, près de granges et d'entrepôts. Un « quartier étranger » avait été aménagé au nord mais, avant l'arrivée des troupes, il n'était constitué que de deux auberges et d'une seule taverne, car les visiteurs étaient rares et les logements n'avaient rien pour encourager les longs séjours.

Il s'était pourtant agrandi très rapidement, ce dernier mois. Le général alcidais Turpus Caro et Adrogans avaient positionné leurs troupes à Guraskya, ainsi qu'un cinquième des réfugiés de Svoin. D'autres unités avaient marché plus loin vers le nord et l'ouest, confiant ceux-ci à des villages, des hameaux, de petits bourgs et des centres claniques. Les clans des terres hautes, d'ordinaire dédaigneux de ceux des terres basses, faisaient preuve d'une incroyable compassion envers les malheureux qui cherchaient asile chez eux. Les clans avaient proposé de loger les réfugiés et Adrogans avait passé ses premiers jours à Guraskya à écouter les chefs détailler tout ce qu'ils avaient à offrir.

Adrogans avait disséminé ses protégés en fonction de la taille et de la richesse des clans. La grande majorité, un millier des réfugiés souffrant le plus de malnutrition et de mauvaise santé, était restée à Guraskya. Les clans Tsuvo, Bravonyn et Arzensk se partageaient la ville et ils avaient été plus que généreux. Même s'ils n'avaient pas ouvert leurs longères aux troupes étrangères, ils s'étaient donné beaucoup de mal pour comprendre les liens entre les réfugiés et réunir tous ceux qui ne partageaient ne serait-ce qu'une seule goutte de sang. On avait assuré à Adrogans que de nombreuses parentés avaient été découvertes en très peu de temps… à la grande satisfaction de tous.

La neige recouvrait la ville, pourtant celle-ci continuait à vivre. Les zones d'accueil des troupes, qui encerclaient la colline sur laquelle il se tenait, étaient les plus actives. On aurait pu croire à une illusion car les tentes rondes tremblaient sous la brise, même si la neige qui s'entassait sur les côtés aidait à isoler ceux qui s'y étaient réfugiés. Toutefois les soldats avaient beaucoup à faire : creuser, organiser des expéditions pour couper le bois et déterminer les différentes approches dont les Aurolanis pourraient se servir pour attaquer.

Adrogans se caressa le menton d'une main gantée. Sur les plaines devant Svoin, il avait rencontré Nefrai-kesh, le *sullanciri* qui avait été autrefois Kenwick Norrington et qui, au nom de Chytrine, commandait les garnisons aurolanies de Svarskya. Il avait promis à Adrogans qu'il n'attaquerait pas avant le printemps, mais le général n'aurait jamais cru le *sullanciri* sur parole. Si Nefrai-kesh avait besoin d'une excuse pour dissimuler une attaque en traître, il pouvait toujours arguer qu'il avait voulu parler d'une campagne contre Svoin, pas contre les troupes d'Adrogans.

À vol de Gyrkyme, moins de deux cents kilomètres séparaient Guraskya de la capitale okranne, si bien que la menace restait quasi constante. Même s'il y avait peu de chemins vers les terres hautes et que ceux-ci étaient facilement défendables, les troupes okrannes, sans disposer de la magick de Chytrine et des dragonels, avaient été victorieuses des siècles plus tôt. L'absence d'une menace active venant des terres hautes les avaient sauvées de tout véritable effort aurolani pour les conquérir, mais Adrogans refusait de récompenser la générosité des Guranins en laissant l'ennemi les envahir.

Il envisageait de nombreuses stratégies, mais deux choses l'empêchaient de se concentrer. En premier lieu, la lente arrivée de combattants sur le terrain d'entraînement, à l'est du camp. Il en comptait une centaine et demie, une tâche facile puisqu'ils s'organisaient en compagnies de trente. Une semaine auparavant, un quart de ce nombre s'était trouvé sur le terrain. Tous, hommes et femmes, affichaient encore une maigreur squelettique mais, dans leurs yeux, il lisait la faim intense des loups humains.

Il n'était pas du tout certain de savoir combien des mille de Guraskya s'entraîneraient et rejoindraient l'infanterie de Svoin. Ceux-là étaient les plus forts des réfugiés et, en bien des façons, il était surpris qu'une légion et demie soit capable de se battre. Si l'on peut satisfaire un homme en le nourrissant, il est moins évident d'enflammer son âme. Ceux-là étaient surtout décidés à se venger, car le viol de Svoin par les Aurolanis avait à tous coûté un parent, un ami, un être cher.

Ils combattraient, et avec brutalité. Mais Adrogans ne se faisait aucune illusion quant à leur efficacité, car même trois mois d'entraînement ne les prépareraient pas à la sauvagerie pure de la guerre. Il faudrait les tenir en laisse comme des chiens enragés puis les relâcher à l'endroit précis où ils pouvaient causer le plus de dégâts. L'ennemi les détruirait (de ça, il n'avait aucun doute), mais il soupçonnait que les Svoinykis se souciaient moins de vivre que de tuer leurs bourreaux.

Sa seconde distraction soufflait et s'essoufflait en montant la colline. Le blanc de la neige contrastait violemment avec la peau brune du petit homme. Plus étrange encore, la créature burinée ne portait qu'un pagne et un manteau usé. Son absence de vêtements facilitait la présence des différents talismans qui pendaient à sa chair. Ses quelques mèches de cheveux gris flottaient au vent, ajoutant à l'amusement qu'il affichait par un sourire en coin.

Adrogans se sentit incapable de résister à ce sourire.

— Mon oncle, les nouvelles doivent être incroyables pour vous amener jusque-là !

Le sourire de Phfas s'élargit et dévoila une rangée de dents jaunies.

— Tu sentiras le changement. Essaie un peu.

— Je n'ai pas le temps.

Le chaman zhusk secoua la tête.

— Jusqu'à ce que tu le fasses, tout le temps est gâché.

Adrogans inspira profondément et ferma les yeux pour se concentrer. Les Zhusks, peuple indigène qui vivait sur un plateau au sud-est de l'Okrannel, se souciaient peu des dieux de la nouvelle ère et vénéraient plutôt les premiers esprits élémentaux du monde. Grâce aux rituels des arcanes, les Zhusks se retrouvaient liés à ces *yrûn*, ainsi qu'étaient nommés les esprits. Les talismans que Phfas portait indiquaient son alliance avec l'*yrûn* de l'air. Ce dernier lui apportait souvent des informations ou leur écho aérien, échangeant sa vitesse contre le poids des nouvelles.

Adrogans avait grandi en Jerana sans savoir qu'il était à moitié Zhusk avant que Phfas le reconnaisse et l'invite à entrer dans leur communauté. Adrogans s'était basé sur le plateau zhusk pendant de nombreuses opérations anti-aurolanies, encouragé par son peuple d'adoption. Toutefois, il n'avait pas entrepris la cérémonie pour s'attacher à un *yrûn* avant la première bataille des plaines de Svoin. Pendant que le combat faisait rage, il avait subi un rituel horriblement douloureux qui l'avait lié à plusieurs *yrûn*.

Il se referma sur lui-même, chercha le calme et se coupa du monde extérieur. Il cessa de se préoccuper du vent et du souffle de Phfas. Il fit la sourde oreille aux exhortations des réfugiés à l'entraînement, à l'aboiement des chiens et au cri solitaire d'un faucon. Il surmonta ses sensations physiques, ce qui lui permit de se focaliser sur son esprit et les *yrûn* qui étaient ses compagnons.

La terre et l'air, l'eau et le feu étaient présents, mais leur vivacité le privait de la subtilité qui lui était nécessaire. Il les dépassa en esprit jusqu'à rejoindre sa maîtresse, l'*yrûn* auquel il était le plus fermement lié. Elle avait l'apparence d'un petit bout de fille, aux seins nouvellement poussés, qui avait à peine dépassé l'âge qui annonçait sa beauté de femme. Elle prenait forme dans un halo blanc lumineux, presque semblable à un fantôme, mais plus il se rapprochait d'elle plus son corps se durcissait et s'amaigrissait – ses côtés comme déchiquetés, aussi inégaux que les dents pointues qu'elle dévoilait derrière son sourire sans joie –, et plus il la voyait clairement.

Il sentait la douce morsure du gel sur ses orteils et son visage.

Il repoussa cette sensation.

Je ne me laisserai pas distraire.

Elle savait ce qu'il pensait et se tendit vers lui, ses mains lui griffant brutalement le crâne. Elle l'attira vers elle, l'écrasa contre son corps. Partout où elle le touchait, la douleur enflammait les décorations, qui lui perçaient la peau. Puis elle leva le visage vers lui dans un baiser qui le piqua. Elle écarta les lèvres et attira sa langue dans une bouche pleine d'aiguilles.

Un sursaut le secoua, mais il lutta contre la souffrance. Derrière elle, il sentait tout l'Okrannel. Il n'était pas comme un faucon lointain qui planait, capable de regarder le pays. Il aurait pu, mais sa maîtresse, l'*yrûn* de la douleur, lui donna à la place l'impression qu'il était une couche de nuages orageux qui recouvrait l'Okrannel. Là où tombait l'éclair se trouvait la douleur, et certains lieux en étaient chargés.

En riant, il s'arracha à la torture de l'étreinte et retrouva de nouveau sa propre chair. Il ouvrit les yeux, puis leva la main pour les protéger lorsque la luminosité de la neige l'éblouit.

— Alors comme ça, il a déplacé ses troupes vers le sud ?

— Comme tu dis. (Phfas hocha vigoureusement la tête, ses talismans cliquetant les uns contre les autres.) Le printemps sera précoce.

Le général secoua ses cheveux blancs.

— Pas autant que tu le voudrais, mon oncle.

Adrogans détestait toutes les comparaisons entre la guerre et les jeux, précisément parce qu'un jeu n'était qu'une réalisation abstraite qui ne prenait aucunement en compte l'effrayant coût en vies. Toutefois, il fallait parfois jouer à la guerre. Chaque camp devait dissimuler sa force sans se priver de la possibilité de frapper l'ennemi ou de contrer toutes ses attaques. Il pouvait s'agir d'un jeu du chat et de la souris, dans lequel chaque faction espérait que son chat ne croiserait pas une souris de cinquante kilos aux crocs acérés et à la piqûre du scorpion.

Dans la bataille de Svoin, Adrogans avait réussi à dissimuler une telle piqûre. Il avait dissimulé une partie de ses troupes aux éclaireurs aurolanis et à ses propres alliés, puis les avait fait surgir au moment crucial pour frapper l'arrière-garde aurolanie. La surprise avait brisé l'ennemi. La princesse Alexia avait abattu le *sullanciri* qui les commandait et les soldats d'Adrogans avaient écrasé l'armée ennemie. La victoire, à laquelle avaient participé ses alliés *yrûn*, lui avait donné le temps nécessaire à la libération de Svoin.

La sagesse guerrière commandait que rien ne devait arriver pendant l'hiver. Les chutes de neige rendaient les déplacements difficiles, parce que les routes et les cols devenaient impraticables. Et la saison n'aurait pas permis aux hommes et aux bêtes lancés sur les routes de se nourrir. Même si une armée s'y aventurait, survivait aux gelées et aux désertions qui l'accableraient, une seule tempête pouvait l'engloutir. Pis encore, un coup de blizzard ou une avalanche risquait de détruire la caravane de ravitaillement, condamnant les soldats à mourir de faim.

Toutefois, Adrogans ne pouvait compter sur une telle trêve. Les soldats aurolanis étaient issus d'un royaume de glace où l'on considérait le pire des hivers comme une douce journée de printemps. Les baragouineurs, les griffeglaces et les vylaens n'étaient peut-être pas dotés d'un esprit des plus vifs, mais ils étaient très nombreux, avaient l'habitude du froid et n'accordaient que peu de valeur à leur vie. En conséquence, les troupes de Nefrai-kesh pouvaient descendre de Svarskya, infiltrer les terres hautes et causer les pires ennuis aux hommes d'Adrogans.

Ce dernier avait prédit que Nefrai-kesh agirait sûrement ainsi pour deux raisons : la première, pour semer la terreur dans les campagnes et entamer l'assurance gagnée pendant la victoire de Svoin. De plus, les Aurolanis semblaient prendre plaisir à faire preuve de cruauté. Le *sullanciri* avait des soldats, il pouvait s'en servir et donc ne s'en priverait pas.

Ensuite, Nefrai forcerait Adrogans à réagir en jouant l'offensive, et l'enjeu stratégique était bien plus important. Comme des hameaux étaient éparpillés partout dans les terres hautes, il était impossible de protéger tout le monde. Adrogans devrait envoyer des troupes capables d'aller et de revenir pour tenter de rattraper des agresseurs qui disparaîtraient comme des fantômes. L'effort de la poursuite épuiserait ses soldats, détruirait leur moral et provoquerait peut-être même le ressentiment des autochtones, qui constateraient leur incapacité à faire cesser les attaques.

Nefrai-kesh agissait néanmoins avec deux désavantages et Adrogans était certain que l'Aurolani n'accorderait d'importance à aucun des deux. Le premier, c'était qu'il avait beau être toujours humain, Adrogans était un excellent commandant. Kenwick Norrington ne l'avait jamais égalé, même si Adrogans admettait qu'il en savait beaucoup sur l'art de la guerre. Ce qui signifiait que Norrington prendrait pour acquise l'habitude de l'hivernage.

Il s'attendait à ce qu'Adrogans se retire pendant la saison froide, donnant ainsi l'avantage à ses propres troupes.

La seconde erreur de Nefrai-kesh avait été de sous-estimer l'ennemi. Il ne savait rien des *yrûn* et des liens qu'Adrogans partageait avec eux. Les sorciers, et c'était aussi le cas des mages de guerre de son armée, considéraient souvent les Zhusks comme des curiosités magickes et Chytrine partageait probablement ce point de vue. Si elle avait vu en eux une menace, elle aurait probablement tenté de les massacrer au cours de ces dernières années.

Parce que l'ennemi considérait que les troupes d'Adrogans étaient incapables de se battre en hiver et parce que Nefrai-kesh ne se doutait pas que les *yrûn* lui fournissaient des informations sur les déplacements de l'ennemi, lui permettant ainsi de positionner ses propres forces, Adrogans n'avait d'autre choix que de trouver le moyen de lutter. Sur la route de Svarskya se trouvaient plusieurs lieux stratégiques qui lui coûteraient cher à prendre s'ils étaient défendus. Au printemps, ils le seraient, alors s'il pouvait frapper vite et loin dans le territoire occupé, il économiserait des soldats, sans lesquels le siège de Svarskya était impossible.

Si la grande majorité de son armée était mal adaptée aux missions dans les bois enneigés, il y avait bien deux unités qui y excellaient. Les Gardes-montagnes nalisks venaient des massifs du centre du Naliserro et avaient même impressionné les autochtones par leur impassibilité face aux intempéries. Quant aux Plumenoires de Loquellyn, ils s'étaient bien battus à Svoin. Leur commandante, la maîtresse Gilthalarwin, était toujours vexée à la suite d'un désaccord avec Adrogans, si bien que ses soldats et elle profiteraient de n'importe quelle occasion pour prouver leur valeur.

Adrogans hocha lentement la tête. Il se servirait des Gardes-montagnes et des Plumenoires pour traquer et détruire les forces que Nefrai-kesh lui enverrait. Frapper de là où il se trouvait serait plus difficile mais faisable. S'il pouvait prendre le gué au nord du fleuve Svar puis la citadelle des Trois Frères, qui gardait la route vers la gorge sud, il serait aux portes de Svarskya avant l'arrivée des pluies printanières.

Phfas ricana.

— Si pas de printemps précoce, un hiver doux ?

— Oui, mais les temps s'annoncent durs, mon oncle. (Adrogans eut un lent sourire.) Et pleins de surprise pour ceux qui nous haïssent.

Chapitre 16

Will sourit lorsque Corbeau ouvrit le paquet et trouva le gâteau.

— Et je l'ai même pas volé !

Corbeau leva les yeux et haussa un sourcil.

— Mais tu ne l'as pas acheté non plus, n'est-ce pas ? Le boulanger croyait qu'il l'offrait au Norrington.

Le voleur cilla.

— Comment tu le sais ?

Personne n'aurait pu le trahir puisque nul n'avait annoncé son arrivée à la geôle. Will s'était dit que venir sans prévenir lui permettrait de se servir de son statut pour tromper la garde, ce qui fut le cas. Aucun des hommes n'avait osé l'en empêcher, surtout après qu'il leur avait assuré qu'il ne portait pas d'arme et que sa visite était nécessaire à la défaite de l'ennemi.

Will avait obtenu le gâteau dans une échoppe située non loin où il avait traîné tandis qu'il observait la geôle et ses gardes. Le commerçant, un homme âgé aux joues roses, si rond qu'il se dandinait en marchant, l'avait enveloppé et tendu à Will avec un peu de solennité. Parce qu'ils étaient seuls dans l'échoppe, Will savait que cette gravité était sincère et que le marchand ne voulait pas seulement faire bonne impression devant d'autres.

Will l'avait remercié puis s'était dirigé vers la prison. Quelques gardes l'avaient interrogé mais, en entendant sa voix impérieuse et en avisant le masque, ils n'avaient pas osé le retenir. On l'avait ensuite fait grimper plutôt que descendre, ce qui l'avait un peu surpris. Corbeau se trouvait dans une petite pièce à l'étage : elle était propre, chaude et était munie d'une fenêtre avec des barreaux. L'ameublement spartiate était constitué d'un matelas de paille, d'un pot de chambre, d'une petite table et de deux chaises, mais tout était en bon état et le pot de chambre avait un couvercle.

Corbeau lui sourit.

— Je pourrais te dire que c'est à cause du nœud de la ficelle, celui qu'on fait pour emballer un cadeau, mais peut-être l'avais-tu renoué ainsi par accident.

Will haussa un sourcil.

— Alors comment as-tu deviné ?

— Tu n'as pas de bourse. Tu ne transportes pas d'argent sur toi.

Le voleur resta un instant bouche bée, puis la referma.

— Les habitudes ont la vie dure, il faut croire.

— C'est sans importance, Will. J'apprécie le cadeau. (Il posa la pâtisserie sur la table.) J'ai entendu dire que tu avais eu une conversation avec le roi Scrainwood.

— La princesse a dû vous en parler.

— Lors de sa dernière visite, oui. (Corbeau lui décocha un sourire chaleureux.) J'ai cru comprendre que ça ne s'était pas bien passé.

Will s'agita sur sa chaise, puis se pencha en avant.

— Il voulait que je mente à ton sujet, que je raconte des méchancetés. J'ai refusé.

Le sourire disparut, remplacé par un regard plus dur.

— Un simple refus ?

Will haussa les épaules.

— Il m'a frappé. C'est un idiot. J'ai pas pu m'en empêcher. Je me suis défendu et tout s'est enchaîné.

Corbeau se renfrogna visiblement, puis se leva pour toiser le garçon.

— Il n'est pas aussi idiot que tu le crois et, si tu le sous-estimes, il te le fera payer. Jusqu'à maintenant, il croyait pouvoir te contrôler, alors il n'avait pas besoin de se méfier de toi. Maintenant il le fera. Il ne fait pas bon l'avoir pour ennemi, comme le prouve ma situation actuelle.

— Je sais, je sais. (Will leva les mains.) C'est arrivé il y a une semaine…

— Mais tu en as parlé à la princesse il y a seulement deux jours.

Le voleur grimaça.

— Eh bien, je me tenais tranquille, je restais sage, tout ça. Le roi s'est calmé, ou alors ils ne m'auraient pas laissé entrer ici.

— Peut-être ne te laisseront-ils pas sortir.

Un frisson parcourut l'échine de Will mais, avant qu'il rétorque qu'il pouvait sortir de là sans beaucoup de difficultés, une clé tourna dans la serrure. Il se retourna et lâcha un cri étouffé.

La porte s'ouvrit en grand. Un homme de haute taille entra, vêtu d'un simple uniforme de chasseur à l'exception d'un hausse-col gravé d'une créature mi-poisson mi-cheval et d'un fin cercle d'or autour de son crâne dégarni. Sa peau tannée par le soleil se plissait au coin des yeux et le blanc prédominait dans le peu de cheveux qui lui restaient. Pourtant ses gestes fluides donnaient à penser qu'il était plus jeune que son apparence le laissait supposer.

Corbeau tomba à genoux et inclina la tête.

— Votre Altesse.

Clignant des yeux, Will se laissa lui aussi glisser de sa chaise sur un genou.

— Votre Altesse.

— Relevez-vous, tous les deux.

Le roi Augustus d'Alcida se détourna et regarda le geôlier.

— Ce sera tout, vous pouvez disposer.

Les deux gardes du corps qui avaient accompagné le roi repoussèrent l'homme plus loin dans le couloir, où il ne pouvait plus rien entendre.

Corbeau tira sa chaise pour l'offrir au roi, puis indiqua le gâteau.

— Je n'ai pas grand-chose à vous offrir, Altesse, mais tout est à vous.

— Non merci, mon ami, je n'ai besoin de rien. Vous avez déjà bien assez donné au monde, sans remerciement. Je ne vous volerai pas même le moindre plaisir que vous pourriez trouver ici.

Le roi fit signe à Corbeau de s'asseoir sur la couchette et s'appuya lourdement contre le dos de la chaise.

— J'ai manqué à bien des devoirs. Je vous dois des excuses depuis vingt-cinq ans.

Corbeau leva les yeux vers lui, mais garda le silence. Il plissa les yeux et Will vit sa lèvre trembler. Les paroles du roi l'avaient de toute évidence ébranlé.

Augustus baissa les yeux et prit un air distant.

— Ce que je vais vous confier maintenant, Hawkins, va vous sembler bien intéressé. Si vous me jugiez de manière impitoyable, je l'accepterais, car je l'aurais mérité. Je vous ai trahi, et même si l'on peut arguer que je n'étais pas sur place pour vous défendre, j'aurais dû être là. Ce qu'on vous a fait à Yslin était impardonnable, j'aurais dû être présent.

Corbeau contempla la paume de ses mains et secoua lentement la tête.

— Vous étiez en Okrannel avec l'armée, vous sauviez des vies. C'était bien plus important que de s'occuper d'un seul homme. Vous aviez d'autres chats à fouetter.

— Vous me pardonnez trop facilement, Hawkins. Des *arcanslata* ont pu m'informer de votre situation. Je n'en connaissais pas tous les détails, mais je savais que vous n'aviez trahi personne. Je me rappelle cette dernière nuit autour du feu. Ce que j'ai dit alors était tout à fait sincère : j'aurais été heureux que vous m'accompagniez en Okrannel. J'étais très content d'avoir votre frère Sallitt avec moi. Toutefois, je ne savais pas que l'on avait fabriqué cette accusation contre vous de toutes pièces. (Le roi soupira.) À mon retour, je me suis marié, en grande pompe. Puis, entre installer la cour okranne exilée et fonder une famille, j'ai eu beaucoup à faire et il n'y avait pas trace de vous. Je ne voulais pas vous oublier, mais rien n'est venu vous rappeler à mon souvenir.

Corbeau hocha la tête et ouvrit la bouche plusieurs fois avant que les mots sortent vraiment. Alors, il parla tout bas malgré la tension dans sa voix :

— Après qu'ils m'ont pris mon masque… je… En fait, je ne me souviens pas très bien de ce que j'ai fait ensuite. J'ai erré. À cause de la prophétie, les Vorquelfes m'ont recueilli dans les Fonds. S'il m'arrivait d'être sobre, c'était par accident. Si je parlais sans pleurer…

Le roi mit un genou à terre devant Corbeau et posa les mains sur ses épaules affaissées.

— Si j'avais su, mon ami…

Corbeau tapota faiblement la main droite du roi.

— Altesse, vous deviez vous soucier du monde entier. Je n'étais pas digne de votre attention ou de votre inquiétude. Je n'étais personne. Je n'étais rien. Puis Résolu est revenu à Yslin et m'a trouvé.

Augustus acquiesça.

— Je sais. Après vous avoir retrouvé, il est venu à moi. Il m'a expliqué bien des choses et j'ai interrogé mon père, qui m'a raconté ce qu'il s'était passé. J'ai rétorqué que ce qu'on vous avait fait était aussi terrible que toutes les actions de Chytrine. Il m'a répondu : « Le sang d'un homme se limite à une flaque, Chytrine nous noiera dans des océans. » Votre sacrifice semblait un prix bien faible en échange de la stabilité du monde.

Corbeau releva la tête.

— Alors cela fait vingt-cinq ans que vous savez qui je suis ?

— Oui. (Le roi prit une profonde inspiration.) Prince, je n'avais pas beaucoup de champ libre, mais j'ai fait au mieux. J'ai octroyé une situation commerciale avantageuse à la compagnie marchande de votre ami Rounce Beaujoueur et Résolu a été nommé seul représentant habilité à encaisser les taxes nécessaires pour maintenir ces arrangements de force. Vous avez recontacté votre ami, et sa compagnie vous a fourni l'argent et le transport. Beaujoueur ne sait pas que moi, je connais votre identité, alors il n'a jamais pu vous parler de mon mécénat.

Corbeau hocha lentement la tête.

— Je commence à comprendre. Rounce a été plus que généreux, et parfois je craignais que cela le mène à la ruine. Il m'aurait tout donné, je le sais, mais il est bon de savoir qu'il a été largement récompensé pour ses actions.

— Il n'a pas souffert et vous avez raison : il aurait fait n'importe quoi pour vous. Vous savez, bien sûr, qu'il est le mécène de bien des bardes chantant les exploits de Corbeau ? (Augustus se leva et revint s'asseoir sur sa chaise.) J'ai écouté ces chansons avec un vif intérêt, en regrettant souvent de ne pas connaître la véritable histoire. Résolu et vous avez pu poursuivre une guerre et je souhaiterais que nous n'y ayons jamais mis fin. Je ne pouvais pas faire grand-chose sinon aider le baron Draconis.

— Et vous avez bien fait. (Corbeau fronça les sourcils.) Il connaissait mon identité. Je ne sais depuis combien de temps, mais il m'a reconnu à la fin. Il m'a fait un signe.

Le roi acquiesça.

— Il savait, bien que nous n'ayons jamais parlé de vous ouvertement. J'ignore à qui d'autre il a pu se confier. La discrétion était le meilleur moyen d'assurer votre sécurité.

Will, qui jusque-là écoutait tranquillement, tiqua.

— Comment pouvez-vous dire ça ?

Augustus le regarda.

— C'était en des temps de grands dangers, Will.

— Et c'est ça votre excuse ? (Will se leva et foudroya le roi du regard.) Vous débarquez ici et annoncez à Corbeau que ça fait des années que vous savez qu'il est accusé injustement ? Vous saviez que sa vie a été ruinée et vous n'avez rien fait ?

— Will. (Les narines de Corbeau frémirent de colère.) Tu t'adresses au roi !

— Je m'en fiche. (Will mit les poings sur les hanches.) Le roi Scrainwood voulait que je mente pour lui, et voilà que vous, vous n'avez rien dit pour contredire ce mensonge qui l'a blessé ? Vous dites que vous êtes son ami ? Et toi, tu le laisses dire qu'il est ton ami ? (Les deux hommes écarquillaient les yeux.) Vous tous, vous compliquez tellement les choses ! Vous affichez des bonnes manières seulement pour cacher vos véritables émotions ! Là dehors, il y a des gens qui m'auraient battu à mort quand j'étais seulement un voleur, mais, parce que je suis le Norrington, ils seraient maintenant prêts à m'offrir tout ce que j'aurais pu leur voler ! En plus, ils continuent à me détester d'être un voleur, mais ils mentent et disent que non, au cas où je ne les sauverais pas, eux, au moment crucial !

» Et vous savez quoi ? J'ai entendu des gens dire que Hawkins devait être sacrifié parce que si on venait à apprendre que Chytrine revenait, tout le monde aurait peur et les nations s'effondreraient et je sais pas quoi. Aujourd'hui, vous n'avez aucun scrupule à enrôler ces mêmes personnes dans vos armées et à les envoyer à la mort sans qu'elles en connaissent la raison. Dites-moi, commence se fait-il que vos hommes soient peureux comme des lièvres quand une rumeur effrayante annonce le retour de Chytrine, mais braves, loyaux et courageux quand vous leur tendez une lance et les envoyez dans une guerre qui les tuera sûrement ? (Will montra le roi Augustus du doigt.) Je sais que vous êtes courageux et tout ça. Je sais que vous êtes un bon roi. Et vous êtes mon roi, quoi qu'en dise Scrainwood. Personne ne vous aveugle sur les pièces de monnaie, mais vous avez ignoré ce fait. Par Corbeau, Chytrine a prévenu tout le monde qu'elle revenait, mais vous avez tous décidé que, pour sauver vos têtes, vous le cacheriez à tout le monde, alors personne n'était prêt pour son retour. Et ça ne vous est pas venu à l'esprit que si vous vous étiez préparé plus tôt, peut-être qu'elle ne serait pas revenue ?

— Will ! Ça suffit ! (Corbeau se leva et écarta les bras.) Altesse, pardonnez-lui.

— Non, ce n'est rien.

Augustus agita la main et fit signe à Corbeau de se rasseoir. Lorsque Corbeau eut repris sa place, le roi se tourna vers Will et le regarda.

— Veux-tu réellement entendre ma réponse ou souhaites-tu simplement me faire part de ton indignation ?

Will ravala une réplique cinglante et frissonna.

— Je vous écoute.

— Très bien. Je te répondrai, alors, mais pas parce que tu es un noble, ou le Norrington, ou même citoyen de ma nation. Je te répondrai parce que tu es la première personne à me poser les questions qui m'ont hanté toutes ces années. (La voix d'Augustus ne perdit pas son ton caverneux, mais baissa jusqu'à n'être presque plus qu'un murmure.) Peut-être bien que tu as raison, Will, de dire que le commun des mortels ne tremblerait pas de peur devant la menace d'une invasion. Pourtant, même toi tu as vu de quelle manière la panique ou l'inquiétude d'un seul peut contaminer les autres. Il y a des moyens d'endiguer cela, mais, lorsque Hawkins a été sacrifié, cette crainte avait gagné les têtes couronnées. La raison fut oubliée et, bien que les souverains aient accepté une solution qui apaisait leurs peurs, ils savaient tous qu'ils avaient soigné un symptôme, pas la maladie.

» Avant que j'arrive sur le trône, avant que la reine Carus remplace son père, avant que d'autres qui avaient les idées claires prennent leur place à la tête de leur nation, il était impossible de revenir sur cette décision. Parler du problème de Hawkins aurait eu des conséquences, celle d'entendre des rois admettre qu'ils avaient eu tort ou de voir leurs héritiers douter de la légende de leurs prédécesseurs. Le destin de Hawkins ne devint qu'une question mineure face aux problèmes posés par la préparation au retour de Chytrine.

Will fronça les sourcils.

— Facile à dire !

— Mais vrai, et Hawkins le savait aussi. (Le roi jeta un coup d'œil à Corbeau.) Il a pris la décision de continuer à se battre contre Chytrine, à donner l'exemple. D'autres auraient pu protester, tout faire pour réhabiliter leur nom, mais il a laissé son ancienne vie derrière lui et s'est concentré sur la tâche la plus importante : vaincre Chytrine.

» Certes, j'admets que j'ai été lâche. Je savais ce qu'il faisait, et je savais que ses actions prouveraient qu'il n'était pas celui qu'on l'accusait d'être. J'ai attendu en me disant qu'un jour viendrait où cette injustice serait réparée, mais qu'il se présenterait une fois que Chytrine serait vaincue. Ainsi, oui, Hawkins, j'ai manqué à mes devoirs envers vous, et de façon terrible. Will a raison, je n'ai pas été un ami pour vous.

Corbeau sourit.

— Si, Altesse, vous l'étiez. Vous protégiez ma mission, qui est bien plus importante que je le suis. M'auriez-vous posé la question, c'est ce que je vous aurais répondu. Mieux vaut une heure à combattre Chytrine qu'un millier à me défendre.

Will secoua violemment la tête.

— Et voilà, vous recommencez ! Faire du mal, c'est faire du mal. Blesser Hawkins a aidé Chytrine. Chytrine est malfaisante, alors blesser Hawkins l'était aussi. Toutes ces politesses n'y changent rien.

La voix d'Augustus se fit cassante.

— Alors j'ai été malfaisant en cet instant, et l'on peut me juger sans clémence pour cette action ? Oui, Will, et c'est ainsi que tu m'as jugé, mais pas plus sévèrement que je l'ai fait moi-même. Mon seul réconfort était de savoir que j'ai fait de mon mieux contre Chytrine. Je ne me suis pas compromis sur ce point et ne le ferai jamais.

» Hawkins a le droit de ne pas me pardonner. Peut-être arriverai-je à réparer mes erreurs envers lui, ou pas. Toutefois, je ne reculerai devant rien dans mon combat contre Chytrine. Il ne s'agit nullement d'une solution idéale, mais c'est la meilleure que les circonstances nous autorisent à envisager.

Le voleur hésita un instant. Il aurait voulu laisser son indignation balayer le pragmatisme insufflé par les paroles du roi.

Mais si je le fais, je ne vaudrai pas mieux que les rois qui par peur ont détruit Hawkins.

Cette pensée lui tordit l'estomac et lui fit monter un goût amer dans la bouche.

Will soupira.

— Vous avez raison, à propos de combattre Chytrine. Ça veut pas dire que ce qu'on a fait à Corbeau était justifié.

— Non, et nous trouverons un moyen de réparer cela. Si je dois mettre l'Alcida sur la paille afin d'inciter les bardes à chanter que la honte de Hawkins n'était qu'un piège auquel Chytrine s'est laissé prendre, je le ferai. (Le roi sourit tristement.) Du moins si nous parvenons à la vaincre. Sinon les survivants n'en auront que faire et les seules chansons qui s'élèveront seront des chants funèbres.

Chapitre 17

Kerrigan Reese frissonna, et ce n'était pas parce qu'il parcourait les froides rues enneigées de Meredo. Il trouvait la température assez apaisante. Elle rendait ses idées plus claires, et c'était exactement ce dont il avait besoin.

Sa rencontre avec le Magister Syrett Kar datait de presque deux semaines et, ce matin-là, il avait été convoqué au consulat de Vilwan. La lettre avait été très polie et les sceaux qui la fermaient magickement scellés. Plus important, le sort avait été jeté avec habileté par un Magister qui avait clairement étudié pendant des décennies à Vilwan. Kerrigan avait beau ne pas reconnaître la patte de ses anciens maîtres dans le sortilège, il était à peu près sûr qu'il reconnaîtrait la personne qui l'avait convoqué.

Il avait tenté d'en discuter avec Will lorsque son ami était revenu à *L'Auberge de la Panthère Sauvage* après sa visite à Corbeau, mais le voleur n'avait pas semblé d'humeur. Will lui avait demandé pourquoi la personne qui avait envoyé la note ne s'était pas contentée de la signer. Toutes ces subtilités n'avaient à son avis pas d'autre objectif que de dissimuler de mauvaises intentions.

Kerrigan ne comprenait pas trop de quoi parlait Will. Il avait tenté de lui expliquer que, dans le domaine de la magick, les noms avaient du pouvoir. Il était dangereux pour un sorcier de signer quoi que ce soit de son vrai nom. Si un sorcier révélait son nom véritable, c'était un signe de très grande confiance, car un autre magickant pouvait s'en servir pour créer des sorts d'une puissance dévastatrice contre lui.

Mais Will n'avait pas voulu entendre ses explications et était entré dans la chambre. Kerrigan n'avait pas pu dénicher Résolu ou

Dranae. Lombo et Qwc l'auraient sûrement écouté, mais il n'était pas certain que leur opinion aurait eu une quelconque valeur. Privé de la chance de tuer un mage, Lombo était parti en expédition à la recherche d'une autre proie ; quant au Spritha, il lui semblait… frivole.

Kerrigan hésitait sur la marche à suivre. Orla lui avait demandé de se tenir loin de Vilwan et il prenait son ordre très au sérieux. Elle lui avait dit que, là-bas, certains voudraient le détruire parce qu'ils craignaient son pouvoir. Petit à petit, il comprenait qu'il en possédait vraiment beaucoup. À Vilwan, au cours de son entraînement, on l'avait tellement isolé des autres qu'il n'avait aucune notion de ses capacités. Mais la surprise du Magister Syrett et son aveu qu'il n'aurait pu forcer Kerrigan à faire quoi que ce soit avaient fait comprendre au jeune homme ce que d'autres voyaient en lui.

Sur Vilwan, on l'avait protégé de bien des choses. Pourtant, depuis son départ, la série d'événements dont il avait fait part à Syrett avait érodé son impression de sécurité. Il avait vu des gens mourir et en avait tué, même indirectement. Il avait perdu son mentor, des amis, et il ressentit des souffrances à la fois physiques et émotionnelles qui lui avaient été inconnues jusqu'alors.

Tout aussi important, la façon dont il était traité avait changé. Si Will se comportait parfois avec lui comme avec un enfant, la plupart des autres s'étaient mis à le considérer comme un adulte. Le baron Draconis lui avait assigné la mission secrète de transporter un fragment de la Couronne du Dragon. Le général Adrogans lui avait lui aussi confié de grandes responsabilités. Quelle que soit l'image qu'il avait de lui-même, les autres voyaient en lui un adulte et s'attendaient qu'il accomplisse les tâches d'un adulte.

Si Kerrigan ne se considérait pas comme une grande personne, il en devenait pourtant rapidement une. Il ne savait pas vraiment si on le craignait à Vilwan parce qu'il était un enfant doté de pouvoirs incroyables, mais il l'envisageait comme une possibilité. Et, si c'était le cas, n'était-ce pas une preuve de maturité que de se rendre au consulat pour prouver à ceux qui l'avaient convoqué qu'ils n'avaient rien à craindre ?

Oui, et il le savait. Mais s'il y avait un autre problème ? Craignaient-ils que son entraînement l'ait transformé au point qu'il soit devenu un autre Yrulph Kirûn ? Dans ce cas, nulle protestation, nulle preuve ne les convaincrait du contraire. S'ils le croyaient fou, ou sur le point de le devenir, ils l'enfermeraient ou le neutraliseraient de toute autre manière.

Et c'est exactement la raison pour laquelle Orla m'a averti.

Il secoua la tête tandis qu'il cheminait sur la route de la rivière du Nord. Son utilisation de la magick pour se débarrasser de Tetther avait été une façon inventive, mature et inoffensive de régler un problème. Il en était fier, mais pouvait comprendre que d'autres risquaient de la considérer comme offensante. Au lieu d'affronter son ennemi dans un duel à la loyale, il avait employé la ruse. Parce qu'il n'avait jamais vraiment eu l'autorisation de combattre quiconque en duel, il n'avait aucune idée des règles qui s'y rapportaient. Mais si elles existaient, alors il était presque sûr que recouvrir son adversaire d'un tas de neige n'était pas réglementaire.

En ayant innocemment voulu préserver une vie, il avait peut-être fait comprendre à ses ennemis à quel point il était dangereux.

Kerrigan poussa un soupir et de la buée s'éleva. Si Orla ne l'avait pas averti, il ne se serait pas retrouvé plongé dans toutes ces réflexions. Il aurait pensé que l'invitation était innocente. Et il se pouvait très bien qu'elle le soit. Peut-être même le Grand Magister en personne comptait-il féliciter Will pour tout ce qu'il avait accompli jusque-là. En fait, si Orla ne l'avait pas averti, Will aurait probablement emporté le fragment de la Couronne avec lui et l'aurait confié à ses supérieurs.

Les différentes suppositions concernant cette convocation tournoyaient et dansaient dans sa tête comme la neige dans le vent pendant qu'il marchait. À sa droite, dans l'ombre d'un bâtiment, la voix d'un enfant appela à l'aide et il se retourna juste à temps pour voir une boule de neige se diriger droit sur sa tête. Pas le temps de l'esquiver. La surprise était totale et il entendit un rire malicieux.

La boule de neige atteignit sa cible, mais Kerrigan ne ressentit aucun choc, aucune piqûre ni douleur. Une plaque osseuse surgit de sa peau, protégeant son visage comme un masque d'ivoire que tout Oriosan aurait envié. Ses bords épais détournèrent la neige de ses yeux si efficacement qu'il ne cilla même pas.

Ce qui lui permit d'apercevoir l'expression d'horreur sur le visage de l'enfant lorsque le projectile explosa contre l'armure. Le gamin écarquilla les yeux et son rire s'étrangla. Une seconde boule lui tomba des mains tandis qu'il faisait volte-face pour s'enfuir. Il glissa, tête la première dans un tas de neige, puis se releva aussitôt et partit en courant.

Lorsque la plaque s'enfonça de nouveau sous sa peau, Kerrigan essuya les rigoles de neige avec son gant. Le sortilège d'armure lui avait été octroyé sur ordre de ses maîtres de Vilwan afin de le protéger. Un autre mage humain l'avait autrefois maîtrisé : Yrulph Kirûn.

Se pourrait-il qu'ils considèrent désormais la protection qu'ils m'ont donnée comme une menace ?

Kerrigan était déterminé à prendre une décision mûrement réfléchie quant à la convocation, mais différentes suppositions le maintenaient sur la rive nord du fleuve Reydo. Le traverser le rapprocherait du consulat et il avait décidé que, une fois de l'autre côté, il ne ferait pas demi-tour. Sa décision, toutefois, n'avait pas encore été prise.

Si Orla ne s'était pas trompée, alors chacun de ses pas le mettait en plus grand danger. Si elle avait eu tort, ne pas y aller le privait d'enseignements supplémentaires et de soutien, soutien qui serait très utile dans le combat contre Chytrine. En tenant compte des paroles d'Orla, il n'était pas certain de savoir s'il succombait à une crainte d'enfant ou s'il faisait preuve de prudence.

Se défier de Vilwan le couperait de plus que d'un soutien. Toute sa vie, il s'était entraîné, mais il ignorait pour quelle raison. Il se doutait bien que c'était pour aider à vaincre Chytrine, mais on ne lui avait fourni aucune indication sur la façon dont il pourrait s'y prendre. Il avait compris qu'il était sans doute destiné à s'opposer à Chytrine quand Vilwan leur avait ordonné, à Orla et lui, d'accompagner le général Adrogans en Okrannel ; mais il devait également prendre en compte que les avis avaient pu changer.

Encore une fois, il se retrouvait avec trop de questions et personne pour lui fournir des réponses claires. Il ne voulait pas succomber à ses craintes, mais la frontière entre les terreurs d'un enfant et la prudence d'un adulte n'était pas clairement délimitée. En outre, toutes ses questions tournaient autour de Vilwan : ce à quoi il était destiné et ce qu'on exigerait de lui. La seule façon pour lui d'en avoir le cœur net c'était de se rendre au consulat.

Il devait y aller.

Kerrigan hocha la tête puis tourna à gauche, passant sur une étroite passerelle au-dessus du fleuve au courant lent. Le froid intense n'avait pas encore gelé la surface de l'eau noire mais, sur les rives, la glace s'étendait et avait déjà recouvert certains des piliers qui soutenaient l'arc du pont.

Lorsque Kerrigan baissa les yeux vers les piliers, il vit quelque chose luire. Il frissonna et scruta plus attentivement l'eau, puis il contourna la barrière au bout du pont et dévala maladroitement la rive pentue. Il s'accroupit d'une façon très peu digne au pied de la passerelle et, malgré les reflets sombres, il vit clairement le fond de l'eau.

Là, à demi recouvert de vase, se trouvait le rubis de la Couronne du Dragon !

Il n'avait aucune idée de la manière dont il avait atterri à cet endroit, mais il ne pouvait certainement pas le laisser là. Il s'avança, la neige craquant sous la botte de son pied gauche, puis il étira la jambe droite derrière lui. Il avança de quelques centimètres sur le rebord de glace et ôta ses gants pour se préparer à lancer le sort de lévitation qu'il connaissait si bien.

Il inspectait l'eau, cherchant à fixer en lui l'image changeante pour pouvoir s'emparer du fragment. Comme il se concentrait, il sentit la magick et comprit soudain que le rubis n'existait pas, mais qu'il faisait partie d'un sortilège.

Un sortilège qui se sert de mon esprit et de mes souvenirs pour projeter cette image !

Quelque chose bougea dans le reflet du pont, quelque chose qui rôdait dessous. Kerrigan sursauta et se tourna pour regarder, mais un poids s'écrasa lourdement sur son dos. L'armure s'éleva et para l'attaque, mais ce qui avait frappé Kerrigan avait considérablement plus de force qu'une boule de neige. L'impact le secoua et le projeta en avant, il glissa sur la glace fine qui, dans un bruit de tonnerre, se désintégra. Kerrigan plongea dans l'eau glacée. Le choc lui arracha un cri. Il inspira de l'eau, puis toussa des bulles d'air précieux. Le mage commença à paniquer et frappa la surface de glace, mais ses lourds vêtements d'hiver l'attiraient vers le fond. Il lutta pour se débarrasser de son manteau mais, alors même qu'il arrachait les boutons, la lumière de la surface diminua.

Il entendit quelque chose d'autre sauter dans l'eau. Kerrigan tourna le visage vers le haut, espérant du secours. Une étrange ombre noire s'enfonça, apparut sous son dos, puis quelque chose l'attrapa fermement par le manteau et la taille. Il sentit la puissance dans les membres étrangers et, l'espace d'un instant, il exulta.

Puis la créature qui le tenait l'attira plus profondément.

Chapitre 18

Isaura arriva au Conservatoire et prit le chemin du Grand Thaumatorium, comme on le lui avait ordonné, moins parce qu'elle voulait s'y trouver que parce qu'elle considérait qu'il était de son devoir d'être présente. Puisqu'elle luttait de nouveau pour l'avenir de sa nation, sa mère avait insisté sur la nécessité qu'elle se comporte comme elle. Neskaru, le directeur du Conservatoire et le *sullanciri* le plus doué en magick, lui avait envoyé un message disant qu'il avait besoin de son aide pour un projet. Parce que la convocation indiquait qu'elle devait rejoindre Neskaru dans le Thaumatorium, elle avait décidé qu'on attendait d'elle une nouvelle démonstration de magick devant ses élèves, et elle aimait beaucoup enseigner.

Par conséquent, elle fut surprise lorsqu'elle atteignit la chambre au cœur de l'école. Elle y entra en passant sous une haute arche au sommet d'un long escalier escarpé qui menait à la scène ronde. Des gradins de pierre meublés de chaises et de grandes tables de bois offraient aux élèves à la fois de quoi s'asseoir et un lieu d'étude, mais la particularité de cette salle résidait dans l'estrade arrondie sur laquelle l'on tissait de nombreux sortilèges pour instruire l'audience. La plupart des élèves attendaient impatiemment le moment où ils seraient appelés pour y faire preuve de leurs talents, car le succès pouvait les amener à servir l'impératrice au cours de la guerre.

Mais cette fois, nul visage avide de connaissance ne l'accueillit, car tous les sièges étaient vides. Dans l'arène l'attendaient trois personnes, dont une seule lui était familière. Celle-ci avait pris l'apparence d'un homme assez petit, à la silhouette indistincte. S'il avait bien une forme, il n'était pas facile d'en déterminer les dimensions, car tout son corps changeait de couleur, comme une flaque de pétrole sur de l'eau sombre. Il restait majoritairement noir, à l'exception des lignes irisées de bleu, de vert, de rouge ou d'or qui le parcouraient en vagues ou en éclairs.

Seuls ses yeux ne changeaient pas. Les orbites violettes brûlaient d'une intensité sauvage qui démentait complètement la sagesse du *sullanciri*. Autrefois il portait le nom de Helin et avait étudié à Vilwan. Depuis qu'il avait juré fidélité à l'impératrice, on lui avait appris de nombreux sortilèges et il avait reçu bien plus de pouvoir. Il avait créé le Conservatoire de lui-même et aidé Chytrine à former d'autres *sullanciri*.

Sa bouche ne s'ouvrit pas et ses mots ne résonnèrent pas réellement dans la pièce.

— *Je suis heureux que vous soyez venue si vite, Isaura.*

— C'était le souhait de ma mère, seigneur Neskaru.

Isaura descendit lentement les marches, indifférente à la pierre froide sous ses pieds nus. Elle souleva suffisamment ses jupes pour éviter de marcher dessus, mais pas plus haut que l'autorisait la pudeur.

L'un des deux inconnus la détaillait comme s'il voulait qu'elle s'en défasse entièrement, et pas par prudence. Il était grand et mince, avec de beaux cheveux noirs, et son sourire arrogant prouvait qu'il était conscient de son charme. Il portait une blouse bleue brodée de motifs de toile d'araignée. Il leva le menton et hocha la tête pour la saluer, mais Isaura fit mine de ne pas l'avoir remarqué.

La femme qui l'accompagnait l'intéressait bien plus : quelques cheveux bruns dépassaient d'un chapeau de peau de mouton et l'énorme manteau qu'elle portait dissimulait sa silhouette, mais Isaura devina que sa largeur devait plus au manteau qu'à son corps. Ses yeux, d'un bleu profond, clignaient avec méfiance. L'homme frissonnait de froid, mais elle frémissait de dégoût envers le lieu où elle se trouvait.

Neskaru tendit une main vers eux.

— *Voici l'Araignée d'Azur et Vionna, la reine des pirates de Wruona.*

Isaura n'afficha aucune émotion tandis qu'elle montait sur l'estrade à côté de Neskaru. Elle se retourna tout simplement vers les visiteurs et hocha solennellement la tête.

— Bienvenue en Aurolan.

L'homme allait répondre mais Vionna l'interrompit en pressant une main gantée sur son torse.

— Chytrine nous a appelés et le chemin fut long et difficile pour arriver ici. Le message disait que c'était urgent, alors ne devrions-nous pas nous adresser directement à elle ?

— Ma mère n'est pas en mesure de vous accueillir elle-même, alors je suis venue pour la représenter. (Cette façon d'appeler Chytrine surprit Vionna, et la jeune fille réprima le sourire qui lui venait.) Comme vous le savez, la guerre contre le Sud exige une très grande attention. De nouvelles circonstances exigeaient qu'elle règle des affaires urgentes.

L'Araignée d'Azur gronda.

— Alors donc, on s'attend que je reste ici à geler ?

Isaura lui adressa un mince sourire.

— Vous ne gèlerez que si vous essayez de partir.

— Est-ce une menace ?

La forme de Neskaru grossit et les couleurs le parcoururent plus rapidement. Lorsque ses paroles retentirent dans la tête de l'Araignée d'Azur, elles étaient bardées de plus d'épines qu'un buisson de ronces.

— *Cette enfant vous a adressé un avertissement poli sur les dangers de voyager en Aurolan. Ayez l'obligeance de lui présenter tout de suite des excuses.*

L'homme grimaça, ayant enduré toute la puissance des paroles de Neskaru. Il inclina la tête à l'intention d'Isaura.

— Je vous prie de pardonner ce malentendu.

La beauté de neige acquiesça lentement car son éducation l'exigeait, mais elle ne lui pardonnait pas réellement. Le regard de l'homme lui en disait beaucoup. Lui, habitant du Sud, croyait dans son cœur que sa mère était mauvaise. Son avidité lui avait permis de surmonter sa peur, mais ne lui avait pas non plus laissé entrevoir la véritable Chytrine, celle qui luttait pour sauver le monde de la corruption sudiste. Sa mère avait sous-entendu qu'on pouvait la trahir et Isaura trouva en lui un candidat à la traîtrise de premier choix.

Neskaru détourna le regard vers Vionna.

— Ma maîtresse m'a confié un message pour vous. Elle pardonne votre échec quant à la destruction de Vilwan, parce que vous lui avez effectivement ramené toute une cargaison d'élèves. Sa confiance en vous n'est pas remise en question, mais vous avez échoué lorsque vous vous êtes fait dérober le Saphir véritable. Si vous vous étiez contentée de le confier à son envoyé, il n'aurait pas été perdu. Vous lui avez coûté quelque chose qui lui était cher.

Vionna releva le menton et plissa les yeux.

— Et elle souhaite que je me rachète ?

— *Il existe un moyen, oui.* (Le *sullanciri* reprit sa taille normale.) *Toutefois, vous devrez payer un prix pour en obtenir le droit. Puisque vous lui avez coûté quelque chose qui lui était cher, elle exige quelque chose qui vous est cher.*

— Qui serait ?

— *Votre amant.*

Avant même que le visage de l'Araignée d'Azur révèle qu'il avait compris que Neskaru parlait de lui, Vionna avait hoché la tête. Un fil d'énergie bleue s'éleva du *sullanciri*, puis fouetta l'air. Il gifla la poitrine de l'Araignée d'Azur puis s'immisça dans sa veste, la raidissant de manière qu'il se retrouve les bras en croix.

— Vous ne pouvez pas me faire ça ! Vionna, ma chérie, tu ne peux pas les laisser me faire ça ! (Il écarquilla ses yeux verts tandis qu'une toile bleue se répandait sur son pantalon et ses bottes, entravant davantage ses mouvements.) Vionna, pense à ce que nous représentons l'un pour l'autre !

La reine pirate le regarda d'un air froid.

— La mort ou toi ? Dilemme, dilemme. Tu m'as amusée quelque temps, mais une couverture me tient chaud la nuit et ne fait pas de caprice lorsqu'elle n'est pas le centre de l'attention.

— Vionna !

Elle le gifla du revers de la main et Isaura recula devant cette violence. Il se mit à sangloter. De la salive ensanglantée se mêla à ses larmes et coula sur son menton.

— Du calme, Vionna, car vous l'avez donné à ma maîtresse. Ne vandalisez plus ce qui lui appartient.

Le fil d'énergie s'épaissit, souleva l'Araignée d'Azur de l'estrade et le suspendit dans les airs comme s'il était attaché à quelque crucifix invisible.

— *Quant à toi, que l'on connaîtra désormais sous le nom de Spyr'skara, on a fait de toi une légende. À partir d'aujourd'hui, tu rejoindras les plus grandes. Ma maîtresse a décidé que, malgré tes erreurs, tu auras la permission de devenir un* sullanciri *et de la servir. Tu deviendras plus que tout ce que tu as jamais été. Souhaites-tu la servir ?*

Isaura observa l'homme et attendit sa réponse. Elle avait étudié les sortilèges dont il fallait se servir pour transformer un être en l'un des soldats d'élite de sa mère. Même s'ils fonctionnaient après un refus, ce dernier empêchait le *sullanciri* de recevoir tout son pouvoir. Créé par Neskaru, comme c'était le cas de Ganagrei et des autres *sullanciri* moins importants, il ne serait pas aussi puissant que ceux transformés par sa mère. Myrall'mara, Nefrai-kesh, Nefrai-laysh, Neskaru et Ferxigo avaient été bénis entre tous les généraux et conçus par la reine. Pour les autres, elle avait travaillé de concert avec Neskaru, mais Spyr'skara serait le premier qu'il créerait sans elle.

Voilà pourquoi il a besoin de moi, pensa-t-elle.

Bien qu'extrêmement puissant, Neskaru était limité par sa part d'humanité. Il avait beau avoir beaucoup appris depuis sa transformation, certains concepts de l'école de magick aurolanie lui échappaient. Isaura, que Chytrine avait éduquée depuis des décennies, avait grandi en comprenant ce fonctionnement. Elle pouvait lancer des sortilèges plus puissants qui contiendraient et renforceraient la transformation.

Comme on l'avait appris à Isaura, la magick elle-même traversait la réalité sur un immense fleuve débordant parcouru de tourbillons, de courants, de rapides plus ou moins violents et de bourbiers mortels qui pouvaient aspirer le mage le plus prudent. La magick humaine ne reconnaissait pas le fleuve pour ce qu'il était, mais les mages pensaient que l'énergie n'était qu'un lac duquel l'on pouvait tirer la substance nécessaire aux sortilèges. En revanche, ils étaient bien conscients du danger d'y puiser, alors leurs sorts étaient organisés comme une série de petits grappins et de cordes qui les empêchaient de glisser trop loin dans le lac et de s'y noyer.

Si leur prudence avait sans aucun doute sauvé plus d'un mage, elle les avait également privés de l'accès à un pouvoir plus profond, plus pur. Un homme assoiffé se contentait peut-être de n'importe quelle eau, mais s'il avait le choix il boirait la plus fraîche. La magick humaine n'offrait jamais cette fraîcheur à ceux qui la pratiquaient et, entravés comme ils l'étaient, les mages humains restaient incapables de comprendre réellement qu'ils avaient affaire à un fleuve.

Les elfes et les urZrethis étaient allés assez loin pour savoir que ce plan d'eau n'avait rien d'immobile, et que certaines énergies valaient mieux que d'autres, mais l'idée du fleuve continuait à leur échapper. Neskaru avait assez appris pour percevoir les mouvements et les courants d'intérêt différents, pourtant il n'embrassait pas l'immensité du fleuve. Isaura soupçonnait qu'il craignait la quantité de pouvoir disponible, qu'il avait peur d'y plonger et de ne jamais être en mesure d'en sortir.

Elle avait connu cette peur lorsque ses yeux s'étaient pour la première fois ouverts à la véritable nature de la magick. Sa mère avait calmé cette crainte en lui montrant comment lire le fleuve. Désormais Isaura savait suivre son courant. Elle pouvait regarder devant et derrière elle, détecter les tourbillons et les bourbiers. D'une simple pensée, elle naviguait sur chaque courant nécessaire à l'exécution de sa magick.

L'Araignée d'Azur releva la tête.

— J'accepte. (Il foudroya la reine pirate d'un regard en coin.) Je m'élève au-dessus de toi.

L'énergie bleue s'embrasa et une flamme céruléenne consuma instantanément ses vêtements. L'homme se tordit de douleur, mais le feu qu'il inspirait lui brûlait tellement la gorge qu'il ne pouvait émettre un son. Il lutta un instant, puis la flamme se referma sur lui dans un voile serré. Ses pieds s'élevèrent, ses bras rentrèrent. Durant une minute ou deux, ses coudes, sa tête, ses talons et ses genoux étirèrent le voile, puis la figure se solidifia et se coula dans une forme semblable à un œuf, d'une teinte bleutée avec un motif de toile d'araignée noire à sa surface.

L'œuf resta suspendu dans les airs et Vionna recula.

— Que lui faites-vous ?

— *Ce qui plaira à ma maîtresse. Ce qui lui permettra d'accomplir ses désirs.* (Neskaru tourna son regard vers Isaura en faisant flotter ses yeux vers la gauche de sa tête.) *Vous savez ce que vous devez faire, princesse.*

Isaura inspira profondément et relâcha doucement son souffle, puis ferma les yeux. Elle invoqua un simple sortilège qui lui permettait de voir dans le monde de la magick. À travers cette lentille, Vionna n'existait pas du tout. Neskaru avait la même apparence et le Thaumatorium brillait de la lueur verte du résidu d'innombrables sortilèges.

L'homme dans l'œuf avait pris la teinte grise des cendres. S'avançant, Isaura invoqua un autre sortilège. Elle leva les mains et traversa la coquille comme un rien. Si elle l'avait voulu, elle aurait pu pénétrer la poitrine de l'Araignée d'Azur et, d'un frôlement du doigt, arrêter son cœur battant. Elle savait que c'était possible, car elle l'avait vu faire sur des animaux. Mais sa mère ne le lui avait montré qu'afin qu'Isaura apprenne à relancer le cœur avant que l'âme s'échappe du corps.

Les mains placées sur le cœur et la tête de l'homme, elle se concentra et sentit le fleuve couler autour d'elle. Elle ne voyait pas grand-chose, entendait encore moins, mais les courants se précipitaient autour d'elle, la chatouillant et la ballottant, parfois joueurs, parfois pleins de ressentiment. Elle laissa passer les plus violents et en découvrit un qui convenait à ses besoins. Isaura l'attira en elle avant de le diriger vers l'homme.

De la pure énergie magicke coula en lui, dissolvant sa nature physique aussi vite que l'eau bouillante dissolvait la poudre de pierre à encre. L'énergie envahit la coquille. Des déferlantes montaient jusqu'au sommet, puis retombaient, incapables de s'échapper, cherchant une issue.

Une vague d'énergie produite par le seigneur Neskaru les rejoignit. Elle leur donnait un chemin à suivre à travers une série de sortilèges compliqués. Isaura capta des échos de magick urZrethie mais, puisqu'il s'agissait d'une transformation, cela n'avait rien d'une surprise. D'autres petits bouts, elfiques et humains, tourbillonnèrent puis d'étranges éléments s'y ajoutèrent. De toute évidence, Neskaru avait créé une magick personnelle. Ils étaient de racine humaine, mais tissés différemment et impossibles à reconnaître.

Est-ce la trahison que craint ma mère ?

Sans pour autant lui donner de réponse, la magick du *sullanciri* fit son travail. L'Araignée d'Azur trembla et se tordit. Son esprit griffait la nouvelle forme qui l'emprisonnait. Isaura sentait son indignation et son choc, mais ne ressentait aucune pitié pour lui. Elle comprenait la peur, mais connaissait les récompenses que sa mère octroyait à ceux qui la servaient. Dans un monde libéré de la tyrannie du Sud, il serait parmi les plus grands héros, adoré pour l'éternité.

— *C'est terminé, princesse.*

Isaura acquiesça et retira les mains, puis reprit sa place. Elle cligna des yeux, annulant les sortilèges qu'elle avait lancés, et sourit lentement à Vionna.

— Tout s'est bien passé.

Un dernier éclat de pouvoir passa de Neskaru à l'œuf. L'ovale flottant brilla d'une lueur bleue, puis commença à rapetisser. De la taille d'un torse humain, il se réduisit à celle d'un œuf à peine plus grand que celui d'une poule. Enfin il flotta jusqu'à Vionna, qui l'entoura de ses deux mains. La corde magicke qui le connectait au *sullanciri* cassa et elle manqua de le laisser tomber.

— *Il se repose désormais. Vous le garderez à vos côtés, tout contre vous, pour garder la chaleur... la sienne, pas la vôtre.*

Elle secoua la tête.

— Je ne suis pas une poule.

Les pensées de Neskaru la giflèrent.

— *Vous êtes ce que désire ma maîtresse. Et pas une poule, une messagère. Spyr'skara doit se trouver à Meredo dans un jour.*

Vionna fronça les sourcils.

— C'est impossible. Un tel voyage prendrait des mois.

— *Ma maîtresse sait que vous échouez quand c'est possible, elle ne vous mettrait pas devant l'impossible. Vous y serez conduite. Sur place, cassez la coquille et libérez-le.*

— Serai-je en sécurité ? (La reine pirate regarda l'œuf.) Il n'était pas bien disposé envers moi avant et je soupçonne qu'il le sera encore moins désormais.

— *Il fera ce qu'on lui ordonne et, pour l'instant, il a ordre de ne pas vous toucher. Votre mission est plus importante, car la princesse vous accompagnera.*

Isaura écarquilla largement les yeux.

— Dans le Sud ? Je descends dans le Sud ?

— *Tels sont les désirs de votre mère, princesse. Vous irez en observatrice. Tel est son souhait. Elle voudrait que vous emportiez la réplique du rubis afin que vous aidiez à reprendre la Pierre véritable.* (Le *sullanciri* éprouva un certain plaisir à cette idée.) *À Meredo, vous apprendrez, princesse, vous apprendrez beaucoup de ce qui déterminera l'avenir.*

Isaura esquissa un sourire, puis un frisson la parcourut. Elle ne s'était jamais aventurée au-delà du territoire aurolani. Bien qu'elle ait ardemment désiré voir le monde décrit par sa mère – et ce malgré tous ses défauts –, cette perspective l'effrayait. Elle craignait les réactions qu'elle aurait mais, pis encore, elle craignait de décevoir sa mère.

Elle acquiesça.

— Je ferai comme on me l'a ordonné, seigneur Neskaru.

— *Bien sûr, princesse.* (Le tourbillon de couleurs s'accéléra.) *Et vous, Vionna ?*

La pirate contempla l'œuf puis soupira.

— Il semble que la coutume soit de suivre les ordres. Je m'y conformerai donc.

— *Excellent. L'autre solution n'aurait rien eu de plaisant.* (Le *sullanciri* leva un bras vers la gauche.) *Venez apprécier la récompense que l'impératrice offre à ses alliés. Ce soir, vous aurez droit à un festin, et demain vous gagnerez encore plus sa faveur.*

CHAPITRE 19

La princesse Alexia sourit lorsqu'elle s'assit dans la salle d'audience où s'était ouvert le procès de Corbeau. La pièce n'avait rien de petit, mais restait bien moins grande que la salle du trône du palais. Contrairement à cette dernière, la salle d'audience n'avait pas connu d'importantes modifications. Même si l'on y trouvait les mêmes colonnes soutenant un toit en voûte, les murs n'avaient pas été recouverts de panneaux de bois. À la place se trouvaient des tapisseries contant l'histoire ancienne, dont certaines auraient nécessité de sérieuses restaurations.

À l'extrémité de la salle rectangulaire, l'on avait placé une série de trois trônes, celui qui se situait au centre étant légèrement décalé vers l'arrière. Le prince Linchmere l'occupait. Alexia savait qu'il avait la trentaine bien entamée, pourtant ses traits mous et sans caractère faisaient mentir son âge. Il était de taille moyenne et plutôt replet. Son masque, à l'expression pourtant énergique, ne lui conférait ni force ni charisme. Lorsqu'il écoutait le plaidoyer, c'était avec distraction et la princesse était presque certaine qu'il s'était endormi au moins une fois.

Augustus, portant un masque de courtoisie fin et noir, occupait le trône à la droite de Linchmere, ce qui le plaçait au plus près d'Alexia. La reine Carus de Jerana, une petite femme aux cheveux noirs et aux sombres yeux vifs était assise sur le trône le plus éloigné d'Alexia. Elle était vêtue d'une robe brodée de bleu clair et avait reçu un masque qui s'accordait avec. Contrairement à Linchmere, elle écoutait tout avec attention et interrogeait les témoins avec vivacité. Elle massacra Cabot Marsham lorsqu'il attesta de ce qu'il avait dit devant le Conseil des Rois vingt-cinq ans plus tôt et elle avait de toute évidence étudié les comptes-rendus jeranais des procédures, puisqu'elle ne cessait de lui demander de clarifier ses déclarations.

Corbeau était assis à la place du prisonnier, des chaînes de fer attachées aux pieds. On l'avait lavé et ses cheveux blancs étaient tirés en une queue-de-cheval nouée par un lacet de cuir noir. On ne lui avait autorisé que des vêtements simples, mais il ne semblait pas les trouver inconfortables, sauf lorsqu'un courant d'air froid l'atteignait.

Jusqu'alors, le procès s'était bien déroulé. Marsham avait clairement été le pivot de l'accusation, mais la reine Carus avait signalé les contradictions entre ce qu'il avait dit avant et ce qu'il leur disait maintenant. En outre, elle signala, à propos, que sa seule connaissance des événements provenait de ses conversations avec Hawkins. Cela réduisait le témoignage du comte au même niveau que les rumeurs, qu'elle n'avait pas l'intention de prendre en compte.

Plus tôt durant le procès, le témoignage de deux mages de la cour (dont l'un avait été entraîné à Vilwan) avait fortement relié Corbeau et Hawkins et suggérait qu'il s'agissait d'une seule et même personne, mais l'accusation ne disposait pas d'autres preuves. Il était peu probable que le témoin principal contre Hawkins se présente. Témoigner exposerait Scrainwood au même type d interrogatoire auquel la reine Carus avait soumis Marsham. Et puisque Augustus avait été présent lors du siège de Forteresse Draconis, où il y avait eu trahison, il pouvait corriger ou réfuter les accusations. Sans ce témoignage, et puisque nul autre que Corbeau n'était en mesure de raconter ce qu'il s'était passé sur les terres de Boragul, l'accusation de l'Oriosa commença à s'effondrer.

Alexia observa Corbeau pendant que la reine déchiquetait Marsham et ressentit un peu de surprise. De toute évidence, Marsham haïssait Corbeau. Le venin dans sa voix, la colère dans ses yeux, tout cela dévoilait sa haine de manière évidente. Depuis qu'elle l'avait rencontré, Alexia avait détesté le petit homme et elle prenait grand plaisir à le voir se tortiller. Will, assis parmi les spectateurs, semblait apprécier autant qu'elle le malaise de Marsham.

Ce n'était pas le cas de Corbeau. L'air impassible, il écoutait. Elle n'aurait pu dire s'il avait pitié de Marsham ou s'il le détestait. Alexia sentait qu'elle ne pouvait détourner les yeux de sa silhouette puissante et de la paix qu'elle dégageait. D'une certaine façon, cette vision la calmait et, d'un autre côté, elle la troublait.

Le visage de Corbeau restait inexpressif, à l'exception des quelques fois où il se tournait légèrement pour la regarder. Il penchait la tête en avant, le menton de plus en plus bas jusqu'à ce que sa barbe touche sa poitrine, puis il lui adressait l'esquisse d'un sourire. Sa paupière gauche se fermait presque en un clin d'œil, ensuite il détournait le regard et accordait de nouveau son attention aux affaires de la cour.

Chaque fois, Alexia devait lutter contre son propre sourire. Non pas qu'elle n'ait pas l'habitude de sourire à Corbeau. Pendant toute la période qui avait précédé le procès, elle avait beaucoup souri à la mention du nom de Corbeau et s'était même mise à jouer avec l'anneau d'or à son doigt. Elle lui rendait visite autant qu'elle le pouvait et il lui semblait que les heures passées à lui parler s'écoulaient à toute vitesse. Parfois même elle oubliait complètement le lieu où ils se trouvaient et elle était surprise de revenir à la réalité. Elle se forçait constamment à donner l'impression d'être une femme profondément amoureuse de son mari et n'admettait devant personne qu'elle feignait. Pourtant, ils étaient nombreux à soupçonner la supercherie et la plupart étaient persuadés qu'elle simulait.

Elle avait joué son rôle à la perfection et, malgré la situation désespérée qui l'avait poussée à imaginer cette solution, elle avait passé beaucoup de moments agréables. Les nuits sur la route, pendant lesquelles elle avait partagé une tente avec Corbeau, lui manquaient terriblement. Tous deux avaient d'abord échangé de simples anecdotes, des souvenirs. Il ne s'agissait que d'histoires de feux de camp, bien innocentes. Vraiment, dans un premier temps, leurs conversations n'avaient rien concerné de plus que ce qu'ils avaient vécu ensemble lors de la campagne d'Okrannel ou de leur fuite de Forteresse Draconis.

Lentement, les choses avaient changé. Elle se souvenait de la question qu'elle avait posée, et immédiatement retirée, à laquelle Corbeau avait pourtant répondu.

— Non, princesse, ce n'est pas ainsi que je voyais ma vie.

Il avait alors partagé ses rêves, ses espoirs, et lui avait révélé en partie la douleur qu'il avait ressentie lorsque son masque lui avait été arraché. Sa voix s'était bloquée dans sa gorge tout comme lorsqu'il souffrait de sa jambe cassée, alors que la souffrance avait dû être bien plus grande.

Elle avait été surprise de cet épanchement. Perrine et elle partageaient bien des choses, mais elles étaient sœurs. Elles avaient été élevées ensemble et, parmi les Gyrkymes, les secrets étaient sacrés. Les Gyrkymes préféraient mourir plutôt que trahir une telle preuve de confiance. On considérait cette transgression comme une action très humaine, alors elle avait grandi en se méfiant de sa propre espèce.

La nature calculatrice de son arrière-grand-tante Tatyana avait renforcé sa conviction, quoique son oncle et son cousin Misha aient commencé à affaiblir ses barrières. Toutefois, l'attitude distante d'Alexia n'encourageait pas les gens à se confier à elle et elle n'éprouvait aucune envie de le faire de son côté.

Les confessions de Corbeau touchaient directement à ses relations avec les Gyrkymes. Il lui faisait confiance implicitement. Il avait eu beau protester contre ce qu'elle avait accompli pour le sauver d'une exécution sommaire, sa gratitude transparaissait dans tout ce qu'il lui avait raconté.

Ils avaient été amis avant cette parodie de mariage, chacun ayant plusieurs fois sauvé la vie de l'autre au cours de leurs aventures. Voyager ensemble avait renforcé cette amitié. À force de passer nuit après nuit avec Corbeau, de s'ouvrir à sa chaleur ou simplement de l'écouter respirer, Alexia avait commencé à découvrir l'ordinaire chez un homme extraordinaire. Plus d'une fois, elle s'était réveillée blottie contre lui. Elle s'était tout de suite écartée, mais chaque fois plus lentement, un peu plus à contrecœur. En lui rendant visite dans la geôle de Meredo, elle avait regretté l'absence d'intimité et, plus d'une fois, elle s'était réveillée avec son oreiller serré tout contre elle.

Corbeau regarda dans sa direction et sourit encore tandis que le tribunal renvoyait Marsham. Elle sentit son cœur bondir dans sa poitrine et elle esquissa un sourire. Il y avait quelque chose dans le regard de Corbeau, une joie contagieuse. Cette sensation ne lui était pas tout à fait inconnue, car elle l'avait éprouvée avec Peri : la fierté et la joie de savoir qu'un ami allait bien. Et, comme avec Peri, elle voulait tendre la main et le toucher.

Elle voulait bien plus, que son sourire s'élargisse, que la joie resplendisse sur son visage…

Avant qu'elle puisse suivre le cours de ses pensées, Wroxter Dainn, l'avocat suprême de justice oriosan, se leva et s'apprêta à appeler un autre témoin. Mais derrière lui, contre le mur du fond, une tapisserie pâlie par le temps se mit à fumer. Une marque de brûlure l'assombrit au centre, près du bord inférieur, et s'agrandit jusqu'à atteindre la taille d'un homme. La fumée s'épaissit, puis se changea en une flamme qui explosa vers le haut pour envahir toute la tapisserie et projeter des langues de feu vers le plafond caverneux.

Des étincelles et des flammèches retombèrent doucement sur la foule, comme de la neige. Puis un pan de mur fermé jusqu'ici pivota et une silhouette s'avança. Des cris étouffés s'élevèrent. L'homme portait un manteau à capuche imitant le plumage multicolore d'un grand temeryx, sauf que le vêtement n'était pas fait de plumes mais d'un arc-en-ciel de flammes.

Ses yeux semblaient vivants. La couleur dominante était le bleu, mais des soupçons de blanc y flottaient comme de fins nuages dans un ciel venteux. Dans sa main gauche, il brandissait un mouchoir blanc, tout en écartant suffisamment un des pans de son manteau pour dévoiler le fourreau vide à sa hanche. Dans l'ombre de son masque, sa bouche s'ouvrit, laissant apparaître des dents blanches qui contrastaient avec l'ébène de sa peau.

— Je suis Nefrai-kesh. Je viens porteur du drapeau de la paix. Je demande mon droit oriosan à parler au procès de l'un de mes vassaux.

Augustus s'était levé de sa chaise. Linchmere s'enfonça dans la sienne, comme la plupart des spectateurs. Dainn avait reculé brusquement et la reine s'était couvert la bouche. Corbeau resta assis, mais il avait tendu le bras dans la direction d'Alexia, afin qu'elle reste en arrière, à l'abri. Elle aussi s'était tout de suite levée et avait porté la main là où aurait dû se trouver le pommeau de son épée.

Mais le premier à agir fut Will Norrington. Il bondit sur ses pieds et tendit un doigt tremblant vers le *sullanciri* :

— Ce n'est pas votre vassal, c'est le mien !

Nefrai-kesh tourna la tête d'un geste vif. Il sourit, puis acquiesça une fois, solennellement.

— Voilà le fils que j'aurais désiré avoir.

— Peut-être que le vôtre se serait mieux comporté si vous aviez été un meilleur père. (Will plissa les yeux sous son masque, puis il tira la dague qu'il avait eu le droit de porter.) Je n'échouerai pas comme lui.

Le *sullanciri* écarta les bras.

— Tu me laisseras t'étreindre. Aujourd'hui, demain. L'heure n'a aucune importance. Tu es mon véritable héritier et j'ai beaucoup à te donner.

Corbeau se leva.

— Recule, Will.

— J'ai pas peur de lui.

— Tu devrais. (Corbeau s'adressa au *sullanciri*.) Vous provoquez des enfants ?

— Il porte un masque. C'est un homme, avec les responsabilités et les devoirs d'un homme. Tu t'en souviens, n'est-ce pas, Tarrant ? (Nefrai-kesh fit un pas vers le Trône de la Vérité.) Roi Augustus, vous reconnaîtrez cet armistice et mon droit à la parole. Mon héritier présomptif a établi une revendication invalide, puisque ni mon fils ni moi ne sommes décédés et que les formalités exigées pour nous déposséder n'ont pas été accomplies.

Will brandit sa dague.

— Ne l'écoutez pas !

Augustus fronça les sourcils.

— Il s'agit d'une procédure légale, seigneur Norrington. Les règles doivent être observées. À ma connaissance, vous pouvez vous asseoir, Nefrai-kesh, si vous acceptez de jurer de ne dire que la vérité.

Le jeune voleur gronda.

— Il travaille pour Chytrine ! Elle a fait de lui un monstre ! Un serpent aurait moins de difficulté à ramper en ligne droite que lui à dire la vérité !

Linchmere se redressa timidement.

— Nous devons l'écouter. C'est la loi.

— Alors la loi est idiote ! (Will arracha son masque et le jeta au milieu de la cour avant de se détourner et de sortir de la salle à grands pas.) Quand Chytrine viendra vous tuer, vous lui donnerez un masque de courtoisie en lui disant « s'il vous plaît » et « merci ». Allez tous en enfer !

Seul le crépitement des flammes sur le manteau du *sullanciri* troubla le silence à la suite du départ de Will. Les Oriosans rassemblés là contemplèrent le masque qui gisait à terre. Même Corbeau avait l'air accablé lorsqu'il se laissa retomber lentement sur sa chaise.

Nefrai-kesh leva la main droite.

— Je jure de ne dire que la vérité, toute la vérité, et, dans le cas contraire, j'accepte la punition de Kedyn.

Wroxter Dainn, dont le visage rougi brillait de sueur, lutta pour reprendre son sang-froid.

— Vous êtes venu témoigner du comportement de Tarrant Hawkins ?

— Oui, et je suis venu de loin.

La voix profonde de Nefrai-kesh emplissait la salle, mais Alexia avait l'impression de ne pas l'entendre uniquement avec ses oreilles.

Il y a de la magick au travail, ici.

Même en sachant qu'elle était manipulée, elle ne pouvait repousser l'idée que les paroles du *sullanciri* étaient vraies et sincères.

— J'ai mené l'expédition pour Boragul. Une fois arrivés, nous avons bien rencontré l'impératrice Chytrine, mais aucun de nous ne le savait alors. Nous avons accepté l'hospitalité des urZrethis et n'avons découvert que trop tard qu'on nous avait tendu un piège. La femme que nous poursuivions nous tenait à sa merci. (Le *sullanciri* ouvrit la main gauche en direction de Corbeau, laissant le mouchoir retomber au sol.) Je souhaite d'abord faire l'éloge de Hawkins. De toutes les accusations qu'on lui a portées, la plus insupportable est celle de couardise. Le jour de notre damnation, ce fut lui le plus brave. Lui seul se battit pour revenir à nos chambres. Il m'a trouvé là, il m'a secouru et fait tout ce qu'il pouvait pour me protéger, comme le doit un vassal. J'étais grièvement blessé… je serais mort s'il n'y avait pas eu la magick. Que nul ici présent ne pense jamais que Hawkins a été autre chose qu'un héros. Un héros, et malgré tout, un escroc. Il a bel et bien trahi, ce jour-là. Il a refusé de m'obéir. Trois fois, je lui ai ordonné de me servir. Tel qu'était mon droit.

Dainn s'essuya le front avec un mouchoir.

— Quel était cet ordre ?

Avant que le *sullanciri* réponde, un gémissement de souffrance s'éleva des lèvres de Corbeau.

— Je ne pouvais pas vous tuer !

— Oh, mais l'aurais-tu fait, Tarrant… (Nefrai-kesh appuya la main sur sa poitrine.) L'aurais-tu fait, je ne serais pas ici. La reine Lanivette ne serait pas morte de ma main en ce lieu même. Forteresse Draconis ne serait pas tombée et le Sud ne serait pas en danger. Tu avais en ton pouvoir le moyen de protéger ta terre natale et tes amis, mais tu m'as désobéi. Tu as trahi, tu m'as trahi, tu as trahi ta nation, tu as trahi le monde.

— Vous savez pourquoi je ne pouvais pas !

Le *sullanciri* secoua lentement la tête.

— Le raisonnement d'un vassal n'est rien lorsqu'il contredit l'ordre de son suzerain. Voyez-vous, Augustus, ce qu'il en est ? Il aurait pu tous vous sauver, mais il ne l'a pas fait.

Le roi Augustus secoua la tête.

— La mort n'empêche personne de rejoindre les rangs des *sullanciri*.

— Certes, mais chacun dans cette mission savait quelles étaient les différences de qualité entre ceux qui deviennent *sullanciri* avant et après la mort. Il le savait.

Corbeau contempla ses mains.

— Je ne pensais pas que vous seriez aussi faible.

— Pourtant je te l'ai dit, Hawkins. Je t'ai fait confiance et tu m'as déçu. (Le *sullanciri* se leva.) Malgré les accusations de mon petit-fils, je n'ai dit que la vérité et Hawkins l'a confirmé. Je connais la loi et les coutumes de l'Oriosa. Beaucoup peuvent parler pour lui, et d'autres encore contre lui, mais votre devoir est clair.

Linchmere s'avança dans son siège.

— Comment osez-vous nous faire la leçon, monstre ?

Nefrai-kesh eut un sourire de prédateur.

— Oh, voilà qu'on s'imagine avoir des tripes ! On peut vous les arracher, vous savez, l'une après l'autre, et vous laisser lentement mourir d'étouffement. J'y prendrais du plaisir, mon prince. Me le permettrez-vous ?

Le prince oriosan couina et se recroquevilla sur son trône.

Augustus s'avança.

— Assez, Nefrai-kesh. Maintenez l'illusion qu'un peu de l'homme que je respectais se trouve toujours en vous.

— Si vous souhaitez croire à ces illusions, Augustus, je vous en prie, couvrez-vous les yeux aussi longtemps que vous le désirez.

Le *sullanciri* se leva, puis passa les doigts crochus de sa main gauche dans l'air. Des fentes noires apparurent comme s'il avait déchiré de la toile.

— L'homme que vous respectiez n'est plus, mais celui que vous savez devoir craindre est présent. Et le sera pour très, très longtemps.

Tandis qu'il parlait, son regard passa d'Augustus à Corbeau puis à Alexia. Leurs regards se croisèrent et elle sursauta. Elle n'avait pas l'impression qu'il avait lu dans ses pensées, pourtant elle était certaine qu'il les connaissait. Cette idée l'ébranla, mais avant qu'elle puisse agir ou parler, Nefrai-kesh se glissa dans les fentes et celles-ci s'effacèrent derrière lui.

Corbeau se tourna vers elle.

— Vous allez bien ?

Elle frissonna et acquiesça.

— Oui, tout va bien. Et vous ?

Il fit jouer ses épaules avec malaise.

— Physiquement. (Il garda le silence pendant un instant puis secoua la tête.) Je ne pouvais pas le tuer.

Alexia se pencha alors et posa une main sur son épaule.

— Il le savait lorsqu'il vous a demandé de le faire. Tout comme moi lorsque j'ai voulu que vous promettiez de me tuer si je donnais jamais l'impression de vouloir rejoindre Chytrine. Vos paroles étaient justes et vous avez eu raison de le lui refuser alors.

— Mais ce qu'il a dit est vrai. J'aurais pu sauver tout le monde.

Alexia lui sourit bravement et resserra les doigts.

— Et vous le ferez, Corbeau. Vous le ferez.

Chapitre 20

Kerrigan Reese garda la sensation que sa gorge était à vif, même quand les spasmes de la toux violente qui l'avait réveillé cessèrent de le secouer. Recroquevillé autant que ses rondeurs le lui permettaient, il était allongé nu, sur son côté gauche, dans le noir le plus total. La pierre froide et dure sous lui avait beaucoup aspiré sa chaleur corporelle. Il avait dans la bouche un goût amer de vieux vomi, et sa tête le lançait.

Comme il essayait de se redresser, deux éléments ajoutèrent à son inconfort. Tout d'abord, son dos douloureux. Quelle que soit la personne qui l'avait frappé, elle l'avait fait avec violence. Ses muscles courbaturés protestaient et la couche de graisse qui les recouvrait n'était pas en reste. Même ses reins lui faisaient mal. Kerrigan craignait d'en découvrir la cause s'il lançait un sortilège de diagnostic.

Il était tenté mais avait un problème plus immédiat à résoudre : il était enchaîné. Des fers solides entouraient ses poignets et ses chevilles. En se penchant, il pouvait facilement saisir les lourdes chaînes auxquelles il était attaché ; lorsqu'il tirait dessus, celles de ses poignets n'influençaient pas celles de ses chevilles. Mais un poignet tirait bien sur l'autre, il s'imagina donc qu'il était attaché à un anneau planté dans le sol de sa prison.

Le magickant resta immobile et réfléchit un instant. Il était prisonnier, c'était évident. Il était possible qu'il se soit fait prendre par des Vilwanais, ce qui révélerait à quel point ils étaient avides de le récupérer. Ils avaient eu besoin de quelqu'un ou quelque chose qui pouvait le neutraliser. Il était certain que c'était faisable, mais l'enlèvement n'aurait-il pas eu lieu dans une zone mieux contrôlée ?

Il était sur le chemin du consulat, un lieu où ils pouvaient l'enlever comme ils le voulaient.

Et il doutait qu'ils auraient pris le risque de le récupérer noyé.

L'autre solution, c'était Chytrine. Il essaya de se souvenir de quelque chose qui aurait dû attirer son attention. Il avait créé le double d'un fragment de la Couronne du Dragon et en avait modifié un autre, mais, en toute sincérité, il doutait que Chytrine ait pu le retrouver grâce à cette magick. Et en dehors d'un travail de couverture, il n'avait rien accompli pour qu'elle voie en lui une menace. Si la reine devait s'en prendre à quelqu'un, c'était la princesse Alexia ou Will.

Il était tout à fait possible, bien sûr, que le double qu'il avait façonné ait pu permette à Chytrine de retrouver l'original. Mais si elle possédait un moyen de partir à la recherche du fragment, il était plus qu'improbable qu'elle s'en prenne à lui. Une fois qu'elle se serait emparée du fragment, Kerrigan n'aurait représenté aucun danger à ses yeux. Cela n'avait aucun sens. Plus important, si Chytrine considérait Kerrigan comme une menace, pourquoi le laisser en vie ?

Mais si ce n'était ni Vilwan ni Chytrine, alors qui ?

À l'exception du bruit de sa propre respiration et du « tip-tap » irrégulier de l'eau qui goutte sur la pierre, tout était silencieux. Kerrigan ne voyait rien dans ce noir d'encre et ne pouvait même pas commencer à imaginer la taille de la pièce. Le sortilège d'*œilmage* réglerait ce problème toutefois. Il se concentra donc pour le lancer.

Mais avant qu'il y parvienne, quelque chose cliqueta dans le noir. Cela venait de derrière lui, un son faible et lointain. Un simple cliquetis.

Kerrigan retint son souffle. Il attendit, aux aguets. L'eau continuait à couler, mais il n'entendait plus de cliquetis. Kerrigan relâcha lentement son souffle et inspira par le nez, s'efforçant de garder le silence alors que ses poumons réclamaient de l'air frais pour éteindre le feu qui les brûlait.

« Clic. »

Il résonna plus fort cette fois, devant lui, là où il imaginait que l'anneau était planté dans le sol.

Est-ce que ç'aurait pu être la chaîne qui se cogne dessus ?

Il répéta le bruit dans sa tête, mais ne se souvint pas d'un son métallique. Non, c'était plutôt comme de la pierre sur de la pierre.

Ou des griffes sur de la pierre.

Une seconde, puis deux, l'image terrifiante d'un temeryx qui rôdait dans l'ombre, décrivant des cercles autour de lui, secoua Kerrigan et fit trembler les chaînes. Les temeryx servaient Chytrine comme les chiens, les chasseurs. Ces monstres de plumes avaient de petites têtes armées de dents pointues, d'immenses griffes en forme de faucille aux pattes arrière et de plus petites à celles de devant qu'ils repliaient contre leur poitrine.

Kerrigan avait vu quelle sorte de morsure ils pouvaient infliger à un homme et n'avait aucun désir de découvrir s'il pouvait se guérir par la magick plus vite qu'il était dévoré.

Il repoussa la panique pour deux raisons. La première, c'était qu'il était incapable de lancer un sort s'il ne réfléchissait pas et il en avait besoin s'il voulait se sortir de sa situation actuelle. La seconde, c'était qu'il lui restait l'armure magicke qui récompenserait l'attaque du temeryx par une bouchée de plaques osseuses.

Son invulnérabilité lui redonna du courage. Il se calma et se força à respirer plus régulièrement. Il garda le silence et l'oreille tendue, mais se focalisa sur le sortilège à lancer. Il n'avait que deux choix, vraiment : un sort qui lui permettrait de voir dans le noir ou un sort qui illuminerait plutôt son emplacement. Le sortilège de lumière qu'il avait réussi à utiliser dans un endroit tout aussi sombre avait aveuglé ses assaillants et facilité sa fuite mais, enchaîné comme il l'était, il ne pouvait pas fuir. Il décida de garder ce sortilège en réserve et se prépara plutôt à lancer celui qui permettait de voir dans la nuit.

Kerrigan se prépara et détendit ses doigts. Il se ferma un instant au monde extérieur, oublia à quel point il avait froid. Une fois dans le monde de la magick, il plongea, tissant les différents éléments pour créer un voile éthéré grâce auquel il exacerberait sa vue. Le sortilège progressa rapidement et sans difficulté ; bien qu'il ne s'en soit jamais beaucoup servi, il l'aimait bien et le trouvait facile à construire.

« TWAC ! »

Quelque chose le toucha, sans douceur, à l'épaule droite, et rebondit avant d'aller se fracasser dans le noir.

Ce bruit, c'est clairement de la pierre sur de la pierre. J'ai été frappé par une pierre.

L'armure osseuse qui avait surgi pour le protéger disparut de nouveau, n'emportant avec elle qu'un faible écho de douleur dû à l'impact.

Kerrigan poussa un grognement de frustration. L'invocation du sortilège de protection avait supprimé la création de celui de vision de nuit. L'armure était prioritaire et se lançait automatiquement. Son caractère d'urgence exigeait toutes ses capacités, le sortilège précis sur lequel il travaillait s'était donc évaporé.

Il l'invoqua de nouveau mais, avant qu'il puisse le compléter, une autre pierre le toucha.

—Hé!

Le bruit qui lui répondit faillit le convaincre qu'il y avait bien un temeryx. Il commença par un sifflement de serpent, puis se changea en petit rire dérangé. Kerrigan n'y entendit rien d'aimable. Un frisson lui parcourut l'échine. Il se hissa sur son coude gauche et se tordit pour s'asseoir face à l'origine du bruit.

La vague de rire s'arrêta un instant, puis une autre pierre le toucha en pleine poitrine. Elle rebondit sur ses genoux. Après avoir recouvré son équilibre, le magickant s'en saisit et voulu la renvoyer de la main droite. La chaîne cliqueta; avant que son jet parte, elle fut brutalement tirée en arrière.

La pierre vola quelque part dans l'obscurité lorsque Kerrigan fut forcé de se retourner. De nouveau, on tira, au niveau du pied, on continua à le faire pivoter. Ses fesses nues furent râpées contre le sol et nulle armure osseuse ne vint lui épargner ces brûlures. Perdant l'équilibre, il roula sur lui-même, s'emmêlant les pieds dans la chaîne, et il se retrouva brusquement le nez à demi enfoncé dans un tas de paille sèche.

Il releva la tête puis éternua violemment, se cognant le front contre le sol. La paille amortit le coup, mais la magick ne l'empêcha pas de se faire mal.

— Aïe !

Il roula sur le dos et porta les mains à son front, se cognant au passage la mâchoire avec le fer gauche.

Il sentit une bosse grossir sur son front et la pression des chaînes sur ses jambes. Le gloussement sifflant reprit, plus aigu cette fois, et un nouveau projectile rebondit sur sa cuisse. D'instinct, il se tourna sur la droite, mais il fut méchamment touché à l'estomac. Il se tordit pour se mettre hors de portée, fut de nouveau atteint, roula de l'autre côté et atterrit sur une pierre qui se planta bien profondément dans son dos.

— AÏE !

Il arqua le dos et l'extirpa de sous lui. S'en saisissant, il s'appuya sur sa hanche droite d'une poussée et leva les bras pour la lancer mais, à cause de ses pieds attachés, il bascula maladroitement vers l'avant. Pour empirer les choses, une autre pierre lui rebondit sur la tête, faisant horriblement résonner son crâne.

Il baissa la tête et releva les jambes. Il fallait qu'il se libère, mais la seule façon de le faire aurait été de se servir d'un sortilège. Les attaques ne cessaient d'invoquer l'armure, ce qui réduisait à néant toutes ses tentatives.

Il va falloir que je le lance très vite. (Il se reprit.) *Plus vite que je n'ai jamais lancé de sortilège.*

Il fit défiler dans sa tête tous les sorts qui lui serviraient à se débarrasser des chaînes. La plupart permettaient de faire chauffer le métal jusqu'à ce qu'il fonde, ce qui aurait fondu ses mains avec. Il existait quelques sortilèges très simples pour forcer une serrure, mais on ne les lui avait jamais enseignés. Ce qui ne l'avait pas empêché de créer les siens propres, fondés sur des sorts de guérison. Un diagnostic magicke lui montrerait de quelle manière la serrure était montée, puis un sortilège amélioré de lévitation lui permettrait d'en manipuler les éléments pour l'ouvrir.

Le montage de ces fers ne peut être à ce point différent de celui d'une serrure de porte.

Il se concentra pour lancer rapidement le sort de diagnostic, mais les pierres ne cessaient de le toucher avec un rythme régulier. Il tenta de les oublier, mais cela ne changeait rien. La magick destinée à lui sauver la vie l'empêchait de s'échapper.

Je ne peux rien faire !

Avec un hurlement de rage, il souleva la pierre dans sa main droite et l'écrasa sur le fer de son poignet opposé. Elle résonna fortement et projeta une étincelle vive qui s'éteignit sur le sol humide. La lumière n'avait pas été bien vive, n'éclairant que la pierre grise et la paille coupée, mais il l'avait vue.

Les pierres cessèrent de voler.

Il fallut un moment à Kerrigan avant de croire qu'il ne rêvait pas. Mais alors, il sourit et commença à lancer le sortilège de diagnostic

« Twac ! »

— Arrêtez !

— Rêtez, rêtez, rêtez…

La voix sifflante répétait le mot d'une petite voix moqueuse. Son point d'origine passait d'un endroit à un autre, accompagné parfois de cliquetis, comme si son tourmenteur lui tournait autour.

— Rêtez, rêtez, rêtez.

Kerrigan tenta de nouveau de lancer le sortilège, mais une pierre l'en empêcha. Il essaya encore et encore, dans l'espoir qu'un projectile le rate, mais à cette distance son assaillant ne le manquait jamais. D'après la hauteur de certaines attaques, Kerrigan savait que la créature invisible s'était précipitée pour jeter la pierre d'*au-dessus* de lui.

Parce qu'il n'était pas idiot, Kerrigan comprit qu'il ne réussirait pas tant que les pierres l'atteindraient.

Le seul moment où elles ont cessé, c'est quand…

Vivement, le magickant martela un fer à coups de pierre. Celui-ci résonna fortement, mais les projections ne cessèrent pas. Kerrigan frappa de nouveau, en oblique, et obtint une étincelle.

La pluie de pierres cessa et le silence régna de nouveau.

Kerrigan cogna encore le fer, il y eut une autre étincelle. Pas de pierre. Le garçon s'autorisa un sourire qui s'élargit très vite. De la main gauche, il rassembla un petit tas de sciure de paille et y projeta une étincelle.

Cette dernière resta allumée assez longtemps pour qu'un mince filet de fumée s'élève.

Encore et encore, Kerrigan frappa le fer. Il ne se souciait pas que les coups obliques lui arrachent la peau. Son poignet fut bientôt couvert de sang, mais il continua à cogner, projetant étincelle après étincelle sur son tas d'allume-feu. Il souffla doucement dessus et les braises s'illuminèrent vivement avant de s'éteindre. Il apprit alors à ne pas éparpiller son combustible et, entre chaque étincelle, il attrapait de la paille et la réduisait en sciure à son tour.

Le jet de pierres avait cessé, mais Kerrigan ne pensa pas un seul instant à tenter un sortilège. Bizarrement, la créature savait lorsqu'il invoquait la magick. Comment, il n'en avait cure. Il voulait seulement que la torture cesse et c'était le cas. Il ne savait pas si la créature avait peur du feu ou si ce dernier la fascinait ; mais si en créer lui permettait de détourner son attention, alors il était déterminé à le faire.

Tout en travaillant, il repensa à la campagne d'Okrannel et à leur équipée après Forteresse Draconis. Kerrigan avait beau connaître le sortilège qui allumait du feu, il n'avait pas eu l'autorisation de s'en servir pendant le voyage. Orla avait voulu éviter que les soldats le considèrent comme un sorcier de bas étage. Durant leur fuite de Forteresse Draconis, la princesse Alexia lui avait expliqué qu'il avait des choses plus importantes à faire qu'allumer des feux, puisque d'autres en étaient capables.

D'autres en étaient capables. Il avait même vu des enfants s'en charger. Il regretta de ne pas les avoir observés de plus près, ce qui aurait rendu sa tâche bien plus aisée. Néanmoins, intelligent comme il l'était, il recréa lentement le processus.

Enfin, une étincelle survécut. Il souffla doucement dessus et obtint des braises. Encore un souffle et une petite flamme s'alluma. Kerrigan la nourrit d'un bout de paille, puis d'un autre. Prudemment, lentement, il continua, lui donnant le temps de grandir. Le feu consumait rapidement la paille, alors il tordit les brindilles et les noua pour qu'elles brûlent plus lentement.

Il sourit lorsqu'il sentit la chaleur. Elle n'était pas bien forte, mais suffisante pour lui rappeler combien il avait froid. Cela restait de la chaleur, et de la lumière, de la véritable lumière. Sa vision était limitée par le flamboiement, mais il aperçut l'esquisse des murs et vit nettement l'anneau de métal dans lequel on avait glissé ses chaînes.

Kerrigan s'assit, un large sourire aux lèvres, devant son petit feu qui brûlait joyeusement.

Une vague de magick balaya la pièce. Kerrigan la sentit et tenta d'observer le sortilège, mais sa complexité défiait toute étude superficielle. Le sortilège s'enfonça dans les chaînes qui le maintenaient et en bloqua les liens. Elles se resserrèrent au niveau de ses jambes et maintinrent ses bras contre ses cuisses.

Une voix basse et très calme retentit derrière et au-dessus de lui.

— Très bien, Initié Reese. Vous avez appris votre première leçon : la magick n'est pas la vie.

— Qui êtes-vous ? Où suis-je ? Que me voulez-vous ?

— Voilà d'excellentes questions. (Le ton resta égal et posé.) Vous aurez l'occasion d'en obtenir les réponses.

— Répondez à une tout de suite. J'ai fait un feu. C'est ce que vous vouliez, non ?

— Non.

Un second sortilège traversa la pièce et Kerrigan le reconnut immédiatement. C'était le tout premier enseigné aux Apprentis. Celui qu'ils apprenaient avant le sortilège pour allumer un feu.

Son feu s'éteignit.

— Non ! Non ! C'est injuste ! J'ai fait ce que vous vouliez !

— Écoutez bien, Kerrigan Reese. La vie n'est que très rarement juste. Vous êtes né avec un immense potentiel de magick. Le monde a besoin de vous, mais on vous en a protégé. Et à cause de cet éloignement, vous pourriez tout simplement causer plus de dégâts qu'apporter de l'aide. Nous devons le déterminer.

Quelque chose frappa Kerrigan dans le dos. Une matière douce qui glissa contre ses fesses. Il ne pouvait la voir, mais on aurait dit une couverture.

— Désormais vous avez une idée d'à quel point un homme doit être poussé à bout pour allumer un feu. Imaginez qu'il ne s'agisse pas de pierres, mais de gouttes de pluie ou de flocons de neige. Imaginez que le froid dans vos membres vous paralyse les mains. Imaginez que, recroquevillés dans le noir, se trouvent les membres de votre famille, votre épouse, affamée et gelée jusqu'aux os, vos enfants terrifiés... le bébé, sûrement déjà mort. Lorsque vous avez vu l'étincelle, l'espoir a jailli. Lorsqu'elle est morte, l'espoir s'est éteint et vous avez su que votre famille s'éteindrait avec. Kerrigan Reese, vous pouvez être cette étincelle. Si vous ne comprenez pas votre importance, vous deviendrez bien trop dangereux pour qu'on vous laisse en vie. (La voix resta égale : ces paroles étaient un simple constat, pas une menace.) Réfléchissez à ce que j'ai dit. Ne lancez aucun sort ou vous serez puni.

— Mais je saigne...

— Et comment quelqu'un qui ne possède aucune magick réglerait ce problème, Initié ? (La voix se fit plus lointaine.) Souvenez-vous que vous êtes d'abord un homme, et alors, peut-être, serez-vous capable de sauver l'humanité.

Chapitre 21

Will gronda et poussa des imprécations tandis qu'il traversait la neige boueuse à coups de pieds. Il se fichait qu'elle l'éclabousse ; sa colère l'isolait du froid. Quant à l'état dans lequel elle laissait ses vêtements, il s'en fichait tout autant. Les habits, les titres, tout ça c'était idiot et il en avait horreur.

Il se retourna et contempla le palais. Le sommet des tours disparaissait déjà sous des couches de poudreuse. Le tableau était paisible, ce qui lui sembla incongru comparé au drame qui venait de se jouer à l'instant. Quant à ces gardes, ils auraient dû être en train de se ruer vers le château pour tuer le *sullanciri*. Voilà qui semblait parfaitement évident aux yeux de Will. Mais tous les autres avaient l'air de penser qu'un drapeau blanc avait un sens.

Ça veut dire que vous perdez une occasion de tuer Nefrai-kesh, voilà ce que ça veut dire.

Grandir dans les Fondombres n'était pas chose aisée, mais au moins il avait reçu les leçons de cette dure école de la vie. Dans les bas-fonds d'Yslin, les armistices ne duraient que le temps nécessaire à quelqu'un pour rassembler une armée plus importante. Si Nefrai-kesh s'y était montré comme il venait de le faire à Meredo, il aurait été massacré. Et, compte tenu du souvenir qu'il avait laissé, même s'il n'avait pas été tué, personne n'aurait de toute façon cru un instant ce qu'il avait à dire.

Will tourna le dos au palais et continua à creuser son chemin dans la neige. La façon d'agir de la noblesse ne cessait de le sidérer. D'un côté, il y avait des nobles comme le roi Augustus, qui la plupart du temps se comportaient bien, mais étaient capables d'admettre qu'ils avaient mal agi envers un ami. De l'autre côté, il y avait Scrainwood, que Will aurait volontiers échangé contre un seau d'urine chaude. Et au milieu, il y avait tous ceux qui pouvaient faire preuve d'avidité et attaquer par-derrière, ceux qui vous disaient tout ce que vous vouliez entendre, ou bien ceux qui n'avaient aucune idée de ce qu'était la vie dans les rues. Tous étaient des imbéciles aux yeux de Will.

Il fronça les sourcils, parce qu'il ne pouvait pas inclure la princesse Alexia. Elle était tout à fait différente des autres, mais même elle n'avait rien fait contre Nefrai-kesh. Il devait admettre qu'elle n'avait pas d'épée magicke pour le tuer. Résolu, oui, mais il n'était pas présent. Quant à celle de Corbeau, Tsamoc, elle était désormais dans la chambre de la princesse, où elle ne servait à rien. Quand même, il était presque sûr que la princesse avait compris à quel point il était stupide de laisser Nefrai-kesh en vie.

Un frisson lui parcourut l'échine. Il aurait vraiment plongé sa petite dague dans le corps du monstre qui avait été son grand-père, mais le *sullanciri* n'avait pas eu peur. Il n'avait fait qu'ouvrir les bras et dire que Will pouvait le rejoindre. Nefrai-kesh avait déclaré que Will serait son héritier.

— Je veux pas être ton héritier ! (Will gronda avec force et tapa du pied.) C'est ta faute si je suis dans cette situation !

L'absurdité de ce reproche le frappa et il se mit à rire. Il leva les yeux ; mais se trouva pris de court parce que la plupart des gens ne faisaient pas du tout attention à lui. Ils ne s'intéressaient pas à lui, ce qui le stupéfia car, tandis qu'il s'était dirigé vers le palais pour assister au procès, il avait été constamment la cible de bons vœux de la part de gens qu'il ne connaissait même pas.

Mais là, tout le monde fait comme si je n'existais pas !

Il s'interrogea un instant, puis resta bouche bée.

Bien sûr, le masque !

C'était le masque qu'il avait abandonné à la cour que les gens reconnaissaient. Les Oriosans pouvaient le déchiffrer aussi facilement que Will calculait la valeur d'une bourse d'après sa grosseur. Il était peut-être Will Norrington, mais le seigneur Norrington portait un masque spécifique sans lequel il n'était rien.

Il médita cette ironie : ne pas porter de masque le rendait invisible. Mais il se rendit compte qu'il ne s'agissait pas de la même chose que la diversion dont ses compagnons et lui s'étaient servis pour faucher des bourses à Yslin : au milieu d'une foule, il trouvait une cible. À son signal, deux complices déclenchaient une rixe, bousculant les passants, y compris la proie. À l'instant où ils lui rentraient dedans, Will coupait la bourse du badaud et s'éclipsait discrètement. Toute l'attention de la foule étant tournée vers les enfants qui se battaient et parce que personne ne regardait, Will pouvait disparaître sans difficulté.

Ici, l'absence de masque signifiait qu'on n'était pas digne d'intérêt, ou du moins, pas de celui des personnes autorisées à en porter. Will connaissait assez d'histoires pour savoir que le Muroso, l'Alosa et l'Oriosa avaient été autrefois des provinces qui s'étaient rebellées contre un empire. Les dissidents portaient alors des masques pour se déguiser lors de leur combat et, une fois l'indépendance obtenue, ceux qui avaient lutté firent partie de la nouvelle noblesse. Le droit de porter des masques leur revenait, à eux et à leurs descendants, et les ornements signalaient leur importance.

À cause des masques, les Oriosans ne cessaient de chercher des signes et des sens cachés à tout. Will était certain que le geste de retirer son masque et de le jeter à terre serait considéré comme un présage. Alors qu'il avait seulement voulu lancer quelque chose et qu'il avait hésité à se servir de la dague qui lui plaisait.

Il les imaginait déjà en train de décréter qu'il s'agissait d'un refus de citoyenneté : parce que les masques des morts étaient souvent gardés par la famille, le jeter vers Nefrai-kesh pouvait signifier qu'il était mort pour le *sullanciri* ; ou bien dire qu'il s'agissait d'un rejet du protocole de la cour et un serment de combattre Chytrine par ses propres moyens.

Il y aurait sûrement d'autres hypothèses, et il se doutait que les rumeurs iraient bon train. Il n'aimait pas l'idée que certains croiraient qu'il tournait le dos au combat contre Chytrine. Ce serait certainement le présage le plus sombre que l'on verrait dans son geste. Il devait y avoir un moyen de remédier à cela. Mais comment ? Il n'en avait aucune idée.

Encore des symboles et les Oriosans croiront de nouveau en moi. Ils agissent pour des raisons précises, et, tant que j'en ai une bonne, ils me croiront.

Will soupira. Il savait qu'il aurait à réfléchir. Il aurait aimé en parler à Kerrigan, puisque les points de vue du mage étaient encore plus étranges que ceux de l'Oriosan moyen. Mais Kerrigan avait disparu et Lombo était à sa recherche. Les membres du consulat de Vilwan avaient répondu à la princesse Alexia qu'ils n'avaient aucune idée de l'endroit où se trouvait Kerrigan et le messager avait semblé assez inquiet pour que Will croie à son message.

L'idée que les Oriosans faisaient toujours tout pour une raison fit son chemin dans la tête de Will. Il se demanda pour quelle raison Nefrai-kesh s'était montré à ce procès. Bien sûr, son apparition allait certainement effrayer beaucoup de monde, Scrainwood le premier. Mais le meilleur moyen de s'en assurer aurait été de simplement tuer le roi. Linchmere sur le trône, voilà bien une idée qui aurait terrifié quiconque en Oriosa et bien au-delà de ses frontières.

L'intention du *sullanciri* ne pouvait être de venir témoigner. Ça n'avait strictement aucun sens. Le destin de Corbeau ne lui importait aucunement et, si Chytrine voulait tuer celui-ci, elle aurait envoyé le *sullanciri* dans sa cellule. Les nobles considéraient peut-être qu'il était terrible de forcer les gens à se servir des lois d'une nation pour tuer un innocent, mais Will revenait tout juste de la guerre et il savait que tout ce que Scrainwood aurait pu faire à Corbeau aurait été, il l'aurait parié, bien plus supportable que la mort sur un champ de bataille.

Par les dieux… j'aurais dû le comprendre tout de suite !

Will se mit à courir dans les rues, évita les carrioles, glissa dans la neige boueuse, tomba et s'éclaboussa, se releva, reprenant sa course le plus vite possible. Il sauta par-dessus des tas de neige, évita une bataille de boules de neige et bouscula les passants. Sans se soucier des cris de ceux qui tombaient, il accéléra, de plus en plus, vers *L'Auberge de la Panthère Sauvage.*

Il n'existait qu'une seule raison pour laquelle Nefrai-kesh aurait risqué de se montrer au procès, et c'était créer une diversion ! À la moindre alarme, tous les gardes se précipiteraient au palais.

Et le faux drapeau blanc fera peut-être croire qu'il ne voulait aucun mal, mais je n'y crois pas une seconde.

Envoyer Nefrai-kesh au palais était un risque que Chytrine prendrait seulement si elle pouvait gagner bien plus. Il n'y avait qu'une seule chose à Meredo qu'elle voulait à ce point : le rubis de la Couronne du Dragon !

Will fit irruption dans l'auberge et fila immédiatement en direction de l'escalier des chambres. Il leva la main gauche, en partie pour saluer, surtout pour cacher qu'il n'avait pas de masque. Il atteignit le palier et tourna vers l'étage, puis se précipita dans le couloir vers la dernière chambre sur la droite.

Malgré sa hâte, le temps suspendit son vol. Il détailla le parquet de ce bout du couloir, parce que la chambre de Kerrigan était juste en face de la sienne. Avant de partir ce matin-là, il avait placé un fil entre la porte et le piédroit, qui retomberait si la porte était ouverte. Plus important, Will s'était servi de suie pour assombrir quelques nœuds du parquet en bois. Si une botte les avait frôlés, les traces de semelle seraient apparues clairement. Will les avait évités et il avait prévenu Résolu : seul un intrus s'y serait laissé prendre.

Ou Kerrigan, ce qui serait merveilleux.

Comme il s'approchait de la porte, il aperçut la trace noire sur le bois blond. Il se permit un léger soupir de soulagement, puis il ralentit et s'appuya sur un genou pour observer les nœuds dans le bois. Deux étaient noirs comme de l'encre, mais le troisième avait changé. Il n'y avait pas de traits, comme si l'on avait marché dessus, mais une grosse tache de gris.

De la poussière.

Will leva les yeux vers la courte charpente qui traversait le couloir en largeur. Là-haut, la poussière devait être plus épaisse que la neige dans la rue et il était possible qu'un chat se soit promené le long de cette poutre, mais Will imaginait le pire. Après un regard au-dessus de la porte, il vit quelques marques peu prononcées, dont il ne pouvait imaginer la provenance, mais il savait qu'elles ne s'y trouvaient pas avant. Ce qui signifiait que quelqu'un était en train de dérober le rubis.

Tirant sa dague, Will s'approcha de la porte et l'ouvrit. Derrière lui, la lampe à huile projetait un rai de lumière jaune dans la toute petite chambre où logeait Kerrigan. Le regard du voleur fut attiré vers le haut, là où la charpente continuait dans la chambre, et là, il vit la silhouette accroupie et recroquevillée dans la vive lumière écarlate. À cette vision, deux émotions le frappèrent, la première rapidement étouffée par la seconde.

Tout d'abord, il ressentit une joie pure lorsqu'il vit que le piège que Kerrigan et lui avaient mis en place avait mieux fonctionné qu'ils auraient pu l'espérer. Pour cacher le fragment de la Couronne, ils avaient fouillé la chambre et, dans cette poutre, trouvé un trou là où elle avait été renforcée par deux autres pièces de bois. Kerrigan s'était servi de sa magick pour réparer la poutre, y fondant les deux planches. Ce faisant, il avait reformé le creux pour y blottir le rubis. À la suggestion de Will, Kerrigan avait enchanté le trou par lequel un voleur passerait la main, afin qu'il rétrécisse lorsqu'elle ressortirait avec la pierre précieuse.

Kerrigan l'avait encore améliorée en lançant un autre sortilège qui rendrait le fragment de la Couronne aussi collant qu'une toile d'araignée, ce qui garantissait que tout voleur tentant de s'enfuir devrait laisser sa main derrière.

Ça a parfaitement marché !

La seconde émotion étouffa complètement sa joie. De la terreur pure et simple envahit Will lorsqu'il vit ce que le piège avait attrapé. La créature avait la taille d'un grand chien ou d'un petit ours, son corps était hérissé de poils d'une dizaine de centimètres de long, ainsi que sa tête et ses pattes, et un épais duvet lui couvrait le dos. Elle avait les épaules basses parce qu'elle tirait fortement pour libérer sa main droite, les pattes toutes serrées en train de pousser.

Toutes les huit !

Après s'être accordé un instant pour y réfléchir, Will se rendit compte qu'il aurait dû toute de suite identifier une araignée, car le corps se divisait en segments et les quatre paires de pattes au milieu ressemblaient à celles d'un arachnide. Qu'elle soit plus grosse que tout ce qu'on pouvait imaginer aurait suffi à l'induire en erreur, mais ce n'était pas la raison de sa confusion.

À l'exception de sa teinte bleue et des poils noirs hérissés, ce qui empêchait de penser d'emblée à une araignée, c'était le torse humain qui s'élevait du milieu de la créature. Même si la poitrine était plus petite qu'elle aurait dû l'être, comparée aux bras et à la tête, et même si le duvet bleu la cachait, elle était, sans erreur possible, humaine.

Puis la créature se retourna et le dévisagea de ses yeux globuleux au-dessus de mandibules méchamment incurvées. La bouche fonctionnait et Will entendit quelque chose qui cliquetait et grognait presque comme un discours humain. Un sifflement furieux coupa court à cette pensée et la créature tira de nouveau fortement sur le rubis.

— Tu es pris, sale voleur !

Will brandit la dague au niveau de son oreille et la projeta en avant. Bien que l'arme ne soit pas du tout conçue pour être lancée, elle fila vers sa cible et frappa le dos de la créature, lui arrachant un hurlement saccadé, puis retomba sur le lit de Kerrigan.

Se précipitant dans la chambre, Will plongea et attrapa son arme. Lorsqu'il referma sa main droite sur la poignée, quelque chose agrippa sa veste entre ses épaules. Will se retourna pour trancher ce qui le tenait et découvrit que le monstre était descendu le long de la charpente et l'avait agrippé avec la main gauche. Will taillada le bras et du sang coula, mais il échoua à se libérer.

La créature-araignée siffla lorsqu'elle lui cogna la tête contre la poutre. Le garçon vit trente-six chandelles et il perdit sûrement connaissance un instant, parce qu'une fois que le monde cessa de tourner en tous sens il découvrit que ses jambes étaient prises dans une toile, la créature le maintenant toujours par le revers de sa veste. Du sang noir coulait de la blessure que Will lui avait infligée et commençait à imbiber ses vêtements. L'odeur âcre était semblable à celle des marrons grillés.

La créature avança son visage vers le sien. Elle grogna. D'aussi près, Will trouva quelques traits assez familiers pour identifier son adversaire. Il en fut ébranlé.

L'Araignée d'Azur!

Le jeune voleur en resta bouche bée.

— Vous êtes l'Araignée d'Azur! Vous êtes l'un de ses monstres, maintenant!

Le *sullanciri* siffla, puis désigna sa main prisonnière d'un mouvement de la tête.

Will secoua la sienne.

— Pas même si je savais comment le faire!

Il inspira par le nez, puis cracha un énorme mollard dans l'œil gauche de la créature.

Les mandibules s'écartèrent, la tête du *sullanciri* se pencha et un feu brûlant frappa le cou de Will à gauche et à droite. Il sentit tout son corps trembler sous l'effet de la souffrance infernale qui le parcourait. Il voulut crier, mais sa gorge était paralysée. Puis la pression disparut et il se sentit tomber. La chute lui sembla interminable. Il regarda la main du *sullanciri* devenir plus petite, une goutte de sang noir le suivre, et il espéra que le lit de Kerrigan était sous lui.

Puis le monde se mit à bouger. D'abord Will crut qu'il perdait l'ouïe parce que, il avait beau entendre des sons qui suivaient le même rythme qu'un discours, il ne leur trouvait aucun sens. La créature-araignée voulut tourner sur la gauche en chuintant bruyamment, mais le crachat l'ayant à moitié aveuglée et sa main étant prisonnière, sa liberté de mouvement était limitée.

Puis une aiguille gris argent transperça le *sullanciri.* Elle passa entre ses pattes, émergea et lui embrocha la colonne vertébrale. Le monstre trembla une fois, brutalement, ses pattes se détendirent et se recroquevillèrent. Le corps se mit à tomber et pendit là par une seule main tandis que la tension se relâchait, à l'exception des contractions régulières de l'abdomen.

— Will! Will!

Le visage de Résolu surgit au-dessus de lui. Le voleur ne voyait pas assez bien pour lire l'inquiétude sur le visage du Vorquelfe, mais celle-ci transparaissait dans sa voix.

— Will, tu es avec moi, gamin ?

Will hocha la tête, ou crut le faire. Du feu brûlait dans ses veines et son corps se recroquevilla lorsque ses muscles se contractèrent. Il tenta d'ouvrir la bouche pour parler mais, avant qu'il puisse prononcer la moindre syllabe, une nouvelle contraction le secoua et le monde autour de lui disparut.

Chapitre 22

Dix-neuf jours s'étaient écoulés depuis l'arrivée des nouveaux soldats aurolanis à Forteresse Draconis, et pourtant Erlestoke avait l'impression que l'hiver avait déjà duré un an. Tant de choses avaient changé. Depuis l'automne, Forteresse Draconis était différente, très différente même.

L'ennemi était plus actif et sa discipline s'était améliorée. Cela grâce aux nouvelles créations, que Ryswin avait appelées des *kryalniri*, nom basé sur d'anciens contes elfiques, du temps où le monde était neuf, les hivers longs et où des bêtes sauvages chassaient dans la neige des proies prises au piège ou des voyageurs perdus. Jilandessa avait supposé que Chytrine avait pu modeler ces créatures selon ces légendes, si bien que le nom était resté. Mais pour faciliter la compréhension, les humains les appelaient les « rampants » et les elfes ne s'offusquaient pas de ce raccourci.

Les rampants avaient pris la place des vylaens à la tête des baragouineurs et faisaient preuve d'une grande efficacité pour remettre dans le droit chemin les patrouilles négligées et les guetteurs inattentifs. Les patrouilles ennemies avaient doublé en effectif et en fréquence, ce qui rendait les embuscades très difficiles. Les soldats d'Erlestoke s'étaient mis à installer des appâts et autres pièges pour rendre les baragouineurs plus prudents. Même s'ils tuaient moins, leurs efforts ralentissaient les opérations ennemies.

Les forces aurolanies semblaient certainement avoir des objectifs très spécifiques en tête. Les vylaens s'étaient réorganisés en petites équipes de magickants, à la tête de chacune se trouvant un rampant. Les ruines de la forteresse avaient été quadrillées et, pour autant que le prince pouvait le déterminer, une recherche magicke à grande échelle avait été lancée.

Il devait envisager que l'ennemi recherchait un fragment de la Couronne du Dragon.

Une fois que les sorts indiquaient que quelque chose se trouvait dans la zone de recherche, l'ennemi faisait venir des équipes de travailleurs composées de prisonniers humains et de baragouineurs pour creuser. Les fouilles pouvaient durer de quelques heures à deux jours maximum. Erlestoke avait examiné certains des sites abandonnés, et, au début, les efforts semblaient avoir été assez bien concentrés, puis les recherches s'étaient élargies et systématisées.

Le prince trouva bien étrange que leurs magickants éprouvent de la difficulté à localiser le fragment qu'ils cherchaient. Même si Erlestoke était parfaitement incapable de faire fonctionner de la magick quelle qu'elle soit, il en avait une certaine compréhension. Les équipes de recherche possédaient d'une façon ou d'une autre un moyen de se focaliser sur l'objet qu'elles convoitaient. Elles mettaient en place des sortilèges fondés sur le lien entre ce moyen et leur cible, puis la magick leur révélait un emplacement.

Il avait pu apprécier l'avantage d'une telle magick, la première fois qu'il avait vu un rampant. Dans sa hâte de rejoindre Castleton et d'emporter avec lui le cadavre pour le faire examiner, il avait abandonné l'épée de Malarkex dans les ruines. Ils avaient quitté leurs quartiers généraux et s'étaient enfoncés plus profondément sous la ville mais, étrangement, lorsqu'il s'était réveillé le lendemain, le sabre était de nouveau dans son fourreau. Jilandessa avait lancé une série de sorts et détecté un lien entre l'épée et son étui. Erlestoke avait beau ne vraiment pas aimer cette arme, il comprenait l'intérêt de posséder une épée qui lui revenait toujours. Il avait souri à Jilandessa et tendu sa main droite.

— Ce serait encore mieux si elle me sautait dans la main à la demande.

L'elfe avait hoché la tête.

— Certes, mais désirez-vous réellement être lié ainsi à cette arme ?

Le prince avait admis qu'il ne le souhaitait pas.

L'arrivée des rampants n'avait pas été le seul changement apporté aux forces aurolanies de Forteresse Draconis. Après son départ, Chytrine avait cédé le commandement à une *sullanciri*. Ferxigo avait passé du temps à Forteresse Draconis avec la garnison urZrethie avant de rejoindre le camp ennemi. Elle avait donc une bonne connaissance du terrain. Et mettre une urZrethie à la tête d'opérations qui impliquaient des excavations dans les montagnes était parfaitement sensé.

Entre les rampants et Chytrine, un nouveau degré de commandement s'était mis en place. Erlestoke avait vu un de ces nouveaux chefs et Ryswin, le second : deux grandes créatures humanoïdes qui portaient d'épais manteaux de laine rouge à immense capuchon dissimulant leur visage. Aucun de ceux qui les avaient aperçus n'avait pu déterminer leurs origines, mais les bosses et les piques assez mal dissimulées sous leurs manteaux donnaient à penser qu'il s'agissait d'hommes de grande taille, porteurs d'une armure inhabituelle, ou bien de nouvelles créations. On les avait vus donner des ordres aux rampants sur plusieurs chantiers, mais rien n'avait permis de déterminer leur véritable identité.

Ce mystère aurait sans doute constamment occupé Erlestoke si Forteresse Draconis elle-même n'avait pas été une énigme. Durant les cinq années qu'il avait passées à la garnison, Erlestoke avait appris tout ce qu'il pouvait sur ce lieu. Dothan Cavarre, le baron Draconis, n'avait pas été avare d'informations. Erlestoke s'était même autorisé à croire que Cavarre le préparait à devenir son successeur. Il savait pourtant que seule la mort couperait tout lien du baron avec la forteresse.

Ce qui avait été le cas. Le corps du baron avait été suspendu au crâne du dragon de la Tour de la Couronne jusqu'à ce qu'il soit complètement dévoré par les charognards. En plus de la douleur causée par la mort de son ami, Erlestoke regrettait la perte d'une précieuse source d'informations sur la forteresse. Même si le baron avait confié bien des secrets à son disciple, il ne lui avait manifestement pas tout dit.

En évacuant leur cachette, le groupe d'Erlestoke s'était enfoncé plus loin et avait découvert une série de chambres, à la fois naturelles et aménagées, où ils pouvaient se réfugier. La première nuit, ils en avaient sélectionné une prometteuse et les sentinelles n'eurent rien de particulier à signaler. La garde d'Erlestoke s'était déroulée sans événement notable ; pourtant, lorsqu'ils s'étaient rassemblés pour avancer, ils avaient découvert que le passage dont ils s'étaient servis pour atteindre le refuge était bloqué par d'énormes rochers.

Seule la magick pouvait expliquer un tel phénomène, mais Jilandessa avait de la difficulté à identifier le sortilège utilisé.

— Déplacer des pierres de cette taille dans un tel silence exigerait une incroyable quantité de pouvoir. Je ne connais pas un seul sorcier capable de le faire.

Ryswin sourit.

— S'il existe, et qu'il est dans les parages, nous devons espérer qu'il est de notre côté.

Ils quittèrent le sanctuaire et explorèrent les autres passages qui s'étaient ouverts. Dans les profondeurs, ils découvrirent un large amphithéâtre composé de gradins disposés en demi-cercle. Au centre se trouvait une estrade. De toute évidence, il avait autrefois servi de lieu de rencontre et Erlestoke supposa qu'il avait appartenu à l'une des différentes sociétés secrètes. Il était compréhensible qu'une ou plusieurs d'entre elles possèdent une infrastructure à l'intérieur de Forteresse Draconis, puisque ses garnisons étaient originaires de partout dans le monde.

Toutefois, ce lieu-ci avait été modifié. En temps normal, les gradins auraient servi de sièges aux membres de la société et, avec leur largeur de presque deux mètres, ils auraient accueilli une foule considérable. Tandis qu'Erlestoke détaillait l'amphithéâtre, il imaginait aisément les cris enthousiastes accueillant telle ou telle proposition ou le murmure grave des rituels d'invocation qui retentissaient.

Désormais, les gradins accueillaient bien une foule, mais très différente de celle à laquelle ils avaient été destinés. À chaque niveau étaient allongées les effigies de pierre des défenseurs de Forteresse Draconis. Les portraits avaient été délicatement ciselés et tous arboraient une expression sereine. En descendant les escaliers, Erlestoke reconnut quelques-unes des personnes qu'il avait vues se faire déchiqueter par les boulets-tonnerre de Chytrine. Sur le côté des dalles, leurs noms avaient été inscrits dans leur langue natale.

Les morts reposaient tous ensemble, sans distinction de nation ou de race. Ryswin s'agenouilla auprès d'une camarade, une main sur le front de pierre froide, se servant de la seconde pour se cacher les yeux. D'autres hommes se dispersèrent, pleurant les compagnons qu'ils découvraient.

Au sommet, Erlestoke trouva Pack Castleton. Son effigie le représentait portant un quadnel, ce qui fit sourire le prince. Il passa un doigt sur le masque de l'homme et le relief de pierre d'un ruban qu'Erlestoke avait lui-même noué.

— Repose en paix, mon ami. Tu l'as mérité.

Jullagh-tse Seegg, une urZrethie aux cheveux couleur rouille, se transforma afin qu'une paire de longues jambes minces lui permette de remonter facilement les marches jusqu'à lui.

— Beaucoup se trouvent ici, mais je ne vois pas le baron Draconis.

Erlestoke secoua la tête.

— Peut-être que celui qui a créé cela a besoin des os. (Il parcourut la salle du regard, de façon à estimer le nombre d'effigies, puis fronça les sourcils.) Cette pièce pourrait abriter quatre mille statues, environ, et n'est qu'aux trois quarts pleine. Cela signifie qu'un bon nombre des hommes a survécu.

Ryswin les rejoignit.

— Oui, Altesse, ou que les gardiens sont en retard sur leur travail. Si vous avez raison, un millier d'entre nous rôde encore en petits groupes dans la forteresse. C'est moins que le nombre de soldats de Chytrine, mais bien plus que j'aurais jamais imaginé.

— Altesse, par ici ! (Jancis Côtedefer lui faisait signe de son bras mécanique. Elle se tenait sur les marches qui menaient à l'estrade centrale.) Vous devez voir ça !

Toute la compagnie se dirigea vers le centre de l'amphithéâtre et grimpa les marches. Lorsque Erlestoke se trouva au niveau de l'estrade, il écarquilla les yeux, car là où il s'attendait à une surface plane se trouvait quelque chose d'entièrement différent. Comme il se rapprochait, la plate-forme se modifia, le disque se trouva soudain doté de bosses qui se changèrent lentement en murs puis en ruines. Au centre se dressait la Tour de la Couronne. À différents endroits, la roche s'enfonçait pour former des creux et, en quelques minutes, une miniature de la forteresse se tint sous ses yeux.

Encore plus étrange, la pierre prit une transparence qui permettait au prince de regarder dans les profondeurs des fondations. Là, très loin, il découvrit une réplique de la chambre où il se trouvait.

Et je peux y voir de minuscules statues qui regardent la copie de cette copie et dedans je verrais de minuscules statues…

Il secoua la tête puis se tourna vers Jancis.

— Qu'est-ce que ça signifie ?

Jancis secoua la tête à son tour.

— Je n'y comprends rien. Pas plus que je ne comprends les rochers qui se déplacent. Je n'ai jamais rien vu de tel.

La natte noir corbeau de Jilandessa glissa par-dessus son épaule gauche.

— En fait, si. Il y a des traces de magick *arcansata* en action. Tout comme dans les sortilèges qui ont emporté le corps de Pack pour le déposer ici, sous cette effigie. Ils sont probablement de nature urZrethie, mais il y a quelque chose d'autre. Mes connaissances en la matière sont limitées.

— Compris, Jilandessa, et ce n'est pas un problème. (Erlestoke fronça les sourcils.) La magick s'est déclenchée lorsque Jancis a gravi les marches ?

— On le dirait, mais je n'ai aucun moyen de le savoir.

— Altesse, ici, dans la forteresse. (Nygal indiqua une lueur bleu-vert près de la tour.) C'est proche du lieu où les rampants creusent en ce moment.

Pendant que le prince se rapprochait, d'autres détails apparurent sur la miniature. De petites lignes rouges décrivirent des tracés entre les bâtiments. Ils connectaient de larges points rouges avec un point blanc au centre. Il était probable qu'il s'agisse du chantier de fouilles, même s'il couvrait une plus grande zone que celle des cercles.

Soudain, la terre trembla. La secousse était loin d'être suffisante pour les renverser, mais Erlestoke sentit la vibration, courte et brusque, remonter le long de ses bottes. Sur la reproduction, une ruine près du site tomba en poussière.

Un instant plus tard, la miniature entière vacilla et disparut.

Erlestoke s'accroupit et pressa la main droite contre la surface de pierre lisse. Elle était aussi froide que les effigies et, si Nygal et Jilandessa n'avaient pas été en train de la regarder d'un air surpris, il aurait été persuadé d'avoir tout imaginé.

Il se redressa et croisa les bras sur la poitrine.

— Nous sommes d'accord, c'était une miniature de la forteresse, non ?

Ryswin confirma.

— Les lignes rouges et les points ressemblaient à des chemins de patrouille et des garnisons.

— Oui. (Le prince se passa une main sur les mâchoires.) La lumière du chantier de fouilles serait un fragment de la Couronne du Dragon ?

— C'est fort possible. (Jancis fronça les sourcils.) Nous a-t-on montré celui-ci pour nous confier une mission, ou est-ce le seul qui reste dans la forteresse ?

Nygal écarquilla encore plus les yeux.

— S'il n'en reste plus qu'un, alors Chytrine en possède deux !

Erlestoke réfléchit un instant puis sourit.

— Une telle information n'est plus utile à Chytrine. Avant son attaque, un autre fragment a été évacué. Si c'en est bien un, alors elle n'en a emporté qu'un seul avec elle. Jilandessa, une idée de la raison pour laquelle la maquette a disparu ?

La Harquelfe fronça les sourcils.

— Il faut un sorcier très puissant pour lancer un sortilège de cette importance, et beaucoup d'énergie. Peut-être s'est-il fatigué ou peut-être a-t-il été blessé ou tué lorsque ce bâtiment s'est effondré.

Le prince hocha la tête.

— Si je devais émettre une hypothèse, je dirais que les Aurolanis se sont servis de poudre de feu pour abattre ce bâtiment. On dirait qu'ils sont de plus en plus désespérés dans leur chasse au fragment.

Jancis marcha jusqu'au point où ils avaient vu la lueur.

— Voilà le problème, Altesse. Ils fouillent ici et maintenant. (Elle fit deux pas sur la gauche.) Il y a deux jours, ils ont terminé les fouilles ici. Et la semaine dernière, c'était là-bas.

— Vous pensez que le fragment est déplacé ?

— C'est la conclusion logique. Soit il est déplacé, soit quelque chose les fait chercher au mauvais endroit. (La *meckanshii* haussa les épaules.) Je crois qu'il faut se demander si nous pouvons l'atteindre avant eux et le sortir de Forteresse Draconis d'une façon ou d'une autre. Mais le problème, c'est que, où qu'il soit, il sera défendu. Nous aurons autant de mal que nos ennemis à le trouver et ensuite nous devrons le mettre à l'abri.

Ryswin croisa les doigts sur sa ceinture.

— Peut-être devons-nous les laisser fouiller, puis nous en emparer quand ils l'auront trouvé.

Erlestoke secoua la tête.

— Ce plan se défend, sauf qu'ils pourraient le confier à un *araftii* et le transporter par les airs avant même que l'on se sorte d'ici.

Nygal sourit.

— Nous n'avons qu'à tuer tous les *araftii*. J'ai quantité de projectiles et de poudre.

Le prince hocha la tête.

— Bonne idée, mais si c'est un dragon qui est envoyé ?

Le sourire du soldat de Savarre s'élargit.

— Ils font une bien meilleure cible !

Tout le monde se mit à rire pendant un instant, puis Erlestoke reprit son sérieux.

— Le colonel a raison, nous devons être les premiers à le trouver. Sinon nous devrons revenir au plan de Ryswin et nous assurer que les Aurolanis ne l'emportent pas.

Verum, le *meckanshii* grisonnant qui leur servait de maître d'armes, s'accroupit au bord de la plate-forme.

— Je vous demande pardon, Altesse, mais comment savons-nous que cette maquette n'était pas un piège de Chytrine ? Si nous fondons nos plans sur ce que nous venons de voir, nous pourrions très bien nous précipiter dans une embuscade.

— C'est bien vu, alors nous devrons faire preuve de prudence. Toutefois, je suis tenté de m'y fier, parce que je ne vois pas pour quelle raison les Aurolanis vénéreraient nos morts de cette manière. Les informations qui nous ont été fournies nous seront très utiles, alors qu'elles ne seraient d'aucune utilité à l'ennemi. (Le prince lui adressa un signe de tête.) Votre défiance est louable, néanmoins, nous en tiendrons donc compte. Nous pouvons nous assurer du passage des patrouilles en envoyant quelques éclaireurs et, avec un peu de chance, nous pourrons revenir ici pour en apprendre davantage.

Ryswin désigna les effigies de la tête.

— Je crois, Altesse, que nous en retrouverons le chemin, d'une façon ou d'une autre.

— J'en suis certain, mais j'espère que vous avez tort quant à l'une des manières.

Erlestoke regarda autour de lui et soupira.

— Nous sommes en auguste compagnie, mais je ne veux pas la rejoindre. Et si nous pouvons trouver ce fragment et le dérober à Chytrine, je crois que nos compagnons ici seraient assez heureux pour nous pardonner de ne pas nous joindre à eux.

Chapitre 23

Alexia frissonna en regardant Will. La flamme d'une bougie à moitié consumée vacilla et fit trembler les ombres sur le visage et la poitrine du garçon. Il se tenait immobile dans le lit, les mains croisées sur l'estomac, les draps et les couvertures tirés sur ses hanches et proprement repliés. Peri s'en était assurée et se cachait maintenant dans l'obscurité, entre Dranae dans un coin et Résolu qui broyait du noir sur une chaise près de la porte.

La faible lueur de la bougie était toutefois suffisante pour qu'ils se rendent compte à quel point la condition de Will était sérieuse. Sa peau avait pris une teinte albâtre qui faisait violemment ressortir le réseau de veines d'un rouge vif qui remontait le long de la plaie. Des bandages recouvraient son cou, bien que le saignement ait en grande partie cessé. De la sueur coulait de son front et se rassemblait dans le petit creux à la base de sa gorge.

Le bruit qu'il faisait était encore plus inquiétant que son apparence. Son souffle était irrégulier et faible. Il inspirait, puis le silence régnait pendant quelques secondes avant qu'il expire difficilement. Alyx craignait que chaque inspiration soit la dernière.

Assis sur l'oreiller de Will, Qwc tressait avec soin une mèche sur sa tempe. Le petit Spritha battait des ailes pour rafraîchir le garçon et ne cessait de murmurer à son oreille. Alexia ne discernait aucun mot, mais espérait qu'ils apportent à Will une certaine paix. Elle s'imagina même voir la bouche du jeune homme trembler dans une tentative pour ébaucher un sourire, et elle refusa d'admettre qu'il s'agissait d'une illusion.

On frappa doucement à la porte et elle alla ouvrir.

— Altesse, vous ici.

Le roi Augustus hocha la tête.

— Merci de m'avoir fait prévenir. Des progrès ?

— Aucun. Il vit, mais nous ne savons pas pour combien de temps.

Alexia referma la porte derrière le monarque et lui indiqua la chaise près du lit.

— Nous avons demandé des guérisseurs mais, sans la magick des elfes, nous n'avons pas beaucoup d'espoir.

Résolu gronda :

— C'est ma faute.

— Comment ça, Résolu ? (Augustus le regardait d'un air grave.) Vous n'auriez pas pu anticiper la tournure des événements.

Le Vorquelfe plissa ses yeux argent qui devinrent deux croissants de lune glacés.

— Mais j'aurais pu. Je l'ai entendu courir dans le couloir. J'étais ici, allongé dans ce lit. Je connais son pas. Je l'ai entendu hésiter et j'ai cru qu'il jouait à un jeu. Le temps qu'il surgisse dans la chambre pour crier après l'arachnomorphe, j'aurais dû être debout, Syverce à la main. J'ai mis quelques secondes de trop à réagir. Il s'était fait mordre avant que je puisse agir.

Dans un coin, Dranae gronda.

— Tu as fait ce que tu as pu, Résolu. J'étais dans la salle commune, en bas, à me réchauffer avec un verre d'alcool au coin du feu. Je l'ai vu surgir, mais j'ai moi aussi cru qu'il se livrait à quelque enfantillage. Non seulement nous nous sommes trompés sur son compte, mais nous ne nous sommes pas rendu compte du vol.

Augustus haussa un sourcil.

— Vol ? Je croyais qu'il s'agissait d'une tentative d'assassinat.

Alexia secoua la tête.

— Le baron Draconis a confié une partie de la Couronne du Dragon à Kerrigan. Kerrigan n'en a parlé à personne d'autre qu'à Corbeau et moi... bien qu'il ait dû plus tard confier l'information à Will. Ils l'ont caché dans la chambre de Kerrigan et ils ont tendu un piège contre un voleur potentiel. Cela a marché, mais Will a été blessé lorsqu'il a surpris le vol. Chytrine a envoyé l'une de ses créatures.

Résolu pense, et je suis d'accord avec lui, qu'il s'agit probablement d'un *sullanciri* nouvellement formé à partir de l'Araignée d'Azur.

— Il est mort désormais, ça n'a pas d'importance. (Résolu renifla, puis écarta les bras.) Mon échec est gravé là, dans ma chair. Tous ces sigils. Toute cette magick et pas un sortilège de guérison ! Un seul, et il serait sauvé.

Le roi fronça les sourcils.

— Qu'en est-il de Kerrigan ?

Alexia haussa les épaules.

— Il a disparu. Lombo est à sa recherche.

— Le Spritha ?

Qwc redressa la tête.

— Ici, ici, la place de Qwc, ici ! Nulle part qu'ici !

L'intransigeance dans la voix de la petite créature soulignait le désespoir qu'ils ressentaient tous. Les Sprithas étaient connus pour leur capacité à se trouver à l'endroit précis où ils le devaient, au moment où ils le devaient. Ce don ne dominait pas tous les aspects de leur vie, mais, si Qwc savait que sa place était avec Will, cela ne servait à rien de lui dire d'être ailleurs.

La porte s'ouvrit encore, sans qu'on frappe, cette fois. Le roi Scrainwood se glissa dans la pièce et deux gardes en armure envahirent le couloir derrière lui. Ils cherchèrent à entrer, mais Résolu leur claqua la porte au nez. Scrainwood ouvrit la bouche pour protester, mais le Vorquelfe le domina de sa taille, le foudroyant du regard.

Augustus se leva et regarda Scrainwood.

— Avez-vous amené Corbeau ?

Le roi oriosan secoua la tête.

— J'ai réfléchi à votre message et pris la décision de venir voir par moi-même. J'ai fait venir des soldats pour assurer sa sécurité.

— On n'a pas besoin d'eux.

Scrainwood renifla en réponse aux commentaires de Résolu.

— Son état actuel indique le contraire. Auriez-vous été capable de protéger Norrington, il ne serait pas ici et dans cet état, n'est-ce pas ?

Résolu haussa un sourcil.

— Et vos soldats seraient mieux à même ici de repousser un *sullanciri*, alors qu'ils en sont incapables dans votre palais ?

Le regard de Scrainwood s'enflamma d'indignation.

— Comment osez-vous ?

Le Vorquelfe reprit :

— Avez-vous choisi de mettre votre fils à la tête du tribunal avant ou après que Chytrine vous ait prévenu qu'elle enverrait Nefrai-kesh témoigner ?

Le roi masqué tendit un doigt tremblant vers Résolu.

— Attention, Vorquelfe, car vous êtes dans mon pays et je ne saurai être mis en accusation !

Augustus posa la main sur l'épaule de Scrainwood.

— Du calme.

— Non ! (Les narines de Scrainwood frémirent de colère.) J'en ai assez, assez de tout cela ! Les mensonges, les sous-entendus. Je suis roi. C'est à moi de veiller sur le bien-être de l'Oriosa et je n'ai pas besoin qu'un elfe immature insinue des propos indécents sur un sujet dont il ne sait rien. Il se bat pour ses terres, mais il arrive bien tard. Aurait-il été là il y a vingt-cinq ans, nous n'aurions pas tous ces soucis. Nous en aurions fini avec Chytrine.

Augustus secoua la tête.

— Il est injuste et simplifié à l'excès de rendre Résolu responsable. Il ne pouvait deviner le futur. Aucun d'entre nous n'aurait pu. Vous pourriez tout aussi bien m'accuser d'avoir abandonné le Norrington quand je suis parti en Okrannel.

Scrainwood retroussa la lèvre dans une grimace.

— Je n'ai jamais émis une telle accusation, mon ami.

— Non, *mon ami*, en effet, c'est la raison pour laquelle je vous considère toujours comme tel, bien que vous abusiez sérieusement de ma patience.

— Que voulez-vous dire par là ?

— Vous le savez très bien.

— Assez !

Qwc vrombit dans les airs et flotta entre les visages des deux rois.

— Partez, partez, partez, tout de suite ! Partez, tout de suite, tout de suite, tout de suite ! Dehors dehors dehors !

Scrainwood fit un petit geste de la main pour chasser le Spritha, mais sans succès car Qwc l'évita vivement. La petite créature tendit ses quatre mains vers le roi d'Oriosa, puis parla. Alors que sa voix avait toujours été très aiguë et perçante, elle baissa de quelques octaves et résonna très bas.

— *Drotha car est jynda pros !*

— Aaahhhhh !

Scrainwood poussa un cri rauque et tomba à genoux. Il serra la main droite contre sa poitrine, la gauche autour de son poignet. Sa chevalière officielle brillait d'une lueur rouge, comme si elle était brûlante. Scrainwood y avait enfermé un sortilège qui le prévenait des intentions hostiles et, de toute évidence, la magick fonctionnait.

Résolu posa une main sur l'épaule de Scrainwood et sa voix se fit murmure.

— Ne provoquez pas la colère du petit peuple, Altesse. Quand un Spritha rit, tout va bien dans le meilleur des mondes, mais lorsqu'il gronde, les plus puissants sont mis à terre.

— Dehors, dehors, tout le monde dehors !

La voix de Qwc retrouva son soprano habituel tandis qu'il volait en rond dans la pièce. Il rassembla tout le monde devant lui. Peri était pressée derrière le roi Augustus et Alexia se serra contre Résolu lorsque le Vorquelfe ouvrit la porte et poussa le roi dans le couloir. Ils sortirent et Qwc réussit à claquer la porte. Peri ouvrit celle de la chambre de Kerrigan ; ils y entrèrent, précédés des deux gardes de Scrainwood.

Les deux hommes poussèrent un cri de surprise et firent un pas en arrière lorsqu'ils virent l'arachnomorphe qui pendait par la main. La lueur du fragment de la Couronne illuminait toujours la charpente, la peignant en rouge à l'exception des endroits que le sang noir du *sullanciri* avait éclaboussés.

Scrainwood se frotta la main.

— C'est ça ?

— Oui.

Alexia s'approcha du cadavre, non par réel désir, mais parce qu'elle savait que Scrainwood resterait à distance.

— Nous pensons que Chytrine l'a créé à partir de l'Araignée d'Azur.

— Ce voleur. (Scrainwood leva les yeux.) À quoi est-il accroché ?

La princesse hésita, puis interrogea Augustus du regard. Le monarque alcidais hocha la tête.

— À un fragment de la Couronne du Dragon, Altesse. Kerrigan Reese l'a rapporté de Forteresse Draconis.

— Un fragment de la Couronne du Dragon, ici même, et personne ne m'en a rien dit ? (Il crispa les doigts de sa main droite.) Je *suis* le roi et ceci est de la plus haute importance ! Pourquoi n'en ai-je pas été informé ?

Alexia releva le menton.

— Cette information m'a été confiée dans le plus grand secret. J'ai jugé qu'il valait mieux qu'elle soit connue du plus petit nombre.

— Je ne suis pas *n'importe qui*, princesse Alexia. Je suis le *roi* ! (Scrainwood secoua la tête et désigna la cachette du fragment.) Allez me le chercher.

Les deux gardes se consultèrent du regard, chacun secouant la tête. Ils hésitèrent, puis s'avancèrent lentement, aussi prudemment que s'ils traversaient la glace fragile du fleuve Reydo.

— Attendez un instant. (La main levée d'Alexia les arrêta.) Altesse, des sortilèges protègent le fragment de tout vol. Ils ont arrêté un *sullanciri*. Ils arrêteront ces hommes.

Les gardes firent deux grands pas en arrière.

Scrainwood se tapota la lèvre.

— Non, non, je ne le permettrai pas. Tous, vous vous êtes complètement servis de moi, et je ne le supporterai pas plus longtemps. Je vais confisquer le fragment de la Couronne et m'assurer qu'il soit en sécurité.

Augustus secoua la tête.

— Mon ami, ne considérez pas ce secret comme un affront, mais envisagez sa véritable explication. La princesse Alexia a décidé, avec grande sagesse, qu'il y avait moins de risques que le fragment soit dérobé si elle s'assurait que son existence était connue du plus petit nombre. Nous savons déjà que votre palais n'est pas protégé contre la malignité des *sullanciri*, sa prudence était donc justifiée.

Le roi d'Oriosa redressa la tête et cligna des yeux.

— Oh, mon ami, je crains que vous fassiez erreur. Sans aucun doute, ce fragment est la raison pour laquelle mon royaume a été ainsi agressé. En aurais-je connu l'existence, m'en serais-je occupé, le Norrington ne serait pas mourant dans la chambre d'en face. En décidant qu'elle était plus sage que moi, la princesse Alexia a mis mon royaume en danger. Elle est aussi dangereuse pour l'Oriosa que son prétendu époux.

Alexia vit l'expression d'Augustus se faire dure comme la pierre. Le roi d'Alcida porta son regard au-delà de Scrainwood, vers ses gardes du corps.

— Vous pouvez sortir. Allez chercher Corbeau, ordonna-t-il.

— Un pas et je vous fais abattre tous les deux, menaça Scrainwood.

Augustus serra les mâchoires.

— Il n'en fera rien. Vous avez ma parole. Allez. Allez chercher Corbeau, ramenez-le ici.

Résolu se redressa de toute sa taille, Peri fit briller ses serres, ce qui convainquit les deux gardes d'abandonner leur suzerain.

— Revenez ici ! Lâches ! Les corbeaux se nourriront de vos foies avant la fin de la semaine !

Peri referma la porte derrière les deux hommes.

La voix d'Augustus resta égale et il parvint presque à dissimuler toute sa fureur.

— Comprenez quelque chose, mon ami. Je suis certes conscient de la situation désespérée dans laquelle se trouve l'Oriosa et j'apprécie vos informations à propos des mouvements de troupe de Chytrine, mais ses armées arrivent par le sud et ont déjà envahi la Sebcia. Si le Muroso tombe, elle traversera l'Oriosa en courant puis entrera en Alcida. Je refuse de la combattre sur mes terres. Je la rejoindrai en Sebcia ou au Muroso, ou s'il le faut, en Oriosa. Un mot par *arcanslata* et le tiers sud de l'Oriosa est entre mes mains. Je peux coincer Meredo contre Bokagul puis affronter Chytrine dans votre couloir nord-est. Croquellyn protégerait mes flancs.

Scrainwood frissonna et joua avec sa bague.

— Vous menacez mon pays !

— Non, Scrainwood, c'est vous que je menace, parce que c'est vous qui menacez mon pays. Allez-vous écouter la voix de la raison ou faudra-t-il que je pleure lorsque j'annoncerai à votre fils que malheureusement, le *sullanciri* était toujours en vie et vous a tué ? Je serais très éloquent lors de votre éloge.

— Vous n'avez pas le droit ! Je suis le roi !

— Oh je le sais, mon ami, et je suis vraiment votre ami. Je vous donnerai l'occasion de prouver que vous êtes encore le mien. (Augustus désigna l'arachnomorphe.) Nous vous confierons la garde du fragment de la Couronne.

— Oui !

En entendant cette exclamation de convoitise, Alexia sentit son ventre se tordre.

— Sire, êtes-vous certain de la sagesse d'une telle décision ?

Augustus hocha la tête.

— En échange de…

Scrainwood plissa les yeux.

— Un échange ? Il me revient de droit !

— Un droit qui ne se transmet pas à votre héritier, Scrainwood. (Le roi alcidais poussa un soupir d'impatience.) Vous rendrez Corbeau à son épouse et cesserez de le persécuter. Vous participerez aux efforts contre Chytrine. Vous n'avez plus le loisir de ménager la chèvre et le chou. Ce temps est révolu. Vous devez être avec nous, contre les Aurolanis. Vous n'avez pas le choix.

Scrainwood leva les yeux vers le rubis.

— Je ne suis pas stupide, Augustus.

— Non, mais vous n'êtes certainement pas aussi intelligent que vous le croyez. Voilà le marché que je vous propose. Acceptez-le et je ne ressentirai pas le besoin d'envahir votre pays. Quelle est votre décision, mon ami ?

Scrainwood grogna, les narines dilatées.

— J'accepte, *mon ami*, et je m'en souviendrai. Je vous rends Corbeau, mais nous devons d'abord observer certaines formalités. Vous en comprenez la nécessité, n'est-ce pas ?

Augustus hocha la tête.

— Oui.

Alexia fronça les sourcils.

— Sire, est-ce vraiment le moment de jouer à ces petits jeux politiques ?

— Ce n'est qu'un point dans un jeu bien plus important, et nous l'avons gagné. (Le monarque soupira.) Accordez-lui le sien.

Alexia acquiesça à contrecœur. Elle savait bien que la politique à son plus haut niveau exigeait de parfaites bonnes manières pour dissimuler l'usage violent du pouvoir. Augustus avait ouvertement menacé d'assassiner Scrainwood et de s'emparer de sa nation. La proposition faite au roi d'Oriosa était de prendre une partie de la Couronne du Dragon en échange de la liberté de Corbeau. Scrainwood n'avait pas d'autre choix que d'accepter, pourtant l'illusion d'une égalité de pouvoir devait être maintenue.

Il était évident qu'Augustus n'avait aucune envie d'envahir l'Oriosa. Malgré leur roi actuel, les Oriosans étaient connus pour leur esprit combatif. Si les Alcidais les envahissaient, les Oriosans s'opposeraient à eux, vidant les deux nations de leurs forces alors qu'elles en avaient besoin contre Chytrine.

De même, cette proposition ne coûtait rien à Augustus. Parce que Scrainwood en connaissait l'existence, il n'avait aucun moyen de l'empêcher de mettre la main sur le fragment. Tout ce qu'il avait à faire, c'était boucler l'auberge, ordonner à ses soldats d'en prendre possession et il serait sien. Et même si lui en révéler la présence directement pouvait être une erreur, Augustus avait dû supposer que, si Chytrine savait que le fragment se trouvait là, elle aurait forcé Scrainwood à le lui obtenir de toute façon.

L'échange fonctionnait. L'Alcida ne perdrait pas une partie de son armée et pouvait plus tard être invitée en Oriosa pour la défendre. Corbeau était de nouveau parmi eux et, à cette pensée, elle se sentit envahie d'une joie sans mélange. Ce qu'elle ne supportait pas, c'était de savoir que Scrainwood avait sûrement dans l'idée de tendre un piège à Corbeau et qu'il le mettrait à exécution plus tard. La simple pensée que quelqu'un puisse s'en prendre à lui, et les séparer, la rendait furieuse.

La main droite de Scrainwood trembla fortement, celui-ci la sera et foudroya Alexia du regard.

— Quelque chose vous déplaît, princesse ? Vous avez obtenu ce que vous vouliez. Nous travaillons tous ensemble, maintenant.

— Maintenant, oui. Je crains pour l'avenir.

— Comme nous tous. (Scrainwood lui adressa un sourire doucereux.) Aujourd'hui, un sinistre marché, pour un lendemain lumineux. Ce n'est pas ce que nous souhaiterions mais, pendant ces jours sombres, nous n'aurions pu faire mieux.

Chapitre 24

Sa mère avait eu raison. Même sous l'épaisse couche de neige qui recouvrait Meredo, la puanteur de la ville était suffisante pour tirer des larmes à Isaura. Les roues de carrioles traînaient du crottin de cheval, de la boue et de la neige jusqu'à former une fange liquide et marron qui éclaboussait la blancheur impeccable autant que les passants, puis gelait lentement à l'arrivée de la nuit.

Les gens dérangeaient Isaura. Elle avait voyagé avec Nefrai-kesh et Vionna grâce à des arcanes qui les avaient mises, la reine pirate et elle, au bord de l'épuisement. Nefrai-kesh, parce qu'il était un *sullanciri*, n'avait pas souffert du voyage et était parti s'occuper des tâches qu'on lui avait assignées. Spyr'skara avait lui aussi bien supporté le trajet, à l'abri dans sa coquille. Vionna le relâcha et il passa rapidement de la taille d'une grosse araignée à celle d'un arachnomorphe à taille humaine. Isaura le lia au fragment simulacre, permettant à la magick d'orienter le *sullanciri* vers sa cible. Spyr'skara claqua des mandibules à l'intention de son ancienne maîtresse, puis sauta sur les toits.

Elles le suivirent des yeux quelques instants, puis Vionna mena Isaura jusqu'aux chambres protégées de *L'Auberge du Masque du Roi*. Pour autant qu'Isaura pouvait en juger, ce lieu semblait principalement occupé par des réfugiés okrans au service d'un noble ou d'un autre. Elles devaient attendre ici le retour du rubis de la Couronne du Dragon.

L'aubergiste avait bien deux chambres de libre, mais il les loua à contrecœur à Vionna. La femme pirate trouva cela étrange, puisque Isaura, vêtue d'un manteau à capuchon de l'hermine la plus blanche, se tenait derrière elle quand elle fit sa demande. L'aubergiste refusa de remarquer la présence d'Isaura, mais finit par accepter lorsque Vionna paya le double du prix de la nuit, en or et d'avance.

Isaura ne ressentit pas le besoin de lui révéler qu'elle se servait de la magick pour dissimuler sa présence. Ce n'était pas un sortilège qui empêchait les gens de la voir, ce qui n'aurait rien eu de commode et était, pour ce qu'elle en savait, impossible. Non, les gens oubliaient simplement qu'ils l'avaient vue. Sa mère lui avait appris ce sort compliqué et l'avait assistée jusqu'à ce qu'elle le lance et le maintienne à la perfection.

Chytrine le lui avait expliqué en des termes assez simples, bien que le sortilège soit constitué d'un croisement d'énergies magickes. La plupart des individus, les hommes surtout, accumulaient toutes les informations récoltées dans une journée et les rangeaient avec celles qui y ressemblaient. Le sortilège rendait flous les éléments d'achoppement. Le résultat était que tous ceux qui la regardaient voyaient une femme dans un manteau blanc mais, dès qu'ils cherchaient une image similaire avec laquelle la faire correspondre, ils oubliaient la couleur, le manteau ou la femme. S'ils cherchaient un autre point de comparaison, celui-ci disparaissait à son tour. Chytrine avait comparé cela avec la capacité d'identifier un vin par son goût. Après quatre gorgées, on avait presque réussi à le reconnaître, mais finalement il ne restait plus de vin. Dans la tête d'un observateur, il n'y aurait rien à se rappeler.

Vionna était capable de la voir, car Isaura le lui permettait. Cette dernière ne voulait pas se montrer impolie envers une compagne de voyage, par ailleurs, elle avait réellement besoin de quelqu'un qui connaissait le Sud. Chaque fois qu'elle souhaitait que Vionna oublie son existence, eh bien… Elle sourit ; la reine pirate n'avait pas l'esprit assez vif pour rompre le sortilège sans aide.

La salle commune de l'auberge était à ses yeux un mélange d'horreur et de merveilles. L'odeur âcre des corps sales, de bière amère, d'urine et celle de la fumée de l'immense foyer l'assaillaient. Même la chaleur était oppressante, ce feu ronflant faisait monter la température à un degré hédoniste et aurait consumé une semaine de bois de cuisine d'Aurolan en une nuit. Les cendres du feu, d'après ce qu'elle avait pu voir ailleurs en ville, ne seraient pas utilisées pour fertiliser un champ, mais seraient jetées dans les rues pour noircir la neige et en hâter la fonte.

Les gens la surprenaient. Ils formaient un véritable catalogue d'humanité, leurs cheveux étaient de toutes les teintes et de toutes les longueurs. Les grands et minces parlaient aux petits gros. Des vieilles femmes bossues et tordues étaient réfugiées dans un coin, se balançant et discutant, observant tout de leurs petits yeux plissés perdus dans des visages ridés. De jeunes hommes adressèrent à une servante des paroles qui la firent se retourner, sa réplique rendant l'un d'eux écarlate. Les vêtements, sales pour la plupart, les recouvraient par couches et paraissaient moins destinés à tenir chaud qu'à être exhibés.

Elle trouvait tout cela repoussant et se serait enfuie dans l'escalier à la suite de Vionna si un élément particulier n'avait pas attiré son attention : les vieilles femmes et les compagnons du garçon rougissants, et presque tous les autres, riaient. Certains de bon cœur, d'autres gloussaient, et certains ricanaient de fierté ou de déception, mais ils riaient. Isaura identifiait les rires sans difficulté, mais elle n'en avait jamais entendu autant en un seul lieu. Cela la fit sourire.

Vionna la tira par le bras.

— J'ai dit, venez.

Isaura cligna ses yeux argent.

— Oui, pardonnez-moi.

La princesse aurolanie suivit en silence, écoutant moins les informations utiles que lui prodiguait Vionna que les rires montant du rez-de-chaussée. La femme pirate la guida jusqu'à l'étage puis le long d'un couloir étroit. Elle poussa une porte, se saisit d'une bougie dans une alcôve et s'en servit pour allumer la lumière d'une petite table près du lit.

Isaura frissonna. Elle avait beau approuver la taille de la chambre – suffisamment petite pour correspondre à une pièce aurolanie idéale, construite afin de se réchauffer rapidement –, le lit sur lequel elle devait dormir était seulement pourvu d'une couverture mince et d'une paillasse encore plus fine. L'odeur de paille humide emplissait l'air, dominant les relents de l'huile de la lampe pourtant bien présents. Elle n'aimait pas le plafond haut, car toute la chaleur s'y perdait. Toutefois, une réserve inépuisable remontait depuis la salle commune par les interstices entre les planches.

Elle désigna le matelas.

— Il est souillé.

Vionna se pencha et inspira profondément.

— Il n'a que deux semaines. Rien qui vous fera du mal.

— Mais je ne veux pas y dormir.

Vionna se redressa, dissimulant rapidement son mépris.

— Alors j'occuperai cette chambre et vous pouvez prendre l'autre.

Elles traversèrent le couloir pour y trouver une chambre tout aussi chaude. La paillasse était plus épaisse et plus fraîche. Vionna renifla avec ostentation, puis elle agita la main.

— Celui-ci est peut-être plus à votre goût, princesse.

— Peut-être. (Isaura s'assit sur le rebord du lit.) Je suis lasse. Vous pourrez me rejoindre plus tard.

La femme pirate hocha la tête.

— Comme vous voudrez.

Le mépris qu'elle n'affichait pas sur son visage transparaissait dans ses paroles.

— Nous pourrons peut-être explorer les lieux plus tard, si vous le désirez.

Isaura acquiesça, puis lui fit signe de sortir d'un petit geste de la main droite.

— Voilà qui serait à mon goût.

Vionna dissimula un bâillement de ses deux mains, sortit et ferma la porte derrière elle. Isaura entendit la seconde porte se fermer à son tour et sourit lentement. Ce geste pour la congédier avait créé un lien entre elles deux. Il sapait l'énergie de Vionna et Isaura entrevit l'espace d'un instant que la pirate avait l'intention de trouver d'autres moyens de faire rougir les jeunes gens dans la salle commune. Mais à cause du sortilège, Vionna reçut la fatigue d'Isaura et la princesse se leva, dispose comme après une longue sieste.

Elle admettait que se servir de ce sortilège sur une amie sans son consentement n'était pas une chose à faire, mais Vionna n'était pas une amie. Isaura avait exagéré son mécontentement pour donner une raison à la reine pirate de ne pas l'aimer. Vionna n'avait de toute évidence aucun désir de servir d'escorte à la princesse et la considérait comme une fragile fleur de givre qui n'avait rien à faire dans le Sud.

Isaura n'entretenait aucune illusion quant à son manque d'expérience, mais elle savait aussi qu'elle n'était pas pour autant idiote. Elle avait beaucoup appris et apprendrait plus encore. Or le mépris de Vionna était loin de faire d'elle une bonne enseignante. En outre, la mère d'Isaura avait voulu qu'elle visite le Sud pour apprendre des gens. Et être guidée par une rebelle en chaleur ne fournirait pas à Isaura le genre d'expérience qu'elle attendait de ce voyage.

D'un geste du doigt, elle éteignit la lampe et sortit dans le couloir. Elle passa devant la chambre de Vionna d'un pas léger, retenant un sourire lorsqu'elle entendit les ronflements qui s'en échappaient, puis elle descendit l'escalier. Un homme qui remontait se mit dos au mur pour la laisser passer, mais le temps qu'il atteigne l'étage, il l'avait oubliée. Elle sortit dans les rues sombres, laissant un couple frissonnant près de la porte de la salle commune se demander d'où provenait le courant d'air.

Sachant que les traces de ses bottes trahiraient sa présence, Isaura resta dans les rues et les ruelles où les passants avaient martelé la neige. Sa vision nocturne était suffisamment bonne pour qu'elle n'ait pas à se servir de magick. Elle regrettait toutefois que la neige recouvre tout, car elle aurait souhaité voir ce qui se cachait dans les tas d'ordures. Pour le peu qu'elle en vit lorsque deux pauvres enfants des rues se mirent à fouiller dans l'un d'eux, ces décharges auraient toutes représenté de vraies mines d'or en Aurolan : elles étaient pleines de bouts de bois utiles, de nourriture et de métal à récupérer.

Durant sa promenade, alors que la nuit tombait et que la chaleur de la journée disparaissait, Isaura découvrit une ville dont l'activité ralentissait, comme si la cité était sur le point d'hiberner. Les gens se précipitaient dans les rues et envahissaient des salles communes vibrantes de rires. Des lumières jaunes et des ombres vacillantes coloraient la neige et, même si la nuit n'était pas assez froide pour la décontenancer, Isaura fut parcourue d'un frisson.

Elle le reconnut immédiatement car il ne lui était pas étranger. En Aurolan, elle l'avait souvent ressenti. Il existait une certaine distance entre les autres et elles. Les *sullanciri* éprouvaient pour elle un respect qui n'invitait pas à l'intimité. Nefrai-laysh plaisantait peut-être avec elle ou lui composait quelques vers, elle savait que ce n'était qu'une impulsion chez lui, pas une preuve de tendresse. Neskaru, qui louait ses dons en magick, ne lui témoignait pas autant d'affection qu'à ses élèves.

Ces derniers n'avaient jamais l'occasion de s'attacher à elle, ni elle à eux. Ils étaient si différents d'Isaura que, même si elle avait eu l'autorisation de passer du temps avec eux, les chances qu'ils l'apprécient étaient minces. Elle en était bien consciente et se servait de cette lucidité pour se protéger des déceptions.

Elle savait bien qu'il existait des personnes quelque part qui l'aimeraient et l'accueilleraient comme les voyageurs étaient reçus dans les tavernes chaleureuses. On le lui avait dit et elle croyait en ces prédictions. Elle se surprenait à rechercher ainsi l'acceptation d'autrui. En Aurolan, on la connaissait et la révérait à cause de sa mère, mais ici elle ne le serait que pour elle-même. Cette expérience serait aussi nouvelle que son voyage dans le Sud.

Isaura continua à errer, mais se retint de décider consciemment de sa direction et de ce qu'elle ferait. Au lieu de cela, elle s'ouvrit au grand fleuve de magick et se laissa porter. Elle n'invoqua aucun sortilège, mais se laissa pousser par les courants et les tourbillons de-ci, de-là. Des forces hors de son contrôle, qu'il s'agisse de sortilèges lancés par d'autres, de caprices divins, de serments et de vérités qui une fois prononcés prenaient eux-mêmes vie, tous étaient une brise sur la vague de son esprit.

Une ride légère la chatouilla. Elle tourna à gauche et flotta sous la neige tombante vers une autre auberge. Elle y entra et monta l'escalier avant d'atteindre un couloir vide. Elle le longea rapidement, sa cape fermement serrée contre elle pour atténuer les froufrous de sa robe.

Des voix fortes émanaient de derrière la porte à droite, mais il ne s'agissait pas de sa destination.

Elle ouvrit celle de gauche, entra puis la referma derrière elle. À l'intérieur était couché un garçon auquel s'agrippaient d'horribles miasmes. La chambre avait beau être sombre, Isaura voyait clairement la pâleur translucide de la peau du jeune homme et le rouge furieux d'un réseau de venin qui parcourait sa chair. Sa respiration déchirait sa poitrine lorsque celle-ci montait et descendait. Son souffle était court et laborieux… de plus en plus faible. Elle le sentait.

Un Spritha se tenait sur l'oreiller près de l'oreille du jeune homme. La petite créature redressa la tête vers elle et se figea.

— Dehors, allez, allez dehors !

Isaura leva l'index, décrivit un cercle en direction du plafond, puis le pointa vers le bas. Le Spritha relâcha les cheveux qu'il était en train de natter, tourna sur l'oreiller et retomba brusquement. Il était couché la tête la première, bras et jambes écartés.

Isaura rejoignit le lit et abaissa son capuchon avant de repousser sa cape derrière ses épaules. En s'approchant du garçon, elle sentit de la chaleur émaner de lui. Elle ferma les yeux, lança un simple sortilège, puis recula face à la violence de la sensation qui lui revint. Elle poussa un cri et mit la main devant la bouche.

Un poison violent courait dans le corps du jeune homme. Il le dévorait comme de l'acide. Il le digérait lentement, inexorablement, et avait déjà causé de sérieux dommages. Il lui restait peut-être quelques heures à vivre, un jour au mieux.

Isaura fut horrifiée par cette découverte, surtout parce qu'elle trouvait le poison familier. Elle voulait le nier, mais elle en était incapable. C'était celui de Spyr'skara. Elle avait aidé Neskaru à créer le *sullanciri*, elle pouvait donc sentir son influence et sa trace dans le venin. Oui, ils lui avaient donné cette arme, mais pour se défendre.

Comment ce garçon aurait-il pu menacer un sullanciri ?

Ce n'était pas possible, bien sûr, et il était tout aussi évident que Spyr'skara l'avait mordu par malice, par désir d'infliger de la douleur ou pour confirmer son tout nouveau pouvoir. Cette action trahissait tout ce qui était cher à sa mère.

Isaura secoua lentement la tête. Elle refusait de voir les efforts de sa mère salis par les agissements d'une création défectueuse qu'elle avait aidée à concevoir. Elle se tendit et plongea son esprit dans le fleuve en apposant les mains sur le front fiévreux et la poitrine du garçon. Elle puisa la magick profondément, puis la dévia, froide et pure, en lui.

Le corps du jeune homme rua et se tendit. Il s'arqua, puis se relâcha et retomba assez lourdement pour faire rebondir le Spritha. Un autre frisson secoua le garçon, puis il écarquilla les yeux et s'agrippa aux couvertures. Il renversa la tête, ouvrit la bouche, sans rien dire.

Il se contentait de la dévisager, les yeux écarquillés et à demi fous de douleur et de peur.

La magick qu'elle lui envoyait ne prenait pas réellement la forme d'un sortilège, elle s'élançait plutôt dans le corps et les veines du garçon, éliminant le poison. Là où le venin était en fusion, il y avait la fraîcheur de la magick. Là où le venin irritait, la magick calmait. Elle nettoyait le corps de son poison et le balayait vers le fleuve, où il serait neutralisé.

La moitié du travail est fait.

Isaura se prépara à lancer un sortilège qui réparerait les dommages. Elle commencerait par son cou car, en se débattant, il avait arraché ses bandages, révélant deux trous suintants et nécrosés, un sous chaque oreille.

— Tu dois arrêter là, petite sœur.

La voix rocailleuse sortait des ténèbres à sa droite, mais elle ne put tourner la tête pour voir qui avait parlé. De la magick ancienne l'immobilisait ; elle en connaissait la nature et hocha la tête car elle savait que ce geste lui serait permis.

— Tu es en danger, ici. Pars avant d'être découverte. L'on prendra soin du reste. Il survivra et, à votre prochaine rencontre, tu le reconnaîtras.

Isaura baissa le regard vers le garçon et le plongea dans ses yeux gris.

— À notre prochaine rencontre, je te reconnaîtrai.

Les paupières du jeune homme s'alourdirent et il ferma lentement les yeux. Son souffle se fit plus régulier et les chuintements dans sa poitrine avaient tout simplement disparu. Elle sourit puis sortit de l'auberge à la suite de deux gardes qui, alors que l'un d'eux lui avait tenu la porte, l'oublièrent avant que claque le battant.

En face, dans la chambre de Will, la façon dont Scrainwood envisageait leur marché rendait Alexia nerveuse, mais rien de ce qu'elle aurait pu dire ne briserait l'accord. Dans l'ombre du cadavre du *sullanciri*, elle se concentra donc sur le problème qu'il restait à régler.

— Maintenant nous devons trouver un moyen de sauver Will.

Le roi oriosan hocha la tête.

— J'ai déjà fait convoquer tous les mages du pays. Je ne perdrai par le Norrington !

La porte de la chambre de Kerrigan s'ouvrit et Will s'appuya contre l'encadrement.

— Me perdre ? (Sa voix était rauque, éraillée et faible.) Comment ça, me perdre ?

Les yeux du garçon se révulsèrent et il s'effondra dans les bras d'un Dranae pris de court.

Chapitre 25

Kerrigan fut réveillé par les grondements de son estomac vide. Immobile dans l'obscurité, l'écoulement de l'eau ne rivalisant qu'avec les grognements de son ventre, il se retrouva désorienté l'espace d'un instant. Tandis qu'il se souvenait lentement du lieu où il se trouvait – encore qu'il n'avait aucune idée d'où se trouvait ce lieu ou pourquoi il y était –, il commença à se demander combien de temps il avait dormi. La sensation de vide dans son estomac indiquait qu'il avait sauté un repas.

Il fronça les sourcils. Il aimait manger et le faisait souvent, alors cela pouvait signifier qu'il avait disparu depuis deux heures, quatre ou bien quarante-huit. Il se fit la remarque qu'il ne connaissait pas de sortilège l'informant de l'heure et du jour, et se mit à réfléchir à la façon dont il pourrait en créer un.

Tout en réfléchissant, il se redressa sur le sol recouvert de paille et resserra la couverture autour de lui. Il toussa un peu, mais c'était parce qu'il avait la gorge sèche. La toux grasse dont il avait souffert plus tôt avait disparu. Il avait beau être jeune et en bonne santé, il savait que ces toux duraient plusieurs jours et il refusait de croire qu'il avait dormi aussi longtemps. Il passa une main sur ses joues et sentit un début de barbe qu'il estima datée d'une journée et demie.

Ça signifie qu'ils ont utilisé la magick pour soigner mes poumons.

Ce qui le soulagea car cela signifiait que ses ravisseurs n'avaient pas l'intention de le tuer tout de suite. Les sorts de guérison n'étaient pas faciles à lancer et, à part lui, il ne connaissait aucun autre humain capable d'en jeter. Ce qui voulait dire que la personne à laquelle il avait parlé devait être soit un elfe, soit un urZrethi. Puisque ces derniers n'étaient pas connus pour leurs tendances meurtrières, Kerrigan reprit confiance.

La seconde moitié de cette conclusion – que son ravisseur appartenait à l'une des deux anciennes espèces – le rassurait sur le fait que sa captivité avait un sens. Peu d'urZrethis et d'elfes étaient au service de Chytrine, il y avait alors peu de chances qu'il lui soit livré. En revanche, il n'avait aucune idée de ce que l'on attendait exactement de lui.

Un cliquetis retentit à sa droite. Il se retourna pour voir de quoi il s'agissait et découvrit un rectangle de lumière : les contours d'une porte. L'un des rais horizontaux s'élargit lorsque cette dernière s'ouvrit. Il se mit difficilement debout et tituba, mais s'arrêta à une certaine distance de l'ouverture. Il s'attendait à un autre test et tendit l'oreille pour percevoir le moindre bruit qui trahirait un piège.

— Je vous en prie, Initié Reese, entrez.

Kerrigan s'approcha prudemment et sentit de l'air plus frais passer de la prison à la salle illuminée. Il dut encore pousser la porte pour pouvoir passer, puis pressa le battant derrière lui. La porte se referma avec un petit bruit étouffé et Kerrigan espéra qu'il n'aurait jamais à en franchir de nouveau le seuil.

La chambre dans laquelle il entra avait l'air plus petite que sa prison et était un véritable capharnaüm de trésors inestimables et de saletés bonnes à jeter. La pièce était de dimensions réduites : à peine plus de trois mètres de large, peut-être deux mètres cinquante de haut et six de long. Et les murs étaient couverts du sol au plafond de profondes bibliothèques qui abritaient des rangées de livres. À certains endroits, les livres avaient été repoussés et des bibelots avaient été disposés au bord des étagères. Il y avait des pierres aux formes étranges, des squelettes d'oiseaux et d'autres animaux, des artefacts de nature inconnue…

Inconnue sans magick.

Une roue de chariot avait été montée en lustre et pendait au-dessus d'une longue table étroite au centre de la pièce. D'épaisses bougies y étaient posées et la cire s'écoulait ; d'autres encore formaient de grosses stalagmites sur les étagères des bibliothèques. Des chaises avaient été disposées à chaque bout de la pièce. Un mélange de vaisselle de table et d'argenterie encombrait la table et de la fumée s'élevait de quelques plats que Kerrigan ne reconnaissait ni à la vue ni à l'odeur.

Deux personnes se trouvaient dans la pièce. La première était assise à l'autre bout, son siège à dossier haut tourné de façon qu'elle regarde en diagonale vers la droite de Kerrigan. L'homme avait l'air mince et portait une magnifique robe de soie écarlate minutieusement brodée de fils d'or représentant des dragons qui s'enroulaient en un réseau de nœuds précis. Un épais cordon doré recouvrait les coutures, servait de finition aux manches et décorait le pourtour du capuchon. Ce dernier retombait sur le visage de l'inconnu ; en dissimulait la plus grande partie et ne révélait rien de plus qu'un masque hautement stylisé qui recouvrait entièrement ses traits. Il portait même des gants dorés et un foulard lumineux : de fait, il n'y avait pas un millimètre de sa peau à découvert.

L'autre personne assise là était au contraire presque nue : accroupie dans un coin, penchée en avant, les mains appuyées par terre au niveau de l'aine. Kerrigan identifia immédiatement l'urZrethi. Sa longue chevelure noire recouvrait ses épaules et sa barbe se confondait avec l'épaisse toison de son torse. Les poils descendaient le long de son ventre et s'épaississaient à la taille. Kerrigan n'aurait su dire si l'urZrethi portait un pagne de fourrure ou non et il détourna trop vite le regard pour pouvoir le déterminer. Là où les poils ne la recouvraient pas, on distinguait une peau qui devait habituellement être de couleur malachite, mais qui, à la lueur des chandelles, prenait un aspect maladif.

Kerrigan corrigea immédiatement sa supposition : il s'agissait d'un mâle… en tout cas, la créature était plus musclée et plus large que toutes les femelles de cette espèce qu'il avait jamais vues. Ce qui le surprenait, c'était bien sa présence. Même s'il ne savait pas grand-chose des mâles urZrethis, il avait cru comprendre qu'ils ne quittaient jamais les montagnes. Bokagul avait beau être proche de Meredo, le jeune mage estimait très peu probable qu'on l'ait transporté jusque là-bas.

Son hôte agita la main gauche d'un geste indifférent.

— Pardonnez la pauvreté de notre installation et des chères, mais je manque terriblement de moyens pour accueillir des invités.

Kerrigan hocha poliment la tête puis montra ses paumes sales.

— Je ne fais pas un très bon invité.

Sans tourner la tête, l'hôte de Kerrigan fit un signe.

— Bok, ses mains.

L'urZrethi rentra encore plus les épaules et plissa ses yeux noirs. Il émit un petit gloussement du fond de la gorge, sans moduler, puis se pencha. Bok tendit la main gauche en l'air, vers une bassine argent posée sur une haute étagère mais, comme il ne se redressait pas, l'ustensile restait hors de portée d'une bonne trentaine de centimètres.

Puis le bras de l'urZrethi s'allongea. Seuls les os de l'avant-bras s'étirèrent, et le membre s'amincit. L'urZrethi s'empara avec agilité de la bassine et la descendit. Bok tordit son coude selon un angle bizarre pour faire passer le récipient dans sa main droite.

Kerrigan observa la créature et ne put dissimuler sa surprise. Il savait que les urZrethis pouvaient changer d'aspect et en avait vu prendre différentes formes, mais il n'avait jamais assisté au processus de métamorphose. En outre, ceux qu'il avait vus avaient toujours gardé leurs membres symétriques, ce qui rendait leurs formes bizarres plus faciles à cerner.

Bok atteignit une autre étagère et s'empara d'une petite serviette, qu'il posa sur sa tête. Toujours accroupi, il avança jusqu'aux pieds de Kerrigan. Il leva le bol dans une main et roucoula d'une voix rauque. À cette invitation, le mage plongea les mains dans l'eau fraîche et claire, ce qui l'assombrit immédiatement. Puis la créature retira le récipient et salit la serviette en frottant les mains du jeune homme.

L'hôte de Kerrigan fit un geste et la bassine flotta jusqu'à lui. Il s'en saisit pendant que l'urZrethi essuyait les mains du garçon et fit tournoyer l'eau souillée. Il la scruta comme pour y lire des présages et des signes. Kerrigan l'observa, l'oreille tendue pour capter le marmonnement d'un sortilège, mais il ne vit ni n'entendit quoi que ce soit indiquant ce que faisait son hôte.

Ce dernier posa la bassine sur la table puis désigna la chaise devant Kerrigan, qui s'écarta de la table.

— Asseyez-vous, je vous prie.

Bok s'éloigna, retournant dans son coin, et Kerrigan prit place, la couverture serrée autour de lui. Le ventre du mage gronda encore, mais il ne se servit pas. Il avait attendu une invitation pour entrer et en attendrait une autre pour dîner.

Son hôte hocha la tête.

— Vous me connaîtrez sous le nom de Rym Ramoch. Mon serviteur s'appelle Loktu-bok Jek. Je ne sais quelles sont vos connaissances à propos des urZrethis, mais sachez que trouver un mâle en dehors des montagnes est extrêmement rare. La société urZrethie est matriarcale et les mâles sont mis à l'écart et servent au travail ou à la reproduction. Ils ne sont guère considérés que comme du bétail, mais ils sont toutefois capables de raisonnement. Le suffixe « bok » indique qu'il a été exilé. Je l'ai trouvé rôdant près des contreforts de Bokagul et j'ai découvert qu'il avait le potentiel pour faire un bon assistant. Hélas, loin de la société urZrethie il devient de plus en plus sauvage, mais il m'est pour le moment toujours fidèle, et il est très fort.

Bok leva les yeux vers Kerrigan et lui fit un large sourire.

Rym tapota de l'index sur la table, puis y dessina un petit cercle.

— Bien entendu, vous vous interrogez sur les raisons de votre présence ici ; comme le ferait toute créature douée d'intelligence. Vous avez déterminé que Bok vous avait suivi et capturé. Il se sent chez lui sous les ponts et vous êtes tombé dans notre piège. Vous êtes, comme vous le savez, très puissant, et vous et votre magick souffrez d'une souillure.

— Une souillure ?

— Tout à fait, une souillure, une salissure. Je croyais que son origine était unique : l'armure d'os de dragon. Mais il s'agit en fait de bien plus que cela.

Kerrigan cligna des yeux.

— Armure d'os de dragon ?

Rym releva la tête, mais l'ombre du capuchon dissimulait ses yeux.

— Vous ne saviez pas que l'armure qui émerge de votre peau est faite d'os de dragon ?

Kerrigan réfléchit. Le sortilège avait été composé de trois fluides, tous les trois épais. Le premier de couleur rouge rubis, le second ivoire. Il n'avait pas vu le troisième, mais celui-ci avait une odeur de menthe.

— Le liquide ivoire, c'est de l'os de dragon ?

— Effectivement. Le premier était du sang-de-terre, une préparation très rare et que peu de gens savent concocter. Elle vous a suffisamment modifié pour permettre à l'os de dragon de se lier à vous.

— Et le troisième ? Il sentait la menthe. (Kerrigan frissonna.) Il a calmé la douleur des deux autres.

— Un onguent. Il n'est pas vital, mais recommandé afin que le destinataire puisse se concentrer suffisamment pour recevoir l'enchantement. Je dois avouer qu'il est remarquable que vous soyez capable de le lancer à votre âge.

Kerrigan voulut esquisser un sourire, mais se retint de le faire.

— J'ai fait ce que l'on m'a dit. Ils m'ont simplement demandé si je le pouvais, puis me l'ont fait faire.

— Alors, vous avez jeté ce sort sans réfléchir aux conséquences ?

— Eh bien, je... (Kerrigan se rembrunit et affaissa les épaules.) Je m'étais aventuré dans Yslin, dans les mauvais quartiers et m'étais fait battre méchamment. J'aurais pu mourir. Avant ça, des pirates avaient tenté de me tuer en me criblant de flèches. Mes maîtres ont décidé qu'il fallait me protéger. Ils m'ont montré l'enchantement, m'ont demandé de le lancer et j'ai obéi. Je ne savais pas ce qu'il me ferait.

Rym pencha légèrement la tête sur la droite.

— L'auriez-vous su, l'auriez-vous lancé ?

Kerrigan haussa les épaules.

— J'avais peur, à cette époque, donc oui, probablement. Votre démonstration, avec les pierres, m'a rappelé que, même protégé, je reste très vulnérable.

— Je trouve dérangeant que l'on vous ait fait lancer ce sortilège sans vous parler des conséquences, mais votre réponse me convient. Vous êtes sincère quant à vos craintes. Le fait qu'aucun des sorts que vous vous prépariez à jeter plus tôt n'était de nature violente plaide également en votre faveur.

Le jeune mage leva la tête.

— Comment le savez-vous ? Je n'en ai achevé aucun. Vous ne pouvez deviner ce que j'avais en tête !

— Ha !

Cette syllabe avait été rauque, il ne s'agissait pas d'une moquerie, mais d'une exclamation de surprise.

Rym fit tourner la chaise et joignit les mains, les coudes sur la table.

— On vous a entraîné sur Vilwan et vous devriez savoir que ce lieu n'est plus ce qu'il a été. Au temps d'Yrulph Kirûn, la manière dont la magick était enseignée et comprise était différente. Grâce aux méthodes de l'époque et à la philosophie qu'on inculquait aux disciples, quelqu'un comme Kirûn pouvait accomplir tous ces exploits. Il comprenait assez la magick pour être capable de créer ce sortilège, pourtant vous savez qu'il contient de l'elfique et de l'urZrethi.

» Réfléchissez-y, Kerrigan Reese. Vous avez beau être très spécial, très doué en magick, comment se fait-il qu'un homme, il y a des siècles, ait pu créer ce sortilège et que pourtant, aujourd'hui, sur Vilwan, vous soyez le seul à pouvoir maîtriser l'art de la guérison ? Vous n'avez pas encore vingt ans et néanmoins vous êtes capable d'accomplir ce que des mages expérimentés et quatre fois plus âgés que vous sont incapables de faire. Savez-vous pourquoi ?

Kerrigan allait répondre que ses aînés ne pouvaient simplement pas comprendre ce type de magick, mais il savait que ce n'était pas vrai.

— Ils n'ont pas les connaissances nécessaires ?

— Non seulement cela, mais on leur apprend à croire qu'il leur est impossible d'apprendre de tels sortilèges. Après Kirûn, après le bain de sang, Vilwan savait qu'elle devait contrôler les siens, ou le monde la détruirait. Ils n'ont pas permis aux hommes de développer les pouvoirs dont ils disposaient autrefois et, en deux générations, la mutilation des mages humains fut achevée.

— Alors pourquoi ai-je ces pouvoirs ?

— Pour combattre le feu, ils ont décidé de se servir du feu. Mais désormais, ils vous craignent. (Rym appuya les mains sur la table.) Et j'ai des raisons également de vous craindre, à cause de cette seconde souillure. À quel point vous aventurez-vous à la suite de Kirûn ?

— À aucun ! Je ne l'ai pas fait. (Kerrigan leva les mains et la couverture glissa de ses épaules.) À l'exception de ce sortilège, que je ne savais pas sien, je n'ai rien fait.

Son hôte redressa la tête.

— Si vous dites vrai, pourquoi portez-vous la puanteur de la Couronne du Dragon ?

Kerrigan hésita.

— Je ne sais pas…

Rym bondit sur ses pieds, les mains toujours sur la table, mais des flammes les couronnaient, brûlaient le bois autour.

— Ne me mentez pas, petit garçon ! Vous ne voulez pas abuser de ma patience. Dites-moi ce que vous savez !

— Mais si vous travaillez pour Chytrine… !

Le mage masqué gronda dans une langue gutturale et l'urZrethi s'excita soudain. Bok rebondit dans son coin et de la main de son long bras gauche jaillirent des épines. L'urZrethi s'avança.

— Bok, non !

D'un simple regard, le mage repoussa son serviteur jusque dans son coin. Une fois que ce dernier eut reculé, son bras en forme de massue serré contre lui, Rym se tourna de nouveau vers Kerrigan.

— Initié Reese, soit vous êtes entré en contact avec des fragments de la Couronne du Dragon, un contact prolongé et personnel, soit vous travaillez à créer le vôtre. L'un ou l'autre n'est que folie pour quelqu'un de si jeune. Par l'un vous risquez la mort, et par l'autre vous mourrez certainement, de ma main. Maintenant dites-moi si je dois vous tuer ou vous aider à rester en vie pour mettre fin à cette folie ?

Chapitre 26

La première sensation que Will ressentit à son réveil fut la douleur foudroyante dans sa gorge. Il essaya d'avaler sa salive, ce qui ne fut d'aucune aide. Puis le chatouillement dans sa gorge le fit tousser, ce qui amplifia la douleur et le força à se redresser, les yeux écarquillés. Il laissait reposer une main sur le matelas de paille et agrippait son cou de l'autre.

Un hurlement suraigu emplit la pièce. Qwc, qui tenait une mèche à demi nattée, fut éjecté de l'oreiller et projeté dans les airs. Dans sa chute, Qwc effectua une roulade, la tresse fouetta le côté gauche du visage de Will, puis il s'effondra entre les chevilles du garçon. Il atterrit dans une position inconfortable, à moitié sur la tête et les épaules, puis glissa sur le côté.

Rapidement il se remit sur pied et tenta de prendre un air digne tout en se lissant les antennes. Cet effort échoua lamentablement, ce qui provoqua l'hilarité de Dranae, Lombo et Peri. Tous les trois tentèrent de retenir leur rire en mettant les mains devant la bouche, mais ils émirent des gloussements.

Will laissa échapper un éclat de rire puissant qui lui fit l'effet d'un poignard dans la gorge. Il gémit et se laissa retomber sur le lit, la poitrine secouée de spasmes, se tordant de douleur, les deux mains sur la gorge. Il voulut arrêter de rire pour faire cesser la souffrance, sans succès.

Qwc grimpa sur sa poitrine et resta là, à se balancer comme un marin sur un pont qui gîte.

— Pas mal, Will, pas mal, non ! Pardon, très pardon ! Qwc idiot, idiot !

Will grimaça fortement pour contenir la douleur et permettre à son corps de se calmer. Il ouvrit un œil, vit le Spritha debout, là, les quatre mains sur les joues, et il faillit de nouveau éclater de rire. Il ferma alors les yeux et avala sa salive, découvrant que le mal s'était légèrement atténué.

Du coin de la chambre, Dranae prit la parole.

— Qwc, descends de sa poitrine et laisse-le respirer. S'il arrive à rire, c'est qu'il n'est pas en danger mortel.

Un vrombissement emplit la pièce et le Spritha tourna dans les airs pendant un instant avant de voler vers le pied du lit. Will attendit que le bruit diminue, puis se risqua de nouveau à ouvrir les yeux. Qwc s'était à demi caché derrière la tête de Lombo, regardant entre ses poils sombres comme s'il s'agissait de buissons.

Peri s'accroupit près du lit et lui sourit.

— Ne te force pas à parler, Will. C'est mieux, pour le moment.

Le voleur hocha la tête, mais tenta un murmure :

— Dame Flocon de Neige. Où ?

La Gyrkyme cligna ses grands yeux d'ambre.

— Qui ?

Qwc s'élança de nouveau dans les airs.

— La dame ! Qwc a vu la dame. Blanche, blanche, blanche !

Will acquiesça.

— Dame Flocon de Neige.

— Il n'y a personne de ce nom, ici, Will.

Dranae se leva de sa chaise et s'approcha du pied du lit.

— Le roi Scrainwood est arrivé et une dispute a commencé, alors Qwc nous a fait sortir de la chambre. L'instant d'après, tu apparaissais à la porte de celle de Kerrigan, le cou guéri, et tu t'es effondré. Nous t'avons remis au lit et tu as dormi jusque tard dans l'après-midi.

Lombo huma l'air, les narines dilatées.

— Traces. Gens ici, différents de nous.

— Oui, oui !

Qwc fit une boucle, puis atterrit lourdement entre les genoux de Will.

— Belle dame est venue. Vue, Qwc l'a vue. Belle.

Dranae sourit.

— Et qu'a-t-elle fait, Qwc ?

Le Spritha s'assit brutalement.

— Pas sais. Qwc a dormi.

Will acquiesça.

— Elle m'a touché. Soigné.

— La guérison exige beaucoup de magick. (Peri se gratta derrière l'oreille.) Tu étais empli de poison et tu avais une blessure épouvantable. Ça a laissé des cicatrices.

— Des cicatrices ?

Will grimaça car il avait parlé plus fort qu'il aurait dû.

Peri tendit la main vers sa table de nuit et lui donna un miroir de poche. Will le prit et le recula pour pouvoir inspecter son cou. D'un saut léger, Qwc monta sur son genou et l'aida à maintenir la petite glace.

Will put bien voir sa gorge. Deux cicatrices ressortaient, chacune ayant l'apparence lisse des brûlures graves mais d'une forme que l'on aurait facilement pu recouvrir d'une pièce d'argent. Lorsqu'il avala sa salive, la douleur passa d'une cicatrice à l'autre.

Il relâcha le miroir et Qwc bascula en arrière avec l'objet. Tandis que le Spritha se débattait dessous, le voleur leva les yeux.

— Je l'ai vue.

Il aurait voulu décrire cette vision de beauté hivernale, ses cheveux blancs, sa peau pâle, ses yeux d'argent. Il voulait leur parler de son toucher, à la fois doux et ferme. Il voulait tout leur faire partager, mais il se rendait compte que, même si sa gorge n'avait pas été abîmée, les mots auraient été insuffisants.

Dranae croisa les bras sur la poitrine.

— Tu as été guéri par magick, ça, il n'y a aucun doute. Résolu a pu en détecter une basique, mais n'a pu déterminer comment la guérison a eu lieu. Le roi Scrainwood a envoyé certains de ses mages, et quelqu'un du nom de Syrett Kar est venu du consulat de Vilwan. Ils ont beaucoup parlé, mais ne nous ont rien dit de plus que Résolu.

Will frissonna et tira les couvertures sur lui.

— Froid. Soif.

Lombo se dirigea vers la porte.

—Chassesoif pour Will.

—Quelque chose de chaud, Lombo. (Peri lui ouvrit la porte.) De la soupe, s'ils en ont, rien de trop fort. Et rien de trop solide.

Will acquiesça et sourit au Panqui. La Gyrkyme referma la porte, puis raconta rapidement à Will ce qui s'était passé depuis qu'il avait été blessé. Elle commença par lui assurer que le rubis n'était pas perdu et que Résolu avait dit que sans lui, la pierre serait déjà loin.

Will savait qu'il s'agissait d'un mensonge, mais il était de bonne foi. Résolu l'aurait traité d'abruti de s'être attaqué à un *sullanciri* avec une dague et rien d'autre. Will surprit une vibration blessée dans la voix de Peri, à l'idée qu'Alexia avait gardé le secret, mais la Gyrkyme en comprenait la raison.

Il fut heureux d'apprendre que Nefrai-kesh n'avait pas été revu dans Meredo et encore plus que Corbeau serait relâché. Il avait beau ne pas aimer l'idée que Scrainwood obtienne le contrôle d'un fragment de la Couronne, il approuvait ce marché. Il valait mieux que Corbeau soit libre et que les forces de l'Alcida soient préservées plutôt que s'engager dans une bataille qu'ils étaient sûrs de perdre.

La seule vraie mauvaise nouvelle fut d'apprendre que Kerrigan n'avait pas été retrouvé. Will n'oubliait pas les problèmes qu'avait eus le jeune mage en se promenant dans l'Ombreux, à Yslin. Autrefois, Will pensait que Kerrigan était aussi peu solide qu'une promesse de voleur, mais il avait eu l'occasion de constater à quel point il était puissant. Il admirait le culot qu'avait eu Kerrigan en sortant le fragment de Forteresse Draconis et aurait vraiment voulu avoir son opinion sur cette histoire de guérison magicke.

Dranae le recouvrit d'une seconde couverture et Will s'y enveloppa. Il avait la chair de poule et commençait à frissonner, mais elle l'aidait à se réchauffer. Au fur et à mesure, la douleur dans sa gorge disparut.

—Ça va mieux, merci.

Lombo revint avec une énorme chope de cuivre pleine de soupe. Peri l'observa d'un œil soupçonneux parce que des bouts de carottes flottaient dans le liquide crémeux. Elle avait clairement l'intention de la renvoyer, mais Will tendit les bras et détourna son attention.

— Fais attention, Will, c'est chaud.

Le voleur acquiesça, puis goûta. Il but la soupe sans difficulté. Elle était chaude, pas de doute là-dessus, mais ne lui brûlait pas la langue. Un morceau de carotte passa avec, tellement bien cuit qu'il ne fit que se désagréger dans sa bouche, il l'avala donc facilement. Encore plus facilement, en fait, parce que la chaleur de la soupe avait calmé un peu plus les élancements dans sa gorge.

Il abaissa la chope et Qwc l'aida à la stabiliser, puis s'écarta et secoua les mains.

— Chaud, chaud, chaud !

— Fais attention, Qwc. (Will sourit puis se tourna vers les autres.) Il y avait une dame Flocon de Neige.

Dranae regarda Peri et secoua la tête.

— Je n'ai rien vu. Supposons un instant que tu avais des hallucinations à cause du poison…

La Gyrkyme leva une main.

— Puisqu'il a été guéri, nous devons croire que quelqu'un l'a fait. Si ç'avait été Kerrigan, il serait resté.

Lombo grogna, puis se tapota le nez avec un doigt.

— Pas trace Kerrigan. Lombo cherché, pas trouvé.

— Je suis d'accord, ce n'était pas Kerrigan. (Dranae passa les doigts dans sa barbe brune.) Les questions sont simples : qui l'a fait, pourquoi et pourquoi n'est-il pas resté ? Il n'y avait rien pour le faire partir.

— À moins qu'il ait eu peur du bruit que nous faisions dans la chambre d'en face et de celui des gardes du roi qui partaient.

— C'est possible, Peri. (Dranae fronça les sourcils.) Des elfes ou des Vilwanais auraient revendiqué le sauvetage du Norrington. Ce désir de garder le travail secret peut indiquer qu'il s'agit d'un serviteur de Chytrine.

— Pas Nefrai-kesh en tout cas.

Will secoua violemment la tête. Il refusait de croire que son grand-père l'avait sauvé. Il y réfléchit un instant et se rendit compte que c'était plus compliqué que cela. Il craignait que son grand-père l'ait sauvé simplement pour l'engager au service de Chytrine. Cette idée le fit frissonner, alors il but un peu plus de soupe.

Peri secoua la tête.

— Peu probable. Il a l'air d'aimer faire connaître sa présence et ta mort servirait la cause de Chytrine. Dranae, ton explication est la plus probable. Cela signifie que quelqu'un dans le camp de Chytrine s'oppose à elle.

Dranae fronça les sourcils.

— Ce n'est pas aussi simple, Peri. Imagine, un instant, que les *sullanciri* complotent les uns contre les autres pour rassembler plus de pouvoir. L'arachnomorphe aurait pu décider de tuer Will pour obtenir l'approbation de Chytrine. Un autre *sullanciri* voudra garder Will en vie en tant que rival éventuel de son père et son grand-père.

Il baissa les yeux vers Will.

— Tu l'as appelée dame Flocon de Neige. Pourrait-elle être Myrall'mara ? Elle sait guérir et elle est très pâle.

Will y réfléchit un instant. Autrefois Myrall'mara était une Vorquelfe, et certainement belle et mince, même brillante de lumière. La dame Flocon de Neige avait la même silhouette, mais possédait une noblesse qui avait toujours manqué à la *sullanciri*. Et Will se rappelait très bien l'expression haineuse de cette dernière lorsqu'elle avait échoué dans sa tentative de le tuer, à Yslin.

— Non. Non, ce n'était pas elle.

Il avala une nouvelle gorgée de soupe et se lécha les lèvres.

— Ce n'était pas une *sullanciri*. Même en tenant compte du poison, j'en suis certain.

— Nous avons donc une nouvelle joueuse.

Dranae croisa les mains derrière sa nuque.

— Nous ne savons pas de qui il s'agit. Nous ne savons pas dans quel camp elle est. Nous savons par contre qu'elle veut rester cachée.

Peri acquiesça.

— Et nous savons qu'elle est très puissante.

Will pencha la chope et la vida. Il sourit et s'essuya la bouche du revers de la main.

— Merci, Lombo.

L'imposant Panqui hocha solennellement la tête.

Will repoussa les couvertures, ce qui renversa Qwc sous une vague de laine, puis il balança les jambes hors du lit. Il se serait mis debout si Peri ne l'avait pas arrêté en posant une main sur sa poitrine.

— Où crois-tu aller comme ça ?

— Je vais bien, maintenant. (Will tenta de moduler sa voix, mais elle était toujours éraillée.) Je te jure.

— Tu ne réponds pas à la question posée, Will.

Dranae posa une main sur son épaule droite et le força à se retourner.

— Dormir et manger de la soupe, ça va favoriser ta convalescence, et tu en as besoin. Nous ne savons pas ce qu'a fait le poison, ni à quel point tu as été guéri.

Will frotta les cicatrices sur son cou.

— Il y a des choses à faire. Le fragment…

La Gyrkyme secoua la tête.

— Les mages de Scrainwood ont coupé cette partie de la poutre pour qu'elle soit transportée au palais. Demain se tiendra la dernière audience officielle avant la libération de Corbeau. Tu n'as rien à faire.

— Mais vous, vous devez avoir des choses à faire. Je suis bien, ici. Vous n'avez pas à vous soucier de moi.

Dranae souleva un coin de la couverture et libéra Qwc.

— Will, nous nous faisons vraiment du souci pour toi, mais ce n'est qu'une partie de la raison de notre présence.

Lombo s'étira, faisant briller ses griffes.

— Kerrigan manquant. Will rester trouvé !

Le voleur cligna des yeux.

— Vous êtes là pour me protéger ?

— Pas besoin. Dis à eux, pas besoin du tout. (Qwc haussa les épaules avec lassitude.) Écoutent pas, écoutent pas du tout.

Will se mit à rire.

— Merci, je suppose.

— Il n'y a pas de « je suppose », Will. Tu es le Norrington. Tu as failli être tué. (Peri lui caressa la joue d'un doigt de plumes.) Tu es l'espoir du monde. L'espoir n'a pas le droit de mourir.

Will se frotta de nouveau la gorge.

— J'aimerais que Chytrine partage cette opinion.

Dranae se mit à rire.

— Ça viendra un jour. Mais trop tard pour la sauver.

Chapitre 27

Adrogans chevauchait seul mais sentait pourtant la maîtresse Douleur contre lui. Elle collait sa poitrine contre son dos, lui griffant le torse. Elle lui mordillait l'épaule et le cou de ses dents acérées. Malgré cette distraction, Adrogans parvenait à maintenir sa concentration. Tout comme elle se servait de lui, il se servait d'elle, et il en avait tiré le meilleur parti.

Tout autour de lui tourbillonnait un blizzard matinal. Les épais flocons chutaient vite. Jusqu'à l'horizon de chaque côté du rivage du fleuve Svar s'étendait la forêt dans laquelle avaient pénétré ses troupes. Plus bas, le terrain descendait sur quatre cent cinquante mètres en direction du gué nord. Le cours d'eau avait une apparence de serpent d'un noir opaque et, plus loin, l'on apercevait vaguement des remblais gris-blanc qui avaient autrefois composé un petit fort protégeant ce passage important.

Même si en réalité il ne voyait rien bouger plus bas, l'*yrûn* lui permettait de ressentir la présence des ennemis. Adrogans ne pouvait déterminer leur nombre, car son pouvoir était trop récent pour cela. Tout ce qu'il pouvait dire, c'était qu'ils étaient nombreux et qu'ils souffraient du froid et de la faim.

Il regarda Phfas sur sa gauche. Le petit Zhusk était assis sur un poney de montagne bai et hirsute.

— Qu'en dites-vous ? mon oncle ?

Phfas huma l'air.

— Morts, ils ne pueront pas plus. Des baragouineurs, des vylaens, un hoargoun et quelque chose d'autre.

— Quelque chose d'autre ?

Adrogans se concentra et Douleur planta une main au plus profond de ses côtes. Il cligna des yeux, puis se focalisa de nouveau, se servant de la lucidité que lui offrait la souffrance. Là, au cœur du nœud de corps frissonnants et affamés, il y en avait d'autres.

— Je les sens, mais ne les reconnais pas.

Le petit chaman referma les poings sur la mince couverture posée sur ses épaules. Le lainage bleu et vert semblait incongru, mais la famille guranine qui la lui avait confiée avait été fière qu'il l'emporte. Phfas s'affaissa sur sa selle, comme pour murmurer à l'oreille de sa monture, puis secoua lentement la tête.

— Neuf. Une surprise.

— En un sens, oui.

Adrogans s'était donné du mal pour déployer ses unités légères contre les attaques des Aurolanis sur les terres hautes. Il s'en serait satisfait, puisqu'elles entraînaient ses troupes. Toutefois, lorsque Nefrai-kesh s'était montré à Meredo, il avait changé ses plans. Il avait appris la présence du *sullanciri* en un instant grâce à l'*arcanslata* et avait décidé de frapper rapidement, avant que le général de Chytrine revienne à la tête de ses soldats.

Adrogans leva la main et sentit son amante glisser les doigts dans les siens pour lui faire souffrir le martyre jusqu'aux aisselles. Lorsqu'il laissa retomber son bras, un clairon sonna à sa droite. La Garde à cheval jeranaise, resplendissante dans les tabards bruns sur cotte de mailles, surgit de la forêt et entama son incursion dans la vallée fluviale. Sur la droite, la cavalerie légère descendait en colonne deux par deux et, sur la gauche, l'élite de Valicia, la Crinière Blanche, prit position. Les trois unités de cavalerie se composaient de trois cents cavaliers, une force qui balaierait efficacement le gué.

Leur chevauchée n'avait rien eu d'évident car Guraskya se trouvait à une petite centaine de kilomètres du passage. Ils étaient partis rapidement et avaient changé de monture à plusieurs reprises au cours du voyage. Les cavaliers n'avaient pas aimé pousser autant leurs montures en hiver, mais ils appréciaient encore moins l'idée de laisser passer une occasion de frapper l'ennemi.

L'*yrûn* ne permettait pas à Adrogans de déterminer le nombre exact de personnes qui composaient la garnison, mais il savait que celle-ci n'était pas très importante. Il estimait que ses propres forces avaient un avantage de deux contre un, ce qui aurait été de bon augure s'il n'attaquait pas une place forte au-dessus d'un fleuve en plein cœur du blizzard.

Comme prévu, l'appel du clairon avait fait plus qu'invoquer les troupes du Sud. De sombres silhouettes se mirent à s'agiter dans le camp ennemi. Adrogans les observa, comparant ce que voyaient ses yeux à ce qu'il ressentait grâce à la douleur. Tout semblait correspondre, à l'exception d'une assez grosse anomalie.

— C'est un hoargoun, là en bas, non ?

Phfas hocha solennellement la tête.

Le géant des glaces avançait d'un pas lourd dans la neige, traînant derrière lui une masse taillée dans un tronc d'arbre entier. Il avait beau marcher terriblement lentement, il finit par entrer dans le fleuve. L'eau bouillonna autour de ses pieds énormes et les lui recouvrit, alors qu'Adrogans savait que lui-même en aurait jusqu'aux genoux.

Il se concentra, puis secoua la tête.

— Je ne sens pas sa présence alors que cette eau doit être glaciale. Il devrait avoir mal.

De nouveau, le chaman huma l'air.

— Plus rien ne peut lui faire mal.

— Ranimé ?

— Pas en vie.

— Alors des sortilèges puissants sont en jeu.

— Tu es surpris.

Le général secoua la tête. Avec le géant des glaces pour leur disputer le gué, il serait difficile de faire passer une formation serrée. Cette masse écraserait les guerriers, éparpillerait les chevaux. La créature finirait par succomber : morte ou vivante, on pouvait la découper en morceaux. Adrogans s'inquiétait toutefois des dommages qu'elle causerait avant d'être abattue.

Plus bas, les unités de cavalerie se rassemblèrent à deux cents mètres du rivage opposé, se maintenant efficacement hors de portée des flèches et des draconettes. En revanche, elles risquaient d'être touchées par un tir de dragonels ou de boulets-tonnerre de Forteresse Draconis dont il avait entendu parler. Il devait prendre ce risque car, s'il ne regroupait pas ses troupes pour la charge, il ne passerait pas le gué. Et même si elles étaient ainsi plus vulnérables aux armes à portée, les déployer aurait été un désastre.

Adrogans se tourna vers la droite.

— Donnez l'ordre d'avancer lentement.

Le clairon sonna de nouveau et la cavalerie lourde obéit. Le général fit avancer son cheval. Phfas suivit à sa gauche, le clairon à sa droite. Ils passèrent devant la Garde à cheval.

Adrogans brandit son sabre.

— Pour la reine et pour la nation !

Les cent cavaliers répétèrent le cri, souligné par le tintement de l'acier dégainé. Les chevaux piétinèrent, soufflant des nuages de buée. Les brides grinçaient et les cottes de mailles des guerriers impatients cliquetaient. Les muscles des hommes comme des bêtes tremblaient. À cent trente mètres, l'hoargoun souleva sa masse et commença à la faire tourner lentement.

Adrogans fit un signe au clairon.

— Sonnez la charge.

L'air de la charge retentit et la Garde à cheval s'élança. Les sabots martelaient le sol. De la neige giclait, éclaboussant jambes et poitrines, cachant les membres comme si les chevaux traversaient une mer de brouillard. Les soldats hurlaient et, prêts à les recevoir, les baragouineurs huaient.

La neige fouettait les joues d'Adrogans tandis qu'il talonnait les flancs de sa monture.

À sa gauche retentit un nouveau cri. Surgissant de sous des couvertures et des manteaux blancs, les Plumenoires loquelfes révélèrent leur présence. L'infanterie légère s'était déjà éloignée vers le nord-est de Guraskya et avait alors pu atteindre le fleuve avant la cavalerie. Dissimulée par le blizzard, elle s'était avancée jusqu'au rivage et avait attendu là l'appel du clairon.

Malgré le martèlement des sabots, Adrogans entendait le grincement prolongé des arcs d'argentier déployés. Des flèches noires de quatre-vingt-onze centimètres de long et de l'épaisseur d'un doigt filèrent dans les airs. Sur une colline enneigée, un baragouineur tourna sur lui-même et s'effondra, deux flèches dans la poitrine. Un vylaen qui courait vers eux en prit une dans la gorge et glissa tête la première avant de disparaître dans la neige. La tête d'un autre baragouineur, qui avait ululé en guise de provocation quand deux flèches l'avaient manqué, fut projetée en arrière lorsqu'un autre projectile se ficha dans son œil droit et ressortit de l'autre côté de son crâne.

La grande majorité des flèches visaient l'hoargoun. Les elfes tiraient depuis la droite du géant, le harcelant des mollets à la tête. Certaines des flèches entamaient seulement sa chair. D'autres s'enfonçaient profondément dans les muscles et les articulations. Une demi-douzaine de flèches vint clouer son oreille droite à son crâne et l'une d'elle disparut dans son conduit auditif.

Le simple fait d'être touché par un si grand nombre de projectiles affectait bien entendu le géant. Les pointes larges avaient tranché ses muscles ; et même ressuscité, il en avait besoin pour bouger et frapper. Du tissu musculaire pendait en lambeaux sur son bras gauche ravagé, et ses coups de masse se firent moins précis.

Toutefois, dans un premier temps, ça n'eut pas beaucoup d'importance. La masse atteignit le premier cavalier et sa monture au flanc droit. La tête d'arme venait juste de passer dans l'eau et remontait quand elle souleva cheval et cavalier dans les airs. Le coup éjecta ce dernier de la selle, et il aurait volé si son pied droit ne s'était pas pris dans l'étrier. Lorsque le cheval fut projeté loin de la masse, l'homme s'enroula autour. La jambe tordue selon des angles improbables, il fut repoussé et s'écrasa au sol devant un groupe de baragouineurs.

Les soldats aurolanis lui tombèrent dessus avec les coutelas. Leurs hurlements de triomphe se muèrent en gargouillis lorsqu'une deuxième volée de flèches les cribla. Les baragouineurs touchés sautillèrent et tournèrent sur eux-mêmes, éclaboussant la neige de sang noir. Des corps chutèrent, pris de spasmes. Et parfois, spectacle grotesque, d'autres restaient debout à cause du nombre de flèches qui les avait embrochés les uns aux autres.

Mais la majorité des flèches se fichait dans l'hoargoun. Le poids de la masse avait fait pivoter le géant en direction des elfes, si bien que la deuxième attaque le frappa de plein fouet dans l'aine et la gorge. Les elfes avaient changé de flèches. Efficaces contre les baragouineurs, les précédentes ne causaient pas autant de dommages qu'elles auraient dû à l'hoargoun.

Les nouvelles, au contraire, étaient taillées pour déchirer la peau. Les bords acérés avaient une forme de spirale, de telle sorte qu'en touchant leur cible les flèches foraient la chair. Un nombre démesuré d'archers s'attaqua au cou du géant. L'un après l'autre, les projectiles le transpercèrent, réduisant les cordes de muscles épais qui connectaient la tête du géant à son buste.

Le monstre tituba, puis son corps fut entraîné par l'élan de la masse. La tête ne tourna pas à la même vitesse. Au moment où l'hoargoun regarda par-dessus sa propre épaule, le crâne trop lourd tomba en avant. Les tendons coupés se séparèrent avec un claquement de fouet et la tête se libéra.

Le corps s'écrasa un instant plus tard. Il atterrit assez lourdement pour faire trembler le sol et renverser quelques baragouineurs. Plusieurs cavaliers tombèrent à leur tour lorsque les pieds du géant balayèrent les rangs, mais la plupart les esquivèrent, filant droit sur les baragouineurs. Ils traversèrent le nuage de neige que l'énorme corps avait soulevé, ce qui les dissimula aux yeux d'Adrogans, mais les grincements sonores de l'acier et les filets de douleur lui racontaient ce qu'il se passait.

Un rugissement sauvage s'éleva à gauche lorsque le cheval d'Adrogans sauta par-dessus l'une des jambes de l'hoargoun. Une boule de feu rouge orangé dégringola du point le plus haut d'un remblai enneigé et engloutit un cavalier. Homme et monture disparurent dans les flammes, puis réapparurent, noircis, silhouettes squelettiques qui tombèrent en cendres lorsque le feu se changea en fumée graisseuse.

Là-haut se tenait une créature qu'Adrogans n'avait encore jamais vue. Elle était assez grande et mince pour être confondue avec un elfe, et de la fourrure blanche recouvrait tout son corps, à l'exception de l'écarlate de son pagne. Elle tenait une petite baguette et tourna la tête, à la recherche de quelque chose. Leurs regards se croisèrent, puis la créature brandit la baguette et une autre boule de feu apparut.

La sphère tournante de gaz brûlants gronda en filant vers Adrogans. Son cheval hennit de terreur et se cabra, les naseaux dilatés. Le général se libéra de ses étriers lorsque sa monture bondit plus loin. Il atterrit sur les pieds et s'appuya sur un genou, sabre au clair dans une tentative inutile de parer.

Le temps d'un battement de cils, la boule de feu s'arrêta et flotta dans l'air. Adrogans se demanda si l'enchantement avait été lancé à la fois contre sa monture et contre lui si bien que leur séparation posait un problème. Il trouva ironique de passer ses dernières secondes à tenter de résoudre ce mystère. Il allait regretter de ne pas avoir la réponse avant de mourir.

Puis l'air se figea autour de lui et la boule de feu remonta dans le ciel. Elle explosa bruyamment, projetant des tentacules de flammes au-dessus du champ de bataille. La déflagration suffit à renverser Adrogans à terre, et il ne fut pas le seul. Après une roulade, il retomba sur ses pieds au milieu de la vapeur de neige, puis esquiva un cheval qui tentait de se relever.

Il se tourna vers la créature qui avait essayé de l'abattre. Il avait beau savoir qu'il ne l'atteindrait certainement pas, il avait bien l'intention d'essayer de la tuer. L'acier ne pouvait rien contre la magick, le combat était inégal, mais quelqu'un devait détruire ce lanceur de sorts, ou d'autres guerriers mourraient.

La créature et deux autres à ses côtés levèrent leur baguette pour lancer de nouveaux sortilèges, mais ils n'eurent pas l'occasion d'achever le geste. Les flèches des Plumenoires filèrent en une volée plus dense que la neige elle-même et frappèrent avec l'impact d'une hache débitant du bois. Les têtes foreuses percèrent des trous de trois centimètres de diamètre dans leurs cibles et les traversèrent de part en part, projetant un nuage rouge derrière. Deux des créatures succombèrent immédiatement, s'effondrant comme si leurs os avaient été réduits en poussière. Mais la dernière (celle qui avait envoyé la boule de feu à Adrogans) eut le temps de regarder les trous dans son ventre. Il levait les yeux lorsqu'une dernière flèche s'enfonça dans sa tempe. La baguette s'échappa de ses doigts sans vie et la créature tourna sur elle-même puis glissa du remblai, laissant une trace rouge le long de la pente.

Les deux légions de cavalerie légère passèrent le gué puis se déployèrent pour repousser les baragouineurs qui se trouvaient devant eux. Des flèches abattaient l'ennemi çà et là, selon les cibles choisies par les elfes. Certains des cavaliers de la Garde descendirent de cheval et envahirent les remblais, expulsèrent les baragouineurs et mirent rapidement fin à la résistance.

Maîtresse Gilthalarwin, commandante des Plumenoires, s'aventura dans le gué.

— Je vous ai vu tomber. Êtes-vous blessé ? J'ai un guérisseur.

Adrogans secoua la tête.

— Je vais bien, mais certains de mes soldats ont certainement besoin d'aide. Je vous remercie, ainsi que vos guerriers. Sans vous, ç'aurait été bien pire.

L'elfe se mit à rire. Elle avait natté ses longs cheveux noirs et la tresse serpentait sur ses épaules.

— Toujours aussi arrogant, Adrogans. Sans nous, vous auriez pu ne pas prendre le gué.

— Nous l'aurions pris, parce qu'il le fallait. Et ce n'est pas de l'arrogance. Je connais mes soldats aussi bien que vous connaissez les vôtres. (Il se retourna vers Phfas.) Merci mon oncle. Vous m'avez sauvé la vie.

Essoufflé, le chaman était assis sur le sol, mais il réussit à esquisser un sourire.

— Il était nécessaire de te protéger grâce à l'air. Cette magick était puissante.

Le général acquiesça.

— Maîtresse, avez-vous une idée de ce que c'était ?

— Une nouvelle abomination aurolanie ? (Elle secoua la tête.) Je vais donner l'ordre d'étudier la question. J'avertirai certains de mes éclaireurs à leur propos également, qu'ils voient s'il y en a d'autres.

— Très bien, merci. (Adrogans fit signe au clairon de s'approcher.) Rappelez les troupes. Puis envoyez deux cavaliers à l'infanterie. Je la veux ici dans trois jours pour tenir le gué.

— Oui, mon général.

L'homme s'écarta et sonna le rappel. Les soldats rejoignirent leurs unités et les officiers se mirent à compter les morts et les blessés. Les hommes aidaient leurs camarades brisés par la bataille, ils bandaient les blessures et remettaient les os en place. Les premiers Plumenoires à traverser le gué firent le tour de la cavalerie pour envoyer les blessés les plus sérieusement touchés au bord du fleuve où leur guérisseur les soignerait.

Accroupi près de Phfas, Adrogans sentit Douleur se presser contre son dos.

— Eh bien, mon oncle, nous l'avons blessé. Je ne sais pas en combien de temps il l'apprendra, mais il réagira. Est-ce que je l'attends ici et je lui fais payer chèrement la reprise du gué ou…

Le vieil homme secoua la tête.

— Toujours vers l'avant, toujours vers l'avant. Si tu restes ici, tu es une cible. Si tu continues, il devra te trouver d'abord.

— Oui, et dans une guerre, il est toujours mieux de ne pas être touché du tout.

Markus Adrogans se leva et arqua le dos, sentant un craquement le parcourir de la taille au cou.

— À Svarskya, alors. Je me souviens qu'elle était bien jolie, au printemps. Peut-être que cette année, elle le sera de nouveau.

Chapitre 28

Will détestait qu'on le traite comme un malade, étant donné qu'il se sentait parfaitement bien.

Enfin, tant qu'il était emmitouflé dans des vêtements chauds. Pendant son enfance de voleur, il préférait du tissu plus lâche, parce qu'il pouvait s'en débarrasser si quelqu'un l'attrapait et parce qu'il pouvait y cacher plus de butin. Le même genre d'habits le satisfaisait toujours parfaitement parce qu'il pouvait porter d'épais sous-vêtements de laine dessous et rester ainsi bien au chaud.

Malgré le froid, il était déterminé à rester tête nue. Il était toujours aussi furieux que la cour ait décidé d'écouter Nefrai-kesh témoigner contre Corbeau. Il avait refusé d'assister à l'audience de ce matin-là, alors que Corbeau devait être relâché. Mais la princesse Alexia avait dit à un ambassadeur bizarre de lui expliquer pourquoi sa présence était capitale.

Et pourquoi il était capital qu'il porte un masque.

Will se révolta à l'idée de remettre son masque et fut surpris d'entendre Résolu le soutenir. Mais l'ambassadeur avait fait remarquer que si Will le remettait, il pourrait de nouveau revendiquer le titre de seigneur Norrington. Puisque la libération de Corbeau serait probablement conditionnelle, il serait important que le suzerain accepte d'en avoir la garde. Afin de respecter les coutumes d'Oriosa, Will devrait donc porter un masque.

Assis dans la salle d'audience à côté de la princesse Alexia, Will fit de son mieux pour contenir son sourire. Les spectateurs d'Oriosa réunis là l'avaient vu entrer et un sursaut avait parcouru la foule.

Les réactions avaient varié, mais il avait aperçu des saluts respectueux devant son entrée.

Will rajusta son masque. Ce n'était pas celui que le roi Scrainwood lui avait donné, mais un masque de courtoisie en dentelle blanche, similaire à ceux que le roi Augustus, la reine Carus et la princesse Alexia avaient reçus. Ceux qui n'étaient pas d'Oriosa les portaient par considération pour leur rang. Le masque de courtoisie témoignait de son respect pour les coutumes du pays, mais indiquait aussi qu'il était étranger.

Il portait le masque donné par le roi en brassard à droite. Le vert foncé ressortait joliment sur la veste de velours rouge qu'il avait choisie, et les yeux écarlates étaient parfaits. Il avait trouvé tout seul cette solution et l'accord de Résolu et de l'ambassadeur le ravissait.

Lorsqu'il avait pris place à côté de la princesse, Corbeau l'avait regardé et froncé les sourcils avec inquiétude. Will lui avait fait un clin d'œil et levé le menton juste assez pour lui montrer les deux cicatrices. Corbeau avait plissé les yeux et fait une grimace, mais Will avait secoué la tête pour le rassurer.

Le coup sec d'un bâton sur l'estrade du tribunal calma les bavardages du public. Par les portes ouvertes de l'extrémité de la salle entrèrent les trois juges. D'abord la reine Carus, dans une robe d'un rouge profond avec des motifs en forme de losange ivoire, pointés vers sa taille comme des sabliers. Elle avait tiré ses cheveux noirs en arrière et les avait attachés avec des épingles dorées ornées de rubis.

Ensuite venait Augustus, au port plus martial que royal. Ses vêtements mêlaient le vert au blanc bordé d'or, et leur coupe, bien que militaire, n'était pas sévère pour autant. La créature mi-poisson mi-cheval qu'il avait choisie comme insigne apparaissait sur la boucle de sa large ceinture de cuir blanc. Son masque de courtoisie était taillé dans de la dentelle blanche et marqué aux yeux comme de coutume pour indiquer la mort de ses parents.

Linchmere fermait la marche. Will avait beau savoir que, si le prince arrivait en dernier, c'était pour attester de son importance à la cour, il trouvait approprié que Linchmere se retrouve derrière. Ses épaules affaissées soulignaient l'avachissement général de son corps, encore marqué par un ventre bedonnant qui ballottait lorsqu'il marchait. Linchmere affectait même la démarche d'un homme obèse, une hanche après l'autre, alors qu'il n'était pas si gras.

Même Kerrigan a plus de dignité.

Les juges prirent place, puis Linchmere s'avança pour s'adresser à la cour. Wroxter Dainn et ses assistants descendirent de leurs sièges et mirent un genou à terre, mais Corbeau resta assis. Will attendit de voir ce que la princesse Alexia ferait, et lorsqu'il vit qu'elle ne se levait pas, il resta là, à ses côtés.

Le prince se racla la gorge, une fois puis deux.

— Dames et seigneurs, rois et reines, visiteurs distingués, citoyens. Cette procédure s'est déroulée dans la plus grande solennité. Nous avons entendu les témoins. Les preuves ont été examinées et nous avons discuté de la réalité des faits.

Le prince parlait lentement et avait baissé la voix pour donner une impression d'autorité mais, dès le début, lorsqu'il s'était rendu compte qu'il aurait dû dire « rois et reines » avant « dames et seigneurs », la nervosité s'était emparée de lui. Will la lisait dans ses yeux et dans le tremblement nerveux qui parcourait sa lèvre inférieure.

— L'accusation portée contre Corbeau était celle portée contre Tarrant Hawkins, il y a longtemps. Il fut accusé de trahison et jugé. Il fut condamné à mort, mais cette sentence ne fut jamais appliquée. Cet homme, Corbeau, a été identifié comme étant Tarrant Hawkins. À la suite de son mariage avec la princesse Alexia, un nouveau procès a été ouvert. Un nouveau verdict a été cherché. (Le prince mâchonna un instant sa lèvre inférieure.) Lors de nos délibérations, nous avons remarqué un vice de forme. Ces événements se sont déroulés il y a vingt-cinq ans, par conséquent la valeur des témoignages est discutable. Les sorciers de la cour ont déclaré que leurs sortilèges ont établi un lien entre Corbeau et Hawkins, mais les affaires ayant prétendument appartenu à Hawkins ont disparu, il n'est donc plus possible d'examiner leurs conclusions à la satisfaction de la cour. La seule identification positive que nous ayons obtenue fut celle de Nefrai-kesh. Il s'agit d'un ennemi, nous ne pouvons attendre de lui qu'il dise la vérité.

Will fronça les sourcils, complètement perdu. Le roi Augustus avait salué Corbeau comme un vieil ami et ils avaient dit qu'ils se connaissaient. Will n'avait pas entendu Corbeau admettre qu'il était Hawkins, mais il ne l'avait jamais nié non plus. Toute la question de l'identité de Corbeau aurait dû être sans aucune importance.

Tel que Will l'avait compris, Linchmere était supposé se lever et annoncer que les accusations n'avaient pas été prouvées et que Corbeau était libre du moment que quelqu'un se déclarait responsable de lui. Will s'exécuterait, enfilerait son véritable masque, tout irait bien, et ils seraient libres de combattre Chytrine.

— Je ne comprends pas, marmonna-t-il dans sa barbe.

Alexia se pencha légèrement vers lui, épaule contre épaule.

— C'est ce que je craignais. Scrainwood joue. Les preuves des sorciers peuvent réapparaître à tout moment et les accusations seraient renouvelées. Si Scrainwood obtient ce qu'il veut, Corbeau ne sera jamais libéré de la menace d'une exécution. Il ne fera rien pour le moment ; toutefois, le roi Augustus ne serait pas ici si le roi Scrainwood était revenu sur leur accord.

Will grogna.

— Scrainwood est un serpent.

La princesse sourit.

— Tu insultes les serpents.

Linchmere continuait :

— Il est donc de l'avis de ce tribunal que les preuves existantes ne sont pas suffisantes à condamner cet homme pour les crimes attribués à Tarrant Hawkins. Monsieur, vous êtes libre de…

Les portes du bout de la salle s'ouvrirent brusquement, poussées par une femme en vêtements d'équitation de cuir rouge et manteau écarlate flottant. Elle portait un masque de cuir rouge qui couvrait son visage des joues au front et jusqu'à la racine de ses cheveux. Une mèche de ses longs cheveux roux bouclait devant son œil droit. La partie inférieure de son visage était rougie par le froid et le vent. De la neige fondait sur son manteau.

— Où est-il ?

Elle s'arrêta dans l'aile centrale et son manteau ondoya dans son dos comment une vague de laine.

—Où est-il ?

—Qu… qui ?

Linchmere s'apprêtait à faire un demi-pas en avant, mais se retint lorsque sa voix le trahit. Il la baissa d'un ton pour reprendre le timbre sérieux avec lequel il avait commencé à parler.

—Qui êtes-vous ?

La femme pointa un doigt vers lui.

—Vous, assis. Ce n'est pas vous que je cherche.

Elle regarda autour d'elle, ses yeux bleu pâle s'arrêtèrent sur Will un instant, puis se détournèrent avant de revenir à lui.

—Vous, vous êtes le Norrington, n'est-ce pas ?

Will se leva lentement.

—C'est moi.

Elle s'avança, vite, moins brusquement, et passa devant le prisonnier. Elle mit un genou à terre et prit la main droite de Will dans la sienne. La portant à ses lèvres, elle la baisa, ce qui fit sursauter le jeune homme.

Elle leva les yeux, son regard croisa celui de Will, qui sursauta de nouveau. Les yeux de la femme brûlaient d'une intensité qui menaçait de l'enflammer. Elle était belle, on ne pouvait le nier, mais il y avait quelque chose d'autre chez elle, au plus profond de son regard, qui le captivait.

Will avala difficilement sa salive.

—Qui êtes-vous ?

—Seigneur, je suis la princesse de Muroso, Sayce. J'arrive de Caledo pour vous supplier de sauver ma nation.

Le désespoir transparaissait dans ses paroles. Elle pencha de nouveau la tête, appuyant le front contre sa main.

—Je vous en supplie, seigneur, vous êtes notre seul espoir…

—Je, heu, je…

Will regarda Alexia, Corbeau, puis le roi Augustus avec une expression de désarroi.

Le roi d'Alcida se leva.

— Princesse, vous avez interrompu une procédure de la plus haute importance.

La jeune femme se redressa brusquement et lâcha la main de Will.

— Importante ? Ceci est important ? Vous êtes Augustus d'Alcida et elle, Carus de Jerana. Je vous ai déjà vus en compagnie de mon père. Je ne suis pas étonnée de trouver l'Oriosa plongée dans le chaos. Mais vous ? Comme pouvez-vous être là ? (Sa voix se fit plus forte, teintée d'amertume.) N'avez-vous aucune idée de ce qu'il se passe ? La Sebcia est tombée. Les troupes de Chytrine qui ont fait le siège de Lurii avaient des dragonels. Ils ont détruit les portes, ont fait s'effondrer les murs et le massacre fut inimaginable. Les réfugiés accourent au sud, mais la neige les rattrape et les submerge. Au dégel, s'il y en a jamais un, nous trouverons des familles qui se sont allongées dans le froid avant de mourir. Les routes seront jonchées de cadavres. Pourtant vous êtes là, à écouter des caquètements sans importance alors que des gens se meurent. Par centaines. Par milliers.

Sayce se retourna et désigna Will.

— Je suis venu chercher le Norrington pour le ramener à Caledo afin qu'il puisse conduire nos troupes et détruire Chytrine.

— Attendez une seconde. (Will leva les mains.) Je suis peut-être le Norrington, mais vous avez besoin de la princesse Alexia pour mener les troupes. (Il la désigna du menton.) Elle remportera la victoire pour vous.

Sayce huma l'air puis pencha légèrement la tête.

— C'est vous, Alexia ? Mmmh. Quelle robe absolument splendide ! Je n'aurais jamais imaginé vous trouver ici, alors qu'il y a des Aurolanis à tuer. Ma nation ne tombera pas comme la vôtre.

Alexia se leva lentement.

— Je ne vous le souhaiterai pas, princesse, et ferai tout ce qui est en mon pouvoir pour l'empêcher. (Elle haussa la voix.) Prince Linchmere, il me semble que vous étiez sur le point de libérer Corbeau.

Linchmere se redressa sur son trône et se mit de nouveau maladroitement sur ses pieds.

— Oui, Corbeau, vous êtes libre.

Will frappa dans ses mains.

— Oui !

Sayce se retourna et regarda Will et Corbeau se serrer la main puis s'étreindre en se congratulant.

— Je suis heureuse pour votre ami, seigneur Norrington, mais chaque instant est précieux.

Will se libéra de l'étreinte de Corbeau puis leva les yeux vers elle. Elle faisait peut-être une longueur de poing de plus que lui et était mince comme un loup. À droite de sa poitrine, sur sa tunique de cuir, étaient gravées les armoiries royales du Muroso, un ours dressé. Son masque dissimulait la moitié supérieure de son visage, mais les traits bien dessinés de sa mâchoire et ses lèvres pleines révélaient sa beauté cachée.

— Princesse, si vous voulez que je remonte vers le nord avec vous, alors Corbeau, Alexia et tous les autres devront m'accompagner aussi.

— Tous les autres ?

— Mes amis. Résolu, Dranae et Peri. Il y en a d'autres encore, ils nous aideront. Tous ensemble, nous avons sorti le fragment de la Couronne du Dragon de Wruona.

Sayce hocha la tête avec gravité.

— Oui, que tous vos compagnons viennent. Mes hommes sont dehors à rassembler d'autres chevaux, nous avons manqué de tuer les nôtres pour arriver jusqu'ici. Une fois que nous aurons du fourrage pour eux, des provisions pour nous, nous devrons partir.

— Je serai prêt.

Will lui sourit, mais derrière elle Linchmere se raidit. Le voleur se retourna pour suivre son regard, puis grimaça lorsqu'il vit une silhouette familière dans l'embrasure de la porte.

Le roi Scrainwood souriait.

— Ah, vous voilà, princesse. Je vous pardonne l'affront de ne pas vous être présentée à moi en premier, puisqu'il semble que vous pensiez trouver le Norrington ici.

Sayce plissa les yeux.

— Pardonnez-moi Altesse, je ne voulais pas vous manquer de respect. Le *Norrington* est bien ici, alors j'ai atteint mon objectif.

— Hélas, non. Je ne voudrais pas vous laisser, vous ou ma nation sœur au nord avec l'illusion que ce charlatan est le Norrington.

Will en resta bouche bée.

— Quoi ?

Le sourire de Scrainwood s'élargit.

— Bosleigh Norrington ne nous a pas quittés sans laisser une descendance. Une descendance *légale*. Son fils devrait arriver à Meredo dans un jour ou deux. Comme il se doit, un *noble* oriosan, droit et loyal, guidera le monde contre Chytrine.

Chapitre 29

Isaura inspira profondément l'air vif et sain de son pays. Elle prit une grande goulée d'air, le froid la rafraîchissant de toute la souillure du Sud, malgré sa crainte secrète de n'être jamais totalement débarrassée de la puanteur de Meredo.

Elle se promena lentement dans le jardin de glace derrière la citadelle où elle vivait. Aucun mur ne le séparait de la toundra blanche qui s'étendait vers le nord. Nulle vermine ne s'y aventurerait pour en grignoter les douceurs, car les trésors de ce jardin ne nourrissaient que l'esprit de ceux qui erraient parmi ses splendeurs

Plusieurs fois par an, les élèves de Neskaru se servaient de la magick pour former de petites boules de glace. La magick en elle-même fascinait Isaura car elle utilisait les images d'une illusion et les combinait avec des éléments de construction pour créer de véritables merveilles. Bien des jeunes élèves, par exemple, pouvaient imprégner leurs créations de formes animales, réalistes ou imaginaires. Une fois que la graine de glace était plantée, elle grandirait en prenant la forme que le magickant avait imaginée.

Les étudiants d'un niveau plus avancé étaient capables de bien plus, et leurs créations rivalisaient souvent de complexité. Tandis qu'elle se promenait, elle sourit et caressa les pétales transparents d'une rose. Faits de glace, ils n'avaient rien de la douceur de la véritable fleur, mais leur découpe était tout aussi délicate. Une pichenette détacherait les pétales, mais Isaura se retint.

Elle se détourna du buisson sur lequel poussaient ces roses vers une autre création : un arbre aux branches déployées. Il était très différent du buisson, car ce dernier avait été créé par l'un des élèves ayant passé une grande partie de sa vie dans le Sud. Il s'était rappelé des détails réels, qu'il avait ensuite inclus dans son œuvre.

Au contraire, l'arbre avait été créé par Corde, une femme à peine plus âgée qu'Isaura. On l'avait ramenée du Sud alors qu'elle n'était qu'un bébé et n'avait connu que le Conservatoire, où ses parents avaient étudié jusqu'à leur mort. L'œuvre de Corde reflétait son intelligence, elle avait la forme d'un arbre, mais se composait d'un treillage de flocons de neige de différentes tailles allant de la paume de la main d'Isaura à un bouclier de guerrier. Cette œuvre avait une apparence unique. De plus, si on regardait un flocon de plus près, on voyait qu'il était fait de plus petits flocons, eux-mêmes composés d'autres encore plus petits jusqu'à ce qu'Isaura ne puisse les discerner sans l'aide de la magick.

Corde était l'une des rares élèves de Neskaru qui commençait à entrapercevoir la véritable nature de la magick. Sa création ne cessait de changer, comme si les branches ondoyaient sous une brise que l'on ne sentait pas. Tandis qu'Isaura s'en approchait, des boutons s'ouvrirent lentement et, dans les lames de glace plates, son portrait s'était gravé magickement.

L'arbre était certes merveilleux, mais il aurait pu l'être tellement plus si Corde avait compris que la magick était un fleuve. La sorcière avait été capable d'imprégner son arbre de beaucoup d'énergie, d'une source très pure, mais le moment viendrait où celle-ci s'épuiserait. L'arbre ne serait plus que de la glace. La lumière du soleil ferait fondre les branches et les vents le mettraient à terre.

Isaura s'en détourna pour éviter d'invoquer d'autres images et ainsi hâter sa mort, mais elle ne fut pas assez rapide. Sur les pétales, le dessin de son visage se métamorphosa en celui du garçon qu'elle avait sauvé à Meredo. Il dormait et ne semblait plus souffrir, ce dont elle se réjouit, et elle espéra que l'image n'était pas issue de ses souvenirs, mais qu'elle reflétait d'une façon ou d'une autre son état de santé actuel.

Cet espoir la décontenançait. Elle ne savait pas qui était ce garçon ni pourquoi elle l'avait sauvé. Oui, elle avait voulu réparer les actions de Spyr'skara. Elle n'avait pas aimé la façon dont l'Araignée d'Azur l'avait regardée, elle avait donc pris plaisir à le contrarier. Même après son retour à l'auberge et la réunion avec Vionna et Nefrai-kesh, quand elle avait appris que le nouveau *sullanciri* avait été abattu, elle n'avait pas regretté d'avoir saboté son travail.

Ce ne fut qu'après que Nefrai-kesh les avait ramenées chez elles avec la reine pirate qu'elle avait commencé à réfléchir plus posément à ce qu'elle avait fait. Elle n'excluait pas que son action ait pu constituer la trahison dont avait parlé sa mère. Elle aurait dû se sentir horrifiée, et elle l'avait été, sur le coup. Mais quelque chose l'empêchait d'éprouver du remords.

Étrangement, elle avait l'impression d'avoir été incitée à guérir le garçon. Elle s'était lancée sur le fleuve de magick et l'avait laissé la porter là où elle aurait dû se trouver. Le courant l'avait précipitée vers lui ; à ce stade-là, elle ne pouvait envisager de lui refuser son aide.

Isaura secoua la tête. Elle n'aimait pas du tout l'idée de ne pas être responsable de ses actions. Au moins, c'était elle qui avait choisi de s'abandonner à la magick, alors tout ce qui avait suivi cette décision était sa faute. Si, par son geste, elle avait provoqué la colère de sa mère, elle ne pourrait s'en prendre qu'à elle-même.

Le problème était qu'elle ne ressentait aucune honte. Elle pouvait justifier son geste en se disant que sa mère n'aurait jamais voulu voir souffrir un jeune innocent mais, en fin de compte, les motivations de Chytrine n'étaient pas les siennes. Isaura sentait qu'elle avait fait ce qu'il fallait. L'autre présence dans la chambre l'avait confirmé. Dans l'absolu elle n'était qu'un pion sur un plus grand plateau, mais elle avait choisi d'agir. Guérir ce jeune homme lui avait semblé normal, mais elle n'aurait pu expliquer les raisons de son geste si sa vie en avait dépendu.

Un sifflement parvint à ses oreilles et elle leva les yeux. Un tourbillon cylindrique de glace et de neige flottait d'avant en arrière tandis qu'il s'avançait dans le jardin. Il esquiva les œuvres les plus importantes, puis survola les plus petites, s'arrêtant comme pour caresser les animaux inoffensifs. Une fois qu'il eut atteint le cœur du jardin, il tourna autour et au-dessus d'elle, et elle tourna avec lui en riant.

Il s'éloigna, puis se resserra et se congela sous la forme d'un vieil homme barbu aux cheveux longs, vêtu d'un costume simple agrémenté d'un manteau de fourrure. Son corps ne perdit pas de sa transparence et un sourire se dessina sur son visage lorsqu'il releva la tête. Il fit une série de mouvements avec ses mains, tout en haussant les sourcils.

Isaura s'inclina devant lui.

— Oui, Drolda, j'étais absente, mais c'est terminé. Je suis revenue, mon ami, et souhaite ne plus jamais repartir.

Il ajouta quelque chose dans le langage secret qu'ils partageaient.

— Les terres du Sud sont très étranges, Drolda, comme tu le sais. (Elle soupira.) Il y avait là-bas tant de choses que je ne comprenais pas.

Drolda fronça les sourcils puis forma une question avec ses doigts.

Isaura hésita.

— Ce n'est pas tant que je me fais du souci. Je suis intriguée. Oui, intriguée.

Elle préférait de beaucoup être intriguée plutôt qu'inquiète parce qu'elle ne pouvait résoudre un mystère.

La tête de Drolda tourna sur elle-même, donnant l'impression qu'il regardait l'arbre en flocons derrière lui. Il pivota de nouveau la tête complètement, puis souffla un nuage qui prit l'apparence du garçon.

— Oui. Il était blessé, grièvement blessé. Je l'ai sauvé du poison, mais je ne sais qui il était ou pourquoi j'ai agi de cette façon. Il aurait pu être un ennemi menaçant la vie de ma mère.

Son ami se rembrunit. Drolda n'aimait pas sa mère, pour des raisons qu'il n'avait jamais expliquées.

Isaura le regarda avec tristesse.

— Ne sais-tu pas qui il était ?

L'homme de glace secoua la tête, puis haussa les épaules, nuançant une partie de sa réponse négative. Il esquiva une explication.

Isaura se mit à rire.

— Des forces en jeu, dis-tu ? Tu es bien mystérieux aujourd'hui, mon ami. Ils sont loin les jours où tu m'amusais de simples jeux et de contes.

La créature de glace lui caressa doucement l'épaule, puis tordit ses traits en forme de masque absurde censé la faire rire.

Ce qu'elle fit, non sans avoir la nette impression que Drolda lui cachait quelque chose. Avant qu'elle puisse l'interroger, toutefois, il explosa comme une boule de neige et elle sentit le froid baiser de la glace sur sa joue. Elle l'avait vu disparaître ainsi à de nombreuses reprises, et cela avait toujours annoncé la même chose. Elle aurait pu se retourner pour attendre, au lieu de ça elle s'enfonça plus loin dans le jardin.

— Princesse, un instant je vous prie.

À l'appel de Nefrai-kesh, elle se retourna.

— Oui, seigneur ?

Le commandant des *sullanciri* se tenait à côté de la forme scintillante qu'était Neskaru.

— En l'absence de votre mère, je suis chargé de votre sécurité. Un problème en Okrannel exige mon attention.

— Dois-je vous accompagner, seigneur Nefrai-kesh ?

Des rubans de bleu apparurent dans les yeux blancs du *sullanciri*.

— Votre compagnie serait la bienvenue, princesse, et j'en serais très honoré. L'Okrannel vous plairait beaucoup. De grands territoires sont retournés à l'état sauvage. Hélas, ce que j'aurais à y faire serait une épreuve pour vous.

Isaura fronça les sourcils. Plus que tous les autres, Nefrai-kesh lui témoignait du respect. Les autres *sullanciri*, à l'exception peut-être de Myrall'mara, s'inclinaient devant elle par crainte de sa mère. Myrall'mara, bien que respectueuse, tendait à l'éviter. Cette distance ne dérangeait pas Isaura, car la *sullanciri* semblait toujours pleine de chagrin et Isaura n'avait jamais pu franchir le mur de sa tristesse.

Nefrai-kesh, quant à lui, avait représenté pour elle ce qu'elle imaginait être le plus proche d'un père. Au fil des années, il lui avait appris bien des choses. C'était lui qui lui avait enseigné à monter un grand temeryx. À peine revenu de ses voyages, il la couvrait de cadeaux. Celui qu'elle adorait par-dessus tout était une bague de saphir que la reine d'Oriosa, disait-il, avait absolument voulu lui faire parvenir. D'autres babioles, comme de petites gravures en os ou des thés exotiques, avaient été pour elle des échos du Sud et avaient élargi son horizon au-delà du disque blanc qui entourait la Citadelle.

— Seigneur, vous savez que je ne suis pas aussi délicate qu'on l'imagine.

— Je le sais, princesse. Le fait que vous vous soyez promenée seule dans les rues de Meredo me laisse penser que vous êtes capable de bien des choses.

Ni sa voix ni son langage corporel ne trahissaient qu'il soupçonnait quelque chose. Elle ne pouvait lire son expression à cause du masque qu'il portait. Mais s'il avait pensé qu'elle avait mal agi, elle l'aurait su bien avant.

— Je dois affronter un ennemi qui s'est révélé bien malin.

— Mais il me plairait de voir les ennemis de ma mère vaincus.

— Oui, je le crois. (Nefrai-kesh désigna Neskaru du menton.) La résistance contre les armées de votre mère s'est effondrée en Sebcia. Ses forces pénètrent le Muroso et Neskaru va emmener un groupe de ses élèves les rejoindre. Votre mère désire effectivement que vous voyiez ses ennemis tomber, ce que vous ferez en compagnie de Neskaru.

Isaura appuya légèrement le pouce et l'index sur sa lèvre inférieure.

— Irons-nous nous battre ou simplement observer, seigneur Neskaru ?

— *Votre mère souhaite que vous observiez. Mes élèves se battront s'ils en ont l'occasion.*

Nefrai-kesh leva le doigt.

— Il y a quelque chose que vous devez comprendre, Altesse. Avant de participer à la grande révolte, le Muroso accueillait l'école de magick de l'empire. L'Académie de Caledo a rivalisé avec celle de Vilwan pendant un temps et les sorciers murosans sont très orgueilleux. Ils ont coutume de se défier en duel. Ils le font pour leur plaisir personnel, même s'ils prétendent que c'est pour épargner des souffrances au commun des mortels. Ils défieront nos magickants, mais vous n'avez pas la permission de vous laisser entraîner dans l'un de ces duels. J'ai besoin que vous observiez et que vous me fassiez des rapports. Votre mère souhaite que vous assistiez à la défaite de ses ennemis et moi je désire que vous m'accordiez cette faveur : servez-vous de vos yeux et de vos sens pour me dire quel est le meilleur moyen de continuer à vaincre. Ferez-vous cela pour moi ?

— Bien entendu, seigneur. (Isaura hocha lentement la tête.) Vous préviendrai-je par *arcanslata* ou dois-je utiliser un autre moyen ?

Le *sullanciri* s'avança avec assurance. La neige crissa sous ses bottes. Il s'arrêta devant elle puis leva la main droite.

— Fermez les yeux, princesse, ouvrez-vous à moi.

Elle fit comme il avait demandé. Elle le sentit presser trois doigts contre son front. Pendant un instant sa peau la chatouilla, puis elle frissonna. Elle avait eu l'impression, le temps d'un battement de cils, que le fleuve de magick avait gelé. Il coula de nouveau juste après, mais la pause l'avait troublée.

Elle ouvrit les yeux lorsqu'il retira ses doigts.

— Qu'avez-vous fait ?

— Un peu de magick, princesse, pour nous lier. Lorsque vous souhaiterez me parler, concentrez-vous et je saurai vous trouver. Vous me direz ce que vous savez et je vous en serai très obligé.

Isaura acquiesça.

— Oui, seigneur, et je serai heureuse de vous rendre service.

— Excellent.

Nefrai-kesh se retourna vivement et regarda intensément Neskaru.

— Quant à vous, mon vieil ami, vous savez que s'il lui arrivait le moindre mal, il vaudrait mieux pour vous que vous mouriez. En fait, votre dernière action devrait être de la renvoyer chez elle. Si vous échouez à assurer sa sécurité, les conséquences seront d'une horreur indicible.

— J'en suis conscient, seigneur. La mort elle-même ne pourra m'empêcher de protéger la fille de notre impératrice bien aimée.

Isaura entendit de l'assurance dans les pensées de Neskaru, mais les couleurs de la créature avaient pâli et ralenti, ses contours avaient perdu de leur netteté.

Le roi des *sullanciri* hocha la tête.

— Très bien. Princesse, vous emprunterez les transports ordinaires. Ne vous sentez pas obligée d'alourdir le traîneau de coffres de vêtements et d'un trop grand nombre de provisions. Vous aurez tout ce dont vous avez besoin sur le chemin. À l'arrivée, vous serez parée des plus beaux atours de la Sebcia et du Muroso, honorant ainsi par votre choix les nouveaux sujets de votre mère.

— Quand partons-nous, seigneur ?

— Demain soir. (Nefrai-kesh lui fit signe de rentrer à la Citadelle.) Des serviteurs viendront vous aider à faire vos bagages. Vous n'avez pas beaucoup de temps, je le sais, mais retarder notre départ serait vous priver de l'enseignement que votre mère désire vous prodiguer.

— C'est bien assez de temps, seigneur, merci.

Isaura sourit, puis tourna sur elle-même pour contempler le jardin une dernière fois. L'arbre de neige choisit cet instant pour s'effondrer et ses branches semblables à des épées tranchèrent dans leur chute une famille de lapins. Elle n'y vit pourtant pas un mauvais présage. Plus tard, il lui viendrait à l'esprit qu'elle aurait dû l'envisager de cette manière, mais les événements s'enchaînaient si vite que, malgré cet avertissement, elle saurait aussi que le désastre n'aurait pu être évité.

Chapitre 30

Kerrigan Reese se sentait mieux quoique toujours mal à l'aise. Avant de quitter la chambre, Rym Ramoch avait ordonné à Bok de laver et d'habiller Kerrigan une fois que le jeune mage aurait mangé. Le repas s'était révélé nourrissant, bien que très peu appétissant. Kerrigan soupçonnait que la viande en sauce était en fait du rat, mais il avait alors tellement faim qu'il s'en fichait.

Après cela, il y eut le bain. L'urZrethi poussa un baril d'une demi-tonne dans la petite pièce et l'emplit d'eau. D'une étagère il descendit une petite pierre de roche volcanique, murmura quelque chose au-dessus, puis la jeta dans l'eau. Des bulles se formèrent rapidement et de la vapeur s'éleva, puis l'urZrethi sortit la pierre, la fit rebondir d'une main à l'autre et la reposa enfin, fumante, sur l'étagère.

Kerrigan se glissa dans l'eau chaude et se prépara à se détendre, mais Bok avait pris l'ordre de le laver avec sérieux. L'urZrethi le frotta d'un côté et de l'autre, jusqu'à ce que sa peau devienne rouge et le picote. Kerrigan n'avait jamais eu autant l'impression d'être un enfant que dans cette baignoire. D'une main, Bok parvenait à le faire pivoter d'un côté ou de l'autre et Kerrigan ne doutait pas l'urZrethi aurait pu le hisser entièrement hors du bain sans aucune difficulté.

Après l'avoir lavé, Bok lui apporta des vêtements propres de coupe très pratique. Kerrigan avait beau avoir grandi en portant des robes de sorciers, il s'était habitué depuis aux pantalons et aux tuniques. En outre, il les associait à l'aventure. Et parce que les porter serait mal vu par ses supérieurs à Vilwan, cette petite rébellion l'excitait.

Bok retira la bassine, puis apporta du linge de lit et fit signe à Kerrigan de s'installer. Lorsque le mage obéit, l'urZrethi étira un bras jusqu'à le rendre plus fin qu'une hampe de lance et pinça les mèches des bougies du chandelier pour les éteindre.

Kerrigan s'allongea et réfléchit à ce que Rym lui avait dit. Le simple fait que Kerrigan soit capable d'invoquer des sorts signifiait que les humains pouvaient les apprendre. Il avait beau adorer croire qu'il était spécial, il semblait effectivement étrange que quelqu'un comme le Grand Magister soit incapable de lancer ne serait-ce que le moindre petit sort de guérison. Et pourtant, ce même Grand Magister savait bien qu'un humain en était capable.

Soit Yrulph Kirûn était un génie qui avait découvert seul bien des choses sur la magick, soit on lui avait beaucoup appris et il avait ensuite étendu ses connaissances. Ou les deux. Peut-être avait-il tellement dépassé ses supérieurs que ceux-ci n'avaient en réalité aucune idée de ce qu'il était capable de faire.

Tout comme moi.

A fortiori, il était logique que les dirigeants de Vilwan aient réformé un enseignement pesant pour leurs élèves. Si la plus grande menace que le monde ait jamais connue arrivait de Vilwan, sans garde-fou ni concession, l'île serait détruite. Aucune nation n'aurait voulu lui confier l'entraînement de ses sorciers, ce qui aurait mis fin à Vilwan et à sa culture.

Les pensées de Kerrigan suivirent leur cours et les choses se mirent en place. Les différentes nations n'avaient aucun véritable désir de fonder de puissantes académies de magick parce que la première à créer un Kirûn pourrait partir à la conquête de ses voisins. Ce dont elles avaient besoin, c'était d'une magick stable, de la magick qui aiderait en bien des occasions et faciliterait un peu la vie, mais rien qui autoriserait les atrocités que Kirûn avait commises lorsqu'il avait créé et utilisé la Couronne du Dragon.

Les dirigeants de Vilwan auraient donc proposé aux souverains du monde un plan pour juguler leur propre pouvoir en échange de leur soutien. Ils limitaient volontairement le pouvoir des gens qu'ils entraînaient, sans taire le fait que les hommes étaient capables de manipuler des sortilèges plus puissants. Il n'était pas possible de savoir à quel moment on apprenait la vérité, mais ce devait être après l'obtention du rang de Magister et, même alors, seulement après qu'on eut fait preuve de loyauté envers Vilwan.

Mais lorsque vingt-cinq ans auparavant, Chytrine était descendue dans le Sud pour la première fois, les dirigeants de Vilwan s'étaient rendu compte de leur erreur. Ils n'avaient plus personne pour la repousser, car elle avait été l'apprentie de Kirûn. Le temps d'une génération, ils s'étaient efforcés d'entraîner quelqu'un qui pourrait rivaliser avec elle. Ils avaient beau craindre de donner naissance à une personne qui menacerait le monde, à l'instar de Kirûn, seule Vilwan pouvait former un sorcier capable de vaincre la reine.

Du moins, c'est ce qu'ils ont dû se dire.

Alors Vilwan avait façonné Kerrigan.

Et maintenant ils craignent leur œuvre.

Il frissonna à cette idée. Allait-il le traquer ? Ils avaient déjà envoyé un groupe après lui. Que feraient-ils une fois qu'ils comprendraient à quel point Kerrigan était puissant ?

Il secoua la tête pour chasser ces pensées. Il se concentra plutôt sur un autre point mentionné par Rym Ramoch : la souillure de sa magick. Depuis longtemps, Kerrigan avait su que différents sorts procuraient différentes sensations. Les sorts humains étaient assez grossiers et anguleux comparés au courant fluide des sortilèges elfiques. La magick urZrethie avait quelque chose d'évanescent. Cette magick était fluctuante comme la fumée et les ombres, difficile à saisir, mais facile à manipuler et à utiliser pour provoquer un changement.

Cette réflexion amena deux questions. La première exigeait une réponse. Parce qu'il pouvait identifier un sortilège à la façon de le lancer, il se demanda s'il existait des traits spécifiques qui lui permettraient d'en apprendre davantage à son sujet et sur la personne qui le lançait. Orla lui avait dit que la baguette de Wheele permettait d'une façon ou d'une autre à celui-ci de l'identifier et d'adapter un sortilège pour la tuer. Wheele l'avait même provoquée, en disant que son maître, le *sullanciri* Neskaru, lui avait donné la baguette pour qu'il s'en serve contre « l'engeance de Vilwan ». Le commentaire de Wheele avait suggéré qu'il était possible d'identifier la magick lancée par une personne entraînée à Vilwan. En outre, Orla avait une fois insinué que les éléments d'un sortilège pouvaient aider quelqu'un à identifier les différents sorciers.

Kerrigan acceptait l'idée qu'il pouvait être identifié. On pouvait comparer cela à l'art oratoire : le même discours récité devant des centaines de personnes différentes se ressemblerait, mais chaque orateur y apporterait quelque chose de nouveau qui permettrait à l'audience de différencier les intervenants. Identifier un orateur était plus difficile, mais en étudiant suffisamment et en observant bien, c'était faisable.

Ainsi, il en arriva à la souillure. Il admettait sans conteste que des objets magickes de grand pouvoir soient identifiables. L'idée que leur essence s'attache à ceux avec qui ils étaient entrés en contact ne le surprenait pas. Il avait transporté une partie de la Couronne du Dragon, il avait imprégné de sa magick, ainsi que de celle d'un autre fragment, et en avait touché encore un troisième. Que ce contact l'ait souillé ne le surprenait pas et Rym Ramoch avait accepté son explication.

Il était toutefois très surprenant que Rym ait parlé de la souillure du sortilège de Kirûn. Kerrigan savait que, en travaillant la magick, il l'aspirait en lui-même et s'en servait pour les sortilèges, mais il ne s'était jamais longtemps attardé sur l'origine de cette énergie. Il savait que certains élèves éprouvaient de la difficulté à y accéder, mais lui n'y avait jamais été confronté. En fait, beaucoup de ses professeurs lui avaient envié l'aisance avec laquelle il attirait le pouvoir à lui et l'injectait dans ses sortilèges.

Et si, par contre…

Là il chercha une comparaison valable. Si attirer le pouvoir à lui était en réalité la même chose qu'extraire du charbon, serait-il possible qu'il se salisse l'esprit tout comme il se salirait les mains ? De plus, si le simple fait de lancer un sortilège en particulier laissait une trace, cela voudrait-il dire qu'il porterait cette souillure ? Que Rym ait identifié la magick de Kirûn sur lui indiquait que c'était effectivement le cas.

Et si c'est le cas…

Kerrigan serra les bras contre sa poitrine. Alors, cette trace pouvait-elle être détectée ? Un tel sortilège, si puissant sur la Couronne du Dragon, par exemple, lui permettrait de localiser Chytrine, et ainsi ils pourraient l'attaquer.

Il s'écria :

— Mais pourquoi je suis aussi idiot !

Lorsqu'il avait ensorcelé le fragment jaune de la Couronne du Dragon, il l'avait chargé d'un sortilège qui changerait lentement la façon dont Chytrine envisageait le monde. Il voulait la rendre paranoïaque, qu'elle croie que son entourage complotait. À l'époque, il avait pensé qu'il s'agissait d'une façon subtile de se venger de la mort de son professeur.

Il aurait été plus simple de se contenter d'en placer un qui l'aurait tuée ! Ou bien quelque chose d'aussi direct : un enchantement plus subtil qui lui aurait permis de localiser le fragment.

Il se frotta le visage.

Parfois je suis trop intelligent pour mon bien. Oui, je le suis, mais je n'ai pas d'expérience. Je n'en sais pas assez pour faire autant que je le pourrais.

Kerrigan sourit et pensa à Orla. Elle le lui avait dit, une fois. Lorsqu'elle lui avait demandé d'écouter Corbeau et Resolu et d'éviter Vilwan, c'était parce qu'elle savait que ce que Vilwan voulait qu'il devienne n'était pas ce dont le monde avait besoin. Il pouvait être bien plus qu'un dragonel mais, comme ce dernier, il fallait lui donner une cible et le diriger vers celle-ci. Corbeau et Résolu s'en assureraient, puisqu'ils n'avaient qu'un seul objectif : arrêter Chytrine.

Il se redressa brusquement sur son matelas de paille. À sa gauche, une étincelle naquit, puis monta jusqu'à une bougie sur l'étagère. La flamme prit, puis brilla vivement. D'autres étincelles s'en élevèrent et volèrent dans la pièce pour allumer d'autres bougies jusqu'à ce qu'elles brûlent toutes joyeusement.

La première étincelle était sortie de l'index gauche de Rym Ramoch. Celui-ci s'était contenté d'une pichenette tranquille en direction de la bougie. Le thaumaturge masqué replia le doigt et baissa les yeux sur Kerrigan.

— Vous êtes bien agité, Initié Reese.

— Je réfléchissais à ce que vous m'avez dit.

— Tout comme moi à ce que vous m'avez dit. (Le sorcier en robe joignit le bout des doigts.) Cette capacité à dupliquer les objets m'intrigue. Nous n'avons pas le temps d'une démonstration pour l'instant, mais j'aimerais en voir une plus tard. Et je me demande à quel point l'objet est identique. Si je vous demandais de dupliquer un objet enchanté, l'enchantement se reproduirait-il entièrement ou serait-il ineffectif ?

Kerrigan haussa les épaules.

— Je n'en sais rien. Je ne crois pas que le fragment de la Couronne que j'ai laissé derrière moi servirait à la Couronne elle-même. Je n'ai pas cherché à en comprendre la magick, alors je ne pense pas qu'il pourrait fonctionner.

— C'est bien dommage mais, tout bien considéré, cela vaut mieux. (Rym pencha légèrement la tête.) À quoi pensiez-vous, Initié ?

— Aux traces et aux souillures dans la magick et pourquoi Vilwan fonctionne ainsi.

— De bien sinistres réflexions. Avez-vous trouvé une réponse ?

— Rien que vous ne sachiez déjà, je crois, puisque vous avez détecté la souillure chez moi. (Le mage rondouillard s'agita légèrement et se redressa.) Si j'apprenais à identifier la tache que la Couronne du Dragon m'a laissée, je serais à même d'inventer un sortilège capable de localiser cette tache en eux ou sur d'autres. Si un tel objet laisse comme des traces de pas, alors nous pourrions les suivre.

— Excellent. Ce serait des plus utile. (Rym approuva solennellement.) Nous commencerons cet enseignement. Mais, une fois que vous pourrez voir la souillure, il vous faudra apprendre autre chose avant de pouvoir la suivre.

— C'est-à-dire ?

— À l'effacer. Si elle vous permet de suivre les autres, eux pourraient vous retrouver de la même façon.

Kerrigan fronça les sourcils.

— Attendez. Je sais déjà que vous en êtes capable. Êtes-vous en train de me dire que d'autres pourraient me poursuivre ?

— Je ne sais pas si c'est le cas ou non. Le fait est que, si vous chassiez un animal, vous l'approcheriez sous le vent, afin que votre odeur ne le prévienne pas de votre présence. Quiconque possède une partie de la Couronne pourrait être assez puissant pour détecter votre approche.

Le jeune mage hocha la tête d'un air pensif.

— Oui, c'est évident.

— Très bien, une première leçon d'acquise.

Rym frappa de ses mains gantées et Bok surgit derrière son épaule.

— Bok, un repas pour Initié Reese, et des vêtements propres. Nous sortons.

Le regard de Kerrigan s'illumina.

— Nous sortons ?

Le mage masqué acquiesça avec gravité.

— Oui, pour vous rendre à vos compagnons. J'ai déterminé à ma grande satisfaction que vous n'êtes pas une menace. Toutefois, grâce à mon enseignement, vous en deviendrez une pour Chytrine. Plus vite votre entraînement commencera, mieux les événements se dérouleront pour nous tous.

Chapitre 31

L'annonce du roi Scrainwood avait stupéfié Will. Après un instant de réflexion, il en comprit l'évidente stratégie. Will avait refusé d'obéir aux ordres de Scrainwood, ce dernier avait donc trouvé quelqu'un qui s'y plierait.

Ce n'est qu'un serpent vicieux, qui se réveillera dans sa tombe après un an et un jour.

Will avait connu de tels personnages dans les Fondombres, mais là-bas on s'attendait à de telles rencontres. Dans l'Ombreux, on ne croyait que les gens que l'on voyait, mais l'on partait tout de même du principe qu'ils complotaient. On n'y trouvait que peu de pouvoir et peu de richesses, mais les gens n'étaient pas moins cupides pour autant.

Will se rendit compte que la cupidité était un vice universel. De toute évidence, Chytrine voulait obtenir tout ce que le Sud avait à offrir. Scrainwood désirait le pouvoir que lui procurerait le contrôle du Norrington. Chacun agissait selon ses propres motivations et les nobles n'étaient pas à l'abri de la cupidité.

Will était retourné à *L'Auberge de la Panthère Sauvage*, quelque peu hébété, et la nouvelle de ce qu'il s'était passé l'avait manifestement précédé. Si l'aubergiste faisait toujours preuve de respect, il était passé de « seigneur » à « monsieur » pour s'adresser à Will. Quand celui-ci demanda une chope de vin chaud, l'homme lui donna aussi le prix. Will paya plus que nécessaire puis approcha du feu. Il s'assit plus près de la cheminée que quiconque aurait pu le supporter et apprécia cet isolement.

Se peut-il que je ne sois vraiment pas le Norrington ?

Tout ce qu'il avait vécu semblait confirmer que c'était pourtant le cas. Sa mère était morte dans un incendie auquel il avait réchappé. Il avait retrouvé une partie du trésor de Vorquellyn. Dans les montagnes de Gyrvirgul, il avait été testé et le *sullanciri* qui avait été son père s'était retrouvé attiré par lui. Même son grand-père l'avait reconnu. Qu'il soit un Norrington était une certitude.

En revanche, qu'il soit le Norrington n'était plus aussi évident. La prophétie était un élément de magick et rien qu'en voyant une partie de la fresque qu'Oracle peignait grâce à ses dons de voyance, il avait suffisamment changé les choses pour modifier son point de vue. Le fait qu'il se soit fait mordre avait-il changé les choses ? Le fait qu'il ait été guéri par la dame Flocon de Neige avait-il changé les choses ?

Avant lui, on avait cru que le Norrington était son père, Bosleigh. Résolu l'avait même averti qu'il pouvait ne pas être la personne évoquée par la prophétie, que le destin dont on lui parlait pouvait être celui de ses enfants. La charge était-elle en train de se déplacer sur les épaules de quelqu'un d'autre ?

Il ne le croyait pas. Mais l'ombre d'un doute planait.

Assis là, à boire le liquide brûlant, il réfléchit à tout ce qu'il avait enduré. Les batailles, grandes et petites, contre les baragouineurs, les pirates, les vylaens et les dragons. Il avait failli être tué, deux fois, par des *sullanciri*. Il avait vu des dragonels et des draconettes. Il était allé à Gyrvirgul et avait rencontré les Gyrkymes chez eux. Il avait voyagé en Okrannel, à Wruona et Loquellyn. Il était allé à Forteresse Draconis et s'était battu pendant la longue retraite. Il avait tant fait au nom de la prophétie et désormais ce ne serait plus qu'une erreur ?

Ce n'est pas possible.

Il se mit à gronder, mais les cicatrices à son cou lui firent mal.

Ce n'est pas possible. Les machinations de Scrainwood me font douter de la vérité.

— Will Norrington, je dois vous parler.

Le voleur leva lentement la tête. La princesse du Muroso se tenait devant lui. La chaleur du foyer faisait fondre la neige sur son manteau et ses bottes.

— J'ai besoin de votre aide.

Will fronça les sourcils.

— Vous n'avez pas entendu le roi Scrainwood ? Je ne suis pas *le* Norrington. Je ne suis pas celui que vous cherchez.

— Ha ! (Elle renifla, tira vers elle une chaise grossière puis s'y assit à califourchon, le dossier contre sa poitrine.) Me croyez-vous si faible d'esprit ? Pensez-vous que je puisse être découragée par une telle déclaration ?

Quelque chose dans sa voix, quelque chose dans la façon dont elle le défiait coupa court à la réplique cinglante que Will avait préparée. Il aurait préféré qu'on le laisse seul, mais, d'un autre côté, il n'avait pas envie qu'elle s'en aille. Il avait besoin de temps pour recouvrer son sang-froid, ou d'un point de vue objectif pour considérer la situation d'un œil neuf. Puisqu'elle ne le laisserait pas seul, il attendrait d'elle qu'elle le conseille.

Il se pencha en avant, les mains serrées autour de sa chope.

— Princesse, je suis un voleur illettré d'Yslin. Je peux pondre des vers aussi facilement que vous dire qu'il n'y a pas plus de vingt pièces d'or dans votre bourse. Je sais que vous venez de loin pour chercher le Norrington et le ramener chez vous. Si vous étiez faible d'esprit, vous auriez été incapable d'accomplir cela.

Elle hocha la tête et les reflets dorés du feu dansèrent sur son masque rouge.

— Alors vous savez que les manigances du roi Scrainwood ne peuvent pas m'influencer.

— Comme savez-vous que ce sont des manigances ?

— C'est évident. (Sayce repoussa toute autre possibilité d'un geste léger de la main.) D'ici demain matin, nous aurons des chevaux, des provisions et nous pourrons rejoindre Caledo. Rassemblez vos amis et nous partons.

— Cela n'arrivera pas.

Elle plissa ses yeux bleu clair.

— Je croyais que vous compreniez à quel point c'était important pour mon peuple.

— Je le comprends, mais vous, vous devez comprendre pourquoi il est si important que vous ne vous trompiez pas. (Will se tourna vers elle, pour croiser ouvertement son regard.) Vous êtes venu chercher le Norrington. Le roi Scrainwood déclare que ce n'est pas moi. Vous dites que ce sont des balivernes, mais imaginons, rien qu'un instant, que les choses aient changé et qu'il ait raison. Pendant un temps, mon père a été le Norrington. Peut-être qu'il n'est plus temps pour moi de tenir ce rôle. Vous m'emmenez, et il se pourrait que je ne sois pas celui qui sauvera votre nation. Vous n'êtes pas venue ici pour un symbole, vous êtes là pour accomplir une prophétie. Et si ce n'était pas moi ?

La princesse prit un instant pour réfléchir à la question.

— Mais c'est forcément vous ! Ne le savez-vous pas ?

— C'est de la magick ! Comment suis-je supposé le savoir ? (Will repoussa une épaisse mèche de cheveux noirs.) Ce n'est pas comme si j'avais une cicatrice sur le front ou une tache de naissance bizarre ou je ne sais quoi. Que mon père soit le sbire d'une impératrice diabolique ne fait pas forcément de moi un héros. Je veux dire je connais les chants, les légendes. Tout y est plus simple, c'est tout. (Il leva le menton et tira sur le col de sa veste pour dévoiler les deux cicatrices rondes.) Vous voyez ? Je les dois à un *sullanciri* qui a tenté de me tuer. On dirait des brûlures, pas vrai ? Bientôt quelqu'un va se mettre à chanter que ces marques correspondent à la partie de la prophétie qui dit « dans le feu forgé ». Et que si j'ai survécu, c'est parce qu'elle dit que je suis « immortel ». (Sayce était sur le point de répondre, mais Will se leva de sa chaise et regarda tous les gens derrière la princesse avant de poser de nouveau les yeux sur elle.) Écoutez, je sais pourquoi vous êtes là. La prophétie déclare que quelqu'un, un héros du nom de Norrington, va vaincre Chytrine. C'est très bien, mais quelle que soit cette personne, elle ne va pas y arriver toute seule. Bien sûr, les gens veulent des héros. J'adorerais en être un, mais je ne peux pas l'être pour tout le monde. Et tant que les gens me cherchent moi, ils oublient tous ceux qui sont déjà là.

» Regardez-vous, princesse, vous et vos hommes, vous avez chevauché depuis Caledo malgré le pire hiver qu'on ait vu depuis presque une éternité. Si ça, c'est pas de l'héroïsme, alors c'est quoi ?

Et regardez Corbeau. Depuis qu'il a l'âge de porter un masque, il se bat contre Chytrine. Il est couturé de cicatrices récoltées au combat. Il a tué des *sullanciri*. Ça, c'est un héros ! Résolu et Alexia aussi. Tous ceux qui étaient à Forteresse Draconis en étaient.

Will sentait les regards de la foule sur lui, en tout cas il était le seul à parler.

— Vous savez, une prophétie, ça veut seulement dire que tout le monde pense que quelqu'un d'autre réglera tout pour les autres. Et ce n'est vraiment pas acceptable.

» Princesse, vous venez de loin pour trouver quelqu'un qui vous aidera. J'aurais voulu être cette personne, mais je ne sais pas si c'est le cas. Je sais ce qui suit : héros ou pas, destin ou pas, je pourrais vous aider beaucoup plus facilement si tous ceux capables de faire quelque chose le faisaient effectivement ! (Will haussa les épaules et baissa les yeux sur elle.) Je sais que vous vouliez plus. Vous méritez plus. Je ne sais pas si je peux vous aider. Je le ferai, si je le peux, mais j'ai besoin de réfléchir. Je suis désolé.

Il soupira et traversa la foule. Il avait l'impression que ses pieds étaient lourds comme du plomb lorsqu'il monta les escaliers puis longea le couloir jusqu'à sa chambre. Soudain épuisé, il retira ses bottes, puis se glissa dans le lit et frissonna jusqu'à sombrer dans un sommeil agité.

Il se réveilla tard le matin suivant et Will n'aurait pu dire si Résolu avait dormi dans l'autre moitié du lit ou non. Il n'y avait aucun signe de lui, rien même pour indiquer qu'il était entré dans la chambre. Le voleur savait qu'il y avait une petite communauté de Vorquelfes à Meredo et, même si Résolu n'avait pas l'air de tenir la plupart de ses compatriotes en haute estime, il imaginait bien qu'il serait plus agréable de passer du temps avec eux qu'avec un jeune voleur.

Il se recroquevilla dans son lit en essayant de ne penser à rien, ce qu'il réussit assez bien car il était gelé. Il finit par décider que, s'il restait au lit, il mourrait de froid. Alors il enfila ses bottes glacées et descendit jusqu'à la salle commune. Là il commanda une chope de cidre chaud et alla s'asseoir près du foyer.

Will commençait tout juste à se réchauffer lorsque Dranae entra dans l'auberge et tapa des pieds pour se débarrasser de la neige. Il allait monter l'escalier, mais l'aubergiste lui indiqua la cheminée. Le grand homme sourit en traversant la pièce.

— Très bien, tu es réveillé !

— En quoi c'est bien ?

Dranae secoua la tête.

— On ne va pas jouer à ça maintenant, Will. Pas maintenant. Pas aujourd'hui. Aujourd'hui, c'est trop important.

Will but une gorgée et le cidre chaud lui caressa la gorge.

— Qu'est-ce qu'il y a de particulier, aujourd'hui ?

— Le prétendant Norrington est arrivé. Il est au palais, avec sa mère et le roi. Le roi Augustus, la reine Carus et la princesse du Muroso y sont aussi, ainsi que Corbeau et la princesse Alexia. Je suis venu te chercher.

Will haussa les épaules.

— Vous n'avez pas besoin de moi. Vous avez qu'à l'embarquer et finir le combat contre Chytrine. On peut pas dire que j'aie été très utile jusqu'ici.

Dranae s'accroupit et baissa la voix.

— J'ai entendu dire ce que tu avais déclaré hier soir. Tu étais sincère ?

— Sur le fait que je suis peut-être pas le Norrington ? Ça, oui.

— Pas ça Will, l'autre chose.

Dranae affichait un peu de surprise, mais surtout du respect.

— Tu as dit à tout le monde qu'il y avait déjà des héros ; que ce qui faciliterait la guerre contre Chytrine, ce serait que d'autres fassent tout ce qu'ils peuvent.

— Ouais, quelque chose comme ça.

— Alors, si tu n'es pas le Norrington, vas-tu te charger de ta part ?

Will tapota l'une de ses cicatrices.

— C'est déjà fait.

— Mais Chytrine est toujours là. (Dranae pencha la tête.) Tu te souviens comment tu m'as trouvé, Will ? Des baragouineurs avaient fait de moi leur prisonnier et je ne me souvenais pas de qui j'étais.

— Je sais.

— Dis-moi, tu te demandes ce que je fais là ? Ce n'est pas parce que je ne sais pas d'où je viens, il y a beaucoup d'endroits où je pourrais me rendre. Je suis ici parce que Corbeau, Résolu et toi, vous accomplissez quelque chose de très important. Je ne sais peut-être pas qui je suis, mais je sais ce que je ne suis pas. Et je ne suis pas quelqu'un qui va renoncer et trembler devant je ne sais quelle reine des glaces.

Le voleur contempla sa chope.

— Mais tu pourrais mourir.

— Plutôt mourir que vivre en esclave ou laisser d'autres le devenir. (Dranae se redressa.) Allez, Will.

Bien que peu enthousiaste à l'idée de quitter la cheminée et sa chaleur, Will s'habilla contre le froid. Il noua son masque officiel à son avant-bras droit et mit même un masque de courtoisie, bien que celui-ci ne soit d'aucune protection contre le froid. Puis il suivit le guerrier jusqu'au palais, se servant de lui comme d'un coupe-vent. Il aurait résisté à la demande de Dranae, mais celui-ci avait parlé du nouveau Norrington comme d'un « prétendant » et cela avait éveillé sa curiosité.

Ils arrivèrent au palais assez rapidement et parcoururent le chemin jusqu'à la salle du trône. Grande comme elle l'était, il était impossible que la température y soit au goût de Will. Plus important, une tension vibrait dans l'air. La princesse Alexia et Corbeau étaient près des fenêtres, et se tenaient en conciliabule avec le roi Augustus. Tous trois portaient d'épais manteaux d'hiver plus pratiques qu'à la mode. Sayce était un peu à l'écart, mais elle avait abandonné son costume de cavalière pour quelque chose de plus chaud.

De l'autre côté de la pièce, la reine Carus était toujours aussi belle, même si Will soupçonnait qu'elle n'avait pas beaucoup dormi. Elle s'adressait poliment à Linchmere et celui-ci acquiesçait, mais on aurait dit que l'esprit du prince souffrait d'engelures. Près d'eux se tenait une femme à l'expression si froide que Will trouvait douloureux de la regarder. Il se rappela vaguement qu'il s'agissait de la vieille tante d'Alexia.

Mais c'était au centre de la pièce que se jouait le spectacle auquel il était venu assister. Debout, le roi Scrainwood parlait à une grande et belle femme aux cheveux cendrés et aux yeux aussi clairs que ceux de Sayce. Entre eux, Will avisa un homme aux membres bien découplés qui portait un masque vert. Un collier de barbe ornait sa mâchoire, et le voleur devina qu'il était assez vieux pour avoir droit au masque.

Scrainwood lui adressa un large sourire.

— Ah, Will, vous voilà. Je vous présente l'épouse de votre père, dame Nolda Norrington. Voici votre demi-frère, votre demi-frère aîné, Kenleigh Norrington. De toute évidence, il est bien le Norrington.

Kenleigh sourit à Will lorsque le voleur approcha. Il le détailla de ses grands yeux marron et recouvrit sa bourse avec sa main gauche. Les vêtements qu'il portait étaient assez élégants. Mais Will en savait désormais suffisamment sur les beaux atours pour supposer que ceux-là provenaient très certainement de la garde-robe de Linchmere, car ils n'allaient pas très bien à l'étranger.

Will leva les yeux pour croiser le regard de Kenleigh et fut surpris de le voir tressaillir, car son demi-frère devait bien faire une douzaine de centimètres et peser vingt kilos de plus que lui. Il observa ses mains et remarqua à quel point elles étaient rugueuses, et pleines de cicatrices. Ce n'étaient pas les mains d'un noble, ni même celles d'un guerrier. C'étaient les mains d'un fermier.

Un frisson parcourut Will. Il se tourna vers le roi Scrainwood.

— Je sais à quoi vous jouez. Je vous ai défié. Vous me haïssez. Très bien. Mais il faut que je vous demande : vous rendez-vous compte de ce que vous allez faire à Kenleigh ?

Kenleigh parla d'une voix douce.

— Je n'ai pas peur.

— Non ? Je parie que non. Et tu sais pourquoi ? Parce que tu es un homme bien. Tu crois au travail et à l'honnêteté, non ? Et tu es là parce que le roi vous a convoqués, ta mère et toi, et t'as dit que tu avais un devoir envers ta nation ?

Son demi-frère hocha la tête avec gravité.

— La prophétie appelle, et je suis là pour faire ce qu'il faut.

— Bien entendu. (Will soupira.) Le problème, c'est que tout ce qu'il y a à faire pourrait bien être hors de ta portée.

— Un sale petit voyou ose dire à un noble oriosan qu'il vaut moins que lui ?

— Moins ? Non. Il est trop gentil, c'est tout. (Will secoua la tête, puis revint à Scrainwood.) Vous ne pourriez pas être plus aveugle si vous étiez une pièce qu'on a éborgnée, hein ? Laissez-moi deviner. Lorsque mon père a déserté pour se rendre auprès de Chytrine, vous avez confisqué les terres des Norrington, vous avez voulu tout oublier de cette famille et de la prophétie. La femme de mon père et ses enfants ont été réduits à la pauvreté. Vous ne pouviez pas punir le Norrington, alors c'est à eux que vous vous en êtes pris. Et quand on a annoncé que j'étais le Norrington, d'un coup vous avez voulu que je sois à vous. Vous m'avez donné un masque, les terres qui auraient dû appartenir à ma famille et vous avez voulu faire de moi votre toutou. (Le voleur se tourna vers la dame Nolda.) Vous vous êtes toujours accrochée à la prophétie pour retrouver votre vie d'autrefois et vous avez cru qu'un de vos fils serait le Norrington. Personne n'a fait attention à vous avant la semaine dernière, lorsqu'on vous a convoquée parce que je refuse d'obéir au roi Scrainwood. Il vous a promis de vous rendre vos terres si votre fils reprenait le flambeau.

Elle redressa le menton d'un air impérieux.

— C'est pour le bien de la nation.

Will se frotta le visage.

— Non. C'est pour votre bien. C'est aussi de la folie !

Il avait élevé la voix. Oui, il était furieux contre Scrainwood de s'être comporté comme un petit crapaud cupide et manipulateur, mais il était tout aussi furieux contre tous les autres de ne pas voir ce que Sayce avait dit : qu'ils perdaient du temps. Chaque instant qu'ils ne passaient pas à combattre Chytrine ne faisait que renforcer son pouvoir.

Plus encore, il était furieux contre lui-même. Au plus profond de lui, lorsque Scrainwood avait annoncé qu'il y avait un autre Norrington, Will s'était senti heureux. Le poids qu'on lui avait mis sur les épaules s'était envolé. Il était libre. Il avait vécu assez d'aventures pour toute une vie. Il n'avait peut-être pas tué de *sullanciri*, mais il leur avait survécu. Et il avait accompli d'innombrables exploits.

Bien entendu, le problème était que cela ne suffisait pas. Chytrine était toujours là. Il devait en faire davantage, et ce qu'il devait faire n'aurait rien de joli, et beaucoup de gens allaient mourir, y compris certains qui n'auraient jamais dû être mêlés à l'affaire.

En commençant par Kenleigh.

Will leva les yeux vers la mère de ce dernier.

— Vous voulez des terres et des titres ? Avant de quitter Meredo, je vous léguerai toutes les terres Norrington. Elles sont à vous.

Nolda plissa les yeux avec mépris.

— Elles appartiennent déjà à mon fils.

— Pas pour longtemps. Le roi ne vous les laissera que si votre fils prouve qu'il est le Norrington.

— Il l'est.

— Croyez-moi, dame Nolda. Votre fils est peut-être bon, courageux, attentionné et dur à la tâche, il vous aime peut-être plus fort qu'il aime sa nation, mais il n'est pas le Norrington.

Kenleigh tendit la main pour la poser sur l'épaule droite de Will.

— Je sais qui je suis.

Will se tendit. En un instant, il aurait pu repousser la main, puis passer dessous et lui tordre le bras. Un étirement brusque suivi d'un coup de pied à l'arrière du genou et l'homme serait à terre. Le voleur soupira et se détendit. Il n'avait pas besoin d'en venir aux mains.

— Kenleigh, je sais aussi qui tu es, et c'est pour cette raison que je suis sûr que tu n'es pas le Norrington. Sinon tu donnerais à ta mère un baiser d'adieu à l'instant même, parce que tu ne la reverras jamais. Je ne sais pas comment, mais ils la tueront. Demande au roi, lui le sait. Peux-tu t'imaginer, Kenleigh, te trouver là avec la tête de ta mère tout juste arrachée à son corps et placé dans tes mains ? Vois-tu son regard qui te fixe ? Sens-tu son sang couler entre tes doigts ?

Pendant que Will parlait, le visage de Scrainwood avait perdu toute couleur.

— Comment oses-tu… !

Will le montra du doigt.

— Vous allez encore me frapper ? J'ose parce que vous êtes un lâche.

Will vit trente-six chandelles et se retrouva soudain assis par terre. Il leva les yeux vers Kenleigh, que Dranae retenait. Will cligna des paupières ; la gauche, toute gonflée, se refermait déjà. Quant à l'expression de colère de Kenleigh, elle se muait en une mine horrifiée devant ce qu'il venait de faire.

— Belle droite. (Will se releva doucement, mais vacilla quand même en arrière. Il secoua de nouveau la tête, puis cracha une giclée de sang.) Très belle droite.

— Je suis désolé.

— Et moi donc.

Le voleur s'essuya le nez et projeta le sang par terre.

— Vous voyez, roi Scrainwood ? Je vous insulte, mais vous n'osez plus me frapper. Votre fils n'a pas osé me frapper. Il a fallu qu'un de vos sujets s'en charge. Si vous étiez digne d'une telle loyauté de la part d'hommes au cœur brave, l'Oriosa serait un garde-fou contre Chytrine. Ce n'est pas le cas parce que vous êtes un lâche et un imbécile.

Il se tourna de nouveau vers son demi-frère.

— Toi, tu ne m'as pas frappé à cause de ce que j'ai dit au roi, pas vrai ? Tu m'as frappé parce que tu ne veux pas que ta mère meure. Tu l'aimes et tu aimes ton pays si fort que tu deviendrais le Norrington si le roi et elle te l'ordonnaient. Et lorsque tu as appris qu'elle en mourrait, tu t'es senti déchiré, non ?

Kenleigh évitait le regard de Will et gardait les yeux baissés.

— Eh bien, voilà ce qu'il en est. (Will essuya une coulée de sang avec sa manche.) Je ne sais pas si je suis vraiment le Norrington ou pas, mais Chytrine et ses *sullanciri* ont l'air de le croire. Ils ont tué mes amis. Ils ont essayé de me tuer aussi. Alors, tant qu'on ne l'a pas convaincue du contraire, c'est moi le Norrington. (Il rejoignit Kenleigh et lui tapota l'épaule.) Tu es un homme bien, trop bien pour cette affaire. Occupe-toi de tes terres avec sagesse et discernement. Ce ne sont pas les terres ou les titres qui font de moi le Norrington, et avec toi ils seront entre de bonnes mains.

Scrainwood persifla.

—Tu n'es pas le Norrington, bâtard, pas tant que je ne te reconnais pas.

Le voleur secoua la tête.

—Mais vous m'avez reconnu, Altesse, encore et encore. Votre revirement aujourd'hui ne va pas être pris au sérieux, surtout en dehors de l'Oriosa, où j'ai l'intention de me trouver le plus vite possible.

—Tu ne mettras plus jamais les pieds dans ma nation.

—Ah, voilà une prophétie dont je garantis l'accomplissement. (Will se tourna vers Corbeau.) Je ne vois aucune raison pour laquelle tu voudrais rester en Oriosa plus longtemps. La princesse du Muroso dit qu'elle a des chevaux et des provisions, et qu'elle a besoin de héros. Je ne pense pas que se battre pour le Muroso rapportera beaucoup d'argent, mais tu sors tout juste de prison et n'importe quel travail devrait te convenir.

Corbeau lâcha un petit rire.

—Je le garderai en tête.

—Très bien, et emmène ta femme.

Will se détourna avant qu'Alexia ait le temps d'afficher une expression de surprise. Il retira le masque de courtoisie, puis s'essuya le nez avec avant de le jeter aux pieds de Scrainwood.

—À l'avenir, tout ce dont les gens se souviendront, c'est que Chytrine a été arrêtée par un Oriosan. De vous, roi Scrainwood, on ne dira jamais un mot.

Chapitre 32

Alyx était toujours stupéfaite à cause du commentaire de Will lorsque Corbeau et elle menèrent la troupe hors du palais, Will, Dranae et Sayce fermant la marche. Ils parcoururent les rues sans difficulté, pourtant Alexia se surprit à jeter des coups d'œil vers le palais. Elle craignait un peu que Scrainwood leur envoie des troupes et elle n'appréciait guère que sa grand-tante soit restée derrière.

Le trajet pour rejoindre *L'Auberge de la Panthère Sauvage* ne prit pas longtemps mais, avant d'entrer, Alexia s'arrêta, se retourna et posa la main sur l'épaule de Will.

— Un mot, s'il te plaît.

Il leva des yeux gris écarquillés.

— Je ne voulais pas vous manquer de respect, Altesse. C'est juste que j'étais furieux et je parlais à tort et à travers pour prendre les gens de court. Je veux dire, je connais la vérité, et je suis désolé.

Elle secoua la tête.

— Will, j'ai été surprise, oui, mais ce n'est pas grave. Tu lui tournais le dos, mais ma grand-tante a pris le coup en plein visage. Merci. Toutefois, ce n'est pas de ça que je veux te parler.

Corbeau s'éclaircit la voix.

— Dranae, peut-être voudrais-tu boire une chope de vin chaud avec moi ?

— Attendez. (Alexia le regarda en premier, puis tous les autres.) Vous n'avez pas besoin de partir, parce que je parlerai librement devant vous et tous ceux qui pourraient entendre. Will, ce que tu as fait là-bas, c'est la chose la plus irréfléchie, impulsive et irrationnelle que tu aurais pu faire. C'était dangereux, et cela pourrait bien causer ta mort avant que tout soit fini.

Le voleur acquiesça lentement et regarda la neige boueuse.

— Je sais.

Alexia lui releva le menton du doigt.

— Voilà pourquoi c'est aussi l'une des plus courageuses. C'était un acte héroïque.

Will fronça les sourcils.

— Qu'est-ce qui vous fait dire ça ?

La princesse sourit.

— Tu as sauvé une vie, là-bas. Kenleigh Norrington n'est pas l'élu de la prophétie. Tu l'as bien compris : il a l'âme et les bras forts, il aime sa mère et son pays, leur obéirait sans un murmure. Mais dans ce combat, ce n'est pas suffisant. Il aurait beau faire tout ce qu'on lui dit, Chytrine l'aurait avalé tout rond et n'aurait recraché que les os. En le repoussant, tu lui as sauvé la vie.

» Et c'est là toute l'essence de l'héroïsme, non ? Tous, nous faisons notre possible pour ne pas mourir. Mais un héros sait que certaines personnes ne peuvent pas se protéger toutes seules, alors il se met en avant pour le faire à leur place.

Will sourit de toutes ses dents.

— « Il » ou « elle ».

— Merci bien, monsieur. (Alexia sourit.) L'autre aspect du héros, Will, c'est qu'il n'en est pas un de naissance. Sinon Scrainwood en serait un. Ainsi que Kenleigh. Cela s'apprend, mais surtout cela s'accepte. Là-bas, tu as reconnu qu'être le Norrington est une grosse responsabilité, et tu as décidé de l'assumer. Cela demande beaucoup de courage. Alors, que nous allions dans le Nord, à Caledo, dans le Sud, dans l'Est ou dans l'Ouest, je serai fière de chevaucher à tes côtés.

Le voleur cligna des yeux puis retint un rire.

— Moi ? Responsable ? V'là autre chose !

Corbeau sourit et lui donna une tape sur l'épaule.

— Un attribut parfait pour le roi des Fondombres, tu ne crois pas ?

— Peut-être.

Will roula des épaules et Alexia sentit un frisson le parcourir.

— Merci, princesse.

— Je t'en prie, Will.

Elle se redressa, puis fit glisser la main jusqu'au creux de son dos.

— Maintenant, rentre et réchauffe-toi. Dranae, princesse, vous aussi. Commandez ce que vous voulez et mettez-le sur mon compte. Corbeau, j'aurais besoin de vous parler.

Dranae acquiesça et guida les deux autres dans le bâtiment.

Corbeau la regarda.

— Oui ?

— Montons dans ma chambre, s'il vous plaît.

Il hocha la tête, alors elle le guida jusqu'à l'étage. Corbeau se glissa derrière elle et elle ferma la porte. Il alluma la lampe à huile sur la table. Alexia lui désigna les chaises près de la fenêtre, puis elle s'accroupit au bord du lit et chercha sous la paillasse.

— Je crois que ceci vous appartient.

Elle en tira un long paquet fin entouré d'un linge.

— Résolu me l'a confiée et j'ai dû raconter aux Oriosans que vous me l'aviez donnée en cadeau de mariage pour les empêcher de la confisquer.

Corbeau sourit tout en déballant l'épée.

— C'est bien à vous qu'elle devrait appartenir. Vous en avez fait meilleur usage que moi. Vous avez abattu un *sullanciri*.

— *Nous* avons abattu un *sullanciri*.

Il hocha la tête et sortit la lame du vieux fourreau abîmé. Si ce dernier avait vu de meilleurs jours, l'épée, elle, avait l'air de sortir tout juste de la forge. La longue lame droite avait deux tranchants et un fort bien épais. Là était incrustée une pierre d'opale. Elle avait la forme d'une clé de voûte qu'on retrouvait aussi dans les décorations de la poignée de cuivre et le bout du pommeau. Du cuir taché recouvrait la poignée et Corbeau la caressait avec amour.

Alexia le regarda et quelque chose lui serra le cœur. Il était concentré sur la lame et le feu mouvant de la gemme projetait un petit arc-en-ciel sur son visage. Son regard se fit lointain et elle savait bien que le simple poids de l'épée – la sensation du cuir, le métal froid de la lame et du pommeau – pouvait évoquer des centaines, des milliers même, de souvenirs. Elle n'avait aucune idée de la quantité de sang que l'arme avait versée, combien d'attaques précipitées elle avait détournées, combien elle avait fendu de baragouineurs, embroché de vylaens. Mais au fond d'elle, elle était certaine que Corbeau ne se souvenait que de ceux qu'il avait sauvés avec cette arme, et plus vivement encore, de ceux qu'il avait échoué à sauver.

Le moindre de ses traits, la façon dont une mèche de cheveux tombait en travers de son front, croisant la cicatrice qui s'y trouvait, puis descendait sur sa joue droite, tout cela lui plaisait grandement. Elle voulait remettre la mèche en place, non pour dégager son visage, mais parce qu'elle voulait la toucher, la sentir entre ses doigts, puis passer sa main dans ses cheveux.

— Princesse ? (Corbeau la regardait.) Quelque chose ne va pas ?

Alexia cligna des yeux, puis secoua la tête et se leva.

— Non, rien.

Elle se retint d'appuyer les mains sur sa poitrine pour contenir les battements de son cœur.

— Je, euh, je voulais m'assurer que vous retrouveriez Tsamoc avant notre départ.

Corbeau hocha la tête.

— Merci. Savez-vous que cette pierre provient du pont de Radooya ? Nous l'avons détruit avant d'arriver à Svarskya. En fait, le *weirun* du pont l'a détruit pour nous. Cette pierre, c'est tout ce qu'il reste de lui. Il s'appelait Tsamoc. Après qu'il a retiré cette pierre de sa poitrine, il s'est effondré, et le pont avec lui.

» Un de mes amis, Naysmith Carver, a forgé Tsamoc et me l'a donnée. Elle m'a sauvé à Boragul et encore après, quand je fuyais les chasseurs de Chytrine, et d'innombrables fois depuis. (Il rengaina l'épée.) Tsamoc avait demandé à Nay de lui permettre d'aider à détruire Chytrine. J'ai fait tout ce que j'ai pu depuis.

— Et vous y êtes parvenu.

— Merci. (Corbeau mit l'épée sur le lit, puis leva les yeux vers elle.) Et je vous dois des remerciements.

— Pour quelle raison ?

— Pour ne pas avoir épargné vos efforts afin de me sauver la vie. Scrainwood m'aurait tué si vous n'aviez pas trouvé cette solution. (Corbeau fit tourner l'anneau d'or à son doigt.) Pendant des années, j'avais complètement oublié ma sentence de mort. Comparé à la détermination de Chytrine, puis aux problèmes pour localiser Will, ça n'avait pas vraiment d'importance. J'ai évité l'Oriosa, je me suis fait pousser cette barbe en guise de déguisement, je suis devenu l'assistant de Résolu et j'ai passé la plupart de mon temps au milieu de nulle part à tuer des Aurolanis. Les Vorquelfes connaissaient mon identité, ou du moins beaucoup d'entre eux, mais ils n'en avaient cure.

» Lorsque j'ai été découvert, la condamnation m'est revenue en pleine figure et…

Il hésita, puis fronça les sourcils et redevint silencieux.

Alyx se glissa en avant et s'agenouilla sur le lit.

— Quoi ? Ne craignez pas… (À l'instant où les mots sortirent de sa bouche, elle comprit son erreur.) Pardonnez-moi, je ne voulais pas m'imposer.

— Non, non, ce n'est rien. (Il leva les yeux.) J'ai abandonné. Ils me tenaient et je me suis rendu compte que j'étais fatigué. Fatigué de tout ça.

— Mais Corbeau, vous étiez réellement fatigué. Vous aviez la jambe cassée, vous n'aviez pas laissé Kerrigan la guérir, nous chevauchions depuis des jours, bien sûr que vous étiez fatigué ! Et puis ils vous ont battu et abandonné nu et glacé dans ce cellier et…

— Chut, princesse, je vous en prie. (Corbeau soupira.) Tout ce que vous dites est vrai, mais rien de cela n'efface le fait que j'en avais assez. Et j'aurais abandonné, s'il n'y avait eu une chose. (Il retira l'anneau de son doigt et le jeta sur les genoux d'Alexia.) Ça. Ce plan élaboré que vous avez mis en place pour le mettre à mon doigt. Vous auriez pu vous contenter de me sortir de Tolsin. Nous aurions pu nous enfuir, mais vous avez choisi une autre voie.

— C'est vous qui m'avez fait remarquer que s'enfuir ne serait pas simple.

— Oui, mais votre geste m'a rappelé que cette guerre avec Chytrine est plus qu'une action personnelle. La princesse de Muroso a raison : nous avons perdu du temps ici, mais il s'est passé de bonnes choses. L'Alcida et l'Oriosa ne sont pas en guerre. Vous n'êtes pas hors la loi. Si c'était le cas, certains pays auraient pu revoir leur soutien envers l'Okrannel. C'était la bonne façon de faire les choses, même si ce qu'il s'est passé n'a rien à voir avec ce à quoi nous nous attendions.

Alexia prit la bague et la fit tourner entre le pouce et l'index.

— Vous vous en seriez rendu compte, avec du temps, moins de bastonnade et du repos.

— Peut-être. (Il sourit.) Mais maintenant, je ne me sens plus fatigué. Je suis prêt à partir vers le Nord, à affronter Chytrine et ses soldats. Vous m'avez donné la possibilité de souffler et cela, je ne pourrai jamais vous le rendre.

— Bien sûr que si. (Elle lui lança la bague.) Continuez à la porter.

— Princesse, cette mascarade…

Sa voix le trahit.

— Corbeau, écoutez-moi. Nous sommes amis. Je souhaite que vous la portiez.

Elle écouta ses propres paroles et se rendit compte qu'elle avait de la difficulté à les prononcer. Elle disait la vérité, ou du moins une partie.

Un fragment.

— Je n'oserai pas, princesse.

Elle haussa un sourcil.

— Pourquoi pas ?

— Cette bague… Kerrigan a créé les mêmes liens que si nous étions mariés. Si je tombe au combat…

— Je le saurai ?

— Probablement pas.

Elle sentit un pincement dans son ventre.

Si, je le saurai.

— Si je tombe au combat, et la guerre est vraiment l'affaire d'un homme plus jeune, quelqu'un pourrait prendre cette bague et se servir de la magick pour vous localiser. Ils pourraient vous trouver et vous attaquer parce que j'aurai échoué.

Un froid glacial s'empara de l'estomac d'Alexia, et transparut dans sa voix.

— Le contraire fonctionnerait ?

— Oui, ils pourraient me trouver grâce à votre bague. (Corbeau lui sourit.) Toutefois, les risques que vous mouriez sont faibles.

— Vous ne comprenez pas ma question, Corbeau. (Alexia secoua la tête.) Si vous tombez, ma bague serait toujours liée à la vôtre. Grâce à la magick, je pourrais retrouver celui qui vous l'a prise. Je pourrais le poursuivre.

Il la regarda un instant, puis acquiesça en avalant sa salive. Sa voix était quand même rauque.

— Oui. Et j'agirais de même.

Elle s'étira en s'appuyant sur une main pour refermer la seconde sur les deux siennes ainsi que la bague.

— Alors gardez-la. Portez-la. Je le veux.

— Oui.

Alexia leva le visage vers lui et lui frôla les lèvres. Cette rapide caresse, à peine ressentie, la fit frissonner. Ce ne fut qu'à cet instant qu'elle sut qu'elle l'avait embrassé consciemment et qu'elle voulait recommencer.

Corbeau recula, les lèvres écartées, sa main droite venant lui caresser la joue gauche.

— Altesse...

— Chut, ne parlez pas.

Elle frotta la joue contre sa paume, puis tourna la tête et en embrassa le creux. Elle leva ses yeux violets.

— Ce soir, je veux, j'ai besoin de vos bras. J'ai besoin de votre force, de votre chaleur. J'ai besoin de vous.

— Princesse...

— J'ai dit, ne parlez pas. (Elle sourit et l'embrassa, correctement cette fois.) Le prince consort d'une princesse okranne n'imaginerait jamais la contredire.

Sans un mot, Corbeau lui caressa la joue, puis plongea les doigts dans ses cheveux et attira sa tête pour l'embrasser à pleine bouche. Leurs langues se mêlèrent, se caressèrent, explorèrent.

Alexia interrompit le baiser à contrecœur, mais continua à sourire lorsqu'elle recula pour le regarder dans les yeux.

—Maintenant, mon prince, rejoignez-moi dans mon lit. Bien des nuits l'on m'a privée du réconfort des bras de mon époux et je désire grandement rattraper le temps perdu.

Chapitre 33

Assis sur son trône, le roi Scrainwood regardait Cabot Marsham mener dame Norrington et son insipide de fils à leurs appartements.

Bon cœur, gentil, loyal.

Scrainwood trouvait Kenleigh à peine plus supportable que ce flagorneur de Marsham, mais ce dernier était tellement plus utile.

Scrainwood logerait les visiteurs de Valsina pendant quelques jours, le temps de savoir s'il leur offrirait vraiment les terres données à ce voleur fils de catin. Il ne se souciait aucunement de la légalité de toute cette affaire. Il y avait le droit légal et le droit royal et il avait toujours considéré que ce dernier avait la priorité.

— Vous devriez aussi bien leur accorder ces terres, Altesse. (Tatyana sortit de l'ombre de Linchmere.) Le garçon en sera reconnaissant et la mère pourrait réchauffer votre lit ce soir.

— Si vous lisez mes pensées aussi aisément, vous êtes réellement la sorcière que tout le monde dit. (Scrainwood grogna et regarda son fils.) Tu peux te retirer. Rien de cela ne t'intéressera.

Tatyana rattrapa la manche de Linchmere, qui reculait.

— Altesse, il devait écouter. Un jour viendra où il devra connaître nos secrets.

Le roi d'Oriosa contempla son fils cadet. Ses yeux bruns au regard bovin ne recelaient aucune étincelle d'intelligence. Il se souvenait du temps où son fils était un enfant enthousiaste, vif… rieur, heureux.

Puis sa mère s'est noyée et toute vie l'a quitté.

— Très bien, Linchmere. Reste. Apprends. Ne dis rien, maintenant ou jamais.

En silence et sans cérémonie aucune, Linchmere s'assit par terre et se mit à tripoter les lacets de ses chaussures.

Tatyana s'avança, faisant momentanément disparaître le prince, puis mit le pied sur le tapis et se tourna vers le roi.

— Bien entendu, je n'apprécie pas plus que vous ce qui s'est passé ici. Seule l'idée que les accusations de trahison pourront être restaurées plus tard et Corbeau détenu de nouveau permet de rendre supportable cette parodie de justice qui a donné lieu à sa libération. Voilà qui était très malin.

Scrainwood inclina la tête.

— Je ne manque pas de ressources quand il s'agit de la loi, Grande Duchesse.

— Je le vois bien, Altesse. (Ses yeux froids brillèrent.) J'ose imaginer que vous avez mis au point ce stratagème pour répondre à des pressions. Augustus vous a menacé d'invasion ? d'une régence pour votre fils ?

Le roi frissonna au souvenir de la confrontation.

— J'ai obtenu quelques autres avantages.

— Vraiment ?

— Oui.

Elle le regarda avec intensité, comme si ses yeux bleus pouvaient l'inciter à lui révéler l'existence du fragment de la Couronne du Dragon gardé dans les coffres du palais.

Il grogna.

— Non, Grande Duchesse, rien qui devrait vous concerner, certainement pas. Tout ce qu'il y a à savoir, c'est que les troupes d'Augustus ne souilleront pas mes terres. Si elles prennent la direction du nord, elles le feront par bateau ou par une longue traversée de la Saporicia.

Tatyana se mit à rire, puis se tourna vers Linchmere.

— Apprenez de votre père, car il est passé maître dans l'art de ménager la chèvre et le chou. Chytrine lui a laissé son pays parce qu'il a abrité ses troupes et leur a ouvert le passage vers le sud. Augustus n'attaque pas à cause du terrible nombre de victimes que vous autres Oriosans causeriez. Si l'un des deux outrepasse les limites de l'accord, il court demander de l'aide auprès de l'autre. Bien mené, ce petit jeu lui permettra de garder son royaume, pour lui, et pour vous et vos enfants.

À ces mots, Linchmere leva les yeux, bouche bée.

La voix de Scrainwood se fit tranchante.

— Grande Duchesse, c'est à moi que vous devez parler. Vous m'accusez librement de trahison envers le Sud, mais toute autre action ne serait-elle pas une trahison envers ma propre nation ? Les nouvelles du Muroso ne sont pas bonnes. La Sebcia est tombée. Les soldats de Chytrine envahiront Sarengul, tandis que l'Alosa et le Nybal rassembleront leurs troupes à leurs frontières montagneuses. Elle s'engouffre dans le Muroso. De là, elle doit choisir : l'Oriosa ou la Saporicia. Je préfère de beaucoup qu'elle combatte à l'ouest plutôt que de voir ma nation changée en un long couloir vers l'Alcida.

La Grande Duchesse se tourna de nouveau vers lui. Un sourire ourlait ses lèvres, mais sans influer sur le reste de son expression.

— Votre compréhension de la stratégie est louable, Altesse. Alors, la question est : allez-vous déplacer vos troupes au nord, jusqu'à Valsina, puis à l'ouest pour étouffer les lignes de ravitaillement aurolanies ? Une attaque bien menée fermerait les frontières sebciannes, ainsi les troupes alcidaises, saporicianes et loquelfes écraseraient Chytrine contre l'enclume de vos troupes et de Bokagul.

— Ha ! Et laisser mes soldats pris entre ses forces en retraite et les renforts en provenance du Nord ? (Scrainwood se leva et secoua la tête.) Je ne suis pas un idiot, femme. Je croyais que nous étions d'accord sur ce point. Ce que vous suggérez est une tâche à laquelle aspirent les héros. Je n'ai pas de telles ambitions.

— Je pourrais le faire, père.

— Pardon ? (Scrainwood baissa les yeux sur son fils.) Que pourrais-tu faire ?

— Je mènerai nos troupes contre l'impératrice du Nord. (Les yeux noirs de Linchmere s'illuminèrent.) Nous avons d'excellentes troupes, père. Nous pourrions marcher vers le nord et les coincer, comme elle l'a dit.

— N'as-tu rien entendu de ce que moi, j'ai dit, Linchmere ? (Scrainwood écarta les bras brusquement.) Te voilà décidé à te couvrir de gloire, sans penser un instant à ton pays. Tu veux être un héros ? J'en ai connu, des héros. (Il se tourna vers Tatyana.) Je me souviens de votre petit-neveu, Kirill. Je me souviens de lui comme d'un héros. Oui, c'était un grand homme. Il a combattu de toutes ses forces. Pourtant, il a pleuré quand nous avons incendié Svarskya. Et il a combattu de toutes ses forces à Forteresse Draconis, mais qu'a-t-il gagné ? Il fut abattu, en un instant il a été écrasé contre un mur.

» C'est là ce que tu veux, mon fils ? que ton sang imbibe une motte de terre sous un mur ? Veux-tu que ton masque couvert de sang et taché de ta cervelle me soit rapporté par des réfugiés en guenilles fuyant devant la horde que Chytrine enverrait pour me punir ? Parce que voilà quel serait mon souvenir de toi lorsque les monstres de Chytrine me poursuivront. Et tout ça pour être un héros ?

Linchmere baissa les yeux.

— Mais Erlestoke est aimé.

— Erlestoke est mort ! (Le roi hurla, en frappant ses cuisses de ses poings serrés.) Est-ce la raison de votre venue, sorcière ? Est-ce pour cela que vous jubilez ? L'alliance que vous avez proposée, marier votre Alexia à mon Erlestoke, est impossible maintenant. Même si elle mettait fin à cette parodie de mariage, prendrait-elle Linchmere pour autant ? Bien sûr que non. Avez-vous entendu dire que des petits nobles voulaient de lui pour leurs filles ? Non, certainement pas. Alors, ma nation est condamnée, mais j'ai décidé de ne pas le précipiter à sa perte en le laissant accomplir un acte héroïque et futile !

Linchmere redressa le menton.

— Comment savez-vous qu'il serait futile, père ? Nous avons de bons soldats.

— Oui, bien entendu que ce sont de bons soldats, mon fils, de très bons soldats. (Scrainwood secoua la tête.) Tu laisses les paroles de ce petit voleur te monter à la tête, mais il ne savait rien. Encore moins que rien, en fait. Qu'ils soient bons ou non n'a aucune importance. Chytrine a des dragonels. Tu en as vu à Forteresse Draconis, je le sais.

Ils t'ont peut-être émerveillé lorsque tu étais enfant, mais aujourd'hui tu dois savoir à quoi ils servent. Ils font exploser les gens.

En un instant, Scrainwood vit le passé fusionner avec le présent. De nouveau, il se tenait dans la salle du trône, mais l'ancienne, celle qu'il avait modifiée pour oublier. Il se tenait là, la tête de sa mère entre les mains. Celle-ci le regardait, la bouche encore mouvante tandis que le sang coulait entre ses doigts. Il essaya de lire sur ses lèvres, de savoir quelles étaient ses dernières paroles, mais il n'arrivait pas à les comprendre.

Il ouvrit les mains et regarda sa tête retomber. Le visage de sa mère exprima la rage pure, puis sa tête heurta le sol de marbre. Elle explosa comme un fruit pourri. Il fit un bond en arrière, surpris de n'entendre que le bruit de ses bottes sur la pierre.

Tatyana leva les yeux tranquillement, sans curiosité ni inquiétude.

— Qu'y a-t-il, Altesse ?

— Vos agissements, probablement, sorcière. (Scrainwood s'essuya les mains sur sa tunique, puis regarda son fils.) Laisse-nous, maintenant.

Le garçon – *à quoi je pense, c'est un homme, depuis longtemps* – se leva.

— Père, je ne vous ai jamais rien demandé d'autre. Laissez-moi mener nos troupes…

— Ha ! (Le roi retroussa la lèvre d'un air dégoûté.) Cet imbécile de Norrington peut penser que les nobles oriosans sont honorables et bons, et il est sans doute du genre à fléchir face à une telle supplique. Dans un conte de fées, mon fils, je t'accorderais ta requête. Tu serais victorieux, puis tu reviendrais ici et je te bénirais pour tes efforts, mais ce n'est que du rêve, Linchmere. Tu ne mèneras pas les troupes d'Oriosa. Je ne l'autoriserai jamais. En fait, je l'interdis expressément. Maintenant, va-t'en !

Le prince sortit de la pièce à grands pas, disparaissant derrière les replis du rideau-masque. Tatyana le regarda partir, puis se tourna vers Scrainwood.

— C'est donc votre plan de bataille : équilibriste sur le fil du rasoir jusqu'à ce que les circonstances vous forcent à choisir un côté ou l'autre ?

— Je n'ai pas d'autre choix et vous le savez. Je ne peux me dresser seul contre Chytrine. Si elle menace d'entrer en Oriosa, alors nous serons envahis par le Sud et l'Est. Si je m'allie avec elle, la même chose se passera, mais dans l'autre direction. (Le roi gravit les marches jusqu'à son trône et s'assit.) Je suis dans une situation très délicate.

— C'est un jeu dangereux, auquel vous jouez, mais je le comprends. (Tatyana plissa les yeux.) Si vous vous alliez à Chytrine, l'Okrannel vous haïra.

— Un poids de plus. Vous n'avez pas de pays, et le peu de soldats que vous possédez sont sur vos terres, à se battre sous les ordres d'un général de Jerana. La haine de votre nation me blessera, mais je la supporterai. (Il marqua une pause.) Avez-vous une proposition, ou dois-je me dénuder le dos pour que vous puissiez me battre à volonté ?

— Je vous tends une nouvelle fois la main de l'amitié, Altesse. Je vous propose un plan.

— Oui, et qui serait ?

— L'Okrannel et l'Oriosa sont méprisés et pris en pitié. Les Okrans sont l'équivalent humain des Vorquelfes, pourtant nous reprenons notre pays avec l'aide d'autres. Nous serons dans l'obligation de démontrer notre force et notre gratitude. Ce que je propose est simple, et n'exige rien de plus de vous que ce que vous faites déjà.

Scrainwood haussa un sourcil sous son masque.

— J'écoute.

— Plus Chytrine descend loin vers le sud, plus sa ligne de ravitaillement s'allonge. Ce que vous avez pressenti est exact : une attaque efficace couperait leurs vivres et ils n'auraient plus qu'à dépérir dans le Sud. Mais pour que sa campagne soit victorieuse, Chytrine aura besoin de plus en plus de troupes, ce qui lui en laissera de moins en moins pour tenir l'Okrannel. Une fois mon pays libéré, mes guerriers rejoindront l'Oriosa. Ensemble nos soldats frapperont, mon Alexia à leur tête. Ensemble, nos nations détruiront l'envahisseur.

— Il y a beaucoup de suppositions dans ce plan, Grande Duchesse.

La vieille femme secoua la tête.

— Non, non, ce ne sont pas du tout des suppositions. Alexia le garantira en personne. Lors du voyage onirique qu'elle a accompli en Okrannel, elle a fait un rêve. Elle s'est vue menant une série de combats en Saporicia et dans le Muroso. À la suite d'une grande bataille, ses troupes ont écrasé celles de Chytrine. Elle était élevée plus haut que tous les généraux, et la gloire retombait sur elle et sa nation.

Scrainwood fut très surpris par la lueur qui brillait dans les yeux de Tatyana, car rien ne vint animer la peau fripée de son visage.

Il voyait qu'elle croyait passionnément aux rêves et la force de cette foi influençait sa voix. Il fut presque convaincu par son discours.

— Je ne vois toujours pas où sont les avantages de l'Oriosa, Grande Duchesse.

Les yeux de Tatyana redevinrent d'un bleu froid.

— Ses alliés sont célébrés et ses rêves racontent l'intervention de fières troupes masquées aux instants cruciaux. Les vôtres, Altesse, de toute évidence.

Scrainwood réfléchit un instant puis renifla.

— Alors voilà le nouveau jeu ? La prophétie vorquelfe a tout commencé et maintenant le rêve d'une princesse okranne va mettre fin à tout cela ? Et qu'est-ce qui repose entre le fantasme et le rêve ?

— Des cauchemars, Altesse, d'horribles cauchemars. (Tatyana eut un sourire crispé.) Mais l'hiver précède toujours le printemps ; la nuit, l'aube. Rejoignez-moi et l'aube sera aussi brillante que possible.

C'est à l'aube qu'on exécute les traîtres.

Le roi d'Oriosa hocha lentement la tête.

— Traversons le cauchemar, alors, pour nous réveiller à l'aube.

Chapitre 34

Erlestoke bondit à travers la fumée et le feu tandis que le tonnerre des quadnels résonnait violemment à ses oreilles. Son épée avait de nouveau terni les couleurs, si bien qu'il voyait de l'encre noire jaillir des deux horribles blessures du rampant à sa gauche, et non du sang rouge. Ses perceptions étaient affinées. Un vylaen retomba, la moitié de son crâne éclaté. La substance grise qui éclaboussa les autres derrière lui fut lentement absorbée par leurs fourrures.

Le premier des baragouineurs qui portaient les lourdes caisses que son escouade venait de dérober leva la tête. La surprise se refléta clairement sur son visage ; le sabre d'Erlestoke trancha son expression stupéfaite. Tandis que la créature roulait par terre et que le coin de la caisse de chêne renforcée de métal qu'elle tenait penchait vers le sol, la lame remonta en arc, puis descendit, tranchant proprement le bras d'un autre baragouineur. Celui-ci poussa un cri déchirant et vacilla sur le côté, son moignon battant contre sa poitrine. L'avant de la caisse heurta le sol, mais deux autres baragouineurs tenaient toujours l'arrière.

Le prince oriosan sauta dessus. Les baragouineurs furent déséquilibrés par le contrepoids. Le sabre siffla, en ouvrit un du côté droit jusqu'à la tête. L'autre voulut dégainer son coutelas, mais un tir de quadnel éclata violemment dans sa poitrine et le projeta en arrière.

Erlestoke fit un léger pas en avant, comme s'il dansait. Il sentait l'influence pernicieuse du sabre dans la façon dont il bougeait et réfléchissait. Sa mission consistait à voler l'objet contenu dans cette caisse, et elle était bien plus importante que sa vie, ou que toute autre vie. Cette mission était aussi téméraire que désespérée, mais surtout, elle était vitale.

Il vit une des silhouettes enveloppées dans des capes venir vers lui à travers la fumée. De si près, la créature avait l'air bien plus grande et, pour compliquer les choses, la magick du sabre ne semblait pas fonctionner en sa présence.

Aucune importance. J'étais un guerrier bien avant de posséder une épée enchantée.

La créature arrivait très vite, sans courir, mais à grands pas. Derrière suivaient des rampants et des baragouineurs en formation ainsi que quelques vylaens. Les prisonniers humains qui avaient travaillé sur le chantier de fouilles restèrent en arrière. Enchaînés les uns aux autres, ils n'auraient de toute façon pas pu faire grand-chose… Mais Erlestoke jugea que leur réserve n'avait rien à voir avec cette considération pratique.

Le prince s'approcha de la créature et se rendit compte, presque trop tard, qu'elle faisait près de trois mètres. Il lui donna un coup de taille, pour lui ouvrir le ventre, mais l'être sortit au même moment sa main gauche de sous son manteau. Erlestoke aperçut une sorte d'armure d'écailles sur l'avant-bras et s'attendit que l'épée la déchire. À sa grande surprise, ce ne fut pas le cas.

La créature remonta son bras par le côté puis referma ses longs doigts sur le fort de la lame. D'un seul coup, celle-ci fut arrachée au prince… si vite que le gant de ce dernier partit avec. Puis la créature sortit aussi sa main droite de sous le manteau et, paume ouverte, frappa Erlestoke en pleine poitrine.

Un craquement hideux résonna dans tout le corps du prince et il fut projeté en arrière, atterrissant sur Jullagh-tse, qui tirait leur butin. L'urZrethie tomba brutalement et la caisse glissa. Elle repoussa brusquement Erlestoke, cherchant un appui avec ses griffes pointues.

Le prince fit une roulade avant et retomba sur le dos. Chaque inspiration lui déchirait la poitrine et il ne pouvait que respirer superficiellement pour soulager la douleur. Il réussit à s'appuyer sur les coudes et commença à se redresser, mais ses côtes craquèrent de nouveau, lui arrachant un cri de souffrance.

Derrière lui, il entendit l'urZrethie dire « On a le butin. »

La créature masquée se rapprochait de plus en plus.

« Allez-vous-en, allez-vous-en ! » voulut crier Erlestoke, mais seuls les premiers mots étaient audibles.

Il enfonça ses talons dans le sol et essaya de s'éloigner, mais il ne pouvait échapper à ce qui arrivait.

La créature leva les deux bras, ce qui ouvrit le manteau et révéla une armure d'écailles de cuir vertes qui rappelait vaguement à Erlestoke la peau protectrice d'un Panqui. Des reflets d'or y scintillèrent en taches et en éclairs lorsque le monstre se pencha vers lui. Des pointes et des boules de corne tranchantes ressortaient sur ses coudes et ses avant-bras. La créature tendit les doigts pour transpercer Erlestoke de ses griffes horriblement crochues.

Quatre quadnels tonnèrent en chœur. Avant que la fumée atteigne la créature, Erlestoke vit l'un des boulets toucher son épaisse poitrine et rebondir. Il ne put voir la cible des autres tirs, mais le monstre finit par reculer. Le prince entendit un sifflement puissant et le martèlement de pas lourds.

Erlestoke roula sur le ventre et se remit sur pied, mais il perdit l'équilibre et s'effondra de nouveau. Son épaule gauche heurta le sol, ce qui augmenta la douleur. Il poussa un cri, puis leva les yeux vers Ryswin, debout là, l'arc bandé.

— Allez-vous-en !

L'elfe secoua la tête.

— Dépêchez-vous.

Erlestoke griffa le sol gelé et se jeta en avant au moment pile où l'elfe relâchait sa corde. Derrière lui, il y eut un gargouillis, puis un rugissement furieux qui mourut dans un sifflement. Lorsque Ryswin lui attrapa l'épaule gauche et le mit debout, le prince risqua un coup d'œil derrière lui.

L'un des quadnels avait dû briser l'attache de la cape car, dans la fumée qui se dissipait, la créature était nue. Ce qu'Erlestoke avait pris pour une armure n'en était pas une : il s'agissait d'une carapace. Et le capuchon avait dissimulé une tête hideuse surmontée de pics et de cornes. Dépourvue de cheveux et couverte d'écailles, elle était pourtant presque humaine, à l'exception du museau proéminent et de la bouche sans lèvres qui dévoilait la courbe mortelle de crocs d'ivoire.

La flèche de l'elfe ressortait de la gueule de la créature. Celle-ci toussa et saisit la hampe tandis que des rampants et des baragouineurs venaient à son aide. Erlestoke ne put en voir davantage car Ryswin le tira de force dans le petit passage qu'ils avaient découvert, puis entre les murs grossièrement taillés qui descendaient à leur sanctuaire.

Erlestoke poussa un cri de douleur.

— Ralentissez, je ne peux pas courir. Mes côtes.

— Il le faut, Altesse. (L'elfe regarda le chemin qu'ils avaient parcouru.) Nous ne l'avons pas arrêté, simplement mis en colère.

— Vous savez ce que c'était ?

— Je n'en ai pas la certitude, mais vous vous souvenez lorsque je vous ai parlé des *kryalniri* ?

— Ces monstres cauchemardesques du passé, oui.

L'elfe acquiesça avec gravité.

— Il y a des histoires, que l'on raconte rarement, de créatures telles que ces monstres qui chassaient des bêtes. Elles étaient très vieilles et ont disparu. Ce sont les seuls êtres plus vieux que les dragons. Et plus loin nous en serons, mieux je me porterai.

Goruel s'agenouilla et recracha la flèche. Un peu de sang noir et verdâtre partit avec, tachant la neige. Il était plus surpris que blessé. Même la chair tendre de sa bouche n'avait pas laissé le projectile pénétrer assez profond pour s'y coincer. En avalant il sentait l'écoulement lent de son sang dans sa gorge, mais la plaie se fermerait bientôt et n'aurait aucune conséquence.

L'un des *kryalniri* s'approcha et s'agenouilla devant lui.

— Comment puis-je vous aider, seigneur maître Goruel ?

Goruel faillit s'emparer de la flèche et l'enfoncer dans la mâchoire de la créature à fourrure blanche jusqu'à son cerveau, mais le *kryalniri* n'avait pas à souffrir de sa ressemblance avec l'elfe. Il se força à ouvrir les mains, puis retourna la droite, les doigts recourbés, et inspecta ses griffes. Dans un murmure, il demanda :

— Pourquoi ne les poursuivez-vous pas ?

L'être écarquilla les yeux.

— Je pensais vous secourir, seigneur maître.

Goruel se redressa, dominant le *kryalniri* de toute sa taille. Ce dernier se mit à trembler de tous ses membres, s'affaissant sur les talons. Il avait les yeux baissés et frissonna lorsque l'ombre de la main de Goruel le survola.

— Les imbéciles qui croient cela méritent la mort.

Il laissa le poing retomber lourdement, à en écraser un crâne.

Le *kryalniri* releva la tête, en écarquillant ses yeux gris, lorsque le vylaen s'effondra à ses côtés.

— Seigneur maître ?

Goruel lécha le sang sur ses jointures.

— Sois un imbécile plus utile que cette vermine. Va me chercher l'épée.

Le *kryalniri* se leva précipitamment pour obéir. Goruel s'avança, suivant la trace de la caisse dans la neige, jusqu'au mur de pierre où elle s'interrompait. Il huma, puis donna un petit coup de sa langue fourchue sur la façade. Il ferma les yeux et renifla de nouveau.

Il y avait quelque chose à Forteresse Draconis qu'il avait senti dès son arrivée. Ça s'était renforcé, lentement, puis s'était concentré au point d'en devenir entêtant. Il l'avait senti lorsqu'ils cherchaient les Pierres véritables et à la suite de l'effondrement du nid des *araftii*. Cela n'avait jamais été aussi fort auparavant, si bien qu'il n'en avait pas éprouvé d'inquiétude, simplement de la curiosité.

Son sbire revint avec l'épée et la lui tendit, paumes à plat, tête baissée. Goruel prit la lame et la renifla. Délicatement, sa langue fourchue suivit le double tranchant de la lame recourbée. En certains endroits, il insistait, en d'autres il repassait sur l'acier enchanté.

Il sentait la magick de l'épée et s'étonnait de son insistance. Elle essayait de lui bloquer la vue. De démontrer que ceux qui l'entouraient avaient peur et étaient, en conséquence, des menaces. Elle lui prodiguait même des conseils sur la meilleure façon de les détruire.

Il la repoussa comme on écarte un chiot trop curieux et lut plus loin. Il pouvait ressentir son histoire récente. La lame lui raconta en détail tout ce qu'elle avait vu depuis la première fois qu'on l'avait dégainée. Chaque os fendu, chaque vie dérobée, il ressentit tout cela aussi subtilement et pleinement que s'il goûtait les nuances d'un vin épicé. Il sentait sur elle la main du dernier guerrier à l'avoir brandie et sa présence était forte. Avant lui, une femme, et avant elle une *sullanciri*.

Goruel hocha lentement la tête.

Malarkex.

Cette *sullanciri* avait été abattue en Okrannel, l'épée venait donc de loin. Qu'elle ait été créée pour l'un des généraux de Chytrine expliquait la raison pour laquelle la magick était suffisamment forte pour qu'il doive la repousser.

Il lécha de nouveau et sentit un léger fil de magick qu'il avait presque manqué. La lame et son fourreau étaient liés.

Goruel la rendit au *kryalniri*.

— Servez-vous de la magick de recherche. L'épée vous mènera à son fourreau, nous trouverons ainsi les voleurs du fragment. Maintenant !

Une lueur maléfique s'enroula autour des mains du *kryalniri* puis entoura le sabre comme un éclair. Elle sauta et bondit le long de la lame recourbée, puis elle forma une boule scintillante qui fit un tour sur elle-même. Celle-ci heurta le mur que Goruel venait d'examiner.

Il reculait lorsque, à l'appel du *kryalniri*, des baragouineurs vinrent avec des massues et des pieds-de-biche. Ils frappèrent contre le mur et créèrent rapidement une brèche. Un groupe s'aventura dans l'ouverture, puis appela. Les vylaens entrèrent, suivis du *kryalniri*. La boule de lumière violette se glissa dans le trou, puis Goruel se pencha et passa entre ses bords étroits.

Ils s'enfoncèrent profondément. Dans la plupart des passages, Goruel devait se pencher. Plusieurs fois, ils rencontrèrent des obstacles, mais les massues et les sortilèges s'en débarrassèrent sans difficulté. Plus ils descendaient, plus vite les barrages se créaient.

Après moins d'une heure ils atteignirent un large amphithéâtre. Un tiers des gradins avait été décoré d'effigies d'un certain nombre de guerriers, mais Goruel n'en avait cure. Il descendit rapidement les marches puis monta sur l'estrade centrale. En son centre se trouvait une ouverture carrée et une autre série de marches plongeait dans l'obscurité. Il voyait assez bien à l'intérieur, mais les marches s'achevaient sur un couloir qui partait vers l'est, ce qui lui cachait la vue.

Il s'accroupit au bord de l'estrade et ramassa le fourreau. Il avait été placé soigneusement dans un petit creux, juste là, ce qui indiquait une action délibérée.

Et la seule raison qui l'expliquerait serait...

Le sentiment de magick qu'il avait de Forteresse Draconis se focalisa et s'intensifia. Un vylaen siffla et un baragouineur hurla, mais Goruel n'avait pas besoin de se retourner pour savoir ce qu'il se passait. Devant lui, partout sur les gradins, les statues de pierre se mirent à bouger. Lentement d'abord, comme on se réveille d'un profond sommeil. Progressivement, inexorablement, elles avancèrent, descendant vers lui.

La légion de pierre rattrapa facilement les baragouineurs en fuite. Les statues se déplaçaient avec difficulté, pourtant elles étaient si nombreuses qu'il était impossible de leur échapper. Certains baragouineurs luttèrent violemment pour se libérer. Mais les poings fermés des statues leur arrachèrent des lambeaux de fourrures.

Le *kryalniri* miaula à mort et tendit la main vers Goruel lorsque les ennemis de pierre s'emparèrent de lui. Ses griffes crissèrent sur les marches, gravant de petites lignes blanches dans la pierre, puis la créature disparut dans un brouillard de sang et de bandelettes de fourrures.

Goruel recula, mais sans précipitation ni effroi. Derrière lui, les marches étaient redevenues de la pierre solide, l'estrade, une arène lisse. Il rejoignit à grands pas le cercle de pierre, fit rouler ses épaules ornées de pics, puis secoua les mains et jeta le fourreau.

Il poussa un rugissement de défi à l'adresse des statues qui se pressaient sur les marches. Goruel lécha l'air avec impatience et perçut un autre soupçon de la magick qui régnait sur la zone.

Il hocha la tête.

— Oui, bien sûr. Je sais maintenant et j'aurai dû comprendre plus tôt. Très bien. (Il fit signe aux statues d'avancer.) Faites de votre mieux. Peut-être allez-vous me retenir, mais me vaincre, jamais !

Les robes de fourrure pesaient sur la poitrine d'Erlestoke et la rendaient douloureuse, mais elles le gardaient au chaud. Il suivait Ryswin, et Jilandessa était derrière eux. Elle avait proposé de le guérir, mais il avait refusé. Le sortilège l'aurait fatiguée et il pouvait marcher encore parfaitement.

Jullagh-tse Seegg ouvrait la voie dans les tunnels qu'elle creusait dans la terre. Ils avaient depuis longtemps quitté les couloirs de la forteresse pour se diriger vers l'est mais, à cause de toutes les courbes et des tournants, ils n'avaient aucun moyen d'évaluer la distance parcourue.

L'urZrethie se mit à gratter vers la surface. Elle orienta le tunnel de façon à rendre l'ascension aisée et, avant longtemps, de l'air froid se précipita dans un trou, bientôt suivi par la neige. On entendait les hurlements du vent, mais ils n'étaient pas obligés de crier pour les couvrir.

Erlestoke sortit du tunnel avec l'aide de Ryswin et pressa le fragment de la Couronne du Dragon contre son ventre. Les autres grimpèrent à leur tour et le petit groupe courut sur une cinquantaine de mètres à l'est vers un bosquet. Accroupi là, appuyé contre un chêne ancien, le prince contempla Forteresse Draconis.

L'édifice, autrefois fièrement dressé, avait été détruit. Même la neige ne pouvait dissimuler le désastre. Les remparts étaient pleins de brèches et les bâtiments s'écroulaient. Auparavant il brillait comme un phare contre les troupes de Chytrine. Désormais, il était sombre, éteint, comme un nuage de brouillard venu de la mer Croissante.

Le maître d'armes, Verum, s'agenouilla près du prince.

— J'ai trouvé mes repères. Vers l'est sur environ trois kilomètres, puis au sud-est et là nous trouverons un entrepôt de réserves. Nous pourrons nous y reposer. Après ça, eh bien, c'est à vous de décider.

Erlestoke hocha la tête.

— Nous devons empêcher Chytrine de reprendre ce fragment, nous irons donc vers le sud, juste derrière ses troupes.

— Sans vouloir remettre votre jugement en question, Altesse, ne devrions-nous pas nous éloigner de ses troupes ?

Le prince lui fit un clin d'œil.

— Oh, nous savons qu'elle va nous traquer, alors peu importe où nous fuyons. Vers le sud, nous nous rapprochons de nos amis. Il ne nous reste plus qu'à espérer qu'ils nous retrouvent avant elle.

Chapitre 35

Tout s'était trop bien déroulé. Will grogna lorsque le petit groupe atteignit la porte nord de Meredo. Le jour s'était levé, beau mais froid, avec un ciel dégagé et un petit soleil dont on ne pouvait attendre nulle chaleur. Ce n'était pas le meilleur moment pour se lancer dans un voyage. Mais compte tenu de la saison, le temps aurait pu être bien pire. En pressant les chevaux, ils pouvaient couvrir le trajet en une semaine plutôt qu'en une et demie.

Et ils avaient tout de même de bonnes raisons de se réjouir. Kerrigan était revenu. Il avait l'air un peu épuisé, et il était suivi d'une créature hideuse, verte et à demi nue. L'aubergiste aurait sans doute protesté si des sorciers de Vilwan n'avaient pas été à la recherche du jeune homme. Il n'avait aucune envie d'être changé en grenouille, ou pis encore, en ce qui se trouvait derrière le jeune mage.

Kerrigan n'avait guère évoqué les raisons de son absence, sinon pour dire qu'il avait rencontré un puissant sorcier qui allait l'aider dans sa quête. Bok, l'urZrethi couleur malachite, lui avait été prêté par ce mystérieux sorcier et il les accompagnerait dans leur voyage. Son maître les rattraperait plus tard.

Le magickant lança quelques sortilèges pour soigner l'œil au beurre noir de Will, puis pour vérifier l'état de sa gorge. Il écouta avec beaucoup d'attention l'histoire de dame Flocon de Neige. Il y réfléchit longtemps, puis regarda Will avec sérieux.

— Je ne sais pas qui elle était ni ce qu'elle a fait, mais c'était de la magick très puissante. Tu es guéri, je le sens. Les sortilèges que j'ai lancés me permettent de dire que tu n'as rien, rien du tout.

Will haussa un sourcil.

— C'est une bonne nouvelle, non ?

Kerrigan acquiesça, puis souleva le menton de Will. Il fit tourner sa tête de gauche à droite et fronça les sourcils.

— La seule chose qui cloche, c'est que ces cicatrices auraient dû me donner l'impression d'une anomalie. Tout comme cette sensation de froid qui te gêne. Ce n'est pas très important, après tout, puisque tu peux te réchauffer et que les cicatrices ne sont pas graves. Je ne sens rien non plus qui t'empêcherait de guérir, mais c'est bizarre.

— Tu as déjà vu une telle chose ?

— Non, et c'est bien ce qui est étrange. Quand je me suis occupé de Corbeau et que j'ai réparé sa jambe cassée, je voyais aussi toutes ses anciennes blessures, y compris les lésions causées par le vieillissement. Même chose pour Orla. Lorsque je l'ai guérie, j'ai réparé d'autres éléments. J'ai effacé la fragilité de l'âge, pour qu'elle n'en souffre pas. Quand j'ai lancé un diagnostic après cela, il y avait moins d'anomalies.

Will hocha la tête.

— Ça paraît logique. C'est comme si ton sortilège comparait la personne blessée avec celle qu'elle serait au meilleur de sa forme.

— Exactement. Mais dans ton cas, la magick me dit que, même en ayant froid, et même avec ces cicatrices, tu ne peux pas aller mieux.

— Tu pourrais les effacer ?

Le lit de Kerrigan grinça lorsque ce dernier se déplaça.

— Je pourrais si je pouvais les trouver. Je les vois, bien entendu, mais du point de vue de la magick, elles n'existent pas. Pour réparer quelque chose, il faut que je sente l'anomalie, qui n'est pas perceptible ici. Peut-être que les sortilèges qui t'ont guéri ont interféré les uns avec les autres. Ce qui provoque cette confusion. Peut-être. Je n'avance que des hypothèses.

Will sourit.

— Toi, des hypothèses ?

— Eh bien, oui.

— Et tu l'admets ?

Kerrigan se rembrunit.

— Je vois que tu n'as pas beaucoup changé en mon absence.

Le voleur fit rouler ses épaules, mal à l'aise.

— Un peu seulement.

Tous deux avaient alors quitté la chambre de Kerrigan pour rejoindre la princesse du Muroso et Dranae près du feu. Là, Sayce et lui relatèrent au mage la scène du palais. Ils avaient beau baisser la voix, Will savait que l'histoire parcourrait les rues de Meredo plus vite que la neige. Même sachant que cela pourrait les desservir, il avait cessé d'y penser.

Jusqu'à maintenant.

Une compagnie de cavaliers les attendait dans la cour près de la porte. De toute évidence, ils étaient là depuis longtemps et, ce qui était encore plus étrange, ils avançaient à visage découvert. Leurs masques étaient attachés autour de leur bras droit, à l'exemple de Will.

L'un d'eux mit son cheval en travers de leur chemin. Il avait les traits anguleux et les yeux noirs, accentués par la pâleur remarquable de la peau que le masque avait couverte. Sans remarquer Corbeau et Alexia, il regarda Will droit dans les yeux.

— C'est vous le Norrington ?

Will acquiesça avec lassitude et donna un petit coup de talon à son cheval, laissant la princesse du Muroso derrière lui.

— C'est moi.

— Vous avez traité le roi de lâche et dit qu'il n'était pas digne des gars courageux d'ici ?

— Quelque chose comme ça.

— Et à *L'Auberge de la Panthère Sauvage*, vous avez dit qu'on doit tous êtres des héros pour combattre la sorcière du Nord ?

Will perçut quelque chose d'étrange dans la voix de l'homme.

— Oui, j'imagine que oui.

L'homme sourit.

— Alors, on est vos hommes. Nos ancêtres, ils se sont mis à porter des masques pour cacher leur identité. Mais aujourd'hui, ça nous sert pas beaucoup, alors on les portera comme vous, et nous prendrons de nouveaux noms. Nous sommes la Compagnie des Libérés d'Oriosa, et nous vous supplions de nous mener à Caledo. Je suis Wheatly.

Le voleur cilla sans savoir quoi dire. Lorsqu'il avait vu ces hommes, il s'était attendu à des problèmes. Mais avant qu'il se remette de sa surprise, Sayce s'avança.

—Au nom du roi Bowmar du Muroso, je vous souhaite la bienvenue, capitaine Wheatly, à vous et vos hommes. Je vous en prie, rejoignez-nous.

—Avec plaisir. Merci, princesse.

Wheatly agita le bras et son groupe passa entre les lanciers pour former l'arrière de la colonne. La plupart des guerriers saluèrent Will au passage, mais les deux derniers refusèrent de croiser son regard.

—Attendez une minute. Arrêtez-vous. (Will fronça les sourcils.) On se connaît ?

Le premier homme, dont les épaules étaient aussi rondes que son menton, secoua la tête. Le second, l'air assez jeune pour être son fils, sourit d'un air assuré. Bien que d'une carrure large et puissante, sa voix était rendue aiguë par la nervosité.

—Mon frère ne parle pas beaucoup, seigneur Norrington.

Will reconnut la voix et regarda les mains de l'homme pour confirmer son identité, mais des gants épais l'en empêchèrent.

—Votre nom ?

—On m'appelle North, seigneur, et voici Linc…

L'autre homme leva les yeux.

—Lindenmere.

Un frisson parcourut l'échine du voleur.

Kenleigh et Linchmere, à quoi pensez-vous ?

—Vous devriez rentrer à la maison, tous les deux.

La voix de Lindenmere se mua en croassement.

—Je n'en ai pas. (Sur son bras, son masque était coupé d'une seconde encoche de l'orphelin.) Je suis né avec mon masque. Je veux avoir la chance de le mériter.

—Et vous, heu, North ?

—Tant que Chytrine est en vie, personne n'est à l'abri. Plus vite nous la tuerons, moins je passerai de temps à craindre pour ma famille.

Will réfléchit un instant, puis acquiesça.

— Comme l'a dit la princesse, bienvenue.

Will fit volter son cheval et rejoignit Sayce qui menait les troupes hors de Meredo. Il n'y avait pas grand monde dans les rues, à cause du froid. Les rares personnes de sortie s'arrêtaient et regardaient passer la compagnie. Will ne put retenir un sourire, car ses compagnons et lui devaient offrir le spectacle le plus étrange jamais vu à Meredo depuis la dernière fête de la Moisson qui s'y était déroulée.

Il regarda par-dessus son épaule lorsqu'une escouade de lanciers le dépassa pour ouvrir la route et détailla leur troupe. Alexia, Corbeau et Résolu arrivaient derrière lui, suivis de Kerrigan et Dranae. Lombo sautait dans la neige, ayant l'air de beaucoup s'amuser, et Qwc tourbillonnait et virevoltait dans les nuages de flocons que le Panqui projetait dans les airs. Bok dépassait tout le monde sur des pattes de cigogne d'une finesse incroyable et portait un gros coffre de bois sur le dos.

Derrière lui venaient cinq chariots que la princesse avait loués à Meredo et qu'elle avait fait transformer en traîneaux. Le plus gros, qui ressemblait à une boîte, les précédait, Peri à l'intérieur. Même si elle n'éprouvait pas de difficulté à voler dans le froid, l'air se rafraîchissait encore plus dans les hauteurs et parfois des vents violents soufflaient. Personne ne voulait qu'elle se gèle les ailes, alors on lui avait aménagé un nid assez confortable dans le traîneau. Elle avait protesté, mais tout le monde avait rétorqué qu'elle était l'arme secrète du groupe et qu'on ne pouvait risquer de la perdre. Ce mensonge pieu la convainquit.

Une escouade de lanciers suivait les traîneaux. Ils étaient tous bien visibles dans leur tenue de cuir rouge. La Compagnie des Libérés, qui atteignit la quarantaine de membres lorsque d'autres cavaliers les rejoignirent, suivait, puis d'autres lanciers fermaient la marche. La colonne s'étirait sur plus de deux cent cinquante mètres. Elle était très impressionnante.

La princesse du Muroso croisa le regard de Will et sourit lorsqu'il se tourna vers l'avant.

— Je dois vous remercier d'avoir permis à vos hommes de nous rejoindre.

— Mes hommes ?

Elle acquiesça et son haleine blanchie flotta derrière elle lorsqu'elle répondit.

— Les Libérés.

— Ce ne sont pas les miens.

Sayce le regarda droit dans les yeux, puis se mordit la lèvre inférieure.

— Vous n'avez pas compris ce qu'il s'est passé à la porte, n'est-ce pas ?

Will fronça les sourcils.

— Princesse, je suis peut-être le Norrington, mais j'ai grandi dans les bas-fonds d'Yslin. Je suis un voleur. Le roi Scrainwood m'a donné ce masque, une tape dans le dos et s'est attendu à faire de moi sa marionnette. Ce qu'il s'est passé à la porte, c'est qu'un groupe d'hommes qui ont décidé qu'ils voulaient mourir nous a rejoints.

Les yeux bleus de la princesse brillèrent un instant, puis elle regarda devant elle.

— Au Muroso, en Oriosa et en Alosa, un homme qui met son visage à nu devant un autre… Eh bien, cela ne se fait qu'en famille ou entre amis très proches. Se révéler à un étranger et lui parler comme l'a fait Wheatly… En retirant son masque, il a renoncé à ses allégeances précédentes. En réalité, il vous a demandé de l'accepter en tant que vassal.

» Tous, ils ont été inspirés par vos paroles et vos actions. Autrefois leurs masques définissaient leur identité. Désormais, ils veulent qu'on sache qu'ils sont vôtres. Ils s'attendent que vous marquiez leur masque et que vous les autorisiez à les porter de nouveau lorsque vous les en jugerez dignes.

— Oh. (Will inspira profondément et l'air glacial lui brûla la gorge, ce qui le fit tousser.) Je me suis mal débrouillé, alors ?

Elle rit.

— Non, pas du tout. C'est pourquoi j'étais surprise de votre ignorance.

— Et quand j'ai dit à Kenleigh et Linchmere de rentrer chez eux ?

Sayce se tourna vers lui.

— Vous ne devez jamais les appeler par ces noms. Ce sont ceux qu'ils portaient lorsqu'ils avaient leurs masques. C'est la même chose qu'avec Corbeau. Avec son masque, il était Tarrant Hawkins. Il l'a perdu, il est devenu Corbeau. Désormais, ils s'appellent Lindenmere et North.

— Et qu'ont-ils pensé lorsque je leur ai dit de rentrer chez eux ?

Elle fit la moue.

— Vous leur avez plus ou moins signifié qu'ils devraient travailler dur pour être digne de porter votre marque sur leur masque. Ce n'était pas une mauvaise chose. North s'occupera de Lindenmere, vous savez.

— C'est ce que j'ai compris, oui.

Will inspira profondément, mais plus aisément, puis tira sur son écharpe pour se couvrir la bouche et le nez. Les choses avaient tellement changé. De rôdeur des caniveaux, il était devenu la personne que Corbeau et Résolu croyaient désignée par la prophétie. Puis de plus en plus de gens de par le monde avaient commencé à voir en lui la solution au problème posé par Chytrine. Et aujourd'hui, certaines personnes le regardaient avec de l'espoir dans les yeux, alors qu'un an auparavant, elles n'auraient éprouvé que du dédain ou de la peur à son égard.

Et aujourd'hui, il y en a qui veulent se battre et mourir pour moi.

Il roula des épaules, mal à l'aise. Pendant la période qu'il avait passée en compagnie de Corbeau, Résolu et Alexia, il en était venu à leur faire confiance. Il se battrait pour eux et à leurs côtés. Les aventures qu'ils avaient partagées les avaient soudés.

Mais les Libérés étaient complètement différents. Ils n'étaient pas venus à lui parce qu'il était le Norrington. Ces hommes l'avaient entendu parler et avaient eu vent de ses actes, et sur la base de ces seules informations, ils avaient voulu se joindre à lui. Will avait pensé que peut-être certains d'entre eux ne recherchaient que l'aventure, mais il n'était pas facile pour un Oriosan de retirer son masque. Comme l'avait dit la princesse, il ne s'agissait pas pour ces hommes d'une décision spontanée.

Will regarda la Murosane rousse.

— Altesse, je suis désormais responsable de ces hommes ?

Elle acquiesça.

— Oui. Ils agissent aujourd'hui en votre nom. Vous paierez pour eux, vous les punirez et les récompenserez.

— Payer pour eux ? (Will regarda derrière lui.) Même si je dérobais tous les joyaux de la Couronne, je n'y arriverais pas.

— Seigneur Norrington…

— Will, s'il vous plaît.

— Will, on attend de vous que vous payiez les factures que l'on vous présentera. Wheatly, North et Lindenmere ne sont pas sans ressources. Cela se voit à leurs vêtements et à leurs chevaux. Ils se débrouilleront seuls. (Elle leva une main pour couper court à tout commentaire.) Et malgré ce que vous avez dit devant le roi Scrainwood, vous découvrirez que le Muroso vous récompensera largement de vos efforts envers notre patrie.

Sayce retira le gant à sa main gauche et ôta une petite bague de son index. Elle la tendit à Will, qui s'en saisit. Il s'agissait d'un emblème sur un simple anneau d'or.

Il allait la lui rendre mais elle secoua la tête.

— Vous voulez que je la garde ?

— J'en serai honorée.

— Elle est très belle, mais je doute pouvoir en obtenir assez pour faire simplement souper mes hommes ce soir.

Sayce rit à gorge déployée. Will aima ce son rauque. Les yeux de la jeune femme brillaient aussi vivement que la première fois qu'il l'avait vue. Il s'en souvenait, et aussi qu'elle lui avait pris la main. Ses joues s'empourprèrent.

— Will, cette bague appartenait à ma grand-mère paternelle. Elle représente une province de l'ouest du Muroso, près du lac Peori. Son revenu, même lors d'une mauvaise année, pourvoira aux besoins de douze fois ce nombre d'hommes.

— Je ne peux pas l'accepter !

— Vous le devez. Vous avez perdu vos terres pour venir en aide à ma patrie. (Elle sourit.) C'est la vôtre aussi. Je ne m'attends pas que vous vous battiez avec plus d'ardeur contre Chytrine, je ne fais que rendre la victoire plus douce.

Will sourit, soudain enthousiaste à l'idée qu'il avait un nouveau pays d'attache. Il retira son gant droit et glissa la bague à son index.

— Votre main droite. Votre bras d'attaque. Excellent.

— Pardon ?

— Cela signifie que vous vous battrez.

La princesse mit à son tour son écharpe devant la bouche.

— Venez, seigneur Norrington, vers votre nouveau pays. Et mort à vos ennemis !

Chapitre 36

S'ils avaient voyagé en été de Meredo à Caledo, ils auraient eu le choix de deux chemins. Le plus long les aurait forcés à revenir vers Valsina, puis à passer au sud de Tolsin avant de reprendre vers le nord-ouest. Cette grande route aurait rendu le voyage plus rapide. Ils auraient facilement trouvé de quoi se loger. L'autre chemin les aurait emmenés jusqu'à Nariz, la capitale de la Saporicia, puis au nord, vers Caledo. Même si le trajet était plus court, les routes de la Saporicia n'étaient pas très bien entretenues et une bonne partie des échanges entre le Muroso et elle se faisaient par bateau, en contournant la pointe de Loquellyn.

Mais l'hiver supprimait toutes les commodités de la route. La compagnie monta donc droit au nord, avec l'intention de franchir le Bokagul. Le haut massif dominait l'horizon, recouvert d'un tapis blanc. Lorsque les vents avaient dégagé le ciel, ils avaient pu voir la neige tomber en longs rubans depuis les sommets déchiquetés.

Alexia regarda à travers le voile fin qu'elle portait entre le bord de son couvre-chef et l'épaisse écharpe de laine enroulée autour de son visage. Le voile aidait à bloquer la violente lumière réfléchie par la neige et gardait un peu la chaleur. Enfouie sous une épaisse carapace de cuir et des robes à capuche encore plus épaisses, elle avait plus l'air d'un animal que son cheval.

Elle souffrait quand même du froid. Will devait être bien malheureux. Mais le voleur ne bronchait pas, ce qui la surprenait. Le Will Norrington qu'elle avait vu pour la première fois à Yslin se serait plaint, et amèrement. Il n'était plus digne de se livrer à de tels enfantillages désormais.

La veille, au camp, Will avait rejoint quelques-uns des Murosans autour d'un feu et chanté avec eux. Il avait même proposé de nouvelles paroles pour d'anciennes mélodies. L'un des chants, sur lequel il avait reconnu travailler depuis un moment, avait pour thème la bataille de Svoin et racontait comment Corbeau et Alexia avaient détruit la *sullanciri* Malarkex.

Alyx avait été impressionnée par sa bonne volonté à participer aux chants, mais encore plus par son acceptation de Kenleigh et Linchmere. Leur présence au sein de la Compagnie des Libérés l'avait surprise et elle avait tout d'abord pensé que Scrainwood les envoyait en tant qu'espions. Elle avait fait part de cette idée à Corbeau, mais celui-ci avait fait remarquer que Kenleigh n'en avait pas le tempérament, ni Linchmere l'habileté nécessaire.

Après réflexion, Alyx était d'accord. Linchmere avait dû se brouiller sérieusement avec son père pour devoir quitter le confort du palais. Il s'intégrait mal au camp et suivait Kenleigh partout, obéissant à tout ce qu'il lui disait. Linchmere avait commencé à allumer un feu sous les branches lourdes de neige d'un arbre. La chaleur montante l'aurait fait tomber et elle aurait étouffé les flammes, mais Qwc s'était envolé maladroitement et avait dégagé l'arbre. Linchmere avait reçu de la neige sur la tête, mais il avait adressé un sourire au Spritha, qui s'était confondu en excuses.

Alyx et Corbeau s'étaient retirés dans une tente montée un peu à l'écart des autres, mais dans les limites du camp. Quand bien même leur mariage était une supercherie, leur intimité était respectée. Même si la nuit était trop froide pour envisager de retirer leurs vêtements, ils se serraient l'un contre l'autre sous les couvertures et partageaient leur chaleur.

À l'auberge, ils avaient fait l'amour avec une certaine urgence, et une certaine maladresse. D'abord il y avait eu des coups de coudes malheureux, leurs dents s'étaient cognées, leurs doigts emmêlés, mais toutes ces gaucheries n'avaient provoqué qu'un sourire ou un rire, un murmure d'excuse. Bientôt, toutefois, les mots eux-mêmes ne leur servirent plus beaucoup. Toute communication passait par le souffle et les gémissements plus expressifs.

Puis ils s'étaient couchés l'un près de l'autre, se touchant, se caressant. Elle avait savouré la tendresse avec laquelle Corbeau avait passé un bras autour de ses épaules pour la ramener contre lui en lui embrassant le cou. Elle s'en était tellement réjouie qu'elle se serait noyée dans cette étreinte pour ne jamais s'en dégager. Ce n'était pas tant qu'elle désirait échapper au monde et chercher en Corbeau un sanctuaire, mais qu'elle voulait, profondément, être là avec lui, à partager le calme de leur union.

Sur la route, il chevauchait à ses côtés, lorsqu'il ne s'assurait pas de la sécurité de Will ou ne parlait pas à Résolu et qu'elle n'était pas auprès de Peri. Même à l'instant, alors qu'elle le regardait, ses épaules courbées sous le poids de l'énorme manteau en peau d'ours qu'il portait, il lui faisait un signe de tête et, à travers le voile, elle distinguait presque le pétillement de son regard.

Lorsqu'ils n'étaient pas seuls, Corbeau était plein de sollicitude, mais aussi de respect pour elle. Il lui proposait son assistance, sans toucher à tout ce dont elle pouvait très bien se charger elle-même. S'il avait besoin d'aide, il en demandait. Il avait toujours un sourire à lui accorder et restait attentif à ses besoins, sans pour autant exiger son attention constante.

Cette distance, soupçonnait-elle, était en partie due à leur différence d'âge. La première nuit, il lui avait parlé de Svarskya et du fait qu'il l'avait tenue dans ses bras alors qu'elle n'était qu'un nourrisson. Un tremblement dans sa voix avait trahi son malaise d'être à ce point plus vieux qu'elle. Comme il voulait s'excuser, elle l'avait embrassé.

— Nos cœurs n'ont que faire du nombre de fois qu'ils ont battu, simplement du fait qu'ils sont désormais à l'unisson.

Il l'avait admis avec un sourire.

— Aussi sage que belle.

— Assez sage pour savoir que, lorsque deux âmes sont destinées, les détails ne comptent pas.

Alexia sourit à ce souvenir, mais un vrombissement aigu emplit l'air, exigeant son attention. Qwc, un éclair vert sur la neige blanche, décrivit des cercles autour de Will, Sayce, Corbeau et Alexia, puis plana dans les airs, deux bras tendus vers le nord-est.

— Vite, vite, venir vite ! Important, *très* important !

Il s'éleva, puis fila dans un bourdonnement, droit sur l'entrée boisée d'une petite vallée.

Corbeau tourna la tête vers Alexia.

— Un Spritha sait où et quand il doit se trouver. Nous ferions mieux d'y aller.

Résolu avait déjà fait volter son cheval et galopait à la suite du Spritha. Sans y réfléchir à deux fois, Alyx talonna sa monture et partit aux côtés de Corbeau pour éviter le plus gros de la neige que son cheval projetait. À droite, devant Résolu, le Panqui courait. Derrière elle, elle entendit Will et Sayce se joindre à la course.

Ils filèrent dans un champ de neige vierge, puis dans une petite pineraie. Une vingtaine de mètres à peine plus loin, un autre champ se terminait sur une falaise. Au nord s'étendait une vallée forestière au cœur de laquelle se trouvait une clairière. Un cours d'eau la divisait et serpentait vers le sud tandis qu'au nord-ouest les murs de granit des monts Bokagul formaient une frontière.

Résolu sauta sans hésiter du rebord et disparut à la vue. Lombo bondit dans les airs, balançant la queue pour maintenir son équilibre. Alyx le vit tomber sur la pointe des pins, ce qui secoua un arbre assez fort pour faire chuter toute la neige de ses branches. Le cheval de Corbeau suivit celui de Résolu et elle conduisit sa monture près du rebord dès que Corbeau le quitta.

De la neige s'envola, mais le flanc de colline presque dépourvu d'arbres lui donna une vue dégagée du terrain. Elle vit un petit groupe assailli par une horde de baragouineurs. Quelques griffeglaces tournaient autour, faisant retentir leur cri de chouette, tandis que d'autres transperçaient les corps à coups de griffes et les déchiquetaient. Les combattants repoussaient les baragouineurs du mieux qu'ils pouvaient et, au vu de leurs gestes étranges et de leur couleur, elle devina qu'il s'agissait d'urZrethis.

La pente raide s'adoucit quelques mètres plus bas. Corbeau arrêta sa monture et sortit son arc. Il encocha une flèche, banda, décocha.

Le projectile passa près de Résolu et s'enfonça dans la poitrine d'un baragouineur. Ce dernier tourna sur lui-même et s'effondra. Voyant cela, quelques créatures levèrent les yeux.

À cet instant, Lombo sauta. Il atterrit au milieu du groupe, écrasant au moins un des baragouineurs. Ses pattes allaient de droite à gauche, il broyait des os ou déchirait la chair de ses griffes. Lorsqu'il se retourna pour faire face à un ennemi, sa queue brisa les jambes d'un autre dans son dos.

Une autre flèche vola, celle-ci destinée à un temeryx qui perdit la vie en se débattant dans un tas de neige rouge sang. Puis un bruit de tonnerre retentit. Son écho fut amplifié par les montagnes. Un baragouineur eut un soubresaut, puis s'effondra, une partie de son crâne éclaté grâce à Dranae et sa draconette.

Puis Alyx les rejoignit. À mi-pente, elle s'était débarrassée de son manteau pesant, puis avait extrait sa main droite de son gant qui pendait attaché à son poignet. Elle dégaina et attaqua à sa droite. Du rouge vif macula la neige et les flancs de son cheval. Un baragouineur s'écroula dans un gargouillis.

La neige ne facilitait pas les choses, mais les chevaux étaient bien plus agiles que les baragouineurs. Des flèches plurent de nouveau et la draconette tonna encore. Tous les tirs ne furent pas mortels, mais les cris de leurs compagnons blessés troublaient autant les baragouineurs qu'ils auraient troublé des hommes.

Rapides et dotés de pattes puissantes, les griffeglaces étaient moins gênés par la neige, mais Lombo prenait un plaisir particulier à les tuer. Il était comme un renard dans un poulailler, s'écartant d'un cadavre à l'échine brisée pour bondir sur un autre temeryx, le mettre à terre et lui tordre le cou.

Alexia para une attaque de coutelas, puis abattit son épée sur la tête d'un baragouineur. Des os craquèrent, puis elle donna un coup de pied pour repousser son agresseur. Elle fit faire demi-tour à son cheval et vit Résolu au milieu d'un cercle de cadavres.

Derrière Alyx, Sayce se battait avec son sabre tandis que, debout sur étriers, Will projetait les étoiles de métal que Résolu avait fabriquées. Derrière lui se précipitait une escouade de Lanciers Rouges.

Ils foncèrent contre la plus grosse concentration de baragouineurs et les urZrethis choisirent cet instant pour contre-attaquer. Pris entre les deux, les baragouineurs hurlèrent et gémirent jusqu'à ce que mort s'en suive.

Les survivants tentèrent de se disperser, mais les Lanciers et les Libérés les achevèrent. Il n'y en avait pas eu plus de trente ou quarante. Et après un coup d'œil à leur état, Alyx détermina qu'il s'agissait sans doute de retardataires ou de déserteurs. Le petit groupe d'urZrethis s'était fait attaquer au moment le plus inopportun.

La princesse fit trotter son cheval vers eux. Elle en compta dix, mais plusieurs étaient blessés et au moins trois cadavres reposaient dans la neige. Une urZrethie à la peau couleur des pierres rouges et aux longs cheveux noirs nattés vint à sa rencontre. Elle avait changé ses jambes en bâtons fins, semblables à celles de Bok, et ses bras avaient pris la forme d'une lame pointue et d'une massue couverte de piques.

— Je vous souhaite la paix de Bokagul. (Ses yeux noirs luisaient d'éclats cuivrés.) Je suis Silide-tse Jynyn, gardienne de ce domaine.

— Je suis Alexia d'Okrannel.

Elle chercha Will du regard afin de le présenter, mais le vit assis en travers de son cheval, une plaie ouverte à la jambe. Sayce était descendue de sa monture et écartait le tissu déchiré. Le sang était noir sur le pantalon de cuir marron et il coulait à flots.

Alexia les rejoignit.

— Que s'est-il passé ?

Sayce gronda.

— J'en ai laissé passer un ! J'en ai laissé un atteindre le Norrington ! C'est ma faute.

Qwc atterrit sur la cuisse de Will, au-dessus de la blessure, puis se mit à six pattes et cracha une boule de toile d'araignée dessus. Will grimaça et Sayce tenta de repousser le Spritha, mais Qwc recula, puis revint et moula habilement la toile pour qu'elle recouvre la plaie. Du rouge tâcha le pansement, mais celui-ci se contracta, refermant les bords.

Wheatly s'arrêta juste devant Will.

— Sire, les baragouineurs sont tous morts. Nous les avons achevés jusqu'au dernier. Quelques-uns des nôtres sont blessés, mais rien de grave.

Will hocha la tête.

— North et Lindenmere ?

— North va bien, sire. Lindenmere a été un peu secoué, mais il survivra.

— Bien. Merci, capitaine Wheatly. Vous avez fait preuve d'initiative, c'est bien. (Du doigt, Will lui fit signe de s'approcher.) Venez, s'il vous plaît.

L'homme poussa son cheval assez près pour que son genou touche celui de Will.

— Oui, seigneur Norrington ?

Le voleur frotta son index sur sa jambe de pantalon ensanglantée, puis traça une bande sur le nez du masque qui ornait le bras de Wheatly.

— Vous pouvez le porter de nouveau. Désormais, vous êtes mon homme. Vous me servirez le mieux possible et vous me direz le nom de ceux que leurs actions rendent dignes d'être miens.

Le sourire qui naquit sur le visage du capitaine fut si contagieux qu'Alyx l'imita.

— Oui, sire. Mon devoir, mon honneur, ma joie, seigneur Norrington.

— Et Wheatly ?

— Sire ?

— Si quelqu'un doit être soigné, envoyez-les à l'Initié Reese. Je veux des hommes en vie, pas des cadavres de braves. Chaque cicatrice raconte une histoire, certes, mais celles qu'il guérira en vaudront deux.

— Oui, sire.

Wheatly le salua vivement, puis fit volter sa monture et se mit à lancer des ordres aux Libérés.

Will se tourna vers Alexia, puis vers l'urZrethie.

— Quel est le bilan ?

Silide-tse contempla son groupe.

— J'en ai perdu quatre et, rien n'est sûr, une autre va peut-être mourir.

Alexia leva les yeux vers Lombo et Corbeau qui les rejoignaient.

— Nous avons besoin de Kerrigan. Pouvez-vous aller le chercher ?

Elle s'adressait à Corbeau, mais ce fut le Panqui qui acquiesça avant de se mettre en route, remontant la colline en sautant.

L'urZrethie retomba maladroitement sur ses talons.

— Pardonnez-moi.

Sayce se retourna et s'agenouilla près d'elle.

— Êtes-vous blessée ?

— Épuisée. (Elle montra ses bras difformes.) Changer de forme peut être fatigant et nous n'avons ni beaucoup mangé ni dormi cette dernière semaine.

Sayce se leva et siffla pour appeler l'un de ses lanciers.

— Trouvez le moyen de descendre ces traîneaux sans les endommager. Nous allons camper ici. (Elle s'adressa de nouveau à l'urZrethie.) Très vite, nous vous offrirons de la nourriture et un lieu où vous reposer.

Silide-tse sourit, puis leva sa massue.

— Non, c'est inutile.

La princesse redressa le menton et elle parla d'un ton impérieux.

— Nous sommes peut-être en Oriosa, mais vous ne refuserez pas l'hospitalité murosane.

L'urZrethi se mit à rire.

— Ce n'est pas cela du tout. Votre hospitalité est la bienvenue. Serions-nous en Oriosa, je l'accepterais. (Silide-tse montra le nord-ouest.) Vous voyez, nous sommes chez moi. Encore une heure dans la montagne et je vous offrirai notre hospitalité et notre gratitude. Soyez les bienvenus à Bokagul. Par vos actions, vous avez prouvé votre amitié envers les urZrethis et, sur notre territoire, nos amis ne manquent de rien.

Chapitre 37

L'urgence d'aider l'urZrethie blessée surpassa bien vite l'indignité d'être jeté sur l'épaule d'un Panqui et transporté dans la neige comme un sac de pommes de terre. Kerrigan savait qu'il était inutile de battre des bras ou de crier, car c'était loin d'être la première fois que Lombo le transportait ainsi. Mais jamais encore il n'avait eu autant de neige projetée au visage, au point qu'il doive s'essuyer les yeux en permanence.

Derrière eux, Bok suivait, le coffre attaché à son dos.

Au fond de la vallée, Lombo déposa Kerrigan au milieu du champ de bataille, comme un sac de marchandise. Le mage roula sur les genoux et jaugea la situation. Trois urZrethies étaient blessées, mais il ne s'agissait que de petites coupures et d'éraflures. Il rampa là où deux d'entre elles en soutenaient une troisième. Cette dernière agrippait son ventre rond et ses compagnes l'imitaient.

Il y avait beaucoup de sang.

— Quels sont les dégâts ?

L'urZrethie à la peau cuivrée qui se tenait aux pieds de la blessée secoua la tête. Elle parla dans sa langue, que Kerrigan connaissait très peu et comprenait encore moins. Une autre, celle qui avait parlé avec la princesse Alexia, les rejoignit en aplatissant la neige sous elle et s'accroupit.

— Elle dit que Sulion-Corax a eu le ventre lacéré par un griffe-glace. Savez-vous ce que signifie Corax ?

Kerrigan plissa ses yeux verts.

— Qu'elle a la permission de porter des enfants, non ?

— Oui. Son nom est Sulion-Corax Girsce et voici ses sœurs et ses cousines. Elle est enceinte de cinq mois et le griffeglace a peut-être touché le bébé.

Kerrigan poussa un long soupir.

— Alors c'est grave.

— Je vais vous dire à quel point. Si vous réussissez à réparer les dommages et à les sauver tous les deux, parfait. Mais, si vous apprenez le sexe de l'enfant, ne dites rien. Et si c'est un garçon et que vous ne pouvez en sauver qu'un, sauvez-la elle.

Le mage fronça les sourcils. Il avait assez de connaissance des urZrethis pour savoir que leur matriarcat n'avait que faire des mâles, si ce n'était pour leur statut de reproducteurs, mais il trouvait l'urZrethie un peu dure.

— Ne vous inquiétez pas. Je vais sauver les deux. (Il s'adressa à Sulion-Corax.) Tout ira bien.

Kerrigan ferma les yeux et posa les mains sur celles de Sulion-Corax. L'urZrethie sursauta à son geste, mais les autres lui roucoulèrent des mots apaisants. Il se prépara, puis lança son diagnostic. Parce qu'il s'agissait de magick elfique, elle pénétra en elle comme de petites racines dans la terre, glissant des filaments dans et à travers son corps. Parce que l'urZrethie changeait de forme, sa nature était hautement altérable, mais les douleurs qu'elle ressentait donnaient au sortilège des points d'ancrage.

Kerrigan eut de plus en plus conscience de l'existence de l'urZrethie, ce qui lui donna une vision plus claire de ses blessures. Le griffeglace lui avait bien ouvert le ventre et touché l'utérus, mais le bébé était encore petit. Kerrigan renforça son sortilège et nourrit le petit grâce aux filaments. Il ne détecta aucune blessure, mais vérifia encore.

Rien. Le bébé ne ressentait pas de douleur, mais quelque chose n'allait pas. Les sens de l'enfant semblaient diminués d'une façon ou d'une autre. Il craignit un instant que la détresse de la mère l'affecte, alors il lança un rapide sortilège pour apaiser ses souffrances et diminuer son angoisse. Le sentiment de douleur assourdi que la mère projetait correspondait toujours à ses blessures, mais Kerrigan n'en fut pas satisfait.

Il poussa sa conscience plus loin chez l'enfant et parcourut le cordon ombilical qui le liait à sa mère. À mi-distance, il trouva. Le griffeglace avait réussi à trancher une bonne partie du cordon, supprimant l'arrivée de sang. Parce que le lien n'avait pas de nerfs, il ne pouvait pas émettre de douleur, d'où l'incapacité de Kerrigan à détecter tout de suite le problème.

Lentement, délicatement, il commença à recomposer le tissu vivant. Il surveilla le bébé et le sentit reprendre vie. Il vérifia encore pour s'assurer qu'il allait bien, puis se retira. Il répara l'ouverture de l'utérus, puis les parois abdominales de la mère. Enfin, il referma la chair.

Il ouvrit les yeux, puis se laissa tomber sur les talons avant de s'écrouler sur le côté, en respirant très fort. Le côté gauche de son visage était plongé dans la neige, et sa peau brûlait un peu, mais il remarqua à peine la douleur. Le peu qu'il remarqua le surprit, car la guérison de la mère et du nourrisson aurait dû lui causer une souffrance extrême. Il aurait dû ressentir la moindre douleur de Sulion-Corax. En lançant le sortilège, il avait su qu'il pouvait la laisser les subir ou les recevoir en lui. Il avait beau vouloir lui éviter de souffrir, il n'aurait jamais pris la décision consciente de prendre ses souffrances pour lui.

Il envisagea et repoussa l'idée que le sortilège anesthésiant s'en était chargé. Un tel sortilège était utilisé couramment, une solution aussi simple aurait donc été connue depuis longtemps. En repensant à sa conversation avec Rym, Kerrigan se demanda si accepter la douleur était une sorte de frein que Vilwan avait imposé à ses magickants ou si quelque chose d'autre se passait.

Lombo mit ses énormes pattes sous les épaules de Kerrigan et obligea le mage à s'asseoir.

— Plus que fatigué ?

Kerrigan cligna des yeux.

— Je vais bien, Lombo, merci.

Il regarda autour de lui et vit que tout le monde était dans la même position que lorsqu'il avait commencé à guérir l'urZrethie. Alexia le regarda.

— Peux-tu l'aider ?

— C'est fait.

Will s'était rapproché et haussa un sourcil.

— Fait ? Tu l'as à peine touchée, puis tu es tombé. Le temps d'un battement de cœur, peut-être deux.

— C'est vrai ?

Kerrigan secoua la tête. Il avait lancé le sortilège comme il l'avait toujours fait.

Non, attends…

Il s'était concentré sur l'évidente urgence de la situation, si bien qu'il ne s'était pas inquiété de lui et de la façon dont il organiserait ses sortilèges. Il réfléchit rapidement à ceux qu'il avait lancés lorsqu'il fuyait les pirates, à la fois à son départ de Vilwan et de Port Doré. Il s'était servi de sorts incroyables, mais ceux-ci ne l'avaient pas fatigué.

Même à l'instant, sa lassitude n'était pas physique mais mentale. Ce qu'il avait accompli là aurait été très difficile même dans les meilleures conditions. Et il l'avait fait si vite… manifestement il avait réfléchi à toute vitesse, tout en se servant de la magick pour guérir les blessures. Il était ébranlé d'en avoir été capable si rapidement.

Et là était la grande question : *Si je ne suis pas épuisé physiquement, l'énergie que j'ai utilisée ne provenait donc pas de moi. Mais alors, quelle en était la source ?*

Kerrigan leva les yeux et sourit.

— Eh bien, j'ai de quoi méditer.

Il se remit difficilement sur pied, appuyé lourdement sur Lombo.

L'urZrethie rouge indiqua les montagnes lointaines de son bras en épée.

— Je vous en prie, soyez tous les bienvenus à Bokagul…

Sa voix mourut dans un sifflement lorsque Bok s'approcha, et elle revint à sa langue maternelle. De ce qui suivit, Kerrigan n'entendit que « bok », prononcé avec dégoût.

Il tituba dans la neige jusqu'à l'endroit où Bok était assis, les bras autour des genoux. Il posa une main sur son épaule verte, puis se tourna vers l'urZrethie.

— Bok est mon serviteur.

Elle plissa les yeux.

— C'est un bok. Un hors-la-loi. Vous en répondrez.

Kerrigan tapota les cheveux sales de Bok.

— Bien entendu.

Bok croassa tranquillement.

L'urZrethie le regarda attentivement, puis s'adressa à la princesse Alexia.

— Ce n'est pas loin et vous serez très bien accueillis. La famille Girsce dirige ce duché de Bokagul et vous découvrirez qu'elle est généreuse dans sa gratitude.

Silide-tse Jynyn finit par se présenter à Kerrigan, puis donna son nom aux diverses sœurs et cousines de celle dont il avait sauvé l'enfant. Il comprit finalement que sauver le bébé avait été plus important que de la sauver elle. Comme on le lui avait expliqué, elle avait eu un rêve la semaine précédente et elle était sortie avec ses proches pour ramasser des baies des neiges dans un bosquet précis. Son rêve lui avait prédit que ces baies seraient la première nourriture solide dont l'enfant se nourrirait, alors il faisait office de loi. Les blizzards du nord les avaient surprises loin de Bokagul et les renégats aurolanis les avaient embusquées sur le chemin du retour.

Descendre les traîneaux dans la vallée s'était révélé moins problématique que Kerrigan l'aurait cru. Grâce aux urZrethis, Lombo, les chevaux et toutes les cordes, la descente se déroula assez facilement. Peri ne resta pas dans son chariot pendant le trajet, et fut présentée à Silide-tse. La gardienne lui confia un message et des indications sur la façon d'atteindre le domaine de Girsce.

Le trajet leur prit quatre heures et l'ombre des montagnes au nord-ouest assombrit la vallée petit à petit. Ils avaient mis les cadavres des griffeglaces sur les traîneaux puisque Lombo ne les avait pas trop abîmés et l'on racontait que leur chair était bonne à manger. Kerrigan n'en avait jamais goûté auparavant, mais Corbeau lui adressa un hochement de tête encourageant, alors il tint sa langue.

À la fin du voyage, ils entrèrent dans une vallée étroite qui formait plusieurs lacets avant de s'ouvrir sur une autre plus large, fermée par un haut mur de pierre. Elle était assez grande pour accueillir toute leur compagnie, mais à peine plus. Lors de leur chevauchée dans les gorges, Kerrigan avait levé les yeux et remarqué qu'un petit nombre d'archers pouvait abattre toute armée qui en ferait le siège. Il était certain que les urZrethies ne l'ignoraient pas.

L'entrée de Bokagul l'impressionna. La falaise escarpée s'élevait à cent mètres et scintillait de glace. Au pied étaient gravées quatre silhouettes en bas-relief. Les deux du milieu, les plus petites, représentaient les urZrethies. Elles se tenaient à quatre pattes, leurs mains touchant le cercle orné de runes qui marquait l'entrée. Au-dessus d'elles, bien plus grands, se trouvaient deux urZrethies transformées, leurs pattes semblables à celles d'oiseaux, dont elles se servaient beaucoup pour marcher dans la neige. En outre, leurs bras avaient été changés en ailes, qui se touchaient bout à bout au-dessus de l'entrée circulaire.

Silide-tse avançait aux côtés de Kerrigan.

— Vous savez, Initié Reese, les urZrethies croient qu'un jour les plus talentueuses d'entre nous développeront des ailes et s'envoleront.

Il acquiesça.

— J'ai entendu parler de cette légende. C'est un rêve merveilleux.

— Oui, n'est-ce pas ? (Elle sourit.) Peut-être l'enfant que vous avez sauvée sera celle dont l'esprit sera assez léger pour le réaliser.

— J'en serai ravi si c'était le cas.

Silide-tse bondit plus avant ; sans qu'elle ait à tendre la main pour toucher la clé de voûte, l'énorme disque roula sur le côté. Peri en sortit, couverte de chaînes d'or et de bagues où scintillaient des joyaux, vêtue d'un tissu doré qui remplaçait les modestes vêtements qu'elle portait d'ordinaire. Elle riait, ce qui n'était pas si rare, mais assez pour surprendre Kerrigan.

Derrière elle surgit tout un groupe d'urZrethies. Elles entourèrent le traîneau qui avait autrefois accueilli Peri, offert à Sulion-Corax pour le restant du trajet. Le babillage des urZrethies, que Kerrigan ne comprenait pas, semblait exprimer la joie et la sympathie, ainsi qu'une note de chagrin envers les femmes tombées au combat. Comme il était coutume, les corps resteraient sur le lieu de leur mort et l'on garderait cet endroit en mémoire, mais ils ne seraient pas vénérés.

D'autres urZrethis, jusqu'au dernier mâle, vinrent chercher les chevaux et guider les traîneaux. Leurs gestes étaient lents et timides, mais efficaces. L'un d'entre eux s'approcha même de Bok dans l'intention de le délester de son coffre, puis resta là à cligner des yeux lorsque celui-ci gronda. Silide-tse rappela le mâle et lui donna un autre ordre, qu'il exécuta avec indifférence.

Silide-tse s'occupa des membres principaux de la compagnie tandis que d'autres menaient les Libérés et les Lanciers à leurs quartiers. La gardienne les guida le long de couloirs bien éclairés et remarquablement hauts pour un peuple si petit. La lumière provenait de grosses bougies plantées sur des supports métalliques. Aux bas-reliefs succédaient des mosaïques colorées, toutes figurant des humains et des elfes aux côtés d'urZrethies. Des histoires correspondant à ces scènes revenaient vaguement à Kerrigan, mais ce devait être le point de vue urZrethi sur ces contes, car elles y étaient représentées comme supérieures aux autres… ce qui était rarement le cas dans les versions humaines.

Silide-tse les fit entrer dans une salle d'une largeur inhabituelle et d'une forme étrange. Un couloir à plafond bas et arrondi, assez bas pour que Résolu et Dranae aient à baisser la tête et Lombo, à se courber, s'ouvrait sur la première des deux pièces sphériques. La seconde était la plus petite des deux et le sol était plus élevé d'un mètre, alors que le plafond atteignait la même hauteur. De petites entrées arrondies menaient à d'autres chambres. La plus grande des deux était pourvue d'une cheminée.

Silide-tse s'en approcha et murmura un mot, ce qui illumina les pierres à l'intérieur, comme des braises. Elle s'accroupit dos au foyer et ouvrit grand les bras.

— Ceci est un *coric* et c'est ainsi que nous vivons. La chambre basse en est la salle commune et les ouvertures donnent sur les dortoirs des mâles de la famille.

Elle jeta un regard significatif à Bok, qui entra immédiatement dans une chambre près de l'entrée.

— Les visiteurs de sexe masculin, surtout ceux qui viennent donner un enfant à l'une de nos filles, sont en général logé le plus près de la chambre supérieure, là où habitent nos femmes. La Coraxoc, la chef de famille, occupe celle du centre. Ses filles fécondes sont de chaque côté et le reste d'entre nous, dans les autres.

Will compta les têtes.

— Trois femmes, huit hommes. Six chambres. On va être serrés.

Silide-tse secoua la tête.

— Les dortoirs accueillent aisément six personnes.

On entendit un reniflement en provenance de la chambre où se trouvait Bok.

Qwc atterrit sur l'épaule de Will.

— Qwc prend pas de place. Pas ronfler non plus !

L'urZrethie fronça les sourcils.

— Vous êtes des invités. Vous êtes libres d'agir comme il vous plaît. Si vous souhaitiez respecter nos coutumes, nous en serions ravies.

Corbeau hocha la tête.

— Nous comprenons. Perrine, tu prendras la chambre de la Coraxoc.

Le visage de Silide-tse s'illumina.

— Vous comprenez vraiment ! Magnifique ! Vous m'excuserez donc. Je vous laisse vous installer et je reviens avec de quoi sustenter tout le monde.

Kerrigan choisit de partager sa chambre avec Bok. La longue salle étroite possédait un plafond bas, arrondi, et les murs recouverts de plâtre étaient dépourvus de toute décoration. Il choisit le lit de droite et s'empara d'une seconde paillasse pour l'isoler de la pierre froide.

Bok se délesta du coffre et le posa à la tête du lit, puis il se recroquevilla. Il s'était déjà endormi et Kerrigan était tenté de sombrer dans le sommeil à son tour, mais des bruits d'applaudissement dans la salle principale l'incitèrent à marcher à quatre pattes jusqu'à l'entrée et à regarder.

Silide-tse était revenue et elle avait pris une apparence décidément plus humaine. Elle précédait tout un groupe d'urZrethis aux bras chargés de bois vite déchargé sur la table basse. D'autres portaient des coussins qu'ils posèrent autour. Puis apparurent des bols, des assiettes, des coupes, des fourchettes, des couteaux et des cuillers, et chaque place avait bientôt plus de couverts qu'une seule personne en posséderait jamais. Surveillant toute l'affaire, Silide-tse aboya un ordre et d'autres ustensiles furent apportés.

Elle fit signe à tous les invités d'entrer dans la chambre commune et leur attribua des places spécifiques. Tandis qu'ils s'asseyaient, des urZrethis mâles s'avancèrent, un derrière chaque membre de la compagnie, et d'autres encore se présentèrent, portant des soupières pleines, des plats de viande fumants et des corbeilles débordantes de pain. Le ventre de Kerrigan gronda immédiatement. Il avait l'eau à la bouche.

Lui et les autres se jetèrent sur la nourriture comme s'ils n'avaient pas mangé depuis un mois, ce qui n'était pas le cas, mais ce n'avait été que de la chère de taverne et des rations de voyage, de la boue en comparaison. Étrangement, Kerrigan remarqua que, si les cuillers, les fourchettes et les couteaux disparaissaient entre les plats, les assiettes et les bols restaient. Les serviteurs changeaient leurs mains pour présenter les différents mets, puis allaient se les laver. Kerrigan commença à se demander si les urZrethis utilisaient des couverts, puisqu'ils pouvaient transformer leurs membres. En conséquence, ils leur en fournissaient beaucoup et les remportaient entre chaque plat pour éviter à leurs invités de se laver chaque fois les mains… ce qui n'avait pas de sens, puisqu'ils ne mangeaient pas avec.

Ce genre de pensées paresseuses fut le pic de l'activité intellectuelle de Kerrigan. Il mangea beaucoup et but encore plus, car chaque mets semblait meilleur que le précédent, et chaque nouveau vin lui révélait des saveurs inconnues jusqu'alors. La nourriture ne cessait d'arriver en telle quantité que même Lombo s'écarta de la table et tapota son ventre arrondi avant de laisser échapper un rot assez bruyant pour faire trembler toute la table.

Ils mirent fin au dîner plus qu'ils le terminèrent et tout le monde riait à gorge déployée, y compris Silide-tse.

Cette dernière frappa dans ses mains et les serviteurs s'en allèrent, mais la table fut laissée en place, et il restait assez de vivres pour nourrir les Libérés. Elle s'adressa à Kerrigan.

— Votre serviteur pourra débarrasser.

Le mage hocha la tête.

— Vous êtes très aimable.

— Nous avons une dette envers vous. C'est le moins que je puisse faire pour la rembourser. (Elle sourit.) Je reviendrai demain matin. Bonne nuit à vous tous.

Chapitre 38

Erlestoke n'en était pas certain, mais il souhaitait presque que le jour ne se soit pas levé aussi beau et froid. Le froid, il s'en serait passé. L'air glacial s'immisçait dans ses vêtements et il avait beau bouger, rien ne le réchauffait. Mais il devait bien l'admettre : il ne bougeait pas très vite.

La première nuit, ses hommes avaient découvert l'entrepôt dont avait parlé Verum. Le baron Draconis avait réussi à disséminer des abris à poudre de feu et autres subsistances dans les environs de la forteresse, moins pour parer à l'éventualité d'une retraite que pour aider les forces opérant derrière les lignes ennemies.

On y est, derrière les lignes.

Ses hommes et lui avaient rechargé leurs munitions et s'étaient emparés de vêtements d'hiver. L'entrepôt contenait bien quelques draconettes, mais uniquement des modèles anciens. Les charges et la poudre de feu s'adaptaient tout de même à leurs quadnels. Ils les avaient donc remplis pour s'assurer deux cents tirs chacun. Nourris, vêtus, armés, tous les hommes portaient trente kilos en moyenne.

Seul Erlestoke en avait été exempté, car il avait toujours mal dans la poitrine. Jilandessa avait lancé un sort simple et diagnostiqué qu'il n'avait rien de cassé, seulement des côtes flottantes. Elle avait proposé de le remettre en état, mais il avait refusé, arguant que, s'il vivait assez longtemps, il guérirait naturellement.

Les autres se partagèrent son équipement, ce qui lui laissait les charges, la poudre, un quadnel et le fragment de la Couronne du Dragon. Ce dernier n'était pas si lourd, il pouvait donc marcher au même rythme que les autres. Dans l'entrepôt, les hommes avaient déniché des raquettes à neige, grâce auxquelles ils avançaient plus vite. Mais toute marche dans un tel froid restait éprouvante.

Le premier jour du voyage, ils avaient essuyé une tempête de neige, finalement bienvenue, car elle avait effacé leurs traces. Toutefois, elle ne dissimula en rien le passage des Aurolanis. Les carcasses d'animaux à moitié dévorées, les chariots dont ils s'étaient emparés avant d'abandonner à la mort des bêtes de bât surmenées, et même les cadavres congelés de baragouineurs abattus par leurs compatriotes ou tués par le froid : la piste était facile à suivre. Les baragouineurs morts ne surprenaient pas Erlestoke, car les manœuvres en hiver étaient toujours épuisantes. Il ne comprenait pas qu'ils ne soient pas plus nombreux.

Ryswin haussa les épaules lorsqu'il lui en fit la remarque.

— Ils arrivent du Nord. Ils ont l'habitude de ce temps. Peut-être même qu'il leur semble doux.

— Ce qui leur donne l'avantage. (Erlestoke soupira.) À votre avis, combien de temps avant que la Sebcia tombe ?

L'elfe plissa les yeux un instant, puis secoua la tête.

— Beaucoup de troupes sont dans le Sud. Elle est probablement déjà perdue. Le Muroso aussi, peut-être. Les dragonels et les dragons rendent Chytrine très puissante, surtout contre des forteresses construites pour supporter les sièges ordinaires.

Comme celles de l'Oriosa.

Erlestoke avait longtemps refusé de s'identifier à son pays de naissance. Son père avait fait un choix qu'il méprisait. Il haïssait Chytrine pour le meurtre de sa grand-mère, et cette haine l'avait décidé à la détruire. Son père était quant à lui terrifié et faisait tout son possible pour l'apaiser. C'était pour cette raison qu'Erlestoke était monté à Forteresse Draconis et avait supplié son oncle de le prendre à son service.

Toutefois, malgré sa détermination, il était toujours lié à sa nation. Qu'il déteste son père ne signifiait pas qu'il n'aimait pas l'Oriosa. Il ne voulait pas voir mourir ses compatriotes, ni savoir leurs maisons ravagées. La tante d'Erlestoke y avait été évacuée avec ses cousins, ainsi que sa maîtresse et leur enfant. Il lui vint à l'esprit qu'ils devaient tous le croire mort, ce qui ne fit qu'augmenter son désir de rentrer.

Si je peux.

Même en restant optimiste, il ne pouvait pas faire autrement que considérer sa situation comme précaire. Le premier jour de neige avait probablement bloqué les soldats ennemis à Forteresse Draconis, si bien qu'une journée les séparait des troupes en partance pour le Sud. L'écart pouvait être vite réduit, mais leur accordait un léger avantage. Si tout se passait comme prévu, ils traverseraient la rivière Tynik au sud et disparaîtraient à Sarengul. Là-bas, les urZrethis leur offriraient un abri ou du moins un passage vers l'Alosa.

Erlestoke n'était pas certain du meilleur endroit où dissimuler le fragment. S'il parvenait à atteindre Croquellyn, il pourrait le confier aux elfes. La princesse Alexia avait fait de même avec le fragment jeranais dérobé aux pirates. Les elfes de Loquellyn l'avaient caché, mais le prince se demanda si cela ne les condamnerait pas, à long terme.

Le beau temps l'inquiétait. Car, sans la moindre chute de neige, ils laisseraient des traces que n'importe qui pourrait suivre. Mais Erlestoke se calma quand la nuit fut venue. Lui et ses hommes avaient légèrement dévié vers l'est et ils trouvèrent un abri dans les ruines d'une petite ferme au sein des collines. Les agresseurs avaient tenté de l'incendier, mais le feu n'avait pas tout consumé. Une partie du toit était intacte et les quatre murs debout, bien que noircis.

Cette ferme leur offrait une petite protection contre les Aurolanis qui rôdaient, d'après Nygal. Verum rétorqua qu'elle ne servirait à rien si un dragon décidait de finir le travail. Après cet échange, tout le monde fit grise mine pendant quelque temps. Puis Erlestoke les autorisa à allumer un feu dans la cheminée, car Verum avait confirmé la solidité des murs.

À l'idée de pouvoir se réchauffer, les esprits s'égayèrent. Verum attribua les tâches à tout le monde sauf aux elfes et à Jullagh-tse qui seraient de garde pour la nuit. Leur vision nocturne faisait d'eux des sentinelles idéales, si bien que personnes ne se plaignit

Erlestoke appela trois des non-humains.

— Nous sommes d'accord pour tenter Sarengul. Jullagh-tse, vous êtes certaine qu'elles nous accueilleront ?

Elle confirma. Ses yeux gris formaient un contraste frappant avec sa peau rouge sombre et le lourd manteau de laine noire qui entourait ses épaules.

— Les urZrethies ne rejettent pas les visiteurs. Je suis déjà allée à Sarengul, ce n'est après tout pas si loin de Bokagul, et j'y ai de lointaines cousines. Elles n'apprécieront peut-être pas que nous possédions un fragment de la Couronne du Dragon. Mais elles ne nous fouilleront pas et elles n'exigeront pas de savoir ce que l'on transporte.

Jilandessa joua avec sa longue tresse noire.

— Est-il judicieux de les tromper ?

L'urZrethie haussa les épaules.

— Préférez-vous leur confier une information qu'elles souhaiteraient ne pas connaître ? Oui, notre arrivée mènera la guerre à leur porte, mais elles n'ont aucun désir de voir Chytrine reconstituer la Couronne. Souvenez-vous, les urZrethies creusent les montagnes, et les dragons nous en chassent. Notre territoire est impossible à assaillir sinon. Que Chytrine nous envoie ses baragouineurs. Sans les dragons, ils n'ont aucun espoir de pénétrer dans nos montagnes.

Ryswin grogna.

— Espérons que ni Turic ni Rynyk ne daigneront vous faire payer une telle arrogance.

Jullagh-tse secoua la tête.

— Quelle que soit la volonté des dieux, battre les urZrethies sur leur territoire sera très difficile.

Erlestoke leva une main gantée.

— Si nous partons du principe que c'est vrai, la question est donc de savoir où nous irons ensuite. La princesse Alexia a laissé un fragment à Loquellyn.

Ryswin fronça le nez.

— Elle n'aurait pas eu la permission de quitter Rellaence avec. Il a été jugé dangereux de l'apporter à Forteresse Draconis. Le risque aurait été trop grand, et la récompense serait trop importante pour Chytrine si elle vainquait.

— Elle aurait obtenu cinq fragments. Elle a celui de Svarskya et l'un des trois de Forteresse Draconis. Nous en avons un, celui de Loquellyn et un autre qui se trouve les dieux savent où.

Le prince fronça les sourcils.

— Combien y a-t-il de fragments ?

Ryswin sourit.

— Vous assistiez le baron. Ne vous l'a-t-il pas dit ?

Jilandessa cracha quelques mots en elfique. Le guerrier écarquilla les yeux, puis rougit et hocha la tête. Lorsque son visage reprit une couleur normale, il croisa le regard d'Erlestoke.

— Pardonnez-moi, je vous en prie. Jilandessa m'a rappelé que vous aviez le droit de connaître une information qu'on vous a manifestement dissimulée. Pour autant que nous le sachions, il existe sept fragments.

— Sept ? Je sais que cinq ont été confiés aux humains et j'ai entendu dire qu'il y en avait un à Vorquellyn.

La guérisseuse harquelfe acquiesça.

— Il a été évacué, mais il a disparu. Certains disent que les Loquelfes l'ont pris aux réfugiés.

— Certainement pas. (Ryswin leva le menton.) J'ai combattu contre Kree'chuc. Je n'ai pas vu le fragment. Mais auriez-vous été alors à Loquellyn, vous sauriez que le fait de l'avoir en notre possession aurait été célébré comme une victoire.

— Cela nous en fait six.

Erlestoke regarda ses trois compagnons.

— Qu'en est-il du septième ?

Ryswin ouvrit les mains.

— C'était bien avant ma naissance mais, d'après la légende, un petit groupe d'aventuriers abattit Kirûn. Lorsqu'ils ont trouvé la Couronne, elle était en forme d'arc, assez semblable à certains diadèmes. Ils ne l'avaient jamais vue avant et ce ne fut que bien plus tard que naquit la légende d'une septième pierre, la pièce centrale. Chaque fragment a beau être très puissant, comme nous l'avons tous constaté, avec le septième l'on peut contrôler d'immenses armées de dragons. Son utilisation est paraît-il épuisante mais, lorsque l'on peut détruire complètement un ennemi, on a ensuite tout le temps pour se reposer.

Le prince fronça les sourcils.

— Vous me dites qu'il existait sept fragments, qu'on n'en a trouvé que six et qu'ils ont été dispersés sans que personne sache que la pièce principale manquait ?

— C'est vrai, Altesse. (Jullagh-tse Seegg hocha gravement la tête.) Je suis bien plus jeune que Ryswin, mais l'on raconte la même histoire à Bokagul. Cette théorie a été émise par une joaillière urZrethie qui a voyagé de par le monde. Elle a mesuré les fragments et elle a recréé une copie de la Couronne, jusqu'au moindre détail. Elle était clairement inachevée, alors la joaillière a ensuite déterminé à quoi aurait dû ressembler le dernier bijou. Mais la vérité, c'est que nous ne savons pas où il se trouve. Il est possible que Chytrine l'ait en sa possession et même qu'elle l'ait dérobé sur la Couronne.

Erlestoke s'affaissa contre le mur en rondins et grimaça. Il avait mal à la poitrine, et pas seulement à cause des coups reçus.

— Si vous possédez tous les trois ces informations, pourquoi pas moi ? pourquoi pas le baron Draconis ?

Jilandessa s'accroupit à ses côtés et posa les mains sur l'un de ses genoux repliés.

— C'est à cause de la nature humaine, Altesse. Ne pensez pas à Forteresse Draconis comme à un lieu pour arrêter Chytrine, mais comme à un lieu de pouvoir. Toutes les nations humaines, toutes les nations elfiques et urZrethies ont promis des troupes et ont servi à Forteresse Draconis. Mais c'est un homme qui en a créé les plans, et le baron Draconis a toujours été un homme. Les humains ont la passion du pouvoir.

» Lorsqu'on a appris l'existence possible d'un septième fragment de la Couronne, un qui la rendrait fonctionnelle, les elfes et les urZrethis se sont retrouvés dans une situation étrange. Tous les fragments à l'exception d'un seul étaient entre des mains humaines. Nous pensions que les hommes ne nous croiraient pas au sujet du nombre exact de fragments. Nous n'avions pas confiance en eux. Tout cela aurait vite dégénéré. Les humains auraient pensé que nous avions dissimulé le septième pour rassembler tous les autres, afin de recréer la Couronne et détruire l'humanité.

Erlestoke secoua la tête.

— Cela n'a pas de sens.

L'elfe brune sourit.

— Altesse, ces cinq dernières années, vous avez œuvré à Forteresse Draconis. Vous avez travaillé aux côtés d'elfes et d'urZrethis. Vous nous connaissez. Vous avez confiance en nous. Ryswin n'est arrivé que récemment et pourtant, vous vous comportez de la même manière avec lui, car vous avez appris à nous faire confiance.

Jullagh-tse renchérit.

— Et, pour dire la vérité, l'idée de reconstituer la Couronne a été avancée. J'ai entendu une telle rumeur dans les couloirs de Bokagul. J'imagine que les mêmes circulent dans les bosquets des places fortes elfiques. Les humains nous envahissent. Personne ne parle de les détruire, mais de pouvoir les repousser…

Erlestoke hocha la tête.

— Je connais l'histoire. Je sais que les hommes de l'Oriosa et les urZrethis de Bokagul se sont fait la guerre autrefois, mais nous avons combattu côte à côte plus récemment. Néanmoins, je comprends votre argument. Ces vieux conflits continuent à hanter les mémoires. Il ne serait pas difficile de vous accuser d'ignominie.

Jilandessa soupira.

— On peut raisonnablement croire que Chytrine ne possède pas le septième fragment. Sinon, elle serait bien plus puissante.

— Pourquoi ne peut-elle pas en créer un autre ?

L'urZrethie fronça les sourcils.

— Les pierres de la Couronne sont très rares. Certaines légendes les appellent des « Pierres véritables », mais je n'ai aucune idée de ce que cela signifie.

Les elfes secouèrent la tête.

— Si leur nature est connue de mon peuple, dit Ryswin solennellement, ils ne me l'ont pas confiée. Toutefois, si Chytrine possédait l'habileté de créer le bijou principal de la Couronne, elle aurait pu en faire une nouvelle. Quelque chose l'en a empêché.

— Et nous en remercions les dieux. (Le prince s'appuya contre le mur.) Nous n'avons pas réglé notre problème, si l'on y revient. Si les elfes acceptent de garder un autre fragment, nous avons le choix de nous rendre à Harquellyn ou à Croquellyn.

Jilandessa fit une moue songeuse.

— Harquellyn n'est pas l'idéal. Je suis différente de ceux de mon peuple, qui préfèrent éviter les conflits. Nous serions bien accueillis. Mais en échange d'un pacte de paix, ceux de Harquellyn pourraient proposer le fragment.

— Ryswin, pourquoi votre peuple garde-t-il le fragment ? N'est-ce pas un gros risque, compte tenu du désir de Chytrine de l'obtenir ?

Le guerrier sourit.

— Mon ami, ce sont des navires de Loquellyn qui ont détruit la flotte de Kree'chuc et ainsi empêché l'invasion. Chytrine nous hait de toute façon. Nous ne pouvons tout simplement pas la laisser mettre la main dessus.

— Croquellyn, alors ?

L'urZrethie acquiesça d'un air pensif.

— Si nous arrivons si loin dans le Sud, nous serons tout près de Tsagul. Selon l'endroit où se trouve Chytrine, nous aurons peut-être même à descendre plus bas.

Le prince fronça les sourcils.

— Il ne reste plus grand-chose ensuite.

— Non, Altesse, effectivement. (Jullagh-tse Seegg poussa un profond soupir.) Quoi qu'il en soit, nous devrons espérer que cela suffira.

Chapitre 39

Le général Markus Adrogans hocha la tête en étudiant la maquette de la citadelle des Trois Frères, qui protégeait la route du Sud.

— Vous avez fait de l'excellent travail, duc Mikhail.

Le jeune homme brun sourit, puis inclina la tête en guise de remerciement.

— J'aime construire des maquettes. Elle est à échelle, bien entendu, même si la neige n'est que de la peinture et ne correspond pas à la hauteur rapportée par nos éclaireurs.

La maquette représentait une route en parallele du fleuve Svar à l'endroit où il passait dans le défilé du Sud. À l'approche de Svarskya, le fleuve formait une courbe à l'ouest et le chemin longeait la rive est. Au sommet de la courbe se trouvait la forteresse principale, la plus haute, construite comme une pièce montée : quatre couches cylindriques les unes sur les autres, chaque fois plus petites. Des remparts l'entouraient. À l'opposé, au centre du fleuve, se tenait une tour immense connectée à la forteresse par un pont de pierre en arche. D'énormes chaînes allaient de l'une à l'autre pour bloquer la navigation : efficaces l'été mais inutiles en plein hiver puisque le fleuve était entièrement gelé et recouvert de neige.

Au sud, la direction par laquelle ils feraient leur approche, se trouvait la première des deux portes fortifiées. Chacune était constituée de deux structures rectangulaires parallèles à la route sur une petite vingtaine de mètres, de murs crénelés tout autour, et percée d'une quantité remarquable de meurtrières. Des portes à l'avant et à l'arrière bloquaient la route et toute force qui réussirait à pénétrer la première se trouverait prisonnière de la cour intérieure de la forteresse avant de pouvoir ouvrir la porte arrière. On ne pouvait atteindre le mécanisme sans mener un long combat et subir les tirs meurtriers des archers dissimulés derrière les murs épais.

À ces deux places fortifiées correspondaient aussi des tours au milieu du fleuve, avec pont et chaînes de rive à rive. Toute tentative de traverser le fleuve gelé serait vouée à l'échec puisque les archers dans les tours ou sur les ponts auraient l'avantage. En outre, les machines de siège à l'intérieur des forteresses enverraient des pierres qui briseraient la glace. L'eau glacée tuerait les soldats plus vite que des flèches et l'on retrouverait les cadavres dans la mer Croissante près de Svarskya.

Ni les places fortes ni les tours du fleuve n'étaient en vue les unes des autres : il fallait compter sur la forteresse principale pour passer les messages grâce à un système de drapeaux. Cette dernière servait de garnison à l'intégralité du complexe défensif, à cinq cents mètres seulement de chaque bâtiment. Elle enverrait des troupes défendre les deux portes, et les réserves de la seconde place forte pourraient venir en aide à la première, au besoin.

— C'est un travail fabuleux, mais il ne me réconforte en rien.

Adrogans fit lentement le tour de la maquette, la détaillant sous tous les angles. Il souleva la couche supérieure de la forteresse centrale. L'intérieur des murs avait été peint et un cercle noir représentait les escaliers principaux. La précision allait jusqu'à situer les toilettes par des points sombres et des notes indiquant le nombre de soldats occupant généralement chaque pièce.

— J'aurais voulu achever la structure intérieure, mon général. Deux des réfugiés de Svoin ont fait leur service à Varalorsk, alors ils ont pu me fournir des détails. Ils m'ont beaucoup aidé pour les petits Frères, Darovin et Krakoin. (Mikhail haussa les épaules.) Après le combat, j'achèverai tout cela.

Adrogans lui sourit.

— Vous êtes bien différent de votre cousine. Je ne peux l'imaginer accomplissant un tel travail.

— Alexia ? (Il éclata de rire.) Elle est bien trop sérieuse et n'a aucun goût pour une occupation aussi simple que celle de construire des maquettes. C'est très bien comme cela, toutefois, puisqu'elle est l'avenir de notre nation. Sans vouloir vous offenser, général, car vos efforts pour débarrasser l'Okrannel des Aurolanis ne seront jamais oubliés.

— Ni les vôtres pour accompagner les Cavaliers royaux. (Le général plissa légèrement les yeux.) Je crois toutefois que vous seriez plus heureux à construire des maquettes qu'à faire la guerre.

Le duc secoua la tête.

— Tant que ma nation sera occupée, je ne connaîtrai pas la paix. (Il inspira profondément et baissa la voix.) Général, vous savez ce qu'est pour nous un voyage onirique, n'est-ce pas ?

Adrogans acquiesça, sans préciser qu'il trouvait toute cette affaire ridicule.

— J'en ai entendu parler.

Mikhail eut un demi-sourire.

— Tante Tatyana m'écorcherait vif pour vous l'avoir dit, mais vous devez savoir. Lorsque j'ai accompli le mien, j'étais en compagnie d'Alexia. Son rêve, eh bien, je ne trahirai pas sa confiance, car elle n'aurait même pas dû m'en parler, mais il laisse présager une issue favorable à la bataille contre Chytrine. En revanche, le mien est très particulier, et je me dois de le partager avec vous, général. (Le duc agita la main en direction de la maquette.) J'ai rêvé des Trois Frères, tels que vous les voyez. Neige épaisse, fleuve gelé, une journée si froide que, si l'on crachait, la salive gèlerait avant de toucher le sol. Nous étions victorieux ce jour-là. Les Trois Frères entre nos mains.

— Bien, excellent. (Adrogans croisa les mains derrière le dos.) Comment avons-nous gagné ?

Mikhail grimaça.

— Les rêves, général, sont rarement aussi précis. Mais nous remportions la victoire et j'étais là, à Varalorsk. Je le sais car j'ai fait le croquis de la tour de mon rêve, puis j'en ai parlé avec les hommes de Svoin. J'en ai dessiné le plan grâce à leur description, puis j'ai comparé les deux. Ils correspondaient parfaitement. Et souvenez-vous que je n'ai jamais vu les Trois Frères. Je suis né à Yslin, en exil.

— Je suis heureux de ce présage, alors, ainsi que de la maquette.

Adrogans fronça les sourcils puis replaça la couche supérieure de Varalorsk.

— Renverser ces tours ne va pas être facile.

— Non, général. Elles n'ont encore jamais été prises.

Le général jeranais décida de ne pas argumenter. Les Trois Frères étaient tombés entre les mains aurolanies parce qu'on les avait abandonnés. Avec les années, les histoires s'étaient résumées à une légende unique racontant qu'une noble avait ordonné aux garnisons de quitter les lieux et de couvrir sa fuite vers la Jerana. Certains disaient que c'était Tatyana, d'autres donnaient des noms variés, mais aucune des rumeurs ne pouvait être prouvée. Au moment de la retraite, Tatyana était déjà à Yslin et de nombreux nobles avaient fui l'Okrannel, mais aucun possédant assez d'autorité pour ordonner le départ de la garnison. Il était probable que les soldats avaient préféré la fuite à la mort.

Si la forteresse avait été prise une fois, Adrogans aurait au moins un point de départ à ses plans. Mais la construction n'avait qu'une seule faille : les Trois Frères ne pouvaient se voir entre eux. À cette exception près, ils étaient quasiment imprenables. Le fleuve Svar creusait une gorge profonde dans la montagne. La route était trop étroite. Il était impossible d'y tirer des machines de siège afin de les positionner pour attaquer la forteresse. Un bélier aurait convenu. Toutefois, le temps qu'il aurait fallu pour le porter sur la route enneigée aurait donné à la garnison tout le loisir de se préparer. Les projectiles en provenance de la forteresse causeraient des dégâts terribles et la garnison possédait des dragonels…

— Les soldats de Beal mot Tsuvo n'ont pas parlé de dragonels, si ?

Mikhail secoua la tête, mais désigna deux ouvertures de chaque côté des places fortes.

— Une génération plus tôt, il y avait là des balistes qui pouvaient dévaster la route. Ces ouvertures ont été un peu agrandies, et l'on croit qu'elles peuvent abriter des dragonels. Les éclaireurs ont bien précisé que le travail était grossier, alors je ne sais pas.

Adrogans hocha la tête et il sentit Douleur lui griffer sourdement l'échine. La seule façon de découvrir ce qui se trouvait à l'intérieur serait d'exhiber une armée qui inciterait à l'attaque. Adrogans imagina ses hommes pressés sous les mantelets, s'approchant aussi vite que possible, pour être réduits en une bouille sanglante par les dragonels.

Le problème, c'était qu'il fallait absolument prendre les Trois Frères, sinon la ligne de ravitaillement en provenance de Guraskya serait coupée. Il lui aurait été possible d'infiltrer des soldats par la montagne (en sacrifiant beaucoup de chevaux dans l'affaire), mais ceux-ci arriveraient affamés et faibles. Pis, les troupes des Trois Frères pourraient atteindre le gué par le sud et leur couper les vivres, du moins si un autre blizzard ne s'en chargeait pas d'abord. Ou pis encore, bloquer toute son armée dans la montagne, où elle mourrait de faim.

S'il prenait les Trois Frères et les gardait, il pourrait s'assurer qu'aucune autre force ennemie ne passerait pour attaquer son armée par l'arrière. Qu'il n'ait pas connaissance de troupes opérant au sud ne signifiait pas pour autant qu'il n'y en avait pas, ou qu'elles n'étaient pas en route. Un siècle auparavant, les Aurolanis avaient tenté une attaque aérienne audacieuse grâce à laquelle ils avaient conquis Vorquellyn. Réitérer une telle opération leur permettrait de positionner des soldats partout sur la côte est et de fracasser son armée contre l'enclume qu'était Svarskya.

Mikhail désigna six bannières, dont quatre se trouvaient sur Varalorsk, une au nord sur Krakoin et une au sud sur Darovin.

— Je les ai peintes en fonction des descriptions que l'on m'a données et aucune ne montre la présence de dragonels, mais je ne sais pas si les bannières aurolanies l'ont jamais fait. Cela représente quand même six légions.

Adrogans hocha la tête.

— Une garnison de six cents soldats, un peu moins que le nombre d'Okrans qu'il y avait autrefois. Mais, à l'intérieur des forteresses, il pourrait tout aussi bien y avoir deux fois, voire trois fois plus d'hommes. Ils ne seront pas assez idiots pour sortir à notre poursuite comme au gué. L'approche évidente serait par le fleuve gelé, mais c'est bien trop risqué.

— C'est vrai. Le niveau de l'eau a baissé pour l'hiver, mais le fleuve est toujours profond. Il a gelé plus tôt que d'ordinaire à cause du temps, mais la glace ne supportera pas le poids des machines de siège. S'il était moins profond, nous aurions pu faire venir une catapulte, mais…

— Les ingénieurs gèleraient. (Le général soupira.) Le fleuve n'est qu'un vaste terrain d'exécution et, même si nos soldats arrivaient à le franchir et à atteindre la route entre Varalorsk et Darovin, que faire ensuite ? Ils seraient pris dans un étau et Varalorsk les massacrerait.

Phfas ouvrit la longue construction basse dont Adrogans avait fait son quartier général. Il souffla en voyant ce qu'ils étudiaient.

— Les Trois Frères. Vous connaissez leur histoire ?

Adrogans acquiesça.

— Trois frères autrefois arrêtèrent une horde de Zhusks décidés à piller Svarskya. Ils sont morts ici. La citadelle a été construite en leur honneur. Vous parlez de cette légende, mon oncle ?

Le chaman zhusk hocha la tête.

— Un événement terrible.

Il fusilla Mikhail du regard comme pour le défier de faire un commentaire, mais le jeune homme tint sagement sa langue.

Adrogans sourit.

— Pourquoi me rappeler cette histoire, mon oncle ?

Le vieil homme afficha un sourire en coin.

— Pour que tu saches que les Zhusks n'ont pas non plus de solution à cette énigme.

— Bien noté, merci. (Le général sourit à Mikhail.) Les Plumenoires, les Montagnards et les éclaireurs de Beal nous informeront si des renforts viennent. Toutefois, il semble que la meilleure approche, et j'utilise ce terme avec prudence, serait une attaque directe. Elle ne sera pas agréable.

Le duc acquiesça.

— Les Cavaliers du Roi vous réclament l'honneur d'y aller en premier, général.

— Vous êtes si pressé de mourir, duc Mikhail ?

Le jeune homme secoua la tête.

— Ces forteresses ont été construites pour protéger notre pays. Comment pouvons-nous laisser d'autres verser avant nous leur sang pour les détruire ? Seul un lâche agirait ainsi. De plus, je sais que nous parviendrons à passer : je ne mourrai pas.

— Mais vous pourriez être le seul à survivre.

À cette remarque, Mikhail se rembrunit un instant, mais une seconde seulement.

— Alors je serai le seul à attaquer les portes, massacrer la garnison et ouvrir le chemin vers Varalorsk.

Phfas ricana.

— Réveille-toi, Svarskya. Ce n'est pas un rêve. C'est un cauchemar.

Les griffes de Douleur s'enfoncèrent dans la nuque d'Adrogans, mais il repoussa la souffrance.

— C'est un cauchemar, oui, mais nous trouverons le moyen de le traverser.

Mikhail sourit.

— J'ai toute confiance en vous, général. Tout ce que je regrette, c'est qu'Alexia ne soit pas là pour nous aider.

— Une aide que j'apprécierais.

Adrogans regarda Phfas, qui marmonnait dans sa barbe.

— Hélas, même les talents de votre cousine pourraient ne pas être d'un grand secours, ici. Le sang coulera à flots dans le siège des Trois Frères. Et à moins de trouver une autre solution, nous perdrons Svarskya pour toujours.

Chapitre 40

Pour Alexia, le temps passé à Bokagul avait les nombreux attributs du rêve, qui conspiraient tous à lui faire oublier les horreurs de l'hiver et de la guerre. Même si elle ressentait toujours l'urgence de partir pour Caledo, son voyage dans les salles et les couloirs (elle n'arrivait pas à y penser comme à des tunnels) fut plus rapide que prévu.

La dimension des salles lui coupait le souffle. Ayant grandi à Gyrvirgul, elle avait l'habitude de vivre dans les montagnes. Après tout, les urZrethis l'avaient créé pour les Gyrkymes, bravant ainsi volontairement la colère des elfes. Là-bas, ils avaient construit de larges galeries ouvertes, parfaites pour les Gyrkymes.

Mais lui aurait-on demandé de décrire l'architecture ordinaire des Gyrkymes, elle n'aurait jamais pensé que ces hautes galeries leur étaient habituelles. Pourtant il semblait que les urZrethis construisaient tout à grande échelle. Étage après étage, des galeries et des balcons, tous sculptés, s'élevaient dans l'ombre. La pierre avait moins l'air d'être gravée que d'avoir poussé : elle semblait travaillée par des paysagistes.

Le côté fantaisiste de certaines des décorations surprenait Alyx. Elle considérait les urZrethis comme des êtres austères et vaillants, courageux et sérieux. Cela dit, la plupart des histoires qu'elle connaissait avaient pour héroïnes des guerrières surgissant des montagnes fortifiées pour combattre, ce qui avait pu biaiser son point de vue. Elle appréciait cette chance d'élargir ses connaissances.

Chaque nuit des cinq jours que durèrent le trajet, la compagnie était accueillie dans un *coric*. Perrine prenait toujours la place principale parce qu'elle possédait ce que désiraient les urZrethis : le don de voler. À voir la façon dont ils réagissaient devant Peri, on pouvait penser que, même si les elfes leur avaient déclaré la guerre à cause de Gyrkymes, ils auraient créé Gyrvirgul malgré tout.

Alexia partageait sa chambre avec Corbeau, et les autres avaient l'air heureux pour eux, même si Peri se moquait d'Alyx comme seule une sœur le pouvait. La princesse attendait avec impatience le moment de s'allonger à côté de Corbeau, de chuchoter doucement dans son oreille afin de ne pas réveiller les autres. Elle adorait passer les doigts dans ses cheveux blancs ou dans les poils de son torse jusqu'aux trois cicatrices qui ressortaient sur son flanc droit.

Il lui arrivait d'oublier leur présence. À une occasion, en les touchant, elle avait eu un mouvement de recul, mais Corbeau lui avait recouvert la main.

— Tout va bien, Alexia, elles ne me font plus mal.

— Ce n'est pas cela.

Il retint un rire et elle sentit un sourire naître sur ses lèvres.

— Tu crains que le souvenir m'en soit douloureux, ou l'ait été, mais je ne faisais que ce qu'il fallait pour sauver mes amis. Quand je n'ai pas cédé et lorsqu'elle n'a pu me tromper, Chytrine a décidé de me tuer. Que j'aie vécu assez longtemps pour que ces cicatrices soient encore présentes est une victoire. Et il y en a bien peu dans ce monde.

Alexia passa les doigts dans la barbe de Corbeau.

— Nous en aurons d'autres, tu sais. (Corbeau leva la main. Il posa l'index sur la mâchoire d'Alexia, puis lui releva le menton.) Le jour où Chytrine a obtenu le fragment de la Couronne du Dragon de Svarskya, elle t'a laissé t'échapper. Elle découvrira, je crois, qu'elle a commis une très grave erreur.

Il l'embrassa alors et ils firent l'amour. Ils s'unirent tendrement, lentement et en silence malgré l'ardeur qui les animait. Le désir parcourait Alyx. Elle voulait toucher, goûter, caresser. Elle voulait le sentir bouger sous elle et sur elle. Elle voulait le serrer fort et qu'il la serre encore plus fort, puis que leurs mondes fondent et fusionnent jusqu'à ce que leur union soit la seule chose réelle.

Et pour un temps, ce fut le cas. Puis vint le sommeil, rendu plus profond par le sentiment de sécurité qu'elle éprouvait dans ses bras. Elle trouvait cela étrange, toutefois, parce qu'elle ne s'était jamais sentie en danger ou troublée. Elle avait toujours été sur ses gardes. Mais avec Corbeau, elle n'en avait aucun besoin.

Le jour suivant, le troisième de leur marche, Alexia réussit à rejoindre la Communion des Dragons, alors qu'elle s'était écartée de la table après un repas en écoutant les chanteuses urZrethies présenter une série de ballades mélodieuses qu'elle ne comprenait pas. Maroth l'attendait et l'emmena jusqu'à l'île, où elle retrouva le Dragon Noir et deux autres personnes. L'une était une femme, toute de glace semblait-il. Alyx se demanda, un instant, si Chytrine avait réussi à se projeter dans la Communion, mais elle ne sentait aucune hostilité émaner d'elle.

L'autre était un homme, ou du moins c'est ce qu'elle pensa, mais elle n'en voyait que ses vêtements. De ses bottes à son pantalon de velours, jusqu'à une lourde veste et un couvre-chef de velours noir, tout respirait l'élégance. Alexia avait vu des gens à Meredo vêtus ainsi. Elle ne voyait pas sa peau.

Le Dragon Noir la salua chaleureusement.

— C'est bon de te voir. J'avais entendu dire que tu étais allée à Meredo, mais rien depuis.

Alyx le dévisagea, intriguée.

— Vous me faites suivre ?

— J'admets que je nourris un certain intérêt pour toi, puisque je t'ai parrainée, mais je ne te suis pas et je ne te fais pas espionner. J'imagine que vous avez pris la direction du Muroso ? Vous avez quitté Meredo en compagnie d'une princesse. (Le Dragon écarta les mâchoires dans une tentative de sourire.) Le prince Linchmere a disparu de la capitale. Beaucoup croient qu'on le trouvera mort à la fonte des neiges.

Alyx ne put retenir un sourire.

— Il leur faudra chercher bien au-delà de Meredo. À titre d'information, je suis bien en route vers le nord. En ce moment, nous traversons Bokagul. Nous sommes peut-être à une semaine de Caledo.

L'homme caché prit une gorgée de vin.

— Une semaine et elle sera encore là. Deux peut-être.

La femme répliqua dans un sifflement :

— Caledo mettra bien plus de temps à tomber, et ce si elle tombe !

— J'espère pour toi, Ryme, que ton peuple s'en sortira mieux que le mien. Les Aurolanis seraient déjà aux portes de Caledo si le colmatage de la Sebcia ne prenait pas plus de temps que prévu. Les blizzards sont en leur faveur, mais ils ralentissent les troupes et le ravitaillement. Les Sebcians ont détruit leur propre nation lors de leur retraite.

Alyx hocha la tête.

— Vous êtes sûr de votre informateur ?

Un éclat de rire sortit de la gorge invisible.

— Ma chère enfant, c'est moi l'informateur. J'ai fui Lurrii lorsqu'elle est tombée et je me bats désormais sur la péninsule. Si l'on ne trouve pas de navires, j'y mourrai aussi.

Le Dragon secoua la tête.

— Tu ne mourras pas. Tu es bien trop débrouillard.

— Mes orteils gelés, ceux qu'il me reste, te remercient, mon ami. (L'homme se pencha vers le Dragon.) L'armée de Chytrine est immense. Les baragouineurs se reproduisent bien plus vite qu'on l'imagine. J'ai entendu parler d'autres créatures dans son armée, mais sans en avoir vu de mes propres yeux. On a aperçu des *sullanciri* mais, encore une fois, je n'en ai vu aucun moi-même. En revanche, ils sont en route contre le Muroso.

La femme hocha la tête.

— Les réfugiés racontent des horreurs. (Elle regarda Alyx.) Ma sœur est en sécurité avec vous, n'est-ce pas ?

La princesse fronça les sourcils.

— Vous savez qui je suis ?

— Non, mais je ne serais pas ici si je n'étais pas capable de déduire que la princesse du Muroso qui revient de Meredo est ma propre sœur. Sa mission de ramener le Norrington à Caledo n'a pas été autorisée par notre père. Il sera ravi d'accepter de l'aide, mais son départ l'a rendu furieux.

— Votre sœur se porte bien. C'est une fière guerrière.

— Un peu téméraire, mais tout aussi courageuse. (Sa remarque était plus affectueuse qu'agacée.) Les Aurolanis ont avancé sur un front d'attaque large, vous ne serez donc jamais vraiment à l'abri avant d'atteindre Caledo.

— Je vous remercie.

Alyx fronça les sourcils.

Parce qu'elle avait appris l'avancée de l'ennemi ici, elle ne pourrait partager cette information avec quiconque à l'extérieur. On ne l'empêcherait pas toutefois d'agir en conséquence et elle pourrait prendre des précautions.

Elle se tourna vers le Dragon.

— Des nouvelles de Forteresse Draconis ou de l'Okrannel ?

Il secoua la tête.

— Je crains le pire pour nos Communiants de Forteresse Draconis. Quant à l'Okrannel, tout est très secret, mais Adrogans semble bien avancer contre les Aurolanis dans les terres hautes du Guranin. Je ne sais rien de plus, mais j'espère le meilleur.

— Tout comme moi. (Alyx sourit.) Je ferais mieux de rentrer à Bokagul. Au revoir.

L'Homme Caché la salua de son verre.

— Si nous nous revoyons.

Les paroles de l'homme résonnaient encore dans sa tête quand elle cligna des yeux et se retrouva dans le *coric*. Corbeau lui offrit une chope de vin chaud.

— Quelque chose ne va pas, Altesse ?

Elle accepta le vin en caressant discrètement sa main.

— Non, rien.

— Vous aviez l'air plongée dans vos pensées.

— Je l'étais, mais je suis remontée à la surface. Venez, asseyez-vous à mes côtés.

Il regarda la chorale.

— Vous avez besoin d'une consolation ?

Elle lui fit un clin d'œil.

— Non, mon amour, de réconfort.

Will rentra les épaules et tira un peu plus son manteau autour de lui lorsque l'énorme porte roula sur elle-même. Il plissa les yeux à cause du reflet de la lumière sur la neige vierge. Les compagnons sortirent de la montagne, pour se retrouver sur les rives d'un lac immense au nord de Bokagul. Leur haleine blanchit et de la glace se forma presque instantanément sur la bouche des chevaux.

Silide-tse Jynyn s'approcha à grands pas par la gauche et resta près de lui et de Sayce.

— Le lac s'appelle Osemyr, ce qui signifie « le lac des étoiles ». L'été, lors des nuits sans lune, on peut venir regarder dedans. Ses eaux sombres reflètent parfaitement le ciel étoilé. Les constellations scintillent et les étoiles filent vers leur mort.

Will regarda le vaste champ de neige derrière elle.

— Je suis certain qu'il est beau. Aussi beau que froid.

L'urZrethie soupira.

— Toutes mes excuses. Mais notre voyage à l'extérieur ne pouvait être évité.

Pendant quatre jours, ils avaient traversé les salles urZrethies, passant de territoire en territoire. Bokagul était divisé en duchés, en baronnies et en comtés, en villes, en bourgs et en villages, ce qui stupéfiait Will : il s'agissait d'un royaume souterrain. Les chemins qu'ils avaient empruntés correspondaient aux routes royales. Un village pouvait se trouver au-dessus ou en dessous et restait donc complètement invisible. Les *coric* dans lesquels ils avaient logé étaient destinés aux invités, et des délégations de la noblesse locale venaient les honorer. Mais l'idée qu'en longeant un couloir on passait d'un territoire à un autre le dépassait.

Ils avaient été forcés de sortir à cause de Bok, le serviteur de Kerrigan. Son nom de famille était Jex et le territoire suivant était le sien. La rumeur de sa présence avait vite fait le tour de Bokagul. Alors que la plupart des urZrethies ne s'étaient pas souciées de lui par respect envers leurs visiteurs, la baronne d'Yreeu leur avait refusé le passage. Ce qui les avait contraints à faire un détour par les rives du lac et le froid mordant.

Sayce s'adressa à Silide-tse.

— Ce n'est pas votre faute. Il est compréhensible qu'il ne soit pas le bienvenu, là-bas.

Will haussa un sourcil.

— Vraiment ? Qu'est-ce qu'il a fait de mal ?

L'urZrethie garda une voix calme.

— Il s'est rebellé contre notre société, seigneur Norrington. Il a choisi de s'en détacher, alors il n'a pas le droit de revenir.

— Hum, vous avez dit qu'il avait choisi de « s'en détacher ». Je croyais qu'il avait simplement décidé de ne plus être un esclave, de s'affranchir. Enfin, c'est bien ce qu'on m'a dit sur le mot « bok ».

Sayce secoua la tête.

— C'est plus compliqué que cela. Les règles de la société existent pour que chacun y joue un rôle. Au Muroso, les gens sont attachés à la terre, ils travaillent pour leurs suzerains. Ils cultivent les champs, s'occupent du bétail et créent des richesses pour leur maître qui, en retour, les protège. Vos Libérés, à la fin de la guerre, iront vous servir à Eori et deviendront fermiers jusqu'au moment où le temps sera venu de les utiliser de nouveau comme guerriers.

— Mais s'ils refusent ?

La princesse regarda fixement.

— Comment cela, s'ils refusent ? (Silide-tse se racla la gorge.) Je crois bien, sire Norrington, que la société humaine est différente de la nôtre. Nos mâles ont un rôle. Il y a des choses à faire. Lorsqu'ils les font, ils sont nourris, vêtus et logés. Ils sont bien traités, mais ils ont aussi l'esprit fragile. Que certains d'entre eux se rebellent, comme Bok, prouve bien qu'ils sont anormaux.

Will se retourna sur sa selle avec l'intention de rétorquer, mais Bok choisit cet instant pour lâcher un rot qui résonna dans les montagnes et aurait pu déclencher une petite avalanche de l'autre côté du lac.

— Eh bien, c'est peut-être comme ça que vivent les urZrethis, mais c'est différent pour les humains. (Il regarda Sayce.) Allez-vous me dire que le Muroso est différent aussi ou que, parce que j'étais un voleur, je suis hors la loi ?

Elle fronça les sourcils.

—Je ne voulais pas vous fâcher.

—Je ne le suis pas.

—Cette tension dans votre voix…

—Quelle tension ?

Sayce secoua la tête.

—Je me trompe. Non, sire Norrington, je ne vous accuserai pas d'être un hors-la-loi, du moins pas comme vous l'entendez. Oui, en tant que voleur, vous n'étiez pas dans les limites de la loi mais, en acceptant votre charge, vous préservez la société que vous avez autrefois défiée. Et peut-être que vos Libérés et vous n'êtes pas faits pour être paysans, mais tout le monde n'est pas capable d'accepter les responsabilités qu'impliquent le danger et le destin.

—Je peux comprendre ça, mais ce qu'on attend des gens normaux est bien différent de ce que la noblesse a le droit de faire, non ? Les nobles héritent de plus de responsabilités et pourtant ils ne les assument pas.

Sayce fit jouer ses épaules.

—Je ne suis pas certaine de vous suivre.

Will soupira.

—Les rois ont gâché la vie de Corbeau parce qu'ils ne voulaient pas endosser leurs responsabilités. Le roi Scrainwood a fait en sorte que, si Corbeau revient un jour en Oriosa, il soit de nouveau arrêté. Toutes ces tromperies, ce n'est pas loyal.

La princesse sourit d'un air malin.

—Vous, un voleur, vous vous plaignez d'être trompé ?

Will se rembrunit.

—Quand je trompais, je trompais honnêtement.

—Honnêtement !

Il aurait pu s'offenser de sa remarque, mais il perçut de l'amusement dans la voix de la jeune femme et ne vit aucune moquerie dans ses yeux.

—Les voleurs sont censés tromper les gens. Les dirigeants, non.

— Très vrai, mais la vérité est complexe et il est parfois difficile de décider ce qui doit être fait. (Elle soupira.) Alors que certains s'en rendent compte et peuvent devenir bergers, d'autres ne peuvent jamais être rien d'autre que des moutons.

Il voulait rétorquer mais se retint. Même à Yslin il avait vu des moutons – des moutons humains, des moutons vorks – et il les avait vus se faire dévorer par les griffeglaces. Il aimait s'imaginer en tant que griffeglace.

Je dois donc accepter que ce qu'elle dit soit vrai, même si ça m'insupporte.

Will soupira.

— Vous avez peut-être raison, princesse, mais dans ce cas j'ai une question.

— Oui ?

— Comment savoir qui est vraiment destiné à être un mouton ? Avec votre façon de faire, j'aurais été compté au nombre des moutons ou pis, mais voilà que je mène des hommes qui n'ont rien de moutons, dans une aventure pas destinée du tout à des moutons. Vous avez peut-être raison, mais il est possible que, dans chaque village de moutons, il y ait un ou deux bergers qui n'auront jamais la chance de le devenir.

Elle ouvrit la bouche pour répondre, puis la referma et fronça les sourcils. Enfin, elle se tourna vers lui. Un cheveu roux lui battait la joue.

— Je dois y réfléchir.

— Ouais, moi aussi.

Ils longèrent un quart du lac puis revinrent sur le domaine de la famille Seegg. Ils furent accueillis avec le plus grand enthousiasme, à la fois parce que les Seegg et les Yreeus étaient rivaux et parce que plusieurs urZrethies de ce duché avaient servi à Forteresse Draconis, y compris l'une des cousines de la duchesse. On n'avait pas encore de nouvelles d'elle, mais tout le monde avait l'air d'espérer.

Silide-tse expliqua que le lendemain ils achèveraient leur traversée de Bokagul et prendrait la direction du nord-ouest, vers le Muroso.

— Je ne pourrai vous accompagner, mais je vous souhaite le meilleur pour la suite du voyage.

Parce qu'elle allait les quitter, tous s'assurèrent que le repas dans le *coric* des visiteurs soit en son honneur. L'on mangea beaucoup et l'on but encore plus, puis plusieurs personnes lui offrirent des cadeaux. Will lui donna une bague de saphir qu'il avait dérobée au château de la reine des pirates. Résolu lui confia l'une de ses étoiles de combat et Kerrigan, une pièce de bois qu'il modifia magickement en forme de bracelet gravé de runes correspondant à chaque membre de la compagnie.

Mais le cadeau de Perrine surpassa tous les autres : elle retira une plume brune du bord principal de son aile gauche et la lui offrit.

— Avec vous comme guide, nous avons volé dans Bokagul. Lorsque viendra le moment pour vous de prendre votre envol, ce sera à mon tour d'être votre guide.

Les urZrethies rassemblées en restèrent muettes. Les larmes montèrent aux yeux de Silide-tse et ses lèvres tremblèrent. Elle ne dit rien pendant longtemps, puis baissa le regard vers la table.

— Sans vous, je serais morte depuis longtemps. Ma vie est vôtre, elle sera donc vécue en votre honneur, mes amis. Vous serez fiers de moi.

Will eut du mal à déglutir, mais il parvint à délier le nœud dans sa gorge. Il leva son verre.

— Vous nous avez offert votre amitié. Vous avez partagé votre maison avec nous. Je ne sais pas si je suis fier, mais je ne pourrais être plus honoré.

Chacun porta un toast, puis les urZrethies offrirent d'autres verres et une chorale se mit à chanter. Résolu, dont l'expression douloureuse indiquait qu'il n'était plus très loin de tuer quelque chose, proposa plutôt que Will raconte comment il avait trouvé la bague offerte à Silide-tse. Ce qu'il fit, tandis qu'elle traduisait, et leurs hôtesses en furent grandement diverties.

Épuisé, Will finit par se lever de table et, au vu de l'état de ses vêtements le lendemain, il avait dû s'endormir avant même que son corps touche le matelas. Toutefois, ce matin-là, il s'en contrefichait, car sa tête tambourinait furieusement. Par réflexe, il plaqua les mains sur ses oreilles et fit deux découvertes.

Il n'avait pas mal à la tête comme s'il avait trop bu la veille et le tonnerre n'était pas interne. Il ouvrit les yeux et sortit du lit à temps pour entendre des cris. Il passa la tête dehors et entendit un autre roulement de tonnerre.

— On dirait…

— Dragonels, oui, gronda Résolu en sortant de son trou et en enfilant son épée.

Silide-tse surgit alors dans le *coric*.

— Vite, mes amis ! Aux armes ! (Elle tendit le doigt derrière elle.) Les Aurolanis ont passé les portes Seegg ! Ils envahissent Bokagul !

Chapitre 41

Même si Neskaru avait dit qu'ils voyageraient de façon traditionnelle, les mille deux cents kilomètres entre le Conservatoire et le Muroso leur prirent moins d'une semaine. Les tristebêtes tiraient leur traîneau à toute vitesse sur la neige et le sol gelé. Beaucoup craignaient ces énormes créatures à l'allure d'ours, avec leurs crocs incurvés longs comme des dagues, leur épaisse fourrure blanche zébrée de bleu clair et leurs longues griffes sur des pattes aplaties. Même les élèves que Neskaru avait emmenés avec lui en avaient peur. Mais Isaura avaient vu les tristebêtes gambader lorsqu'elles étaient encore oursons et elle se sentait bien en leur compagnie. Elles étaient très fortes et faisaient de bons animaux de bât, mais leur nature capricieuse les rendait parfois dangereuses pour leur dresseur.

Isaura fut déçue sur un point. Leur petite caravane passa devant Forteresse Draconis de nuit, au cours d'une tempête de neige, elle n'eut donc pas l'occasion de la contempler. Pendant des années, on lui en avait parlé, et depuis son enfance la forteresse était l'avant-poste du malheur, abritant des soldats qui un jour envahiraient le royaume de sa mère. Son effondrement ravissait Isaura et elle aurait aimé la voir ainsi rabaissée.

Comme ils approchaient de leur but, ils découvrirent bien des preuves que les légions aurolanies victorieuses avaient envahi la Sebcia. Deux *sullanciri* les menaient : Anarus et Tythsai, autrefois connus sous le nom d'Aren Asvaldget et Jeturna Costas. Myrall'mara s'était chargée de sécuriser le pays et, même s'il subsistait des poches de résistance, on assura à Isaura qu'elles étaient de moins en moins nombreuses. L'un des *kryalniri* qui leur était assigné leur apporta ces nouvelles le jour précédant leur arrivée sur le front de la ville de Porjal au Muroso.

Isaura se plaisait en compagnie de ces mages couverts de fourrure, surtout lorsqu'ils parlaient en elfique. Celui-ci se faisait appeler Trib, qui venait de Juste Rétribution. Parce qu'il était né à Vorquellyn, il avait eu le droit de choisir ce nom mais, comme il le fit lui-même remarquer, il était un peu long à crier au milieu d'un combat.

Ils atteignirent Porjal, sur la côte nord du Muroso, en pleine nuit. La ville était située sur la rive ouest du fleuve Vert, qui coulait de Bokagul à la mer Croissante, frontière naturelle entre la Sebcia et le Muroso. Tout comme les réfugiés avant eux, les forces aurolanies traversèrent le cours d'eau gelé sans difficulté. Ils prirent position de façon à couper la ville de son accès terrestre et se préparèrent à en faire le siège.

À l'aube, Isaura la vit pour la première fois et fut surprise de sa petite taille apparente. En son cœur se trouvaient des remparts qui s'élevaient à trente mètres, parcourus de tours tous les quatre-vingt-dix mètres, d'une dizaine de mètres plus hautes que les murailles. Ces dernières formaient un croissant qui s'étendait d'un côté de la rive à l'autre. Il y avait beaucoup de bâtiments à l'extérieur, mais on aurait surtout dit des bas quartiers. L'absence de fumée au-dessus des cheminées suggérait qu'ils avaient été abandonnés.

Les fanions flottant au sommet des tours formaient un contraste coloré avec la neige et Isaura, en promenade sur les lignes de front avec Trib, désigna une bannière décorée de hachures croisées rouge et jaune.

— Elle est très jolie, celle-là.

— Elle indique la présence du duc de Porjal. Le rouge signale ses liens de sang avec la famille royale. Son grand-père était le frère du roi.

Elle le regarda avec surprise.

— Vous connaissez l'histoire du Muroso, alors ?

Le *kryalniri* secoua la tête.

— Vous verrez que les Murosans prennent grand plaisir à annoncer leur ascendance avant une bataille. Du moins, c'est le cas des mages, et les vassaux du roi y excellent eux aussi.

— Je ne vous suis pas.

Trib mit la main devant ses yeux saphir, puis désigna une paire de menhirs noirs qui s'élevaient de chaque côté de la route principale.

— Dans tout le Muroso, vous verrez des structures identiques. C'est là que se tiennent les sorciers qui défendent leur ville, certains vieux, d'autres jeunes. Ils s'avancent, se présentent, puis combattent. J'ai perdu beaucoup de mes frères et sœurs, comme ça.

Isaura lui frotta l'épaule de sa main gantée.

— Je suis désolée de l'apprendre.

Trib secoua la tête.

— Nous étions une portée nombreuse, princesse, et les meilleurs ont survécu. Ah, regardez, voilà quelqu'un.

Une petite porte ménagée dans le grand portail de la ville s'ouvrit et une silhouette solitaire s'avança. L'homme portait une robe écarlate ceinturée d'un cordon blanc et un sceptre plus long qu'une baguette, mais plus court qu'un bâton de sorcier. Un souffle banc flottait derrière lui tandis qu'il marchait le long de la route. Ses cheveux blonds semblaient aussi légers que la neige et son masque était de la même nuance que sa robe. Derrière lui, un certain nombre de personnes l'observaient entre les créneaux des remparts.

L'homme rejoignit le menhir le plus à l'ouest et s'y adossa. Sa voix porta avec force dans l'air froid. Les baragouineurs du camp se turent lorsqu'il parla, se retournant pour l'écouter.

— Je suis Gramn Lyward, fils de Con Lyward, Magister de Porjal. Je suis un Initié, j'ai suivi l'enseignement de l'Académie du Muroso. J'abattrai tous ceux qui s'opposeront à moi.

L'une des *kryalniri* sortit son sceptre du tas de neige dans lequel il était planté et se dirigea vers lui, mais Neskaru sortit de la tente. La tête de la *kryalniri* tourna brutalement, comme tirée par une corde. Elle s'inclina devant le *sullanciri* et se retira.

De l'intérieur d'une autre tente sortirent deux des apprentis de Neskaru. Isaura reconnut Corde et un homme légèrement plus vieux

– son âge était difficile à déterminer, mais du blanc apparaissait dans sa barbe – prénommé Parham. Ce dernier ne portait pas de sceptre mais cinq anneaux d'argent liés les uns aux autres comme pour former une chaîne. Il les étira entre ses mains, formant ainsi une suite rigide, puis les fit glisser ensemble en un cercle qui tintait. Un anneau se libéra, alors qu'Isaura n'y voyait aucun trou, et Parham le fit passer par-dessus sa tête pour le mettre autour de son cou.

Il s'approcha du champ de bataille avec assurance mais sans arrogance. Il portait une tunique jaune vif, des bottes et un pantalon noirs. Le soleil se reflétait sur ses anneaux tandis que des cris moqueurs s'élevaient depuis les remparts.

Même à cette distance, Isaura voyait que Gramn Lyward méprisait son adversaire. Tout était dans la posture. Il faisait tranquillement tourner son bâton devant lui, l'épaule opposée mise en avant.

Parham s'inclina, puis brandit les quatre anneaux toujours attachés. Le troisième en partant de la gauche rougit un instant, puis un disque écarlate brillant s'envola vers le Murosan. Ce dernier fit un petit geste de la main et projeta une étincelle verte qui le découpa. Une lumière violente surgit, comme si la foudre était tombée, et Gramn sourit lorsque l'attaque aurolanie le manqua.

Des exclamations s'élevèrent des remparts. Le disque rouge avait certes raté le mage, mais il avait tranché le menhir, y laissant une éraflure qui brillait doucement. Gramn se tourna vers la pierre et, lorsqu'il fit de nouveau face à son adversaire, il semblait un peu moins confiant. Il continuait à faire tourner son bâton dans sa main droite, mais de façon moins régulière, et il avait les lèvres pincées.

Parham tordit les anneaux, puis balança la chaîne autour de son poignet une fois, avant de s'en emparer de la main gauche et de projeter un autre sortilège. Cette fois, l'anneau émit une lueur dorée. Un aigle d'or brûlant et doté d'éclairs en guise de plumes plongea sur le Murosan. Ses serres le visèrent, de plus en plus longues au fur et à mesure qu'il approchait.

Le bâton forma une lemniscate bleu pâle qui se saisit de l'oiseau enchanté et projeta des plumes dans les airs. Puis les deux côtés de la boucle se resserrèrent, jusqu'à former avec le huit une corde épaisse que la torsion affina à l'en faire disparaître. Elle emporta avec elle tout ce qu'il restait de l'oiseau.

Trib fit un signe d'approbation.

— Exécution parfaite.

Parham fit tourner sa chaîne puis attrapa les quatre liens deux par deux. Il orienta tous les disques vers Gramn, en les joignant pour former un tube. Les anneaux se mirent à briller puis un torrent de feu fondit, tel le souffle d'un dragon, droit sur le mage.

Gramn fit un pas en arrière, mais ce fut tout ce qu'Isaura put voir avant que les flammes atteignent le mage. Elle s'était attendue à le voir brûler, pourtant le torrent explosa comme de l'eau contre un mur. Les flammes rugirent en s'écartant du Murosan et, même à cette distance, leur souffle chaud passa sur son visage à la façon d'une brise d'été.

Le feu s'éteignit lorsque Parham vacilla et fit un pas en arrière, tremblant d'épuisement. Les flammes disparurent dans un nuage graisseux qui s'envola rapidement. De la vapeur de neige fondue vint paresseusement couvrir le champ de bataille sous la forme d'un brouillard bas et, l'espace d'un instant, il fut impossible de voir Gramn.

Puis le Murosan surgit de la brume. L'une des extrémités de son bâton brûlait, mais il l'éteignit dans une mare. Sa robe écarlate avait noirci et bruni à certains endroits, de la fumée blanche s'élevait de ses manches en loques. Toutefois son masque et ses cheveux blonds étaient intacts, et un sourire froid tranchait sur son visage couvert de suie.

Le bâton reprit sa rotation. Lentement d'abord, un tour puis un autre. Gramn observa son adversaire tandis que le mouvement s'accélérait. Toujours plus vite. Puis le mage imprima un changement de sens avant que le bâton prenne vraiment de la vitesse. Le Murosan fit un geste machinal de la main, projetant une étincelle verte, puis il plaqua le bâton contre son avant-bras droit.

Un feu d'argent s'enroula autour, puis fonça vers Parham dans un éclair brûlant. Le mage aurolani laissa glisser de son poignet les quatre anneaux, tandis qu'il retirait le dernier de son cou. Il le projeta vers l'éclair, puis s'accroupit et posa les autres anneaux au sol.

L'anneau dévia l'éclair, qui frappa le sol. Son feu d'argent fit jouer de petites flammes, consumant la vapeur qui s'élevait des flaques avant de les faire complètement s'évaporer. Isaura n'en captait pas la chaleur, pourtant elle ressentit un léger chatouillement sur sa peau. Gramn avait dû travailler des années pour perfectionner ce sortilège et pourtant, il avait été contré très facilement.

Ce à quoi il s'attendait parfaitement.

Elle secoua la tête. Parham n'avait jamais été un élève très sérieux et avait toujours recherché des méthodes rapides en puissance, plutôt que modulables. Il n'était pas stupide, simplement paresseux, et persuadé que, puisque son intelligence lui permettait de lancer certains sortilèges très puissants, il n'avait pas besoin d'apprendre les autres. Il avait créé ses anneaux et y avait imprimé des enchantements qui facilitaient l'invocation d'un nombre limité de sortilèges et les rendaient d'une puissance impressionnante. Que Gramn soit parvenu à se défendre contre un seul d'entre eux était déjà stupéfiant.

La mort de Parham le fut beaucoup moins. Il avait mis fin à la menace impressionnante de l'éclair, mais n'avait pas tenu compte de l'étincelle verte. Elle avait flotté pendant quelques instants, puis avait pris la forme d'un colibri. L'oiseau enchanté fila en avant, s'arrêta, tourna à droite, puis se précipita dans l'oreille droite de Parham et ressortit de l'autre côté de son crâne. La créature perdit toute forme, mais la tête du mage également.

Des cris de victoire enthousiastes s'élevèrent des remparts lorsqu'il s'effondra dans un cliquètement d'anneaux. Gramn se laissa tomber sur un genou et pressa le front contre son bras gauche. Isaura ne savait pas s'il était tout simplement fatigué ou s'il remerciait un dieu mais, très vite, il se remit debout et lança de nouveau son défi.

Corde mit ses cheveux en queue-de-cheval et les attacha avec un bout de cuir.

— Seigneur Neskaru, permettez-moi s'il vous plaît de répondre à son défi.

Le *sullanciri* agita la main vers le champ de bataille. Elle se dirigea vers Porjal, puis s'arrêta et se retourna.

— Oui, seigneur, je sais.

Isaura fronça les sourcils. Corde portait une longue tunique blanche par-dessus des bottes et un pantalon noirs. Elle avait entouré sa taille d'un foulard écarlate noué sur sa hanche droite, dont les pans tombaient jusqu'à son genou. Elle se débarrassa de ses gants en chemin.

— Trib, elle ne porte pas de bâton.

— Non, princesse, en effet.

Corde se baissa vers le cadavre de Parham et détacha les anneaux de sa main droite. Celui dont il s'était servi pour dévier l'éclair était toujours par terre et elle l'y laissa. Elle examina les anneaux, les faisant chacun tourner les uns contre les autres dans un grincement, puis elle leva les yeux et inclina la tête.

Gramn pencha la sienne.

— Ces babioles ne l'ont pas aidé, femme. Allez chercher votre bâton et nous nous battrons.

— Ce n'est pas le bâton ni le sortilège qui importe, mais la sorcière, Muroso-*tuc*.

Gramn ne savait peut-être pas ce que signifiait le suffixe aurolani, mais le ton de Corde et la façon dont elle le prononça permettaient de supposer qu'il n'avait rien d'affectueux.

— Je suis prête.

— Donnez-moi le pire.

Elle secoua la tête lorsque Gramn prit de nouveau la pose dont il s'était servi pour affronter Parham.

— Je ferai au mieux.

Elle battit les anneaux et le troisième rougit. De nouveau, le disque écarlate s'éleva et vola vers Gramn. Méprisant, ce dernier invoqua l'étincelle verte qui le dévia, cette fois dans un arc plus large. Il fit un signe de tête à Corde, puis agita les doigts dans sa direction, en signe de défi.

Les anneaux sonnèrent et tournèrent, puis prirent la forme du cylindre de feu. Les flammes surgirent, brûlantes et vives. Le torrent était plus réduit mais plus rapide, et il força Gramn à reculer de deux pas lorsqu'il para avec son bâton. Il le fit tourner à grande vitesse pour invoquer un bouclier doré sur lesquelles les flammes rebondirent très haut et très loin. Isaura vit que le mage y mettait toute sa force, et le sortilège tint bon.

Corde écarta brutalement les anneaux, tarissant d'un coup le torrent de feu. Souriant, Gramn se releva de sa position accroupie au pied du menhir. Ni sa robe ni son bâton ne brûlaient. Sur les remparts, la foule poussait des cris de joie et son sourire s'élargit. Puis se figea.

Les vivats s'étaient mués en cris d'horreur.

Le disque écarlate qu'il avait détourné si facilement redescendait. Tout comme son prédécesseur, il trancha le menhir, le coupant proprement, en deux cette fois. La partie supérieure glissa sur la pierre en fusion, toucha la neige molle et s'y enfonça jusqu'à atteindre la terre gelée. Puis le menhir bascula.

Gramn fit volte-face et retourna son bâton contre lui. Il projeta un feu bleu qui laboura la terre. La pierre ralentit, puis s'arrêta, tenue là par magick. Le dos courbé par l'effort, Gramn tint bon malgré la boue qui remontait sur et sous ses pieds.

Corde fit tinter les anneaux.

— Vous n'oseriez…, s'exclama Gramn par-dessus son épaule.

— Ce n'est pas nécessaire.

Le pied droit du Murosan glissa dans la boue.

La pierre chuta assez lourdement pour faire trembler la terre jusqu'à l'endroit où se tenait Isaura. De la boue mêlée de sang fut projetée. L'eau marron était parcourue de filaments plus sombres, des bulles apparurent en grappes.

Sur les remparts, les cris d'horreur se prolongèrent.

Corde essuya tranquillement la boue de sa tunique, puis jeta les anneaux. Ils allèrent s'écraser bruyamment contre la pierre et restèrent là, brillants contre la large et sombre surface. Le soleil s'y réfléchit, dessinant quatre anneaux blancs sur les murs de Porjal.

Au centre de la position aurolanie, un ordre fut crié. Avant que Corde ait fait le quart du chemin pour rejoindre les siens, les dragonels se mirent à tonner, projetant une pluie de feu. Une douzaine de boulets de fer s'écrasèrent sur les remparts au centre des anneaux. La maçonnerie fut ébranlée et les défenseurs furent précipités dans le vide.

La conquête du Muroso commençait.

Chapitre 42

Des cris en provenance de la salle commune du *coric* réveillèrent Kerrigan et il se redressa brusquement avant d'être saisi d'une vague de vertige. Bok tendit la main pour le maintenir droit puis le tira de sa paillasse et le poussa par la petite ouverture ronde. Silide-tse était là, à gesticuler près de l'entrée. Résolu jeta à Will une lourde bourse cliquetante d'étoiles de combat. Corbeau se glissa hors de la chambre qu'il partageait avec Alexia, enfilant sa tunique dans son pantalon et elle suivit quelques secondes plus tard, déjà vêtue d'une cotte de mailles dorée à manches courtes qui lui tombait jusqu'aux genoux.

Le tonnerre résonna dans les couloirs et Kerrigan, toujours dans les brumes du sommeil, eut du mal à comprendre cette incongruité du tonnerre à l'intérieur de la montagne. En un clin d'œil, il comprit qu'il devait s'agir du grondement des dragonels.

Il passa une main dans ses cheveux.

— Silide-tse, comment sont-ils entrés ?

— Des traîtres !

Elle cracha un autre mot, qui ressemblait beaucoup à « kachadikta », mais il n'avait aucune idée de sa signification.

— Lorsque nos familles ont quitté Boragul il y a des siècles, nous avons laissé des marques pour que les autres puissent nous suivre. Ces chemins et ces entrées ont depuis longtemps été oubliés en faveur de passages plus larges. Aujourd'hui nos ancêtres ont guidé l'ennemi !

Résolu la saisit par l'épaule.

— Combien ? Où ? Que devons-nous faire ?

— Tuez les Aurolanis, laissez-nous les grises. Nous devons les contenir, les ralentir. Nous battons en retraite dans la Grande Galerie. (Elle jeta un coup d'œil à Kerrigan.) Il est demandé, là-bas.

Le Vorquelfe s'adressa à Bok.

— Emmène Kerrigan. Tous les autres, tuez !

L'ordre de Résolu parut évident à Kerrigan, mais il n'en comprit l'importance qu'une fois sorti. Lorsqu'ils passèrent dans le Long Corridor, de petits groupes d'urZrethis mâles gémirent et s'enfuirent vers la Grande Galerie. Des guerrières aux bras d'épées, de haches ou de massue, au corps recouvert d'armure hérissée de pics, les encouragèrent puis se tournèrent pour faire face à l'ennemi.

Un torrent de baragouineurs inondait la salle et derrière eux roulaient de petits dragonels. À Forteresse Draconis, Kerrigan avait vu à quel point ils pouvaient être dévastateurs. Les boulets s'écrasaient contre les murs, rebondissaient bien haut avant de retomber et de perdre leur élan. Ici, dans les couloirs fermés, les tirs mal orientés ricochaient sur les murs et vers les urZrethis en fuite. Un boulet fit exploser la poitrine d'un mâle, disséminant ses bras et sa tête dans un brouillard sanglant. D'autres arrachaient des membres, écrasaient des corps. Les victimes se vidaient de leur sang et hurlaient jusqu'à ce qu'un autre bruit de tonnerre couvre leurs cris.

Lombo passa devant Kerrigan puis se précipita à quatre pattes vers les baragouineurs. Bras écartés, toutes griffes dehors, il bondit. Son rugissement guerrier résonna dans les couloirs et certains baragouineurs s'écartèrent sur son passage.

Mais derrière eux, une rangée de draconettiers brandirent leurs armes et tirèrent. Une cacophonie de coups de tonnerre accompagna le jet de flammes. Le corps de Lombo tressaillit et tourna sur lui-même, puis il s'effondra. Il écrasa plusieurs baragouineurs sous lui, leur brisant les os, mais resta immobile sur le côté.

Kerrigan sursauta. Il fit un pas, criant à son ami de se relever. Il voulait se précipiter vers lui, jeter un sort pour vérifier ses blessures et un autre pour le guérir. Mais, pour cela, il devait franchir la trentaine de mètres qui les séparait.

Une distance rapidement comblée par une nuée de baragouineurs.

Au-delà du corps de Lombo, les draconettiers commencèrent à recharger leurs armes. Les baragouineurs ouvraient leurs gueules dans un sourire satisfait, leurs rires aigus surmontant le vacarme. L'un d'eux cracha sur Lombo en levant la corne de poudre pour remplir son arme.

Kerrigan serra le poing et le leva jusqu'à son épaule, puis le projeta vers l'avant et l'ouvrit. Des étincelles vertes, comme un essaim d'abeilles furieuses, s'en élevèrent. Elles foncèrent droit sur les baragouineurs. Certaines touchèrent ceux qui s'avançaient, les piquèrent et noircirent des parties de leur fourrure tachetée. D'autres plongèrent et tranchèrent, puis atteignirent leurs véritables cibles.

L'une d'elles transperça une corne de poudre. Celle-ci explosa et emporta la patte du baragouineur qui la tenait. D'autres entrèrent dans le chargeur de la draconette, ce qui fit exploser les flammes. Un torrent de feu brûla le visage d'un baragouineur, ce qui l'aveugla, tandis que les autres faisaient un bond en arrière et lâchaient leurs armes.

Dranae épaula sa draconette et tira. Un petit éclair précéda un plus grand, accompagné d'une puissante explosion. Le boulet s'enfonça dans le ventre d'un baragouineur. Celui-ci tomba à genoux avant de s'effondrer sur le côté, agité des spasmes de l'agonie. Dranae recula d'un pas pour recharger. Alexia, Corbeau, Sayce et Résolu formèrent une ligne serrée, épées tirées.

Une urZrethie à la peau gris ardoise surgit sur la droite. Elle avait remplacé sa main gauche par un crochet et sa droite par une masse. Des pointes jaillissaient de ses genoux, de ses coudes et de ses épaules, mais son armure n'était pas très épaisse. La grise se déplaçait avec une grande agilité, mais hésita lorsque Silide-tse l'intercepta.

L'urZrethie boka s'était changée en une version réduite du Panqui. D'épaisses plaques d'armure recouvraient son dos large et formaient de multiples bracelets pour protéger ses bras. Pour main droite, elle avait une lance de plus de un mètre de long, la gauche avait la forme d'une paire de pointes épaisses. Elle s'était raccourci les jambes et les écartait largement pour maintenir son équilibre.

La grise gronda et sauta, repoussant Silide-tse. Le crochet allait de gauche à droite, dans une tentative d'attraper les chevilles de son adversaire, mais la Boka fit une roulade sur le dos, se remit sur pied, puis se jeta en avant lorsque la grise s'approcha. La lance perfora la cuisse gauche de cette dernière, lui arrachant un hurlement. La masse arriva par la droite et heurta l'épaule de Silide-tse, mais glissa sans faire de dégâts.

Soudain la Boka pénétra la garde de la grise. La lance s'enfonça dans la plaie, puis sembla s'amollir et trembler. Elle se changea en tentacule qui grandit. Il gifla le dos de la grise, puis s'enroula autour de son cou et se mit à serrer. Le crochet remonta pour tirer dessus, mais Silide-tse lança son bras gauche et planta les deux pointes dans le plexus de l'ennemie.

Cette dernière poussa un hurlement rauque, puis se raidit avant qu'un spasme violent fasse trembler tout son corps. Silide-tse arracha les pointes, puis fit claquer le tentacule. Le corps de la grise tourna sur lui-même et alla s'écraser contre le mur opposé, tandis que le tentacule maculait le sol avec son sang.

Silide-tse se retourna et sourit, victorieuse.

Un boulet effaça ce sourire. Ses dents s'éparpillèrent et retombèrent lorsque son corps décapité retomba sur sa carapace. Il roula deux fois, le tentacule se tordant comme un serpent blessé, puis s'immobilisa. Une mare de sang en pleine expansion signalait l'endroit où s'était trouvée sa tête.

D'autres boulets avaient volé en même temps. Certains sautèrent par-dessus les balustrades de la haute galerie, éparpillant des fragments de pierre sur les urZrethis. Certains, éjectés, pleuvaient littéralement. Ils battaient furieusement des bras, qu'ils avaient à moitié changés en ailes, mais sans parvenir à ralentir leur chute. Leur corps se disloquait sur la pierre. Certains projectiles, à la trajectoire aplatie, faisaient des ricochets sur les piliers et rebondissaient parmi les urZrethis. Un boulet, couvert de sang, tourbillonna follement au centre du Long Corridor, projetant une gerbe rouge autour de lui.

Et au milieu des tirs, les baragouineurs continuaient à avancer. Kerrigan aperçut des vylaens parmi eux et quelques créatures plus grandes qui lui étaient inconnues. Elles avaient l'air plus elfiques qu'autre chose, à l'exception de leur fourrure blanc neige. Il n'avait aucune idée de ce qu'elles étaient, mais il n'avait jamais vu de telles choses auparavant.

Résolu et les autres attaquèrent les baragouineurs. Le fer tintait contre le fer et les lames balayaient l'air en sifflant, déchirant la chair et écrasant des membres. Pour une personne comme Kerrigan, qui n'avait pas été entraînée au combat, il était impossible de répertorier tous les coups. Le combat devint un chaos ponctué de cris et de grondements, de défis et d'avertissements, de bruits sourds de corps lourds qui s'effondraient.

Une draconette aboya. Sayce pivota, la moitié de son masque défait, l'épée arrachée de ses mains. Elle heurta violemment le sol et ses membres retombèrent mollement. Un grand cri s'éleva chez les baragouineurs, mais avant qu'ils puissent profiter de cet avantage, Will Norrington boucha la faille. Il secoua la tête et sa blessure causée par un éclat de pierre qui l'avait touché au-dessus de l'œil gauche projeta du sang autour de lui. Il avait le visage à moitié couvert de sang et brandissait deux étoiles. Le voleur affrontait une horde, simplement armé d'une poignée de fer.

— Non ! (Le rugissement surmonta brutalement le vacarme.) Par mon sang, vous ne passerez pas !

Kerrigan s'était attendu à la fureur de l'exclamation, mais pas à ce qui accompagna ces paroles. Une vague de magick surgit de Will avec une force qui fit vaciller le jeune mage. Le vylaen le plus proche hurla et vomit du sang, tandis que d'autres reculaient, blessés. Les adversaires les plus proches s'affaissèrent et, l'espace d'un instant, la bataille cessa.

Puis la poussée de l'arrière-garde renversa plusieurs baragouineurs et le massacre reprit.

Peri plongea et ramassa le boulet qui tournait toujours sur lui-même. Elle déploya ses ailes et s'élança dans les airs. Kerrigan la regarda une seconde et désigna la princesse du Muroso.

— Bok ! Ramène-la ! Maintenant !

L'urZrethi se précipita, l'attrapa par les épaules et la tira en arrière.

Qwc tourna autour de lui.

— Par là ! Par là !

— Retraite ! cria Résolu.

Plus loin dans le couloir, derrière une masse de baragouineurs, un dragonel se déclencha, mais, manifestement, il y avait eu un problème. Au lieu d'un éclair de feu, Kerrigan vit un jet de flammes frapper la formation ennemie. Les corps furent projetés à droite, puis à gauche lorsque le boulet heurta un mur et repartit dans l'autre sens.

D'autres cris s'élevèrent des rangs aurolanis, à gauche cette fois. Kerrigan ne put voir ce qu'il se passait avant que l'un des elfes blancs hurle et s'élève dans les airs, comme s'il s'envolait. Son dos s'arqua puis craqua. D'énormes pattes, une sur son cou et l'autre sur sa queue, le tordirent des épaules aux hanches, puis jetèrent le corps.

La queue fouettant et les griffes déchirant, un Lombo couvert de sang se frayait un chemin au milieu de la horde. Un baragouineur malchanceux se retourna pour voir qui lui était rentré dedans. Lombo ouvrit la gueule et lui arracha le visage, qu'il recracha sur un autre.

Corbeau fonça, tailladant un baragouineur qui levait une lance d'acier pour empaler le Panqui. L'une des étoiles de Will frappa un autre en plein front et la draconette de Dranae retentit de nouveau et fit sauter la gorge de l'un des elfes de neige.

Corbeau ramena Lombo vers leurs lignes puis la compagnie battit en retraite. Les troupes aurolanies avançaient, certaines de pouvoir les submerger. Sauf que quelque chose bloquait leur avancée. On aurait dit que des barreaux de fer allaient du sol au plafond. Un baragouineur heurta l'une des barres invisibles de plein fouet, tandis qu'un autre se contorsionnait pour se glisser entre deux autres.

Kerrigan fronça les sourcils et jeta un sortilège rapide pour retracer la magick. Un croissant de petits points lumineux brillait d'un vert fantomatique qui correspondait au sang sur le visage de Will.

Par mon sang, vous ne passerez pas.

D'une façon ou d'une autre, le sang et le serment s'étaient combinés pour former une puissante magick.

— Will, ton sang !

Kerrigan se passa une main sur le front et la secoua, comme pour essuyer de la sueur. Will le regarda d'un air étrange, mais le mage tendit le doigt.

—Allez! Éclabousse le sol avec ton sang! Ils ne passeront pas!

Le voleur écarquilla les yeux, puis un sourire cruel fendit son masque ensanglanté. Il passa une main sur sa joue et peignit le sol du bout du doigt. Les baragouineurs qui s'avançaient rencontrèrent de solides barreaux. Will sauta plus loin sur la droite, dessinant une ligne horizontale qui coupait l'avancée des ennemis. Il se mit à rire en les entendant gronder puis fit pleuvoir des gouttes de sang sur eux tandis qu'ils essayaient de le griffer.

Les adversaires ainsi baptisés hurlèrent de manière pathétique. Le sang les brûlait comme de la lave en fusion. Leur chair grillait, s'enflammant parfois complètement ou bien se mettant à fumer, tandis que leur corps fondait. Will éclata de rire, puis il se lécha les lèvres et leur cracha dessus. Sa salive mêlée de sang creusa un trou dans la poitrine d'une créature.

Certes les baragouineurs ne pouvaient pas passer, à l'exception des endroits où ils parvenaient à se glisser entre les gouttes, mais on ne pouvait pas en dire autant des boulets de dragonels, des tirs de draconette et des armes de jet. Résolu attrapa Will et le tira en arrière tandis qu'il versait encore du sang sur la pierre. Kerrigan se servit de sa télékinésie pour détourner la course d'un boulet puis pivota sur la gauche lorsqu'un tir de draconette atteignit son épaule. La douleur était vive, mais l'armure d'os avait fait son office et il n'eut à déplorer qu'un trou rond dans sa tunique.

Pendant que la compagnie longeait la Grande Galerie, quelques baragouineurs parvinrent à se lancer à leur poursuite tandis que d'autres montaient dans les couloirs supérieurs qui couraient le long du Grand Corridor. Les urZrethis de Bokagul fuyaient, sans être bloqués par le sang de Will. Quelques Bokas formèrent l'arrière-garde et tuèrent les derniers baragouineurs qui arrivaient à traverser la barrière.

Les compagnons quittèrent l'un des passages nord du Long Corridor pour entrer dans la Grande Galerie Seegg. Elle formait littéralement le centre de la communauté et s'élevait à des hauteurs vertigineuses. Le corridor en lui-même s'ouvrait dans la partie inférieure de la galerie, mais des balcons s'échelonnaient sur quatre autres niveaux, et de très hauts niveaux. Kerrigan avait calculé précédemment que, du sol au plafond en forme de dôme, il y avait une soixantaine de mètres et Silide-tse avait confirmé cette estimation.

Une fontaine se dressait au centre de la mosaïque sous le dôme. Son gazouillement joyeux contrastait avec les hurlements des survivants et le tonnerre des dragonels. Elle projetait de l'eau très haut, jusqu'au plafond, et avait la forme de deux êtres ailés agenouillés, ventre contre ventre, la tête penchée avec révérence et les ailes déployées de façon que les quatre extrémités convergent à près de neuf mètres du sol. De là surgissait le jet d'eau, aussi large qu'un homme, qui retombait glorieusement sur les deux statues.

Des guerrières bokas guidèrent la compagnie vers les escaliers qui remontaient en colimaçon autour de la Grande Galerie. Kerrigan était prêt à dépasser le quatrième étage, le plus haut des couloirs qui menaient là, mais Bok confia Sayce à Dranae et le tira vers le grand balcon. Kerrigan résista un instant puis vit un groupe de sorcières urZrethies.

L'une d'elles, à la peau couleur onyx, lui sourit.

— Nous ne savons pas ce que vous avez fait pour les ralentir, mais nous pouvions le sentir jusqu'ici.

— Je n'ai rien fait.

— Modeste, c'est bien. Nous avons besoin de votre aide. (Elle désigna ses camarades.) Nous avons le moyen de les arrêter, mais nous ne pouvons pas le faire seules. Nous aiderez-vous ?

Kerrigan acquiesça.

— Dites-moi ce que je dois faire.

Elle montra la fontaine.

— La sculpture. Il faut que vous la détruisiez.

— La détruire ?

Agrippé à la balustrade, Kerrigan regarda en bas, où la dernière des combattantes montait les premières marches.

Il jeta un sort et sentit la présence d'un enchantement qui ressemblait fortement à sa télékinésie. Mais lui s'en servait pour tirer et soulever des choses, tandis qu'ici elle servait à retenir. Il s'agissait du même sortilège, il était simplement inversé.

Lorsqu'un boulet de dragonel surgit du Long Corridor et rebondit sur le rebord de la fontaine, Kerrigan tourna la tête et sourit à la sorcière.

— J'ai compris ce que vous vouliez. Vous en êtes certaine ?

Elle acquiesça, puis se tourna vers ses camarades.

— Allez !

Chacune d'elles allongea ses jambes et se plaça près du sommet de huit couloirs qui convergeaient dans la Grande Galerie. La seule entrée que les sorcières avaient laissée dégagée était la plus au nord, celle par laquelle l'ennemie avançait. Toutes ensemble, les sept sorcières allongèrent les bras et vinrent toucher la clé de voûte de chacune des autres arches.

La magick traversa l'air, instable et informe, pourtant assez tangible pour chatouiller Kerrigan. Elle se mit à former un cercle. Elle tourna de plus en plus vite, gagnant en puissance. Elle le toucha d'abord comme une brise légère, puis comme un fort vent d'été.

À l'entrée de chacun des sept couloirs, l'air miroita. Au fur et à mesure que montait la chaleur, le reflet de l'arche trembla, puis se fit plus opaque, plein d'un brouillard informe qui s'épaissit jusqu'à devenir un rideau de volutes. Puis cette matière éthérée se redressa comme une voile tendue sous le vent, refermant chaque couloir, à l'exception de celui par lequel arrivaient les Aurolanis

La sorcière onyx prit la main droite de Kerrigan.

— Maintenant.

Le mage humain inspira profondément puis laissa son sens de la magick couler dans le leur. De la chaleur remonta le long de cette connexion, comme si leurs énergies bouillaient les unes contre les autres, mais bientôt le courant se fit calme et rapide. Kerrigan ressentit un nouveau chatouillement qui s'engouffra par sa colonne vertébrale et remonta dans sa tête. Là, la sensation se mit à tournoyer jusqu'à former une spirale infernale.

Kerrigan tendit la main gauche et tâtonna à la recherche de la statue. Il referma les doigts et rencontra une résistance. Il ajusta sa prise, glissant la main plus bas, au niveau de la base, puis la raffermit. Il sentit la légère surprise des urZrethies, expira, puis serra les dents et tira.

Dans un grand fracas de pierre, il arracha la statue du cœur de la fontaine.

De l'eau jaillit en geyser, une colonne d'un diamètre de trois mètres qui heurta le dôme de la galerie et retomba en grosses gouttes. Une vague de froid frappa Kerrigan, le choquant suffisamment pour qu'il lâche la statue et retombe en arrière. Puis, tout en toussant, il revint vers la balustrade et regarda l'eau bouillonner. Comme dans toute autre fontaine, elle était sous pression. La magick qu'il avait détectée sur la statue retenait la majorité de l'eau, permettant uniquement à ce jet fin de passer par le cœur de la sculpture. Cette dernière disparue, le sortilège rompu, le courant n'était plus bloqué. Il se précipitait dans les tunnels qui apportaient l'eau aux urZrethis.

Déjà, le niveau de l'eau du lac Osemyr avait baissé de trois centimètres. Une semaine plus tard, le fleuve qui traversait l'Oriosa s'assécherait. À la fin de cette même semaine, un lac se formerait au nord de Bokagul et un village autrefois blotti dans une vallée endormie disparaîtrait à jamais.

Mais à l'instant, sans autre exutoire, l'eau se précipitait dans le Long Corridor. En quelque sorte, les premiers Aurolanis furent les plus chanceux, lorsque le mur glacé les frappa, la plupart furent assommés par le choc. Les autres luttèrent contre le niveau montant, étouffant et crachant jusqu'à ce que le courant les projette contre les barreaux du sang de Will. La pression de l'eau était suffisante pour les faire passer au travers comme de la boue dans un grillage fin.

Des centaines de milliers de litres s'engouffrèrent dans le Long Corridor, balayant tout devant eux. Les baragouineurs basculèrent et rebondirent sur les murs. L'eau en écrasa certains contre des piliers, comme de vulgaires coquilles d'œuf. Les dragonels furent soulevés et promenés, devenus soudain des jouets inoffensifs. Leurs lourds tonneaux de bronze écrasèrent les soldats sur lesquels ils roulèrent.

Les munitions dévalèrent le couloir comme de petits cailloux et la poudre de feu fut engloutie par la fureur de l'inondation.

L'eau coula toujours plus loin jusqu'à atteindre le portail par lequel les Aurolanis étaient entrés. Elle surgit comme une cascade, faisant fuir ceux qui attendaient encore dans un petit canyon. L'eau emplit ce dernier, puis remonta au nord pour y faire déborder un ruisseau et inonder une vallée.

Kerrigan secoua la tête, projetant des gouttelettes alentour.

— Combien de temps la laisserez-vous couler ? demanda-t-il.

— Combien de temps avant d'effacer leur puanteur ? (La sorcière secoua la tête.) S'il faut assécher le lac Osemyr, qu'il en soit ainsi. Des heures ou des siècles, la rivière des larmes coulera, jusqu'à ce que nous ne craignions plus d'avoir à la délivrer de nouveau.

Chapitre 43

Will se renfrogna lorsque Kerrigan l'examina. Il montra du doigt les points de suture adroits dont Peri s'était servie pour refermer la plaie sur son front.

— Vraiment, Ker, ça va. Va te servir de ta magick sur ceux qui en ont besoin.

— Ça ne me prendra pas beaucoup de temps.

Will secoua la tête.

— Une cicatrice, ce ne sera pas si mal. Je pourrai me faire payer un verre ou deux pour raconter comment je l'ai obtenue.

— Comme tu veux, Will.

Le mage secoua la tête avec lassitude et se remit au travail.

Après la bataille, la compagnie avait été conduite à un nouveau *coric.* Dans la chambre commune inférieure, Kerrigan s'occupait avec Bok des blessures de Lombo. Les tirs de draconette n'avaient pas fait beaucoup plus que l'assommer, mais quelques-uns avaient vraiment fait mouche. Kerrigan avait eu de la difficulté à retirer les billes de draconette et à réparer les parties craquelées de l'armure osseuse du Panqui, principalement parce que ce dernier détestait qu'on soit aux petits soins pour lui.

Ses protestations avaient fini par convaincre Kerrigan de se consacrer aux autres. Après Lombo, la plus gravement blessée était Sayce. Will traversa la chambre basse du *coric* et monta dans celle de la princesse.

Il hésita un instant et il sentit la nausée lui étreindre la gorge. Sayce était allongée sur une paillasse moelleuse. Un drap blanc la recouvrait, bordé jusque sous sa gorge. Sa tête reposait sur un oreiller de satin presque entièrement dissimulé par les flammes de ses cheveux. On lui avait retiré son masque, mais elle en portait un autre de courtoisie. Tout comme le drap, il était blanc et faisait ressortir sa peau pâle.

L'espace d'un instant, Will craignit qu'elle soit morte, mais il vit sa poitrine monter et descendre lentement. Le soulagement l'envahit. À l'idée que les yeux de la jeune femme puissent ne plus jamais s'ouvrir, il avait failli perdre son sang-froid. Après avoir constaté qu'elle dormait paisiblement, il sourit et l'étau dans sa poitrine se desserra.

Will s'apprêtait à partir, peu désireux de la déranger, mais elle s'éveilla. Il la regarda et, lentement, elle tourna le visage vers lui.

Telle qu'elle était allongée là, il n'avait vu que son profil droit, mais le gauche était une mosaïque de violet et de bleu, bordés de jaune. Le masque de dentelle ressortait sur la peau violentée. Elle sortit la main de sous le drap et la leva comme pour se toucher le visage, puis la laisser retomber sur son ventre.

— Will ?

— C'est moi. (Sa voix faiblit lorsqu'il avala sa salive.) Je venais voir comment vous alliez.

Elle renifla légèrement, puis grimaça.

— Ma tête me fait plus mal que le jour où j'ai reçu un coup de sabot.

— Je peux appeler Kerrigan.

— Non, non, c'est inutile. (Sa voix reprenait de la force et se faisait insistante.) Il en a bien assez fait pour moi. Entrez. Asseyez-vous.

— Vous devriez vous reposer.

— Je suis sur un lit de pierre dans une grotte, ce qui ressemble beaucoup à un tombeau. (Son œil droit brilla vivement, bien plus que l'autre, injecté de sang.) Se sentir à demi morte dans un tombeau n'est pas très apaisant.

Will sourit et entra dans la chambre. Il pensa un instant s'asseoir sur le rebord de son lit, mais celui-ci était si étroit qu'elle devrait alors se rapprocher du mur. Il préféra s'asseoir par terre, dos au sommier, et regarder par-dessus son épaule droite.

— Je suis heureux que vous alliez mieux.

— J'ai eu de la chance. Dranae pense que le draconettier n'a pas assez chargé son arme ou bien que la poudre était humide, alors elle n'a brûlé qu'en partie. La balle a touché le côté gauche de mon front. Mon masque m'a protégée. J'ai quand même eu le crâne fêlé, mais votre ami s'en est occupé.

Le voleur frissonna. Kerrigan avait appelé cela une « embarrure », ce qui était le joli mot pour dire qu'elle avait un gros trou dans la tête. Le mage avait réussi à sortir l'os de son cerveau et à réparer tous les dommages immédiats. Ç'avait été une guérison terrible pour Kerrigan, épuisé comme il l'était après avoir aidé les urZrethies à inonder le couloir, mais il avait triomphé.

— Il s'occupera du reste. Vous serez complètement rétablie.

— Pourquoi ne le laissez-vous pas soigner votre visage ?

Mal à l'aise, Will haussa les épaules. Avoir une cicatrice sur le front, ça ne le dérangeait pas. Elle créerait un lien entre Corbeau et lui, puisqu'ils avaient tous les deux obtenu les leurs en combattant Chytrine. Les héros portaient toujours des cicatrices. D'une certaine façon, Will avait l'impression qu'un héros sans marque trichait.

— Kerrigan a mieux à faire que me rendre plus beau. (Il sourit.) Comme si c'était possible !

Sayce sourit à son tour et sortit la main de sous le drap pour passer les doigts dans les cheveux bruns de Will.

— Vous avez peut-être raison sur ce point, Will. Au contraire, me rendre plus belle demanderait beaucoup de travail. Le côté gauche de mon visage me tire affreusement.

— Vous êtes très bien.

— Est-ce là me tromper avec honnêteté, Will ? Contentez-vous de voler. Vous ne mentez pas très bien.

— Je ne mens pas.

Will se renfrogna et les points de suture se tendirent un peu. Il avait les joues rouges, puis la grimace se changea en sourire idiot qu'il était heureux qu'elle ne voie pas.

— Vous êtes beaucoup mieux que lorsque je vous ai vue tomber.

Sayce acquiesça faiblement.

—Je sais ce que vous avez fait, Will. Lorsque j'ai été touchée, je n'ai pas perdu connaissance. Pas tout de suite. Je ne me souviens pas vraiment de l'ordre des événements. Mais je me souviens de votre voix. (Ses doigts jouaient machinalement dans les cheveux de Will, mais elle tourna le visage vers le plafond obscur.) J'avais reçu un coup brutal. Je me savais blessée. Grièvement. J'allais mourir. Le choc… la douleur… je ne voyais rien de mon œil gauche. Je ne pouvais pas bouger. Et après… après, Will, j'ai entendu votre voix. « Par mon sang, vous ne passerez pas. » La vie me quittait mais grâce à votre ordre, j'ai tenu bon. Je n'allais pas quitter ce monde. Je ne le pouvais pas. Alors j'ai su que je survivrais. (Elle baissa de nouveau les yeux vers lui et sourit.) Plus tôt, Kerrigan est venu pour soigner mon visage. Je lui ai dit « non ». Il a soupiré. (Will hocha la tête, savourant la sensation des doigts de la jeune femme dans ses cheveux.) Il a dit : « Qu'est-ce que vous avez tous ? ». J'ai demandé ce qu'il voulait dire et il m'a raconté que vous aviez refusé aussi d'être guéri. Kerrigan pensait que ç'avait un rapport avec le fait d'être blessé à gauche. (Elle enroula une mèche de ses cheveux autour d'un doigt.) Lorsque j'ai appris votre décision, j'ai pris la mienne.

—Mais princesse, vous en avez besoin.

—Vous ne comprenez pas, Will. Vos hommes, les Libérés, ils acceptent de porter un masque pour vous et de porter votre marque pour vous honorer. Une même blessure, une même promesse. Je porterai cet hématome pour honorer celui qui m'a sauvé la vie.

—Mais je n'ai…

Elle pressa un doigt contre sa lèvre.

—Chut. Vous avez agi lorsqu'il le fallait. Pensez à tous les héros que vous connaissez. Pensez à Corbeau. Les héros ne pensent pas à agir de façon héroïque, ils agissent et c'est tout. Ils voient une nécessité, et ils la comblent.

» Vous savez, Will, je n'ai jamais douté que vous étiez le Norrington de la prophétie. J'ai pu me demander si vous étiez réellement le héros qu'il était censé être, mais pas davantage. (Sayce poussa un profond soupir et ses paupières papillonnèrent.) Pardonnez-moi. Je me rendors. Je ne veux pas être impolie.

Will se leva lentement, lui prit la main et la reposa sur le bord du lit.

— Reposez-vous.

— Vous viendrez me voir encore ?

La question de la jeune femme fit bondir le cœur de Will.

— Bien sûr.

— Bien.

Elle sourit et ferma les yeux.

Ses lèvres bougèrent encore, mais Will n'entendit pas ce qu'elle disait. Il quitta la chambre aussi silencieusement que possible en passant le doigt sur ses points de suture. Il y avait pensé comme à un lien avec Corbeau, et Sayce l'avait transformé en un lien entre elle et lui. L'idée lui plaisait.

Il y réfléchit encore un peu, puis laissa les événements se fondre dans le mythe qu'il avait fait de sa vie. À une époque où il voulait qu'on le connaisse sous le nom de Will l'Agile, roi des Fondombres. Il souhaitait qu'on voie en lui le rival de l'Araignée d'Azur. Avec justesse, Résolu s'était moqué de cette ambition dès leur première rencontre, puis il l'avait entraîné dans une série d'aventures incroyables. À Vilwan, Will avait vu des dragons combattre. En Okrannel, il avait vu une armée d'Aurolanis se faire écraser. À Yslin et à Meredo, il avait été loué et célébré. Il avait attaqué Wruona et dérobé un fragment de la Couronne du Dragon à l'Araignée d'Azur.

Et voilà qu'il avait parcouru les couloirs de Bokagul et sauvé une princesse murosane d'une horde de baragouineurs.

N'importe laquelle de ces aventures aurait suffi à inspirer un chant héroïque. En moins d'un an, il avait accompli plus qu'il avait jamais rêvé dans toute son enfance. Il se rendit compte que s'il était né aujourd'hui, même si on l'avait élevé de la même façon, son héros n'aurait pas été l'Araignée d'Azur, mais Will l'Agile.

Pourtant, en prenant conscience qu'il avait atteint l'objectif de son enfance en moins d'une année, il découvrait à quel point sa réussite était superficielle. Sayce avait raison : les héros ne pensaient pas à agir de manière héroïque, ni ne se complaisaient à penser à leurs actes héroïques. Et même si certaines choses qu'il avait accomplies pouvaient être considérées comme telles, à l'époque il fallait qu'elles soient faites et, plus important, si lui ne s'en était pas chargé, quelqu'un d'autre de la compagnie s'en serait occupé. Les gens avec qui il voyageait étaient si exceptionnels qu'aucune de ses actions ne pouvait rivaliser avec les leurs.

Will sourit lentement lorsque, quelque part, au plus profond de lui, l'enfant qu'il avait été autrefois hurlait d'indignation à l'idée de ne pas être exceptionnel.

Les temps, ce sont eux qui sont exceptionnels, et ils exigent beaucoup de nous.

Il contempla le *coric* et hocha la tête en regardant Résolu entrer et Kerrigan gronder Lombo jusqu'à ce qu'il se tienne tranquille.

Qwc bourdonna jusqu'à Will et se posa sur son épaule droite.

— Va bien, Will ?

— Oui, Qwc. (Le voleur sourit.) Je suis fatigué, courbaturé, suturé et j'envisage avec appréhension notre marche dans la neige jusqu'à Caledo. Je sais que nous allons souffrir et je crains que certains d'entre nous meurent.

— A pas l'air d'aller bien, d'après Qwc.

— Pourtant, si. (Will hocha la tête avec solennité.) Mes amis s'en assurent.

Chapitre 44

Malgré tous ses efforts, le général Markus Adrogans n'avait pas trouvé le moyen de garantir que le sang ne coulerait pas à flots dans la prise des Trois Frères. Le trio de forteresses avait repoussé pendant des siècles tous les ennemis qui se présentaient, et la plupart d'entre eux n'avaient pas eu à tenir compte du coup de froid glacial qui s'abattait en ce moment sur le pays. Même s'il n'apportait pas de neige, il transformait leur marche en véritable supplice.

Adrogans avait positionné ses troupes trois jours avant l'assaut et commencé à construire des machines de siège. Il avait choisi les béliers, agrémentés d'un toit et de parois solides afin de protéger les soldats qui les porteraient. Ils étaient donc incroyablement lourds et lents mais, si Darovin était bien armée de dragonels, la solidité des béliers pourrait permettre d'encaisser quelques tirs. La véritable question était de savoir s'ils en supporteraient suffisamment pour passer la première porte de chêne.

Le général avait déployé les Plumenoires pour tirer sur les gardes et les maintenir en état d'alerte. Si le fleuve ne constituait pas une véritable voie d'attaque contre les Trois Frères, sa surface gelée permettait tout de même à Beal mot Tsuvo et ses soldats d'établir un périmètre autour des forts et le long de la route, et de préparer ainsi des embuscades contre d'éventuels renforts venant du Sud.

Adrogans serra les pans de son épaisse robe de fourrure puis tira son écharpe et cracha. Sa salive se craquela en plein vol.

—Au moins, le rêve du duc Mikhail était-il exact au sujet du froid.

Phfas renifla.

— Tu accordes trop de confiance à Svarskya et ses Cavaliers du Roi.

— Si ce plan fonctionne, ce sera grâce à eux.

Adrogans regarda la route derrière lui. Le bélier progressait lentement grâce aux efforts du bataillon gurolan Cœurdepierre. Les hommes qui le poussaient chantaient une profonde mélopée, sensuelle, rythmée et gutturale. À chaque reprise, elle se faisait plus forte. Le bélier, qui ressemblait beaucoup à un pont couvert roulant, se déplaçait pesamment. Les lourdes roues écrasaient la neige, le tronc se balançait d'avant en arrière, de gauche à droite à chaque mouvement. Les guerriers avaient accroché leurs boucliers ronds sur les parois externes afin que leurs couleurs audacieuses, des rouges, des bleus, des verts, des ors lui confèrent un air martial.

Les Cavaliers du Roi en livrée attendaient au coin de Darovin. Leurs montures piétinaient et soufflaient de grandes volutes de buée. Ils portaient tous des lances. Au bout de certaines flottaient de joyeux fanions. Anonymes dans leur lourde armure, les hommes ne seraient pas faciles à tuer, pourtant Adrogans savait que beaucoup mourraient. Le moindre cavalier prisonnier de la citadelle serait massacré. Pourtant il avait été impossible de convaincre le duc Mikhail de revenir sur sa requête. Les Cavaliers du Roi attaqueraient en premier.

Alors que le bélier arrivait lentement en vue de Darovin, l'activité se fit fébrile sur les remparts. Quelques flèches visèrent la lente machine de siège, mais aucune ne fit mouche. Près du fleuve, quelques tirs elfiques atteignirent la tour de la rive opposée. Les bras battant, un baragouineur tomba sur la glace, mais sans la traverser. La croûte de neige craqua et un léger nuage de neige s'envola avant de vite recouvrir le cadavre.

Phfas montra Darovin du doigt.

— Ils envoient des signaux.

Le drapeau jaune qui flottait au-dessus de la première tour descendit lentement, puis un rouge additionné d'un fanion noir fut hissé. De l'autre côté du fleuve, les elfes firent jouer des miroirs pour rapporter le mouvement des autres drapeaux. Varalorsk reçut le message en le répétant, puis proposa un étendard vert. Darovin répondit en baissant puis relevant ses pavillons rouge et noir.

Adrogans sourit.

— Rouge pour avertir d'une menace, noir pour son manque d'importance et refuser l'offre de renforts. Le commandant de Darovin est certain de pouvoir écarter la menace. Bien, très bien. (Il se tourna vers le messager qui se tenait à sa gauche.) Dites aux Plumenoires d'avancer vers la tour du fleuve de Darovin.

— À vos ordres, mon général.

Le messager se servit de ses miroirs pour rapporter l'ordre. Maîtresse Gilthalarwin ordonna à ses guerriers de sortir des buissons du rivage opposé et de s'approcher en une longue ligne agressive qui formerait un demi-cercle en approchant. Les baragouineurs leur envoyèrent une volée de flèches. Si sa position en hauteur donnait à l'ennemi un avantage certain, son manque de précision, surtout face au vent, rendait sa défense inefficace.

Le commandant de Darovin répliqua en envoyant davantage de soldats qui s'élancèrent sous l'arche de la tour donnant sur le fleuve. La garnison de Darovin devait être composée d'une centaine de guerriers et la tour était assez grande pour employer efficacement la moitié d'entre eux comme archers. Même si les attaquants bénéficiaient de la supériorité des elfes au tir à l'arc, leurs chances de fragiliser la tour étaient nulles.

— Messager, dites aux Faucons guerriers qu'il est temps.

L'homme manipula et fit briller ses miroirs loin au-dessus des Trois Frères. Aucune lueur ne lui répondit, rien pour indiquer que le message avait été reçu, mais Adrogans n'en fut pas surpris. Au lieu de lever les yeux, il tourna le regard vers la tour fluviale de Darovin et, les deux mains appuyées sur le pommeau de sa selle, il attendit.

Le premier Gyrkyme qu'il vit plongea à une telle vitesse qu'il crut que le guerrier ailé ne parviendrait jamais à redresser son piqué. Le Gyrkyme avait replié les ailes et filait vers le fleuve, comme un suicidaire qui se serait jeté du haut de la montagne. Une tache brune et rien d'autre, le Gyrkyme ouvrit alors les ailes, tourna à droite, puis à gauche, et cria lorsqu'il dépassa la tour fluviale. Il remonta brusquement, pivota dans les airs et plana jusqu'à la rive opposée.

En toute logique, ce vol aurait dû faire de lui une cible facile, mais la tour derrière lui était en proie au chaos. Le Gyrkyme, et tous ceux qui le suivaient, transportait des coques de feu. Cet appareil était constitué d'un réservoir d'huile et d'un système de détonateur qui l'enflammait lorsqu'il touchait le sol. L'explosion qui en résultait projetait des boules de feu et de la fumée noire.

Une demi-douzaine de coques de feu s'écrasa au sommet de la tour, immolant instantanément les archers. Une autre série incendia l'arcade, ce qui coupa la route aux fuyards comme aux renforts. Une Gyrkyme frôla la mort lorsqu'elle plongea plus bas et visa délibérément l'intérieur d'une meurtrière. La coque de feu atteignit apparemment son but, car des flammes jaillirent de l'ouverture et un corps calciné resta coincé dans la meurtrière opposée.

Les drapeaux au sommet de Darovin changèrent immédiatement. Le rouge et le noir descendirent. À leur place s'élevèrent deux longues bannières vertes.

Phfas ricana.

— Il appelle deux légions à l'aide ! L'imbécile !

Les Cavaliers du Roi s'étaient assez avancés pour être visible depuis Darovin et ils poussèrent un cri de victoire lorsqu'ils virent le signal. Les Gurolans devaient avoir compris ce qu'il se passait car leur chant redoubla d'intensité et le bélier eut un sursaut, avançant soudain plus rapidement. La mélopée était chargée de pouvoir et Adrogans sentait que Douleur s'adaptait à son rythme, goûtait l'étirement des muscles, le craquement des jointures, la piqûre du gel sur les doigts.

Les balistes de Darovin se déclenchèrent. Adrogans retint son souffle, car les lourds pieux à lame de trente centimètres étaient loin d'avoir la puissance d'un seul dragonel. Pourtant, quelques lances traversèrent le toit et Douleur lui transmit la torture dorée d'un homme transpercé par l'acier froid.

Le chant faiblit un instant, puis reprit, plus fort et plus arrogant. Les Cavaliers du Roi s'avancèrent encore, mais Adrogans leva une main pour les retenir. Il percevait leur impatience dans le cliquetis des clous et le tremblement des muscles, mais il secoua la tête.

— Attendez le signal.

Les deux drapeaux verts s'abaissèrent. Lorsqu'ils remontèrent, un troisième avait été ajouté. Ce dernier était orné de trois points blancs.

Phfas plissa les yeux.

— Des sorciers.

Adrogans hocha la tête.

— Comme nous nous y attendions.

L'éclaireur elfique qui se trouvait de l'autre côté du fleuve fit un appel de miroir pour confirmer que les renforts arrivaient : des vylaens et des *kryalniri*.

Le chaman repoussa sa robe, croisa les doigts, les tendit et les leva au-dessus de sa tête. Les petits charmes qui pendaient à sa peau sèche ressortaient. Il portait d'ordinaire des anneaux d'or ou d'autres métaux précieux mais, ce jour-là, il arborait des amulettes de pierre peintes en blanc, de morceaux d'os et deux plumes de griffeglace.

Le général sourit.

— Êtes-vous prêt ?

— Oui.

— Je vous en prie.

Phfas écarta les mains, mais les maintint au-dessus de sa tête. Il déploya ses doigts tremblants en éventail. Les tendons ressortaient et les veines se tordirent sous sa peau. Les cicatrices devinrent presque lumineuses et tissèrent un réseau qui ressemblait de très près à un flocon de neige. Elles étaient plus blanches encore.

Puis les mains du chaman se crispèrent jusqu'à former des poings.

Un craquement retentit au sommet de la montagne. Il fut suivi d'une seconde de silence. Puis un lent grondement s'éleva. Il augmenta, vite, noyant le chant, éclipsant les cris dans la tour.

Tout comme Adrogans, Phfas s'était attaché à des *yrûn*, et son plus proche allié était l'air. Lorsqu'il referma ses poings, l'air à la cime s'était solidifié. Il s'enfonça durement, fit craquer à plusieurs endroits la croûte de neige et s'enfonça dans la poudreuse. Celle-ci se mit à glisser, passant par-dessus une couche plus épaisse, plus glacée. Le grondement s'intensifia, puis la neige dévala la montagne dans une cascade blanche.

Lorsqu'elle flottait doucement, tombant des nuages, la neige n'avait pas l'air menaçante, mais là elle roulait sur la pente comme un flot tumultueux. Un torrent charriant d'énormes blocs de glace, des troncs d'arbres et des rochers passa sur le chemin entre Varalorsk et Darovin avec la fureur des vagues en pleine tempête.

Les renforts ennemis disparurent dans l'avalanche. La neige forma une congère de presque vingt mètres, plus haute même que les murailles de Darovin. La vague coula sur le fleuve et la glace craqua. La neige s'enfonça dans le trou noir et disparut.

Le bélier poursuivit sa progression et les balistes de Darovin entrèrent en action. D'autres soldats moururent, mais bientôt les tirs atteignirent le bélier. Les archers s'alignèrent au sommet du portail pour tenter de percer le toit avec leurs flèches, mais sans succès.

Adrogans regarda le tronc du bélier se balancer en arrière, puis repartir en avant. Le premier impact donna l'impression d'une main géante qui frappait poliment à la porte. Puis un autre coup, plus lourd et plus fort, résonna dans la vallée. Il y en eut un troisième, puis un quatrième, chacun plus insistant, plus brutal, inéluctable. Les battants finirent par céder.

Soudain, le chaos régna sur les remparts. Des baragouineurs tombèrent, tournant sur eux-mêmes avant de rebondir sur le toit du bélier. Les portes s'ouvrirent, lentement d'abord, puis plus rapidement, et le chant des Gurolans se mua en une cacophonie de cris de guerre.

Adrogans talonna son cheval, le messager et Phfas trottant à sa suite. Il jeta un coup d'œil au chaman derrière lui. La peau de Phfas avait bleui et il frissonnait, mais son regard brûlait intensément. Et son sourire brillait plus encore.

— Vous voyez, mon oncle. Ça a marché.

Phfas acquiesça.

— Les Zhusks auraient pu accomplir la même chose.

— Ils l'ont fait. Ils ont seulement eu de l'aide.

Adrogans descendit de cheval dès qu'il fut près du bélier et, l'épée au clair, il passa la porte en courant. Les Cœurdepierre avaient déjà atteint la seconde porte et l'ouvraient. Quelques-uns couraient vers la montagne de neige qui coupait la route. Des cadavres de baragouineurs jonchaient le sol. Certains luttaient pour se dégager des tonnes de neige. Les Cœurdepierre abrégèrent leurs souffrances.

Le général alcidais, Caro, noir de suie mais tout sourires, vint à la rencontre d'Adrogans au milieu de la cour.

— Le plan a fonctionné, général. Oui, il a coulé plus de sang que d'eau, mais c'est parce que très peu d'eau a coulé.

Deux éléments rendaient la prise des Trois Frères difficile. Le premier était la nécessité d'attirer les soldats hors des murailles pour les massacrer. La route offrait un terrain de chasse évident et les Plumenoires auraient pu abattre une bonne partie des renforts, mais seulement à partir du fleuve, où ils auraient été à découvert et terriblement vulnérables.

Le second problème découlait du premier : comment approcher de la forteresse sans être vu ? Tout d'abord Adrogans avait envisagé de faire descendre des falaises les Gardes-montagnes nalisks grâce à des cordes, mais ils se seraient toujours trouvés à l'extérieur de la forteresse, aussi vulnérables que n'importe qui sur la route. Le fleuve étant gelé, il aurait été impossible de faire venir des troupes par voie d'eau. Elles auraient de toute façon été bloquées à l'extérieur.

Finalement, le duc Mikhail avait fourni la solution. Ses maquettes étaient d'une telle précision qu'elles prenaient même en compte les tunnels de pierre par lesquels étaient évacuées les ordures pour être emportées par le fleuve. Ces boyaux leur auraient permis d'entrer, mais ils étaient gardés par vingt mètres d'eau glacée.

Vingt-cinq kilomètres en amont, des chamans zhusks aux *yrûn* d'eau avaient invoqué tout leur pouvoir et avaient détourné le courant vers un vieux chemin inondable. Pendant que le fleuve formait un lac, la Garde à cheval de Caro, la Légion d'Acier impériale helurane et la Cavalerie du Roi okranne étaient passées sous la glace, dans le lit glacé, jusqu'aux tunnels d'évacuation. Discrètement ils s'étaient faufilés dans la forteresse et là, lorsque l'avalanche s'était abattue, les hommes de Caro et de Mikhail avaient attaqué les uns Darovin, les autres Varalorsk.

Une vigie au sommet de Darovin cria :

— Varalorsk vient de lever le drapeau vert ! Les elfes disent que les renforts arrivent !

— Bien reçu.

Adrogans leva la main et fit signe au chef des soldats qui s'étaient approprié la livrée des Cavaliers du Roi.

— Capitaine Dmitri, ordonnez à vos hommes de faire entrer le bélier, puis fermer les portes et gardez-les.

L'homme de Svoin hocha la tête, puis se détourna et commença à lancer des ordres à ses troupes.

Adrogans regarda Caro.

— Allons-nous à Varalorsk ?

— Après vous, sire.

Phfas à leur suite, les deux généraux gravirent la colline de neige et redescendirent vers la forteresse. La petite porte de l'entrée sud s'ouvrit et cinquante Cavaliers du Roi leur firent signe d'avancer d'un air pressé. Leur impatience ne surprenait pas Adrogans, puisqu'ils avaient hissé le drapeau vert demandant des renforts afin d'attirer les Aurolanis à découvert. Sur la muraille nord, des archers s'étaient dissimulés, chargés de massacrer les Aurolanis venus en renfort et c'était un instant que tous les attaquants attendaient avec impatience.

Les Cavaliers n'affichaient pourtant pas un air triomphant.

— Vite, général ! C'est le duc !

Adrogans passa la porte et suivit à toute allure. Son guide lui fit traverser la forteresse. En esprit, Adrogans se représentait la maquette de Mikhail et le chemin qu'il parcourait à l'intérieur. Ils descendirent au plus profond de Varalorsk, puis remontèrent jusqu'au sommet. Son guide indiqua la porte de ce qui devait être les quartiers de l'officier commandant, puis s'effaça pour libérer le passage.

Adrogans enjamba le cadavre d'un *kryalniri* et rejoignit la couchette de bois où Mikhail, le visage gris, était allongé. Le sang était à peine visible à cause des vêtements marron foncé qu'il portait.

Mais ses mains pressées sur son côté ne pouvaient cacher la plaie. Une affreuse coupure lui ouvrait le ventre.

Le général se tourna vers Phfas.

— Allez chercher un guérisseur elfe, tout de suite !

— Non, général. (La voix de Mikhail sifflait à peine plus forte qu'un murmure.) Ce sera trop tard.

Adrogans le regarda et vit un peu de sang couler au coin de sa bouche. L'un des hommes à ses côtés l'essuya avec un tissu déjà rougi.

— Nous avons pris les tours, vous savez. Votre plan a fonctionné. (Adrogans plissa les yeux.) Aviez-vous rêvé…

— Ceci ? Non. (Mikhail renifla faiblement.) Je ne suis ni assez courageux ni assez stupide pour m'y précipiter. Dans mon rêve, nous gagnions. C'est le cas. Il s'achevait là. Aujourd'hui, c'est ma vie qui s'achève.

Dehors, la clameur des archers s'éleva lorsqu'ils sortirent de leur cachette et pourfendirent les troupes venues en renfort. Leurs cris seraient le signal pour les autres Cavaliers du Roi et Krakoin tomberait.

Mikhail sourit.

— Général, vous prendrez Svarskya, je le sais.

— Vous serez à mes côtés.

— Non, je n'y serai pas. Mais je vous regarderai.

Mikhail écarquilla les yeux, puis il fut secoué par un spasme de douleur. Du sang coula de nouveau de sa bouche et lui tacha les dents.

— Une faveur…

Adrogans se pencha car la voix de Mikhail devenait très faible.

— Tout ce que vous voudrez.

— Dites à Alexia que les rêves peuvent se réaliser. Dites-lui de croire en ses rêves.

— Je lui dirai, mon ami, je lui dirai.

Le corps de Mikhail trembla, puis il s'affaissa.

Adrogans lui ferma les yeux. Il prononça une prière silencieuse tandis que Douleur lui griffait le ventre. Il grimaça puis se tourna vers les autres Cavaliers qui attendaient autour de la couchette. Ils avaient l'air abattus et il devina que chacun d'eux aurait volontiers donné sa vie en échange de celle du duc.

Ils sont même persuadés qu'il est mort à cause d'eux.

Adrogans durcit le regard et parla d'une voix sinistre.

— Je ne veux pas dire du mal du duc Mikhail, mais il a menti. C'était réellement un homme courageux, le plus courageux, car seul un tel homme pouvait prendre Varalorsk.

Il hésita un instant lorsque les hommes de Mikhail levèrent les yeux et cillèrent. Il leur laissa le temps de s'imprégner de ses propos. Quand il lut dans leurs yeux sombres qu'ils avaient compris, il reprit :

— Le duc avait bien vu sa mort, mais il savait que ce sacrifice nous gagnerait les Trois Frères. Il savait qu'ainsi nous prendrions Svarskya. Alors, que personne ici ne pense que sa mort aurait pu être évitée. Il a donné sa vie pour nous, pour l'Okrannel. Je vous charge de faire en sorte que son sacrifice soit connu de tous. Pendant bien longtemps, l'on célébrera son courage.

Les trois soldats hochèrent la tête, puis l'un d'eux le regarda droit dans les yeux.

— Nous en ferons notre devoir sacré, mon général

— Alors je laisse le maître des Trois Frères à votre garde.

Adrogans les salua, puis quitta la chambre.

Phfas le rattrapa rapidement.

— Pourquoi mentir pour les morts ?

— Mentais-je, mon oncle, ou bien Mikhail avait-il oublié cette partie de son rêve ? (Adrogans plissa les yeux.) Son souvenir les mènera plus loin que s'il avait vécu. Il voulait que Svarskya soit libérée, nous nous assurerons que ses efforts portent leurs fruits comme il le désirait.

Chapitre 45

L'espace d'un instant, le cœur de la princesse Alexia bondit dans sa poitrine lorsqu'elle contempla la belle Caledo. La ville de pierre blanche surgissait des plaines, comme façonnée dans la neige. Une tour s'élevait à chaque extrémité des remparts octogonaux, solide, comme gainée d'une peau d'albâtre. À l'intérieur des murailles, quatre autres tours s'élevaient, élégantes et joliment arrondies, jointes par des ponts en arche. Au-delà de la ville, le lac Calessa était recouvert de glace et d'une couche épaisse de neige.

Du sommet des collines à l'est de la ville, seuls deux éléments venaient ternir ce paysage immaculé. Le premier était une paire de pierres noires plantées devant la porte orientale. Alexia avait entendu dire que les mages du Muroso se rencontraient devant celles-ci pour se livrer à des duels, mais elle avait pensé alors qu'il s'agissait de racontars. Pourtant elles étaient bien là, hautes et imposantes. Elles contrastaient brutalement avec la ville, à la fois par leur couleur et leur forme angulaire qui leur conféraient un aspect discordant et menaçant. Alexia les considérait moins comme un indice de la puissance du Muroso que comme une marque de l'agression de Chytrine.

Le second élément discordant était plus rassurant : des bannières de couleurs vives, rouges et bleues, vertes et jaunes, violettes et dorées, pendaient aux fenêtres des tours. Des fanions, longs et lumineux, flottaient et claquaient au sommet.

Alexia arrêta son cheval et contempla la capitale et la plaine vide qui y menait. Elle se força à en mémoriser tous les détails : sa majesté, sa force tranquille et ses murs intacts. Elle remarqua l'absence de charognards et inspira profondément pour s'imprégner de la tranquillité de cette ville de bord de lac.

La neige craqua sous les sabots du cheval de Corbeau lorsque celui-ci la rejoignit.

— C'est magnifique.

Elle sourit et acquiesça.

— Je crains, au vu de ce qui se prépare, que Caledo ne vivra plus que dans nos souvenirs.

Corbeau souffla une plume de buée.

— Victoire ou défaite, l'invasion de Chytrine changera la face du monde.

Alyx hocha lentement la tête. Elle en avait vu l'exemple à Bokagul, où le choc de l'agression avait forcé les habitants à réagir. Les urZrethies s'étaient crues invulnérables dans leurs hautes montagnes : une illusion brisée à jamais. Et même si elles débattaient encore violemment du nombre de troupes qu'elles enverraient à l'aide, la décision d'agir avait été prise. Déjà de petites unités patrouillaient les montagnes en direction de Sarengul pour avertir les autres. Alyx était certaine que les Bokas enverraient des guerrières pour défendre Caledo, car c'était grâce à la princesse du Muroso qu'ils s'étaient tous trouvés à Bokagul.

Il n'y a plus qu'à espérer qu'elles arriveront à temps.

Les urZrethies avaient été généreuses pour remercier Kerrigan et les autres de les avoir aidées à repousser l'invasion. Même si leur don pour changer de forme les dispensait d'avoir à fabriquer des armes ou des armures, leurs artisanes étaient toujours douées pour en créer. Alexia avait reçu une épée d'une incroyable légèreté dont le fort était consolidé et la lame, délicatement recourbée. L'acier, gravé d'un motif de boucles exquis, était souple, et pourtant assez tranchant pour couper une plume dans les airs.

Les Murosans et les Libérés avaient tous reçu une cotte de mailles dont ils disaient qu'elle pesait moins que la soie. Les forgeronnes avaient créé de nouvelles lames étoilées pour Résolu, qu'il accepta sans trop grommeler. Il laissait les autres derrière lui sans regret, mais celles-là, il devrait les ramasser. Pourtant, malgré ses protestations, il était manifestement très content. Peri avait eu un bouclier ailé assez léger pour être porté en vol, Corbeau un carquois de flèches à têtes d'acier qui, lui avait-on dit, pouvaient transpercer les écailles d'un dragon. Et, en plus de la cotte de mailles légère, Will obtint des bracelets de force frappés d'or, chacun incrusté d'un saphir long comme son pouce.

Sayce, Kerrigan et Bok reçurent quant à eux des cadeaux uniques. On offrit à la princesse un masque d'argent pour remplacer celui qu'elle avait perdu. Sur le côté gauche, une améthyste était enchâssée, en souvenir de l'hématome violet dont elle avait souffert. Sayce avait décidé de le porter malgré le froid et tous constatèrent que sa beauté s'en trouvait magnifiée.

Les urZrethies honorèrent Kerrigan en lui offrant une baguette taillée dans un cristal unique et long, encerclée à chaque extrémité d'une douzaine de pierres précieuses. Lorsqu'il s'en servait, plusieurs des gemmes brillaient et leurs reflets de couleur traversaient la baguette et s'enroulaient autour de tout sortilège visible. Alexia n'avait aucune idée de leur signification. Mais Kerrigan avait l'air enchanté, elle le prit donc comme un très bon signe.

Ce fut Bok qui reçu le cadeau le plus particulier. Sa présence avait causé des problèmes aux urZrethies. Elles auraient préféré le laisser de côté, mais ne pouvaient pas oublier qu'il avait protégé Sayce pendant la bataille. Après de longues délibérations, le mot « bok » avait été retiré de son nom. Elles l'avaient donc réintégré dans leur société. Mais tout le monde avait poussé un soupir de soulagement lorsque celui-ci n'afficha aucun désir de rester à Bokagul et préféra accompagner Kerrigan au nord-ouest, vers la capitale murosane.

Le voyage de Bokagul à Caledo leur avait pris six jours par les contreforts et les vallées. Les tempêtes s'étaient calmées, mais la neige qui restait avait rendu le trajet difficile. Parfois ils avaient croisé des patrouilles urZrethies et une fois ils tombèrent sur une embuscade contre des déserteurs aurolanis. À part cela, ils avaient chevauché discrètement, sans rien voir de bien intéressant.

Une compagnie de lanciers passa au galop devant Corbeau et Alyx. L'un d'eux avait attaché la bannière de la princesse à sa lance et la portait bien haut tandis qu'il se dirigeait vers la capitale. Parce qu'elle l'avait appris à la Communion, Alexia n'avait rien pu dire du mécontentement du père de Sayce quant à la mission de celle-ci. L'envoi de l'escouade pour annoncer son arrivée, et celle du Norrington, pourrait peut-être adoucir la réaction du roi.

Alyx pressa son cheval en avant et descendit la dernière colline à la suite des lanciers.

—Combien de temps, à votre avis, avant que les Aurolanis arrivent et qu'ils fassent le siège de la ville ?

Corbeau secoua la tête.

—Il n'y a aucun moyen de le savoir, mais les signes indiquent que ce sera plus tôt que tard. Si Chytrine a envoyé des troupes à Bokagul, c'est qu'elle a probablement déjà sécurisé Sarengul, ce qui protège ses flancs et met la pression à Scrainwood. Elle peut prendre tout son temps pour conquérir le Muroso. D'ici là, elle n'a que l'embarras du choix pour étendre ses troupes vers le sud, et tout cela bien avant l'été et le début de la véritable campagne.

La princesse avait espéré que Corbeau décèlerait une erreur dans la stratégie de Chytrine. Mais cette dernière isolait bel et bien les pays et s'en emparait les uns après les autres. Seuls, ils ne pouvaient se défendre contre toute la puissance de son armée et de ses dragonels. Au fur et à mesure de leur avancée, les Aurolanis s'aventureraient dans des territoires de plus en plus peuplés, mais cela signifiait seulement qu'il y aurait davantage de réfugiés fuyant vers le sud.

Alyx secoua la tête.

—Cette ville est très belle, mais elle est très mal adaptée pour se défendre contre Chytrine. Les dragonels sont faits pour abattre de telles murailles. Ces tours s'effondreront sous leurs attaques. Les Murosans sont connus pour leur vaillance, mais se dresser contre Chytrine relève de la témérité.

—Nous pouvons espérer que le roi Bowmar sera plus raisonnable que sa fille, mais j'en doute. (Corbeau fit rouler ses épaules.) Nous avons la possibilité de la ralentir, toutefois. Et pour le moment, gagner du temps est déjà une victoire.

Avant même que le détachement de lanciers atteigne la ville, la porte orientale s'ouvrit et une troupe plus nombreuse de cavaliers vint à sa rencontre. Les deux groupes (le plus petit vêtu de rouge, le plus grand, de bleu) se rejoignirent et se mêlèrent un instant, puis la majorité des cavaliers rouges prit la direction de l'est, vers Alexia et les autres. Les lanciers entrèrent dans la ville avec une escorte.

La princesse Sayce vint se placer à la gauche d'Alexia, lui offrant une vue de son profil argent.

— Je doute que cela se passe bien. Mon frère est leur commandant. Laissez-moi m'en occuper.

Le léger tremblement dans la voix de Sayce amusa Alexia.

— Comme vous voudrez.

Les sabots projetaient des gerbes de neige qui se dispersaient dans la brise. À la tête des cavaliers chevauchait un homme grand et mince, engoncé dans des fourrures pour se protéger du froid. Le vent s'engouffra dans sa capuche, la repoussa, puis la remit en place. De longs cheveux bruns s'envolèrent. Le masque qu'il portait était plus large que celui qu'avait porté Sayce, mais il était noir.

Aussi noir que les pierres qui marquent les portes de la ville.

L'homme tira sur les rênes de son cheval, le forçant à se mettre au pas. Il les salua d'une main gantée.

— Soyez les bienvenus, voyageurs. Je suis le prince Murfin, de la maison royale du Muroso. Vous êtes sans doute Alexia d'Okrannel ?

Alyx acquiesça, assez surprise qu'il ne se soit pas adressé à sa sœur.

— Oui. Voici le Corbeau de Kedyn. Vous connaissez la princesse Sayce.

— Certes. C'est un plaisir de vous rencontrer tous les deux.

Murfin n'accorda même pas un coup d'œil à sa sœur, qui s'était raidie.

— Mon père, le roi Bowmar, vous offre son hospitalité et ses remerciements pour lui avoir ramené sa fille prodigue.

Avant qu'Alyx puisse répondre, Will s'approcha.

— C'est plutôt elle qui nous a ramenés ici, pas le contraire.

Le prince sourit, presque comme s'il s'était attendu à un tel commentaire.

— Et vous êtes le Norrington.

— Jusqu'à ce qu'un meilleur candidat se présente.

Will fit avancer son cheval jusqu'à ce qu'il dissimule partiellement Sayce à la vue de son frère.

— Avec moi se trouve une compagnie de Libérés oriosans venus combattre pour Caledo.

— Votre participation est la bienvenue. Ils pourront rejoindre les autres Oriosans. Nous vous en sommes très reconnaissants. (Le sourire du prince s'élargit un instant.) C'est un grand honneur que de vous avoir tous ici et Caledo a préparé votre arrivée. Le capitaine Twynham ici présent vous conduira à la ville et à vos appartements. Une fois que vous aurez eu l'occasion de vous reposer, mon père voudrait vous souhaiter la bienvenue à tous.

Alyx acquiesça.

— Nous attendrons son bon plaisir.

— Excellent ! (Murfin se tourna vers Sayce.) Petite sœur, viens avec moi.

Elle hocha la tête et mit son cheval au pas. Will s'apprêtait à l'accompagner, mais elle posa la main sur son bras gauche.

— Non, Will, allez avec les autres.

— Mais… (Le regard de Will passa de son frère à elle.) Vous ne devriez pas vous lancer seule dans les ennuis.

— Cette pensée sera la seule compagnie dont j'ai besoin. (Elle se pencha et déposa un baiser léger sur sa joue.) Dès l'instant où je suis partie, j'ai su comment les choses se dérouleraient. Je vous reverrai bien vite.

Avec un léger coup de talons sur les flancs de son cheval, elle s'élança et passa au galop devant son frère. Il partit à son tour, son manteau volant derrière lui, et la rattrapa. Ni l'un ni l'autre ne ralentit, mais elle ne chercha pas non plus à lui échapper. Alyx crut même entendre un rire dans le vent, mais elle ne l'aurait pas juré.

La cavalerie lourde royale forma une colonne menée par le capitaine Twynham, en direction de la ville. Il n'était pas bavard et se tenait droit et fier sur sa selle. Alyx et Corbeau le suivaient à plusieurs mètres en retrait. Will était derrière la princesse et Kerrigan, à ses côtés.

— Je suis pas sûr que ce Murfin me plaise, grommela Will tout bas.

Kerrigan baissa la voix.

— Tu l'as senti, alors ?

— Senti quoi, Ker ?

— Le sort. (Le mage vilwanais s'agita sur sa selle.) J'ai failli le rater. La magick murosane produit un effet différent, mais il nous a lancé un sortilège à son arrivée.

Corbeau se retourna.

— Quand ?

— Lorsqu'il a levé la main pour saluer. Il faut être très malin pour dire une chose et lancer un sort en même temps.

Le guerrier fronça les sourcils.

— Quel genre de sortilège ?

— Un instant. (Kerrigan ferma les yeux, leva la main droite et tissa des doigts une série d'étranges petits motifs.) Je ne peux pas en être tout à fait, certain mais il peut s'agir d'un sortilège de diagnostic.

Alyx haussa un sourcil.

— Il s'assurait que sa sœur n'était pas blessée ?

Kerrigan rouvrit les yeux.

— C'est possible, oui.

Elle se mit à rire.

— Très inquiétant !

— Ça continue à pas me plaire. (Will grogna.) Il n'a pas été gentil du tout avec elle. Ils devraient la remercier.

Corbeau lui fit un clin d'œil.

— Ne crois pas qu'ils soient fâchés. Leur inquiétude devait suffire.

— Oui, eh bien s'ils lui font quoi que ce soit, je…

— Que feras-tu, Will ?

Le voleur poussa un soupir.

— C'est pas loyal de me forcer à dire ce que je ne ferai pas. J'espère seulement que ça se passera bien pour elle.

— J'en suis certain. (Corbeau tourna la tête, mais fit un sourire en coin à Alyx.) Tout ira bien pour ton amie, tu verras, Will.

Le capitaine Twynham guida la compagnie vers la ville et jusqu'aux quatre tours centrales. Les deux tours orientales abritaient le palais, tandis que les deux autres servaient à l'Académie de magick de Caledo et au siège des guildes. Une fois les portes du palais franchies, ils se dirigèrent à gauche. Là, des écuyers mirent leurs chevaux à l'écurie tandis que des valets et des servantes se présentaient pour conduire les visiteurs à leurs propres quartiers.

Alyx et Corbeau se séparèrent vite, car il allait inspecter les cantonnements du reste de la compagnie. Elle lui fit un signe d'adieu, puis suivit une femme entre deux âges, aux joues roses, dans un escalier en colimaçon jusqu'aux petits appartements qu'on leur avait attribués. Le salon était orienté à l'est, avec le coin de la chambre à coucher sur la gauche, où se dressait un énorme lit à baldaquin croulant sous les couvertures. À droite se trouvait le cabinet de toilette équipé d'une baignoire. Un paravent dont les panneaux de bois étaient ornés de scènes de chasse en préservait l'intimité.

Une femme mince, pas tout à fait aussi grande qu'Alexia, se tenait dans la pièce lorsqu'elles entrèrent. La servante poussa un cri de surprise et se mit immédiatement à genoux.

— Toutes mes excuses, Altesse, je ne savais pas.

La femme secoua la tête.

— Cela n'a pas d'importance, Meg. Laissez-nous un instant. Peut-être la princesse Alexia désirerait-elle que vous lui apportiez de quoi se sustenter ?

Sa voix avait quelque chose de familier.

— Je n'ai pas faim pour l'instant.

— Très bien, alors.

Les traits de l'inconnue étaient plus marqués que ceux de Sayce, mais l'air de famille était frappant. Elle attendit le départ de la servante avant de sourire.

— Soyez la bienvenue, princesse Alexia. Je suis Dayley. Il semble que nous ayons fait connaissance en rêve.

Alyx acquiesça, sachant parfaitement qu'il s'agissait de la femme qu'elle avait vue à la Communion.

— Je suis ravie de vous rencontrer dans le monde réel.

Elle tendit la main à Dayley, dont la poigne était ferme et chaude. Elles se serrèrent les mains, repoussant trois fois le bras de l'autre, mais, avant qu'elles se lâchent, une chose étrange se produisit. Alyx se sentit bouger – il n'y avait pas d'autres mots pour décrire ce qui se passait – comme lorsqu'elle se déplaçait dans la Communion. Malgré cette sensation, elle resta bien là, dans la tour sud, avec Dayley.

Mais elles n'étaient plus seules.

À l'est apparut une femme magnifique aux longs cheveux blancs, dont les traits étaient empreints d'une douce innocence. Ses yeux attirèrent tout de suite l'attention d'Alexia car, malgré l'apparence éthérée de la jeune femme, ils brillaient d'une lueur argentée. Ses lèvres bougeaient et Alexia entendit quelques mots : « … Kesh, ici les choses… victorieux… pertes… »

Le volume de la voix montait et baissait, les paroles étaient parfois lentes et d'autres fois si rapides qu'on aurait dit des couinements.

Lorsque leurs mains se séparèrent, la vision s'évanouit.

Les deux femmes se regardèrent, se prirent de nouveau les mains, mais rien ne se passa.

Dayley fronça les sourcils.

— Vous l'avez vue, vous aussi. Qu'était-ce donc ?

Alyx secoua la tête.

— Je n'en sais rien.

Elle frissonna et Dayley le sentit dans sa poigne.

— Il y a quelque chose, Alexia. Qu'est-ce donc ?

La princesse okranne fronça les sourcils.

— « Kesh » doit faire référence à Nefrai-kesh, le général de Chytrine. Était-elle en train de communiquer avec lui ? L'avertissait-elle ? Quelque chose comme ça ?

Dayley hocha la tête, retirant sa main de celle d'Alexia.

— Logique, mais quelque chose d'autre vous a fait frissonner. Quoi ?

Alyx s'agita, mal à l'aise.

— À Meredo, Will a vu quelqu'un, quelqu'un qui, d'après lui, lui a sauvé la vie. Cette femme aurait pu correspondre à la description qu'il a faite de sa visiteuse.

— Une alliée de Nefrai-kesh a sauvé le Norrington ?

— Il semble bien.

Dayley poussa un profond soupir.

— Je ne sais qu'en penser, s'il s'agit d'une bonne nouvelle ou non. Si les dieux sont cléments, peut-être aurons-nous l'occasion de le savoir.

Chapitre 46

Kerrigan se réveilla en sursaut. Bok avait plaqué une main noueuse sur sa bouche pour étouffer son cri. Le mage la griffa, mais ne put s'en défaire. Bok la garda en place quelques instants de plus, puis la retira lorsque Kerrigan cessa de se débattre.

Le jeune mage cligna les yeux, qui le picotaient. Lorsqu'on l'avait laissé dans sa chambre, il n'avait pas eu l'intention de s'endormir. Il s'était simplement allongé sur le lit pendant que Bok allait chercher les bagages et rangeait. Il se rappela avoir bâillé et décidé de fermer les yeux un instant… puis la pression brutale de la main de Bok sur sa bouche l'avait réveillé.

Rym Ramoch, debout au pied de son lit, secoua la tête.

— Je t'ai demandé de le réveiller, Bok, pas de le terrifier.

L'urZrethi se recroquevilla par terre et couina une excuse.

Kerrigan se redressa et se cogna contre la tête du lit.

— Aïe !

— Faites attention, Kerrigan. Ne vous assommez pas alors que nous avons besoin de vos lumières.

Ramoch se déplaça avec raideur jusqu'à un fauteuil rembourré, dans le coin où Bok s'était réfugié, et s'assit.

— Pardonnez mon absence, mais à cause de votre détour par Bokagul, il a été difficile de vous rejoindre. Toutefois, puisque je connaissais votre destination, j'ai pu arriver avant. J'ai appris certaines choses qui pourraient vous être utiles dans votre quête.

— Vous avez appris à détecter les fragments de la Couronne du Dragon.

— Exactement. Néanmoins, j'ai d'abord besoin de savoir ce qui s'est passé à Bokagul.

Kerrigan bâilla tandis que Bok se glissait tout près de Ramoch. Le mage passa les doigts dans la fourrure de l'urZrethi et le gratta comme on le ferait avec un chien. Le jeune homme lissa un pli de la couverture sur laquelle il s'était endormi, puis se mit à raconter ses aventures sous la montagne. Rym Ramoch ne l'interrompit pas et, parce que son visage masqué était par ailleurs plongé dans l'ombre, Kerrigan se demanda même s'il l'écoutait.

Lorsqu'il eut terminé son histoire, le mage en robe écarlate hocha solennellement la tête.

— Le pouvoir dont vous avez fait preuve est impressionnant. Si vous êtes capable de le contrôler et de l'orienter vers notre objectif, Chytrine ne pourra pas se dresser contre vous. Quant à ce qui est arrivé avec le sang de Will, c'est surprenant. Vous ne l'avez jamais vu rien faire de tel auparavant ?

— Eh bien, il jure sans cesse… mais cette fois… je pouvais sentir la magick pulser en lui. L'effet de son sang sur les Aurolanis et leurs alliés était horrible, horrible et incroyable. Même quand nous sommes partis, alors que le couloir avait été lavé, je sentais toujours l'enchantement. Je ne serais pas surpris si la colonne de pouvoir qui marque l'emplacement du sang arrêtait un *araftii* qui survolerait ce lieu.

Ramoch tapota le bras de son fauteuil.

— Quelque chose a dû lui arriver. Qu'est-ce qui a changé ?

Kerrigan haussa les épaules.

— Je crois que la princesse du Muroso lui plaît et elle venait d'être blessée quand il a agi.

— Une influence évidente qui a renforcé le serment, mais il y a quelque chose d'autre.

— Eh bien, avant Bokagul, lorsque vous m'aviez enlevé, il s'est fait mordre par un *sullanciri* et il dit qu'une femme tout en blanc l'a guéri. Il a deux cicatrices de brûlure sur la gorge et il a toujours froid.

Ramoch releva la tête.

— Vous l'avez examiné ?

— Oui.

— Eh bien ?

— Alors il a l'air normal. (Kerrigan fronça les sourcils.) Normal, si l'on oublie que je ne peux pas détecter les cicatrices. Elles devraient m'apparaître magickement comme des anomalies, mais son corps semble les avoir intégrées.

Ramoch posa deux doigts sur sa bouche, l'air songeur.

— Voilà qui est fascinant. Surveillez d'autres symptômes, d'autres signes.

— De quoi s'agit-il ? Il va bien ?

— Je suis certain que oui. Qu'il va plus que bien, même. Néanmoins, il faudra surveiller l'évolution. (Ramoch hocha la tête.) Maintenant, dites-moi, avez-vous remarqué quelque chose de particulier à propos de sa magick ? quelque chose qui lui était très personnel ?

Kerrigan sourit.

— J'y ai pensé. Pas sur le moment, nous étions trop occupés à combattre. Mais plus tard, lorsque j'ai eu l'occasion d'examiner les endroits où son sang avait coulé, j'ai retrouvé l'essence de Will. C'est très dur à décrire. Lorsque je lance un sortilège de diagnostic, je ressens des échos étranges dans ma tête : j'entends un mot tel qu'il l'a prononcé ou j'entraperçois son sourire, ou même je le vois tel qu'il était à Yslin, lorsqu'il m'a abandonné.

À ce souvenir, Kerrigan se renfrogna. Certes, tout cela s'était passé avant que Will fasse sa connaissance… mais il avait fui devant une bande d'enfants qui battaient le jeune mage ! Si le voleur s'était trouvé dans la même situation, Kerrigan l'aurait aidé.

Du moins, je le crois.

Will s'était excusé et depuis ils s'étaient liés d'amitié, mais Kerrigan éprouvait toujours une certaine amertume.

À cause de ça, j'ai reçu l'armure d'os de dragon.

— C'est une bonne nouvelle, Kerrigan, une excellente nouvelle. Vous ressentez son essence. Votre esprit la lie aux souvenirs que vous avez de lui. Cela signifie que vous êtes capable de percevoir bien plus d'informations en rapport avec un sortilège que la plupart des autres mages.

Kerrigan sourit.

— J'ai eu l'occasion d'y réfléchir dernièrement, en repensant à notre conversation précédente et à ce que j'ai remarqué à Bokagul. J'ai identifié au moins sept dimensions que je devrais pouvoir détecter dans un sortilège : l'Individu, l'Éducation, l'Espèce, la Nature, l'Intention, l'Influence et la Source de Pouvoir. Les trois premiers, je sais qu'ils existent. J'ai perçu la différence entre un diagnostic lancé par le prince Murin de l'Académie de Caledo et un des miens. Comme je savais qu'il s'agissait d'un diagnostic, j'en connaissais la Nature, l'Intention également. L'Influence, c'est vous qui m'en avez parlé, puisque vous avez dit que je suis souillé par la Couronne du Dragon.

— Et la Source de Pouvoir ?

Kerrigan fronça les sourcils.

— J'ai lancé des sortilèges qui se nourrissent de ma propre force physique. C'est ce que j'ai appris à Vilwan, mais il y en a d'autres, jetés dans une situation d'urgence, comme pour diagnostiquer et guérir le bébé urZrethi dans le ventre de sa mère. Ceux-là ne m'ont pas fatigué. C'était comme si l'énergie provenait d'ailleurs. J'imagine que peut-être l'approfondissement de mes études à Vilwan m'aurait permis d'accéder à ces autres sources de pouvoir.

— De toute évidence, l'on vous a dévoilé ces possibilités, mais d'une façon subtile, si bien que vous ne contrôlez pas consciemment ces courants. Sinon vous n'auriez pas été capable d'accéder à ces autres sources. (Ramoch agita la main, comme pour chasser une mouche.) Toutefois, cela n'a pas d'importance pour le moment. Vous analysez très bien les faits et il vous manque des dimensions, mais elles sont pour la plupart sans importance : il s'agit d'éléments temporaires qui prennent en compte des facteurs locaux à l'instant où le sortilège est jeté. D'autres réflexions ?

— Eh bien, j'ai réfléchi à la façon dont il serait possible d'effacer une souillure sur quelqu'un ou quelque chose. La comparaison la plus proche que j'ai trouvée est d'y penser comme à un tissu taché.

Il faut le nettoyer, le teindre ou coudre quelque chose dessus. Cette dernière manière serait la plus grossière, mais serait aussi simple que d'appliquer un autre enchantement sur le premier. Wheele, le mage aurolani qui a tué mon maître, a procédé ainsi pour dissimuler un enchantement sous un autre. Je m'en suis servi pour copier mon fragment de la Couronne du Dragon. Le problème est le suivant : si l'on y regarde de plus près, la seconde couche peut-être détectée et alors on voit la vraie tache, comme vous l'avez fait en séparant la souillure de l'armure d'os de dragon de celle de la Couronne, chez moi.

—Aussi approximative qu'elle soit, votre métaphore suffira. Alors la teinture aboutirait au même résultat. Vous tisseriez plus de magick à l'intérieur d'un élément, lui donnant l'apparence d'un autre motif, afin de tromper un fouineur éventuel.

Kerrigan confirma.

—J'imagine, oui.

—Et le nettoyage ?

Troublé, le jeune mage s'agita sur son lit.

—Cela, je n'en suis pas certain. Il faudrait pénétrer le tissage du sortilège, en séparer les fils souillés et leur substituer autre chose… qui pourrait ou non être marqué d'une souillure. Le simple fait de déchiffrer la trame pour identifier les taches et leurs différentes parties prendrait beaucoup de temps. Créer les substitutions serait tout aussi long, quant au nettoyage lui-même, eh bien… Il serait très difficile.

—Mais faisable ?

Kerrigan haussa les épaules puis les laissa retomber brusquement.

—La difficulté serait d'éviter d'autres souillures. Dans le cadre d'un rituel qui se tiendrait dans un arcanorium où tout est calme, où tous les ingrédients sont purs, où toute influence extérieure est éliminée, il serait possible de les minimiser.

—Et serait-il possible de créer un autre sortilège encore, un simulacre thaumaturgique, pour appliquer la trace d'autres influences… de façon qu'on puisse y déceler la marque spécifique d'un elfe ou la marque d'une personne qui se serait entraînée à Caledo ?

Le jeune mage écarquilla les yeux et pencha la tête en arrière, se cognant de nouveau au lit.

— Aïe !

Il frotta la bosse qui se créait sur son crâne et se servit de la douleur pour dissimuler sa surprise.

Si quelqu'un en était capable, il pourrait dissimuler l'intention d'un sortilège et prendre un mage complètement par surprise. Il pourrait accuser quelqu'un d'autre. Il pourrait faire presque tout ce qu'il voudrait.

— J'imagine que ce serait possible.

— Ce pourrait être nécessaire. La question qui vous concerne est la suivante : tous vos sortilèges sont-ils identifiables comme étant jetés par un humain, ou les sorts elfiques que vous jetez apparaissent-ils comme tels ?

— Je ne sais pas. (Kerrigan fronça les sourcils.) En quoi est-ce important ?

Bok grogna comme s'il s'agissait de la question la plus stupide qu'il ait jamais entendue.

— Dans votre analyse, vous avez oublié une chose très importante. Comment allez-vous détecter tous les aspects d'un sortilège ?

— Grâce à un autre.

— Très bien. Maintenant, si l'on considère l'idée de coudre une pièce de tissu : vous avez un sortilège qui dissimule les caractéristiques d'un autre. Et si la pièce cousue était réactive ? Si elle était en fait un sortilège dont l'objectif est d'envoyer un message différent à celui qui le jette en fonction des caractéristiques du sortilège lancé pour le détecter ?

— Je ne suis pas certain de suivre.

— Prenez Will, par exemple. Vous voyez les cicatrices sur sa gorge, pourtant le sortilège que vous lancez ne révèle aucun changement chez lui. Les cicatrices, la magick qui a renforcé son serment et son sang prouvent pourtant qu'il est différent. (Ramoch écarta ses mains gantées.) Vous vous êtes servi d'un sortilège de diagnostic elfique sur lui ?

— C'est le meilleur que je connaisse.

— C'est celui que vous jetez le plus souvent, n'est-ce pas ?

Kerrigan hocha lentement la tête.

— Les sortilèges de diagnostic humains fonctionnent très bien, mais les sorts elfiques sont meilleurs. Il est possible d'utiliser les urZrethis, mais ils sont moins efficaces.

— Donc, un sortilège dissimulerait avec efficacité ce qui lui a été fait en envoyant un résultat nul en réponse à des sortilèges humains, elfiques ou urZrethis. Et cacherait tout aussi bien tous les aspects qui pourraient révéler l'identité et l'intention de celui qui l'a lancé.

— Oui, exactement ! (Un lent sourire naquit sur les lèvres de Kerrigan.) Et tout sortilège de dissimulation dont on se serait servi pour cacher un fragment de la Couronne du Dragon pourrait être utilisé pour détourner des sortilèges selon l'espèce de la personne, son école de magick ou le sortilège lui-même.

Rym Ramoch applaudit.

— Magnifique ! Vous avez compris.

— Vraiment ? (Kerrigan fronça de nouveau les sourcils.) En réalité, je me sens tout à fait perdu. J'ai la clé pour comprendre ce qui est arrivé à Will ? J'ai la clé pour trouver la Couronne du Dragon ? J'ai la clé pour cacher la souillure en moi ?

— Un peu de tout. (Le mage à la robe écarlate pressa le bout de ses doigts les uns contre les autres.) Parmi tous ces aspects que vous avez cités, il y a quelques raccourcis. La souillure de la Couronne est principalement liée à la source de votre énergie magicke. Il s'agit d'un objet de pouvoir qui a empoisonné la source du vôtre. Lorsque vous vous servez de votre force personnelle, cette souillure s'infiltre dans les sortilèges. Lorsque vous invoquez une autre énergie, la souillure est beaucoup moins présente. C'est une bonne chose que vous soyez ici, à Caledo, car les magickants de la ville pratiquent un rituel de purification avant de travailler des sortilèges puissants. Ils vous l'apprendront, ainsi qu'à vous inonder d'énergie pure. Voilà qui devrait effacer presque toute trace de la Couronne.

— Et l'armure ?

— Elle devrait être le cadet de vos soucis. Peu nombreux sont ceux qui reconnaîtraient le sortilège, et le sentiment que vous lui prêtez est tout à fait différent de celui de son précédent utilisateur.

Le jeune mage regarda fixement son nouveau mentor.

— Si j'ai bien compris ce que vous dites, je pourrais être amené à croire que vous viviez au temps de Kirûn.

— Vous le pourriez, et vous pourriez vous tromper. Souvenez-vous de ce que j'ai dit sur le simulacre. Une simulation n'est peut-être pas exacte, mais elle suffit à mes objectifs. (Kerrigan remarqua qu'il ne niait pas.) Votre premier travail ici sera de vous purifier, Initié Reese. Écoutez ce que les magickants vous diront et suivez toutes leurs instructions. Ce sortilège, vous n'aurez pas à le modifier. Pas encore, du moins.

Il haussa un sourcil.

— Mais un jour ?

— Si tout se passe comme prévu, oui, mais chaque chose en son temps.

— Et après ça ?

— J'aurais cru que ce serait évident. (Ramoch pencha légèrement la tête à droite.) Les sortilèges masqués identifient des sortilèges chercheurs par des aspects précis. Une fois qu'ils savent duquel il s'agit, ils savent quels résultats lui faire rapporter. Vous devez créer un sortilège à vous qui trompera les masques et vous permettra de voir au travers.

— Je comprends. Avec votre aide, je suis certain d'y arriver.

— Vous devrez faire sans moi. (Ramoch leva une main.) Personne ne doit savoir que je suis ici, Kerrigan. Même si la plupart des gens de Caledo sont loyaux, certains sont des agents de l'ennemi. Si Neskaru apprend ma présence ici, nous allons au-devant des ennuis. Je viendrai vous voir aussi souvent que je le peux, mais ma présence doit rester secrète.

— Mais… si j'ai besoin de vous ?

Ramoch se leva et s'inclina.

— Vous pensez peut-être avoir besoin de moi, Kerrigan Reese, mais vous vous trompez. Tout ce dont vous avez besoin est déjà en vous. Je n'en suis que le catalyseur… pour le moment du moins. Rien de ce que vous affronterez ici n'exigera davantage que votre prudence et votre intelligence naturelles. Si les choses devaient changer, je viendrai vous aider.

Kerrigan grogna.

— Alors si je ne vous vois pas, c'est que je suis capable de me débrouiller ?

— Oui, ou bien que l'ennemi m'a abattu.

— Ce n'est pas très rassurant.

— Ce n'était pas fait pour l'être. (Ramoch se mit à rire.) Il y a peu de réconfort, en ces temps dramatiques. Reconnaissez-le comme un fait, puis faites en sorte de changer les choses.

Chapitre 47

Dans la grande chambre qu'on lui avait attribuée, Will frissonnait. Au moins, à Bokagul, les chambres étaient assez petites pour qu'il puisse se réchauffer. Ici la couverture était certes bien épaisse, mais il aurait souhaité que le grand lit soit plus près de la cheminée, que cette dernière soit plus grande et qu'un feu y ronfle déjà. Les fauteuils disposés autour avaient l'air confortables. Il considéra l'édredon et envisagea de s'y blottir puis de s'improviser un lit avec les sièges.

La servante qui l'avait conduit dans la chambre était repartie, promettant d'apporter du vin et du pain. Il s'attendait à la voir revenir d'un instant à l'autre, si bien qu'il ne daigna pas lever les yeux du dessus-de-lit lorsqu'on donna de légers coups à la porte.

— Entrez.

— Pardonnez mon intrusion, seigneur Norrington.

Reconnaissant la voix, Will leva la tête et se tourna. Toutefois, lorsqu'il la vit, il hésita. Il savait qu'il s'agissait de Sayce à cause du masque d'améthyste et d'argent, mais à part ça il n'aurait pu l'identifier. À la place de son uniforme de cavalerie en cuir rouge, elle avait revêtu une simple robe d'un bleu profond et sa taille était marquée par une ceinture de corde blanche. Elle avait les épaules légèrement affaissées et les yeux baissés. Elle portait un plateau d'argent sur lequel se trouvaient un pichet de vin et une seule coupe en terre, ainsi qu'un petit pain rond et du fromage.

Will la rejoignit rapidement et lui prit le plateau des mains. Il le posa sur la table entre les fauteuils et se retourna pour l'accueillir, mais elle s'était déjà laissé tomber sur un siège.

— Qu'est-ce qui ne va pas, princesse ?

Elle secoua la tête et ses cheveux roux lui voilèrent un instant le visage. Des larmes coulaient de sous son masque d'argent et tombaient sur le tissu qui recouvrait sa poitrine. Sayce pressa la main contre sa bouche puis s'essuya brusquement les joues.

— Je vous en prie, Will, pardonnez-moi. Je ne voulais pas que vous me voyiez dans cet état.

— Qu'y a-t-il à pardonner ? (Will mit un genou à terre devant elle.) Qu'est-ce qui ne va pas ? Êtes-vous blessée ?

— Physiquement, non, c'est dans mon cœur.

Elle renifla, puis leva la tête pour le regarder dans les yeux.

— Mon père, mon départ l'a plongé dans une colère terrible. Il m'a rendue responsable de la mort de chacun des lanciers, personnellement. Il n'a pas voulu entendre qu'ils s'étaient portés volontaires. Il faudra que je demande pardon à leurs familles, je l'aurais fait de toute façon, vous savez que je l'aurais fait. Il m'a aussi dépouillée de mon titre. Il m'a presque reniée.

Le chagrin dans la voix de la jeune femme perçait le cœur de Will d'aiguilles. Il commença à retirer l'anneau qu'elle lui avait donné, mais elle lui referma les doigts dessus.

— Non, Will, gardez-le. Ce domaine était mien et je suis heureuse qu'il vous appartienne. Je ne regrette pas mes actions, pas un instant. J'ai agi ainsi pour sauver le Muroso. Vous êtes ici, et c'est tout ce qui compte.

— Princesse, je ne peux pas le garder.

Will déglutit, étonné par ses propres mots.

S'il avait volé l'anneau, il aurait considéré qu'il lui appartenait de droit. Il aurait été prêt à jurer sur sa tombe qu'il avait été transmis de génération en génération dans sa famille.

— Je vous en prie, la vie d'un petit seigneur ne me correspond pas du tout.

Sayce sourit.

— Vous êtes bien plus noble que ceux qui le sont de naissance. Je l'ai constaté. Vous avez changé ma façon de penser, vous savez. (Elle s'agita de nouveau et son sourire s'élargit.) Et voilà, malgré mon chagrin, vous me faites rire. Avec vous, je me sens... je me sens heureuse. (Elle lui pressa les mains.) Merci.

— Je ne...

Will garda le silence un instant, incapable de prononcer un mot. Mais c'était plus que cela. Il ressentait des pincements étranges dans le creux du ventre. Il avait soudain chaud, ses joues le brûlaient. Il avait la bouche sèche. Il se leva lentement, retirant ses mains de celles de Sayce, à la fois à contrecœur, mais conscient, en son for intérieur, que c'était nécessaire.

Il se tourna de nouveau vers le pichet et le verre.

— Désirez-vous du vin, princesse ? Il n'y a qu'une seule coupe.

La voix de Sayce s'adoucit.

— Je serais honorée que vous la partagiez avec moi.

Will acquiesça en silence et versa le vin. Sa main tremblait et ça ne lui plaisait pas, il lutta donc pour réprimer les spasmes. Il posa de nouveau le pichet, se retourna, tendit le bras et lui offrit la coupe.

Elle ne fit aucun geste pour la prendre. À la place, elle leva les mains derrière sa tête, où elle défit le nœud qui retenait le masque d'argent. Sayce le retira d'un air craintif puis leva les yeux vers lui.

— Will, me trouvez-vous jolie ?

Il était incapable de répondre. L'hématome sur la gauche de son visage avait pris une teinte jaunâtre, mais ne gâchait en rien sa beauté. Son nez droit, ses pommettes hautes et sa mâchoire bien dessinée s'ajoutaient à ses yeux bleus, sa peau pâle et ses cheveux roux pour lui donner une apparence magnifique. Lorsqu'elle portait le masque de courtoisie pendant sa convalescence, il avait vu une bonne partie de son visage, mais la dentelle avait dissimulé les taches de rousseur sur ses joues et son nez.

Elle baissa tout de suite les yeux.

— Vous n'êtes pas obligé de parler. Votre silence est explicite.

— Non, princesse, attendez... non.

Will fit un geste vers elle et du vin se renversa. Il ne tacha pas la robe, mais trempa la manche et la main du jeune homme.

Alors Sayce fut là, main sur la sienne, à la tenir fermement, pour retenir la coupe. Son autre main rencontra celle qu'il avait tendue.

Elle mêla ses doigts aux siens et les porta à sa bouche. Elle les baisa doucement, une première puis une seconde fois.

— Princesse…

Elle avait la voix essoufflée.

— Will, vous m'avez sauvé la vie. Vous allez sauver mon pays. Vous avez changé ma vision du monde et de la vie. Je suis allée à Meredo chercher quelqu'un qui sauverait le monde que je connais et j'ai trouvé quelqu'un qui m'en a offert un tout nouveau.

Elle lui prit la coupe des mains et but. Elle sourit, puis l'embrassa. Ses lèvres avaient le goût du vin. Ses longs cheveux lui frôlèrent le visage et elle se pressa contre lui. Le vin, son odeur, la douceur de sa robe contre les jambes de Will, et même la pression du nœud de sa ceinture, tout s'allia à la plénitude de ses lèvres sur les siennes pour submerger ses sens.

Will posa la main sur sa taille et l'attira un peu plus contre lui. Son corps n'était pas le seul à réagir. Pour la première fois depuis des siècles, il n'avait pas froid, il était près de s'enflammer. Et lorsque les jambes de Sayce bougèrent contre les siennes, sa réaction ne put échapper à la princesse.

Dans sa tête, malgré la soudaineté des événements, c'était tout à fait approprié. Il était un héros. Elle, une belle princesse. Il lui avait sauvé la vie. Il allait sauver son pays. Pourquoi ne l'aimerait-elle pas, ne le désirerait-elle pas, ne voudrait-elle pas lui prouver sa gratitude ? C'était ainsi que cela fonctionnait. On témoignait de telles unions dans des centaines sinon des milliers de ballades et celle-ci s'intégrerait parfaitement dans le cycle de légendes de Will, roi des Fondombres.

Pourtant, alors qu'une partie de lui considérait l'affection de Sayce comme un dû, une autre petite partie se rebellait à cette idée. Il avait déjà compris que la vie n'était pas une suite de ballades. Même s'il avait sauvé la vie de la princesse, même si celle-ci lui plaisait, pourquoi, elle, l'aimerait-elle ? Parce qu'il était bon envers ses hommes ? parce qu'il avait versé du sang pour la défendre ? On pouvait dire la même chose d'un nombre incalculable de personnes et la plupart d'entre eux étaient des citoyens du Muroso. Cela n'avait pas de sens. Mais les émotions et le désir qui le parcouraient ne lui laissaient pas le temps de réfléchir.

Elle approfondit le baiser et ensemble ils s'éloignèrent de la cheminée pour s'approcher du lit. De quelle manière la coupe arriva sur la table de chevet, Will n'en fut pas certain. Mais la princesse glissa sa main libre dans les cheveux du jeune homme et tira un peu pour l'inciter à lever le menton. Puis elle l'embrassa dans le cou et sous l'oreille.

Alors, Will heurta le lit au niveau des genoux et il tomba en arrière. Il voulut s'asseoir mais Sayce, une main contre son ventre, le força à se rallonger. Comme il se détendait, elle fit passer sa robe par-dessus sa tête et se retrouva nue à l'exception de la corde blanche qui ceignait ses hanches.

Il l'avait trouvée jolie avant mais, ainsi dévêtue, elle était d'une beauté à couper le souffle. Des tétons en forme de bouton de rose se dressaient sur des seins délicats mouchetés de taches de rousseur. De ses fortes épaules à sa taille étroite et à la saillie de ses hanches, sa peau soyeuse semblait presque lumineuse. Elle appuya son genou gauche sur le rebord du lit et il s'émerveilla du jeu des muscles sur sa cuisse.

— Je vous plais, mon seigneur ?

Will acquiesça et un feu brûla en lui.

— Beaucoup, princesse.

— Bien. Je souhaite vous plaire encore plus.

Avec un soin et une délicatesse incroyables, elle retira ses vêtements et couvrit sa peau nue de doux baisers et de tendres caresses. Elle le força à s'allonger en venant sur le lit près de lui, puis *sur* lui et l'embrassa de nouveau. Elle allait de bas en haut, ses doigts, ses cheveux, ses lèvres et sa langue allumaient chaque parcelle de son corps.

Puis elle s'empala sur lui et colla ses hanches contre les siennes. Sayce l'embrassait profondément, fortement, goûtait sa bouche, lui volait son souffle tandis qu'elle allait d'avant en arrière, que ses hanches montaient et descendaient. Elle se laissait parfois emporter par son impatience, hâtait les choses, mais lorsque son souffle se faisait plus erratique elle ralentissait de nouveau, passant à un mouvement fluide. Elle bougeait avec lui et contre lui, leurs corps glissaient l'un contre l'autre au fur et à mesure que la rosée de l'effort se déposait sur eux.

Enfin, après une éternité qui s'acheva bien trop tôt, la passion de Will jaillit. Sayce s'agrippa à lui plus fermement et lui suça le cou plus fort lorsqu'elle trembla et frissonna à son tour. Les grognements de Will couvraient ses gémissements, il les sentait contre sa gorge et leurs vibrations faisaient écho aux battements précipités de son cœur.

Ils reposèrent ensemble, leur souffle rapide se changeant lentement en une respiration tranquille, calme. Will finit par s'endormir. Il ne sut pas pendant combien de temps mais, à son réveil, Sayce était à ses côtés, blottie contre lui, l'édredon tiré sur eux. Lorsque Will voulut bouger, elle se serra un peu plus contre lui et murmura quelque chose. Il ne comprit pas les paroles, mais le ton de sa voix et la douce caresse de son souffle sur sa poitrine l'aidèrent à se rendormir.

Peu avant l'aube, Sayce le réveilla d'un baiser, puis pressa les doigts contre sa bouche.

— Mon cher, cher Will. Je n'avais pas l'intention de passer la nuit ici mais... mais je n'ai pu me résoudre à partir.

Il lui embrassa les doigts.

— Vous pouvez rester.

— Non, Will, je ne peux pas. Si mon père apprenait que je suis restée avec vous... Oh, non, non, Will, vous vous trompez. Je vois la douleur dans vos yeux. Non, il a pour vous un respect incroyable. C'est pour moi qu'il a si peu d'estime. Il vous dirait que je ne suis pas digne de l'affection de quelqu'un d'aussi important.

Will cligna des yeux. Il se savait encore à moitié endormi, mais cela n'avait pour lui aucun sens que le père de Sayce croie qu'elle n'était pas digne de lui.

C'est plutôt le contraire.

— Princesse, votre père ne peut pas penser à vous de cette manière.

Elle rit un peu et lui embrassa l'épaule droite, celle sur laquelle elle avait dormi.

— Oh si, pour le moment du moins. C'est déjà arrivé par le passé, mais sa colère retombera. Alors, Will, alors nous pourrons lui dire, mais pas avant. S'il était très fâché, il m'enverrait au loin et je ne pourrais le supporter.

— Non, ça ne me plairait pas non plus.

Le sourire de Sayce s'élargit.

— Will, lorsque nous nous verrons, nous devrons être discrets, mais en privé…

— Vous allez revenir ?

Il tenta de réprimer son expression d'incrédulité, puis rougit. Il était certain qu'une telle question n'avait jamais été posée, du moins de cette façon, par aucun des héros des chansons épiques.

— Revenir ? Bien entendu. Oh, Will, s'il n'y avait pas mon père, on ne pourrait m'arracher à vous. Je crois que je…

Elle s'interrompit.

— Quoi, princesse ?

Un nœud s'était formé au creux de son estomac. Il croyait savoir ce qu'elle allait dire. Il trouvait l'idée exaltante et terrifiante à la fois.

— C'est très mal de ma part d'ajouter aux fardeaux que vous portez déjà, seigneur Norrington. (Elle l'embrassa doucement sur la bouche, puis le front.) J'éprouve beaucoup d'affection pour vous, Will. Beaucoup.

— Princesse, je…

Elle pressa de nouveau les doigts contre ses lèvres.

— Ne dites rien, mon seigneur. Ne dites rien. Je sais ce que pense votre cœur. Cela me suffit.

Sayce s'habilla en silence, toutefois elle sourit lorsqu'elle remarqua qu'il l'observait. Elle se versa une coupe de vin, but, puis l'embrassa encore, à la hâte, avant de partir. Will se retourna sur ses coudes pour la regarder s'éloigner, puis se laissa tomber, le visage contre le matelas, lorsque la porte se referma derrière elle.

Il ne savait quoi dire ni quoi penser, même s'il se sentait très bien, du moins physiquement. L'édredon, lorsqu'il y enfouit son nez, était imprégné de l'odeur de Sayce. Il inspira profondément et le parfum calma sa tempête intérieure. Souriant, des souvenirs pleins la tête, il se rendormit.

Son serviteur le réveilla avec le petit déjeuner, que Will prit à la table près du foyer. Le valet alluma un feu, car le jeune homme était de nouveau gelé, et même un bain chaud ne put le réchauffer. Tandis qu'il se lavait, il n'osa pas penser à Sayce de peur de se trahir en présence du domestique. Mais il ne pouvait penser à rien d'autre, et plus précisément il imaginait se joindre à lui dans la baignoire pleine d'eau chaude.

Alors qu'il l'avait jusque-là considérée comme une malédiction, la sensation de froid l'aidait car elle refrénait son ardeur et en dissimulait toute preuve physique. Il sortit de la baignoire et se sécha, puis s'habilla aussi vite et aussi chaudement qu'il le put.

Le serviteur avait anticipé ses besoins et mit ses vêtements à chauffer près du feu. Will les enfila et sourit. En bouclant sa ceinture, il chercha une pièce d'or dans la bourse et la lança au jeune homme.

— Merci.

Ce dernier, qui devait avoir quatre ans de plus que Will, la rattrapa et la regarda fixement.

— Oh, seigneur, merci !

— Il n'y a vraiment pas de quoi.

Will sourit et attacha son masque à son épaule droite.

— Je crois que je suis prêt.

— Oui, seigneur, très bien. (Le serviteur s'inclina.) Ce sera un honneur pour moi de vous conduire auprès du roi.

Chapitre 48

Alexia sourit lorsqu'on fit entrer Will dans la petite antichambre où la compagnie s'était rassemblée.

— Bien, nous sommes au complet.

Le voleur rougit en regardant autour de lui dans la chambre sombre aux murs de pierre.

— Vous m'attendiez ?

Résolu grommela et changea de position sur le banc grossièrement taillé qui était appuyé contre le mur.

— Tout le monde a attendu. Mais ce n'est pas une surprise quand le pays du roi qui nous reçoit est assiégé. Mais je suppose que ce qui t'a retenu était bien plus important, en comparaison.

— J'ai dormi tard.

Will baissa la voix et le regard, mais la rougeur sur ses joues se fit moins intense, si bien qu'Alexia supposa qu'il mentait.

— Personne m'a dit qu'on serait appelés.

Corbeau sourit et donna une tape dans le dos de Will.

— Tout le monde était fatigué. Nous sommes sur la route depuis longtemps. Un lit chaud et doux était le bienvenu.

Alyx hocha la tête pour signifier son approbation.

— De plus, nous avons passé tout ce temps à réfléchir à la manière dont nous allons pouvoir aider…

Avant qu'elle puisse poursuivre, la porte s'ouvrit derrière elle. Un homme en livrée de la Garde royale sourit. Alexia ne vit sur l'uniforme aucun insigne marquant son grade, mais le gris de sa barbe, ses mains couvertes de cicatrices et le grand nombre de rubans qui décoraient son masque noir et bleu marine indiquaient qu'il avait été en service assez longtemps pour atteindre le grade le plus haut.

— Si vous voulez bien me suivre, je vous prie.

Alexia ouvrit la voie. Elle portait des vêtements de cuir brun et le cheval ailé okran se cabrait sur sa poitrine. On lui avait donné un masque de courtoisie en dentelle. Corbeau, derrière elle, n'en avait pas mis, ni Résolu, Lombo et Qwc non plus. Kerrigan en avait reçu un noir, tandis que des blancs avaient été proposés à Peri, Bok et Dranae. Will portait le sien à son bras droit.

Leur guide leur fit longer un couloir, puis monter un escalier qui se dédoublait et aboutissait dans une pièce rectangulaire, large et peu profonde, au plafond relativement bas. Ils entrèrent à l'opposé d'une grande cheminée. De chaque côté se trouvaient deux autres portes, fermées. Les murs les plus longs étaient couverts de fresques. Aux autres étaient suspendues des cartes et contre eux étaient disposées un certain nombre de grandes tables où s'élevaient des modèles réduits tactiques des régions du Muroso.

Alexia connaissait bien ce type de maquettes. Elle les avait étudiées à Gyrvirgul en travaillant les différentes stratégies des batailles du passé. Plus récemment, le général Adrogans s'en était servi pour planifier la campagne de l'Okrannel. Sur chaque table, des blocs de bois représentaient les troupes, chacun peint d'un blason qui identifiait l'unité.

Des mages étaient assemblés autour des tables et des cartes. Chacun tenait une plaquette qu'Alexia supposa être des *arcanslata*. Quelque part sur le terrain, d'autres mages repéraient l'ennemi et envoyaient des informations à Caledo, à l'attention du roi Bowmar. À condition qu'ils soient exacts, ces rapports donnaient aux Murosans un grand avantage sur l'ennemi.

— Votre Majesté, voici vos invités.

Alexia avait suivi le regard du guide vers une table en particulier et s'attendait qu'un des hommes grisonnants les plus âgés les saluent, mais ce fut un autre, mince et vêtu du masque et de la robe noire des mages qui réagit à la nouvelle. Il franchit la distance qui les séparait d'un pas vif. De si près, Alexia pouvait discerner plusieurs fils blancs dans sa barbe et ses épais cheveux bruns, mais, à cette exception près, il semblait avoir le même âge que le prince Murfin.

J'aurais pu facilement les prendre pour des frères.

Elle était surprise car, du plus loin qu'elle s'en souvienne, le roi du Muroso avait toujours été Bowmar et l'homme devant elle avait à peine l'air d'être le père de Sayce, encore moins celui de la princesse Dayley ou du prince Murfin.

Elle ne s'attendait pas non plus qu'il soit mage. Elle avait entendu dire qu'il était un maître stratège et avait même étudié quelques batailles secondaires qu'il avait dirigées lorsque l'un de ses ducs s'était rebellé et avait tenté de rejoindre la Saporicia. Il avait fait preuve d'un sens aigu de la tactique. Et pour cette raison, elle avait toujours pensé qu'il s'agissait d'un guerrier, mais de toute évidence elle s'était trompée.

— Je suis heureux de tous vous rencontrer.

Le roi sourit chaleureusement et ses yeux noirs s'illuminèrent. Assez pour qu'Alexia ne se sente pas trop mal à l'aise.

— Nous organiserons un bal, bien sûr, où vous serez tous présentés de manière formelle, mais je sais bien qui vous êtes. Je vous présente mes excuses quant à l'accueil que vous avez reçu. Vous êtes arrivés au moment le plus critique.

Il leur tourna le dos, puis, d'un geste de la main, leur fit signe d'approcher. Ils le suivirent jusqu'à l'une des tables sur laquelle se trouvait une maquette. Celle-ci représentait une ville près d'un fleuve. Les forces aurolanies étaient trois fois plus nombreuses que les unités murosanes et les Aurolanis s'étaient déjà emparés de la ville. Les soldats murosans étaient disséminés sur la route menant vers le Sud et des blocs dénués d'emblèmes représentaient les réfugiés.

— Voici la cité de Porjal. Un de mes cousins en était le souverain. Aujourd'hui il est mort. Deux de ses fils le sont également et le troisième est blessé, sur le point d'être évacué. Sa fille aînée dirige l'arrière-garde pendant que les réfugiés évacuent vers l'ouest, à Navval et plus loin. Vous savez tous à quel point cette marche sera difficile, surtout par ce temps.

Alexia hocha la tête.

— Je vous présente mes condoléances, Altesse.

— Vous êtes bien aimable, princesse Alexia. Lorsque j'aurai le temps, je porterai le deuil de mes cousins ainsi que celui de ma ville. Ce qui m'importe le plus, pour le moment, ce sont les conséquences de la destruction de Porjal. (Bowmar croisa les bras sur la poitrine.) Les dragonels en sont la clé, bien sûr. Nous avons affronté les Aurolanis comme nous le faisons d'ordinaire. Nos mages ont combattu les leurs, en ont tué un certain nombre, et nous en avons nous-mêmes perdu quelques-uns. Pourtant, malgré les avertissements, mon cousin avait toute confiance dans les remparts de Porjal. Des sortilèges les renforçaient. Ils ont certainement mis plus de temps à s'effondrer que ceux de Lurrii, en Sebcia, mais ils sont tombés tout de même. Mon cousin m'avait promis un mois, je n'ai obtenu qu'une semaine.

Corbeau désigna la maquette du menton.

— De quand datent ces positions ?

— De l'aube. Nous devrions recevoir un autre rapport bientôt, à midi au plus tard. Sans nouvelles, nous devons considérer que nos mages messagers sont perdus. Le massacre serait terrifiant.

Alexia étudia la situation de près. Le paysage du Muroso se constituait pour une bonne part de collines qui descendaient vers l'océan, à l'ouest, puis s'élevaient de nouveau près des contreforts de la Saporicia et, au sud-est, près du Bokagul. Un grand nombre de forêts s'élevaient dans la campagne, ce qui la rendait plus facilement défendable que si elle avait été uniquement constituée de plaines nues. Mais les Aurolanis étaient habitués à l'hiver, et cela venait neutraliser ce dernier avantage, rendant la tâche plus difficile pour les soldats du Muroso.

La majorité de la population vivait le long de la côte, à l'exception des habitants de Caledo et, un peu plus loin au sud, de la ville de Zamsina. Les routes de l'Oriosa et de la Saporicia passaient par Zamsina avant de remonter au nord vers la capitale, puis à l'ouest vers la côte. Au cours de leur marche vers Caledo, les compagnons avaient évité la ville et rattrapé la route du nord entre Caledo et Zamsina.

La situation défensive n'était pas bonne du tout. Les Aurolanis avaient deux cibles. Les deux villes côtières constituaient la première.

Ils avaient déjà pris Porjal et pouvaient entrer en Saporicia, jusqu'aux frontières de Loquellyn. Cette action aurait pour objectif de faire descendre le ravitaillement par bateau afin d'éviter la longue route de Forteresse Draconis.

Et ils auront besoin de ravitaillements. Si les remparts d'une ville peuvent être renforcés par la pierre, la magick ou les deux, les Aurolanis auront besoin de plus de poudre de feu et de munitions pour faire tomber les villes.

En plus de fournir aux Aurolanis une autre voie pour leur approvisionnement, cette solution empêcherait les Murosans et les habitants du nord de la Saporicia de recevoir des vivres par la mer. Pour ces deux raisons, attaquer les villes côtières était tout à fait logique.

L'autre cible, c'était Caledo elle-même. Parce qu'il s'agissait de la capitale, elle représentait aussi une cible politique parfaite. Prendre Caledo reviendrait à décapiter le pays. Ses citoyens perdraient tout espoir. Dans l'esprit de certains, la nation cesserait d'exister. Des nobles en profiteraient pour soit s'allier à Chytrine afin de préserver leur domaine, soit se proclamer indépendants… jusqu'à ce que les Aurolanis les attaquent et détruisent leurs villes.

La perte de Caledo serait dramatique. Si l'on perdait la côte, la ville tiendrait quelque temps. Mais si Caledo tombait, les chances d'une coalition contre Chytrine partaient en fumée. Même si le gouvernement se réfugiait à Zamsina, la perte de Caledo n'empêcherait pas les Aurolanis de prendre la côte, et la zone libre du Muroso sombrerait lentement dans la famine.

Le roi Bowmar regarda Alexia comme s'il avait lu dans ses pensées.

— L'avenir est sombre. S'ils se tournent vers la côte, nous devons la défendre. S'ils attaquent Caledo, nous devons défendre la capitale. Je n'ai pas assez de troupes pour sauver ces deux zones et la perte de l'une signifie la perte de l'autre. Les dragonels de Chytrine abattront nos murs et tueront nos soldats.

— Alors nous devons stopper les dragonels, dit Will.

Alexia se tourna vers Will.

— Plus facile à dire qu'à faire.

— Je sais, mais pas impossible.

Le jeune voleur se glissa au bord de la table, près d'elle.

— Écoutez, j'ai vu les dragonels. La seule façon d'éviter qu'ils détruisent les murailles, c'est d'en construire de plus solides – j'imagine bien que vous allez essayer – ou bien de les empêcher de se trouver à distance de tir. Ou alors, si ce n'est pas possible, les empêcher d'utiliser toute leur puissance de tir.

Le roi pencha la tête.

— Je ne suis pas certain de vous suivre, seigneur Norrington.

Will poussa un profond soupir.

— À Bokagul, la princesse Sayce a été touchée par une draconette. Lombo aussi. Ils ont survécu. Dranae a conclu que certains de ceux qui les maniaient n'y avaient pas mis assez de poudre de feu. Les tirs n'étaient pas aussi violents qu'ils auraient dû l'être. Donc, s'ils n'ont pas de poudre, ils ne peuvent pas se servir des dragonels, et puisque vous savez où sont leurs troupes, vous pouvez envoyer des gars là-bas pour voler leurs réserves.

Alexia sourit. Elle avait eu des doutes sur l'intervention de Will concernant un sujet de stratégie, mais, une fois encore, il avait réduit une manœuvre militaire à une opération de brigandage.

— Excellent, Will. Je crois que tu as trouvé une partie de la solution.

— Vraiment ?

Elle posa une main sur son épaule.

— Oui. Altesse, Will a raison. La seule façon de ralentir les forces aurolanies est de couper leur ravitaillement. Vos sujets doivent détruire tout ce qu'ils ne peuvent pas porter quand ils battent en retraite. C'est l'hiver. On ne peut vivre de la terre et une armée ne peut se battre sans vivres. Malgré les difficultés que cela causera, tout ce dont les Aurolanis pourraient tirer profit doit être détruit.

Le roi hocha la tête.

— Nous avons déjà commencé à vider les magasins et à déplacer le bétail. Nous avons détruit certains ponts mais, jusqu'ici, nous n'avons pas brûlé les villages. Nous pouvons le faire, toutefois.

— Ce serait bien. Et, comme Will l'a suggéré, nous devons maintenir les dragonels hors de portée des murailles. Vos informations au sujet de la situation sur le terrain le rendent possible. Nous pouvons tendre des embuscades et placer des défenses à des endroits clés. Nous attaquerons les meneurs des forces aurolanies, les arrêterons et attendrons qu'ils fassent remonter leurs unités lourdes. Nos défenseurs disparaîtront à leur arrivée, ce qui veut dire que nous aurons le temps de détruire les réserves pendant que, au même moment, nous forcerons les Aurolanis à attendre sur une terre dont ils ne peuvent rien tirer.

Le roi Bowmar passa une main sur sa joue barbue.

— Tellement simple que j'aurais dû le voir. Nous avons tiré une grande fierté de la force de nos murailles et de l'habileté de nos mages. Nous avons compté uniquement sur les défenses de nos villes. Mais devant une force capable de les abattre, se retrancher derrière les murailles équivaut à attendre la mort. Je ne suis pas certain qu'à la longue cette stratégie arrêtera Chytrine, mais cela la ralentira.

Alexia secoua la tête.

— Vous ne pouviez pas le voir. Cette guerre ne ressemble à rien de ce que nous avons déjà connu.

— Et pourtant cette tactique vous est apparue clairement.

Elle haussa les épaules. Elle n'avait pas le temps d'expliquer qu'elle avait passé toute sa vie à apprendre comment mettre en échec des forces traditionnelles. Depuis son plus jeune âge, elle connaissait le pouvoir destructeur des dragonels et savait qu'ils réduisaient les villes en poussière. Une force statique invitait au massacre. Le seul moyen de lutter contre les dragonels était de mettre sur pied une armée extrêmement mobile qui forçait l'ennemi à interrompre son avancée. Parce qu'elle avait toujours cru au retour de Chytrine, Alexia avait toujours pris les dragonels en compte et imaginé des stratégies pour les contrer. Ici, au Muroso, elle disposait du terrain idéal pour mettre en place une défense efficace.

— Ce dont nous avons besoin, Altesse, c'est de déterminer quelles sont vos unités les mieux adaptées à chaque rôle. Il nous faut une unité citadine pour défendre et renforcer les villes. Il nous faut une force défensive mobile qui harcèlera l'ennemi sans jamais l'affronter dans une bataille rangée. Et il nous faut…

— Il vous faut vos chasseurs-tueurs, dit Résolu. Corbeau et moi les organiserons. Nous avons passé un quart de siècle à tourmenter les troupes de Chytrine. Personne n'est mieux préparé que nous.

Alexia sourit.

— J'ai un peu l'expérience des tactiques dont vous parlez.

Les yeux d'argent du Vorquelfe croisèrent les siens et la firent frissonner.

— Princesse Alexia, je vous prie de ne pas croire que je doute de vos capacités ou de vous, mais je ne permettrai pas que vous nous accompagniez.

Elle essaya de dissimuler sa surprise.

— Pourquoi pas ?

Corbeau sourit.

— Parce que, princesse, vous êtes la seule à savoir ce que vous avez en tête pour votre force défensive mobile. Elle dépend de vous. Si elle est victorieuse, vous saurez pourquoi. Sinon, vous ferez en sorte qu'elle le soit. Il n'y a pas d'autre moyen.

Alyx perçut la réticence dans la voix de Corbeau et y puisa du réconfort. Dans son imagination, elle s'était vue chevauchant auprès de Corbeau. Ils étaient tous les deux là-bas, libres, tailladant les soldats aurolanis. Des personnes sans nation attaquant un ennemi qui menaçait toutes les autres. Mais cette liberté, cette griserie, n'étaient que de doux rêves. Elle voulait échapper aux responsabilités que lui conférait son entraînement pour seulement se battre aux côtés de l'homme qu'elle aimait.

En écoutant Corbeau, elle comprenait que lui non plus ne voulait pas être séparé d'elle. Mais elle dissimula le sourire que cette pensée avait fait naître. Tous deux savaient que leurs désirs passaient après leur devoir. Jusqu'à ce que l'armée de Chytrine soit détruite et l'impératrice tuée, la paix et le bonheur qu'ils pourraient éprouver ne seraient que des illusions facilement réduites en cendres.

Will leva les yeux vers elle.

— Ne vous inquiétez pas, Altesse. Je prendrai bien soin de Corbeau.

Bowmar fronça les sourcils.

— Seigneur Norrington, j'aurais cru que vous resteriez ici pour mobiliser mon peuple.

— C'est probablement pas un bon plan, soupira Will. Chytrine veut me voir mort, alors si je reste sans bouger quelque part, je fais de cet endroit une cible. J'irai avec Corbeau et Résolu. La pire chose pour ses troupes, en dehors de savoir que je les attends, c'est que je m'en prenne à elles.

Corbeau jeta un coup d'œil à Résolu puis secoua la tête.

— Will, nous n'avons pas encore pris de décision. Nous en reparlerons.

— Je m'en doute, Corbeau. (Le voleur haussa les épaules.) On peut en discuter autant qu'on veut, on arrivera toujours à la même conclusion : on a un plan pour arrêter Chytrine et des gens pour le faire. Tout ce qu'il y a entre nous et le sang que l'on verse, c'est une perte de temps.

Chapitre 49

Parmi les cris qui retentissaient dans Porjal, c'était surtout les pleurs qui dérangeaient Isaura. Elle comprenait parfaitement le besoin de pacifier la ville. Le siège avait réussi, mais la résistance avait été acharnée. Le seigneur Neskaru avait dû se démener pour contrer les sortilèges qui reconstruisaient les murailles abattues. Les dragonels durent en faire du gravier puis de la poussière avant que les troupes de sa mère puissent entrer dans la ville.

Au moment où elles s'apprêtaient à le faire, une force lourdement armée avait surgi de la ville et s'était éloignée, en direction de l'ouest le long de la côte. Les soldats aurolanis avaient eu une trop grande confiance en leurs capacités et pensé qu'il ne resterait personne pour les combattre. En un sens, ils avaient eu raison, car il n'y avait plus que très peu de Murosans. Toutefois, ces derniers étaient intelligents, suicidaires et très doués pour mettre en place des embuscades et déclencher des pièges qui mutilaient, blessaient et parfois tuaient.

Le nombre de victimes parmi les sorciers que Neskaru avait emmenés avec lui était si important qu'Isaura fut contrainte d'aider les blessés. Elle rejoignit Trib pour essayer de soigner certains des *grichothka*. L'un d'eux était tombé dans une fosse tapissée de pointes qui l'avaient empalé. Mais d'autres avaient le bras écrasé ou coupé, les épaules en miettes et les jambes brisées par des chutes de pierre ou des bûches qui dégringolaient. Un grand nombre avait eu les pieds percés par des paires de clous courbés à un angle droit et joints au milieu. L'objet pouvait être jeté au sol, il y aurait toujours une pointe dressée.

Isaura avait secoué la tête lorsqu'elle avait vu les blessés pour la première fois. Elle avait certes entendu les gémissements et les miaulements de douleur, mais même eux ne l'avaient pas préparée aux fourrures couvertes de sang, à la chair déchiquetée et aux yeux écarquillés de souffrance. Le but des armes utilisées contre les baragouineurs n'était manifestement pas de les tuer. Les pics étaient trop courts pour les transpercer complètement. Les pièges étaient faits pour blesser. Ce qu'elle ne comprenait pas.

Trib, dont la fourrure blanche était rougie jusqu'aux coudes et tachetée sur la poitrine, le lui expliqua clairement :

— L'ennemi ne souhaite pas tuer, ma dame. Un guerrier mort ne nécessite qu'un trou dans la terre. Un blessé exige des soins, de la nourriture et un toit jusqu'à ce qu'il soit suffisamment guéri pour reprendre le combat ou rentrer chez lui. Un cadavre peut être abandonné, mais un camarade touché doit être secouru, ce qui est souvent dangereux pour les sauveteurs.

— Mais c'est d'une telle cruauté !

— C'est pourquoi nous les combattons.

Le *kryalniri* contempla le parterre de blessés autour de lui.

— Si nous ne les arrêtons pas, c'est à nos familles qu'ils s'en prendront lorsqu'ils viendront pour nous.

Les représailles avaient été rapides et brutales. Une bonne partie des faubourgs de la ville avait été détruite, mais le front de mer et l'intra-muros restaient presque intacts. Des escouades avaient sillonné la ville et rabattu les humains au milieu de places publiques. Certains avaient été brûlés vifs, l'épaisse fumée nauséabonde tourbillonnant dans Porjal, tandis que d'autres avaient été crucifiés et abandonnés à leurs souffrances. Leurs cris n'avaient pas le désespoir aigu de ceux condamnés au bûcher, mais ils devenaient horrifiants juste avant de s'éteindre. Et d'autres hurlements les remplaçaient toujours.

Elle comprenait la nécessité de la répression et des mesures de rétorsion prises contre les habitants de la ville. Si on ne les décourageait pas, ils persisteraient dans leur cruauté. Elle avait beau comprendre aussi leur besoin de protéger leur foyer, leur comportement (dans leur façon de vivre et de combattre) lui montrait qu'ils étaient loin d'être civilisés.

On ne peut raisonner avec ceux qui ne raisonnent pas.

Malgré tout, elle était mal à l'aise. Les enfants aussi étaient abattus. Certes, ils avaient mené les soldats jusqu'aux pièges, mais, en cela, ils devaient certainement imiter leurs aînés. Le seigneur Neskaru en avait choisi certains pour les emmener au Conservatoire, afin qu'ils leur soient utiles plus tard. Elle se demandait si tous les enfants n'auraient pas pu se racheter ainsi, une fois qu'on leur aurait démontré leurs erreurs.

Cette pensée la réveilla, du moins elle décida que c'était cette pensée, et non pas l'écho d'un cri agonisant. Elle était tentée de se servir de la magick que Nefrai-kesh lui avait confiée afin de lui rapporter son malaise et de lui proposer une stratégie pour sauver les enfants, mais elle se retint. La dernière fois qu'elle lui avait parlé, elle avait eu la vision de deux femmes, ce qui l'avait effrayée, sans qu'elle sache pourquoi. Mais elle se sentait réticente, si tard dans la soirée, avec les hurlements du vent dehors, à l'idée de parler au roi des *sullanciri*.

Incapable de se rendormir, elle sortit de son lit installé dans une partie non détruite du palais du duc. Elle enfila une robe bleue et la ceintura autour de sa taille avec un ruban de soie dorée, puis traversa le palais pieds nus. Elle savait qu'elle prenait un risque à cause des rebelles qui rôdaient, mais elle ne ressentait aucune peur. Elle était déterminée à trouver Neskaru et à aborder avec lui le sujet de la rééducation des enfants.

Son voyage la transporta au plus profond, et au plus haut, du bâtiment principal. Dans les couloirs des étages, de l'air frais s'infiltrait par les fenêtres brisées et là où le mur avait été percé, mais il lui était agréable. Elle passa rapidement devant des *grichothka* fatigués par les combats, postés aux niveaux inférieurs. Dans les hauteurs du palais, les baragouineurs étaient plus grands et plus forts et ils portaient des tabards propres, tandis que des *kryalniri* patrouillaient dans les couloirs.

Mais personne ne l'arrêta ni ne l'interrogea sur sa destination, si bien qu'elle atteignit sans encombre la modeste salle dans laquelle le duc avait autrefois tenu audience. Huit piliers soutenaient le plafond, qui était trop bas pour échapper à l'éclairage des torches.

Des scènes de mythologie, de chasse aux serpents géants ou aux temeryx contemplaient les quatre silhouettes réunies dans la pièce.

Le seigneur Neskaru se trouvait là, avec deux autres *sullanciri* qui menaient l'invasion. Anarus, qui avait une tête de loup et une épaisse fourrure, retroussa les babines et gronda pour la saluer. Il ne l'avait ni vue ni entendue entrer. Il avait dilaté les narines lorsqu'il avait surpris son odeur. Ses salutations étaient censées être chaleureuses, mais ses crocs et le frémissement de ses muscles puissants ne les rendaient pas très sympathiques.

Tythsai inclina la tête, lentement, à l'intention d'Isaura, mais il ne s'agissait pas d'un signe de respect marqué. Tout comme la plupart des généraux de Chytrine, Tythsai était entrée à son service après sa mort. La couture grossière qui maintenait son cou sur ses épaules était on ne peut plus visible, ainsi que son bras en métal. Isaura se souvint vaguement, des dizaines d'années plus tôt, lorsque ce bras avait aussi été suturé. Plus tard, il avait été remplacé par le premier d'une série de bras mécaniques, ce qui faisait de Tythsai une sorte de *meckanshii*. Son membre actuel semblait fait d'argent.

Le quatrième membre du groupe mit tout de suite un genou à terre. Mais même ainsi, la tête penchée, il restait plus grand qu'elle. Le manteau noir qu'il portait le recouvrait de la tête aux pieds. Les pointes sur ses épaules, ses bras et son dos saillaient en angles droits. Son visage large, même avec ses deux crocs d'ivoire et ses écailles vert foncé, était plus doux et plus amical que celui d'Anarus. Il cilla, puis baissa les yeux.

— Altesse, je suis honoré.

Isaura lui fit un signe de tête et ses cheveux blancs glissèrent sur ses épaules.

— Naelros, voilà qui est inattendu. Vous étiez à Forteresse Draconis ?

Naelros, le visage toujours baissé, refusa de croiser son regard.

— Je suis venu dans le Sud car j'ai échoué devant l'Impératrice. J'ai emmené mes troupes afin d'aider et de chercher. L'un des fragments a été dérobé à Forteresse Draconis. D'autres que moi sont en train de chasser les voleurs, mais il est possible que ces derniers aient tenté de rejoindre le Sud. Nous les trouverons, mais nos forces sont nécessaires ici.

— *Elles seront les bienvenues, Naelros.*

À cette affirmation, Anarus fit claquer ses mâchoires.

— Peut-être aurons-nous besoin de vos forces, mais par vos suggestions vous diminuez les nôtres !

Le *sullanciri* loup s'approcha d'une table où l'on avait déroulé une grande carte du Muroso. De lourds candélabres d'argent retenaient les coins et, en haut, près de Porjal, de la cire avait déjà coulé.

— Le meilleur plan est de nous attaquer à Caledo. Une fois que nous aurons coupé la tête, le corps mourra.

— *Mais parce qu'il s'agit du plan le plus évident, Anarus, ils se prépareront à défendre la ville.*

— Quelle importance ? Ils ne peuvent nous résister ! (Le *sullanciri* courba les épaules et griffa l'air.) Nous avons la puissance, avec ou sans vos soldats, Naelros, d'écraser leur capitale.

Naelros se leva lentement et s'approcha de la carte. Sa démarche était nonchalante, mais il eut vite fait de franchir la distance sur ses longues jambes. La table le touchait juste au-dessus du genou et il dut se courber pour tapoter la carte avec sa griffe.

— Les villes côtières sont plus faciles à prendre. Une fois que nous les aurons éliminées, nous pourrons nous renforcer et nous ravitailler, et eux n'auront plus rien. Si nous fermons les frontières avec la Saporicia, le Muroso mourra.

— Prenez Caledo et les villes côtières s'ouvriront à nous.

Anarus se retourna et fit un signe de la tête à Tythsai.

— Tu partages mon point de vue, n'est-ce pas ?

La *sullanciri* ne dit rien, mais elle referma le poing droit. Ses doigts de métal fluides traversèrent sa paume et ressortirent de l'autre côté sous la forme de pointes. L'extrémité de son membre se durcit tandis que son poing se changeait en masse. Une longue pique en poussa et elle la planta dans la représentation de Caledo.

Neskaru tendit la main, son bras et ses doigts s'étirèrent au-delà de la normale. Il frôla les côtes.

— *Elles font de meilleures cibles.*

Un long grondement jaillit de la gorge d'Anarus.

— De quoi as-tu peur ?

— *De rien. Toutefois, le nombre de victimes parmi mes élèves et l'utilisation de tes réserves de poudre de feu ont été plus importants que prévu. Si nous tenons les ports, nous pourrons nous ravitailler et les toucher.*

Anarus grogna.

— Voilà précisément pourquoi tu n'es pas chargé de cette invasion. Tu crois peut-être que les vivres arriveront tout de suite ? Oui, nous pouvons envoyer des navires à partir de Vorquellyn, mais nous gagnerons cette invasion grâce aux réserves qui arrivent déjà par la terre. Rien ne peut s'opposer à nous.

— *Alors tu sous-estimes les mages du Muroso.*

— Non, je compte sur toi pour m'en débarrasser.

— *Ce sera fait. Et qu'en est-il du Norrington ? d'Alexia d'Okrannel ?*

Anarus se mit de nouveau à gronder, mais l'exclamation d'Isaura l'interrompit.

— Elle est ici !

Le monstre-loup tourna brusquement la tête vers elle.

— Qui ? votre mère ?

— Non, cette Alexia.

Isaura pressa les doigts contre ses tempes. Neskaru leur avait transmis le concept d'Alexia, et celui-ci s'était parfaitement superposé avec l'image de la femme blonde qu'elle avait vue lors de sa conversation avec Nefrai-kesh.

— Elle est à Caledo.

— Comment le savez-vous ?

Naelros souffla un jet de vapeur.

— Même moi j'ai entendu des rumeurs concernant l'arrivée du Norrington au Muroso. Alexia voyage avec lui. Elle sera une opposante formidable.

— Une ennemie sans dragonels. (Anarus jeta un coup d'œil en coin à Naelros.) Une ennemie sans vos semblables.

— Ils ne sont pas sous votre commandement, mais sous celui de l'impératrice. (Le dracomorphe plissa ses yeux sombres et baissa la voix sans pour autant en perdre le timbre.) Anarus, vous avez pris Porjal, mais vous avez mis plus de temps que pour aucune autre ville. À Caledo, vous affronterez une défense encore plus acharnée. Vous recevrez peut-être de l'aide mais, si vous insistez pour attaquer les habitants du Sud là où ils sont le plus fort, le prix de vos victoires sera notre défaite.

— Si vos visions prophétiques étaient exactes, Naelros, vous auriez prévu le vol du fragment. Notre maîtresse n'est pas du tout satisfaite de vos exploits. Des miens, oui, ce qui explique que je commande, ici. Vos forces sont les bienvenues, mais c'est ma volonté qui nous a conduits jusqu'ici et qui nous conduira encore plus loin. (Il tapa du doigt sur la carte.) Caledo tombera. Il n'y a rien qu'une petite princesse d'Okrannel ou un bâtard des rues d'Alcida puisse faire contre ça. Tel est le désir de notre impératrice et il s'accomplira. Cette nation sera nôtre avant les prémices du printemps.

Chapitre 50

Will risqua un coup d'œil dans la chambre de la princesse Alexia, comme pour s'assurer qu'elle était seule avant de frapper à l'encadrement.

— Excusez-moi de vous déranger.

Assise sur un fauteuil près de la cheminée, Alyx leva la tête et sourit. Elle était en train de se préparer à rejoindre la Communion pour voir si elle pourrait glaner des informations à propos des actions de l'ennemi dans d'autres lieux, mais l'expression nerveuse de Will l'incita à remettre à plus tard.

— Non, ce n'est rien, Will. Qu'y a-t-il ?

Le voleur hésita, puis dit lentement :

— Je me demandais… hum, j'ai besoin d'aide.

Il entra dans la chambre et lui tendit le petit paquet de parchemin.

— J'ai reçu ce message mais, bon, je sais pas lire.

Alyx lui fit signe d'entrer et il s'avança avec réticence, ce qui la surprit. Il était plus effacé que d'habitude, et certainement plus que jamais depuis qu'ils avaient commencé à organiser le groupe qui attaquerait la ligne de ravitaillement ennemie.

— Corbeau aurait pu te le lire, ou Résolu.

Mal à l'aise, Will fit jouer ses épaules.

— Je leur aurais demandé, mais ils sont occupés. Kerrigan aussi. Non pas que vous ne le soyez pas, hein, mais…

— Je ne suis pas offensée.

Elle lui prit le paquet des mains et le tourna d'un côté, puis de l'autre. Il était scellé à la cire rouge, mais le sceau ne lui disait rien. L'adresse au dos était écrite clairement et indiquait que le parchemin devait être délivré à Will Norrington à Caledo. Même s'il n'y avait aucune indication identifiant la personne qui avait écrit, Alyx était presque certaine que cela venait d'une femme.

L'inquiétude sur le visage de Will lui suggérait qu'il le savait aussi, ce qui pouvait expliquer sa réticence à le faire lire par Corbeau ou Résolu.

— Cela ne dit pas qui est l'expéditeur, mais ça t'est destiné. On te l'a envoyé ici, à Caledo.

— Alors ce n'est pas d'ici ?

— D'ici ?

— D'ici ici, comme le palais ou je ne sais pas où ?

— Probablement pas.

Elle secoua la tête, puis lui désigna l'autre fauteuil.

— Tu peux t'asseoir, si tu veux.

— Je passerai mon temps assis quand on chevauchera. Je reste debout. (Will se dandina un peu, puis quitta la porte et prit appui sur le dos du siège qu'elle lui avait proposé.) Vous pouvez l'ouvrir.

— Il va falloir, si je dois la lire, non ?

Elle glissa un ongle sous le parchemin et brisa le sceau. Elle en retira deux autres parchemins pliés et regarda au bas du second.

— C'est signé : « Celle que vous avez sauvée ».

Will se rembrunit un instant et il afficha une fugitive expression de détresse.

— C'est tout ?

Alyx revint à la première page.

— « Cher seigneur Norrington, depuis votre départ de Meredo, la ville est dans tous ses états. »

Le garçon eut l'air soulagé et il sourit de toutes ses dents.

— C'est sûrement de Sephi !

La princesse fronça les sourcils.

— Sephi, l'espionne de Scrainwood ?

— Plus maintenant. C'est pour ça qu'elle a dit que vous étiez mariée à Corbeau. Elle voulait m'aider, alors j'ai fait d'elle mon espionne.

Will fit le tour du fauteuil et s'assit au bord.

— Qu'est-ce qu'elle dit ?

Alexia parcourut rapidement les deux pages.

— Elle parle surtout des ragots de la Cour. Le départ de Linchmere a été tout de suite remarqué et certains disent qu'il est avec vous ou que Kenleigh et lui sont en mission à Forteresse Draconis pour sauver Erlestoke et le ramener sur le trône. Un certain nombre de devins répandent la rumeur qu'Erlestoke est toujours en vie, mais Sephi pense qu'il s'agit des hommes de paille d'un groupe de nobles qui cherchent à renverser le roi. S'ils donnent en exemple le prince comme un modèle de vertu, le roi Scrainwood aura l'air pire encore et le peuple sera donc mécontent. L'un de ces seigneurs est mort, elle suppose donc qu'il existe une guerre de l'ombre, ce qui n'est pas une bonne nouvelle du tout.

Will secoua la tête et fit une grimace.

— Aussi faible qu'elle soit, il vaut mieux une Oriosa que pas d'Oriosa du tout. Si elle s'effondre, Chytrine n'a plus qu'à se précipiter.

— C'est vrai. (Alexia parcourut la seconde page.) Il semblerait que le roi Scrainwood passe du temps en compagnie de Nolda Norrington. Je suggérerais de ne pas en faire part à Kenleigh.

— Non, non, vaut mieux pas.

Alexia soupira.

— Tout ça ne me dit rien qui vaille. Ma tante et le roi Scrainwood ont comploté pour que les souverains du monde se rencontrent à Narriz d'ici à un mois afin de déterminer de nouvelles stratégies. Les invitations ont été envoyées et les personnes sont en route. Le roi Bowmar n'a rien dit, alors, soit il pense qu'un tel rendez-vous est une idiotie, soit…

— … soit ils ne l'ont même pas invité, se disant qu'il serait mort lors de la rencontre. (Le voleur ferma les yeux un instant.) Ils supposent que Chytrine ne va pas tout de suite envahir la Saporicia.

Et sinon…

Elle était surprise par le nombre de possibilités que cette idée évoquait. Elle aurait pu croire que Scrainwood tendrait un piège aux autres souverains, mais Tatyana ? Cela n'avait pas de sens. Ce qui semblait logique, c'était que, par un moyen ou un autre, elle avait réussi à retourner Scrainwood au point qu'il voie un avantage à s'opposer à Chytrine, et avec les hordes aurolanies prêtes à envahir sa nation, ça n'avait pas dû être très difficile.

— Je ne sais pas à quoi ils pensent, Will. (Alyx soupira et tenta de réprimer le pincement dans son ventre.) Elle termine avec : « Il faut que vous sachiez que les gens de Meredo ont pris vos paroles à cœur. Vos Libérés ont montré l'exemple. Des milices indépendantes prêtes à défendre le pays se mettent en place de partout. Les réfugiés sont accueillis et recueillis. Certains pensent même que vous devriez monter sur le trône si aucun des princes ne survit. J'ajouterais bien ma voix à leurs cris, mais il vaut mieux que je reste cachée. C'est mieux pour vous servir et servir notre cause, ce que je ferai. »

Will s'appuya contre le dos du fauteuil et poussa un profond soupir de soulagement.

— Merci. J'imagine qu'il faudrait que je lui réponde. Enfin, si je savais écrire et savais où elle se trouve.

— C'est un problème. (Alexia replia la lettre.) Maintenant, pourquoi ne me confies-tu pas le souci dont tu voulais me parler.

Le voleur écarquilla les yeux un instant, puis son expression s'adoucit. Il afficha l'air le plus innocent qu'il put.

— C'était ça... La lettre.

— Will, tu es venu ici parce que tu dois avoir confiance en moi. Alors, la signature « celle que vous avez sauvée » correspond à Sephi, et à au moins une autre femme dont j'ai connaissance.

— Deux pourraient le dire. (Il haussa les épaules.) Une que vous ne connaissez pas.

— Et l'autre est d'ici, ce qui t'inquiétait. Tu pensais que cela venait de Sayce. (Alexia se leva, alla fermer la porte de ses appartements, puis revint à sa chaise.) Pourquoi t'inquiéterais-tu de recevoir un message de sa part ? Et pourquoi ne pouvais-tu pas interroger Corbeau, Résolu ou Kerrigan ?

— Eh bien, il y a ce truc, vous voyez. Un truc sentimental, alors Kerrigan ne saurait quoi en faire.

Elle sourit.

— Will, je ne me crois pas plus savante que Kerrigan au sujet de l'amour.

— Mais vous… enfin… vous au moins vous avez embrassé quelqu'un. (Will s'agita sur sa chaise.) Je veux dire, Corbeau aussi. Il vous a embrassée. Mais il ne saurait pas ce qu'une femme a en tête. Quant à Résolu…

Elle leva la main.

— Pour Résolu, nous sommes d'accord. (Alyx se pencha, les coudes posés sur les genoux.) Je t'aiderai si je le peux. Mais il serait probablement plus simple pour toi de lire cette lettre que pour moi de deviner les sentiments d'une autre personne.

— Je vous en prie, princesse, ne dites pas ça. (La supplique dans la voix de Will lui serra le cœur.) Je ne peux pas… Je ne sais pas qui ou quoi ou comment ! Et avec mon départ et Sayce qui part avec vous… Je veux dire… Je ne sais pas ce que je veux dire.

Il pencha la tête et elle tendit la main pour lui caresser les cheveux.

— Will, raconte-moi ce qu'il s'est passé.

Il poussa un profond soupir et hocha la tête.

— Bon, alors ça s'est passé comme ça : quand on était à Bokagul, je l'aimais bien. On était amis. Elle est plus près de mon âge que n'importe qui d'autre d'entre vous, à part Kerrigan. On s'entend bien, lui et moi, mais, des fois, quand il parle, je reconnais les mots, mais je n'ai absolument aucune idée de ce qu'il raconte. Sayce, elle ne me voyait pas comme une sorte de petit voleur, mais comme un héros, alors elle s'adressait à moi différemment. Enfin, Corbeau et vous et tout le monde sauf Résolu, vous me parlez correctement aussi, mais c'était différent avec elle, c'est tout. J'aimais bien quand on discutait ensemble. J'aimais beaucoup. Et puis, quand elle a été blessée, j'étais furieux et je saignais et j'ai dit ce que j'ai dit et j'ai aucune idée de ce que c'était ou pourquoi ça a marché, mais ça a marché et elle a été sauvée. Après, quand je lui ai parlé pendant sa convalescence, elle était reconnaissante et elle m'a passé les doigts dans les cheveux et, bon, j'aimais bien ça aussi.

Alyx se contraignit à afficher une expression de compassion. Elle avait terriblement envie de sourire, parce que le drame de Will était innocent et drôle. Mais aux yeux de ce dernier il ne l'était absolument pas.

— Il n'y a aucune raison que ça ne t'ait pas plu, Will.

Il hocha la tête.

— D'accord. Après, sur la route de Caledo, on a discuté encore plus et c'était bien, mais quand on est arrivés ici…

Will se fit très sérieux et il lui prit la main.

— Vous devez me promettre que vous ne direz rien à personne, vous devez me le promettre.

— Je te le promets.

— D'accord, d'accord. Alors quand on est arrivés ici, Sayce est venue me voir. Dans ma chambre, et elle est restée avec moi. Et elle a recommencé la nuit d'après et même la nuit dernière. Et, et… Je crois qu'elle m'aime et elle me plaît beaucoup, mais… je ne l'aime pas et je crois qu'elle pense que si, et quand je partirai… (Sa voix se brisa.) Je ne sais pas, je ne sais pas.

Alexia sentit son ventre se glacer. Corbeau et elle avaient passé leurs nuits à Caledo ensemble et avaient accepté courageusement qu'au vu des circonstances leur séparation soit nécessaire. Ils s'étaient rappelé leur promesse de venger la mort de l'autre, mais tous deux étaient sûrs de ne jamais avoir à le faire.

Le désespoir dans la voix de Will déchirait purement et simplement le sac d'émotions qu'elle avait enfoui. La peur de perdre Corbeau, de ne jamais le revoir, la poignardait. L'angoisse qu'il meure dans la douleur, qu'elle meure sans le voir, sans le réconfort de ses bras autour d'elle, la fouettait. Elle étouffait à l'idée du simple sentiment de vide qu'elle ressentirait dans un lit froid.

Will leva les yeux.

— Qu'est-ce qui ne va pas ? Qu'est-ce que j'ai fait ?

— Rien, Will, rien. (Elle lui sourit bravement.) Ta question, c'est : « Qu'est-ce que je dois dire à Sayce quand nous nous séparerons ? »

Il acquiesça.

— Vous devez m'aider. (Il pressa les mains contre ses yeux.) Toutes les chansons ne parlent que de l'amour véritable. Les héros ne supportent pas d'être séparés et on sait qu'ils seront réunis, ou qu'ils mourront de manière vraiment, vraiment horrible et l'autre dépérira, le cœur brisé, ou l'aimera pour toujours jusqu'à ce qu'ils soient réunis dans une autre vie ou quelque chose comme ça. Mais la situation dans laquelle je me trouve… rien.

— C'est parce qu'elle est trop réelle pour faire une bonne chanson.

Il écarta les mains et la regarda.

— J'ai passé des heures à regarder le plafond la nuit dernière avant de comprendre ça.

— Je ne t'aide pas, je sais. (Elle retint son souffle avant de le relâcher doucement.) Si tu crois qu'elle est vraiment amoureuse de toi… Attends, tu es certain que tu ne l'aimes pas ?

— Eh bien, d'après les chansons…

— Oublie les chansons. Qu'est-ce que tu ressens, toi ?

Il secoua la tête.

— Je suis complètement perdu. Enfin, j'étais perdu à propos de Chytrine et d'être le Norrington et tout, en comparaison, je m'en suis sorti correctement de tout ça. Est-ce que vous aimez Corbeau ? Comment le savez-vous ? Qu'est-ce que vous ressentez ?

Alyx commença à répondre, mais les mots se bloquèrent dans sa gorge. Toute une armée d'émotions l'étouffait. Mais elle sourit de telle sorte que Will lui rendit son sourire.

— Je ressens tout, Will. Surtout, j'imagine, je sens qu'il est la réponse aux questions que je n'avais jamais pensé à poser. Les désirs et les besoins que je n'étais pas consciente d'avoir, il les comble. Il m'est aussi vital que l'air, le vin ou la nourriture.

Le voleur sourit.

— Ah, ça, c'est le genre de trucs qu'on mentionne dans les chansons.

— Mais ce n'est pas ce que tu éprouves pour Sayce ?

Il secoua la tête.

— Je ne sais pas. Enfin, je l'aime bien. C'est mon amie et j'aime bien quand elle est là. Elle me manquera et tout, mais…

Alyx acquiesça.

— Y a-t-il une chance que tu puisses en venir à l'aimer vraiment ? Les chansons disent que pour certains c'est plus long, je me souviens.

— Ouais. Je sais pas. Peut-être. (Il haussa les épaules.) C'est ce qui complique tout, vous voyez ? Elle m'aime et si je dis que c'est pas réciproque, je lui brise le cœur et ensuite si je tombe amoureux d'elle… Mais elle devrait pas m'aimer. Parfois je crois pas que ce soit moi qu'elle aime, mais le Norrington. Elle aime celui qui l'a sauvée, qui sauvera son pays. Elle voit une personne en moi que je ne suis pas sûr d'être, vous savez ?

La princesse lui sourit doucement.

— Je sais. Lorsque je rencontre mon peuple, les exilés okrans, ils me regardent de la même façon. Ils attendent tant de moi, ils apprennent à aimer la vision de la personne qui répondra à leurs attentes. Ce n'est pas moi, mais essayer de les faire changer d'avis serait impossible.

— Alors vous dites qu'il n'y a rien que je puisse lui dire ?

— Non, ce n'est pas ce que je dis. (Alyx fronça les sourcils.) Ce que je dis, c'est que Sayce et toi vous allez chacun vous lancer dans une mission très dangereuse. Il n'y a aucune garantie qu'aucun de vous, ou Corbeau, ou moi, y survivions. Dans des temps troublés comme ceux-ci, nous avons besoin de tous nos amis. Si elle t'aime et si tu penses que tu pourrais apprendre à l'aimer, ce n'est pas bien de lui laisser croire que ce n'est pas réciproque. Nous souffrirons tous bien assez pour ne pas avoir à en rajouter.

Il haussa un sourcil.

— Il faut que je mente ?

— Tu poses cette question avec un naturel qui me met mal à l'aise, Will.

— Bah, dans les Fondombres, la vérité, c'était un peu malléable. Mentir, c'était un moyen de se préserver.

— Non, je ne crois pas que tu devrais mentir, mais tu ne dois pas te fermer de portes. Il est très possible que si nous sommes victorieux…

— Quand nous serons victorieux.

— « Quand », oui, que quand nous serons victorieux, vous pourriez revenir à ce lac qu'elle t'a donné, élever une ribambelle d'enfants et vivre heureux à tout jamais.

Will fit un large sourire.

— Je préfère encore l'idée d'être roi d'Oriosa.

— Je te préférerais aussi sur ce trône.

— Mais j'imagine que ce que vous dites à un sens. Si je meurs là-bas, ou qu'elle meurt, il n'y a pas de mal à être aimé ou à croire qu'on est aimé. Ça peut rendre les choses plus faciles.

— Hé ! (Elle se pencha et agrippa sa tunique.) On ne meurt pas. Ni toi, ni Corbeau, ni Résolu, personne.

Will lui fit un grand sourire.

— D'accord, alors ni vous, ni Sayce, ni Kerrigan, ni Peri non plus, hein ? Ça marche ?

— Ça marche. (Alyx lui fit un clin d'œil.) Il va falloir que tu réfléchisses à ce que tu vas lui dire et quand.

— Je sais. Je vais y travailler.

— Au milieu de la nuit ?

— Probablement.

Il se leva, puis se pencha brusquement et lui déposa un baiser sur la tête.

— Merci.

Alyx se leva à son tour et le serra dans ses bras.

— Contente d'avoir pu t'aider. Je ne voudrais pas que tu aies la tête ailleurs alors que tu dois empêcher les réserves de poudre de feu d'être utilisées contre moi.

— Assurez-vous simplement de ne pas les laisser prendre mon château sur le lac, d'accord ? (Il se libéra de son étreinte et esquissa un salut rapide.) Mais si vous en avez besoin, servez-vous-en.

— Bonne chance, Will.

Le jeune voleur secoua la tête.

— Gardez-la. Je suis le Norrington, vous vous souvenez ? Je n'ai besoin de rien d'autre.

Chapitre 51

Le matin où la force d'attaque nordiste devait partir, l'aube se leva, claire et glaciale. Will, debout sur un balcon de la tour sud, qui surplombait la cour du palais, frissonna sous l'épais manteau de cuir qu'il portait, mais il savait que ce n'était pas de froid. Derrière les remparts de la cité, les plaines blanches s'étendaient vers le nord sans obstacle et rien ne semblait y vivre. Le paysage était stérile et il semblait impossible qu'on puisse survivre à la marche vers le nord.

Il savait que ce n'était pas vrai... à la fois que rien ne bougeait et que rien ne pouvait survivre. D'après les rapports des éclaireurs, l'armée aurolanie avait quitté Porjal et se dirigeait au sud vers Caledo. Les réfugiés de Porjal avaient pris le chemin de l'ouest vers Navval et descendraient encore le long de la côte jusqu'à Paloso, la ville située près du lac Eori. Will ne savait si ce choix avait été fait pour obéir à un présage ou simplement parce que la halte suivante se ferait en Saporicia et, avec un peu de chance, permettrait d'échapper au danger.

Ils le fuient, tandis qu'on s'y précipite.

Will secoua la tête, puis sourit et salua les quelques Libérés qui sellaient leurs chevaux dans la cour. À son premier mouvement, ils s'étaient mis à revérifier ce qu'ils faisaient, croyant qu'il exprimait sa désapprobation. Lorsqu'il hocha la tête, ils se détendirent et reprirent leur travail.

Les Libérés, qui étaient constitués d'une légion de réfugiés murosans et de volontaires okrans, étaient l'une des trois unités qui feraient partie de la force nordiste. À eux s'était ajoutée une légion de lanciers : la Garde de la reine, dont l'uniforme était blanc, les manches zébrées de rouge. À l'origine, ces deux groupes, comprenant deux cents guerriers ainsi que les membres de la Compagnie de la Couronne qui s'étaient fait connaître comme les alliés du prince, étaient les seuls à partir vers le nord. Même si tous les guerriers étaient doués et enthousiastes, cela ne les rendait pas moins lucides pour autant. Leur mission serait très dangereuse et les tuerait certainement tous.

Leurs chances s'améliorèrent légèrement lorsqu'une compagnie de *meckanshii* arriva à cheval à Caledo, l'après-midi du jour où Will avait discuté avec la princesse Alexia. Le colonel Salitt Hawkins les menait et tous étaient équipés de draconettes. Le colonel avait parlé au roi Bowmar et l'on expliqua à Will que ces guerriers avaient l'intention de retourner à Forteresse Draconis ou bien « de gêner l'ennemi au maximum ».

En temps normal, ces hommes ne faisaient que travailler conjointement avec le corps expéditionnaire, mais le colonel Hawkins commença immédiatement à se coordonner avec Wheatly, intégrant ses troupes à celles du reste du groupe. Étrangement, Lindenmere fit preuve d'une certaine efficacité pour organiser le ravitaillement, estimer ce qui serait nécessaire à la campagne, et en quelle quantité. North l'aidait à soulever et déplacer les vivres et l'équipement. Lui et les autres Libérés avaient développé une véritable affection pour Lindenmere.

Et Lindenmere a pris des muscles et il a minci, tout comme Kerrigan.

Will regarda le magickant traverser la cour. Il affichait toujours cette même expression naïve et impressionnable, mais il se tenait un peu plus droit et son ventre n'était plus aussi rond. On ne pouvait pas dire qu'il approchait du type de silhouette qu'avait Dranae, mais on pouvait presque voir en Kerrigan le petit frère ou le cousin du guerrier.

—À quoi pensez-vous, seigneur Norrington ?

La question de Sayce le surprit, surtout parce qu'elle avait réussi à se faufiler en silence derrière lui. Il se retourna lentement et lui sourit, ce qui illumina le visage de la jeune femme et tordit le ventre de Will.

—Je constatais à quel point la guerre change les gens et à quel point ils vont sûrement encore changer. Lindenmere n'a jamais dû travailler dur de toute sa vie, mais il travaille, là en bas, et sans une grimace. Et Kerrigan, il change aussi.

— Et vous.

Will ferma les yeux et acquiesça.

— Il n'y a pas un an j'étais un voyou : je volais tout ce que je pouvais et me faisais battre régulièrement par mon maître et mes ennemis. Le monde faisait peut-être six quartiers de long et de large et si vous m'aviez demandé à l'époque si je partirais un jour, j'aurais répondu « non ». Et aujourd'hui, me voilà, très loin dans le Nord, à me porter volontaire pour une mission qui pourrait me coûter la vie et certainement me blesser. Définitivement digne de tous ceux qui sont là, en dessous.

Il ouvrit les yeux lorsque Sayce s'approcha. Jusqu'à cet instant, elle n'avait pas affiché le moindre signe d'affection en public mais, moins d'une heure avant son départ, elle oublia toute prudence. Elle glissa une main sur son épaule.

— Moi aussi, j'ai changé, Will.

— Je sais.

Sayce lui jeta un regard qui, il le savait, hanterait ses rêves et le réchaufferait pendant les nuits froides.

— En quoi croyez-vous que j'ai changé ?

Il la regarda droit dans les yeux et lui accorda un sourire un peu ironique.

— Vous avez été élevée en princesse mais, étant la plus jeune, vous saviez que vous n'auriez jamais à assumer de responsabilités. Vous vous êtes rendu compte que vous n'étiez pas exemptée des devoirs envers votre rang, alors vous les avez acceptés et avez fait de votre mieux pour les accomplir.

Le visage de Sayce se figea un instant, puis elle baissa les yeux.

— Vous me comprenez très bien, seigneur Norrington.

— Vous n'êtes pas facile à comprendre, princesse ; je connais bien cette histoire, tout simplement, et je la reconnais.

Il sortit une main gantée de sous son lourd manteau. Il saisit le menton de Sayce entre le pouce et l'index et lui redressa la tête jusqu'à ce qu'elle le regarde de nouveau dans les yeux.

— Nous vivons des temps extraordinaires qui exigent de nous tous des actions extraordinaires. Nous devons faire notre devoir avec fierté et dans la joie.

— Oui, exactement, je…

Will appuya le pouce contre ses lèvres pour la faire taire.

— Sayce, vous partez avec la princesse Alexia vous battre pour retarder les ennemis qui arrivent. Je vais au nord. Aucun de nous ne sait ce que l'avenir nous réserve. Là-bas, nous pourrions être tués, ce qui serait terrible. Pis, nous pourrions être brisés. Peut-être feront-ils de nous des *meckanshii*, peut-être pas. Nous pourrions être capturés et torturés. Peut-être même transformés en *sullanciri*.

Elle cilla et des larmes lui embuèrent le regard, mais sans couler encore.

— Que me dites-vous, Will ?

De nouveau, il lui sourit.

— Ce que je dis, princesse, c'est que notre avenir est incertain, mais que notre passé, le temps que nous avons partagé ici – ce temps partagé tous les deux –, il sera éternel. Nul ne peut nous le reprendre. Nous ne savons pas si nous pourrons jamais nous tenir ensemble ainsi, ou si, après ce que nous allons vivre, nous arriverons seulement à nous reconnaître parmi les personnes qui se tiennent ici, mais nous l'avons fait. Je ne l'oublierai pas. Je ne peux pas. Je ne veux pas. Mes souvenirs seront d'un grand réconfort dans les jours à venir.

Sayce fit un pas vers lui et l'enlaça. Elle pressa sa joue contre la sienne et il sentit la brûlure d'une larme. Il la serra fort contre lui. Il en fut surpris, car il avait beau savoir qu'il n'était pas amoureux d'elle, il ne voulait pas la lâcher. Pas encore.

Alors il s'accrocha à elle et elle à lui. Et, pour un petit instant seulement, l'horreur de l'avenir fut repoussée.

Par la porte de l'étable, Alexia observait Will et Sayce sur le balcon. Elle les regarda s'enlacer et souhaita avoir entendu ce que Will avait dit.

S'il a pu mettre en ordre ses émotions, alors quelque chose dans ses paroles m'aiderait avec les miennes.

Elle avait réfléchi à ce qu'elle voulait dire à Corbeau avant leur séparation, mais seulement pendant les quelques moments où ils n'étaient pas ensemble. À leur grand plaisir réciproque, ils avaient comploté pour les écourter, mais parfois le devoir appelait l'un ou l'autre. Ce matin-là, elle avait dû partir pour écouter les derniers rapports du Nord et ils s'étaient donné rendez-vous dans l'étable, mais Corbeau était en retard.

— Princesse Alexia, je vous demande pardon. Je souhaiterais que vous m'accordiez une faveur.

Elle se retourna et le sourire qui s'élargissait sur son visage se figea. Elle n'avait pas tout de suite reconnu la voix. Elle l'avait reliée à Corbeau, puis elle avait identifié son propriétaire.

— Colonel Hawkins, que puis-je faire pour vous ?

Engoncé dans d'épaisses fourrures et un gant enfilé à sa main gauche, le *meckanshii* baissa les yeux. L'argent de la cotte de mailles dont on s'était servi pour remplacer la chair de son visage brilla sous le rebord droit de son masque noir.

— Je souhaite que vous me présentiez à votre époux.

— Mais… (Elle hésita.) Vous le connaissez déjà.

— Ce n'est pas la raison pour laquelle je vous le demande, Altesse.

Derrière elle, Corbeau ouvrit la bouche.

— Il vous le demande, mon amour, parce que je ne lui ai pas encore parlé. J'ai refusé.

Alexia entendit la souffrance dans la voix du guerrier, la vit figer l'expression de Sallitt. Elle se tourna vers Corbeau.

— Pourquoi refuser ?

— Parce que je n'ai pas de famille en dehors de vous, Will et Résolu. (Une colère amère durcissait sa voix.) Tout cela m'a été pris.

Sallitt redressa la tête.

— Et cela m'a été pris aussi.

— Tu portes toujours ton masque. Tu as toujours notre famille.

— Mais elle n'est pas entière. (Le *meckanshii* serra son poing de métal.) Tarrant, tu ne sais pas ce que nous avons vécu.

Corbeau grogna.

— Je n'ai pas besoin de beaucoup y réfléchir pour le savoir.

Alexia lui serra le bras.

— Laissez-lui une chance.

Il acquiesça et elle sentit qu'il se détendait.

Sallitt ouvrit lentement sa main de métal.

— Après la campagne d'Okrannel, ils m'ont ramené à Valsina. C'était avant que le baron Draconis trouve comment construire des *meckanshii*. J'étais incapable de faire quoi que soit. On t'avait retiré ton masque, mais pourquoi, je ne le savais pas et notre père nous avait interdit de prononcer ton nom. Je savais que tu n'étais pas mort et, aurais-je été entier, je serais parti à ta recherche.

» Puis l'on a commencé à raconter que tu t'étais suicidé. Je ne pouvais y croire, mais je ne pouvais prouver le contraire non plus. Plusieurs années après, bien avant que j'entende la légende Corbeau, le baron Draconis m'a envoyé chercher et m'a reconstruit tel que je suis. Il m'a donné une raison d'être. J'ai accepté mon poste à Forteresse Draconis non pas pour racheter notre nom comme certains l'ont prétendu, mais pour reprendre le combat auquel nous avions tous les deux pris part.

Corbeau ne dit rien, mais un tremblement commençait à le parcourir. Sous le masque, les yeux noisette de Sallitt se mirent à briller.

— Certains *meckanshii* souffrent de ce que nous appelons la « fatigue du métal ». Nous nous lassons d'essayer d'être humains, car nous avons cessé de l'être. Nous tentons d'oublier qui nous étions, car nos blessures portent avec elles beaucoup de souffrance psychologique. J'en ai été victime, sans compter la façon dont notre père avait changé, et la perte de mon petit frère. Toutefois j'ai eu de la chance et j'ai rencontré mon épouse… que les dieux m'accordent que Jancis soit en vie. Elle a ramené ma moitié humaine à la vie et c'est grâce à cette humanité que je t'ai cherché, mon frère. Pour te dire que je n'ai jamais cru ce qu'on a dit de toi.

L'homme qui avait été Tarrant Hawkins leva les yeux.

— Mais quand tu as appris qui j'étais, tu es parti.

— Oui, parce que je me sentais trahi. (Le regard de Sallitt se durcit.) Nous avions fait un long voyage ensemble. Tu m'avais sauvé la vie et pourtant tu ne m'as pas confié ton identité. Aurais-je dû la deviner ? Toi, voyageant avec Résolu, en compagnie du Norrington, cela semble si évident maintenant, mais cela ne l'était pas alors. Tu étais Corbeau, une légende vivante. Si tu avais été oriosan, tu aurais porté un masque, alors je n'ai jamais fait le lien. Mais tu savais qui j'étais, et tu ne m'as pas fait confiance. J'en ai été blessé et j'ai eu des doutes.

Corbeau pinça les lèvres un instant, puis hocha lentement la tête.

— Tu as raison. J'ai été injuste. J'ai passé tant d'années à refuser d'être Tarrant Hawkins que j'avais beau savoir que tu étais mon frère, je ne pouvais pas être le tien. Trop de douleur, là aussi.

— Je crois que je peux le comprendre. (L'aîné des Hawkins se mordilla la lèvre.) Personne dans notre famille ne croit ce dont on t'accuse. Même si père refusait qu'on parle de toi, nous le faisions en secret. Mais je sais que même père ne croyait pas aux accusations. Je pense qu'il a dû apprendre la vérité, après t'avoir dépouillé de ton masque.

Corbeau secoua la tête.

— Notre père avait ses propres raisons quant à son geste. Comment est… comment vont les autres ?

— Père est mort il y a six ans. Dans son sommeil. Mère vit avec Ellice maintenant. Tout le monde va bien. (Il eut un petit sourire.) Nous aurons le temps d'en parler sur la route.

— Peut-être que oui.

Corbeau hocha la tête, avec raideur tout d'abord, puis avec plus de naturel.

— J'ai passé plus de temps à être Corbeau qu'à être ton petit frère. Je vais mettre du temps avant de me faire de nouveau à ce rôle.

— Tu as cessé d'être mon petit frère le jour où tu as quitté Valsina. Je l'ai vu lorsque nous nous sommes rencontrés à Forteresse Draconis. Je n'ai pas besoin d'un petit frère. Un ami et un camarade que je connais et en qui j'ai confiance, par contre…

Corbeau tendit la main et prit celle de son frère qui était de chair et de sang.

— D'accord.

Sallitt salua Alexia.

— Merci. Je vous laisse tous les deux. J'ai des choses à organiser. Bonne chance, princesse.

— À vous aussi, colonel.

Le *meckanshii* partit en silence malgré sa constitution à moitié métallique. Alexia sourit à Corbeau.

— C'est une bonne chose que tu lui aies parlé, je crois.

— Pourquoi donc ?

— Parce que je sais que ta famille était importante pour toi et que renouer avec elle te fera du bien.

Corbeau soupira.

— J'espère que tu as raison. Ici et maintenant, toutefois, c'est ma nouvelle famille qui m'inquiète le plus.

— J'étais heureuse que tu m'y inclues.

— C'est toi, ma nouvelle famille.

— Non, tu as cité Résolu, qui peut se débrouiller tout seul, et Will. (Elle mit une longue mèche de cheveux blancs derrière l'oreille de Corbeau.) À propos, Will va peut-être vouloir te parler de Sayce. Fais-lui une faveur, écoute-le.

Corbeau, qui resserrait la sangle de son cheval, leva les yeux.

— Que se passe-t-il ? Qu'est-ce que j'ai manqué ?

— La princesse et lui se sont rapprochés. La séparation ne sera pas facile pour eux. (Alyx déglutit.) Ce ne sera pas facile pour moi non plus.

— Je sais. (Corbeau hocha la tête puis lui caressa la joue. Alexia ferma à demi les paupières et pressa la joue contre sa paume.) Alexia, Je crains bien plus cette séparation que j'ai craint d'être exécuté en Oriosa, ou que quoi que ce soit d'autre dans toute ma vie. (Il lui fit un petit sourire et posa son autre main sur son épaule.) Il fut un temps, il y a des décennies, en fait, où partir pour une telle mission ne voulait rien dire pour moi. Non pas parce que j'étais stupide ou suicidaire, simplement parce que c'était mon travail. C'était la vie que j'avais choisie, ou la vie qui m'avait choisie, je ne sais pas. Résolu et moi partions simplement tourmenter les troupes de Chytrine et, si nous ne revenions pas, ce n'aurait été qu'un autre serment rompu, une prophétie mise à l'épreuve et dont on aurait prouvé qu'elle était fausse.

» Je n'avais pas pensé que ma vie était vide avant que tu y fasses irruption et que tu me donnes envie de plus que de simplement détruire Chytrine. Je le veux toujours, oui, mais parce qu'il y aura un avenir pour le monde, pour nous, pour nos héritiers.

Elle sursauta.

— Tu voudrais des enfants avec moi ?

— Quand tout sera fini, Will devrait pouvoir se débrouiller tout seul. Résolu aura une terre dont il devra s'occuper, alors je serai désœuvré.

— Ne plaisante pas avec ça, Corbeau, s'il te plaît.

— Pardonne-moi. Je ne plaisante pas.

De nouveau, il lui caressa la joue. Son pouce était rugueux mais fort, comme toute sa personne, et Alyx sut que leurs enfants auraient leur force à tous les deux. Ils seraient fiers, courageux, intelligents, déterminés à rendre le monde meilleur. Alyx couvrit sa main de la sienne et posa l'autre sur son ventre.

Elle se rappela soudain la fois où elle l'avait caressé pour inquiéter sa tante. Mais cette fois, elle voulait sentir une rondeur. Elle voulait sentir la vie naître en elle. Elle en fut troublée.

Toute sa vie, elle l'avait passée à s'entraîner. On avait fait d'elle une arme pour libérer sa terre natale. Oui, elle avait pensé au mariage, à avoir des enfants, mais cela devait toujours arriver après la libération. Comme beaucoup d'autres nobles et d'autres guerrières, elle portait un charme elfique à la cheville qui l'empêchait de tomber enceinte, car un enfant représenterait une complication inutile dans sa vie. Mais désormais, ici, avec Corbeau, elle en voulait. Tout en y réfléchissant, elle les voyait tous, à différents stades de la vie. Un bébé endormi sur le torse de Corbeau, une fille à califourchon sur un cheval, poussant des cris de joie, ses cheveux dorés flottant au vent, et un fils, trop jeune pour se raser souvent mais déjà grand et agile, en cotte de mailles, prêt à partir en guerre pour défendre sa nation. Toutes ces visions et plus lui vinrent en un instant.

— Princesse ?

Le murmure de Corbeau la ramena à la réalité. Elle cligna alors des yeux, prit sa main dans les siennes, tourna la tête et lui embrassa la paume.

— Je le veux aussi, tu sais. J'aurai tes enfants, Corbeau, reine d'Okrannel ou guerrière errant au gré de la fortune avec l'homme qu'elle aime.

Son sourire sépara sa moustache de sa barbe.

— Oh, oui, nous aurons des enfants, mon amour, autant que tu en désires. Et ils feront de grandes choses. Ce que nous accomplirons ne sera rien en comparaison.

La puissance des paroles de Corbeau la frappa. Elles semblaient indéniables, malgré Chytrine, ses armées et d'innombrables autres forces qui s'opposaient à eux et à leurs rêves. Étrangement, le seul fait de l'entendre parler ainsi rendait cet avenir plus réel. Elle avait un nouvel objectif. Personne ne le leur prendrait.

— Je sais que tu dis vrai, mon amour. (Elle serra sa main puis se rapprocha de lui pour l'enlacer.) Tu me manqueras terriblement. Savoir que nous nous retrouverons, qu'ensemble nous aurons une famille, des enfants à élever, cela rend cette séparation supportable.

Il la serra très fort contre lui et elle s'abandonna dans cette chaude étreinte.

— C'est là ce qu'il faut retenir. Toi et moi, et tout le monde ici, nous nous battons pour l'espoir. La seule façon de tuer l'espoir, c'est de tout détruire. Chytrine serait sans aucun doute capable d'aller aussi loin, mais même elle ne peut pas causer autant de dommages.

— À moins qu'elle recompose la Couronne du Dragon.

Corbeau fut pris d'un frisson.

— Une raison de plus pour l'arrêter ici, au Muroso.

Alexia s'écarta.

— Tu feras attention, n'est-ce pas ?

Il acquiesça.

— Aucun risque inutile.

Elle le regarda d'un air sévère.

— Tu as voyagé avec Résolu. Ce que vous deux considérez comme un risque nécessaire ferait lâcher le cœur de Kedyn.

Corbeau retint un rire et l'embrassa sur le front.

— Je serai prudent. Tu as intérêt à l'être aussi.

— Je te le promets, mon amour. (Elle lui fit un sourire malicieux.) Après tout, nous ferions mieux de montrer l'exemple, pour nos enfants et à partir de maintenant.

— Exactement. (Corbeau lui sourit.) Je t'aime, Alexia. Je te reviendrai. L'avenir est à nous, et rien ni personne ne nous en privera.

Chapitre 52

Pour Erlestoke et les siens, découvrir la porte de Sarengul brisée était un signe à la fois positif et négatif. D'un côté, personne ne pouvait les empêcher d'entrer et tout abri contre le froid était le bienvenu. Pendant deux semaines, ils avaient voyagé vers le sud et parfois vers l'est, aiguillonnés par des groupes de chasseurs à leur poursuite. Les couloirs sous les montagnes des urZrethis leur permettraient de se déplacer plus vite et, avec un peu de chance, d'échapper à leurs ennemis.

S'échapper vers quoi ?

Jullagh-tse Seegg avait suivi des signes invisibles à Erlestoke et avait fait passer le groupe par une vallée étroite qui menait à la porte. De la neige bloquait le défilé et, s'il y avait eu des corps abandonnés par les attaquants comme par les défenseurs, ils avaient été entièrement recouverts de neige. La poudreuse décorait également les gravures autour du passage arrondi, glaçant les guerrières urZrethies qui repoussaient un dragon. Même si cette fresque était optimiste, elle ne parvenait pas à leur faire oublier la porte brisée.

Jullagh-tse s'avança prudemment sur ses longues jambes. Elle jeta un coup d'œil dans le couloir sombre, puis revint faire son rapport aux autres.

— Je ne vois que de la neige, je ne sens rien du tout, je n'entends que le léger sifflement du vent. Ce n'était qu'une des nombreuses portes de voyageurs. Les agresseurs sont peut-être plus loin à l'intérieur, mais les défenseurs ont pu les arrêter.

Le prince fronça les sourcils.

— Mais le fait que la porte n'ait pas été reprise et qu'il n'y ait aucun signe de combat récent n'annonce rien de bon. Je ne veux vraiment pas penser à ce qu'il a fallu utiliser pour ouvrir la porte.

Ryswin la désigna avec son arc.

— Aussi solide qu'elle ait pu être, un certain nombre de tirs de dragonels aurait suffi à l'ouvrir.

— Possible, approuva Verum. (Il montra les hauteurs du défilé.) Et puis les Sarens auraient pu faire irruption ici et massacrer les troupes au sol. Ça signifie que les Aurolanis ont pris les hauteurs, tendu une embuscade aux Sarens, puis ont continué. S'ils ont eu de l'aide parmi les urZrethis…

Jullagh-tse secoua la tête.

— Aucun urZrethi ne trahirait son territoire.

— Pas besoin des Sarens pour le faire, Jullagh-tse. Tu te souviens des vieilles histoires sur les urZrethis qui sont restés au Boragul afin de former une alliance avec Chytrine ? (Ryswin secoua lentement la tête.) Ils sauraient à quel type de défense s'attendre. Il suffit pour eux de mener les troupes aux bons endroits et les embuscades fonctionnent.

L'urZrethie hésita puis hocha la tête à contrecœur.

— Si c'est vrai, si des Boras les ont guidés et les ont aidés à planifier leur attaque, alors les choses ont pu mal se passer. Si elles sont entrées en prétendant être des esclaves qui se seraient échappées, elles ont été recueillies et ont pu travailler de l'intérieur pour causer encore plus de problèmes.

Jancis Côtedefer se tourna vers Erlestoke.

— Quel est votre plan, Altesse ?

Erlestoke retira le quadnel de son épaule.

— Nous laisserons moins de traces là-dedans que dehors et il vaut mieux passer sous la montagne que dessus. Il sera aussi important de déterminer l'état du Sarengul. Nous devrons envoyer un rapport par *arcanslata*. Dans le Sud, ils ont besoin de savoir ce qui se passe.

L'archer elfe plissa ses yeux bleus.

— Étant donné ce que nous transportons, est-ce que pénétrer dans un territoire que l'ennemi contrôle peut-être est une bonne idée ?

— Probablement pas, mais passer par les montagnes l'est encore moins.

Erlestoke considéra ses compagnons. Les trois elfes et la seule urZrethie avaient bien supporté les trois cent vingt kilomètres. Jilandessa était celle qui avait de toute évidence eu le plus de difficultés, mais c'était parce qu'elle se démenait pour garder tout le monde en bonne santé. Les autres – vieux et jeunes, humains et *meckanshii* – avaient été douloureusement éprouvés par le voyage. Erlestoke se souvenait à peine de la dernière fois où il n'avait pas eu froid et ne pouvait se rappeler un temps sans courbatures. Les conversations lors des repas froids tournaient autour de repas chauds et l'humeur de la compagnie avait lentement commencé à s'assombrir.

Le prince désigna de sa draconette le trou noir dans le flanc de la montagne.

— Nous fuyons depuis plus de deux semaines. Nous avons eu de la chance d'éviter nos poursuivants et Sarengul nous donnera une bonne occasion de leur échapper. Si nous pouvons tuer des Aurolanis et apporter notre aide aux Sarens, tant mieux. S'ils décident de nous aider à leur tour, nous serons bien mieux lotis qu'en nous débattant dans la montagne. Nous entrons en équipe, comme nous l'avons toujours fait.

L'elfe hocha la tête. Il prit la tête avec l'autre archer, Finnrisia, et ils marchèrent sur la neige sans laisser la moindre trace. Les autres membres de la compagnie les suivirent moins discrètement, prenant leurs quadnels. Ils attachèrent de longues mèches à combustion lente aux déclencheurs puis Verum les alluma afin que les armes soient prêtes à l'usage.

Les deux elfes montèrent les marches qui menaient à la porte, puis Finnrisia se pencha pour entrer. Après quelques secondes, Ryswin la rejoignit. Jullagh-tse mit peu de temps à les suivre, puis elle réapparut et leur fit signe de passer.

La lumière qui se réfléchissait sur la neige illuminait le couloir, tombant sur de petites congères et quelques cadavres gelés. Erlestoke aperçut des baragouineurs, un vylaen, deux urZrethies et un rampant, ainsi qu'un grand nombre de débris éparpillés au fond de l'entrée.

Assez pour qu'il suppose qu'on s'était servi d'un dragonel ou d'une charge de poudre pour ouvrir la porte.

Tandis que Verum faisait signe aux soldats de se mettre à couvert, Erlestoke se tourna vers Jullagh-tse.

— Des suggestions quant à la direction à prendre ?

Elle indiqua le couloir principal, qui partait à l'est.

— Cette route croisera l'un des grands couloirs. Elle est orientée nord-sud. J'en ai parcouru une partie, mais seulement en venant du Sud. Là, elle rejoint les autres routes principales qui vont du nord-est au sud-ouest, du Muroso au Nybal. C'est donc le chemin le plus direct et aussi celui où nous sommes le plus sûrs de rencontrer une opposition.

— Y a-t-il d'autres voies ?

Elle acquiesça.

— Il y a des villages et des villes tout le long des routes principales. Certaines les traversent, ils sont donc construits tout autour, au-dessus, en dessous et de chaque côté. D'autres villages sont situés à l'écart et ont leurs propres chemins. Certains mènent aux mines ou aux sources. Les montagnes possèdent tout un réseau de sentiers connus et probablement un réseau équivalent de chemins secrets.

» Voilà le souci : des envahisseurs pourraient traverser les grandes routes sans jamais voir aucun des villages qui les bordent, et ces derniers pourraient bloquer un tunnel de manière à ralentir considérablement une force ennemie. Avec un accès à un point d'eau et aux entrepôts, les habitants d'un village pourraient tenir un siège pendant des mois, voire des années et auraient toujours un moyen de sortir à l'air libre.

Le prince passa une main dans sa barbe récente.

— Si quelqu'un décide de ne pas nous laisser passer, nous pourrions être coincés. Pis, nous pourrions tomber dans un piège. Nous devrons donc emprunter les routes principales et en rechercher de plus petites si besoin. C'est notre meilleure chance pour le moment.

Jullagh-tse hocha la tête.

— Ce qui est encourageant, c'est que nous n'avons pas vu de renforts aurolanis dans cette direction. Chytrine doit croire qu'elle a défait les Sarens ou qu'elle les a contenus. Elle ne pense pas que quiconque puisse arriver par-derrière, ou bien elle aurait laissé des gardes. Si nous faisons attention, nous pouvons nous en sortir.

— C'est un espoir, oui.

Le prince se leva et ordonna à tout le monde de partir à l'est. Il éprouva un sentiment de fierté tandis qu'il observait ses soldats qui passaient d'ombre en ombre, les elfes d'abord et l'urZrethie ensuite. Plus ils s'enfonçaient dans les montagnes, plus la lumière diminuait. La vision nocturne des elfes s'avéra très utile. Ils progressaient avec méthode, fouillant les habitations et les couloirs.

Les dégâts étaient très visibles. Du sang tachait les murs et la puanteur de la mort planait dans l'air. Jilandessa se servit d'un peu de magick pour voir ce qu'elle pourrait apprendre de certaines des victimes. Mais tout ce qu'elle découvrit, c'était que celles-ci étaient mortes depuis longtemps, pas aussi longtemps que celles qu'ils avaient croisées sur le chemin mais presque.

Les blessures infligées et l'état des cadavres témoignaient de la sauvagerie de l'attaque. Les enfants étaient morts dans les bras de leurs mères. Deux d'entre eux avaient été tués par le même tir de draconette. Comme l'exigeait la tradition, les morts restaient là où ils étaient tombés, mais Erlestoke était quasi certain que l'attaque aurait rendu la récupération des corps impossible, même si la coutume des urZrethis l'avait exigée.

L'invasion des Aurolanis n'était pas restée impunie. Des cadavres ennemis jonchaient les couloirs, mais pas assez pour rassurer Erlestoke. Il avait estimé le nombre de morts dans les deux camps. Et la différence se révéla déprimante, accablante même lorsqu'il ajouta les civils. Les forces aurolanies s'étaient livrées à une véritable boucherie.

Une fois l'intersection nord-sud atteinte, le nombre des cadavres se réduisit de façon appréciable. Erlestoke devina qu'une fois que le portail avait été brisé, les alarmes avaient retenti et ceux qui vivaient aux alentours des routes principales avaient été évacués plus loin sous la montagne. Les Sarens avaient ainsi pu éviter un plus grand massacre, et, s'ils avaient eu de la chance, échapper aux Aurolanis.

Plus tard dans l'après-midi, ils trouvèrent une enfilade de pièces abandonnées. Les Aurolanis les avaient pillées, mais de manière tout à fait hasardeuse. Jullagh-tse localisa des réserves de bois, de nourriture et de vin et ils réussirent à sceller la porte. Cette nuit-là, ils savourèrent un repas chaud et purent se reposer à l'abri du froid.

Un petit déjeuner et une bonne nuit de sommeil contribuèrent à redonner de l'énergie à la compagnie. Le moral remontait lentement et certains envisagèrent même d'attaquer les Aurolanis plutôt que les éviter. Chacun s'approvisionna, puis l'escouade sortit avec prudence.

Le deuxième jour s'écoula sans événement notable. Erlestoke sentit que tout le monde voulait avancer rapidement car la route était large et ne présentait pas d'obstacles. Certes, les Aurolanis avaient décidé de se soulager sur tout ce qui pouvait, même de loin, ressembler à un ornement ; pourtant, même les excréments étalés sur les fresques ne pouvaient gâcher la majesté de la Grande Galerie de Sarengul. Les sculptures qui décoraient les piliers et formaient les balustrades défiaient toute profanation. Erlestoke pensa alors que, même si les Aurolanis prenaient le contrôle de Sarengul, ils n'en seraient jamais vraiment les propriétaires et que ceux qui viendraient le libérer seraient les bienvenus.

Le deuxième jour s'acheva dans une autre salle fermée où ils découvrirent encore de quoi manger, boire et se chauffer. Erlestoke trouva un peu étrange que ceux qui avaient évacué la zone ne soient pas revenus après l'avancée des Aurolanis pour reprendre ou empoisonner les réserves. Jullagh-tse n'avait pas d'explication, mais les vivres étaient intacts et le groupa passa une autre nuit dans un confort et une sécurité relatifs.

Mais le troisième jour, lorsqu'ils découvrirent la raison pour laquelle aucun urZrethi ne s'était aventuré dans la Grande Galerie, ils furent de nouveau inquiets. Le chemin avait pris la direction du sud et Jullagh-tse signala qu'ils approchaient de l'une des plus grandes villes et d'une intersection formée de routes similaires à celle par laquelle ils étaient entrés. Avant même que la lueur pâle leur permette de voir ce qu'il s'était passé, ils purent le sentir et, pis encore, entendre quelque chose se nourrir des conséquences.

De petits griffeglaces, pas beaucoup plus grand que des chiens, grignotaient les cadavres des morts.

Des routes descendaient en spirale le long de l'énorme intersection cylindrique destinée aux chemins de tous les niveaux. Des flèches directionnelles gravées dans la pierre indiquaient les diverses destinations que l'on pouvait atteindre par les larges avenues. Même si la plupart des croisements restaient cachés dans l'ombre, il était facile d'imaginer un lieu grouillant d'activités.

Toutefois, aujourd'hui, ces activités se résumaient uniquement aux balancements des cadavres ballonnés lorsque de petits temeryx avides s'y enfouissaient pour en dévorer la chair pourrissante.

Erlestoke eut peu de difficulté à comprendre ce qu'il s'était passé. Les défenseurs avaient battu en retraite devant l'attaque. Les troupes de Chytrine les avaient poursuivies rapidement et sans prendre de précautions contre une embuscade. Une fois qu'elles furent arrivées au croisement, les urZrethies les avaient attaquées avec une incroyable violence.

Malheureusement, ce n'avait pas été suffisant.

Peut-être que les dragonels et les draconettes les avaient défaites. Il vit l'ampleur des dommages que les deux avaient pu causer. Un boulet de dragonel rebondissant sur l'une des spirales finissait par perdre son élan et s'arrêter, mais il arrachait bras et jambes au passage. Les cadavres des sorcières urZrethies apparaissaient criblés d'impacts de draconette et leur mort avait rendu impossible le combat avec la magick ennemie.

Les rampants, apparemment, avaient gagné la bataille, car il y avait des signes évidents de leur présence. Non seulement les cadavres étaient noircis et brûlés comme après un sortilège, mais des trous avaient été fondus dans les murs. Le pouvoir pur et simple de la magick le stupéfiait et la cruauté apparente avec laquelle elle avait été employée lui donnait la nausée.

Tout le long des murs, les rampants s'étaient démenés. La pierre avait fondu et les survivantes y avaient été pressées, par les mains et les pieds. Alors la pierre s'était solidifiée, les y attachant – en réalité, les crucifiant. Même si les urZrethies avaient pu changer de forme pour échapper à ces liens, fatiguées de combattre et pour la plupart blessées, elles n'auraient pas réussi à s'enfuir.

La crucifixion, Erlestoke le savait, n'était pas une mort facile. Pendu là, le corps luttait pour respirer. Le poids des organes internes contre les poumons réduisait ces derniers jusqu'à ce que la victime suffoque lentement. Les supplications se faisaient gémissements, puis couinements, souffle haché, et enfin derniers soupirs.

Jilandessa lança un sortilège puis secoua la tête.

— Cette bataille a eu lieu il y a une semaine, pas beaucoup plus. Les victimes ont survécu deux ou trois jours, cinq au mieux.

Le prince hocha la tête. Le cylindre avait dû recueillir les cris des mourants avant de les répandre dans la montagne comme un mauvais vent. Personne ayant conscience de l'attaque et entendant cette bataille finale ne se serait aventuré par ici. Le silence de la mort avait dû être le bienvenu, mais encourageait à rester caché.

Jullagh-tse indiqua le sud.

— Les Aurolanis ont pris cette direction. Nous les rattraperons vite si nous continuons.

Erlestoke fronça les sourcils.

— La première chose à faire est de trouver un refuge, puis nous reviendrons sur nos pas pour voir si nous trouvons un chemin parallèle. S'il n'y en a pas, alors nous les suivrons. Ils ne se laisseront pas prendre à un autre piège comme celui-là, mais ce que nous voyons ici ne veut pas dire que personne ne s'opposera à eux. Notre objectif est d'arriver de l'autre côté, et nous le ferons d'une façon ou d'une autre. (Il regarda une dernière fois les murailles.) Il le faut. Sinon nous assisterons à ce spectacle en bien d'autres endroits, et en pire.

Chapitre 53

Alexia avait su que cette réunion serait importante avant que le roi Bowmar se montre. L'homme qu'on lui avait présenté la première fois comme étant le roi était en fait le prince héritier Bowmar. Ils se tenaient tous deux dans la salle des cartes et n'auraient pu être plus différents, à l'exception de leurs masques similaires et de leurs robes presque identiques. L'aîné des Bowmar était plus petit, chauve, il avait les épaules affaissées et lui rappelait son grand-père.

Toutefois, lorsqu'il parlait, le vrai roi semblait avoir l'âge de son fils. Il s'exprimait d'une voix claire et faisait même preuve d'esprit. Il – *ils*, se corrigea Alexia – avait une compréhension tactique de l'état de leur nation que peu d'autres souverains auraient saisie ou acceptée. Le roi ne reculait pas devant la sinistre évaluation des événements indiquée sur les cartes et les maquettes.

La crise qu'affrontait le Muroso avait forcé les deux Bowmar à organiser un changement radical et des plus dangereux des sortilèges. Comme on le lui avait expliqué, à cause de leur lien du sang et de leurs longues années d'association, durant lesquelles le véritable roi avait non seulement élevé son fils, mais lui avait également enseigné la magick, tous deux étaient dotés d'un esprit étrangement identique. Ensemble ils faisaient fonctionner un sortilège qui était une variante de celui qui permettait aux magickants d'être intimement liés. Ce que l'un savait, l'autre le savait aussi.

Le prince héritier lui dit :

— Ce n'est pas comme si nous partagions un seul esprit, nous ne partageons que nos souvenirs. Nous bénéficions de l'expérience de l'autre. Tandis que l'un se repose, l'autre travaille.

Si Alexia comprenait l'idée du sortilège, son fonctionnement la rendait mal à l'aise. Elle n'aurait jamais pu laisser libre l'accès à ses souvenirs. C'était un sacrifice de sa personne qu'elle ne pouvait même pas envisager de comprendre.

Mais, aussi, on m'a élevée de façon que je sois à l'entière disposition de ma nation. Suis-je alors si différente ?

Elle avait pleinement accepté que sa vie soit soumise à la cause de son pays, du moins jusqu'à ce qu'elle tombe amoureuse de Corbeau. Mais dans son cas à elle, au moins, elle avait l'illusion de la liberté de choix, ce dont étaient privés les deux rois.

L'aîné étudia la dernière représentation de la situation près de Porjal.

— La poursuite des réfugiés en route pour Navval a été très sommaire. Les rapports indiquent effectivement que les *sullanciri* rassemblent leur armée pour descendre sur Caledo. Nous nous y attendions et notre stratégie a été aimablement fournie par la princesse Alexia.

Il indiqua une petite unité localisée à environ cent kilomètres au nord-nord-est de la capitale.

— Ici sont les Libérés, plus ou moins. Nous n'avons pas eu de rapports trahissant leur situation, mais nous avons prévu qu'ils ont atteint cette zone. Ils ont bien avancé et, puisque les Aurolanis partent vers le sud, ils pourront couper la ligne des vivres.

Bowmar l'aîné choisit un petit carré de bois qui représentait une unité militaire située tout juste à l'extérieur de la capitale.

— Nous prendrons ces troupes, la majorité de nos forces, au nord sur la route de Porjal jusqu'aux Vallons Verts et y organiserons notre première bataille. Nous leur ferons connaître notre présence, ils se déploieront alors contre nous puis nous fuirons la bataille après avoir infligé quelques dégâts. Nous piégerons leur poursuite afin de les convaincre qu'ils doivent s'approcher lentement.

Alexia acquiesça. Le roi Bowmar ne ferait pas réellement partie de cette force, qui se constituerait de quatre régiments d'élite. Il n'y avait qu'une cavalerie, mais c'était la meilleure du Muroso, composée de trois bataillons légers pour la poursuite et d'un lourd pour les attaques dévastatrices. Des trois régiments d'infanterie, un comprenait des éclaireurs et des forestiers capables de former de petits groupes de chasseurs-tueurs pour harceler l'ennemi. Les deux autres régiments étaient plus ordinaires et seraient utilisés pour frapper et tenir l'ennemi lorsque les choses deviendraient sérieuses.

Le prince héritier serait à la tête de cette armée. On avait dit à Alexia que la distance qui le séparerait de son père affecterait la rapidité avec laquelle ils lisaient les souvenirs de l'autre, l'aîné ne pourrait donc voir ce que voyait son fils tel quel. Le délai serait de l'ordre d'une heure par kilomètre et demi. Les rapports par *arcanslata* seraient plus rapides mais contiendraient beaucoup moins de détails.

Le roi Bowmar tourna ses yeux noirs vers Alexia.

— Princesse, vous dirigerez la seconde force le long de la route de Navval, en parallèle avec la nôtre. Vous pourrez atteindre nos ennemis à l'est et toucher leur flanc.

Elle acquiesça.

— Je sais quel est mon rôle.

Elle avait toujours un peu de mal à admettre que les Murosans se soient emparés de sa stratégie et qu'elle se retrouvait avec un plus petit groupe sous ses ordres, mais elle fit vite taire son malaise. Elle était étrangère, jeune et, du point de vue de beaucoup, manquait terriblement d'expérience. Avoir reçu un tel commandement – deux régiments de cavalerie – était un grand honneur. Elle regretta de ne pas avoir ses Loups à ses côtés, mais ils étaient en Okrannel, à combattre auprès du général Adrogans.

Les yeux du vieil homme pétillèrent un instant et son fils sourit.

— Oh, princesse, nous savons bien que vous désirez frapper les Aurolanis lorsqu'ils reformeront leur colonne pour descendre vers le sud. S'il semble que ce soit possible, nous vous le permettrons.

— Ils seraient gravement touchés, mais ce ne doit être accompli que si cela ne fait pas courir de risques excessifs aux hommes sous mon commandement.

Elle avait gardé la voix calme et dut retenir un sourire. Elle avait délibérément utilisé le mot « excessif » pour marquer un écart avec les risques d'une folie inutile qu'allaient prendre Résolu et Corbeau.

Le prince héritier croisa les mains derrière le dos.

— Sayce a demandé l'autorisation de rejoindre votre force.

Alexia fronça les sourcils.

— Je croyais qu'elle devait en faire partie depuis le début.

— Oui, mais je m'y suis opposée. (La princesse Dayley jeta un coup d'œil furieux à son frère.) Sayce en a bien assez fait.

Alyx se frotta les yeux. Dayley parlait avec le ton dont les mères se servaient pour protéger leurs enfants. Si Dayley était liée à sa mère de la même façon que Bowmar l'était à son père, elle ne voulait pas réfléchir davantage à ce que cela signifiait. Elle cligna des yeux et se rappela que Dayley n'était pas une sorcière, simplement un membre de la Communion.

S'il s'agissait d'une information importante qu'elle voulait que je sache sans que je puisse en parler, elle m'en aurait fait part là-bas. Je dois donc en conclure qu'il s'agit d'une affaire interne au Muroso.

La princesse okranne croisa les bras sur la poitrine.

— Il est vrai que Sayce en a beaucoup fait. Elle est partie seule vers le sud, elle a trouvé le Norrington et l'a ramené. Elle s'est bien battue et a manqué mourir à Bokagul. Toutefois, étant donné la destruction qui menace son pays, je ne suis pas certaine que quiconque à part elle puisse estimer qu'elle en a fait assez. Les guerriers qui sont allés avec elle venaient des Lanciers Écarlates du roi et ils seront sous mon commandement. Même si je ne pense pas qu'ils aient besoin d'elle pour les mener ou même les motiver, elle est capable des deux, et avec efficacité. Si elle a l'autorisation de me rejoindre, j'apprécierai sa présence.

Dayley secoua la tête.

— Ce serait un trop gros risque. (Elle regarda son père, au-delà de son frère.) Sayce devrait être envoyée en Alcida ou à l'ouest si les Loquelfes acceptaient de la recevoir et de la protéger.

— De la protéger ? (Alexia fronça les sourcils.) De quoi parlez-vous ?

Le visage de Dayley se durcit.

— Ma sœur est enceinte du Norrington.

Alexia sentit son estomac se retourner.

— Tout cela n'était qu'une comédie ? L'avez-vous envoyée séduire Will ?

Le vieux roi secoua la tête.

— Certainement pas. (Il jeta un coup d'œil à Dayley.) C'est elle que j'avais envoyée.

Le prince héritier eut le bon goût de prendre l'air surpris, encore qu'Alexia l'aurait préféré horrifié. Dayley s'empourpra. Alexia les regarda tous à tour de rôle.

— Je ne sais ni quoi dire, ni quoi penser.

— Vous pouvez penser ce que vous désirez, princesse, mais j'ai fait ce qui était nécessaire. Si la prophétie est vraie, le sang des Norrington est très important et j'ai souhaité protéger la lignée. Non pas pour ma nation mais pour l'avenir. (Le roi Bowmar pinça fortement les lèvres.) Vous avez vu l'incompétence de mes pairs quant à juger de la menace que représente Chytrine. La Sebcia n'est plus et personne n'a haussé le ton, encore moins monté une armée, pour la reprendre. On envahit mon pays et, à l'exception de votre compagnie et de rebelles d'Oriosa, il n'y a ici aucune armée étrangère pour s'opposer à la horde aurolanie. Je ne suis pas optimiste quant à l'avenir de ma nation à court terme, mais je ferai ce qui est nécessaire pour que la prophétie s'accomplisse dans les années à venir.

Dayley contempla le parquet.

— On m'a confié la tâche de rejoindre le Norrington et de le séduire. Ma sœur, qui a toujours été jalouse de moi, a décidé de partir et de le ramener au Muroso. Elle l'a charmé et a consommé sa séduction ici, pour remuer le couteau dans la plaie. Cela accompli, elle souhaite continuer à jouer les héroïnes et partir avec vous.

Alyx se tourna vers le prince héritier.

— Vous n'en saviez rien ?

Il secoua la tête.

— La guerre me faisait du souci et je n'ai pas fouillé la tête de mon père. J'en suis heureux. Je ne savais rien de tout cela et ne l'aurais pas approuvé.

— Ton rôle n'est pas d'approuver, mon fils. C'est à la Couronne que reviennent les responsabilités. Serais-tu à ma place, tu penserais différemment.

Alexia ne pouvait y croire. Elle se souvenait de l'agitation de Will lorsqu'ils avaient discuté.

Il s'inquiétait de briser le cœur de Sayce. Il craignait qu'elle ait l'impression qu'il s'était servi d'elle, alors que c'est de lui qu'on se servait depuis le début.

Elle leva les yeux.

— Mais qu'est-ce qui ne va pas, chez vous tous ?

— Je dois penser à ma nation.

Alexia rejeta cette explication.

— Vous vous cachez derrière cette noble idée comme si personne ne voyait les mensonges dont vous vous êtes enveloppé. Vous tramez votre vengeance. Si le Muroso s'effondre parce que personne ne vient à votre secours, vous aurez le Norrington, dont ils ont besoin pour se sauver. Et n'essayez pas de le démentir, parce que se servir d'un tel subterfuge pour que quelqu'un porte l'enfant de Will, surtout l'une de vos propres filles, prouve qu'aucun altruisme ne motivait vos actions.

L'aîné des Bowmar secoua la tête.

— La discrétion était nécessaire pour que Chytrine ne tente pas d'assassiner l'enfant.

— Et ce mensonge-là est si peu crédible qu'un murmure le ferait voler en éclats. (De colère, elle plissa ses yeux violets.) Vous n'avez pas l'air de comprendre : il ne s'agit pas de n'importe lequel des Norrington, mais du Norrington. Si le sang était si important, Will aurait passé toutes ses nuits à créer une légion de descendants. Moi-même je porterais son enfant !

Elle eut une idée soudaine. Elle foudroya Dayley du regard.

— Sayce ne sait pas qu'elle est enceinte, n'est-ce pas ? Vous vous êtes servis d'un sortilège pour le déterminer.

— Elle le sait.

— Vous ne mentez pas assez bien pour que je vous croie. Si elle le savait, elle ne souhaiterait pas m'accompagner.

Le vrai roi l'observa avec attention.

— Vous le savez, toutefois, alors l'emmènerez-vous au combat avec vous ?

— Et risquer de perdre l'enfant ? Oui, mais seulement pour l'éloigner de vous. (Alexia se passa la main dans les cheveux.) Le roi Scrainwood, et maintenant vous. Ce sont les masques qui encouragent la duplicité ou quelque chose d'autre ? Je ne comprends pas et je ne veux pas comprendre. Vous vous plaignez que les autres jouent à la politique et ne viennent pas vous aider, mais vous faites la même chose et vous jouez avec un jeune homme qui est venu sauver votre nation. Avec le seul capable de très probablement la sauver.

Avant que quiconque puisse répondre, l'un des mages messagers se rapprocha et plaça les signes d'un certain nombre d'unités au bord de la carte, sur Sarengul. L'une d'elles indiquait la présence de troupes aurolanies dans la forteresse des urZrethis. Alexia n'en fut pas exactement surprise, puisqu'elle avait supposé que l'attaque de Bokagul n'aurait pu se faire que si Sarengul avait été neutralisé par une conquête ou une alliance.

Le mage posa un autre marqueur, un petit, qui ne portait le symbole d'aucune nationalité.

— Pardonnez mon irruption, mon roi, mais l'on vient de nous relayer cette information depuis l'Alcida. Un petit groupe de survivants de Forteresse Draconis a atteint Sarengul et rapporte que les Aurolanis l'ont envahi. Il y a peu de précisions, mais une partie du massif est tombée il y a deux semaines. Les réfugiés sont en route vers le sud, mais ne savent pas ce qu'ils vont trouver ou s'ils arriveront à traverser.

Le roi hocha la tête.

— Qu'on leur fasse passer le message qu'ils doivent se diriger vers Caledo s'ils s'en sortent.

— Oui, Altesse.

L'aîné des Bowmar se tourna vers Alexia.

— La situation s'annonce encore pire avec la confirmation que Sarengul est perdu. Chytrine ne craint rien dans son avancée, alors toute sa force est concentrée ici. Je ne regrette rien de ce que j'ai fait pour protéger ma nation.

Alexia répondit d'une voix glaciale :

— Mais vous êtes de ceux qui ont écarté Tarrant après la dernière guerre, n'est-ce pas ? Qu'avez-vous fait du temps que vous avez gagné ?

Le roi hésita et le prince le regarda fixement, stupéfait.

— Père, vous saviez que Chytrine reviendrait ?

— Ce n'était que des suppositions.

Le prince secoua la tête.

— Vous ne pouvez me mentir, j'ai vu vos souvenirs. Vous saviez que vous agissiez mal, vous saviez qu'elle reviendrait et pourtant vous n'avez rien fait !

Les épaules du roi s'affaissèrent.

— J'espère, mon fils, que tu seras plus sage que moi.

Le prince acquiesça.

— Il vaut mieux, ou l'avenir – protégé ou non par un héritier Norrington – sera court et sanglant.

Alexia renifla.

— Il est probable qu'il le sera de toute façon.

Le prince Bowmar la regarda avec sérieux.

— Alors qu'il s'agisse de leur temps et leur sang. Je m'assurerai que vous soyez tenue au courant de mes activités. Je suis certain qu'avec vous ma sœur sera en sécurité.

— Je ferai de même et la protégerai. (Alexia jeta au roi un regard noir.) Vous avez commis une grave erreur. Espérons seulement qu'elle ne s'avère pas plus grave encore.

Le roi Bowmar leva les yeux.

— Je ne vois pas quelle erreur, ni en quoi elle peut empirer.

Alexia secoua la tête.

— Vous pensiez créer un autre Norrington au cas où celui-ci ne serait pas *le* Norrington. Mais qu'arrivera-t-il si votre petit-fils, par droit du sang, devient désormais l'élu de la prophétie ? Vous aurez retiré à Will toute son importance, tout le pouvoir qui aurait été sien. En tant qu'élu, il aurait pu accomplir de grandes choses là où il est. Aujourd'hui, qui sait ? Quoi qu'il en soit, Will Norrington fera tout ce qu'il peut pour vous. Si votre action s'est retournée contre lui, votre nation et vous paierez chèrement votre trahison.

Chapitre 54

Pour Kerrigan Reese, cette idée de la purification pratiquée par des sorciers semblait plus théologique que thaumaturgique. Il pouvait comprendre qu'on veuille se laver avant d'adorer un dieu, mais Kerrigan ne ressentait de lien avec aucune divinité. Aucune n'avait choisi les sorciers et ces derniers n'avaient pas été enclins à en vénérer une. Il lui vint à l'esprit qu'Yrulph Kirûn avait peut-être essayé de devenir un dieu à un moment de l'histoire mais, même s'il avait réussi, Kerrigan doutait qu'il aurait eu beaucoup d'adorateurs.

Lorsqu'on peut tous les jours accomplir des miracles, les dieux ont quelque chose de superflu.

Durant la semaine passée à Caledo, il fut amené à réviser cette première opinion. Le prince Murfin lui avait montré comment le faire, de toute évidence sceptique à l'idée qu'un élève de Vilwan y trouve le moindre intérêt. Kerrigan, qui avait l'habitude d'apprendre de toutes sortes de professeurs, écouta attentivement ses instructions et les suivit à la lettre.

Et il avait répété ce rituel tous les matins pendant la dernière semaine. Le jour où il devait partir avec la princesse Alexia et sa troupe vers Navval, en se dirigeant vers la salle située sous le palais, il en ressentit particulièrement le besoin. Même s'il n'avait jamais eu l'impression d'être purifié après ce rituel, il en tirait un certain calme.

Dans une petite alcôve, il se déshabilla et baissa les yeux. À cause de son obésité, il ne s'était jamais senti à l'aise lorsqu'il était nu. Même s'il n'avait pas eu beaucoup de contacts avec ceux de son âge durant son enfance à Vilwan, il entendait tout de même les ricanements et les rires sur son passage. Personne n'osait s'en prendre à lui directement, car tous craignaient son pouvoir. Mais les enfants sont toujours cruels avec ceux qui sont différents. N'ayant jamais eu l'occasion de se lier avec eux ou de les faire changer d'avis à son sujet, il avait vécu avec sa honte.

Et pour se consoler, il mangeait.

Il sourit intérieurement. Très tôt, il avait appris que ses professeurs passaient beaucoup de temps avec lui, y compris à l'heure des repas. On lui offrait alors tout ce qu'il désirait en matière de nourriture, en guise de récompense, ou bien on l'en privait pour le punir. S'il savait ce que préféraient ses professeurs, il pouvait alors les remercier de l'avoir récompensé en sélectionnant leurs mets favoris qu'il savourait lui aussi. La nourriture était devenue une forme de pouvoir pour lui et son obésité, la raison pour laquelle il avait besoin de toujours manger.

Elle était aussi la cible facile de ses ennemis. Kerrigan s'était endurci contre les critiques, du moins il dissimulait son chagrin, si bien que personne ne savait qu'il était blessé. Toutefois, la plupart des gens se contentaient de moqueries sur son poids, ils n'allaient donc pas chercher d'autres faiblesses, des faiblesses au sujet desquelles Kerrigan n'aurait pas été armé.

Il se passa une main sur la poitrine pour vérifier encore une fois que des poils y poussaient. Il ne serait jamais aussi poilu que Corbeau ou Dranae, mais plus jamais il ne serait aussi glabre qu'un bébé. Alors qu'à Vilwan on l'avait toujours traité comme un enfant, une fois loin, une fois en voyage avec les autres, on lui avait accordé un statut plus adulte.

Et mon corps apprécie.

Ce n'était pas le seul changement. Il avait en effet perdu du poids. Il n'aurait pu dire combien, mais il se savait plus mince. Bien entendu, il ne voyait pas ses orteils tout le temps, mais il les apercevait beaucoup plus souvent et sa ceinture avait été resserrée de quelques trous.

Kerrigan sortit de l'alcôve pour entrer dans l'une des premières zones de rituel. L'Académie de Caledo, avait-il remarqué, aimait bien mêler des éléments à ses rituels et ses sortilèges. Il s'agenouilla dans un petit carré de quatre-vingt-dix centimètres sur quatre-vingt-dix et de quinze centimètres de profondeur. Le sable et la cendre qui y étaient contenus crissèrent quelque peu lorsqu'il se mit à genoux. Il ramassa de grosses poignées de la mixture noire et râpeuse (qui représentait les éléments de la terre et du feu) et l'appliqua sur son corps, saupoudrant les endroits qu'il ne pouvait atteindre et frottant les autres jusqu'à ce que sa peau soit irritée.

Il appliqua le reste sur ses cuisses, puis se redressa dans un petit nuage de poussière. Il n'y avait pas de doute : il se sentait sale et un nettoyage était nécessaire. Il tordit les pieds, les enfouit jusqu'aux chevilles pour être certain qu'ils étaient bien recouverts, puis remonta hors du carré et partit pour la seconde étape.

Devant lui fumait un bassin d'eau sur lequel on avait arrangé des dalles en forme de spirale. Quatre chemins, chacun commençant par la rune d'un élément, s'enroulaient, les pierres grossissant au fur et à mesure.

Une pierre centrale se dressait à un pas de la dernière de chaque spirale. De la vapeur s'élevait en volutes et, en s'approchant, Kerrigan sentit la chaleur.

Vapeur : air, feu et eau. Avec les pierres, on a aussi la terre.

Il entama la spirale du feu parce qu'il ne l'avait encore jamais parcourue. À chacune des huit dalles, il inspirait profondément et invoquait une pensée particulière. Sur la première, il devait se rappeler son dernier repas, ce qu'il fit aisément, malgré le manque de plaisir qu'il y avait pris. Caledo commençait déjà à rationner la nourriture, on ne lui avait donc pas donné grand-chose.

Puis il chercha à l'écarter de son esprit. Une fois que ce fut accompli, il passa à l'autre dalle, puis à la suivante, se rappelant des choses qui allaient de l'ordinaire à l'étrange, du physique à l'émotionnel et au philosophique. Chaque fois, il faisait le vide dans son esprit, puis avançait, il se délivrait de ses soucis et laissait la paix l'envahir.

À l'avant-dernière pierre, la plus large du chemin du feu, il se mit à genoux. La pierre n'était pas douce, mais lorsqu'il s'y installa en s'asseyant sur ses talons, elle ne lui parut pas si rugueuse contre ses genoux et ses tibias. Il laissa retomber les bras sur les côtés et ferma les yeux. Tandis qu'il repoussait le monde visuel, il sentait des filets de vapeur le caresser et le chatouiller. Après eux vint de l'air plus frais, qui lui donna des frissons, mais bientôt la chaleur et la vapeur le firent suer.

Lorsqu'il s'assit sur la pierre de feu, Kerrigan se sentait surtout sale. Il voulait se laver. Il voulait que sa peau cesse de le gratter. Lorsqu'il se mit à transpirer et que la sueur coula, elle emporta la poussière et la saleté. Il la sentait glisser sur lui, goutter de son menton à sa poitrine, courir le long de son cou et s'accumuler dans les replis de graisse de ses cuisses. De la sueur lui brûlait les yeux et donnait un goût salé à ses lèvres. Elle lui envahit les oreilles et le piquait là où il s'était écorché à force de se frotter avec le sable.

Avec elle, Kerrigan vit partir les influences néfastes et les maux, les pensées et les comportements mauvais, la souillure de la Couronne du Dragon. Grâce à son désir de propreté physique, il créa des liens avec tout ce dont il voulait se débarrasser mentalement. Il laissait le tout s'écouler avec la sueur. Tout ne disparut pas entièrement, mais assez pour qu'il se sente soulagé.

Puis, lorsqu'il sentit qu'il avait assez progressé, il se leva et monta sur la pierre centrale. C'était celle que le prince Murfin avait appelé « la pierre de naissance ». La première fois que Kerrigan y avait mis le pied, le prince lui avait dit de se préparer et Kerrigan s'était demandé pourquoi.

Désormais il savait.

Il se tint prêt et leva le visage vers le plafond.

L'eau glacée se mit à goutter sur lui aussi doucement qu'une pluie de printemps. Kerrigan déplaça le visage, lavant la poussière et la sueur dans ses yeux, puis baissa la mâchoire et courba les épaules dans une position défensive, car ce qui avait commencé en filet était désormais un torrent. Il était noyé sous des rideaux glacés qui lui coupaient le souffle. L'un après l'autre, ils lavèrent toute trace de saleté, lui fripèrent la peau, jusqu'à ce qu'il en vienne à recracher du liquide. Sa peau le brûlait et le picotait. Il fut secoué d'un violent frisson et des gouttes tombèrent de ses cheveux dans le plan d'eau.

Soufflant de l'air entre les dents, Kerrigan passa par la spirale de la terre et atteignit une autre alcôve où il trouva une couverture dont il s'enveloppa. Murfin lui avait expliqué que l'eau de la pierre de naissance était coupée quand elle était gelée dans le lac Calessa, puis fondait au soleil afin que le Père Soleil et la Mère Lac rappellent les nouvellement purifiés à la vie.

Il laissa ses cheveux goutter et s'assit. La symbolique ne lui échappait pas, mais elle lui semblait de trop. Il se sentait propre, et l'eau glacée lui avait de toute évidence redonné de l'énergie. À la suite du rituel, il se sentait en paix et, mieux encore, capable d'identifier certains des éléments de souillure de la Couronne du Dragon. Ils étaient beaucoup moins forts qu'au moment où il avait commencé le rituel, comme si chaque purification en avait éliminé un peu plus.

Néanmoins, en l'examinant, il avait commencé à réfléchir à des moyens de détecter la présence de fragments de la Couronne. Si ce que Rym avait suggéré était vrai, alors quiconque tentait de cacher un fragment chercherait à annuler ou tromper les sortilèges lancés à la recherche de ce dernier. Le sortilège de défense devrait soit le dissimuler, soit être plus puissant et renvoyer un résultat négatif.

La clé de chacune de ces approches était d'identifier la recherche avant de pouvoir la vaincre. Au cours de sa conversation avec Rym, il avait cité toutes les sortes d'aspects qui rendraient le sortilège identifiable. Pour le chercheur, l'aspect le plus facile était sa nature même. Il poursuivait une cible, puis en rapportait les résultats. Le temps que cela prenait et la qualité des résultats dépendaient de nombreux facteurs. Souvent le délai était long et les informations peu utiles.

Kerrigan avait espéré que les sortilèges de détection enseignés à Caledo seraient différents de ceux de Vilwan, mais ils étaient en fait presque identiques. Ils créaient un modèle général qui se servait des informations que le sorcier y intégrait, puis s'élançaient dans la nature à la recherche de quelque chose qui y ressemblait. Si Kerrigan voulait trouver un chat, par exemple, il imaginait un chat et lançait le sortilège. Plus il donnait de détails, comme l'âge, le nom, la couleur du poil, les cicatrices, le sexe, etc., plus il avait de chances de tomber sur le spécimen qu'il recherchait précisément.

Mais s'il jetait un tel sortilège, il se retrouvait noyé sous les informations concernant des chats existants. Et, même s'il parvenait à localiser celui qui l'intéressait, le félin aurait changé de place entre-temps et ne pourrait plus être trouvé sans d'autres tentatives et beaucoup de recherches.

Kerrigan avait remarqué un défaut inhérent à la détection magicke et il était assez certain que quelqu'un d'autre avait déjà dû le constater. Si c'était le cas, néanmoins, personne n'avait créé de sortilège pour régler le problème. Ce défaut était le suivant : la détection était lente et imprécise, car elle cherchait tous les objets, le comparait au modèle puis évaluait à quel point il y ressemblait. S'il satisfaisait un nombre suffisant de paramètres, le sortilège rapportait qu'il avait trouvé la cible. En conséquence, la statue d'un chat noir pouvait mettre fin à la recherche d'un chat noir si le sorcier avait oublié de préciser « vivant ».

Kerrigan avait l'intention de développer un sortilège qui se déplaçait plus vite. Il mettrait en ordre les paramètres de sa recherche et rejetterait automatiquement un objet s'il en manquait un. Pour la Couronne du Dragon, il faudrait commencer par rejeter tout ce qui n'était pas de nature magicke, puis tout ce qui n'incluait pas de pierre précieuse et tout ce qui était vieux de moins de sept cents ans. En pratique, il allait complètement inverser le sortilège et il espérait que cela lui permettrait de trouver les fragments cachés, car les sorts de dissimulation ne reconnaîtraient pas la nature du sien et n'y réagiraient pas.

Mais encore mieux, il décida de rendre le rapport plus exact. Une fois l'équivalent trouvé, un sortilège secondaire se déclencherait. Il en enverrait deux – Kerrigan n'était pas vraiment certain de comment les appeler et souhaita que Will soit là car il leur trouverait un bon nom –, deux hérauts. Chacun irait à environ huit cents mètres au nord ou au sud de la cible puis lui transmettrait la localisation. Parce qu'ils se déplaceraient à une vitesse connue et que chacun inclurait les vecteurs et l'heure dans leur rapport, Kerrigan serait capable de calculer à quelle distance se trouverait l'objet et son emplacement exact. Mieux : puisque les hérauts ne contiendraient pas d'information sur l'objet lui-même, tout sortilège lancé pour empêcher de tels paramètres d'être transmis – par exemple qui noierait la détection et leur ferait reporter un échec – serait incapable de les arrêter.

Il n'avait pas encore trouvé tous les détails du sortilège. Les hérauts étaient prêts à partir, mais organiser la hiérarchie des paramètres de comparaison et les faire fonctionner était difficile. Il était presque certain qu'il l'aurait finalisé avant la fin de la semaine et il l'enverrait en direction de l'Oriosa pour voir si le rubis y était toujours.

Kerrigan sourit et soupira de bonheur. Il espérait que Rym Ramoch serait satisfait de ses progrès.

C'est un pas de plus pour arrêter Chytrine, et si ça ne le rend pas heureux, pas grand-chose d'autre ne le fera.

Chapitre 55

Aux yeux du général Adrogans, la bataille n'avait aucun sens. Là, au loin, à vingt kilomètres à peine, se trouvait Svarskya. Il se souvenait d'une ville lumineuse faite de hautes tours et de remparts solides, mais désormais elle n'était plus que ruines noircies et fumantes, comme si un siège avait eu raison des défenseurs. Dans le port derrière, il vit des bateaux et il soupçonnait que ceux-ci apportaient des renforts.

En poussant au nord le long de la route fluviale vers la capitale, il avait progressé avec prudence. Des troupes des terres hautes étaient venues occuper les Trois Frères. Les Guranins s'étaient enthousiasmés à cette idée et les clans avaient négocié dur pour obtenir la tour qu'ils estimaient la plus historique. Une fois ses arrières protégés et ses soldats reposés, Adrogans avait pris la direction du nord et envoyé le général Caro et la Garde à cheval alcidaise en reconnaissance, tandis que les elfes et Beal mot Tsuvo se déployaient dans la campagne.

Entre les Trois Frères et Svarskya il n'y avait qu'un seul champ de bataille où les Aurolanis pouvaient espérer l'arrêter avant qu'il entre dans la ville. La vallée que le fleuve avait creusée dans la montagne s'ouvrait sur de vastes plaines côtières. Pour éviter les marais à l'est, la route traversait le Svar grâce à un énorme pont. Connu sous le nom de pont Svar, il avait été construit avec des fortifications à chaque extrémité permettant de repousser facilement les attaques.

Caro et sa cavalerie lourde l'avaient trouvé très peu défendu à leur arrivée. Même s'il savait que l'infanterie mettrait des jours à les rejoindre, Caro s'était courageusement emparé du pont et s'était préparé à le tenir. Lorsque l'information que la Garde à cheval tenait le pont parvint à l'armée principale, l'infanterie de la Garde lourde du roi d'Alcida avait demandé et reçu la permission d'aller vite aider leurs compatriotes.

Des éclaireurs et des messagers gyrkymes n'avaient cessé de faire l'aller-retour pour tenir Adrogans informé, mais la plupart rapportaient qu'il ne se passait rien. Puis, lorsque Adrogans et l'armée principale ne furent qu'à une journée de là, les Aurolanis envoyèrent un régiment d'infanterie légère et lancèrent une première attaque contre le pont.

Les Alcidais la repoussèrent facilement. Même s'ils ne faisaient subir que peu de dommages à l'ennemi (ceux-ci estimés à moins de cent morts ou blessés), eux-mêmes en subirent encore moins. Les Aurolanis se retirèrent, puis d'autres troupes sortirent de la ville, y compris un bataillon de cavalerie légère monté sur griffeglaces et un régiment d'infanterie lourde formé d'hoargouns et de *kryalniri*. Ce qui surprenait et abasourdissait Adrogans, c'était qu'ils s'étaient positionnés bien plus au nord qu'il était nécessaire et que la route creusée séparait leur aile gauche du corps principal de la formation. Cette dernière était donc coincée entre la route et le fleuve, ce qui limitait sérieusement ses possibilités de manœuvres. En outre, les positions ennemies permettaient à Adrogans de faire traverser le pont à ses propres troupes et de les placer sur des lignes de front étendues.

Les Aurolanis les invitaient à prendre part à une bataille planifiée où Adrogans avait à la fois l'avantage du nombre et du terrain. S'ils possédaient des dragonels, leur tactique avait alors un sens car leurs capacités de destruction massive auraient pu causer de sérieux dommages à ses troupes. Mais, privés de telles armes et en infériorité numérique, les Aurolanis étaient condamnés.

Adrogans contempla le champ de bataille. À partir du pont, le terrain descendait graduellement vers la ville. De la neige recouvrait le sol, mais elle ne cachait pas la dépression que la route formait dans le paysage. Là où le terrain remontait, elle pouvait plonger à trois mètres de profondeur et loin du niveau des plaines qui l'entourait, mais là, elle ne constituait qu'un fossé de un mètre cinquante qui séparait la formation aurolanie.

Une brise légère fouettait les bannières des lances et cinglait les fourrures. Du grésil s'élevait du sol et frottait contre les casques. Les chevaux piétinaient et soufflaient de grands panaches de buée par leurs naseaux, tandis que de l'autre côté du champ de bataille des griffeglaces baissaient la tête pour lisser les plumes de leur poitrine. Lentement, les hoargouns se balançaient d'un côté et de l'autre, semblables aux puissants chênes dont ils avaient tiré leurs massues.

Les deux camps se tenaient prêts et Adrogans se contentait d'attendre. Puisque les Aurolanis attaqueraient en amont, il leur laissait le plaisir de commencer. Ils auraient du mal à maintenir l'élan de la charge et, une fois qu'ils auraient ralenti, sa cavalerie se mettrait en branle. Les Aurolanis n'avaient pas été judicieux dans le choix du champ de bataille et de leurs positions. Adrogans n'avait aucune idée de ce qu'ils attendaient mais, à moins qu'ils aient le bon sens de se retirer, peu d'entre eux quitteraient le champ de bataille vivants. Puis Adrogans le vit, au-dessus de la ville. Il crevait les nuages comme une boule de feu suivie d'une épaisse fumée blanche. Il s'écrasa sur la tour la plus haute encore debout et explosa là dans une pluie de débris enflammés. Un jet de flammes s'élança dans le ciel, frôlant le ciel gris et bas et, pendant une seconde à peine, il sentit la chaleur irradier.

L'armée aurolanie poussa un cri en chœur et les soldats s'élancèrent.

Ce n'est pas que le signal du départ… C'était l'arrivée de Nefrai-kesh !

Adrogans plissa les yeux. Le général ennemi s'était installé dans une tour à vingt kilomètres de distance, mais avec une vue dégagée sur le champ de bataille. Il avait décidé de surveiller ses troupes, pas de les mener, pour des raisons qui dépassaient Adrogans.

Je vais lui en donner du spectacle.

Il se tourna sur sa selle, vers le messager.

— Sonnez l'alerte pour les Chevaliers de Savarre et la cavalerie de Matrave.

L'homme leva son cor de cuivre et souffla. D'abord il sonna l'appel pour les Chevaliers, puis un autre pour les mercenaires. Puis il sonna l'alerte et la fit suivre de nouveau de leurs airs respectifs.

Chaque formation hissa des drapeaux pour signifier que l'ordre avait bien été reçu.

La route creusée posait plus de problèmes aux Aurolanis qu'Adrogans l'avait prévu. Toute l'aile droite était ralentie et séparée du gros des troupes. Même si elle était composée d'une infanterie lourde, la formation perdait de leur unité et se dispersait, ce qui la rendait vulnérable.

— Messager, sonnez l'avance de l'aile gauche.

L'homme s'exécuta et l'aile gauche de la formation d'Adrogans se mit en branle. Elle était principalement constituée des Gardes-montagnes jeranais, un régiment d'infanterie lourde. En renfort, Adrogans leur avait attribué l'armée irrégulière de Svoin, mais il était réticent à l'idée de l'envoyer au combat. Les hommes qui la composaient avaient besoin d'expérience et ce type de bataille n'était pas idéal pour l'obtenir.

Les ennemis accélérèrent dans la montée. Ils marchaient au rythme de plus en plus rapide d'énormes tambours et chantaient à tue-tête dans une langue et suivant une cadence qui semblaient blasphématoires. Adrogans sentit Douleur enfoncer ses griffes dans sa poitrine lorsqu'elle s'agrippa à son dos, mais il n'y fit pas attention. Elle y aurait dans peu de temps bien assez de souffrance dont elle pourrait se repaître et il n'avait aucun besoin de la vision particulière qu'elle lui accordait.

Avec l'accélération, l'aile est aurolanie s'étira et se délita un peu plus. Adrogans fit un signe et les unités de cavalerie qui s'étaient préparées chargèrent. De la neige vola sous le martèlement des sabots et les chevaux frappèrent l'ennemi de plein fouet.

La neige naguère d'un blanc pur était désormais souillée de rouge, animée par les corps tremblants qui se tordaient au bout des lances. Les chevaux, l'échine brisée par les coups de massue d'un hoargoun, battaient des jambes. Les géants des glaces, transpercés par des douzaines de lances, vacillèrent et tombèrent, certains sur la route, d'autres trébuchèrent en arrière et écrasèrent des baragouineurs.

Les *kryalniri* et les vylaens lancèrent des sortilèges, mais Phfas et ses compatriotes zhusks se servaient du pouvoir des *yrûn* pour en bloquer la plupart. Le petit contingent des mages de guerre qu'il avait reçu se servait de sa propre magick. Ils visaient de façon spécifique les magickants ennemis, les forçant à choisir entre la défense ou la mort. Un nombre impressionnant opta pour la seconde option. Alors même qu'ils mouraient, ils projetaient d'horribles boules de feu qui incinéraient les cavaliers ou ménageaient des brèches dans les lignes d'infanterie.

Les Gyrkymes enflammaient la formation aurolanie. Grâce à leurs attaques en piqué, ils lâchaient des douzaines de coques de feu qui explosaient au contact des soldats ou du sol. Trois d'entre elles touchèrent un hoargoun qui se trouvait au centre de l'armée ennemie, le transformant en torche vivante. En se débattant, il écrasa ses camarades et ses hurlements de douleur suffirent à glacer le sang de tous ceux qui les entendirent. D'autres coques de feu provoquèrent le chaos parmi les griffeglaces. Elles en tuèrent certains et décontenancèrent suffisamment les autres pour provoquer une panique au sein de la cavalerie aurolanie.

Des cris de joie s'élevèrent des troupes d'Adrogans lorsque la formation ennemie s'effondra. Leur gauche avait frappé et tenu, de telle sorte que le centre aurolani pointait en avant. Son renfort, l'aile gauche, avait été dégagé, ce qui laissait son flanc exposé à la Garde à cheval jeranaise ou alcidaise. L'exemple parfait du déroulement théorique d'une bataille. Tout se passait trop bien et Adrogans se sentait mal à l'aise.

Puis il le vit.

L'hoargoun enflammé courait et tournait sur lui-même, mais sans jamais essayer d'étouffer les flammes qui le dévoraient. Il essayait plutôt d'arracher son harnais avec ses gros doigts. Celui-ci maintenait en place une musette de toile grossière, assez semblable à celles dont les soldats se servaient pour transporter l'équipement.

Sauf que personne n'en porte au combat.

Sur une créature de la taille d'un hoargoun, le sac aurait pu contenir trois bouvillons et il craquait sous le poids de sa charge, quelle qu'elle soit.

Adrogans le regarda encore un instant et sentit Douleur planter ses crocs dans sa nuque. Il désigna le géant et cria à l'intention de Phfas, mais c'était trop tard.

Le sac explosa.

La créature qui le portait se changea littéralement en un brouillard écarlate de la cuisse à la tête. Un feu se répandit un instant là où s'était trouvée sa poitrine puis un bruit de tonnerre résonna alentour, les guerriers s'effondrèrent, la neige s'éleva en un nuage et même la glace du fleuve se brisa. Une pluie de missiles mortelle partit dans toutes les directions.

Des Gyrkymes furent déchiquetés et chutèrent en spirale suivis par un nuage de plumes sanglantes. Certains des Chevaliers de Savarre qui avaient contourné le centre des Aurolanis subirent l'explosion de plein fouet. Des boulets de plomb et des morceaux d'acier tordu traversèrent leur armure à toute vitesse. Des fragments de poterie acérés tranchaient la peau exposée et la force même de l'explosion fut suffisante pour renverser chevaux et cavaliers.

Mais aussi importants que furent les dommages parmi les Chevaliers, ils le furent encore plus chez les Aurolanis. L'explosion dévora le centre de leur formation. Les survivants étaient blessés et tous les fantassins avaient été mis à terre. Ils luttaient pour se relever, désorientés, beaucoup d'entre eux se retournant pour voir ce qu'il s'était passé.

C'est alors que les troupes d'Adrogans les frappèrent. Il n'y avait eu ni annonce de charge ni signal donné. L'un des boulets avait écrasé le cor et la main qui le tenait, mais les hommes n'en avaient pas besoin pour savoir quand se battre. Ils avaient été secoués et certains blessés par la déflagration, mais leur sang bouillait et l'ennemi devint la cible de leur fureur.

Luttant pour stabiliser son cheval, Adrogans essuya le sang qui coulait dans son œil droit. Quelque chose l'avait touché, le coupant, mais la douleur n'était rien comparée aux vagues de torture pure que lui infligeait son *yrûn*. Elle tourbillonnait en lui comme une colonne de feu. Alors il s'en empara, la canalisa, puis observa le champ de bataille.

Là, à gauche, un autre hoargoun se débattait avec son sac. Il n'était pas en feu, mais un mince filet de fumée s'élevait du coin du paquet qu'il soulevait au-dessus de sa tête. Il tendit les bras en arrière, se préparant à le lancer très loin en plein milieu des Gardes-montagnes.

Adrogans projeta sa main gauche vers le géant et laissa couler la douleur. Une souffrance épouvantable déchira l'hoargoun, tétanisant ses muscles et arquant son dos. Le paquet s'abaissa de plus en plus et la créature bascula en arrière. Le sac toucha le sol dans une gerbe de neige et rebondit une fois avant d'exploser.

La déflagration souffla toute l'aile gauche aurolanie.

Ainsi que l'incendie au sommet de la tour à l'autre bout de Svarskya.

Un autre des hoargouns, celui qui était tombé lors de la première charge, avait reçu une charge explosive. Quelqu'un décida de les appeler les « sacs à bombes » et, faute de mieux, le terme resta. Les mages vilwanais et plusieurs maîtres d'armes le tirèrent jusqu'à une légère dépression et l'ouvrirent. À l'intérieur, ils découvrirent un baril de poudre de feu avec une longue mèche, au milieu de missiles de métal et de morceaux de céramique. Ils déterminèrent qu'il devait être déclenché comme l'avait fait le second hoargoun, mais l'un des mages remarqua que le harnais n'était pas très facile à retirer.

Nefrai-kesh aurait-il prévu le suicide des hoargouns ?

Adrogans regarda au nord, vers la ville. Sur les tours et les murailles brisées, des lueurs brûlaient, du côté des galeries qui entouraient la vieille ville intérieure.

Est-ce un message pour me faire savoir que nous devrons affronter ce type de menaces à chaque avancée ?

Cette idée ébranla un instant Adrogans.

Phfas vint à côté de lui pour regarder Svarskya.

— Tu le prends comme un avertissement, non ?

— Y a-t-il une autre façon de l'interpréter ?

Le vieil homme hocha la tête.

— Le chien qui ne veut pas se battre aboie plus fort que celui qui le veut.

Adrogans y réfléchit un instant puis hocha la tête.

— Même si ces appareils avaient fonctionné, il n'y aurait pas eu assez de dommages pour assurer la victoire à ses troupes. Et s'il avait eu l'intention de s'en servir pour gagner, il l'aurait fait contre la garnison du pont. Vous avez raison, il joue à autre chose, et je ne sais pas à quoi.

Le chaman zhusk grogna.

— C'est un imbécile s'il joue alors que nous faisons la guerre.

— Oui, mais peut-être vise-t-il un objectif plus important.

— Cela t'empêchera-t-il d'atteindre le tien ?

Adrogans sourit et posa la main sur l'épaule de Phfas.

— Non, mais si je savais ce qu'il souhaite obtenir, nous pourrions le lui prendre aussi.

— Excusez-moi, mon général, nous avons un rapport de la bataille prêt à partir pour Lakaslin par *arcanslata*.

Le mage messager confia à Adrogans un morceau de parchemin, puis y jeta un sort de lumière pour qu'il puisse le lire.

— Vous convient-il, mon général ?

Le général hocha lentement la tête.

— Celui-ci ira dans mes archives personnelles. Supprimez toute référence faite aux sacs à bombes et accordez tout le bénéfice de la victoire aux soldats, pas aux dégâts provoqués par ces engins.

— Mais, mon général, il faut les avertir de…

— Je sais, mais ces appareils ont échoué alors peut-être ne seront-ils pas réutilisés. (Adrogans lui fit un geste de la tête.) Si nous faisons craindre à nos compatriotes quelque chose qu'ils ne verront peut-être jamais, nous contribuons à l'effort des Aurolanis. Je n'assisterai pas l'ennemi de cette manière.

— Oui, mon général.

Le mage messager s'inclina et se retira.

Phfas sourit.

— Tu devines son objectif?

— Pas vraiment, mais nous sommes tous les deux d'accord sur le fait que Nefrai-kesh nous adresse un message. J'ai simplement décidé qu'il m'était uniquement destiné. (Il gratta les points de suture au-dessus de son œil droit.) Ainsi, il n'importe à personne d'autre, mais moi je le prendrai à cœur.

Chapitre 56

Will savait en théorie qu'attaquer les caravanes de ravitaillement ne serait pas facile. Chytrine avait besoin de beaucoup de troupes et de vivres, si bien qu'un grand nombre de personnes et d'énormes quantités d'équipement étaient en route vers le sud. Les bêtes de trait et leurs gardiens seuls dépassaient en nombre la force que les alliés avaient assemblée. S'il avait planifié une attaque similaire sur la caravane d'un marchand de pierres précieuses, il aurait souhaité que les forces en présence soient bien plus égales et que la bataille ait lieu sur son territoire.

L'expérience que Corbeau et Résolu avaient accumulée durant toutes ces décennies passées à mettre sur pied des attaques éclairs, additionnée aux connaissances que les lanciers murosans avaient du terrain leur donnaient l'avantage. Les stratégies non conventionnelles jouaient aussi en leur faveur, comme par exemple renverser des arbres sur les chemins qu'empruntaient les Aurolanis ou bouger les petites pierres signalétiques pour qu'une caravane prenne une route qui l'éloignait de son trajet.

Corbeau et Résolu avaient instauré des règles strictes sur la façon d'attaquer l'ennemi lors d'une embuscade. Les magickants étaient toujours la cible, et les meilleurs tireurs – archers ou draconettiers – étaient chargés de les abattre. Venaient ensuite les animaux de trait. Des traîneaux qu'il était impossible de tirer ne pouvaient livrer le réapprovisionnement. S'ils y arrivaient, ils isolaient une partie de la caravane et volaient le chargement, mais tout ce qu'ils ne pouvaient pas emporter, ils le brûlaient.

À la suite du siège de Forteresse Draconis, Corbeau avait appris à quel point les chariots de poudre de feu pouvaient être dévastateurs, alors ils étaient la cible favorite des flèches enflammées et tout le monde se mettait à couvert une fois que l'une d'elles était tirée.

Le Vorquelfe et le guerrier avaient planifié l'embuscade en détail, mettant même en place un ordre de retraite qui les rendrait difficile à poursuivre. Après qu'un premier tir de draconette avait atteint les conducteurs de traîneaux et les mages, des flèches venues d'une autre direction tuaient les animaux. Lorsque les troupes assignées à la protection des caravanes partaient à l'attaque de leurs agresseurs, elles se retrouvaient elles-mêmes criblées de tirs.

Depuis leur départ, six jours auparavant, les troupes ennemies s'étaient réparties en quatre groupes, dont deux faisaient partie de la caravane qui s'était divisée pendant une tempête de neige. Will et les autres avaient été particulièrement violents avec l'un de ces groupes lorsque l'un des meneurs prit la décision de camper pour la nuit. Quand Will pensait à cette attaque, un frisson parcourait toujours son échine.

Cette partie de la ligne de ravitaillement était l'élément de tête. Ils avaient décidé d'attendre que la seconde moitié les rattrape. Il fallait accorder au meneur que la neige tombait dru, alors les conditions de voyage ne seraient pas faciles. Il avait choisi de se mettre contre une rangée d'arbres, pour être à l'abri du vent. La configuration du terrain l'avait quand même obligé à étirer la caravane et, à cause de la tempête, les gardes ne pouvaient donc pas entendre ceux qui se trouvaient du côté opposé.

Et pendant que les ennemis montaient le camp, Résolu et les autres en avaient étudié l'organisation. Ils apprirent qui dormait où et repérèrent les chariots les plus importants. Il y avait très peu de poudre de feu dans cette section. Au lieu de la faire sauter, ils décidèrent donc d'en voler autant que possible pour recharger leurs draconettes.

D'ordinaire, les baragouineurs étaient des êtres nocturnes, le voyage pour apporter le ravitaillement avait donc été pénible pour eux. Ils avaient considéré la tempête comme une excuse bienvenue pour se reposer. Et si le hurlement du vent n'avait pas couvert l'avancée discrète des pillards, le grondement sifflant des ronfleurs y aurait suffi.

Will se souvint d'avoir regardé Résolu se fondre en silence dans la nuit pour se glisser près du premier garde avant même que celui-ci le repère. Le Vorquelfe s'était approché sous le vent, privant son ennemi de l'odorat. Le baragouineur ne se rendit compte de la présence de son assaillant que lorsque ce dernier lui eut plaqué la main sur le museau. Ensuite il y avait eu la lame vive et tranchante d'un coutelas sur sa gorge.

Malgré son corps pour moitié métallique, Sallitt avait atteint le second garde tout aussi silencieusement. Lorsque le baragouineur s'était retourné et avait humé l'odeur du sang dans l'air, le *meckanshii* lui avait brisé le cou dans le creux de son coude. Il avait attrapé son poignet de métal puis s'était penché et avait tiré le baragouineur contre sa hanche droite. Sallitt avait pivoté une seconde fois et sa victime avait expiré avant de glisser au sol.

Will les avait suivis. Une légion de fantômes s'était répandue sur le camp. Ils s'étaient rapidement débarrassés des gardes en les poignardant ou en les étranglant, ainsi que des quelques malchanceux qui s'étaient aventurés hors des tentes pour boire ou se soulager. Résolu avait découpé un pan de la tente du chef et avait planté l'une de ses étoiles dans la poitrine de la créature.

Pendant que les attaquants atteignaient le milieu du campement, Will avait ordonné à ses Libérés de piller le traîneau de poudre. Sans plainte ni trop de difficulté, ils avaient accompli leur tâche et, avant longtemps, ils avaient rejoint le lieu où Corbeau attendait avec les lanciers. Will ne lui avait rien dit mais était venu à ses côtés. Enfin, les autres étaient revenus petit à petit, Résolu en dernier.

Corbeau l'avait dévisagé et avait murmuré :

— Pas de scalp ?

Le Vorquelfe avait eu un large sourire.

— Je ne prends que ceux des guerriers.

Ses paroles frappèrent Will et le firent frissonner. Au plus profond de lui, il savait que ces baragouineurs étaient aussi importants pour la guerre de Chytrine que ceux qui se trouvaient au front.

Sans équipement, son armée s'arrêterait net. Sans vivres, elle mourrait de faim. Sans poudre, elle ne pourrait pas faire tomber les murs des villes. Chacun des baragouineurs qu'ils avaient abattus aurait blessé toute une poignée de guerriers.

Mais la plupart de ceux du campement n'étaient pas des guerriers. Certains étaient vieux, certains jeunes, d'autres clairement simplets ; seuls quelques-uns auraient pu être considérés comme des combattants. Bien sûr, si on leur donnait un coutelas, ils se défendraient, mais ils n'étaient pas entraînés à tuer. Ils n'étaient pas du tout du calibre des ennemis que Will avait combattus autrefois, et il avait presque eu l'impression d'avoir commis un meurtre.

Il savait bien sûr que leur mort était nécessaire. Ce qui le mettait mal à l'aise, c'était de se trouver en position de juger. Que Chytrine ait décidé que lui devait mourir ne justifiait pas qu'il soit en droit de décider du sort des autres. Cela dit, en tuant ces baragouineurs, il les empêchait de s'en prendre à ses amis et à lui. Il pouvait toujours dire qu'il se défendait, pour se justifier. Mais de tels actes n'étaient pas aussi évidents que sur les champs de bataille, où ils étaient auréolés de gloire.

Au fil des attaques, les membres du groupe commencèrent à former des liens. Corbeau encourageait cela en mêlant les unités lors de missions spécifiques et en donnant à certains la mission d'en protéger d'autres. Ainsi la confiance s'installait et, lorsqu'une préparation sérieuse devint nécessaire, tout le monde fut heureux de recevoir de l'aide.

Cela avait commencé avec les *meckanshii* mais s'étendit lentement au reste de l'équipe. Les guerriers oriosans de Forteresse Draconis y avaient laissé leur masque de vie alors ils s'en étaient taillé des noirs qu'ils n'avaient pas décorés. Même si personne n'en parlait, tout le monde savait qu'ils signifiaient ainsi qu'aucun d'entre eux ne pensait survivre à leur mission. Porter un masque noir, c'était se moquer de la mort. Bientôt les Murosans et les Libérés en portèrent à leur tour.

Les *meckanshii* en donnèrent même à Lombo, Qwc, Dranae et Résolu. Tous les quatre les enfilèrent immédiatement.

Will n'en reçut pas. Quand il eut surmonté sa susceptibilité, il comprit pourquoi. Tout le monde dans le groupe croyait avec ferveur à la Prophétie Norrington. S'ils devaient mourir, Will serait le dernier. Tant qu'il se défiait de la mort, il y avait de l'espoir.

Cet après-midi-là, avant qu'ils partent pour une nouvelle attaque, Sallitt Hawkins s'approcha de son frère. Dans sa main de métal, il tenait un masque noir.

— Nous espérions que tu en porterais un et nous rejoindrais.

Corbeau, qui rangeait son arc dans l'étui de la selle, s'accrocha à cette dernière. Ses épaules s'affaissèrent un instant, puis il se retourna, l'air sinistre.

— Tu sais que je ne peux pas. Le mien m'a depuis longtemps été retiré. On m'en a jugé indigne et cela n'a pas changé.

Sallitt garda le silence tandis que les rubans du masque flottaient doucement dans la brise. Will vit la mâchoire de Sallitt se crisper et ses yeux se plisser. Les maillons de métal argenté à la droite de son visage qui contrastaient violemment avec ses cheveux roux et sa peau pâle, bougeaient comme s'ils étaient vivants, se resserrant tandis que l'homme réfléchissait. Will vit même une veine pulser sous l'argent.

L'aîné des Hawkins tenta de maintenir une voix égale. Mais sa gorge serrée l'avait rendue rauque.

— Nous y avons pensé. C'est Tarrant Hawkins qui a été privé de son masque. Les événements ont prouvé qu'il s'agissait d'une erreur. Mais ce n'est pas à Tarrant Hawkins que nous proposons celui-ci. C'est à toi, Corbeau de Kedyn. Le passé est sans importance, ce qui est important, c'est que tu as plusieurs fois gagné l'honneur de porter un masque.

Corbeau se mit à secouer la tête pour protester.

Will s'avança et prit le masque de la main de Sallitt. Il leva les yeux vers Corbeau.

— À Meredo, tu m'as reconnu en tant que ton seigneur et suzerain. Une fois déjà, tu as reçu un masque de la part d'un Norrington. Prendras-tu celui-ci aujourd'hui, pour moi ? pour la compagnie ?

L'homme aux cheveux blancs acquiesça lentement et mit un genou à terre. Will se tint derrière lui et attacha le masque autour de sa tête, coinçant un cheveu dans le nœud.

— Ce masque ne fait pas de toi un membre de la compagnie, Corbeau. Ce sont les autres qui, en portant les leurs, vous rejoignent, Résolu et toi, dans votre guerre contre Chytrine.

Le Norrington s'écarta et détacha le masque à son bras droit, puis le mit sur ses yeux. Il allait le nouer, mais Corbeau vint derrière lui.

— Un Norrington aura toujours un Hawkins pour l'aider, seigneur.

Will sourit et sentit le nœud tirer sur un cheveu.

— Merci, Corbeau.

Il leva les yeux et vit que les autres hommes, surtout les Oriosans, affichaient de larges sourires.

Will le leur rendit.

— Maintenant que c'est fait, soldats, nous avons des ennemis à tuer. Allons-y. Il y en aura beaucoup, alors autant s'y mettre sans tarder.

Chapitre 57

Avant même de partir pour Navval, Alexia avait vu les signes que sa stratégie avait eu un effet sur les forces aurolanies. Le prince Bowmar et ses deux bataillons centraux de cavalerie lourde avaient rejoint rapidement la route de Porjal et s'étaient installés dans les collines. Comme prévu, ses troupes menèrent des attaques éclairs contre l'armée de tête aurolanie, qui battit en retraite et attendit que le gros des régiments la rejoigne. Lorsque le général aurolani, un *sullanciri* d'après un rapport *arcanslata*, entra sur le champ de bataille, la cavalerie murosane se retira vers un groupe de collines, avec l'infanterie pour les couvrir.

Les Aurolanis firent plusieurs tentatives pour monter les dragonels, mais leur position rendait l'opération compliquée. S'ils se rapprochaient trop de la formation de cavalerie, une attaque rapide pouvait tuer les soldats et détruire les armes. Pour les protéger, le meneur des Aurolanis s'assurait que ses hommes étaient couverts par un nombre suffisant de fantassins et des cavaliers en tête avant de les faire progresser. Lorsque les Murosans se retirèrent pour la dernière fois, ils se réfugièrent dans les collines où l'infanterie, qui s'était servie de la magick pour dégeler le sol, avait creusé des tranchées. Les dragonels tiraient alors du haut de la colline contre des cibles à couvert.

Les Aurolanis avaient certes des tire-au-ciel : des dragonels à canon court, dressés, qui crachaient des boulets pleins de poudre de feu qui éclataient au-dessus des cibles. Will avait appelé ces missiles qui faisaient pleuvoir des éclats mortels des « boulets-tonnerre ». Mais ils devaient être positionnés assez près de la colline au-dessus de laquelle ils devaient exploser.

Les positions des Murosans n'avaient rien d'imprenable. De tels retranchements avaient été pris depuis des temps immémoriaux. Avec assez de guerriers lancés à une vitesse suffisante, un ennemi pouvait submerger la défense et la balayer. Le coût en serait terrifiant, mais ce serait la seule façon de les déloger.

Pas la seule, se souvint Alexia. Un seul dragon pouvait planer au-dessus des collines et brûler vifs les défenseurs. Alyx avait vu de ses yeux l'effet dévastateur de la fureur d'un dragon. La ville de Porasena, à l'est de l'Alcida, avait cessé d'exister en moins de cinq minutes.

Sans surprise, le commandant aurolani détacha une partie de sa force à l'ouest pour profiter d'un passage dans les collines et contourner les positions murosanes. Il y avait des risques pour que les deux bataillons de cavalerie légère ne soient pas suffisants pour arrêter un repli général, mais ils pourraient le ralentir assez en attendant que le gros de l'armée arrive. Dans le pire des cas, les cavaleries aurolanies empêcheraient tout ravitaillement de parvenir à la force sur la route, affaiblissant ainsi les positions des Murosans.

La cavalerie légère chevauchait sous une bannière représentant quatre crânes écrasés, un blanc, un rouge, un bleu et un vert. Elle était composée de baragouineurs et de vylaens, surtout, accompagnés de quelques humains renégats, six cents en tout. Ils profitèrent du couvert de la nuit pour donner l'impression de se diriger vers Porjal, puis ils firent le tour de la colline et prirent vite la direction de l'ouest. Avec un ciel nocturne couvert et une lune qui n'était qu'un fin croissant, les risques d'être vus par les Murosans étaient minimes.

Mais Alexia mit à profit la vision nocturne d'une éclaireuse gyrkyme invisible dans la nuit. Elle revint avec le nombre exact de soldats qui exécutaient cette manœuvre. Le détour des Aurolanis faisait une quinzaine de kilomètres qu'ils pouvaient parcourir aisément pendant la nuit pour arriver le lendemain derriere les lignes murosanes.

C'était une stratégie intelligente mais fondée sur de fausses informations. Au niveau des positions murosanes étaient déployées toutes sortes de bannières d'unités, y compris celles de la cavalerie lourde du roi, une unité réputée, en réalité sous les ordres d'Alexia. Mais si elle se trouvait effectivement dans les collines, elle n'était pas dans celles-là.

Elle était, en fait, positionnée dans les collines boisées qui surplombaient la vallée traversée par les Aurolanis. La vallée elle-même avait été creusée par des siècles de crues printanières et, de fait, même étroite, elle était dotée d'un sol plat où s'écoulait un ruisseau. Ce dernier avait été complètement recouvert par de la neige peu épaisse et verglacée. Les Aurolanis, qui avançaient vite dans la nuit, n'avaient aucune idée du piège dans lequel ils allaient tomber.

Leur premier avertissement fut la charge du premier bataillon de cavalerie lourde au nord. Les trois cents cavaliers sortirent à toute vitesse de la forêt. En réalité, ils se dirigeaient vers la queue de la colonne ennemie, car ils avaient attendu que l'arrière-garde les dépasse avant d'attaquer. Ils s'élancèrent au galop sur quatre cent cinquante mètres et se ruèrent sur les griffeglaces.

De toute évidence, les Aurolanis connaissaient les failles d'une charge de cavalerie lourde. L'arrière-garde accéléra tandis que ceux de tête se séparèrent vers le nord et le sud, pour encercler les flancs de la cavalerie. Les Aurolanis étaient deux fois plus nombreux que les Murosans et n'auraient pas dû avoir de difficulté à les écraser.

Ils avaient choisi la première des trois réactions possibles à cette embuscade et Alyx avait positionné ses troupes de manière à profiter de tous les scénarios. Dans celui-ci, les deuxième et troisième bataillons attaquaient depuis le nord et le sud, fondant sur les flancs arrière Aurolanis.

Même si les griffeglaces étaient des guerriers terrifiants, ils n'étaient pas beaucoup plus gros qu'un cheval de bataille dans son caparaçon. Leurs corps disloqués tourbillonnant au milieu des plumes, les temeryx broyés piaillèrent et gargouillèrent lorsque la cavalerie passa parmi eux. Les lances transpercèrent les baragouineurs, les soulevèrent tandis qu'ils se débattaient sur leur selle. Les hurlements et les cris, les glapissements et les gémissements étaient couverts par le bruit du métal et les craquements nets des os et des lances.

Les combattants de l'arrière-garde la plus éloignée, voyant ce qui arrivait à leurs compatriotes, s'enfuirent vers l'avant et creusèrent la distance avec la force d'embuscade. Alyx se dit qu'ils pensaient avoir échappé à leur sort. Ils partirent vers l'ouest, là où la vallée se rétrécissait de nouveau, dans l'intention évidente de se glisser dans la forêt pour revenir sur leurs et pas et faire un rapport à leurs commandants.

La cavalerie lourde du roi se composait d'un quatrième bataillon. Il les attendait, s'étant positionné là pour bloquer toute la force si les Aurolanis décidaient de s'enfuir. Alyx en avait confié le commandement à Sayce et la jeune princesse attendit jusqu'à ce qu'il soit presque trop tard pour lancer sa charge. Le quatrième bataillon surgit de derrière les arbres et fonça sur les Aurolanis, s'écrasant contre eux. Les lanciers des premières lignes creusèrent un sillon au centre de la formation ennemie et les épéistes qui se trouvaient à l'arrière achevèrent ceux qui restaient.

Sayce rejoignit Alexia là où, après avoir mis pied à terre, le troisième bataillon mettait en lambeaux la bannière à quatre crânes du drapeau.

—Ils sont tous morts, Alexia.

—Combien d'entre nous sont touchés ?

Sayce jeta un coup d'œil vers les ténèbres derrière elle.

—Quatre morts ; beaucoup de coupures et d'entailles, surtout à cause des griffeglaces. Une douzaine de chevaux ne survivront probablement pas.

—Confiez les blessés graves à Kerrigan. Qu'il les soigne assez pour qu'ils puissent monter à cheval. Ensuite je veux que vous choisissiez quatre de vos meilleurs cavaliers et que vous les envoyiez à votre frère. Qu'ils lui disent ce qu'il s'est passé ici.

Sayce pencha la tête.

—Mais nous avons des *arcanslata*.

Alexia glissa sa dague dans la gaine de sa botte avant de se redresser.

—Et il est tout à fait possible que Chytrine ait trouvé le moyen de détecter l'emplacement des *arcanslata* en service. J'aimerais éviter que nous soyons repérés.

—Je n'y avais pas pensé.

Alexia hocha la tête. Elle n'y avait pas beaucoup réfléchi non plus jusqu'à ce qu'elle demande à Kerrigan comment il s'occupait pendant leur chevauchée. Il lui avait expliqué qu'il travaillait à une série de sortilèges de détection différents de tout autre et à la façon dont il pouvait découvrir où se trouvait un objet, comme un fragment de la Couronne du Dragon ou n'importe lequel des artefacts magickes. Il fit remarquer, pour donner un exemple, qu'il pouvait localiser de Corbeau en se servant pour cela de son anneau de mariage. Du moins, il pensait le pouvoir. Elle lui avait alors demandé s'il était possible de repérer les *arcanslata*.

Kerrigan avait souri et levé les yeux au ciel.

— C'est possible, mais seulement si on les utilise. Sinon ils ne sont pas très magickes. Ce sortilège concernera les objets importants.

Alexia n'avait pas pris le temps d'expliquer à quel point les *arcanslata* pouvaient être importants, mais elle partait du principe que tout ce que Kerrigan était capable de faire, Chytrine le pouvait aussi. En faisant cette supposition, elle conférait peut-être trop de pouvoir à l'impératrice aurolanie, mais Alyx préférait surestimer un ennemi plutôt que le contraire.

Un soldat les rejoignit, portant la tête du meneur aurolani. Alexia lui donna la bannière et il l'enveloppa joyeusement avec, avant de refermer le tout grâce à des liens de cuir, formant un joli petit paquet bien serré.

— Prêts à partir, Altesse.

— Merci.

Perrine atterrit et plia les ailes.

— D'après ce que je peux voir, ma sœur, personne ne s'est échappé. Il y a quelques griffeglaces qui traînent, mais nous pourrons les chasser lorsque le jour se lèvera.

— Merci, Peri.

Alyx désigna le paquet que le soldat portait.

— Si cela ne te dérange pas, pourrais-tu livrer ceci au commandant aurolani ?

— Avec tes compliments ?

Alyx regarda sa sœur qui souriait et secoua la tête.

— Je ne tiens pas à ce que tu te trouves si près d'eux.

Peri accepta le colis puis recula et déploya les ailes.

— Ils auront ton message, Alyx.

— Et j'attendrai leur réponse.

Isaura sentit la fureur d'Anarus bien avant d'entendre le hurlement douloureux par lequel il l'exprima. Elle sortit du cocon de fourrures tiède dans lequel elle avait dormi et mit ses vêtements. Elle prit son temps pour s'habiller. Elle savait qu'elle devait se rendre auprès du *sullanciri*, mais si elle était la première à ses côtés, il tournerait sa colère contre elle et elle souhaitait l'éviter.

Ayant retardé l'instant le plus possible, elle parcourut les passages labyrinthiques du pavillon de commandement et atteignit la pièce centrale. Neskaru et Naelros étaient arrivés avant elle. Elle ne vit aucun signe de Tythsai mais, puisque la *sullanciri* morte-vivante n'avait ni une vue ordinaire ni le besoin de dormir, elle passait souvent ses nuits à marcher et observer.

Sur la table, dans un tas de tissu fripé et détrempé, se trouvait la tête d'un baragouineur. D'après les signes peints en blanc sur son visage, Isaura l'identifia comme un commandant. Ce ne fut que lorsqu'elle regarda le tissu de plus près et reconnut une bannière qu'elle comprit l'importance de la tête.

Le visage de Neskaru coula vers elle pour la regarder.

Délivrée par Gyrkyme, l'animal de compagnie d'Alexia. L'attaque a échoué.

Isaura observa Naelros. Il avait suggéré une force plus puissante pour cette manœuvre, mais Anarus avait choisi la vitesse. Isaura se rendit compte qu'Anarus devenait plus imprudent lorsque la lune décroissait et semblait reprendre son sang-froid au fur et à mesure qu'elle devenait pleine.

Le dracomorphe répondit à son regard en faisant un signe de tête, mais il garda le silence.

Le *sullanciri* loup faisait les cent pas d'un air furieux. Lorsqu'il se retournait, il regardait la tête ensanglantée et faisait claquer ses mâchoires. Une fois sur deux, il jurait, ou il grondait. Ses yeux brûlaient d'une lueur diabolique et ses babines retroussées dévoilaient des crocs d'une irrégularité menaçante. La colère et l'indignation irradiaient de lui comme de la lave.

Il leva la tête et aplatit les oreilles. Il sortit une longue langue et se lécha le museau, puis il courba les épaules et croisa ses mains griffues dans le dos.

— Certaines choses sont plus claires maintenant. D'abord, les Murosans ont bien tiré les leçons du malheur des Sebcians. La seule façon de nous empêcher de faire le siège de leurs villes, c'est de nous empêcher d'y accéder. Ce qu'ils font en bloquant les routes et en nous privant de notre équipement. Mais bientôt, nous aurons des soldats et du ravitaillement par Porjal. Alors, les soldats qu'ils ont envoyés dans la nature leur seront inutiles.

Naelros acquiesça.

— Si vous le souhaitez, seigneur Anarus, je pourrais traquer leurs pillards avec mon unité.

— Non, non, pas question ! (Anarus gronda, mais sans violence.) Vos soldats ne sont pas plus entraînés au pistage que les miens. Toutefois j'ai une mission pour vous. Emmenez votre régiment et deux autres, ainsi qu'un bataillon de dragonels. Vous attaquerez Navval.

— *Est-il bien sage de diviser vos forces ?*

Le grognement contre Neskaru fut vif et terrible.

— Ne remets pas mes décisions en question, sorcier. Cette force suffira à menacer Navval. Si nos troupes en font le siège et que personne ne vient le lever, les habitants perdront espoir et nous ouvriront les portes de la ville. Sans défenseurs, les dragonels suffiront à réduire les murailles en cendres. Notre action sera de forcer le roi Bowmar à affaiblir la garnison qui s'oppose à nous ici afin de défendre Navval, ou bien il perdra la ville.

Isaura leva une main.

— Seigneur, les Murosans ont une grande confiance en leurs sorciers. Tant que ceux de Navval ne sont pas éliminés, les habitants ne se rendront pas.

— Bien sûr, princesse, c'est évident. (Le *sullanciri* désigna de son index crochu les lointaines positions murosanes.) Ils n'ont dressé aucune de leurs pierres noires, alors ils refusent de faire combattre leurs sorciers contre les nôtres. Le seigneur Neskaru et ses élèves ne servent à rien, ici. Je les enverrai aussi à Navval. Princesse, vous pouvez rester ou partir, comme il vous plaira.

— *Elle vient avec moi. Je suis responsable de sa sécurité.*

— Alors protège-la bien, mon ami. (Anarus se tourna vers le dracomorphe.) Des questions ?

— En combien de temps dois-je prendre Navval ?

Les oreilles du *sullanciri* tressautèrent d'un côté et de l'autre pendant qu'il réfléchissait.

— Deux semaines devraient suffire.

— Et j'ai assez de poudre et de vivres pour y arriver ?

— Si vous ne gâchez pas la première et que vous ne festoyez pas avec les secondes, oui. (Anarus plissa les yeux.) Vous vous ravitaillerez à Porjal, puisqu'elle sera plus rapide à atteindre de Navval que n'importe quel lieu où je me trouverai. Mon ravitaillement continuera à venir par le nord, lorsqu'il passera.

Naelros hocha la tête.

— Demanderez-vous des renforts à l'impératrice ?

— C'est fait, depuis bien longtemps. (Un grondement sortit de la gorge d'Anarus.) Revenez avec la nouvelle de la conquête de Navval, ou ne revenez pas du tout.

Quelque chose d'*ancien* passa dans les yeux noirs de Naelros. Isaura ne savait pas de quoi il s'agissait, mais ses sens en furent brûlés. C'était tout autant de la colère que du mépris, et pourtant quelque chose de plus, tissé de manière si serrée et complexe qu'elle ne pouvait que s'émerveiller du peu qu'elle identifiait. Naelros obéirait au *sullanciri* – pour le moment en tout cas – mais ce qu'il ferait après le rapport de sa victoire, elle ne pouvait le prédire.

Quelle que puisse être la réaction de Naelros, elle ne serait pas aussi stupide que la menace trop rapidement grognée d'Anarus. Isaura en était certaine.

Chapitre 58

Kerrigan Reese trouvait les étudiants du Conservatoire très agaçants. Ils étaient assis là, dans leur campement, au cœur de la force de siège, à lancer sortilège de détection après sortilège de détection. Non seulement ils utilisaient la vieille méthode inefficace qu'il ne supportait plus, mais ils étaient terriblement faciles à contrer.

Une fois le rapport disant qu'un tiers de l'armée aurolanie partait au nord-ouest vers Navval fut transmis, la princesse Alexia l'avait précédée et avait déplacé ses troupes vers la ville. Tandis que la cavalerie formait une défense du côté de l'avancée ennemie, les Gardes de Zamsina, une unité d'infanterie légère, se hâtaient de rejoindre Navval. Kerrigan était parti avec eux et on lui avait attribué des appartements à l'Académie de Caledo locale.

Il avait été tenté de ne pas prêter attention aux sortilèges aurolanis, mais une conversation qu'il avait eue avec la princesse Alexia lui rappelait un travail accompli pour le général Adrogans lors de la campagne d'Okrannel. Kerrigan avait forgé une grande quantité de documents qui appartenaient prétendument à une unité traversant le pays en secret. Lorsque l'ennemi avait découvert la cachette de ces rapports, des troupes avaient été envoyées à la poursuite de ces soldats fantômes.

Ainsi, Kerrigan avait-il appris le concept de la désinformation. Il était évident que, si les Aurolanis croyaient qu'il y avait plus de soldats dans la ville qu'en réalité, ils mettraient plus de temps à attaquer, et vice versa. Leur faire croire qu'il y en avait moins pouvait les attirer dans une embuscade, et augmenter démesurément leur nombre les inciterait peut-être même à se retirer.

Kerrigan prit le temps d'examiner les sortilèges ennemis et se rendit compte qu'ils cherchaient les foyers allumés, les épées, les lances, les flèches et les adultes par sexe. De toute évidence, chacun des mages devait dénombrer ses cibles puis, tous ensemble, ils fourniraient un inventaire de qui et de ce qui les attendait dans la ville.

Modifier les résultats de chaque sortilège aurait été difficile. Kerrigan choisit donc soigneusement ses victimes. Il opta pour les sortilèges les mieux lancés, dont l'ordre de recherches était le plus précis, et s'amusa avec eux. Il les examina, apprit comment ils faisaient leurs rapports et en créa deux autres. Le premier poursuivait et détruisait les rapports ; l'autre les imitait.

Ils fonctionnaient bien et confirmèrent les théories de Kerrigan quant à la façon dont on pouvait dissimuler quelque chose à un sortilège chercheur.

À un vieux sortilège chercheur.

Il en avait aussi créé un qui détectait les contre-sorts destinés à repérer ceux qu'il lançait pour altérer les informations. Ils étaient sans résultat, ce qui le décevait, en fait, même si cela voulait dire que l'ennemi ne se doutait pas qu'il était trompé.

Mais ce qui l'agaçait à propos des élèves du Conservatoire, c'était leur obstination à lancer leurs sortilèges. Il avait à peine le temps de travailler celui qu'il mettait en place pour trouver un fragment de la Couronne du Dragon. Néanmoins, tard dans l'après-midi de son deuxième jour à Navval, il pensa l'avoir achevé. Oubliant un instant les sortilèges chercheurs, il se prépara et le lança.

Kerrigan ne pouvait s'empêcher d'être fier de lui-même. Son enchantement mêlait toutes sortes de styles et d'aspects. Il s'enroulait et s'emmêlait à la façon de la magick elfique, mais, avant que les filaments se solidifient, ils s'évaporaient comme s'ils étaient urZrethis. Lorsqu'il reprit forme, il avait le côté anguleux des sortilèges humains, puis son écorce rugueuse éclata lorsque les filaments elfique poussèrent à travers.

Il jeta le sort vers l'est et vers le camp aurolani. Il avait prévu de l'envoyer à Meredo, car il savait qu'un fragment s'y trouvait, mais la distance ralentirait la réponse et il était pressé de savoir si le sortilège fonctionnait. Si l'ennemi en possédait un, il était certain de recevoir un rapport rapide. Il focalisa son lancer sous la forme d'un arc étroit qui, par nécessité, s'agrandirait au fur et à mesure de son avancée. Il estimait que la vitesse serait d'un kilomètre six cents par minute, ralentissant tandis que l'arc s'élevait. Toutefois, il aurait son rapport du camp aurolani en quelques secondes.

Il attendit. Rien.

Deux minutes. Trois. Le temps s'écoulait avec une lenteur terrible. Quatre minutes, puis cinq.

Il fronça les sourcils. Il s'imaginait qu'il s'agissait d'un des trois résultats : le premier, qu'il n'y avait pas de fragment dans le campement ennemi. Le deuxième, et il n'aimait pas du tout cette idée : il y en avait bien un, mais un sortilège qui le masquait avait annulé le sien. Le troisième, qui lui plaisait encore moins : son enchantement ne fonctionnait tout simplement pas.

C'était cette troisième possibilité qu'il devait tout d'abord envisager. Il retravailla le sort. Au lieu de chercher un fragment de la Couronne, il choisit quelque chose de plus simple. Il opta pour une cible que lui avait suggérée la princesse Alexia et visa les *arcanslata*. Il se rappela lui avoir dit qu'on ne pouvait les repérer que lorsque l'on s'en servait, mais il savait que ce n'était pas tout à fait vrai. Ils contiendraient des résidus de magick, qui seraient toutefois difficiles à détecter. Néanmoins, décidé à ne pas laisser ce détail le retenir, il sélectionna les paramètres de la recherche et projeta le sortilège, en direction de l'est et du sud.

Si les Aurolanis n'en ont pas, je sais que le prince couronné et le roi oui.

En quelques secondes, il reçut trois rapports de présence d'*arcanslata*. L'un se trouvait dans le campement aurolani et les deux autres, dans Navval même. Le sortilège mettrait du temps à atteindre le prince, à Caledo, Kerrigan s'assit donc et attendit.

Avant le retour des hérauts, il perçut quelque chose d'autre. Ça tombait sur Navval brutalement, avec la force d'une pluie torrentielle. On aurait même dit une tempête, des énergies magickes qui roulaient et grondaient. Elles lui griffèrent l'esprit comme le crissement des serres sur l'ardoise, puis grandirent jusqu'à lui planter un pic enflammé dans l'âme.

Kerrigan porta les mains à la tête et tomba de sa chaise lorsque la douleur lui vrilla le corps. Il avait l'impression d'être brisé, mais eut la présence d'esprit d'identifier le sortilège et de préparer un contre-sort. Ses doigts tressautèrent et il bougea les lèvres tandis qu'il se préparait à se défendre.

Un encrier, lourd et plein, le frappa en pleine figure et se brisa. L'armure osseuse apparut, le protégeant de toute blessure, mais l'encre noire se répandit sur lui comme du sang. Avec un grondement, il se mit à genoux et regarda Bok.

— Pourquoi tu as fait ça ?

L'urZrethi brandit une botte, prêt à la jeter, et son autre bras s'allongeait pour se saisir de la seconde.

— Rêtez, rêtez, rêtez.

Kerrigan porta de nouveau les mains à sa tête lorsque la tempête magicke le foudroya le long de la colonne vertébrale. Il courba le dos et inspira difficilement, puis le sortilège le libéra et il se laissa retomber par terre. Il resta là, sans force, un bon moment, puis découvrit que Bok était accroupi près de son visage.

L'urZethi essuyait l'encre avec un coin de la couverture de la couchette de Kerrigan. Le mage voulut repousser la créature puante, parce qu'il était toujours furieux après lui. Mais les gestes de Bok étaient si tendres qu'il eut du mal à rester en colère.

— Pourquoi, Bok ?

— Rêtez.

Kerrigan ferma les yeux et secoua la tête. Ses pensées s'éclaircissaient lentement et il remit ses idées en ordre. Dans le campement ennemi, un puissant sorcier avait lancé un sortilège brutal sur la ville. Mais celui-ci n'aurait d'effet que sur les magickants. Il avait beau être douloureux, dérangeant et agaçant, il n'était pas fait pour causer de sérieux dommages. En fait, il était facile de se défendre contre lui : c'était une variation d'un sortilège de gêne dont tous les élèves apprenaient à se servir contre d'autres apprentis.

Et puisque nous avons tous l'habitude de détecter et contrer ce sortilège, nous l'avons reconnu et avons lancé les contre-sorts.

Kerrigan ouvrit brusquement les yeux.

—Aide-moi, Bok.

L'urZrethi se hissa, puis s'accroupit près de son tibia droit avec un sourire dément.

Kerrigan lui fit un signe de tête, puis fronça les sourcils et lança un sort. Il balaya la zone à la recherche du type de rapports que ceux du Conservatoire renvoyaient. L'air en vibrait. Chacun des sortilèges signalait la présence d'un magickant qui s'était défendu contre l'attaque.

L'Initié secoua la tête.

—De vrais enfants. Il a attaqué et nous avons réagi, lui indiquant ainsi le nombre de mages qui se trouvent à Navval et lui donnant une idée de notre puissance. J'aurais fait la même chose si tu n'avais pas été là, Bok. Merci.

—Bok, Bok!

L'urZrethi sautilla à côté de Kerrigan, puis bondit dans un coin et se recroquevilla sur une pile de fourrures.

Kerrigan acheva d'essuyer autant d'encre que possible, puis se lava le visage et les mains. Pendant tout ce temps, il réfléchit longuement à la sensation que le sortilège lui avait laissée. Il sonda ses différentes dimensions et obtint une impression du sorcier qui l'avait jeté. Parce qu'il était très simple, il n'y avait pas beaucoup de créativité. Tout de même, il possédait des aspects caractéristiques ; il avait sans aucun doute été lancé avec la souillure du Conservatoire.

Mais ce n'était pas tout. Sous le vernis de la magick aurolanie, Kerrigan trouva une base solide en provenance de Vilwan. Et, entre les deux, si subtil qu'il le manqua presque, il y avait autre chose. Si Kerrigan n'avait pas été aussi puissant, il ne l'aurait pas perçu. Cela formait un lien entre Vilwan et le Conservatoire, une transformation vive et radicale. Il n'avait encore jamais rien senti de pareil.

Il eut une intuition et fouilla dans ses affaires pour en sortir une baguette : non pas le cadeau des Bokas, mais quelque chose de bien plus ordinaire. Wheele, un mage du Conservatoire, avait dit que son maître la lui avait confiée expressément pour tuer Orla, le dernier professeur de Kerrigan. Prudemment, ce dernier l'effleura avec la magick et reconnut la même souillure que celle du sortilège de gêne.

Il s'assit sur le rebord du lit et sentit son sang se glacer dans ses veines.

C'est un sullanciri *qui a lancé ce sortilège. Neskaru, celui qui dont le nom était Heslin. Il est là-bas et il connaît le nombre de sorciers présents à Navval et quel est leur degré de puissance. Il les a tous identifiés, sauf moi !*

Soudain furieux, Kerrigan serra le poing sur la baguette. Neskaru avait donné à un sorcier mal entraîné la capacité de tuer Orla, une mage de guerre de Vilwan expérimentée. Kerrigan sentit le besoin de vengeance naître en lui. Le fait qu'il ait échoué à sauver Orla, et la nature virulente des sortilèges qui l'avaient tuée nourrissait ce désir. Il voulait plus que tout détruire Neskaru.

Il étouffa cette pensée dès qu'elle émergea. Il n'était pas plus entraîné à la guerre contre un *sullanciri* qu'à soulever une montagne. Il était puissant, certes, et le fait que Neskaru ne soit pas au courant de sa présence à Navval lui procurait un avantage certain, mais même cela ne pouvait pas lui garantir la victoire. Rien ne le ferait… mais ne pas essayer signifierait que les mages qui l'avaient fait mourraient.

Kerrigan médita sur la marche à suivre jusqu'à ce qu'il s'endorme. Il ne trouva la solution ni éveillé, ni en rêve. Et son sommeil agité prit brusquement fin. À son réveil, il se demanda ce qui l'en avait sorti, espérant qu'il s'agisse de la solution à son problème.

Il ne s'agissait pas de cela. C'était plutôt un autre problème, un qui lui coupa le souffle. Il repoussa brusquement sa couverture, mit son pantalon et sa chemise, puis traversa la tour en courant. Lorsqu'il atteignit la porte, il se rendit compte qu'il n'avait pas de bottes, mais il ne retourna pas les chercher. Il fila dans les rues comme une flèche, jusqu'au palais ducal, et on lui permit d'entrer alors qu'il était plus de minuit.

Suant et soufflant, il grimpa les escaliers de la tour et cogna à la porte de la chambre d'Alexia. Il n'obtint aucune réponse et frappa de nouveau.

— Ouvrez… C'est moi, Kerrigan ! (Il s'appuya lourdement sur le battant.) C'est important !

La porte s'ouvrit brusquement et il trébucha en entrant à l'intérieur.

Peri le retint. Alexia terminait de refermer une robe de chambre et nouait la ceinture. Même si, de toute évidence elle tombait du lit, son regard violet était vif.

— Qu'y a-t-il, Kerrigan ?

— J'ai lancé un sortilège, tout à l'heure, pour tenter de trouver des morceaux de la Couronne du Dragon. Pour l'essayer je l'ai lancé vers le campement aurolani, je n'ai pas eu de réponse.

— C'est une bonne nouvelle. (Elle fronça les sourcils.) Tu aurais dû me le dire avant.

— Non, non, vous ne comprenez pas ! (Il se redressa, inspira profondément et indiqua l'est.) Le sortilège a fonctionné ! J'ai trouvé un fragment, là-bas. Il se déplace à découvert, sans aucun sort de dissimulation ni rien ! Il est à Sarengul. Si Chytrine n'a pas encore mis les mains dessus, elle l'aura très bientôt.

Chapitre 59

Will se baissa pour éviter le coup de couteau d'un baragouineur, puis, d'un mouvement de la hanche, il fit basculer son agresseur tête la première. Il sauta sur le dos de la créature les deux genoux en avant puis, des deux mains, il enfonça les restes inégaux d'une lame de coutelas dans l'armure de cuir. La neige étouffa le grognement bestial, qui se mua en couinement. Lorsque Will trancha d'un côté à l'autre, les efforts du baragouineur pour se libérer faiblirent à leur tour.

Une flèche siffla au-dessus de l'épaule de Will, si près qu'il sentit le déplacement d'air sur sa joue. Une détonation retentit derrière lui, suivi d'un gargouillis. Will se retourna et vit un autre baragouineur agité des spasmes de l'agonie, une des flèches de Corbeau plantée en lui du cœur à l'échine.

Arrachant le coutelas d'une main sans vie, Will se redressa et para une attaque par le bas. Avant qu'il puisse inverser sa prise et remonter sa lame, Lombo décrivit un grand arc de la patte gauche. Cette dernière cogna le baragouineur grimaçant à la droite de son visage et lui fit pivoter la tête. Les os craquèrent comme un coup de tonnerre. Will ne savait pas s'il s'agissait du cou ou du crâne, et il s'en fichait.

— Merci, Lombo.

D'autres flèches sifflèrent lorsque les membres du groupe d'embuscade marquèrent une pause dans leur retraite et visèrent les baragouineurs. Certains s'effondrèrent, mais d'autres arrivaient toujours, malgré les dards qui les transperçaient. Ils étaient décidés à atteindre leurs proies et s'obstinaient à les poursuivre sur le flanc de colline boisé.

Ils virent une série d'éclairs sur la gauche accompagnés du crépitement des draconettes. La fusillade faucha les baragouineurs, certains pivotèrent sur eux-mêmes, d'autres tombèrent comme après avoir reçu un coup de massue. Quelques-uns se tournèrent dans cette nouvelle direction, tentés de se diriger vers l'autre flanc de colline, mais une autre volée de flèches les balaya. Certains furent tués, d'autres blessés. Ajoutée à l'assaut des draconettes, elle coupa l'élan des baragouineurs, et ceux qui le pouvaient se mirent à redescendre la colline.

Will et les autres continuaient à monter, même si Lombo avait l'air de ne laisser l'ennemi partir qu'à contrecœur.

— Allez, Lombo, y en aura d'autres à tuer plus tard.

Le Panqui grommela.

— Eux se casser facilement.

— Ouais, Résolu leur aurait pris le scalp.

Cette embuscade qui s'était achevée sur la bataille du flanc de colline avait en fait été la conséquence d'un coup de chance pour les deux camps : les pilleurs en avaient simplement eu un peu plus. Ils avaient enfoui un tonneau de poudre de feu dans la neige au pied de la colline tout près de la route. Ils avaient mis en place des signes pour détourner une caravane et en avaient piégé une petite, apparemment séparée d'une plus importante. Lorsque les traîneaux les plus chargés s'étaient trouvés à proximité du tonneau, les pilleurs l'avaient fait sauter. Les traîneaux transportaient de toute évidence beaucoup de vivres et ils avaient imaginé faire une belle prise.

Mais ils s'étaient trompés.

Ils avaient découvert que les Aurolanis avaient décidé de leur tendre eux aussi un piège ; et la petite caravane n'avait été qu'un leurre. Les traîneaux, tous hauts et recouverts de toile, ne contenaient pas de nourriture, mais dissimulaient des troupes. Si les pilleurs avaient attaqué comme à leur habitude, ils auraient été massacrés.

Heureusement, l'explosion du tonneau avait fait sauter deux des traîneaux, en avait renversé deux autres et avait mis la caravane complètement sens dessus dessous. Les gardes, certainement des soldats d'élite, s'étaient précipités sur leurs agresseurs sans la moindre hésitation. C'est là que le sens tactique de Corbeau fit ses preuves. Pendant que les pilleurs se retiraient, les archers et les draconettiers avaient empêché toute poursuite.

Ils avaient beau avoir échappé aux baragouineurs, la mise en place de leurres n'était pas une bonne nouvelle. Depuis le début, ils avaient su que ce n'était qu'une question de temps avant que les Aurolanis leur envoient des troupes. L'ennemi se dispersait et ils s'en réjouirent tous. Mais s'il les recherchait activement, cela limiterait sérieusement leurs possibilités de détourner le ravitaillement.

Will tapota l'épaule de Corbeau.

— Merci pour la flèche.

— C'est mon devoir, seigneur.

Le ton de sa voix était moqueur, mais le clin d'œil qu'il lui fit derrière le masque noir, accompagné d'un sourire, le rendait affectueux.

— Merci d'avoir rapproché suffisamment les cibles pour que je les atteigne.

— C'est ce que je faisais ?

— J'espère bien. Toute autre chose aurait été stupide.

Will s'apprêta à répliquer, mais se retint lorsqu'il vit Sallitt Hawkins et Résolu les rejoindre. Le frère aîné de Corbeau pinçait les lèvres d'un air sinistre.

— Vu notre position, je suis presque sûr qu'ils veulent nous coincer. Il y a probablement une unité au nord d'ici et une autre au sud qui se dirigent toutes deux vers l'est. Ils nous ont envoyé cet appât en espérant nous anéantir, mais je suis certain qu'une force plus importante attend un ordre à l'ouest.

Corbeau acquiesça.

— Ils devaient s'envoyer des messages par *arcanslata* de façon régulière. L'interruption des transmissions alertera tout autant les autres unités qu'un rapport détaillé. On dirait bien qu'ils nous en veulent.

— Et nous ferons en sorte que ça continue. (Résolu sourit de toutes ses dents.) La force au sud aura dû faire plus d'efforts que celle du nord. Si nous repartons dans la direction de Caledo, nous pourrions la manquer, ou bien la trouver, la suivre et la frapper par-derrière avant de nous retirer sur la capitale.

Will fronça les sourcils et tapota son masque.

— Je croyais qu'il y avait peu de chances que nous sortions vivants de cette campagne.

Sallitt sourit.

— Ce n'est pas parce que nous invitons la mort que nous devons l'accueillir à bras ouverts, Will.

Will aurait tout aussi bien dit à la Faucheuse de s'en aller mais, au fond de lui, il se savait condamné. Le froid qu'il ressentait, en partie du moins, c'était la mort qui le grignotait. Il ne savait pas comment il pouvait en être si sûr, mais il en était certain. Peut-être parce qu'il avait entendu dans les ballades que les héros avaient rarement une fin enviable. Très peu vivaient heureux à tout jamais. Si Will n'avait jamais imaginé la vie qu'il pourrait mener dans, disons, trente ans, il se disait désormais qu'il aurait bien de la chance s'il survivait trente semaines de plus.

Voire trente jours…

Il regarda Corbeau et s'émerveilla à la vue de ses traits ciselés, des rides et des cicatrices que l'âge lui avait données. C'était la même chose pour Sallitt, que son visage à moitié métallique rendait encore plus vieux. Même Résolu, malgré l'éternelle jeunesse des elfes, avait dans son regard argent un air d'ancienneté. Tous les trois avaient vécu plus longtemps que Will, certainement plus longtemps qu'il vivrait lui-même. Ils avaient accompli et enduré des choses qui les rendaient vraiment comparables aux héros des chansons, pourtant personne ne chanterait leur vie parce qu'ils n'étaient pas les élus d'une prophétie.

Et ils vivront heureux jusqu'à la fin de leurs jours.

Un frisson parcourut l'échine de Will. C'était donc cela, ce qui séparait le commun des mortels des héros. Tout le monde désirait vivre heureux. Les gens souhaitaient une vie prospère ils voulaient voir grandir leurs enfants et leurs petits-enfants. Ils voulaient vivre la meilleure vie possible et améliorer les choses pour les autres. Ils y travaillaient dur.

Mais les héros travaillaient encore plus dur. Ils sacrifiaient volontiers leur propre vie afin que d'autres – des gens avec lesquels ils n'avaient aucun lien, qui n'avaient même jamais entendu parler d'eux – puissent vivre pleinement. Les héros donnaient leur vie pour celles des autres, pour les protéger du mal, même s'ils ne sauraient peut-être jamais qu'ils avaient été sauvés.

Will contempla le vallon dans lequel ils se trouvaient. Hommes et femmes rassemblaient leur équipement, sellaient leurs chevaux, s'entraidaient. Il y avait des chevaux sans cavalier et des selles vides, car ces raids n'étaient pas sans risques.

Certains étaient morts, d'autres étaient blessés si grièvement qu'ils ne s'en remettraient sans doute pas et d'autres encore porteraient des cicatrices toute leur vie, aussi courte serait-elle.

Tous, ils étaient des héros. Les masques noirs le proclamaient. Chacun d'eux avait choisi d'abandonner sa vie pour se lancer dans une mission qui, si Chytrine remportait la victoire, serait considérée comme naïve, au mieux, et comme un échec absolu, au pire. Si Chytrine gagnait, ils seraient maudits et ceux qui survivraient assez longtemps pour fuir plus loin vers le sud diraient que tout aurait pu être sauvé si seulement les pilleurs avaient fait de leur mieux.

Mais qui peut dire que nous ne l'avons pas fait ?

Les *meckanshii* se réunirent et Will les regarda avec fascination : des hommes et des femmes horriblement défigurés au combat et qui s'étaient reconstruits grâce à une magick qui fusionnait le métal avec la chair. Le coup de hache d'un *sullanciri* avait emporté le bras de Sallitt. Il l'avait fait remettre en forme, même si Will discernait des morceaux de métal tordus. Il n'avait aucune idée de ce qu'on devait ressentir lorsqu'un forgeron remettait ces pièces en place à coups de marteau, mais l'idée que quiconque puisse penser que ce qu'un *meckanshii* devait endurer pour se battre de nouveau ne constituait pas un sacrifice suffisant le sidérait.

Quant à ses Libérés, il se demanda ce qu'il leur avait pris de quitter leurs foyers pour suivre un étranger dans un combat contre un ennemi qui dévorait toutes les nations. Il regarda son demi-frère qui n'était pas obligé de se trouver là, et Linchmere qui pourrait avoir toutes les armées de l'Oriosa entre les soldats de Chytrine et lui. Quiconque prétendrait que ces hommes n'étaient pas des héros serait fou.

La première fois qu'il avait rencontré Résolu, le Vorquelfe s'était moqué de son désir d'être un héros, du moins un héros tel qu'il l'imaginait à l'époque. Will croyait alors que l'héroïsme se résumait à accomplir des actions dont on se souvenait dans les chansons. Mais les héros qu'il avait alors pour modèles, ne méritaient en rien leur titre. Il s'en rendait compte désormais. Il avait eu beau savoir que les héros devaient consentir à de grands sacrifices, il n'avait vu que la gloire.

Il frissonna. Le froid et la faim n'avaient rien de glorieux non plus, puisque d'innombrables personnes en souffraient tous les jours. La différence, décida-t-il, c'était qu'eux-mêmes supportaient l'hiver et les rations réduites pour la bonne cause. La fin ne justifiait pas les moyens, mais elle ennoblissait les circonstances. N'importe qui pouvait se priver de nourriture, mais combien y parviendraient en combattant une armée ?

Combien se porteraient volontaires ? (Will serra les bras autour de lui.) *Combien mourraient dans cet effort et se considéreraient chanceux ?*

L'arrivée d'un mage messager porteur d'un *arcanslata* interrompit sa rêverie.

— Corbeau, ça vient d'arriver de Caledo. Deux nouvelles. La première n'est pas récente : Sarengul est attaqué par les forces aurolanies et pourrait avoir succombé il y a près de trois semaines.

Corbeau hocha la tête.

— On dirait que se diriger vers l'est pour se réfugier dans la montagne n'est pas envisageable. Ton plan est peut-être le bon, Résolu.

Le mage secoua la tête.

— Il y a pire. Un fragment de la Couronne du Dragon a été localisé à Sarengul. Il y a là-bas des survivants de Forteresse Draconis. Nous ne savons pas s'ils ont le fragment ou s'ils le recherchent, toujours est-il qu'une partie de la Couronne est enterrée dans un lieu qui grouille d'Aurolanis.

Le *meckanshii* se tapota le menton avec un doigt métallique.

— Il est forcément avec ceux de Forteresse Draconis. Si l'ennemi l'avait, il partirait vers le nord. Si les nôtres traquaient les Aurolanis, nous aurions reçu l'ordre de leur envoyer des renforts pour aider à le leur prendre.

Résolu acquiesça.

— Et s'ils n'ont pas dit qu'ils l'avaient, c'était parce qu'ils voulaient éviter que des espions apprennent sa présence. Comment connaissons-nous l'existence du fragment ?

Le mage secoua la tête.

— Ce n'est pas précisé.

Corbeau et Will s'exclamèrent en chœur :

— Kerrigan !

— Si ça vient de lui, je veux bien croire le rapport. (Les yeux d'argent de Résolu se plissèrent en croissants de lune.) Nous devons partir du principe que le fragment est déplacé. Ils doivent nous tenir informés de son emplacement. Nous pourrons alors le trouver grâce à eux.

— Attends une minute, Résolu. (Corbeau désigna l'ouest.) Si nous partons dans les montagnes, nous entraînerons nos poursuivants à nos trousses. Nous pourrions trouver le fragment et avoir ensuite à les affronter.

— C'est vrai, mais si nous fuyons, peut-être qu'ils ne nous poursuivront pas avec trop d'acharnement. Après tout, leur but est de faire cesser nos attaques.

Will leva la main.

— Et si eux-mêmes apprennent l'existence du fragment ?

— Ils ne peuvent pas souhaiter notre mort avec plus d'ardeur. (Le Vorquelfe haussa les épaules.) Leur motivation est sans importance ; ils mourront quand même. Nous serons simplement plus difficiles à trouver dans les montagnes et nous devons espérer que cela fera la différence.

Chapitre 60

Erlestoke détestait avoir le sentiment d'être suivi. Cela faisait presque une semaine que son équipe traversait Sarengul. Ils avaient eu l'intention de suivre les Aurolanis au plus près et, si une nouvelle attaque des urZrethis créait une brèche, ils voulaient franchir leurs lignes jusqu'à atteindre un abri.

Toutefois, leur plan reposait sur ce qu'ils pensaient être une tactique logique de la part d'une force militaire. Le gros des troupes aurolanies avait continué à suivre la route principale. Les Aurolanis étaient pris dans des escarmouches ici ou là, mais les attaques des Sarens leur infligeaient peu de dommages. Leurs forces avançaient et Erlestoke les suivait, sans se préoccuper des passages qui menaient hors de la route principale.

Puis le commandant ennemi avait fait une erreur de débutant et avait envoyé un groupe dans un passage parallèle. L'équipe d'Erlestoke avait d'abord raté les signes de cette séparation, mais s'en rendit vite compte lorsque l'unité revint sur la route principale. Ils se jetèrent à terre, dans l'espoir que les Aurolanis rejoindraient le corps de l'armée, mais cela n'arriva jamais.

Quant à la force principale, elle avait commencé à se comporter intelligemment. Erlestoke ne retrouvait plus que très peu de vivres abandonnés. Ce que ses hommes découvraient était souvent empoisonné ou piégé. Durant les premiers jours, il n'avait pas de raison de penser que les Aurolanis faisaient plus que chercher des urZrethis perdus mais, au bout de quatre jours, la chasse se fit plus diligente et son équipe avait été forcée de se réfugier sur les sentiers et dans les plus petits passages.

Jullagh-tse avait expliqué que des villages et des villes étaient bâtis au-dessus et autour des routes principales, mais Erlestoke n'avait jamais vraiment compris l'idée avant d'en traverser certains. Ils pouvaient être construits autour d'un cylindre, sur lequel s'ouvraient les entrées des *coric*, ou sous la forme d'un labyrinthe de chambres creusées dans la roche au fur et à mesure de la progression des mineurs le long des tours et détours d'une veine de minerais.

Erlestoke et ses soldats traversaient une ville minière. Ses routes étroites formaient des angles étranges. Elles montaient, puis tournaient, puis descendaient brutalement avant d'atteindre un escalier large qui s'élançait vers le haut et coupait à droite. Au-dessus se trouvaient les trous noirs d'une série d'ouvertures et, à n'importe quel moment, des archers ou des draconettiers pouvaient surgir et ses guerriers se trouveraient complètement à découvert dans cet escalier. Pis, il ne voyait pas l'entrée du bâtiment. Donc, même s'ils arrivaient là-haut indemnes, ils auraient du mal à entrer pour éliminer les tireurs embusqués.

Il avait beau savoir qu'on les poursuivait, il n'était pas sûr que certains de leurs ennemis ne les aient pas précédés pour les piéger. Cette ville à l'abandon ne faisait qu'augmenter son anxiété. L'absence des signes d'un massacre était rassurante, mais les murs pouvaient être facilement éclaboussés de sang avant qu'aucun d'entre eux sorte de là.

Si quelqu'un s'en sort.

Être poursuivi ne le dérangeait pas plus que ça, mais il redoutait que l'ennemi sache ce qu'il transportait. Il s'était attendu à être pris en chasse par quelques troupes aurolanies… c'était logique. Mais celles-ci seraient encore plus acharnées si elles savaient qu'il possédait un fragment de la Couronne du Dragon. Pourtant, il avait espéré que le voyage dans les entrailles de Forteresse Draconis aurait été suffisant pour semer les poursuivants ayant connaissance de leur charge.

Et ses poursuivants semblaient savoir ce qu'ils faisaient, ce qui le décourageait au plus haut point. Même si Erlestoke voulait croire que son équipe et lui choisissaient seuls le chemin qu'ils prenaient, de toute évidence leurs adversaires leur coupaient toute retraite. Ils ne pouvaient qu'avancer, tandis que l'ennemi les attendait quelque part.

Erlestoke s'accroupit au pied de l'escalier, puis se retourna et le désigna à Ryswin et Finnrisia, leur donnant ainsi l'ordre de monter. Ensuite, il fit signe à Jancis de s'approcher afin que la *meckanshii* et lui puissent tirer dans les fenêtres si une cible se montrait.

Il s'agissait d'une stratégie désespérée qui aurait pu échouer de la pire des façons. Même si les deux elfes se mettaient à couvert contre le mur pour éviter les traits des tireurs embusqués, il était possible que quelque part à droite, d'autres soient cachés et tendent une horrible embuscade. De toute façon, ils n'avaient pas le choix, alors, l'arc bandé, les elfes passèrent devant lui et montèrent l'escalier en courant.

Il n'était pas vraiment raide, mais les marches étaient suffisamment larges pour couper même les jambes d'un elfe. Pour des urZrethis capables de changer la longueur de leurs membres, elles ne présentaient pas de difficultés, mais les autres perdaient leur élan.

Erlestoke leva son quadnel et visa la fenêtre la plus à droite. Un tireur qui s'y dissimulerait disposerait d'un angle de tir sur Finnrisia. Il plissa les paupières, guettant tout mouvement dans la salle. Là, y avait-il quelque chose ? Et là ? Il devait s'en assurer, car le bruit d'un tir provoquerait sans aucun doute une course-poursuite dans le labyrinthe du village.

Il attendit encore et encore. La fumée de la mèche à combustion lente lui brûlait les yeux, mais il n'osait pas ciller, de peur de rater quelque chose. Il se repassait dans la tête ce qu'il ferait s'il apercevait quelqu'un. Il imagina un archer bandant son arc. Erlestoke ajusterait sa draconette, appuierait sur la détente et espérerait que, après l'éclair et le tonnerre de l'arme et la disparition de la fumée, il trouverait Finnrisia indemne, au sommet de marches, et une coulée de sang noir sous la fenêtre.

Enfin, après ce qui lui sembla une éternité, les elfes atteignirent le sommet de l'escalier. Ils tournèrent à droite sans la moindre hésitation et partirent à toute vitesse. Erlestoke guetta la rumeur d'un combat. Lorsque rien ne lui parvint, il se retourna et fit signe au reste de l'équipe de monter. Ils passèrent devant lui en courant, Jancis et lui formant l'arrière-garde.

Alors il vit quelque chose surgir des ténèbres. Quelque chose dont il se souvenait très bien. Sa poitrine lui fit mal lorsqu'il balança sa draconette pour la couvrir. Sans un regard à la *meckanshii*, il appuya sur la détente. Le chien retomba, la gaine d'amorce s'illumina puis le quadnel rugit et sursauta, crachant du feu et du métal.

De la main gauche, il remonta et rabaissa le levier d'armement, faisant tourner les canons. Il tira le chien, prépara le nouveau canon et regarda en dessous. Là, à une petite vingtaine de mètres dans la fumée qui se dissipait, l'immense silhouette enveloppée d'une cape qui l'avait frappé en pleine poitrine était tombée sur un genou. Elle se stabilisa, une main posée sur la route, tandis que le bras qu'elle avait levé pour garder l'équilibre n'était plus qu'une bosse sous le manteau. Derrière elle, un groupe de baragouineurs s'était rassemblé. L'un d'eux tressautait à terre, fauché par un tir de Jancis.

Erlestoke tira de nouveau, puis se leva. Son second boulet avait atteint la créature à la cape et l'avait renversée sur sa queue. Le manteau s'ouvrit assez pour qu'il voie que, en effet, le bras droit avait été tranché au niveau du coude. La jambe gauche, également découverte, avait une couleur plus claire que le reste du corps, et plus maigre, comme fragilisée par une blessure.

— Jancis, en arrière.

Elle se leva et tira, puis rechargea sa draconette. Son tir avait fait exploser le crâne d'un autre baragouineur.

— Ce canon vise toujours haut.

— Ils ne le savent pas.

Ils se replièrent ensemble et montèrent doucement l'escalier à reculons. Erlestoke mit son troisième canon en position et le prépara. Il le maintint orienté vers les marches pendant qu'il reculait lentement. Un baragouineur jeta un coup d'œil dans le corridor et ulula, mais il se mit à couvert avant que le prince puisse le mettre en joue.

La *meckanshii* baissa les yeux vers lui.

— Ils vont se ruer sur nous maintenant.

— Je sais.

Erlestoke sourit lorsque les hurlements s'élevèrent, puis tous les deux firent demi-tour et montèrent les dernières marches en courant.

Au sommet, ils s'arrêtèrent et chacun tira dans le tas. Un baragouineur s'effondra, deux autres trébuchèrent sur lui. Mais cela ne ralentit en rien la marée qui arrivait.

Ils armèrent calmement et attendirent. D'ici quelques secondes, ils pourraient enfoncer les canons de leurs quadnels dans la gueule de leurs adversaires. Cela en tuerait deux et peut-être plus si la poudre s'enflammait correctement, mais avant qu'ils puissent connaître le résultat de leurs efforts, des coutelas les auraient sûrement découpés en tranches frémissantes.

Venue de plus haut, par les fenêtres, une série de tirs frappa les marches ; des baragouineurs s'écroulèrent. Erlestoke tendit son arme et tira, irradiant un visage lorsque la balle ressortit à l'arrière de la tête.

Un autre baragouineur atteignit Jancis, mais elle réserva sa dernière munition. Elle choisit plutôt de parer cette attaque avec son bras métallique, puis elle planta ses doigts d'acier dans la gorge de la créature. Le baragouineur eut un mouvement de recul. S'étouffant, il trébucha sur le cadavre d'un compatriote et glissa au bas des marches.

Rapidement, Erlestoke et elle filèrent dans le passage à droite. Il se rétrécit, puis tourna à gauche et remonta jusqu'à une petite cour. Une porte sur la gauche menait au bâtiment d'où étaient venus les tirs. Trois autres détonations retentirent et Ryswin annonça :

— Ils l'ont eue.

Erlestoke baissa la tête pour passer l'entrée.

— N'espère pas qu'elle reste à terre. Je l'ai touchée deux fois.

L'elfe fronça les sourcils.

— Qu'est-ce que c'est ?

— Je crois que c'est la créature de Forteresse Draconis, celle qui gardait le fragment.

— Elle bouge encore.

Verum braqua son quadnel et tira.

— Elle est tombée. De nouveau.

Erlestoke se tourna vers Jullagh-tse.

— J'ai le sentiment qu'on ne nous aurait pas suivis de si près si on ne nous entraînait pas dans un piège. Avons-nous d'autres choix que celui de continuer sur cette route ?

L'urZrethie hocha la tête.

— C'est une ville minière. C'est possible. Mais ça ne vous plaira pas.

Verum tira encore.

— Elle ne tient pas debout, mais elle est solide !

— Là, maintenant, il n'y a pas grand-chose qui me plaira tant que ça ne consiste pas à mettre de la distance entre cette chose et nous.

Jullagh-tse indiqua la voûte.

— Ce village est assez haut, alors pour obtenir de l'eau, il lui faut ses propres citernes. À cette hauteur, nous cherchons une carrière où la neige fond et s'écoule. Nous devons trouver le réservoir interne, où l'eau qui s'égoutte est recueillie, puis entrer dans le tuyau. On rampe jusqu'à la sortie et nous sommes libres.

— Il fait quelle taille, ce tuyau ?

Elle haussa les épaules.

— La créature à notre poursuite ne pourra pas nous suivre.

— Mais parmi nous, tout le monde pourra entrer ?

— Je ne sais pas, Altesse.

Erlestoke se passa une main sur la bouche.

— Mais vous pourriez changer de forme suffisamment pour sortir ?

— Oui.

— Très bien, voici le plan : trouvons ce tuyau. Si nous pouvons tous y entrer, on y va, sinon, le fragment est à vous. Éloignez-vous autant que possible. (Erlestoke posa les mains sur les épaules de Jullagh-tse.) Et ne me dites pas que vous ne voudriez pas nous laisser en arrière. Personne ne le voudrait, mais nous le ferions tous s'il le fallait.

— Oui, Altesse. Je sais.

— Bien.

Un autre tir retentit et Verum jura :

— Bon sang ! Nygal, passe-moi ta draconette !

Erlestoke se tourna vers le maître d'armes à large carrure.

— Vous l'avez manquée ?

Le guerrier grisonnant secoua la tête.

— Non, je l'ai eue en pleine poitrine. Mon erreur, c'est de l'avoir laissé se relever avant de tirer de nouveau.

Il brandit le quadnel emprunté et tira.

— Je l'ai eue. J'ai cassé sa jambe gauche, j'en suis certain. (Verum confirma d'un signe de tête.) Elle s'éloigne des escaliers en rampant.

— Bien, nous allons peut-être gagner du temps.

Jilandessa le regarda.

— Ce sera suffisant ?

— Qui sait ? Pour le moment, je me contenterai d'en avoir un peu plus. (Le prince oriosan lui sourit d'un air confiant.) Ce que nous en ferons nous dira s'il était suffisant ou non.

Chapitre 61

Isaura plaqua les mains sur ses oreilles pour étouffer les cris de la mage qui brûlait. La sorcière murosane qui s'était opposée à Corde s'effondra comme une masse enflammée. Sur les remparts de Navval, certains titubèrent, d'autres se figèrent.

Assise devant la tente de Naelros, montée à une distance de cinq cents mètres à peine de la ville, Isaura ne sentait pas l'odeur de chair brûlée. Elle en était soulagée car elle échappait ainsi à un des aspects désagréables de la démonstration. En tant que fille de Chytrine, elle ne pouvait pas se permettre d'y échapper, car tous les élèves de Neskaru les saluaient, elle, leur maître et Naelros avant de partir au combat. Son absence démoraliserait profondément les troupes. Elle s'était donc assise là.

Une part d'elle-même ne craignait pas de voir mourir les ennemis de sa mère. Elle aurait préféré qu'ils entendent raison, mais de toute évidence la présence d'une armée au pied de leurs murs encourageait difficilement le compromis. Ils s'opposaient à sa mère et représentaient une menace, il fallait donc les neutraliser. Des duels à mort entre les sorciers remplissaient assez bien cet objectif.

Isaura admirait le courage avec lequel les combattants des deux camps approchaient du champ de bataille. Ils avaient beau être des ennemis mortels, ils faisaient preuve de respect les uns envers les autres. Neskaru avait bien étudié les adversaires de ses mages. Peu de temps auparavant, il avait lancé un sortilège lui permettant de connaître le nombre des sorciers cachés à Navval et leur force, puis il avait planifié les choses en conséquence.

Les Aurolanis s'en sortaient bien pendant les combats. Bien que quelques *kryalniri* aient été tués et deux apprentis de Neskaru abattus, ils avaient écrasé une bonne douzaine des sorciers de Navval, dont les quatre derniers à la suite. Corde en avait vaincu deux à elle toute seule et donnait l'impression de vouloir rester pour en combattre un troisième. Cela pouvait sembler audacieux, mais en réalité les Murosans avaient pour habitude d'envoyer leurs mages les plus puissants en premier et d'aller décroissant.

Neskaru, capable de s'asseoir sans chaise, formait une présence multicolore entre Isaura et le dracomorphe.

— *Ils en arrivent aux Apprentis, qui seront tous balayés. Naelros, tu n'auras pas beaucoup d'opposition en matière de sorcellerie.*

Le dracomorphe hocha lentement la tête. Lui non plus ne se servait pas de chaise : il était assis sur ses talons. Une cape le recouvrait de la tête aux pieds, mais Isaura voyait tout de même ses grands yeux briller dans l'ombre.

— Nous ne sommes pas pressés. Plus nous attendons, moins ils seront puissants et plus nous pourrons emmagasiner de réserves de poudre.

Sa voix était ferme et calme, pourtant Isaura sentit un frisson lui parcourir l'échine. Elle avait vu Porjal tomber et sa chute avait été brutale. L'assaut d'Anarus avait concentré les dragonels de telle façon que ceux-ci avaient abattu une partie des remparts ; l'armée s'était ensuite précipitée dans la brèche. Le massacre avait été épouvantable et la ville envahie en peu de temps.

Toutefois, Naelros avait deux semaines pour prendre Navval et donnait l'impression de vouloir profiter de chaque minute. Les dragonels avaient été placés de telle sorte qu'ils tireraient au-dessus des murs et détruiraient les bâtiments à l'intérieur, prouvant ainsi que les remparts pouvaient être inefficaces. Cela convaincrait peut-être les habitants de se rendre et Naelros pourrait s'emparer de la ville sans avoir à détruire les murailles, ce qui la rendrait plus difficile à reprendre.

Isaura comprenait que cette stratégie sauverait des vies aurolanies et elle applaudissait à cette idée. Mais elle appréciait moins que les civils aient à souffrir de la guerre. Elle avait vu la même chose se passer à Porjal, mais cela avait été la conséquence de la furie sanglante de la prise de la ville. Ici, la mort s'abattrait au hasard, le seul objectif étant de terrifier les habitants au point qu'ils soient incapables d'organiser une résistance.

Néanmoins elle se demandait si un massacre aussi gratuit n'aurait pas pour seul résultat d'attiser la rébellion. Et pourquoi Naelros n'envisageait pas cette possibilité. Sans doute parce qu'il était un dracomorphe vieux de plusieurs siècles (même si son esprit n'avait que quelques décennies d'éveil), il avait donc une vision différente des humains. Isaura supposait malgré tout que Naelros avait changé d'opinion sur les hommes au contact des Apprentis de Neskaru. Après tout, ses élèves comptaient parmi les plus intelligents

Lorsqu'elle avait parlé de ses craintes à Naelros, le dracomorphe l'avait remerciée.

— Je tiendrai compte de votre point de vue, princesse.

Sa voix vibrait de sincérité, mais il n'avait jamais plus abordé ce sujet. Au lieu de cela, il s'était concentré sur ses préparatifs et il lui semblait qu'il n'avait pas modifié ses plans.

La petite porte des mages de Navval s'ouvrit de nouveau. Un jeune homme corpulent aux cheveux noirs se glissa dans l'entrebâillement et marcha à grands pas vers le champ de bataille. Il portait une simple robe d'un marron sombre, nouée autour de son ventre proéminent grâce à une corde blanche. Il tenta de se donner l'air assuré, mais un coup de vent lui projeta la fumée du cadavre brûlant. Maladroitement il s'écarta, trébucha, puis se retint au menhir noir avant de se redresser lentement.

Du front aurolani s'élevèrent des éclats de rire et des cris moqueurs, mais ils ne semblèrent pas le déstabiliser. Il tira sur sa robe et leva le menton.

— Je suis Kerrigan Reese, Initié de Vilwan. Je viens vous défier.

Il tendit le bras droit en brandissant une baguette. Sa main fut illuminée d'une lumière bleue un instant, puis cette lueur s'éleva et prit la forme d'une sphère arrondie. Elle rebondit sur le terrain enneigé qui séparait Navval du front aurolani. Elle faisait des bonds courts et hauts, des longs aussi. Elle sauta par-dessus des guerriers, puis roula un peu avant de s'arrêter devant le seigneur Neskaru.

Le *sullanciri* glissa sur un genou et passa la main sous le sortilège. Il crispa les doigts et ceux-ci passèrent au travers. Il fut parcouru d'une couleur identique. En un clin d'œil, il s'était redressé et les couleurs tournoyèrent plus vite en lui.

— *Très étrange.*

Le dracomorphe leva une main pour dissimuler un bâillement.

— Comment cela ?

— *Il n'a pas été détecté par mon sondage de Navval. Et la baguette qu'il porte, je l'ai moi-même créée et confiée à Wheele. Il s'en est servi pour abattre une vieille connaissance.*

Isaura observa le garçon. La robe marron indiquait que sa zone d'expertise relevait du transport… mais il se pouvait très bien qu'il n'ait pas trouvé de robe d'une autre couleur. Il était étrange qu'un mage originaire de Vilwan se trouve dans une ville du Muroso. Qu'il entre dans le cercle de duels, une coutume murosane, était inhabituel et son audace de défier un *sullanciri*, remarquable.

— *Jeune et très naïf, ou jeune et plus sage que son âge le laisse supposer.*

Corde, qui se tenait encore dans le cercle, se tourna vers le garçon.

— Je suis Corde du Conservatoire d'Aurolan. Je réponds à votre défi.

— *Non, Corde.*

L'ordre de Neskaru ne fit qu'effleurer l'esprit d'Isaura, mais elle sentit un picotement. Un *kryalniri* qui avait le malheur de se trouver entre le *sullanciri* et Corde fut frappé à pleine puissance et s'effondra, secoué de spasmes. Corde prit lui aussi l'ordre de plein fouet et fut violemment ébranlée, mais elle inclina la tête et revint vers les siens.

Naelros repoussa son capuchon et regarda le *sullanciri*.

— Vous allez accepter son défi ?

— *Je n'ai aucune raison de refuser. Il possède cette baguette et souhaite de toute évidence venger la mort d'Orla. Il ne peut pas me résister et s'il se sert de cette baguette, il mourra certainement.*

Sans plus de commentaire, le *sullanciri* fit un pas en avant. En un éclair, il se retrouva à neuf mètres de l'Initié. Ses couleurs parcouraient son corps en rayures tigrées.

Naelros secoua la tête.

— Quelle imprudence.

— Ce n'est pas certain.

La langue fourchue du dracomorphe vint lécher l'air un instant.

— Ah, vous parlez du garçon. Ce n'est pas mon cas.

Isaura regarda Kerrigan avec intensité. Il était obèse et maladroit, pourtant il avait quelque chose. Rien d'attirant d'un point de vue sexuel. Certains des Murosans l'avaient intriguée, mais elle n'éprouvait pas le moindre intérêt physique pour Kerrigan. Après un instant de réflexion, elle se rendit compte que ce n'était pas tant à cause de son apparence qu'en raison d'une impression qu'il lui communiquait.

L'impression que nous sommes de la même famille.

Ils étaient liés d'une façon ou d'une autre, mais Isaura était incapable de comprendre comment. Elle avait le sentiment, en tentant de le déterminer, qu'elle essayait d'entendre une couleur ou de goûter une chanson. Elle n'avait aucun moyen d'identifier ce qu'elle ressentait.

Neskaru laissa ses pensées filtrer hors du cercle.

— *Tu es le plus jeune. Tu peux attaquer le premier.*

Kerrigan fit rouler ses épaules, puis il referma les mains sur la baguette dans son dos.

— J'ai lancé le défi. La première attaque vous revient.

D'autres rires fusèrent du camp aurolani.

Naelros dilata les narines.

— Le garçon émet certes de la peur, mais pas assez. Vraiment pas assez.

Isaura secoua la tête. Elle sentait le pouvoir se rassembler autour de Neskaru. Le *sullanciri* le tirait de courants forts et purs, mais il se contentait de les effleurer. Il réunissait une matière puissante, mais seulement une fraction de ce qu'il aurait pu puiser s'il était ouvert à la réalité de la magick. Neskaru leva lentement la main droite et fit une série de mouvements avant de tendre le bras vers Kerrigan et de lancer son premier sortilège.

La luminosité argentée de l'attaque ne surprit pas Isaura : elle savait que le *sullanciri* tenterait d'écraser son ennemi du premier coup. Un éclair large comme sa cuisse claqua, comblant en un clin d'œil la distance entre les combattants. Un pouvoir pur brûlait dans l'air et de la neige se changea en vapeur.

L'éclair n'atteignit jamais le garçon. Il l'évita largement, puis tourna sur lui-même, donnant naissance à de plus petits éclairs, comme des ronces se hérissant d'épines. Ils projetèrent sur l'Initié de petites lames argentées. Certaines crochues qui tentaient de le déchirer. Mais aucune ne le toucha. L'éclair se mit à tourner autour de Kerrigan de plus en plus vite, comme pour l'écraser. Mais l'argent s'évapora lentement sous la forme d'un brouillard fantomatique qui dévoila Kerrigan, indemne, indifférent et serein.

Isaura se tendit et put capter l'énergie de Neskaru qui se dissipait, mais rien de ce dont Kerrigan s'était servi pour y résister. Qui peut le plus peut le moins. Qu'un magickant soit capable de bloquer ou repousser un sortilège en se servant d'un plus faible, était l'indice de sa supériorité.

Ce qui signifie qu'il est meilleur que Neskaru… Non, c'est impossible !

Kerrigan inclina la tête.

— Vous étiez un Magister à Vilwan. Par respect pour votre position, je vous accorde une seconde attaque.

Les couleurs qui parcouraient Neskaru dansaient comme si elles flottaient à la surface d'une mer déchaînée par la tempête. Il mit les bras en croix, les laissa retomber et les remonta de nouveau. Les vagues de pouvoir qui s'amoncelaient autour de lui suivirent le mouvement. Le brouillard de neige se resserra et se mit à flotter vers Kerrigan. Il remonta le long de sa robe et se mit à geler. Le mage allait se retrouver emmuré dans la glace. Privé d'air, il perdrait connaissance et Neskaru le laisserait s'étouffer.

C'était l'intention du sortilège. En réalité, la vapeur s'éleva et gela en partie le bord du tissu, mais elle ne monta pas au-delà des genoux de Kerrigan. Elle continua à s'élever, mais de plus en plus haut, puis s'enroula sur elle-même en forme de champignon. Le nuage bouillonna jusqu'à ce que les bras du *sullanciri* retombent et que tout disparaisse.

Naelros cligna ses yeux sombres.

— Maintenant je sens beaucoup de peur.

— Chez le garçon ?

— Non.

Le Vilwanais inclina de nouveau la tête à l'adresse de Neskaru.

— Vous connaissiez mon professeur. Elle est morte par votre faute. Je vous autorise une troisième tentative, mais pas plus.

La fureur de Neskaru se mit à irradier. Même Isaura grimaça, mais pas le garçon. Le corps du *sullanciri* changea au fur et à mesure que montait sa rage, et sa puissance augmenta. Neskaru grandit et s'étendit, ondulant de muscles d'ombre, jusqu'à faire jaillir d'immenses ailes de dragon. Les couleurs se déplaçaient à toute vitesse, elles rebondissaient en lui comme prisonnières d'une enceinte, fusionnaient et changeaient. Une quantité de pouvoir incroyable coulait en lui comme un torrent, plus qu'Isaura aurait jamais cru qu'il puisse en contenir.

Le *sullanciri* se tordit, levant une aile au-dessus du menhir derrière lui, et s'agrippa à la pierre. Il la secoua d'un côté et de l'autre, puis le dégagea brusquement, l'arrachant comme une dent. Des tas de terre boueuse s'écoulèrent de l'extrémité la plus épaisse. Il le hissa au-dessus de sa tête et l'abattit sur l'Initié.

Isaura ne capta aucune utilisation de magick de la part de Kerrigan. Il fit un saut maladroit de côté. La pierre s'enfonça lourdement dans le sol. Isaura sentit la terre trembler sous elle. L'impact projeta Kerrigan en arrière et il tomba sur son large derrière.

Il s'affala contre le menhir noir et se rattrapa à la pierre.

— *À moi !*

La projection d'esprit triomphante de Neskaru coupa le souffle d'Isaura. L'imposant *sullanciri* se pencha, agrippant de nouveau la pierre. Ses muscles gonflaient dans son dos et ses bras. Les couleurs s'intensifièrent pour les souligner. Une fois de plus la pierre allait s'élever, une fois de plus elle tomberait et Kerrigan serait pulvérisé.

La pierre ne bougea pas, malgré tous les efforts du *sullanciri*.

Kerrigan roula doucement sur lui-même, puis se hissa en prenant appui sur la pierre. Celle-ci avait atterri sur un terrain que les sortilèges et la neige fondue avaient rendu meuble et Neskaru aurait aussi bien pu tenter de déraciner tout Navval. Il se démena en vain.

La voix de Kerrigan se fit plus dure.

— Assez. Vous avez eu votre troisième attaque. Vous en avez eu une pour avoir été défié. Une pour ce que vous avez enseigné. Une pour ce que vous avez fait.

Neskaru lâcha le menhir griffé. Le *sullanciri* se redressa et garda les ailes déployées pour avoir l'air encore plus imposant. Les couleurs ne s'affolaient plus en lui, elles coulaient en rideaux vifs et torsadés.

— Et maintenant tu souhaites lancer ton attaque ?

Kerrigan hocha lentement la tête et se saisit de sa baguette.

— Mon attaque, oui.

Les couleurs du *sullanciri* prirent de la vitesse. Il avait dit que l'utilisation de la baguette tuerait immédiatement Kerrigan. Isaura savait bien que Neskaru offrait de tels cadeaux à ses élèves les plus prometteurs et les plus perfides. Si une telle baguette augmentait la capacité à jeter des sortilèges, elle n'était pas sans danger. À travers elle, le *sullanciri* pouvait anéantir un rebelle.

Isaura se rendit compte qu'elle voulait crier un avertissement, mais elle en fut incapable. Sa mère lui avait dit que quelqu'un la trahirait et ses paroles revenaient souvent hanter la jeune fille.

Je ne serai pas cette personne.

Un instant plus tard, elle sut que nul avertissement, nulle trahison n'était nécessaire.

Le garçon leva les yeux vers la créature qui le dominait de toute sa taille.

— Il y a deux choses que je sais. Si je lance un sort avec cette baguette, vous me tuerez. Mais si je me sers de cette baguette, je vous tuerai.

Le pouvoir envahit Kerrigan si vite qu'Isaura sentait les courants se tordre pour l'emplir. Neskaru mit en place des défenses contre toutes sortes de sortilèges de combat, mais c'était inutile. Le *sullanciri* avait raté un indice important au sujet de son attaquant et l'aurait-il repéré, peut-être aurait-il pu se préparer correctement.

Isaura doutait que cela lui aurait sauvé la vie.

Kerrigan n'était pas un mage de combat. Il ne jeta pas le sortilège à travers, mais sur la baguette… une baguette que Neskaru avait enchantée lui-même. Le sortilège s'accélérait démesurément. En un instant, l'artefact se brouilla.

Comme une flèche, elle transperça la poitrine de Neskaru. Elle tira sur la peau de son dos, la soulevant entre les ailes. La baguette hissa le *sullanciri* si vite dans les airs que ses bras et ses jambes s'étirèrent derrière lui comme des banderoles. Les ailes s'effondrèrent autour de lui et son corps suivit, jusqu'à ce qu'il ne soit plus qu'une ligne sombre parcourue de couleurs furieuses, puis Isaura entendit un coup de tonnerre, elle sentit l'onde de choc lui frapper la poitrine. La ligne claqua avant de disparaître haut dans le ciel, dans un nuage de vapeur blanche.

Après le coup de tonnerre, le silence s'abattit. Le choc se reflétait sur tous les visages, à l'exception de celui de l'Initié. Il avait l'air légèrement intrigué. Il essuya ses mains sur ses cuisses, fronça les sourcils en avisant le menhir, fit un geste presque insouciant et la pierre vint reprendre sa place d'origine.

À la droite d'Isaura, un capitaine gronda un ordre. Une étincelle alluma un dragonel. De la fumée remonta, accompagnée d'un sifflement, puis l'arme rugit une seconde plus tard. Elle cracha du feu, et un boulet d'acier s'envola. Il rebondit une fois, projetant de l'eau et de l'herbe de tous les côtés, puis fonça sur Kerrigan.

Le garçon se figea. Le boulet le heurta violemment en pleine poitrine, le projetant une dizaine de mètres plus loin. Un grand cri s'éleva des lignes aurolanies et l'équipe des dragonels se félicita joyeusement.

Puis l'Initié se remit difficilement sur pieds. Il vacilla, mais sembla tirer de la force des encouragements des spectateurs debout sur les remparts. Il tituba jusqu'à l'endroit où le boulet fumait par terre, puis le souleva maladroitement. Il partit en se dandinant, tenant l'objet entre ses genoux.

Naelros bondit et se mit à rugir contre l'équipe des dragonels. Les baragouineurs poussèrent des gémissements et se cachèrent derrière leurs armes. Le dracomorphe tourna la tête et regarda Isaura.

— Il va se servir du métal du boulet pour créer des défenses qui repousseront tout ce qui sera d'un contenu similaire, n'est-ce pas ?

Isaura acquiesça.

— Si tous les boulets sont du même creuset, ou le minerai extrait de la même carrière, les défenses seront efficaces.

— Mais pas complètement.

— Après ce que je viens de voir ici, je ne peux en juger.

Le dracomorphe hocha lentement la tête.

— Voilà qui change les choses. (Il s'assit de nouveau sur ses talons.) Cela change beaucoup de choses.

La voix calme de Naelros la surprit.

— Il a tué un *sullanciri* et il est très puissant. Vous n'avez tout de même pas l'intention de poursuivre ce siège ?

Naelros la regarda d'un air sinistre.

— Il est puissant, mais il n'est pas le plus puissant. Il a changé les paramètres, nous ferons la même chose. Avec une aide appropriée, votre mère sera satisfaite et Navval sera mienne.

Chapitre 62

Svarskya se dressait devant Adrogans, vieille et brisée. Les maisons s'affaissaient. Les tours s'étaient effondrées, écrasant les bâtiments et créant des cicatrices de pierre dans le paysage. La ville extérieure avait autrefois été belle et les murailles qui l'entouraient, presque ornementales. Elles le restaient en grande partie, puisqu'elles avaient été depuis longtemps recouvertes de neige. Tant de brèches avaient été ouvertes sur le côté extérieur qu'on pouvait difficilement en suivre le tracé à l'œil nu. Il aurait été simple de les confondre avec des monticules.

Rien ne bougeait. Ce qui, se souvint Adrogans, ne signifiait pas que rien ne les attendait. La ville était de huit cents mètres à son point le plus étroit et quadruplait au plus large. Dans les vingt-cinq dernières années après la conquête, les rues avaient changé, de nouveaux bâtiments avaient été construits et les vieux, rasés, mais les différents chemins qui menaient vers la vieille ville étaient toujours apparents.

La vieille ville intra-muros, qui avait grandi autour du port, pouvait encore se targuer de posséder des tours et de hautes murailles. L'évacuation du prince Kirill avait permis aux Aurolanis de la prendre sans avoir à les détruire. Adrogans pouvait donc aisément imaginer sa splendeur passée, mais il doutait la revoir jamais aussi grandiose.

Le général Caro le rejoignit à cheval.

— Nous sommes prêts dès que vous l'êtes, général.

Adrogans grogna.

— Nous pourrions attendre éternellement, alors, car je ne sais pas si je serai jamais prêt.

Il leva les yeux vers la tour de Nefrai-kesh, où brillait la lueur des flammes.

— Qu'avez-vous en tête ?

Phfas rit méchamment.

— Une question que tu devrais lui poser avec ton épée contre sa gorge.

— Si nous arrivons jusque-là, mon oncle.

Douleur, la compagne constante d'Adrogans ne lui donna aucun signe. Elle ne s'agrippa pas à lui, ne le griffa pas. Elle se reposa simplement contre son dos, comme une enfant fatiguée qu'on lui aurait confiée, et non pas comme l'incarnation de la souffrance physique. Avec l'approche de la bataille, elle aurait dû être déchaînée, impatiente de connaître une orgie de tortures.

Adrogans pensait au massacre potentiel. N'importe laquelle de ces baraques enneigées pouvait être pleine de poudre de feu. S'il envoyait ses soldats en formation serrée en exploration dans la ville, il risquait d'en perdre des centaines. S'il les déployait pour éviter de trop lourdes pertes, des forces ennemies groupées franchiraient ses lignes de front fragilisées et écraseraient ses guerriers.

Et s'il a assez de poudre pour faire sauter tous ces taudis, mon armée entière mourra.

D'un autre côté, les Aurolanis n'avaient aucunement besoin de défendre les faubourgs puisque les remparts de la ville intérieure étaient toujours debout. Afin de se déplacer rapidement, Adrogans avait dû se passer de machines de siège. Et s'il pouvait trouver assez de bois et de pierres dans les faubourgs pour en construire, cela prendrait du temps. Comme les Aurolanis seraient ravitaillés par la mer, le temps était en leur faveur.

On pouvait envisager que Nefrai-kesh ne souhaite rien de plus que gagner du temps. Mais Adrogans savait qu'il en aurait gagné bien plus en se servant correctement de ses troupes dans les batailles précédentes. S'il avait fait mieux garder le pont Svar, la bataille lui aurait non seulement permis de gagner du temps, mais aurait aussi entamé une grande partie de l'armée d'Adrogans.

Et s'il s'était servi des sacs à bombes, les conséquences auraient été inimaginables. Au printemps, il aurait pu écraser ce qu'il restait de mes troupes.

Il y avait un certain nombre de paramètres qu'Adrogans ne pouvait pas prévoir. Même si les rapports par *arcanslata* le maintenaient informé de la situation sur le front est, il ne se rendait pas vraiment compte du nombre de soldats que Chytrine détournait vers l'Okrannel. Il était très possible que Nefrai-kesh n'obtienne pas de renforts. En fait, il était possible que ses troupes soient envoyées au Muroso. La conquête de la Sebcia avait peut-être affaibli Chytrine plus qu'on le supposait.

Il se tourna vers Caro.

— Avez-vous une idée de la raison pour laquelle il nous laisse les faubourgs ?

Le commandant alcidais secoua la tête puis redressa son casque.

— Malgré toutes nos discussions, nous n'avons pu trouver d'explication à son raisonnement. Ma plus grande crainte, c'est qu'il veuille nous voir entrer dans la ville. De cette manière, il réduirait notre marge de manœuvre et il pourrait infiltrer des soldats parmi nous. Pis encore, si nous étions canalisés sur certains fronts d'attaque et qu'il invoquait un dragon, nous serions défaits.

Adrogans hocha la tête.

— Mais quand le dernier dragon a été abattu à Forteresse Draconis, Chytrine n'en a plus utilisé. Son contrôle est peut-être fragile ou peut-être ne peut-elle pas en contrôler beaucoup avec le peu de fragments de la Couronne qu'elle possède. En outre, s'ils s'en étaient servis contre nous, ç'aurait été sur le pont ou aux Trois Frères. Toutefois, vous avez raison. Si un dragon se présente, nous devrons pousser nos forces au milieu des Aurolanis pour qu'il hésite.

Phfas ricana.

— Il n'a pas hésité avec les sacs à bombes.

Caro grimaça.

— Bien vu. Nefrai-kesh semble bien décidé à nous tuer par tous les moyens.

— Je suis assez d'accord, mais... (Adrogans fit un geste brusque en direction des faubourgs.) Il n'y a pas un seul drapeau qui flotte hors des murailles.

— Cette contradiction ne me plaît pas plus qu'à vous. Elle indique qu'il nous prépare une surprise.

— Les seules que j'apprécie au combat sont les miennes.

Adrogans soupira. Il jeta un coup d'œil à droite vers le nouveau clairon.

— Messager, avance générale.

La corne retentit et l'armée de libération se mit en marche. Adrogans avait déployé ses soldats en largeur. Il avait placé ses fantassins en rang de cinq les uns derrière les autres, ils formaient donc une ligne de front plus étendue que d'ordinaire. Les Volontaires de Svoin eux-mêmes se mirent en place comme des soldats professionnels. Ils se déplaçaient en ligne irrégulière, manifestement impatients d'entrer dans la capitale.

Derrière l'infanterie venait la cavalerie, qui maintenait une formation serrée. Lorsque Nefrai-kesh déclencherait son piège, Adrogans voulait pouvoir le frapper de plein fouet avec une force mobile. La cavalerie visait les routes plus larges et Adrogans considérait que, s'il devait y avoir des pièges explosifs, ils seraient très certainement placés là. C'était l'endroit où il les aurait cachés s'il avait dû défendre la ville. Adrogans devait espérer que le bouclier formé par l'infanterie pourrait localiser et détruire tous les pièges avant que la cavalerie entre dans la ville.

Toutes les unités avancèrent sans problème. Adrogans ne remarqua aucune agitation ni activité supplémentaire sur les remparts. Les bannières flottaient, les sentinelles marchaient. Si elles virent quoique ce soit ou entendirent l'appel du cor, elles n'en donnèrent pas l'impression. Quelques habitants firent bien leur apparition, mais ils avaient l'air calmes.

Les Volontaires entrèrent dans la ville. Comme on le leur avait ordonné, ils se glissèrent dans les bâtiments et se déplacèrent à l'intérieur, à l'affût de tout ce qui sortait de l'ordinaire. Les survivants de Svoin avaient passé tellement de temps à rôder dans les galeries et les passages cachés de leur ville morte qu'Adrogans savait qu'ils se sentiraient comme chez eux. Ils l'envahirent comme de la mousse sur un mur et donnaient un signal à chaque pâté de maison où la voie était libre.

L'infanterie partit ensuite sécuriser les routes. Les escouades cherchèrent des signes de pièges, mais Adrogans ne vit personne hisser les drapeaux rouges qui prévenaient d'un danger.

Puis, lorsque la cavalerie rejoignit les remparts, il le vit. Une silhouette tout de noir vêtue, un petit homme, remontait les rues de la ville intérieure. Son manteau flottait derrière lui comme taillé dans une soie diaphane d'une douzaine de mètres. Certaines parties semblaient claquer dans une brise inexistante.

La silhouette s'arrêta, puis s'inclina et la cape devint blanche.

— Des tours pour amuser les enfants.

Adrogans sourit à Phfas.

— Un signal de paix. Nefrai-kesh a fait la même chose à Svoin.

— Ce n'est pas Nefrai-kesh.

— Non, mais son héraut. (Adrogans regarda Caro.) Voulez-vous chevaucher de nouveau à mes côtés, général ?

— Bien sûr, mon ami.

Phfas se joignit à eux. Ils entrèrent dans la ville et saluèrent les soldats qui l'avaient investie. Des Faucons guerriers les survolèrent et atterrirent sur le toit des bâtiments près de la grande intersection où se tenait l'envoyé. Adrogans s'attendait à sentir la brise qui faisait flotter la cape, mais elle ne le caressa pas malgré son approche.

L'être esquissa une révérence. Il portait un masque noir et la peau dessous était d'une pâleur mortelle. Mais ses yeux brillaient. Ils brûlaient littéralement, des flammes léchant l'extérieur des orbites. Il croisa les mains devant lui, ayant plus l'air d'un tavernier plein de sollicitude que d'une créature puissante.

— Je le déclare, mon père est votre hôte, ce soir ; il se trouve dans la tour. Il ne vous souhaite que du bien, en cela soyez sereins, jusqu'à la levée des armes au petit jour.

Adrogans lui fit un signe de tête.

— Vous êtes Nefrai-laysh. Le père du Norrington.

— L'erreur est à votre nom, mon rôle est de moisson, reprendre ce rejeton. Quand viendra la fin, la victoire entre nos mains, il n'aura aidé en rien. (Pendant que le *sullanciri* récitait ses vers, des étincelles jaillirent.) De ce fils ne me parlez, car il est seul et bien éloigné. Mais nous nous trouvons ici, en Okrannel joli, soyons-en assurés. (Le *sullanciri* ouvrit les bras pour englober tous les faubourgs.) Nous vous avons installé un banquet, vous verrez. Viande, vin et pain, assez pour un estomac plein. Dans de bonnes maisons chauffées, ce soir vous vous reposerez. Dormez sans danger, demain vous combattrez. Demain la mort, des larmes aux fenêtres, du sang sur le corps, vous serez non-êtres.

Le général de Jerana fronça les sourcils.

— C'est ainsi, alors. Votre père vous envoie nous dire qu'il va nous nourrir, puis nous tuer ? Une nuit de paix avant le massacre ?

— Ce que vous entendez sont ses paroles répétées. Ici vous serez au repos. Bienveillants sont ses mots. Demain, c'est certain, les soldats tueront de leurs mains, mais ce soir n'est que paix et la douleur se tait.

Phfas renifla.

— Que des mots.

Les vivres seront-elles empoisonnés ? Veut-il que mes troupes s'enivrent et tombent malades ?

Adrogans regarda au-delà de Nefrai-laysh, vers la tour où se tenait son adversaire. Nefrai-kesh apparut à la fenêtre et le salua.

Douleur restait calme et indolente contre son dos.

Adrogans hocha la tête.

— Nous accepterons son hospitalité. Remerciez-le.

— De votre bouche à son ouïe, le message lui sera transmis.

Le petit *sullanciri* sourit tranquillement. Il agita la main et son manteau s'enroula autour de lui et explosa en une pluie de flocons de neige. Ils tourbillonnèrent en forme d'entonnoir, puis rentrèrent en dansant vers la ville avant de disparaître, emportant Nefrai-laysh.

Caro avait l'air inquiet.

— Vous n'avez pas vraiment l'intention de manger leur nourriture et de boire leur vin ?

— Je ne crains pas le poison. Nefrai-kesh essaie d'être honorable et je l'accepte. Malheureusement, je crois qu'il l'est ce soir parce que demain il ne le sera pas. (Adrogans soupira.) Et ça, mes amis, c'est ce que je crains jusqu'à la mort.

Chapitre 63

Alexia se tenait à la fenêtre de sa chambre, sans s'inquiéter que la lumière derrière elle fasse d'elle une cible pour les dragonels. Elle ne pouvait qu'admirer le calme du commandant aurolani. Quand Kerrigan avait tué le *sullanciri*, la ville avait été en liesse. Les Aurolanis ne leur avaient pas envoyé d'autres sorciers et les duels étaient considérés comme une solide victoire pour Navval, malgré la terrible perte humaine.

Kerrigan avait expliqué l'importance du boulet qu'il avait dérobé. Les forgerons l'avaient déjà divisé en plus d'une douzaine de morceaux. Kerrigan et d'autres mages s'en était servi pour créer des sortilèges qui repousseraient les tirs. On faisait des propositions, qui allaient de boucliers à des pierres à tirs concentrés qui atterriraient en un seul endroit. Tout cela était prometteur. Corbeau et les autres coupaient les réserves de poudre et de missiles de l'ennemi ou bien celles-ci étaient détournées vers le siège de Caledo. Les chances de remporter la victoire étaient donc élevées.

Manifestement, le commandant aurolani voyait les choses différemment et Alexia ne pouvait pas remettre en question son analyse de la situation. À la nuit tombée, les dragonels se mirent à tonner. Ils rugissaient avec provocation et crachaient leurs munitions sur Navval. Les sorciers en attente se servaient de leur magick pour les repousser et les détourner, les rendant tout à fait inoffensifs. Les efforts pour détruire la ville étaient inutiles.

Mais le commandant n'avait fait qu'augmenter le rythme des tirs, qui étaient devenus de plus en plus rapides et violents. Les dragonels tiraient par rafales. Un magickant seul était capable de contrer un seul tir, mais chacun était désormais confronté à une véritable pluie. Plus ils essayaient de repousser les projectiles, plus ils devaient puiser dans leurs réserves d'énergie. Les boulets finirent par passer intacts tandis que les sorciers épuisés s'effondraient.

En outre, les draconettiers chauffaient les missiles jusqu'à ce qu'ils deviennent rouge cerise. Lorsque l'un des boulets atteignait Navval et détruisait le mur d'une maison ou un jardin, il mettait ensuite le feu à tout ce qu'il touchait. Depuis son poste d'observation, Alyx voyait brûler des douzaines d'incendies. Une unité de magickants aurait pu bloquer les flammes, mais ils étaient trop peu nombreux.

Et les dragonels n'étaient pas les seules armes employées contre la ville. Les détonations constantes suffisaient à user les nerfs. Alexia était toujours debout à minuit parce qu'elle avait besoin d'étudier les mouvements de l'ennemi, mais d'autres l'étaient parce qu'ils ne pouvaient pas dormir. Pour ce qu'ils en savaient, le tonnerre constituait le seul avertissement avant qu'un boulet de fer transforme leur maison en échardes brûlantes.

La foule se pressait déjà vers le port.

Alyx fronça les sourcils. Elle était certaine que l'ennemi n'avait ni assez de poudre, ni assez de boulets pour maintenir cette canonnade constante pendant si longtemps. Mais les faits semblaient la contredire. Ou bien le commandant était un imbécile, un risque-tout, ou bien il attendait de l'équipement et du renfort et ne s'inquiétait pas de manquer de munitions.

Elle aurait pu envoyer une unité pour attaquer les positions des Aurolanis, mais elle ne disposait pas de suffisamment d'hommes pour frapper avec assez de force. Même si ses troupes se battaient furieusement pour garder la ville, elles ne pouvaient lever le siège. En outre, si elle chargeait dans l'intention de s'emparer des dragonels, un tir des draconettiers ou, pis, une attaque réorientée des dragonels serait un désastre.

Alexia détestait être obligée d'attendre, mais elle n'avait pas d'autre choix. Tant que les Aurolanis divisaient leurs forces à Navval et dépensaient leurs réserves en grande quantité, ces mêmes soldats et équipements ne ravitaillaient pas l'armée qui s'approchait de Caledo.

Les messages du roi Bowmar étaient plutôt joviaux. Il ne nourrissait aucune illusion quant à la possibilité de tenir Navval. Il souhaitait simplement qu'Alexia en retarde la perte le plus longtemps possible.

On frappa, mais, avant qu'elle se retourne et qu'elle invite qui que ce soit à entrer, la porte s'ouvrit. Trois hommes et une femme, tous d'âge moyen et masqués, s'introduisirent en file indienne. Ils s'étaient vêtus de beaux vêtements et s'étaient de toute évidence débarrassés de leurs manteaux ailleurs, tous à l'exception du duc Thow, dans le palais duquel elle se tenait.

La femme, qu'Alexia était certaine d'avoir déjà vue, mais sans pouvoir se souvenir des circonstances, dépassa ses compagnons et tendit la main.

— Pour l'amour des dieux, princesse Alexia, vous devez nous écouter.

Le duc s'empara de son autre bras et la retint.

— Princesse, nous regrettons de vous déranger et nous ne voulons pas vous manquer de respect, mais nous devons vous parler. (Il désigna la fenêtre du menton.) Comme vous l'avez vu, les précautions que nous pensions salvatrices sont vaines. La ville brûle. Les gens sont sans abri. Certains blessés, mourants.

— Votre ville est assiégée. On ne peut éviter les victimes.

— Certes, Altesse, mais nous devons faire quelque chose.

Alexia soupira.

— J'y ai réfléchi. Les Aurolanis vont cesser leur canonnade. Ils n'ont pas assez de munitions pour maintenir un tir nourri. Nos sorciers pourront se reposer et seront capables d'en faire davantage.

Le duc secoua la tête.

— Il y a trop à faire. Tous les incendies…

Elle gronda.

— La magick n'est pas le seul moyen d'éteindre les feux, seigneur ! J'ai envoyé des soldats pour aider à organiser les équipes de lutte contre les incendies. Nos mages pourront ainsi se consacrer à des choses plus importantes, comme arrêter l'ennemi. (Alexia enchaîna, sans laisser au duc le temps de placer un mot.) J'ai envisagé une attaque éclair, mais cela ne ferait qu'empirer les choses. Nous perdrions nos forces, au point que nous ne pourrions nous opposer à eux lorsqu'ils prendraient la ville. Le massacre serait inimaginable. C'est ce que vous voulez ?

La femme se dégagea de la prise du duc.

— Non, nous voulons l'éviter. C'est pourquoi nous venons à vous. Nous voulons que vous négociiez notre reddition.

— Pardon ?

Un autre homme écarta les mains.

— Vous avez dit vous-même que les Aurolanis ne visent pas les murs avant de se protéger d'une contre-attaque. Nous pourrions négocier leur entrée dans la ville. La leur laisser en échange de la sécurité de nos citoyens. Ils verraient certainement leur intérêt dans un tel échange.

Alexia referma la bouche, puis secoua la tête.

— Savez-vous seulement de quoi vous parlez ?

La femme leva la tête.

— Nous parlons d'empêcher un massacre.

— Vous êtes fous. Je sais ce que devient une ville envahie par les Aurolanis. Svoin était tellement empoisonnée qu'à sa libération il a fallu la brûler. Navval abrite vingt mille âmes, trente mille peut-être ? Svoin lui ressemblait. Lorsque le général Adrogans l'a libérée, il ne restait plus que cinq mille habitants.

Le duc eut un geste de mépris.

— C'était au bout de vingt-cinq ans.

Alyx le foudroya du regard.

— Et vous croyez que l'on viendra vous sauver avant la fin d'un autre quart de siècle ?

— Non, nous supposons que les Aurolanis respecteront l'accord que nous passerons avec eux.

— Et pourquoi le feraient-ils ? Si vous livrez la ville et si des troupes venaient la libérer, elles ne perdraient pas leur temps. Elles vous coinceraient à l'intérieur avec les Aurolanis et, une fois que les baragouineurs n'auraient plus de rations, cet accord n'aurait plus lieu.

— Nous avons d'autres choses que nous pourrions leur échanger. Des choses de valeur, dit d'une voix menaçante le quatrième homme, un magistrat aux cheveux blancs.

— Telles que ? (Alexia plissa les yeux avec fureur.) Moi ? Tueuse d'un *sullanciri* ? C'est ce que vous essayez de me dire, magistrat ?

— Vous savez très bien de quoi je parle.

— Pas du tout, magistrat. Peut-être feriez-vous bien de me le dire !

Sayce se tenait à la porte. De la fureur pure enflammait ses paroles.

— Me suggérez-vous de livrer à l'ennemi deux personnes venues ici volontairement pour vous sauver ?

Le magistrat pencha son long nez vers elle.

— Vous seriez en sécurité, princesse.

— Non, pas avec vous, certainement pas.

Sayce passa devant la délégation à grands pas et se mit entre eux et Alexia.

— Vous me vendriez si les autres ne se révélaient pas suffisants pour vous couvrir, puis d'autres vous vendraient à votre tour.

La femme supplia.

— Nous n'avons pas d'autre choix, nous mourrons, sinon !

— Oui ! Qu'est-ce que vous ne comprenez pas ? Les Aurolanis sont venus là pour nous anéantir ! Ils ont balayé la Sebcia comme un orage, et pourquoi ? Qu'est-ce que les Sebcians ont jamais fait à Chytrine ? Rien. C'est la même chose pour nous. Nous n'avons rien fait d'autre pour provoquer cette invasion que de posséder un beau pays peuplé de gens courageux qui travaillent dur pour rendre leur vie ainsi que celle de leur famille la meilleure possible.

» Regardez-vous ! Vous portez des masques, mais en êtes-vous dignes ? Vos ancêtres vous les arracheraient puis pèleraient la peau cachée dessous. Vous êtes devenus les mêmes personnes pleines de morgue que nous avons renversées lorsque nos ancêtres ont pris le masque.

Le duc se raidit d'indignation.

— Vous vous trompez !

— Non, duc Thow, pas du tout. Je vous vois tel que vous êtes. Tout comme vous êtes prêt à vendre la princesse Alexia ou Kerrigan aux Aurolanis, prétendant que c'est pour le bien du peuple, vous vendriez ce même peuple pour vous sauver. Vous trouveriez qu'il s'agit d'un prix raisonnable et loueriez ceux qui font un tel sacrifice, mais vous vous jugeriez trop important à la nation et au pays pour jamais vous livrer à l'ennemi.

La colère déchaînée de Sayce intimida les quatre visiteurs. Ils pâlirent violemment et la femme enfouit son visage dans ses mains. Ses épaules tremblaient comme si elle sanglotait, et Alexia trouva sa réaction disproportionnée.

— Voici ce que nous allons faire ; je vais garantir votre protection, car c'est la seule chose qui vous importe, manifestement. J'ordonnerai à certains de mes lanciers de garder chacun d'entre vous. Je vous fais le serment que, si l'ennemi vous prenait, vous seriez tués et éviteriez l'humiliation d'une mort douloureuse.

Le magistrat écarquilla les yeux.

— Vous n'avez pas le droit de nous menacer de meurtre !

— Ah non ?

Sayce tendit le menton et croisa les bras sous sa poitrine.

— Mieux vaut être menacé de mort qu'accusé de trahison. C'est à vous de voir. Je préfère cette seconde solution. Car toutes vos terres reviendraient alors à la Couronne. Vos enfants seraient réduits à la pauvreté, mais au moins ils seraient en vie.

Le duc renifla.

— Qu'elle les prenne ! Chytrine s'en emparera bien assez tôt.

Alexia s'avança et posa la main sur l'épaule de Sayce.

— Alors voilà la situation, duc Thow. Chytrine possédera en effet vos terres, votre ville, bien assez tôt. La question est de savoir le prix qu'elle paierait pour les obtenir ? Vous pouvez les lui donner, mais elle n'en éprouvera aucune gratitude. Ou vous pouvez vous joindre à nous et vous opposer à elle. Si vous ne tuiez qu'un seul baragouineur, vous vendriez votre vie plus chèrement que vous ne pourriez jamais l'imaginer et le prix qu'elle paiera sera plus élevé que ce qu'elle sera capable d'acquitter.

La princesse aux cheveux de flammes approuva.

— Voilà. Montrez-vous à la hauteur de vos masques et de la loyauté qu'exige votre nation, ou dénudez votre visage et disparaissez dans l'obscurité. Mieux vaut mourir libre que vivre éternellement en esclavage.

Tous les quatre, pâles et craintifs, la regardèrent fixement.

Sayce montra la porte.

— Partez !

Ils s'en allèrent en silence, sans une révérence ni une excuse.

Sayce se tourna vers Alexia.

— Au nom de ma nation, je suis mortifiée que vous ayez dû assister à cette scène.

— Vous voulez dire, vous voir donner du bâton à une meute de lâches ? (Alexia eut un léger sourire.) Je ne vous avais encore jamais vue sous un tel jour.

La jeune femme hocha la tête.

— Je sais que, lorsque je suis arrivée à Meredo, j'ai fait mauvaise impression. Vous ne correspondiez pas à mes attentes. Will non plus. Rien ne l'était. En revanche, Alexia, vous m'avez montré que vous étiez bien plus que je pourrai jamais espérer être Tout comme Will, et Corbeau. (Sayce baissa les yeux, sa voix se fit nostalgique.) J'avais entendu des rumeurs à votre sujet avant d'arriver à Meredo. L'attaque de Wruona, l'évacuation de Forteresse Draconis. J'imaginais une bande de héros, mais je ne m'attendais pas à ça. Vous êtes plus une famille qu'une bande. Vous souffrez d'être loin de Corbeau, n'est-ce pas ?

La question surprit davantage Alexia que l'avait fait la suggestion du duc.

— Je n'aime pas être séparée de lui, non.

— Il est vivant, là-bas, n'est-ce pas ? (Sayce lui jeta un regard en coin.) Vous le sauriez sinon, n'est-ce pas ? L'amour est ainsi ?

— J'ai le sentiment que oui, et qu'il saurait si j'étais en danger ici.

— Alors je le saurais aussi pour Will.

Alexia ne réagit pas. La comparaison des sentiments de Sayce pour Will aux siens pour Corbeau n'avait aucun sens. Sayce pouvait en parler pour éveiller la compassion d'Alexia, mais dans quel objectif ?

Elles étaient toutes les deux prisonnières de la même armée, dans la même ville, avec des ennemis hors de murs et des vipères à l'intérieur. Tout différend qui pourrait potentiellement les opposer perdrait toute importance dans leur situation.

La seule raison logique serait...

Alexia sentit un frisson lui parcourir l'échine.

— Vous l'aimez vraiment, n'est-ce pas ?

La princesse leva la tête puis acquiesça.

— Ma sœur devait se rendre à Meredo afin de le séduire pour qu'il vienne au Muroso. Cette idée me faisait horreur, alors j'ai pris sa place. J'étais prête à m'offrir à lui au besoin, mais je voulais le convaincre de venir de lui-même. Je l'imaginais si différent : physiquement semblable à son demi-frère, et téméraire comme Résolu. Mais il n'était rien de tout cela. Il était calme et drôle, et d'une telle gentillesse lorsqu'il s'est assis à mes côtés pendant ma convalescence. Je ne m'étais pas attendue... (Elle essuya une larme, puis sourit, mais les coins de sa bouche tremblaient.) Écoutez-moi ! On dirait une petite fille qui parle de sa première amourette. Mais je rêve de lui, vous savez, et je m'inquiète. Ces derniers jours, je me suis réveillée complètement malade. Et maintenant qu'ils vont au Sarengul, je ne sais que penser, qu'espérer.

— Que craindre.

Sayce hocha la tête.

— C'est le pire.

— Je sais. (Alexia passa le bras autour des épaules de Sayce.) Je crois que nous craignons ce qu'ils craignent. Oui, ne jamais nous revoir, c'est une part importante, mais plus encore de se déshonorer par un échec. Je sais que Corbeau ne le permettra pas.

— Will non plus.

— Alors il est inutile d'avoir peur. (Elle la serra contre elle.) Quant à ne jamais les revoir, eh bien, les seuls qui pourraient nous en empêcher, ce sont les soldats qui se trouvent dehors. Et c'est une raison suffisante, pour moi, de m'assurer qu'ils n'y parviendront pas.

Chapitre 64

Avec l'aube, Adrogans s'efforça d'oublier les incongruités de la veille. La nourriture fournie par les Aurolanis n'avait pas eu beaucoup de saveur, mais elle remplissait l'estomac. Le vin avait été excellent, une grande partie venait des cuves de Svarskya ou avait été envoyée de Sebcia par navire. Adrogans n'aimait pas l'idée de boire des trésors de guerre, mais il avait levé son verre à la défaite des Aurolanis. Comme Caro l'avait fait remarquer, mieux valait que ce soit eux qui le boivent plutôt que n'importe quel soldat ennemi, et Adrogans ne trouve pas d'objection.

Il avait eu du mal à se lever, mais pas à cause de la gueule de bois. Endormie la veille, sa maîtresse le chevauchait ce jour-là à coups de griffes et d'éperons. Il ne serait pas à son aise pendant la bataille qui se préparait. S'il ne parvenait pas à se concentrer, il serait empalé de souffrances qui le cisailleraient, comme d'innombrables autres soldats.

Mais il se concentra bien, car sa tâche n'était pas évidente. Les voies vers la ville intérieure étaient limitées. Pendant le premier siège, deux brèches avaient été creusées dans les remparts. On avait dressé des barricades pour les bloquer, faites de poutres et d'autres débris tirés de Svarskya. Celle à l'ouest de la porte principale était impossible à traverser. À l'est, les débris formaient un passage vers un large fossé. La barrière avait l'air moins solide. Il n'avait aucun moyen de savoir s'il s'agissait d'un moyen de les attirer dans un piège ou non.

Pourtant, cette brèche était le point le plus faible des défenses de la ville.

La porte principale était ouverte car ses énormes battants avaient été détruits des dizaines d'années auparavant. D'autres débris avaient été entassés de manière à former une série de petits murs en travers de la grande route. Même si les soldats postés là ne survivaient pas longtemps, ces obstacles ralentiraient les troupes qui tenteraient de les franchir. Elles se retrouveraient à la merci des archers et des draconettes.

Adrogans s'inquiétait aussi des tire-au-ciel, des boulets-tonnerre et des sacs à bombes. Un positionnement judicieux dévasterait son armée, mais il n'avait aucun moyen de les repérer ou de les désamorcer. S'il tentait une approche prudente pour tenir compte de leur présence éventuelle, l'assaut prendrait bien plus longtemps qu'il le devrait. Mais, s'il se précipitait sans réfléchir et que les armes étaient en place, son armée serait abattue. Il n'y avait pas de juste milieu.

Je dois vaincre avec le sang, alors que j'aurais préféré gagner grâce à la stratégie.

Ce n'était pas non plus un bon jour pour se battre. Avant l'aube, un vent froid venu du nord avait commencé à souffler dans les rues. La neige s'était mise à tomber. Elle ne tombait pas dru mais le vent la poussait vers le sud et ses hommes marcheraient contre elle. Pis encore, leurs flèches seraient détournées, et pire que tout : les nuages remontaient du nord vers la ville, apportant encore plus de neige.

— Sonnez l'attaque.

Le messager sonna et d'autres clairons l'entendirent et répétèrent le signal. Les Faucons guerriers survivants volaient au-dessus du champ de bataille. Ils firent plusieurs piqués vers le mur qui surplombait la porte principale. Les coques de feu qu'ils avaient larguées explosèrent dans un éclat de lumière tandis que leurs flèches et leurs lances transperçaient l'ennemi. De l'huile brûlante coulait à torrents le long des murs et ses hommes poussèrent des cris de joie comme s'il s'agissait d'un présage de victoire.

L'armée progressait. L'infanterie avançait en formation. Les soldats aurolanis de la porte principale se redressèrent et décochèrent des flèches ou jetèrent des lances. Certains hommes furent touchés, mais ceux qui répliquaient venaient à bout de leurs adversaires. Les ennemis qui pouvaient battre en retraite rentraient dans la ville et les premiers rangs de la Légion d'Acier impériale de l'Helurca atteignirent la première barricade. Ils la franchirent et poursuivirent leur progression, malgré une nouvelle volée de missiles qui les décimait.

À l'est, Beal mot Tsuvo menait les douze compagnies de son clan dans une charge suicidaire contre la brèche. Adrogans n'avait pas voulu lui accorder l'honneur de cette position. Elle lui semblait peu sûre, car les soldats en première ligne étaient souvent condamnés, mais elle l'avait réclamée. Même si son rôle dans la marche sur Svarskya avait été essentiel, ses troupes et elle avaient toujours été épargnées dans les grandes batailles et elles exigeaient le droit de prouver leur valeur.

Là-bas, les flèches s'abattaient et leur vol était plus dense que celui des flocons. Les guerriers s'élançaient à toute vitesse en brandissant leurs boucliers ronds criblés de flèches. Les soldats glissaient et tombaient, certains pour ne jamais se relever, d'autres luttaient pour continuer à avancer. Les Guranins se rapprochèrent et lancèrent des cordes munies de grappins qui s'accrochèrent aux barricades. Des guerriers robustes s'en saisirent et tirèrent malgré les flèches qui faisaient des ravages parmi eux. Lorsqu'une brèche s'ouvrit, les combattants s'y précipitèrent. Ils sautèrent par-dessus les poutres qui dégringolaient, repoussèrent les pierres qu'on leur jetait, puis se ruèrent sur les baragouineurs.

Adrogans attendit l'explosion d'un sac à bombes qui réduirait les guerriers du clan en bouillie ou les transformerait en soldats fantômes, mais rien ne se passa. Puis il attendit le grondement des dragonels, qui déchireraient l'air matinal de leurs éclairs. Les tirs précipités balaieraient ses troupes, baptisant la brèche avec du sang.

L'infanterie s'était rapprochée de la porte principale. Les Gardes de la Couronne de Jerana s'étaient glissés parmi les rangs clairsemés de la Légion d'Acier et continuèrent. Ils prirent la deuxième barricade, puis la troisième, il n'en restait plus qu'une avant le portail. Là-bas, ou plus loin, ou juste de l'autre côté, des dragonels et des archers pouvaient anéantir ses hommes. Les sacs à bombes laisseraient des cratères fumants là où ils s'étaient tenus.

Il rechercha les signes annonçant que ses autres efforts avaient peut-être porté leurs fruits, mais il ne vit rien. Les exilés okrans avaient organisé un bataillon d'infanterie légère auquel ils avaient intégré les Volontaires de Svoin. Adrogans les avait envoyés dans les égouts, avec l'espoir qu'ils se faufileraient dans la ville et attaqueraient les défenseurs de l'intérieur. Ce qui, tout comme la charge de Beal mot Tsuvo, était du suicide, mais aucun homme n'avait semblé effrayé. Comme si cela les rendrait invulnérable, ils avaient murmuré « les rêves peuvent se réaliser » et avaient accepté leur mission.

Douleur accablait Adrogans de sensations au fur et à mesure que les guerriers tombaient. Il ressentait la panique de ceux qui se noyaient dans l'eau glacée des égouts ; le désespoir d'un soldat mourant qui essayait de remettre ses propres entrailles dans son ventre lui parvint avec une acuité terrible. Les brûlures et les coupures, les écrasements et les exécutions, toutes ces souffrances devenaient siennes.

C'était le genre même de bataille qu'il détestait car rien n'était accompli rapidement ou facilement. Et la cavalerie devait patienter jusqu'à ce que les barricades soient passées. Mais même lorsque le moment serait venu, il n'avait aucune idée de ce qu'elle aurait à affronter.

Quoi que ce soit, ce ne serait rien de bon. Et quoi qu'il fasse, Adrogans ne pouvait se débarrasser de l'impression d'avoir déjà perdu la bataille.

Tout ce sang coule inutilement et dans un objectif que je n'approuverai pas.

Il jeta un coup d'œil à la tour de Nefrai-kesh et au feu qui y brûlait.

Je suis vaincu, mais je ne sais ni comment ni pourquoi

Soudain, à l'ouest, une coque de feu explosa contre l'une des barrières. Il sourit et la montra du doigt.

— La chance a peut-être tourné.

Caro suivit son regard et acquiesça.

— Je vous verrai à l'intérieur, alors.

— Oui. Bonne chasse.

Adrogans fit volter son cheval et partit à l'ouest, là où sa Garde à cheval l'attendait avec les Cavaliers du Roi okrans. Lorsqu'il s'approcha et que le bataillon Cœurdepierre trotta vers la barricade enflammée, il vit qu'on se battait derrière. D'une façon où d'une autre, les Volontaires de Svoin avaient traversé victorieusement les égouts et ils attaquaient les forces aurolanies sur la brèche.

Les Gurolans gravirent la colline de débris sans rencontrer beaucoup de résistance. Eux aussi se servirent de grappins et de cordes pour les parties enflammées. Lorsque les premiers rangs s'écartèrent, la légion derrière eux se rua en avant et combattit pour passer la brèche. Les autres légions s'étendirent encore. Adrogans et la cavalerie se lancèrent donc au trot.

À chaque foulée, il s'attendait que la colline se change en volcan. Il regarda la neige à la recherche de la première étincelle ou d'une sensation de chaleur. Il attendit de voir ses hommes projetés lorsque les ordures entreraient en éruption. Il savait que le feu et la pierre les déchiquetteraient, puis qu'une pluie de rochers écraserait ses cavaliers.

Ils se rapprochaient de plus en plus, assez pour voir les guerriers aux prises avec des baragouineurs et des vylaens enragés. Les haches se levaient et s'abattaient, les lames des coutelas brillaient. Les corps – humains et animaux – reculaient, percés et déchirés. Les cris de guerre étaient presque couverts par les hurlements. Lorsque son cheval entama la montée, il cria à son tour :

— Pour le duc Mikhail !

Adrogans tira son épée et se pencha en avant, incitant son cheval à passer au galop. Les muscles puissants de sa monture se contractèrent lorsque celle-ci s'élança. Les pierres roulèrent, mais le cheval évita l'avalanche d'un bond en avant, remontant par les côtés. La robe de l'animal était mouchetée d'écume. Ils atteignirent enfin le sommet.

Adrogans prit un instant pour contempler le cœur de Svarskya. Il s'était attendu à des ruines noircies par les incendies, car les remparts et la partie des tours qui s'élevait suffisamment pour être vue avaient donné cette impression, mais ses attentes furent déçues. Les rues étaient dégagées et les bâtiments, même s'ils manquaient de peinture et de plâtre par endroits, semblaient en bon état. Après Svoin et les faubourgs, il ne s'était pas préparé à un tel ordre.

Si l'on n'y regardait pas de trop près, il serait facile d'imaginer qu'elle n'a jamais été touchée par les combats.

Mais lui vit de plus près. Lorsque son cheval descendit, il vit partout les vestiges des combats. Du sang coulait à torrents dans les caniveaux et des cadavres jonchaient les rues pavées. Certains brûlaient et d'autres étaient démembrés. Les blessés tremblaient, pleuraient et cherchaient à tâtons un abri ou des armes, tout ce qui pourrait les sauver.

La Garde à cheval s'enfila dans la brèche à sa suite et ensemble ils partirent au galop vers l'est, suivis par les Cavaliers du Roi okrans. Ils atteignirent rapidement la porte principale. Là ils trouvèrent les fantassins ennemis rassemblés pour s'opposer à leur charge. La cavalerie se rua sur l'arrière d'un des bataillons, écrasant les soldats et tranchant violemment avant de s'abattre sur un autre.

Les Okrans partirent sur la gauche et massacrèrent les deux derniers bataillons qui avaient attendu. Les troupes aurolanies se retrouvèrent piégées dans les rues de la ville et seuls les soldats de dernière ligne purent s'enfuir. Mais ils n'allèrent pas bien loin et n'échappèrent pas aux guerriers vengeurs qui, après plus d'une génération d'exil, venaient reprendre leur terre.

Les cavaliers, descendus de cheval, se précipitèrent dans l'escalier vers la salle qui surplombait la porte. Tout Aurolani qui s'y cachait aurait pu faire pleuvoir de la poix ou de l'huile bouillante sur les troupes qui passaient. Ils avaient peut-être même un sac à bombes prêt à exploser. Mais les Gardes, épées sanglantes à la main, surgirent dans la pièce et en ressortirent triomphants au bout de quelques minutes.

Adrogans ordonna à d'autres hommes de dégager la grande porte, ce qu'ils firent, puis Caro et sa Garde à cheval alcidaise entrèrent dans l'enceinte. Ils se déployèrent en éventail dans la ville, chassant et tuant. Plus loin à l'est, les Chevaliers de Savarre et la Garde de Matrave franchissaient la brèche que le clan Tsuvo avait libérée.

Malgré la victoire, quelque chose n'allait pas, Adrogans le savait. Il avait perdu des soldats, mais pas autant qu'il aurait dû. Il n'y avait pas de dragonels : ni dans la ville, ni au pont, ni aux Trois Frères. Il n'y avait pas assez de troupes ennemies. Et la ville était en parfait état.

Phfas apparut à ses côtés.

— La tour.

Adrogans leva les yeux au sommet et vit un feu qui y brûlait, puis celui-ci s'éleva dans les airs. Tous deux, le père et le fils, chevauchaient une monture aux ailes de dragon enflammées. Elle galopa dans les airs, tourna une fois autour de la tour puis se dirigea vers le nord-est.

Nefrai-kesh salua Adrogans et partit dans un éclat de rire moqueur.

Une fois la ville sécurisée, Adrogans entra dans l'enceinte avec Caro, Phfas, plusieurs autres Zhusks et les deux hommes qui avaient veillé le duc Mikhail à sa mort. Ils montèrent l'escalier avec prudence. Ils se méfiaient des pièges et avançaient comme si chaque marche allait les trahir.

Douleur somnolait de nouveau, Adrogans ne craignait donc rien.

Au sommet de la tour, dans une salle à demi ouverte et pourtant protégée du froid, ils arrivèrent devant une table où étaient disposés des mets encore chauds. Les bougies avaient à moitié fondu et, s'ils étaient entrés dans la tour immédiatement après le départ des *sullanciri*, le tableau aurait été tout à fait élégant.

Phfas retroussa la lèvre d'un air dédaigneux.

— Trop de chaises.

Adrogans approcha du bout de la table. Là, à la place d'une assiette, une dague était plantée dans une feuille de parchemin. L'écriture était belle et déliée, mais le général trouvait la couleur brun sombre de l'encre dérangeante.

Du sang. Encore humide. Ce qui augmenta son malaise.

Adrogans s'appuya lourdement sur la table, les mains de part et d'autre du parchemin, et lut à voix haute :

— « Cher général Adrogans, je vous félicite pour cette campagne menée brillamment. Ni ma maîtresse ni moi ne vous aurions cru capable de vous lancer dans une telle guerre au cœur de l'hiver. À cause de cela, j'ai été privé de renforts et de ravitaillements, tous requis à l'est. Vous avez gagné la liberté de l'Okrannel. J'étais là à sa chute et, même si je suis mortifié de me montrer indigne de ma maîtresse en perdant ce pays, je ne reproche pas aux Okrans de vouloir reprendre leurs terres. Ils profiteront désormais d'une paix qui m'est inconnue, et qui me le sera certainement toujours.

» Avec mon admiration la plus profonde, je signe, Nefrai-kesh. »

Caro le regarda fixement.

— Impossible ! Il n'a pas pu écrire cela !

— Lisez-le vous-même.

Le général alcidais fronça les sourcils.

— Nous avons gagné parce que nous avons osé avancer à une période où ses troupes sont occupées ailleurs ?

— Un mensonge ! Les dragonels de Lurii et Porjal auraient facilement pu être envoyés par bateau en cinq jours. Les troupes également. Cela fait presque un mois que nous nous sommes emparés des Trois Frères. Cette ville aurait dû grouiller de baragouineurs.

Caro poussa un profond soupir et regarda par la fenêtre qui dominait la muraille.

— Pourquoi cette farce ? Au pont, il aurait pu nous atteindre. Ici également. Pourquoi ?

Phfas s'empara d'une cuisse de ce qui ressemblait à du poulet.

— Est-ce important ? La sorcière a perdu la ville.

— Vous vous trompez, mon oncle. Elle ne l'a pas perdue. (Adrogans se rembrunit.) Elle nous l'a échangée. Mais contre quoi ?

Le chaman haussa les épaules.

— Le temps le dira.

— Oui. (Adrogans frissonna.) Mais je ne pense pas qu'il s'agira d'une histoire que je voudrai entendre.

Chapitre 65

Erlestoke songea qu'il était dommage que la flèche aurolanie n'ait pas été empoisonnée. Elle lui avait traversé la cuisse droite. Jilandessa avait dit qu'il n'y avait pas trop de dégâts. Il l'empêcha donc de faire plus que cesser le saignement et refermer la plaie. On avait besoin de ses compétences ailleurs, pour des blessures bien plus graves, et il pouvait bien boiter.

Mais si la flèche avait été empoisonnée, il serait mort. Il ne ressentirait pas les brûlures causées par les engelures de son nez, de ses joues, de ses oreilles, de ses orteils et de ses doigts. Il ne serait pas dévoré par l'angoisse à l'idée que le fragment de la Couronne tombe entre des mains ennemies. Il n'aurait pas faim, ne serait pas fatigué ou n'éprouverait pas tous ces désagréments qui différenciaient les vivants des morts.

Leur fuite n'avait pas été sans encombre. Le plan de Jullagh-tse s'était bien déroulé comme prévu et ils avaient pu facilement entrer dans le tuyau d'arrivée d'eau. Mais près de la sortie, Verum s'était porté volontaire pour rester à l'arrière. Erlestoke entendait encore des tirs lorsque le maître d'armes s'extirpa du tuyau, il se permit donc de supposer que, d'une façon ou d'une autre, le *meckanshii* était encore en vie quelque part dans Sarengul.

Jullagh-tse Seegg leur fit franchir les montagnes par un chemin qui descendait vers le sud-ouest. Elle visait un col dont le gouffre était franchi par un pont de lianes. Elle n'avait pas emprunté ce passage depuis des années, mais tous les repères étaient encore en place pour la guider. Le ravin divisait littéralement tout un duché de Sarengul et, si les Aurolanis se servaient des tunnels pour les précéder, ils auraient à faire un grand détour. Ils espéraient tous que les forces ennemies n'avaient pas pénétré aussi profondément dans le Sarengul.

Pour échapper complètement à leurs poursuivants, la seule chose qu'ils devaient faire était d'atteindre le pont, le traverser puis le couper derrière eux. Jullagh-tse avait décrit le gouffre comme immense et sans fond. En son for intérieur, Erlestoke envisageait d'y jeter le fragment.

Les Aurolanis s'étaient bien lancés à leur poursuite et sans faire de halte. À l'aube, le groupe était tombé dans une embuscade, trois d'entre eux étaient morts et quatre avaient été blessés, mais aucun au point de ne pas pouvoir marcher. Leur nombre était passé d'une douzaine à sept, ce qui, étant donné ce qu'ils avaient accompli, était tout à fait remarquable. Néanmoins, la fatigue, le piège, la perte de compagnons si près de la seule issue les avaient complètement découragés.

Le vent fouettait les montagnes, soufflant la neige vers le sud. Erlestoke préférait de beaucoup l'avoir dans le dos, mais cela rendait difficile la surveillance de leurs arrières. Quelque part, derrière les rideaux de neige, il aperçut les baragouineurs. Certains, courbés vers le sol, les suivaient à la trace, tandis que d'autres grimpaient sur les rochers. Le vent déviait les flèches, mais cela n'empêchait pas les Aurolanis de les décocher.

Et la silhouette à la cape était toujours là. Elle progressait maladroitement, mais sans relâche. Le vent soulevait son manteau écarlate, pourtant elle ne s'arrêtait jamais. Elle ne se courbait jamais, ni ne levait une main pour se protéger le visage. Le pire pour Erlestoke, c'était cette impression persistante qu'étrangement son bras coupé deux jours plus tôt avait repoussé.

Jullagh-tse indiqua le sud, puis la droite.

— Là, vous pouvez voir l'ouverture du canyon. Nous ne sommes plus très loin, maintenant.

— Alors ils devront nous attaquer s'ils veulent éviter qu'on leur échappe, non ?

— Oui. (L'urZrethie baissa les yeux.) Altesse, je suis la mieux adaptée sur ce terrain…

— Oui, bien entendu.

Erlestoke fit un mouvement pour dégager le harnais qui maintenait le fragment sur ses épaules.

— Emportez-le et fuyez, vite.

Elle posa une main brune sur son gant droit.

— Non, Altesse. Ce que je veux dire, c'est que vous devriez partir vite et me laisser les retenir.

— Il n'en est pas question. (Il se tourna vers les autres.) Dépêchons-nous, maintenant ! La vitesse est notre alliée. Une fois que nous aurons passé le pont, nous serons en sécurité. Rys, Finn, allez !

Les deux elfes prirent la tête dans le canyon qui se rétrécissait et vers les sentiers transversaux en lacet qui les mèneraient au gouffre et à leur salut. Le vent étouffa le cri d'un baragouineur perché sur les rochers, mais, parmi les fuyards, certains l'entendirent et hâtèrent le pas. D'autres appels retentirent et Erlestoke en conclut que des soldats étaient venus de l'intérieur des montagnes.

Jullagh-tse l'aidait à marcher autant que possible. Il portait son quadnel dans la main gauche et avait passé son bras droit autour des épaules de l'urZrethie. Son genou droit ne ployait pas très bien, alors son pied traînait, traçant un long serpentin dans la neige.

Quelques flèches noires se plantèrent ici et là. Ryswin en saisit une, l'encocha à son arc d'argentier puis la renvoya vers l'un des baragouineurs.

Ils se précipitaient vers le canyon ouest. Il ne faisait pas plus de trente mètres à son point le plus étroit et revenait deux fois sur lui-même, ce qui facilitait la fuite en faisant gagner un peu de temps. Une fois qu'ils furent dans le canyon, le vent tomba. Alors qu'ils prenaient vers l'ouest, Erlestoke entendit le crissement des pieds sur la neige et les grognements étouffés de ses camarades blessés. L'excitation grandissait aussi, car le canyon s'élargit et décrivit un dernier et brusque lacet, vers le sud.

Là, ils trouveraient le gouffre et le pont.

Ce fut le cas, mais les choses ne se passèrent pas comme prévu.

Le gouffre ressemblait à ce que Jullagh-tse avait décrit. Le canyon descendait vers lui en pente douce sur une distance de quatre cents mètres à peine. La dernière fois qu'elle l'avait vu, c'était l'été, l'herbe des prairies formait un tapis verdoyant parsemé de fleurs rouges, jaunes et bleues. La pierre grise affleurait là où la glace et la neige s'étendaient désormais en rideau gelé. Le gouffre, d'une largeur de cent quatre-vingts mètres au moins, avait aussi les rebords recouverts d'une couche de glace.

Erlestoke se tourna vers Jullagh-tse.

— Lorsque vous avez dit que vous n'étiez pas venue depuis quelque temps, de combien de temps exactement parliez-vous ?

— Soixante-dix ans et quelques. À l'époque, ils ne faisaient qu'en parler, et ils en parlaient depuis une éternité. Je ne me doutais pas !

Le pont de lianes qui aurait dû les sauver avait été depuis longtemps remplacé par une arche fière et solide. On s'était servi de lourds blocs de pierre pour le construire et de marbre pour l'achever. Obéissant à la tradition urZrethie, le pont était décoré d'une suite de merveilleuses sculptures et de bas-reliefs. Un peu de neige subsistait çà et là, mais le pont était en grande partie dégagé et assez large pour permettre à deux cavaliers de chevaucher de front. Des sentinelles de pierre se dressaient juste avant et accueillaient les voyageurs avec de grands sourires.

Erlestoke secoua la tête. Même en se servant des derniers grammes de poudre qu'il leur restait, il n'aurait pu détacher un seul bloc.

— Et il est trop large pour que nous puissions nous défendre contre nos poursuivants.

Ryswin, qui s'était arrêté une petite vingtaine de mètres plus loin, se tourna vers lui.

— Que faisons-nous ?

Avant qu'Erlestoke puisse répondre, une flèche descendit du ciel et toucha l'elfe à l'épaule. Du sang éclaboussa la neige, mais Ryswin tint bon. Il se mit hors d'atteinte d'un autre tir, puis encocha une de ses flèches.

Il banda et tira pendant que les autres se mettaient à courir vers le pont. Derrière eux et au-dessus retentirent les ululements des baragouineurs. Les flèches volèrent. La plupart tombaient trop loin, mais l'une d'elles toucha le quadnel et resta coincée dans un canon. Devant, quelqu'un s'effondra, une flèche plantée dans la cuisse.

Erlestoke poussa Jullagh-tse.

— Occupez-vous de Nygal.

Le prince se retourna, visa l'un des baragouineurs qui menaient la chasse, puis pressa sur la détente de son quadnel.

Rien ne se passa.

La poudre avait été soufflée. Il repoussa le chien, sortit sa corne et rechargea calmement. Les baragouineurs se ruèrent en avant tout en poussant des cris et des hurlements. Leurs coutelas brillaient. À droite du prince, Jancis tira et abattit un baragouineur, mais cet exploit était insuffisant pour retenir la marée de créatures qui se précipitaient.

Même si chacun de mes tirs en valait dix…

Erlestoke appuya de nouveau sur la détente. Le chien claqua. La poudre s'enflamma. Un instant plus tard, le quadnel tonna et tressauta contre son épaule. Il cracha des flammes et de la fumée.

Un baragouineur tomba.

Puis un autre.

Le fracas du tonnerre augmenta, résonna contre les falaises. Là, de chaque côté, dans les rochers, se trouvaient des draconettiers.

Des meckanshii *!* Erlestoke n'arrivait pas à y croire. *Comment sont-ils arrivés jusqu'ici ?*

Un être minuscule surgit devant lui. Ses quatre ailes vrombissantes soufflèrent la fumée pendant qu'il faisait du surplace.

— Vite, Altesse, vite, venez vite !

Il attrapa l'épaule gauche d'Erlestoke et tira.

Le prince se retourna et se mit à courir aussi vite qu'il put. Derrière lui, les baragouineurs hurlaient, mais de rage. D'un coup d'œil, il les vit battre en retraite, abandonnant une douzaine ou plus de cadavres dans la neige rougissante.

Un homme le rejoignit. Il avait beau porter un masque noir, le prince le reconnut grâce aux cicatrices sur sa joue et ses cheveux blancs.

— Corbeau ! Comment êtes-vous arrivé ici ?

— Le Spritha, Qwc. Nous savions qu'un fragment de la Couronne voyageait dans le Sarengul et Qwc savait où était sa place. Nous n'avons fait que le suivre.

Corbeau se retourna et désigna le pont avec son arc.

— Le reste de notre groupe se trouve de l'autre côté, ainsi que nos chevaux. Nous avons déployé nos *meckanshii* et les autres tiennent la sortie.

Les *meckanshii* qui se tenaient sur les pentes commencèrent à se retirer. Les baragouineurs s'étaient rassemblés à l'extrémité nord. Ils avaient l'air réticents à l'idée de se lancer de nouveau à leur poursuite.

Puis la créature à la cape entra dans la vallée. Les baragouineurs s'écartèrent sur son passage. Sans se soucier des tirs de draconette qui frappaient près de ses pieds, elle avança, puis s'arrêta à côté des cadavres, leva la main gauche et la tendit d'un air impatient.

— Très bien, vos vies en échange de la Pierre véritable. Vous l'avez mérité.

Will surgit derrière le prince.

— C'est quoi, ça ?

Erlestoke secoua la tête.

— Je ne sais pas, il nous suit depuis Forteresse Draconis. On lui a tiré dessus et plus, mais rien ne l'arrête.

Corbeau lui donna une tape sur l'épaule.

— Allons-y.

Il se détourna et fit signe aux autres.

— On y va !

La créature parla encore.

— Pour la seconde fois, je vous offre vos vies. Écoutez-moi et votre mort ne sera pas nécessaire.

Erlestoke se redressa et repoussa son manteau pour révéler la pierre bleu-vert dans le harnais qu'il lui avait fabriqué.

— Votre vie, pas la nôtre, en échange de la pierre.

Il referma sa cape et se tourna vers le pont.

Une poignée de *meckanshii* et un homme de la compagnie de Corbeau qu'il avait rencontré à Forteresse Draconis se trouvaient sur l'arche. Il les désigna à son groupe.

—Allons-y.

Dans le dos du prince s'éleva une plainte aiguë pleine de tristesse et de crainte, mais aussi chargée d'une puissance incroyable. Elle figea les entrailles d'Erlestoke et lui coupa les jambes. Il s'affaissa lourdement contre Corbeau et sentit l'autre homme s'effondrer lui aussi. Le cri invoquait toutes les peurs et avait le pouvoir engourdissant des cauchemars de l'enfance. Il en tremblait.

La douleur de sa chute rendit à Erlestoke ses idées claires et il aurait souhaité que ce ne soit pas le cas. Lorsqu'il releva la tête, il se retrouva face au pont. Alors, une ombre immense et cruciforme flotta devant ses yeux, ses bords ondulants contre les falaises. Dans le ciel, une créature lui apparut. Il avait déjà vu une créature semblable mais jamais de si près. Et il ne s'était jamais autant considéré comme une proie.

Le dragon, dont la tête de serpent cornue brillait d'une couleur cuivre sous le soleil, plana paresseusement avec l'aisance d'un faucon. Le regard de la créature cinglait Erlestoke comme un coup de fouet. Si elle le voulait, elle le prendrait, et il n'y avait rien que l'on puisse faire pour l'arrêter.

La gueule du dragon s'ouvrit, offrant une vue fugitive sur ses immenses crocs d'ivoire avant qu'une langue de feu brûlante cache tout. Denses et furieuses, les flammes rouge et or s'abattirent au centre du pont. Les sentinelles de pierre fondirent comme des bougies trop proches d'un brasier. Le temps d'un battement de cils, Erlestoke vit les silhouettes de Dranae et des autres à l'autre bout du pont, puis ils tombèrent dans le ravin avec la pierre en fusion.

Le déplacement d'air provoqué par le passage du dragon attira vers la créature la vapeur de neige fondue. Le monstre traversa le gouffre et se percha sur une falaise de l'autre côté. Les griffes plantées dans la pierre, détachant des pans de glaces qui s'effondrèrent plus bas, la créature s'installa puis replia les ailes.

Le dragon cligna des yeux et s'exprima dans une langue sifflante. La peur d'Erlestoke se réveilla. Les paroles de la créature se tortillaient comme des vers dans sa tête. Il ne savait pas ce qu'elles signifiaient et avait la certitude qu'il ne les comprendrait jamais. Il savait aussi que si on le torturait pendant un an et un jour, il n'éprouverait jamais le désespoir qui le rongeait à l'instant même.

Dans son dos, l'être à la cape traduisit le discours du dragon :

— Gagothmar dit qu'il veut la Pierre véritable. Il serait très contrarié s'il devait la débarrasser de vos cendres.

Chapitre 66

Les yeux de Kerrigan le brûlaient comme si on les avait trempés dans de l'huile avant d'y mettre le feu. Il n'avait pas dormi depuis plus de vingt-quatre heures. Après avoir tué le *sullanciri*, il était revenu à Navval et avait commencé à chercher des moyens de défendre la ville contre les tirs de dragonels. On avait confié les fragments du boulet aux magickants les plus puissants, qui s'en servaient comme point de focalisation afin de détourner les tirs. D'autres morceaux fonctionnaient comme des aimants qui attiraient les boulets vers certaines cibles, comme des tas de gravats où ils ne pourraient rien faire de plus que changer la pierre en cailloux.

Lorsque les efforts des magickants s'étaient mis à porter leurs fruits, les Aurolanis avaient commencé à jeter des sortilèges contre les défenseurs de la ville. Kerrigan avait dû cesser de travailler sur les tirs de dragonels et utiliser son énergie pour aider les autres mages. Heureusement, les sorciers du Conservatoire lançaient leurs sortilèges un à un, ils étaient donc suffisamment épars pour que Kerrigan puisse les contrer les uns après les autres.

Lorsqu'il était à Vilwan, l'idée de défendre autant de gens contre un tel nombre de sortilèges l'aurait angoissé. Les duels de sorciers consistaient souvent à jeter les contre-sorts adaptés. Si le sortilège de défense était d'une puissance inférieure à celle de l'attaque, le défenseur pouvait être blessé. Comme peu de magickants étaient suffisamment doués pour mesurer l'énergie d'un sortilège, les efforts qu'ils déployaient pour se défendre étaient souvent disproportionnés. Si un sorcier avait l'initiative et la force et continuait à attaquer, le défenseur pouvait s'épuiser.

Les dimensions des sortilèges offraient une autre façon de se défendre. Kerrigan bloquait les attaques en jetant des contre-sorts qui traquaient un aspect dimensionnel spécifique. Lorsque sa contre-attaque localisait cet aspect, elle s'y accrochait et disait à l'autre sortilège qu'il avait touché sa cible. Ce dernier se déchargeait alors de son énergie sans causer de dégâts. Cela avait fonctionné contre Neskaru tout comme contre ses élèves.

Il travailla dur toute la nuit, malgré les détonations des dragonels et le crépitement des incendies. Les appels et les cris des victimes lui serraient aussi le cœur, mais il se contraignit à ne pas y penser. Gardant les yeux fermés, il se concentra et projeta sa conscience dans l'éther qui entourait Navval.

Il vit les sortilèges du camp aurolani approcher. Certains rapides, brûlant comme des boulets de dragonels, d'autres volant lentement comme des papillons à la recherche de fleurs. Une fois qu'il en trouvait un, il le contrait. La plupart acceptaient le substitut de cibles et se vidaient prématurément. Quelques-uns étaient un peu plus sophistiqués… Vers le milieu de la matinée, tous les sortilèges se mirent à revérifier les informations données par la cible, alors Kerrigan dut créer des leurres. Les sortilèges s'y attaquèrent, tuant la vermine que l'Initié avait demandé à Bok de lui ramener.

Épuisé et satisfait à la fois, Kerrigan avait pris un petit déjeuner léger en milieu de matinée, quand les dragonels avaient cessé leurs attaques. Certaines maisons brûlaient encore et un bon nombre avaient été détruites, mais les remparts n'étaient pas endommagés. Le courage des habitants défiait tout autant les Aurolanis. Les assiégés montaient sur les murailles pour se moquer et provoquer l'adversaire.

Les sortilèges aurolanis avaient cessé, mais Kerrigan en savait suffisamment sur l'art de la guerre pour ne pas y voir autre chose qu'un répit. Les ennemis devaient être aussi fatigués que n'importe quel mage de Navval. Ils allaient se retirer pour se reposer, afin d'être prêts à combattre de nouveau lorsque le siège reprendrait.

Malgré la présence des mages de guerre vilwanais et la tradition martiale des sorciers murosans, les magickants ne jouaient qu'un rôle minime dans les batailles. La puissance magicke d'un camp tendait souvent à neutraliser celle de l'autre. Les sortilèges pouvaient servir à rassembler des informations, mais l'issue d'une bataille dépendait du corps à corps.

Sans compter qu'une flèche ou une épée suffisait en général à mettre fin à la carrière militaire d'un sorcier.

À la suite de ses conversations avec Rym Ramoch, Kerrigan se demanda un instant s'il en avait toujours été ainsi. Yrulph Kirûn avait été suffisamment puissant pour créer la Couronne et commander une armée de dragons. Puis il était descendu dans le Sud pour essayer de conquérir le monde. Les dragons seuls lui donnaient-ils l'avantage? ou était-il possible qu'il ait remporté la victoire grâce à la magick? La tradition martiale du Muroso remontait-elle à ces jours lointains, avant que Vilwan soit pacifiée, ou bien avait-elle été adoptée comme un moyen de se préparer contre le retour de mages plus violents?

Il ne trouva aucune réponse à ses questions pendant qu'il grignotait du pain rassis et buvait du vin dilué. Il n'appréciait ni l'un ni l'autre, mais c'était tout ce que Bok lui avait servi. Ce qu'il voulait surtout, c'était dormir mais, avant qu'il ait pu se glisser dans son lit, il fut convoqué au palais ducal, aux côtés d'Alexia.

Bok sur les talons, Kerrigan entra dans la salle la plus haute de la tour nord. Alexia était resplendissante dans sa cotte de mailles dorée et il ne put s'empêcher de sourire lorsqu'il la vit. Elle avait rassemblé ses longs cheveux blonds en une natte épaisse. Le masque de courtoisie en dentelle noire dissimulait à peine ses traits, mais ajoutait assez de mystère pour les rendre d'autant plus séduisants.

Avec elle se trouvaient Sayce et plusieurs autres commandants de l'armée locale. Tous étaient rassemblés autour d'une carte déroulée sur une table basse au centre de la pièce circulaire. Au fond se tenaient plusieurs mages messagers et leur *arcanslata*. La tour était encerclée par un balcon auquel on accédait grâce à des portes à l'est et à l'ouest. Contre le mur nord, près de la fenêtre, un escalier menait à une trappe par laquelle l'on pouvait atteindre le sommet crénelé.

Alexia leva les yeux et sourit.

— Vous voilà, Initié Reese. Vous devriez savoir, quoi qu'il puisse arriver à partir de maintenant, que, sans tous vos efforts, Navval serait tombée aux mains de l'ennemi il y a des heures.

— Vraiment ? (Il ne put retenir cette exclamation incrédule. Il savait qu'Alyx ne lui mentirait jamais, mais les signes d'approbations et les expressions de gratitude des autres le surprirent.) Je ne pensais pas que j'en avais fait tant que ça.

Des rires légers accueillirent son commentaire, mais Alexia garda son sérieux.

— Certaines personnes pensaient qu'il ne resterait pas grand-chose de la ville ce matin. Ils voulaient la céder aux Aurolanis. Vos efforts n'ont pas manqué d'être remarqués, et appréciés.

L'un des conseillers, un Magister murosan qui avait tué deux mages du Conservatoire la veille, hocha la tête d'un air solennel.

— Je n'ai ni les compétences ni le savoir requis pour expliquer ce que vous avez accompli, Initié Reese, mais si un simple Initié de Vilwan est capable d'un tel exploit, alors il y a encore de l'espoir pour notre monde.

— Oh. Merci. J'ai fait ce que j'ai pu.

Alexia lui fit signe de s'approcher de la carte.

— Je sais que vous avez besoin de repos, mais j'ai réfléchi. Au combat, les sorciers neutralisent habituellement les autres sorciers. Vous serait-il possible de jeter des sorts qui auraient l'air puissants et mortels, pour pousser les mages à se défendre, tandis que d'autres ici canaliseraient leur énergie sur des cibles spécifiques ?

Le mage joufflu croisa les bras sur sa poitrine et fourra les doigts sous ses aisselles pour réfléchir.

— J'imagine que c'est possible. Il faudrait masquer un sortilège simple. Le masque se présenterait comme un sortilège bien plus puissant. Je pourrais faire quelque chose, aussi, pour leur faire croire qu'il s'agit de sortilèges issus du Conservatoire et… Oh ! Si je modifiais les hérauts magickes, puis les projetais derrière eux et leur faisais lancer une attaque cachée, je pourrais leur faire croire que quelqu'un les attaque de l'est, comme si des troupes arrivaient derrière eux.

Alyx haussa un sourcil.

— C'est donc un « oui » ?

Il leva les yeux puis acquiesça, les joues tremblantes.

— Je peux le faire. J'aurai besoin de temps pour me préparer. Et pour dormir. Et il faut que je mange quelque chose de solide.

Sayce fit un signe de tête à Alexia et sortit immédiatement de la pièce.

La princesse okranne sourit.

— Je ne sais pas de combien de temps vous disposerez.

Un grand cri à l'est parcourut la salle. Kerrigan n'aurait pu l'identifier, mais il sentit la peur lui serrer le ventre. Il avait l'impression que, s'il n'était pas aussi fatigué, il aurait pu déterminer de quoi il s'agissait.

Encore que, si j'avais tous mes esprits, je serais peut-être mort de terreur.

Les hurlements de la population se joignirent d'abord au cri, puis le noyèrent. La compagnie se précipita à la porte est et sur le balcon. Kerrigan traîna des pieds et se dirigea vers la porte sud pour rejoindre Alexia qui regardait en direction de l'ennemi.

Un dragon dont les écailles d'un violet profond étaient bordées d'or atterrit à l'arrière du campement aurolani. Il replia les ailes, puis tordit son long cou fin pour regarder par-dessus son épaule, sur son dos : des silhouettes humanoïdes. Une demi-douzaine d'entre elles en descendirent lentement. Lorsqu'elles atteignirent le sol, Kerrigan se rendit compte de leur taille : ces créatures étaient immenses. Il s'agissait d'hoargouns

Ce qui signifie que le dragon est énorme !

— Heu, Altesse, avant que vous demandiez, c'est non.

Elle lui sourit.

— Malgré tout le respect que j'ai pour tes compétences, Kerrigan, serais-tu nourri, reposé et aurais-tu travaillé pendant des semaines, je ne te poserais pas cette question.

Une grande silhouette sortie de la tente du commandant et franchit la forêt de bannières. Elle sembla d'abord s'adresser aux hoargouns, car les géants des glaces s'avancèrent et les baragouineurs se mirent en formation. Puis elle rejoignit le dragon.

Ce dernier baissa la tête et la posa sur le sol. Il avait presque l'air docile. Il plaqua sa queue contre son flanc et fit onduler son dos et ses hanches pour s'installer. Alors la silhouette désigna Navval du doigt et le dragon redressa la tête.

Un mage rejoignit Alexia.

— Caledo vient de nous informer qu'un dragon a rejoint les forces d'Anarus. Dois-je leur signaler celui-ci ?

— Oui, s'il vous plaît. Dites-leur que nous jugerons des événements une fois que nous aurons vu ce qui va se passer, mais les choses se présentent mal.

— À vos ordres.

Soudain, le dragon se redressa. Il déploya largement les ailes, leva la tête et poussa un cri terrifiant, empli à la fois d'indignation et de haine. Il rabaissa la tête et contempla Navval. Kerrigan serrait la balustrade de toutes ses forces, souhaitant fuir, mais trop effrayé pour agir, de crainte d'être remarqué.

Les pattes avant serrées contre son torse et les ailes dressées jusqu'à ce que leurs bouts se touchent presque au-dessus de sa tête, le dragon se mit à marcher d'un pas lourd. Il se déplaçait comme un animal de basse-cour, se dandinant d'un côté et de l'autre, sa queue rebondissant derrière lui. Il renversa quelques bannières et écrasa quelques baragouineurs, mais seulement ceux qui avaient été déséquilibrés par le martèlement de ses pas.

Le dragon passa devant la formation ennemie, puis sauta presque à la manière d'un vautour, s'approchant de Navval comme s'il s'agissait d'une charogne. Quelques flèches volèrent, mais elles rebondirent, inoffensives, contre ses écailles épaisses. Le dragon devint de plus en plus gros au fur et à mesure de son approche, le menhir lui arrivait à peine au thorax.

Il baissa de nouveau la tête, mais, lorsqu'il ouvrit la gueule et qu'il durcit le regard, tout espoir d'intention paisible disparut. Kerrigan sentit la chaleur avant l'apparition des flammes, puis tout ce qu'il vit fut un torrent de feu tourbillonnant. Il frappa la porte est et le mur assez fort pour que la maçonnerie craque et que les pierres tremblent avant de se mettre à rougir. Les énormes battants de chêne s'ouvrirent brutalement comme des volets avant un cyclone puis, en un clin d'œil, ils furent réduits en cendres.

Les gens qui se trouvaient sur les remparts s'étaient mis à courir, mais cela ne changea rien du tout. Le feu du dragon les poursuivit et les encercla. Des filaments s'enroulèrent autour d'eux, les transformant en torches vivantes. Les flammes sautèrent pour trouver une autre victime, puis une autre. Elles couraient le long de la menuiserie qui soutenait les pierres, mordillant le bord des blocs, les faisant couler en grosses gouttes le long des murailles.

Le grondement qui accompagnait les flammes sembla une bénédiction, car, même s'il blessait les tympans, il étouffait les hurlements des mourants. Après ce qui parut une éternité, il finit par diminuer pour faire place à un silence glacial. Le dragon releva la tête et ouvrit la gueule en un rictus que Kerrigan ne put interpréter autrement que comme un sourire.

À cet instant, le mage fut persuadé de deux choses : la première, qu'il ne survivrait pas à cette journée ; la seconde, bien plus importante, qu'il ne verrait jamais rien de plus beau de toute sa vie. Puis le sourire du dragon s'évanouit soudain et sa tête disparut derrière un mur à moitié fondu. Il bondit maladroitement en arrière, puis se retourna dans la position craintive que celle d'un chien battu.

Une ombre était passée au-dessus de lui.

L'ombre cruciforme qui survolait le Dragon Violet le recouvrait entièrement. Kerrigan leva les yeux et aperçut une forme noire, puis le soleil l'aveugla. Il baissa la tête et se frotta les paupières avant de regarder dans la direction qu'indiquait Alexia.

Le Dragon Noir planait sans effort vers le sud et Kerrigan pensa, un instant, qu'il se dirigeait peut-être vers Caledo. Puis il le vit virer paresseusement sur l'aile. La créature se redressa, battit une fois des ailes, filant de nouveau vers le nord. Droit sur la ville.

Droit sur cette tour !

Le Dragon Noir ralentit son approche et déploya largement les ailes. Des zébrures rouges s'enroulaient de son ventre. D'énormes griffes sortirent et agrippèrent la tour sud du palais, broyant la pierre lorsqu'elles se refermèrent. Des débris tombèrent au sol, rebondissant dans les rues plus bas. Le dragon referma l'aile autour du bâtiment et s'y agrippa fermement.

Kerrigan se retrouva pressé contre le mur. Il se serait souillé de terreur, mais Alexia était à ses côtés et Bok était accroupi à ses pieds, regardant entre les piquets de pierre de la balustrade.

La tête énorme du Noir les surplombait. Il darda une langue fourchue rouge pour lécher son museau. De petites gouttes de salive tombèrent et l'une d'elles fora un trou de la taille d'une prune dans la pierre près de la tête de Kerrigan.

Le Noir ouvrit la gueule, mais aucune flamme ne jaillit. À la place, d'une voix bien trop aiguë pour appartenir à une telle créature, il leur parla.

— Je suis Vriisureol. Je peux résoudre votre probleme.

Alexia retrouva sa voix et fit un demi-pas en avant.

— Vous pouvez nous débarrasser de l'autre dragon ?

Vriisureol cligna des yeux.

— Si vous considérez Procimre comme votre seul problème, Alexia d'Okrannel, alors les chansons ne mentent pas sur la bravoure de votre peuple. Non, je débarrasserai cette ville humaine de Procimre et de l'armée. Mais mon aide a un prix. À vous de m'accorder ce que je vous demanderai.

La princesse redressa le menton.

— Et quel serait ce prix ?

Vriisureol ferma à demi les paupières.

— Je souhaite Kerrigan Reese.

Chapitre 67

Will fit volte-face et tourna délibérément le dos au dragon.

— Hé vous ! Vous avez une idée de qui je suis ?

L'être à la cape ne donna pas signe qu'il avait entendu la question.

— Will, à quoi tu joues ? gronda Corbeau.

— Je me prépare à être fou furieux. (Il jeta un coup d'œil au guerrier.) Je ne sais pas comment j'ai fait ce que j'ai fait à Bokagul, mais ça poserait un problème si ça se répétait ici ?

— Tu ne saignes pas, Will.

Le voleur brandit sa dague.

— Je peux y remédier.

Il secoua la main gauche pour faire descendre son gant, puis il ferma les doigts sur la lame de la dague. Il se tourna de nouveau vers l'individu à la cape.

— Je suis le Norrington. *Le* Norrington. Vous connaissez la prophétie. Alors dites, Gagothmar et vous, vous voulez vous retrouver mêlés à ça ?

La créature se mit à rire et ses échos sifflants glissèrent sur le dragon.

— Cela rend certes les choses plus intéressantes, Norrington… infiniment plus intéressantes. Mais cela ne change rien à l'issue. Livrez-moi la Pierre véritable et vous survivrez pour accomplir la prophétie. Peut-être.

Erlestoke se redressa et repoussa son manteau d'un coup d'épaule. Il retira le harnais du fragment de la Couronne et le fit balancer au bout de sa main gauche.

— C'est ce que vous voulez, non ?

— Jetez-le-moi.

La bouche de Will s'assécha.

— Vous n'oseriez pas.

Le prince lui sourit.

— Vous pouvez parier votre masque dessus.

Erlestoke laissa tomber la pierre dans la neige. La lumière reflétait dans ses profondeurs une croix or et vert qui donnait l'impression à Will d'être observé. Elle émettait un pouvoir et il éprouva une grande compassion.

Le prince arma son quadnel, le prépara et posa le canon sur la pierre.

— Peut-être que Gagothmar ne veut pas en nettoyer les cendres, mais que dirait-il de la reconstituer entièrement ?

Le voleur agrippa le bras d'Erlestoke.

— Vous ne pouvez pas ! Ne faites pas ça !

— Nous ne pouvons pas la leur laisser, Will.

L'être à la cape haussa les épaules.

— Allez-y. Même l'un des fameux dragonels ne pourrait briser une Pierre véritable. Pas dans ces conditions. Lorsqu'elle a été construite comme une partie de la Couronne, elle est devenue encore plus vitale qu'avant. Ces montagnes pourraient lui tomber dessus, elle resterait intacte.

Corbeau posa la main sur l'épaule d'Erlestoke.

— Je ne pense pas qu'il plaisante, Altesse.

— Hélas, moi non plus.

D'un geste fluide, le prince leva le quadnel, visa et le déclencheur retomba.

Will s'écarta. Lorsque la fumée blanche se dissipa, il vit que l'individu à la cape était à terre. Les baragouineurs s'étaient dispersés et fuyaient.

— Beau tir !

— Pour ce que ça servira.

Will ne comprit pas la résignation dans la voix d'Erlestoke avant de voir la créature se remettre lentement sur pied.

— C'est quoi, cette chose ?

— Un être acharné. (Le prince soupira.) Nous vous remercions tous d'être venus de si loin pour venir à notre secours. J'aurais vraiment voulu que les choses se passent différemment.

— S'il faut mourir, j'imagine que les flammes d'un dragon, ce n'est pas si mal.

Corbeau haussa les épaules.

— Non ! On ne va pas mourir !

Will se passa la dague sur la paume et inspira à la douleur qui suivit. Du sang coula sur la neige et le fragment. La neige fut tachée, mais le fragment aspira le sang qui disparut. Le pouvoir qui en émanait en fut décuplé.

Will tomba à genoux et pressa ses mains sur la pierre puis il l'agrippa et la leva bien haut.

— Vous ne l'aurez jamais !

De nouveau, le pouvoir pulsa, puis lourd, puis fort. Un elfe de la compagnie d'Erlestoke poussa un cri étouffé et se plia en deux. Quelques-uns des tatouages de Résolu s'illuminèrent et les membres métalliques des *meckanshii* tremblèrent. Le dragon siffla d'un ton menaçant et même la créature à la cape sembla ébranlée.

Mais elle ne s'effondra pas et sa voix resta ferme.

— Vos efforts sont vains.

Elle cessa de parler en langue humaine et poussa à la place un cri semblable à celui qui avait invoqué le dragon.

Will se retourna, la pierre toujours serrée dans la main. Du sang continuait à couler et le fragment devint de plus en plus chaud. Le battement fit vibrer sa main et remonta le long de son avant-bras.

Gagothmar déploya les ailes et s'élança en avant. Le souffle de son passage fit tourbillonner la neige sur les flancs des montagnes. Le dragon volait de plus en plus bas et de plus en plus près du ravin. Il ouvrit la gueule, ses crocs brillèrent, et Will se prépara au torrent de feu qui allait les consumer, ses amis et lui.

Surgissant de la crevasse, un dragon immense d'un vert profond referma la mâchoire sur le corps de Gagothmar. Le dragon cuivré hurla de douleur et incendia le ciel. Il battit furieusement des ailes contre le museau vert. Du sang coulait, noir et fumant, de la poitrine du Cuivré. La mâchoire énorme s'ouvrit, et, se refermant encore une fois, lui écrasa le torse.

D'un seul coup de tête, le Dragon Vert projeta le corps de Gagothmar contre la face ouest du gouffre. Il roula, ailes et queue entremêlées. Des flammes sortaient de sa gueule et explosaient par les trous dans sa poitrine. Les ailes claquèrent dans l'air froid, mais même ce bruit fut couvert par le craquement que produisit le Vert en gobant les os et la chair de son ennemi.

Lentement, les griffes enfoncées dans la neige et la pierre dessous, l'énorme Dragon Vert se hissa hors du gouffre. Du sang noir coulait sur ses mâchoires. Les rayons du soleil firent scintiller des éclats dorés sur ses écailles lorsqu'il se traîna sur le sol de la vallée. Il tenta de se redresser, mais retomba lourdement, déclenchant une petite avalanche de neige qui l'ensevelit à demi.

D'un œil unique, il regarda Will. La pierre pulsait un peu plus faiblement, mais Will ressentait toujours son énergie l'envahir. Les cicatrices sur sa gorge le brûlaient et le temps ralentit lorsque, autour du garçon, se mit à couler un flot de formes et de pouvoirs, d'influences et de courants… de temps et de présages.

— *Je te connais !*

— *Et moi aussi, je te connais.*

Will avait presque l'impression de se regarder lui-même. Pendant que le Dragon Vert abattait Gagothmar, la créature à la cape ne s'était pas reposée. Elle s'était mise à courir, aussi rapidement qu'elle le pouvait. Le manteau écarlate s'était envolé, permettant à la créature d'augmenter sa vitesse. Elle avait la main tendue vers Will, décidée à le tuer pour s'emparer de son trésor.

Will avait évité son attaque en pivotant sur le côté. Il avait balancé la main gauche pour un long coup incurvé. Lorsque le poing de la créature avait frappé le vide, Will avait écrasé le fragment sur son crâne. Il avait senti les os céder puis l'avait regardée tourner maladroitement dans les airs avant de s'effondrer dans la neige et de glisser hors de vue.

Will se retrouva à genoux, à la contempler.

Le regard de Corbeau passa de lui au corps caché sous la poudreuse qui retombait doucement.

— C'était, heu, comment as-tu… ?

— Je ne sais pas.

Will secoua la tête et pressa le fragment contre sa poitrine. Il montra le Dragon Vert du doigt.

— Il faut qu'on le sorte de là. Il ne supportera pas le froid, dans son état.

Mal à l'aise, Erlestoke roula des épaules.

— Il nous a aidés, mais…

— Pas de « mais », c'est un ami. (Will les regarda.) Vous n'avez pas compris ? C'est Dranae !

Les efforts pour dégager Dranae furent assistés par le dragon lui-même. Lorsque Will s'approcha avec le fragment de la Couronne, le battement reprit. Will le glissa sous son manteau, sans le lâcher et, alors que ses doigts se réchauffaient, il vit Dranae ouvrir un œil. Un tremblement parcourut l'une de ses ailes.

Il se hissa, faisant glisser la neige de sa tête et de son cou, puis s'ébroua. Un nuage blanc aveugla tout le monde, puis lorsqu'il retomba, ils virent Dranae assis au milieu d'un énorme creux en forme de dragon, aussi nu que le jour où Will, Corbeau et Résolu l'avaient trouvé.

Ils l'emmenèrent dans une petite grotte que les *meckanshii* avaient découverte pendant qu'ils préparaient leur embuscade. Plusieurs personnes lui proposèrent des vêtements, mais il refusa tout sauf le manteau qu'avait porté la créature pleine d'écailles. Il s'enveloppa dedans, frissonna un peu puis sourit à Will.

— Nous sommes quittes.

Le voleur cligna des yeux de surprise.

— J'avais une dette envers toi ?

Dranae acquiesça.

— Lorsque le *sullanciri* t'a mordu, le poison a été neutralisé.

Will écarquilla les yeux.

— C'est toi, dame Flocon de Neige ?

Le dragon à forme humaine rejeta la tête en arrière et rit à gorge déployée.

— Non, non, pas du tout.

— Bon.

Will rougit, se rappelant certains de ses rêves.

— Mais je ne l'ai pas rêvée ?

— Non. Elle est entrée dans ta chambre. Je l'ai regardée te guérir du poison.

Corbeau fronça les sourcils.

— Mais Qwc nous avait tous chassés hors de la chambre. Il était seul avec Will à l'intérieur.

— Non. Je n'étais pas avec vous. Parce que je le souhaitais, vos esprits ont considéré que c'était le cas. (Dranae soupira.) Si vous vous rappelez, j'étais dans le couloir, derrière Will, et je l'ai rattrapé lorsqu'il a perdu connaissance. Ce n'était pas mon intention de vous tromper, mais je sais que des forces en jeu exigeaient que je reste auprès de Will si je voulais qu'il survive.

Will posa sa main bandée sur les cicatrices rondes à sa gorge.

— C'est toi qui as fait ça ?

Dranae hocha lentement la tête.

— C'était la seule façon de te sauver.

Dranae sortit une main de sous le manteau. Des griffes acérées poussèrent à son pouce et à son majeur. Lorsqu'il tourna la paume, Will y vit les cicatrices de petites piqûres.

— Je me suis coupé et j'ai mélangé mon sang au tien, Will. J'ai pu réparer les dommages que le venin avait causés. Il y a eu quelques effets secondaires, comme des frissons, et j'en suis navré.

Will déglutit avec difficulté.

— J'aurais eu encore plus froid dans la tombe.

Corbeau s'accroupit à côté de Dranae.

— Je, heu, je ne sais pas comment poser cette question mais… qu'es-tu ?

Dranae rétracta ses griffes pour indiquer la vallée.

— Je suis ce que vous avez vu sortir du ravin. Parmi mes semblables, je suis connu sous le nom de Dravothrak. Par rapport à vous, je suis vieux, très vieux, mais, à l'échelle de mon espèce, j'ai plus ou moins le même âge que mon apparence humaine. J'étais déjà vieux lorsque la Couronne a été créée, contrairement à ce chiot que j'ai tué.

Erlestoke pointa son doigt vers l'extérieur de la grotte.

— Et la créature que Will a tuée ?

— Un dracomorphe. Un stade de la vie. Pour vous, d'une puissance assez formidable, mais parmi les miens, à peine digne de porter un nom.

— Eh bien ! (Will sourit, puis jeta un coup d'œil à Résolu.) Tu savais tout ça ?

Le Vorquelfe secoua la tête.

— Mes connaissances en matière de dragons sont limitées.

Dranae leva les yeux.

— Quand même, mon ami, tu avais des soupçons. Je me suis donné un nom humain très ancien, sans savoir qu'il n'était plus d'usage.

— J'étais curieux, Dranae, mais j'avais d'autres préoccupations.

— Bien sûr. (Le dragon sourit.) Vous voudriez savoir pourquoi je suis ici, pourquoi je me suis opposé à Gagothmar et à Chytrine ?

— Oui ! (Will jeta un coup d'œil à la ronde.) Heu, on voudrait le savoir, non ?

Corbeau se mit à rire.

— Bien sûr, Will.

— Comme vous le savez, tous les dragons ne peuvent être contrôlés par la Couronne, même si elle était entièrement reconstituée. Vriisureol, le grand Noir qui est intervenu à Vilwan, a combattu aux côtés de Kirûn. Il n'était pas sous l'influence de la Couronne. Même divisée, elle peut exercer un certain pouvoir, bien que la plupart de ceux qui répondent désormais à son appel soient plutôt jeunes. Ce que Chytrine ne peut ordonner, ils l'offrent volontiers.

» Les anciens avec lesquels je suis en rapport ont jugé important d'envoyer leur propre ambassadeur dans le monde des mortels. Ils m'ont aidé à apprendre et utiliser la magick qui permet ma transformation, bien que l'un d'eux, dans sa sagesse, m'ait fait oublier ma propre nature lorsque je me suis transformé pour la première fois. Lorsque vous m'avez découvert, je ne savais rien d'autre que mon nom. Au cours de mes voyages à vos côtés, j'ai appris ce que cela signifiait d'être un homme. Même si l'ancien n'imaginait sans doute pas que je me retrouverais en compagnie de personnes si extraordinaires.

Erlestoke hocha la tête.

— En devenant un homme, vous pouviez comprendre nos peurs et nos désirs, nos espoirs, nos forces et nos erreurs ?

— Oui, et faire un rapport, pour que nous puissions décider quel camp soutenir.

Le voleur fronça le nez.

— Donc tu nous testais ? Alors que tu savais que tu pourrais finir par nous manger ou je sais pas quoi ?

— Je ne testais pas, j'observais. Je vous observais endurer les épreuves que d'autres vous faisaient subir. Et, si vous en doutiez, j'avais depuis longtemps décidé que je reviendrais avec vous et combattrais à vos côtés. (Il sourit avec circonspection.) Et ce que tu as fait avec la Pierre véritable, Will, m'a prouvé la sagesse de ce choix.

— De quoi tu parles ?

— J'en étais venu jour après jour à comprendre ma nature. J'ai pu en tirer profit pour t'aider à Meredo, mais le sortilège qui m'avait volé mes souvenirs avait la malheureuse conséquence de m'empêcher d'achever la transformation. Sur le pont, Gagothmar m'a fait sauter, ainsi que la pierre. Son souffle ne suffisait pas à me détruire... pas plus que les remontrances de Résolu ne peuvent te faire de mal, Will. Je suis tombé dans de la pierre que les flammes avaient mise en fusion. Elle me faisait un cocon et je m'y sentais bien. Il y a des moments dans nos vies où dormir dans un cocon fait partie du processus de métamorphose. Je serais resté là, endormi, si ton sang et la pierre ne m'avaient pas réveillé.

» Je me suis souvenu de qui j'étais, de qui vous étiez tous. (Dranae grogna.) Je me suis souvenu de l'insolence de ce gamin qui croyait m'avoir tué. Mais avant tout, j'ai senti ton refus de te rendre.

Ton esprit, ton sang, la pierre, la prophétie… Toutes ces choses m'ont ramené à moi et j'ai pu agir.

— J'en suis bien content. (Le voleur fit bouger sa main gauche.) Mais comment j'ai réussi à tuer le dracomorphe ?

Dranae se mit à rire.

— Cela fait partie de ta nature, Will. Toi et moi sommes liés. Tu m'as volé un peu de ma force et de ma conscience. Tu as donc su qu'il venait et tu as pu t'en débarrasser.

— Et ce lien, à cause du sang, c'est la raison pour laquelle j'ai pu faire ce que j'ai fait à Bokagul ?

— Ça, je n'en sais rien, Will, ce qui m'amène à la tâche suivante. Je dois rentrer à Vael pour faire un rapport à mes supérieurs. (Il poussa un profond soupir.) Le débat qui suivra pourrait décider du destin de la guerre et du monde.

Corbeau hocha la tête.

— Je ne pense pas que le monde aura un meilleur ambassadeur au royaume des dragons que toi, mon ami.

Will approuva d'un signe de tête, donna une tape sur l'épaule de Dranae puis grogna.

— Ouais, mais leur dis pas que certains d'entre nous sont parfois aussi stupides. Tu vas nous manquer.

— Oh non. (Dranae laissa retomber le manteau et ses muscles tremblèrent lorsqu'il se redressa.) Après tout, vous venez avec moi.

Chapitre 68

Alexia fit un autre pas en avant, malgré l'odeur reptilienne qui émanait du Dragon Noir.

— Je ne sacrifierai personne.

Vriisureol tourna légèrement la tête, l'observant de près.

— Et demanderais-je Alexia d'Okrannel, serait-elle sacrifiée ?

Alexia allait répondre, mais Kerrigan s'écarta du mur.

— Non. C'est moi que vous voulez. Très bien, prenez-moi. Ma mort importe peu si elle sauve la ville.

Le Noir déploya les ailes puis les fit claquer. Une bourrasque les fouetta tous les deux lorsque le dragon s'éleva dans les airs. Alexia agrippa Kerrigan pour le stabiliser. Ils regardèrent tous les deux Vriisureol prendre de l'altitude, puis se mettre à planer en décrivant des cercles joueurs au-dessus de la ville.

La princesse saisit le mage par les épaules et tendit les bras.

— À quoi tu pensais ?

Il leva les yeux vers elle, déconfit et vexé.

— Je pensais que l'échange valait bien de sauver Navval. Vous alliez vous proposer, n'est-ce pas ?

— C'est différent.

— En quoi ?

Cette question la fit frissonner. Elle attrapa la nuque de Kerrigan, rapprochant son visage, puis elle posa le front contre le sien.

— C'est différent parce qu'il s'agit de ma vie. Je suis seule responsable de la défense de Navval et tu seras bien plus utile au reste du monde, vu ce que tu peux faire, que je ne le serai jamais.

— Je l'aurais peut-être été. (Kerrigan s'écarta et désigna le campement aurolani.) Mais aussi puissant que je sois, je n'aurais jamais pu faire ça.

Le Dragon Violet s'était couché sur le ventre près des lignes de front. Ses griffes avaient creusé de grands sillons dans le sol, des tas de terre noire marquant son passage. Il leva la tête, regarda par-dessus son épaule et siffla, mais se tut lorsque l'ombre de Vriisureol le survola de nouveau.

Le Noir vola bas et fit claquer ses mâchoires près des jarrets du Violet. La créature à terre couina, puis roula sur le côté, montrant la gorge. Sa queue tremblante se recourba contre son ventre.

La figure à la cape qui avait parlé à Procimre traversa le camp et repoussa son manteau rouge. Il dominait de toute sa taille les baragouineurs qui fuyaient devant lui. L'un d'eux se prit à la pointe crochue de son avant-bras. Le blessé fut projeté sur le côté d'un geste indifférent et la créature poursuivit son chemin sans ralentir.

Elle franchit les lignes de front, puis poussa un cri aigu qui monta dans la gamme jusqu'à devenir inaudible.

Le Noir incurva son vol lorsque l'être lança son appel. Alexia n'aurait jamais cru cela possible, mais Vriisureol vira dans les airs et virevolta avec l'aisance d'un Gyrkyme en plein jeu. Le Noir répondit à l'appel et il se mit à discuter avec la créature. Mais Alexia ne comprenait ni les sifflements ni les cris.

— Kerrigan, as-tu une idée de ce qu'ils se disent ?

Le mage secoua la tête.

— Non. Je ne sais pas ce qu'est cette créature, ni pourquoi elle parle la même langue que le dragon. J'espère qu'ils ne sont pas en négociation.

Alexia partageait ses craintes et se demanda, un instant seulement, si Vriisureol pouvait lire dans ses pensées. À l'instant suivant, la queue de Vriisureol se balança et projeta la créature dans les airs. D'un battement puissant de ses ailes, le Noir prit son envol, puis se retourna. Il incurva son aile droite et souleva le corps brisé pour le projeter sur la gauche. L'aile gauche revint vers la droite, puis le Noir referma les mâchoires sur la créature, qui disparut dans son énorme gueule.

Un grand cri s'éleva du campement aurolani. Le Dragon Violet, qui avait continué à ramper, pointa le museau dans ce qui avait été la tente du commandant. Tout autour, les baragouineurs et les vylaens prenaient la fuite. À l'aide de leurs longues jambes, les hoargouns partirent le plus vite possible vers le sud. Les *kryalniri* les rejoignirent, sauf un qui quitta la tente en compagnie d'une femme mince vêtue de blanc.

Alexia frissonna de nouveau. Même à cette distance, elle la reconnaissait. C'était la femme qu'elle avait vue dans sa chambre de Caledo, lorsqu'elle avait rencontré la princesse Dayley pour la première fois.

Qui est-elle ?

Le *kryalniri* guida la femme jusqu'à la patte avant gauche de Procimre, puis l'aida à garder l'équilibre pendant qu'elle montait. Elle grimpa jusqu'à une place située entre les ailes du dragon et s'attacha grâce au harnais qui avait servi aux hoargouns.

Elle était assise là, sur le dos du dragon, comme si elle se trouvait dans un carrosse pour une promenade.

Le *kryalniri* recula et agita le bras. Procimre rassembla ses pattes sous lui et battit une fois des ailes, avec force, pour s'élever. Le bout de l'aile frappa nonchalamment la créature à fourrure blanche, la faisant exploser en une tache rouge sur la neige.

Vriisureol plongea et fit de nouveau claquer ses mâchoires près de la queue de Procimre. Le Dragon Violet poussa un cri de protestation qui se changea rapidement en un miaulement effrayé. Il battit des ailes plus vite et prit la direction de l'océan. Le Noir le poursuivit au-dessus de l'eau puis se redressa et, après plusieurs coups d'ailes, fila vers le ciel.

Alexia avait passé la plus grande partie de sa vie à Gyrvirgul. Elle avait contemplé le vol d'innombrables Gyrkymes. La précision et le pouvoir des Faucons guerriers, le talent artistique des Vifs avaient représenté pour elle la grâce en apesanteur, mais ce dragon réduisait la beauté aérienne des Gyrkymes à des battements d'ailes paniqués.

Vriisureol décrivit une boucle. Sa tête et son cou dessinèrent un arc élégant, puis il vira sur l'aile pour se lancer dans un long piqué juste au-dessus des lignes aurolanies. Alexia s'attendait qu'il ouvre la gueule et libère le torrent qui tracerait un trait brûlant depuis l'océan jusqu'à la route de Caledo. Cela n'arriva pas.

Lorsqu'il atteignit le milieu du camp, le dragon projeta les ailes en avant et battit une fois avec force, ce qui lui permit de planer. Il baissa la tête et ouvrit la gueule. Il cracha sa fureur contre la tente du commandant dans un grondement violent, mélange de triomphe et de mépris.

Une mare de feu roula à partir de ce point. Des vagues brûlantes, comme des ondulations sur un étang, la parcouraient et engouffrèrent rapidement les baragouineurs, les vylaens et les géants des glaces. Les plus petites créatures disparurent tout simplement lorsque les flammes liquides les recouvrirent. Les hoargouns avancèrent de plusieurs pas, se consumant comme des torches, avant de s'affaisser dans le lac incandescent.

Les flammes noyèrent la rangée des dragonels. Certains explosèrent, d'autres s'évaporèrent simplement. Les tentes et l'équipement, les armes et les traîneaux disparurent tous dans la déflagration. Les tristebêtes et les griffeglaces brûlèrent d'un feu noir en un clin d'œil et s'envolèrent en fumée.

La chaleur de l'attaque du dragon et le vent violent qu'elle créait firent reculer Alexia. Kerrigan esquissa un geste et la chaleur diminua. Bok s'était recroquevillé aux pieds du mage et s'agrippait à la princesse.

Le feu se répandit sur le terrain dégagé qui séparait les Aurolanis de Navval. Les gens sur les remparts plus bas, quelques gardes et des spectateurs stupides, se mirent à courir. On aurait dit que la marée brûlante allait s'écraser contre les murailles. Alexia s'attendait qu'elle les érode comme l'océan grignotait les châteaux de sables, mais le feu du dragon s'arrêta net. Des bannières et des drapeaux s'enflammèrent, mais, à cette exception près, il y eut peu de dommages.

Vriisureol piqua à travers les flammes, les enroulant derrière, puis plana vers le sud et vers l'est. Plusieurs fois, il plongea la tête et de petits éclairs explosèrent à terre. Il fit demi-tour dans une suite de boucles, cracha encore un peu de feu, puis revint finalement vers la ville.

Il atterrit de nouveau sur la tour sud, qui s'effondra un peu plus encore. Il tourna la tête vers Alexia.

— J'ai fait ce que j'ai dit. L'ennemi n'est plus.

— Je le vois bien. Pourquoi avez-vous laissé partir l'autre dragon ? Qui était la femme qui s'est échappée avec lui ?

Le dragon grogna. Il détourna le regard vers Kerrigan.

— Kerrigan Reese, il est temps d'honorer votre part du marché.

L'Initié fronça les sourcils.

— Le moins que vous puissiez faire, c'est de répondre à sa question avant de me tuer. Ce ne serait que politesse.

Vriisureol pencha la tête.

— Une leçon de bonnes manières. Tellement… humain.

Kerrigan haussa les épaules.

— Alors ?

— J'ai dit que j'éliminerais l'ennemi. Procimre a été changé en bête de somme et envoyé au loin. La femme qu'il a emportée n'était pas votre ennemie.

— Mais elle était d'Aurolan.

— Alexia d'Okrannel est trop sage pour croire à l'unanimité dans tout un camp.

Vriisureol leva la tête et regarda le mage.

— Kerrigan Reese est-il prêt ?

— J'imagine que oui.

Il se tourna et adressa à Alexia ce qui aurait dû être un sourire courageux. Elle décida de s'en souvenir ainsi et d'oublier le tremblement de sa lèvre. Il parla dans un murmure.

— Dites aux autres… Bonne chance à tout le monde.

Elle acquiesça, puis se pencha et l'embrassa, une fois sur chaque joue.

— Je leur dirai. Que les dieux te bénissent dans ta prochaine vie.

— Prochaine vie ? (Vriisureol plissa les yeux.) Cette langue vulgaire manque de subtilité. Je ne vais pas le tuer. L'on m'a envoyé pour servir de transport. Je dois emmener Kerrigan Reese et Bok à Vael. Certaines personnes souhaiteraient parler à l'Initié.

Alexia cligna des yeux.

— Vous êtes venu le chercher ? Mais si vous n'êtes que le moyen de transport, pourquoi avez-vous… ?

Le dragon redressa la tête.

— L'on m'a demandé de m'assurer du confort de Kerrigan Reese. J'ai choisi de considérer la présence de Procimre et des Aurolanis comme dérangeante. Ne discutez pas une telle chance, Alexia d'Okrannel.

Elle leva les mains.

— Non, bien sûr que non. Je me demandais seulement... la gravité apparente de votre demande...

— Un manque de subtilité.

Vriisureol tendit l'aile gauche vers le balcon.

— Venez, Kerrigan, grimpez sur mon dos.

L'Initié secoua la tête.

— Je ne comprends pas. Pourquoi m'emmenez-vous au royaume des dragons ?

— Les difficultés des humains ne sont pas passées inaperçues. Certains de leurs efforts ont attiré l'attention. Kerrigan Reese sera examiné et des décisions seront prises.

— Ah, attendez ! (Kerrigan fronça les sourcils.) Vous deviez vous assurer de mon confort, n'est-ce pas ?

— Oui.

— Alors, je ne me sentirai pas à l'aise si la princesse Alexia ne venait pas avec moi.

Alexia sentit ses entrailles se serrer.

— Pourquoi souhaites-tu ma présence là-bas ?

Il la regarda avec des yeux innocents.

— Vous venez de me parler de responsabilités. S'ils veulent décider quelque chose en tenant compte de l'attitude d'un humain, je suis loin d'être le plus désigné. Vous, oui. Si quelqu'un doit représenter les mortels, il vaut mieux vous que moi.

Le bruit qu'émit le dragon ressemblait furieusement à un gémissement agacé.

— Comme vous voudrez, mais c'est tout.

— Et nous vous rejoindrons hors de la ville. Nous devons aller chercher nos affaires et mettre les choses en ordre, ici. (Le magickant plissa les yeux.) Hum, il n'y a pas autre chose que vous ayez envie de faire, comme voler jusqu'à Caledo et repousser le dragon qui s'y trouve?

Vriisureol leva le museau et renifla bruyamment.

—Non. Marimri n'a jamais rien fait pour m'irriter. Je vous attendrai là-bas.

Sur ces paroles, il s'envola de nouveau et plana jusqu'au terrain noirci qui, quelques minutes auparavant, abritait la seconde des deux plus terribles menaces contre Navval.

Kerrigan afficha une expression coupable lorsque Peri cligna ses grands yeux vers lui.

—Je suis désolé, je n'ai pas réfléchi. J'étais fatigué. J'aurais dû t'inclure parmi les gens dont j'ai besoin.

Alexia serra fort la Gyrkyme contre elle.

—Je suis navrée aussi, ma sœur. Je ne serais pas partie s'il ne s'agissait pas de notre unique chance de trouver une aide aussi précieuse que celle de Vriisureol.

—Alyx, si je ne suis pas avec toi, tu ne seras pas en sécurité.

La princesse serra Perrine encore plus fort contre elle, sentant les plumes douces contre sa joue.

—Je serai en sécurité, ma sœur. Je le sais.

—C'est dit sans conviction.

Alexia s'écarta et croisa le regard triste de Perrine.

—Tu dois me faire confiance, Peri.

La Gyrkyme fronça les sourcils.

—Mais j'ai confiance en toi. Tu le sais. C'est simplement que je n'aime pas être séparée de toi. Kerrigan a Bok, lui. Et toi, qui as-tu?

—De qui a besoin Alexia? (Vriisureol souffla vers Perrine, lui ébouriffant les plumes.) Vos craintes sont inutiles.

Alexia vit les yeux de sa sœur perdre leur éclat mais lui sourit malgré tout.

—Tout ira bien pour moi, Peri, et je reviendrai vite. Vriisureol a promis de nous ramener.

Sayce, les bras croisés sur le ventre, hocha la tête d'un air sérieux.

— Très vite, je l'espère. Les nouvelles de Caledo ne sont pas bonnes. Le dragon a emporté une partie des remparts de la ville. Il se repose maintenant, mais nous ne pouvons rien faire pour l'arrêter.

— Marimri.

Kerrigan sourit et tira sur ses gants.

— Vriisureol a dit que son nom était Marimri. Elle est jeune, alors elle devra se reposer quelque temps avant de faire fondre un autre mur.

— La vie de Caledo peut donc se mesurer en jours et non pas en heures.

Le dragon leva la tête, jeta un coup d'œil à Bok, qui attachait un coffre au harnais sur son dos, puis regarda Sayce.

— Marimri aime les jolies choses. Les cadeaux pourront la faire fléchir. Et les chansons, Marimri aime les chansons. Si elles lui plaisent, elle écoutera tant qu'elles seront chantées.

Alexia hocha la tête.

— Puis vous emmenez les troupes d'ici à l'est, détruisez autant que possible de caravanes de ravitaillement qui viennent de Porjal et vous frappez l'armée par-derrière.

Sayce eut l'air surpris.

— Cela pourrait marcher. Je vais voir ce que mon père en pense. Cela pourrait vraiment marcher. Merci.

Alexia sourit et prit Sayce dans ses bras.

— Prenez soin de vous. Nous reviendrons aussi vite que possible.

Elle enlaça une dernière fois sa sœur, puis suivit Kerrigan jusqu'à la patte du dragon. Elle grimpa derrière lui pour l'aider à monter. Elle s'assit en face du garçon et attacha le harnais autour d'elle. Les écailles du dragon étaient dures, mais assez lisses pour qu'ils ne soient pas mal installés.

Vriisureol se tordit le cou afin d'inspecter son fardeau. Apparemment satisfait, il se mit à quatre pattes. Ses muscles ondulèrent sous le cuir lorsque ses ailes se déployèrent. D'un battement terrible, le dragon s'éleva dans les airs et Alexia se mit à rire. Pour la première fois de sa vie, elle ressentait la même chose que sa sœur lorsqu'elle volait et, malgré sa peur, elle était heureuse.

CHAPITRE 69

Depuis le dos de Procimre, Isaura pouvait voir le disque de la nuit éternelle hivernale descendre brutalement sur la toundra blanche d'Aurolan. Ils avaient volé vers le nord, au-dessus de la péninsule de la Sebcia, au-delà de Vorquellyn et des ruines de Forteresse Draconis. Ils survolèrent les monts Boreal et poursuivirent toujours plus au nord. Lorsque le jour mourut et que l'obscurité envahit le monde, le Dragon Violet amorça sa descente dans la vallée où était niché le château de Chytrine.

Isaura frissonna, mais pas de froid. La chaleur des muscles de Procimre atténuait la morsure de l'air. Elle n'avait jamais pensé que le royaume de sa mère était froid, mais lorsqu'elle le vit plongé dans les ténèbres, il lui sembla soudain glacial et une part d'elle voulut retarder son retour.

L'autre partie se rebella immédiatement. Sa mère craignait une trahison, mais celle-ci ne viendrait pas d'Isaura.

Elle a confiance en moi et je lui dois tout.

La jeune femme se prépara à affronter la colère de sa mère et chercha ce qui pourrait bien l'adoucir.

Il n'y avait pas grand-chose. Un enfant avait tué Neskaru. Le dragon Vriisureol avait détruit le reste des élèves du Conservatoire. Toute l'armée qui assiégeait Navval avait été anéantie. Naelros n'avait jamais été l'un des favoris de sa mère, mais la perte d'un allié était rageante.

La mort de Trib avait attristé Isaura. Elle avait supplié le *kryalniri* de se joindre à elle dans sa fuite, mais il avait refusé. Il savait que

Vriisureol la laisserait s'échapper seule, sa présence aurait compromis la sécurité de la jeune femme.

Le dragon atterrit devant la citadelle noire, puis se hissa et posa le museau sur le balcon. Isaura se détacha, grimpa le long du cou, passa entre les cornes puis glissa depuis le nez de la créature sur la pierre. Sans un sifflement ni un murmure, le dragon se retira et Isaura ne regretta pas son départ précipité.

La grande salle où elle est entrée avait un peu changé, mais il lui fallut un instant pour comprendre de quelle manière. Certains des meubles avaient disparu mais, en voyant les pieds cassés d'un banc près du foyer, elle supposa qu'ils avaient été démantelés et jetés dans les flammes.

De l'autre côté de la cheminée, une noirceur d'encre tachait le mur. Après quelques pas, elle se rendit compte que ce n'était pas de la peinture, mais la peau molle dont Neskaru s'était servi en dernier. Elle contempla les membres sans vie et les ailes fripées. Elle pendait là, à la baguette, qui semblait avoir été enfoncée dans la pierre jusqu'à mi-longueur.

Isaura réprima un autre frisson, puis sourit joyeusement.

— Mère, c'est bon de vous revoir.

Chytrine leva la tête et, pendant un instant seulement, Isaura surprit une expression venimeuse. Un sourire la remplaça mais pas aussi large que celui d'Isaura.

— Ma fille, te voilà rentrée. Si tu n'étais pas arrivée dans l'heure, j'aurai envoyé Nefrai-laysh te chercher.

Le plus petit des deux *sullanciri* esquissa une révérence.

— Avec zèle, j'aurais parcouru le ciel, pour vous trouver, chère Isaura, dont la beauté égale celle des étoiles.

— Mon seigneur Nefrai-laysh déprécie les étoiles.

— Il les surestime, tu veux dire, mon enfant. (Sa mère plissa ses yeux bleu-vert.) Tu es rentrée sans encombre ?

— Oui, mère. Vriisureol m'a laissé revenir. (Elle hésita et se mordit la lèvre.) Il a anéanti l'armée de Navval. Il a tué Naelros.

Sa mère fit un geste de mépris.

— Cette armée n'aurait jamais dû se trouver là-bas. Elle était inutile, et le reste aussi. La chute de Caledo rendra cette perte sans importance.

— Je suis heureuse que vous ne soyez pas déçue, mère.

Isaura sourit de nouveau et se tourna vers l'autre *sullanciri*.

— Et vous, seigneur Nefrai-kesh ? Comment se passe la guerre en Okrannel ?

— Elle est terminée, princesse, répondit Nefrai-kesh avec un sourire poli.

— Vous avez vaincu Adrogans ?

— Aucunement. Il a pris Svarskya et l'Okrannel. Il a gagné son trésor.

Isaura fronça les sourcils.

— Je ne comprends pas.

Chytrine émit un rire léger.

— Il était nécessaire qu'Adrogans soit victorieux pour que nous réussissions aussi. Nous leur avons rendu un pays ravagé pendant que nous obtenions de grandes choses dans le Sud. Lorsque le Muroso tombera, nous serons plus loin au sud que nous l'avons jamais été et l'Oriosa ne sera pas un obstacle.

— Mais, l'Okrannel…

— Isaura, ma douce, tu ne comprends pas. À Svarskya sont cachées les graines de la destruction du Sud. (La voix de Chytrine se durcit.) La perte de l'Okrannel est arrivée plus tôt que je le souhaitais, mais d'autres événements conspirent à corriger ce problème.

Nefrai-kesh mit un genou à terre et pencha la tête.

— Je suis mortifié de vous avoir déçue, impératrice.

— Une déception mineure, mon cher, et sans importance comparée à vos victoires. (Chytrine lui souleva le menton.) Vous ne me décevrez plus, n'est-ce pas ?

— Plus jamais, maîtresse.

— Très bien. Des tâches importantes nous attendent. Vous, Nefrai-kesh, resterez ici afin de coordonner les événements. Votre fils connaît sa mission. Myrall'mara et Ferxigo viendront avec moi. Anarus avancera le siège. Tout se passe comme je le veux.

— Que souhaitez-vous que je fasse, mère ?

Chytrine regarda Isaura avec de grands yeux innocents.

— Toi, mon enfant ? Je souhaite que tu restes ici et que tu apprennes ce que le seigneur Nefrai-kesh a à t'enseigner.

— Mais n'y a-t-il rien d'autre que je puisse faire ?

— Oh, ma douce, qu'y a-t-il ?

Isaura ouvrit la bouche, mais sa gorge se serra.

Comment lui dire que j'ai l'impression qu'elle n'a pas confiance en moi ?

— Mère, je ne voulais pas vous décevoir.

— Me décevoir ? Oh non, mon enfant, tu ne dois pas penser cela ! (L'impératrice rejoignit sa fille et l'étreignit.) Tu as vu beaucoup de choses dans le Sud et je voudrais que tu aies la chance de connaître de nouveau la paix. Connaître la paix avant que je t'appelle pour m'aider une fois de plus.

Chytrine lui prit les bras et s'écarta pour plonger son regard dans ses yeux d'argent.

— Il y a quelques tâches secondaires dont je dois m'occuper et je vais donc les régler maintenant. Il y a le problème du fragment de rubis. Il n'est pas perdu et je pourrais bien l'obtenir à un prix raisonnable.

Le visage d'Isaura s'éclaira.

— C'est merveilleux !

— Oui, mon enfant, ça l'est. Trois pierres sont bien plus puissantes que deux, et le rubis l'est tout particulièrement. Même si les autres étaient rassemblées pour s'opposer à moi, la balance du pouvoir me laisserait l'avantage, à terme.

Isaura jeta un coup d'œil à la peau de Neskaru, pendue au mur.

— Qu'en est-il du garçon qui a fait cela ?

— Un problème ennuyeux, oui, mais dont nous nous occuperons. (Chytrine leva la main pour lui caresser la joue gauche.) Ne crains rien, ma fille, les victoires de l'ennemi pourriront sa bouche, et ce qu'il avalera l'empoisonnera. Le plan de course n'est peut-être pas celui que nous avions établi, mais notre destination reste la même.

Adrogans se frotta le visage.

— Lisez-le-moi encore une fois, s'il vous plaît ?

Le mage messager sembla exaspéré.

— Seigneur, si vous ne me croyez pas, vous pouvez lire la réponse par vous-même.

Le général foudroya l'homme du regard.

— Ce n'est pas vous que je ne crois pas, c'est le message.

Le mage serra l'*arcanslata* contre sa poitrine.

— Vous ne comprenez pas, général…

— *LISEZ* !

En entendant ce rugissement, l'homme fit un bond en arrière et Phfas sourit. Gilthalarwin des Plumenoires de Loquellyn et le général Caro parvinrent à garder une expression neutre, mais Adrogans savait qu'ils réfléchissaient à ce qu'ils avaient entendu.

— « Du roi Stefin d'Okrannel au général Markus Adrogans. Nous avons été informés de votre victoire et notre cœur s'en réjouit grandement. La dette que le peuple okran vous doit ne pourra jamais être payée. Votre victoire est la plus grande jamais accomplie dans notre nation et elle sera à jamais commémorée. Vous serez célébré pour toujours et nous vous considérerons à jamais comme un ami des plus chers. »

« De la reine Carus de Jerana au général Markus Adrogans. Je vous fais part de ma plus grande admiration pour l'exploit que vous avez accompli. Il y a six mois, la libération de l'Okrannel n'était qu'un rêve, un rêve que beaucoup prétendaient ne jamais pouvoir se réaliser. Vous leur avez montré qu'ils avaient torts et vous avez prouvé que vous êtes le plus grand stratège vivant. Même si rien ne nous ferait plus plaisir que de vous voir nous rejoindre à Narriz pour le Conseil des Rois, nous vous épargnerons la peine de surmonter votre aversion des traversées maritimes. Nous vous demandons de rester à Svarskya jusqu'à ce que l'on vous convoque de nouveau. »

Le mage messager leva les yeux.

— Tout a été authentifié.

Adrogans hocha la tête.

— Je vous crois. Laissez-nous, maintenant.

Le mage se retira de la pièce qui avait autrefois abrité Nefrai-kesh. Adrogans attendit que l'homme soit parti, puis Phfas invoqua son *yrûn* de l'air afin qu'il tourne autour de la tour et empêche qu'on entende les paroles qui seraient prononcées.

Le général se laissa retomber sur la chaise à dossier haut située au bout de la table.

— C'est tout. On nous remercie et l'on nous dit d'attendre : pas un mot sur des renforts ou un redéploiement.

Caro hocha la tête.

— Je ne sais pas si je dois me réjouir de ne pas avoir reçu de message de félicitations de la part du roi Augustus. Je me demande s'il y a des désaccords à Narriz sur la marche à suivre à l'avenir ?

— Je ne doute pas qu'il y en ait, mon ami.

Adrogans fit bouger ses épaules lorsque Douleur planta de longues griffes de chaque côté de son cou.

— Ce serait bien pire si nos dirigeants connaissaient l'importance de cette victoire.

En fouillant la ville, plusieurs découvertes importantes avaient été faites. Il y avait eu des sacs à bombes prêts à exploser, mais leur mèche n'avait jamais été allumée. D'autres chercheurs avaient localisé un atelier où la poudre de feu était fabriquée.

Tout aussi important, un vaisseau qui avait été sabordé dans le port ne s'était pas enfoncé dans les eaux profondes. À marée basse, des soldats l'avaient rejoint et avaient découvert un chargement qui comportait des munitions et un certain nombre de dragonels dans des caisses imperméables ce que les soldats ordinaires considéraient comme un très bon signe : leur avance avait été si rapide que Nefrai-kesh n'avait pas pu se servir de ces armes.

Adrogans était bien conscient qu'elles avaient bel et bien été déployées. Depuis que Chytrine avait sorti le premier dragonel, vingt-cinq ans auparavant, on avait cherché le secret de leur fabrication et de celle de la poudre de feu. Dothan Cavarre, le baron Draconis, l'avait jalousement gardé et refusait de le partager avec les pays du Sud. Il craignait que, une fois qu'ils posséderaient une arme capable d'abattre les remparts des villes et les châteaux, les guerres ravagent les nations. Au retour de Chytrine, il n'y aurait personne pour se dresser contre elle.

Et maintenant, ils m'ont confié ce secret.

Il secoua la tête. Voilà qu'il était un général victorieux auquel on venait de donner des armes garantissant son invincibilité. Il avait déjà l'Okrannel. Il venait de Jerana, il n'avait donc qu'à déclarer que l'Okrannel en devenait une province. Le Gurol et la Valicia tomberaient rapidement entre ses mains, puis une alliance avec l'Alcida contre Chytrine permettrait aux deux nations de fondre sur la Reqorra, l'Helurca et la Salnia. Si Adrogans faisait en sorte que l'Alcida devienne le champ de bataille où il lutterait contre Chytrine, elle deviendrait sienne aussi.

Gilthalarwin lui sourit tranquillement.

— Je souhaiterais pouvoir imaginer que vos dirigeants sont assez malins pour comprendre ce que sont réellement les dragonels. Je crains qu'ils ne les considèrent que comme un moyen de dominer leurs voisins. Vous avez eu raison de dissimuler cette information.

Caro secoua la tête.

— Il y a tout de même un problème. Cette information ne restera pas éternellement secrète. Une fois que quelqu'un, le roi Scrainwood par exemple, saura que vous possédez les dragonels, il hurlera à la conspiration contre les nations qui n'en ont pas. Il pourrait alors choisir la proposition de Chytrine d'être protégé contre vous, et d'autres nations feraient de même pour éviter la destruction.

— Des imbéciles qui la méritent bien, persifla Pafas. Ils vivent dans la crainte.

— C'est peut-être vrai, mon oncle, mais leurs peuples le méritent-ils ?

— S'ils les laissent faire.

La Loquelfe fronça les sourcils.

— Et s'ils ne les laissent pas faire, ils s'attaquent à leurs souverains et les renversent. Ce qui n'aboutirait qu'à plus de chaos et Chytrine en profiterait.

Adrogans poussa un profond soupir.

— On nous félicite, mais l'on nous dit d'attendre. D'attendre quoi, nous n'en savons rien, et cela va détruire cette armée aussi sûrement que l'auraient fait les dragonels.

Le général alcidais acquiesça.

— Nos hommes ont besoin d'action. J'aimerais qu'ils reconstruisent les défenses de la ville.

— Oui, nous devons leur faire croire que nous nous assurons que Svarskya ne tombera pas au retour des Aurolanis. (Adrogans regarda Gilthalarwin.) Je me demande, maîtresse, si les vôtres et vous seriez d'accord pour mettre en place une supercherie ?

Les yeux noirs de l'elfe brillèrent d'amusement.

— Quel genre de supercherie ?

— Je veux envoyer vos troupes, à la fois à l'est vers Crozt et au nord-ouest vers les montagnes. Je soupçonne la présence de troupes aurolanies à l'est. Si ce n'est pas le cas, ou si elles ne sont pas assez importantes pour menacer Svarskya, je veux des rapports à l'ouest signalant que des soldats ennemis se rassemblent pour attaquer la ville. J'en ai besoin pour que cette armée ne s'effondre pas.

— Et pour convaincre ceux au sud de ne pas rappeler leurs unités ?

— Ce n'est qu'une petite tromperie. Les Aurolanis croiront que vos repérages préparent une invasion, ce qui engagera quelques soldats.

— Et si nous ne trouvons rien au nord et à l'ouest ?

Adrogans sourit délibérément.

— Chytrine nous a donné les dragonels dans l'espoir que nous fondions un empire. Elle s'attend que l'Okrannel en soit le point le plus au nord, mais, bien plus haut, se trouve la Marche fantôme. Cela fait vingt-cinq ans que le roi Augustus y a envoyé une armée et il n'avait pas de dragonels. Je vais peut-être lui bâtir l'empire qu'elle désire, mais pas celui auquel elle s'attend.

Chapitre 70

En fin de compte, ce fut le vote des Libérés oriosans qui décida des choses. Dranae n'emporterait qu'un nombre limité de personnes avec lui à Vael. La liste se résuma à Will, Corbeau, Résolu, Erlestoke, Lombo et Qwc. Les Panquis, en tant qu'espèce, étaient des favoris des dragons, sa présence allait donc sans dire. Quant à Qwc, puisqu'il n'y avait aucun moyen de l'empêcher de venir, Dranae l'avait invité à le suivre. Les trois autres avaient été inclus parce qu'ils étaient les compagnons du dragon et Erlestoke parce qu'il possédait une Pierre véritable.

Ceux qui restaient furent placés sous le commandement conjoint de Sallitt Hawkins et de son épouse, Jancis Côtedefer. Ce qu'ils allaient faire exactement avait déclenché un débat. Les Murosans voulaient retourner dans leur pays pour continuer à harceler les soldats aurolanis, bien que leurs chances de survie soient faibles. Les *meckanshii* voulaient repartir à Forteresse Draconis, surtout après avoir appris qu'il y restait des survivants. Jullagh-tse coupa la poire en deux et remarqua que, s'ils retournaient dans Sarengul, ils aideraient à écraser l'armée d'occupation. Les Sarens agiraient alors contre les Aurolanis, ce qui leur donnerait plus de puissance pour toucher les caravanes de ravitaillement qu'ils en avaient pour le moment *et* Sarengul deviendrait un refuge pour les rescapés fuyant les armées ennemies.

Un retour à Sarengul leur donnerait aussi une chance de trouver Verum, et l'idée de sauver un camarade perdu signifiait beaucoup pour tous ceux qui s'étaient rassemblés.

Les Libérés tinrent une réunion et se mirent à débattre. Wheatly vint trouver Will et lui demanda son opinion, mais ce dernier sourit simplement.

— Vous avez mérité le commandement de cette unité, Wheatly. Vous savez ce qu'il y a dans leur tête et ce qu'il y a dans leur cœur. Quelle que soit votre décision, je sais que vous me rendrez fier.

Wheatly annonça alors que les Libérés étaient favorables à l'idée d'infiltrer Sarengul et de combattre les Aurolanis qui s'y trouvaient. Même si les Murosans n'étaient pas entièrement ravis de cette décision, le plan d'attirer leurs poursuivants dans la montagne et de se servir des passages de Sarengul pour les abattre leur convenait.

Personne ne trouva la séparation facile. Will dit au revoir à chacun des Libérés. Tous lui souhaitèrent leurs bons vœux ; ils prirent chacun un petit bout du tissu ensanglanté qui lui entourait la main avant que Jilandessa guérisse sa plaie. Les Libérés cousirent les morceaux marron sur leur masque, sous leur œil gauche, là où ils couperaient un triangle à la mort de leur père. Il savait pourquoi ils faisaient une chose pareille, mais l'idée qu'un groupe de guerriers endurcis choisirait de le considérer comme une sorte de figure paternelle le stupéfiait.

Corbeau eut aussi du mal à dire adieu : il quittait son frère et sa belle-sœur qui venait de lui être présentée. Les Libérés et certains autres firent aussi grand cas de son départ et lui dirent de continuer à porter son masque. « Si tu dois nous représenter devant les dragons, Corbeau, alors tu dois être paré des bons atours » lui avaient-ils dit.

Ce fut Erlestoke qui en souffrit le plus, toutefois. Il abandonnait derrière lui son escouade, sans laquelle ni lui ni le fragment de la Couronne n'auraient échappé à Forteresse Draconis. La mission qu'ils avaient choisi d'accepter les tuerait très probablement, alors leurs adieux pouvaient être éternels.

Le plus difficile, néanmoins, semblait pour lui de se séparer de son frère. Will disait au revoir à Linchmere lorsque Erlestoke passa par là. La mâchoire du prince aîné s'en décrocha de surprise, puis un sourire naquit sur son visage.

— Linchmere ?

Ce dernier se raidit et son visage se vida de son sang.

— Tu es vivant! Tu es vivant!

— Oui, absolument, et très heureux de te voir.

Erlestoke enlaça son petit frère, puis regarda Will.

— Pourquoi ne m'avez-vous pas dit qu'il était là?

— Eh bien, nous nous occupions de Dranae et de tout ça et, vous savez, la journée a été longue.

Linchmere se dégagea de l'étreinte de son frère et sourit.

— C'est parce que, Altesse, personne ne sait ici qui je suis. Pour eux, je ne suis que Lindenmere, l'un des Libérés.

Erlestoke leva les yeux et Will était certain qu'il surprit le regard complice des Libérés qui s'affairaient autour. Ils savaient tous qui était vraiment Lindenmere.

— En tout cas, je ne l'aurais jamais deviné. Tu les as accompagnés depuis Meredo, n'est-ce pas? Père doit être furieux.

Linchmere haussa les épaules.

— Il sera bien plus touché de te voir revenu d'entre les morts que d'apprendre où je suis.

— C'est dommage si c'est vrai.

Le sourire d'Erlestoke s'élargit. De toute évidence, il ne pouvait croire à quel point son frère avait changé. Même s'il n'était un Libéré que depuis un mois à peine, il avait perdu du poids, s'était fait des amis et avait gagné quelques cicatrices.

— Ce qui est certain, c'est qu'il ne te reconnaîtra pas.

Le sourire que Linchmere lui rendit était plus brillant que le feu des dragons. Lorsque les deux frères s'enlacèrent, Will s'éloigna pour rassembler son équipement. Il lui venait à l'esprit que Linchmere avait été comme Dranae, seulement c'était le creuset de la guerre et non un bain dans de la roche en fusion, qui l'avait réveillé. Kenleigh s'était endurci lui aussi. Au combat, il s'était révélé très loyal, mais satisfait de recevoir des ordres plutôt que de les donner. Cela ne voulait pas dire qu'il ne montrait pas des qualités de commandement. C'était le cas, en toute certitude, mais c'était le genre d'homme qui menait par l'exemple plutôt que par la force ou la personnalité.

Lorsque Will les revit, les deux frères riaient ensemble. Linchmere aidait Erlestoke à confectionner le harnais dont il se servirait sur

Dranae. Après les avoir rencontrés séparément, Will n'aurait jamais imaginé qu'ils soient frères, mais ici, il voyait la ressemblance. De plus, il voyait qu'ils étaient amis.

Après bien des promesses échangées d'aller boire, festoyer et courir la gueuse, ceux qui partaient pour Vael grimpèrent sur le dos large de Dranae et se nichèrent dans le creux entre ses épaules. Ils s'attachèrent au harnais du prince et saluèrent leurs compatriotes.

Will était heureux que la corde lui permette de ramper jusqu'à la base du cou de Dranae. Même si l'air était si froid qu'il ne pourrait y rester longtemps, il contempla le paysage dessous. Il voyait la façon dont les rivières descendaient des montagnes pour s'écouler dans les lacs ou la mer. Les forêts s'étendaient sur les collines et les plaines, sauf là où les hommes les avaient coupées pour en faire du combustible et du matériau de construction pour les villes et les villages.

Ces derniers étaient tous faciles à détecter à cause de la fumée qui s'en élevait. Pour la plupart, il s'agissait de feux de cheminée, mais le vol les approcha suffisamment de Caledo pour voir qu'une partie de la ville brûlait. Il espéra qu'Alexia, Kerrigan, Peri et Sayce étaient en vie et pourraient vaincre les Aurolanis ou bien s'échapper.

— Dranae, tu ne peux pas descendre et tuer les forces aurolanies avant qu'on aille à Vael ?

— Non, Will.

Le Dragon tourna le cou pour le regarder.

— Il y a des risques que je sois tué et le fragment de la Couronne serait alors entre les mains de Chytrine. Plus important, il y a un autre dragon, là en bas. Mon intervention pourrait déclencher une plus grande bataille, ce qui serait à l'avantage de Chytrine.

— Je comprends la première raison, mais pas la seconde.

Will haussa les épaules.

— Chaque chose en son temps, Will Norrington.

La nuit tomba avant qu'ils quittent le Muroso. Le fin croissant de lune complétait le tableau stellaire et Will vit beaucoup d'étoiles. Il s'attendait presque que Résolu profite de l'occasion pour l'interroger sur la façon dont on naviguait grâce à elles, mais se retrouver dans les airs et environné de ténèbres semblait détendre le Vorquelfe.

Il indiqua quand même une chaîne d'étoiles.

— Voici le fouet de Raisasel. C'était un grand héros elfique de Vorquellyn. À l'époque, Vorquellyn n'était qu'une partie du territoire des elfes. Tout, de Loquellyn à Croquellyn et Harquellyn, faisait partie d'une grande nation.

Will trouva la courbe des sept étoiles.

— Qu'a fait Raisasel ?

— Il a accompli bien des exploits et les chansons qui en parlent sont légion. Il a tué des dragons et combattu les *kryalniri*, les vrais, pas ces fantômes que Chytrine a créés.

Résolu sourit alors et, pendant une demi-seconde, Will crut qu'il allait entonner un des chants de Raisasel.

Puis son regard se durcit.

— Des airs pour amuser des enfants qui ne s'attendaient pas à devoir se battre.

Le Panqui sortit une griffe, pêcha une sorte de ver plat et blanc sous une écaille et le jeta dans sa gueule.

— Lombo aime les chants étoile.

Le voleur sourit.

— Est-ce que les Panqui en ont un sur Raisasel ?

— Pas fouet. Sept sœurs flottant sur rivière.

Le sourire de Lombo révéla un petit morceau de ver se tortillant.

— Pas chant pour enfant.

À son tour, Erlestoke sourit.

— En Oriosa, ce sont sept marchands, et la lune est une voleuse. Lorsqu'elle passe parmi elles, elle leur vole leur lumière.

Corbeau confirma d'un signe de tête et regarda Qwc.

— Et les Sprithas ?

— Sprithas chantent pas les étoiles. (Il regarda ses compagnons à tour de rôle.) Trous dans le capuchon du soleil, juste des trous. Pourquoi chanter, pourquoi ?

— Dranae, est-ce que les dragons chantent sur les étoiles ?

Il tourna la tête vers eux.

— Les gens créent des histoires sur ce qu'ils craignent, de façon à définir et contrôler la menace. Raisasel n'a pas tué de dragons, mais les elfes se sentent plus en sécurité de savoir qu'un des leurs l'a fait. Les dragons n'ont pas peur des étoiles parce qu'ils savent ce qu'elles sont.

Will fronça les sourcils.

— Comme les Sprithas, mais je crois pas que ce sont des trous dans un capuchon dont le ciel se recouvre.

— Non, Will. Que crois-tu qu'elles sont, alors ?

Il hésita.

— Eh bien, je n'y ai pas beaucoup pensé, mais elles ressemblent à des pierres précieuses éparpillées. Si on pouvait voler assez haut, on pourrait les prendre.

Dranae se mit à rire et un peu de flamme surgit de ses narines.

— Les Sprithas en sont plus près que toi, Will.

Corbeau sourit.

— Que sont les étoiles, alors, Dranae, si cette information peut être partagée ?

— Les étoiles sont comme le soleil, mais très, très loin d'ici.

Mais ce n'est pas possible. Elles sont si petites et le soleil est si gros.

Will regarda Corbeau et Erlestoke, puis tous les trois éclatèrent de rire.

— Non, Dranae, ce n'est pas possible. Des éclats du soleil, peut-être, des soleils ? Impossible.

Un autre reniflement brûlant se joignit à un sourire amusé.

— Tu as sans doute raison, Will.

Tandis qu'ils volaient vers l'ouest, le ciel commença à s'illuminer à l'est. L'horizon se déroba sous le soleil et de longues ombres entamèrent leur fuite de la lumière. Will rampa de nouveau à son point de vue, roulant sur le dos pour regarder l'aube, puis sur le ventre pour guetter leur destination.

Vael se dressait dans le sud de la mer Croissante, au nord de Gyrvirgul et au nord-ouest de Vilwan. Une jungle dense la recouvrait si bien que, alors que le voile de la nuit se retirait, Will n'en voyait toujours presque rien. Parfois une volée d'oiseaux aux couleurs vives surgissait, ils tournaient au-dessus de la canopée puis redescendaient et disparaissaient de nouveau.

Plusieurs pics sombres dépassaient de la végétation, auréolés de nuages fins et légers. Le plus grand s'élançait en plein milieu de l'île, mais Dranae ne prit pas sa direction. Il vola plutôt vers l'extrémité nord et plongea vers la jungle. Ils perdirent lentement de l'altitude vers une vallée brumeuse entourée de hautes falaises couvertes de mousse et où poussaient des plantes d'un vert profond et des fleurs aux couleurs lumineuses. De l'eau coulait en cascades glaciales. À l'autre bout, Dranae leva l'aile gauche, entama un demi-tour et atterrit sans effort sur l'étendue de verdure à l'entrée d'une énorme grotte.

— Nous sommes arrivés, mes amis.

Dranae s'allongea sur le ventre et tendit sa patte avant droite pour faciliter leur descente.

— C'est magnifique, n'est-ce pas ?

Will était prêt à confirmer : la vallée était belle à couper le souffle. Mais Dranae indiquait l'entrée de la grotte, qui ne ressemblait qu'à une entrée de caverne, privée de tout ornement.

— Il y a quelque chose que je vois pas ? murmura-t-il à Corbeau.

— Dans ce cas, moi non plus, Will.

Dranae baissa à demi les paupières.

— J'avais oublié que vous n'avez pas toujours la même vision que moi.

Le dragon tendit le cou, écarta les mâchoires et souffla doucement. Son haleine flottait comme du brouillard sur la pierre. Puis de la couleur s'y mêla, peignant les rochers de couches pâles et crayeuses. Des ruisselets de bleu s'écoulèrent, traçant les contours de la pierre élargissant l'ouverture. Il y avait quelque chose d'hypnotisant dans ce processus. En salves rapides, des plantes poussèrent, percèrent et moururent, des animaux vinrent et repartirent en un clin d'œil. Les pierres se transformèrent et fusionnèrent jusqu'à ce qu'il ne reste plus que l'ouverture actuelle et que les couleurs disparaissent.

Will cligna des yeux.

— Wow. C'était quoi ?

— Un peu de dracomagick. (Dranae pencha légèrement la tête à droite.) Chaque événement dans le monde provoque un écho, non pas un son mais des résonances qui traversent le temps. Les dragons voient ces résonances et comprennent certaines d'entre elles. Avec de la magick, nous pouvons leur donner une présence physique pour que les autres les voient. Lorsque j'ai atterri ici, j'ai vu ce que je viens de vous montrer, mais à plus grande échelle. Pour moi la caverne s'ouvre comme si la roche était un rideau. Elle m'accueille chez moi.

Corbeau hocha la tête.

— Je peux imaginer que c'est effectivement magnifique. Toutefois, j'ai une question. Si ce que tu dis à propos des actions qui créent une résonance est vrai, alors les dragons ont accès à tout ce qui arrive ?

— Ou est jamais arrivé, puisque ces résonances parcourent toujours le monde, confirma Dranae. Ta question en entraîne une autre : pourquoi, avec de telles connaissances, nous ne sommes pas intervenus en faveur des ennemis de Chytrine, même pour simplement les informer de ce qu'il se passe ailleurs ?

— Tu anticipes bien mes questions.

— Ce sujet a longtemps été débattu. En tout premier lieu, il est possible de se servir de la magick pour tuer les résonances avant qu'elles naissent ou d'en modifier d'autres, ces informations ne sont donc pas toujours fiables. Ensuite, imaginez le chant d'une centaine d'oiseaux. Comment isoler la mélodie d'un seul ? Puis l'étendre à tous les chants de tous les oiseaux qui ont jamais chanté ? Comment savoir lequel écouter ? Les dragons décident parfois de suivre un fil ou deux, mais c'est pour leur amusement personnel. Nous ne sommes pas très efficaces, en matière d'espionnage.

Erlestoke sourit.

— Et Chytrine étouffe sa résonance ?

— C'est ce que l'on m'a dit, oui.

Dranae s'étira et rangea ses ailes, puis leva la patte droite et indiqua l'ouverture de la caverne.

— Bienvenue dans ma véritable maison. Tout comme vous m'avez accueilli dans votre monde, je vous accueille dans le mien.

Will ouvrit la voie vers la caverne obscure. Du lichen phosphorescent offrait bien une pâle lumière verte, qui rappelait à Will la grotte d'Oracle, près de Gyrvirgul. Il regretta que Dranae n'utilise pas de magick pour découvrir un peu plus le paysage, toutefois même sans son intervention l'endroit était superbe. Sur les piliers de pierre glissaient toutes sortes de couleurs, et de petites créatures se déplaçaient entre les stalactites et les stalagmites. Will aurait voulu regarder partout à la fois.

Corbeau lui attrapa le col de la veste et le tira en arrière avant qu'il tombe dans un précipice. Un mur de chaleur s'élevait de ses profondeurs. Tout en bas, lente, de la lave en fusion sur laquelle flottaient des îlots noirs coulait vers le nord. Les îles se divisaient et sombraient, des flammes surgissant çà et là. La regarder, c'était comme assister à la dracomagick et, l'espace d'un instant, Will s'imagina ce que ce devait être de regarder cette rivière à travers une lentille magicke.

— Regarde où tu vas, Will.

Dranae les rejoignit et fit traverser chacun d'eux.

— Pardonnez-moi. Je perds conscience de ma taille parfois.

Ils reprirent leur marche, mais Will traîna pour rester près de Dranae.

— Ce truc que t'as fait à l'entrée, ça marche pour d'autres choses ?

— Un exemple, Will.

— Eh bien… (Mal à l'aise, le voleur joua des épaules.) Sur les gens ?

Le dragon hocha la tête d'un air sérieux.

— Les êtres vivants, oui. Nous étudions les créatures pour découvrir leur fonctionnement : leur façon de se nourrir, les migrations, la reproduction…

— La reproduction ? (Will rougit furieusement.) Même les gens ?

— Oui, bien que nous trouvions cela aussi intéressant que toi l'accouplement de deux chiens.

— Oh, alors tu n'as pas…

— Non, Will.

Dranae le regarda attentivement pendant qu'il entrait dans un tunnel qui descendait et partait sur la gauche.

— Tu t'intéressais spécifiquement aux résonances d'une personne ?

Le voleur hocha la tête.

— Je me demandais si, peut-être, tu pouvais me faire voir mon père de… tu sais… d'avant qu'il devienne l'un des leurs.

— Pourquoi ?

— Eh bien, parce que… Quand on était dans les montagnes, j'ai vu Corbeau avec son frère et, malgré tout ce qui avait été fait à Sallitt, ils se ressemblaient un peu. Et chez Erlestoke et son frère, je voyais aussi les liens familiaux. Et je sais que mon père faisait des vers, comme moi des fois. Je sais que c'est mon père et tout, mais je ne le vois pas.

— Si j'accomplis ceci pour toi, Will, tu dois te rendre compte de deux choses. D'abord, que ce ne serait pas un modèle vivant et pensant de ton père. Tu le verrais comme on voit un esprit. Il ne te verrait pas. Il ne te parlerait pas.

— D'accord, je crois. (Will haussa les épaules.) Quoi d'autre ?

— Il pourrait en venir à te hanter.

— Me hanter ? comme un fantôme ?

— Précisément.

— Wow.

Will essaya de se rappeler s'il en avait jamais vu, mais ne le pensait pas. À la perspective de se retrouver avec son fantôme personnel, il sentit ses cheveux se dresser sur sa nuque, pourtant il décida de tenter sa chance.

— Je veux quand même essayer.

— Alors je te rendrai ce service, avec plaisir.

Dranae s'arrêta à côté de la compagnie, qui attendait à une large intersection arrondie.

— Ici, nous allons sur la gauche, vers les appartements de ma famille. Vous vous y reposerez pendant que je fais mon rapport à mes supérieurs, puis nous pourvoirons à vos besoins jusqu'à ce que vous soyez convoqués devant le Congrès.

Erlestoke pinça les lèvres.

— Le Congrès ?

— Notre conseil souverain. (Dranae entrouvrit la gueule.) C'est lui qui décidera si nous nous opposons à Chytrine, ou si nous entrons en guerre dans son camp.

Chapitre 71

En réalité, Will ne trouva pas le sommeil. Lorsqu'ils atteignirent les quartiers de la faille de Dranae, quelques dracomorphes les guidèrent jusqu'aux salles localisées autour d'une antichambre centrale. À la grande surprise de tout le monde, ils découvrirent que la princesse Alexia les y attendait. Corbeau passa devant Will et se précipita pour la prendre dans ses bras, la serrant de toutes ses forces. Elle mit les bras autour de ses épaules lorsqu'il la fit tourner. Will n'entendait pas ce qu'ils se disaient mais leurs sourires lui révélèrent que ce devait être agréable.

Tous les autres se détournèrent, faisant glisser leur équipement à terre. Will voulait inonder la princesse de questions pour savoir comment elle était arrivée là, mais un rapide coup d'œil de Résolu lui fit tenir sa langue. Il attrapa ses affaires et les emporta par l'une des portes de l'antichambre.

Lorsqu'il revint, Corbeau avait relâché la princesse, mais avait le bras toujours passé autour de sa taille. Elle souriait de toutes ses dents, salua tout le monde et laissa même Qwc s'installer sur son épaule droite. Rapidement, elle leur raconta la bataille de Navval et comment elle s'était retrouvée à accompagner Kerrigan jusqu'à Vael.

Will tapa dans ses mains.

— Princesse, ce n'est rien comparé à ce que Dranae a fait ! Il a *tué* un autre dragon, lui a tout simplement arraché un gros morceau de chair. Vous savez, on était…

Erlestoke appuya une main sur l'épaule de Will.

— Il y aura tout le temps de raconter cette histoire plus tard, Will. Je crois que nous avons besoin de repos.

— Non, je vais bien, vraiment.

Résolu se racla la gorge.

— Will, nous avons tous besoin de nous allonger un peu et de nous retrouver.

— Oh, oui.

Will hocha la tête, comprenant enfin.

— D'accord, bon, je vais dans la chambre là-bas. Si quelqu'un veut entendre l'histoire ou quoique ce soit d'autre, c'est là-bas que je serai.

Alexia hocha la tête.

— Dors bien, Will. Cela me réchauffe le cœur de te revoir.

— Moi aussi, princesse.

Il entra dans sa chambre et soupira. Tout avait été fait à la taille des dracomorphes, alors pour monter dans son lit, il dut se jeter dessus. Il atterrit sur un épais matelas de plumes qui faillit l'engloutir.

Allongé là dans ce grand lit, il se sentit soudain très seul. Le regard de la princesse Alexia lorsqu'elle avait vu Corbeau lui rappelait celui de Sayce.

Je regrette qu'elle soit pas venue avec eux aussi.

Cette pensée le surprit. Quand on grandissait dans l'Ombreux, l'amour n'arrivait que dans les chansons. Il avait vu beaucoup de désir dans sa vie : c'était allongé sur le dos que sa mère gagnait de l'argent. Le commerce des filles de joie était l'un des piliers du quartier, mais on ne pouvait certainement pas le confondre avec l'amour. Quant aux familles – dont il n'avait pas vraiment l'expérience, sinon en observant –, elles semblaient souvent réunies parce qu'il était plus facile de survivre ensemble que séparé. C'était tout à fait la relation de Marcus et Fabia.

Bien sûr, dans les chansons, l'amour brûlait avec intensité. Il était voulu par le destin, reconnu immédiatement. Ce qu'il ressentait pour Sayce n'avait été ni l'un ni l'autre. Lentement, il avait commencé à apprécier sa compagnie. Et lorsqu'il lui avait dit au revoir, même s'il éprouvait les réserves qu'il avait confiées à Alexia, il n'avait pas eu envie de la quitter.

Lorsqu'il s'endormit enfin, il rêva d'elle. Il la voyait avec Peri dans les forêts du Muroso, en train de chasser des baragouineurs.

Elles repoussaient l'ennemi hors des frontières. Alors qu'elles regardaient toutes les deux fuir les troupes ennemies, il se réveilla en souriant.

Will se traîna hors du lit et enfila ses vêtements. Il laissa son manteau, car à Vael il n'avait pas si froid. Il se sentait presque chez lui au cœur de la montagne et il se mit à explorer les environs. Toutefois il n'alla pas bien loin avant qu'un dracomorphe le trouve et accepte de le conduire auprès de Dravothrak.

Ce dernier se reposait dans une grande chambre au plafond en forme de dôme. Il ouvrit un œil bleu et redressa la tête.

— Tu n'as pas l'air reposé.

— Je n'ai pas réussi à beaucoup dormir. (Will haussa les épaules.) Je me demandais si tu pouvais…

— Je crois bien que oui. Tandis que je me reposais ici, j'ai passé les impressions au crible et il me semble l'avoir trouvé, du moins une part de lui. (Dravothrak lui fit signe de se rapprocher.) Will Norrington, je te présente ton père, Bosleigh Norrington.

Le dragon souffla un air doux et froid, qui se figea sous une forme transparente. Les bords prirent une teinte blanche et se gonflèrent lentement, révélant un jeune homme un peu plus grand que Will, mais pas beaucoup plus épais. Il avait le visage ouvert et un léger sourire. Il marcha, regardant vers Will sans le voir, dans sa direction, une main sur le menton et une autre derrière le dos.

Will s'écarta du chemin du fantôme et entendit la voix de son père.

— Oui, oui, ces vers seront très bien. Ce sera un poème grandiose. Je l'appellerai : « Comment rendre fou un temeryx ».

Rendre fou un temeryx
Ça n'a rien d'aisé
Ça vit où un temeryx
Dans la neige glacée

Fais un feu ou un bûcher
Pour son cœur tout noir

Ou un pieu, sûr de le tuer.
Lie-le à un char.

Dans sa queue, planter un clou
Ou bien une lance
Dans son crâne, de l'huile qui boue
De peur, qu'il en danse

On parie ? Prends un filet
Attache-le bien
Vas-y, si tu le cognais ?
Une fois sans les mains

Si deux qui s'aiment sont piégés
De l'un l'autre nourri
De bas de laines fourre son nez
Bien sales et pourris

Une corde voici, plus d'espoir
Fais-lui un beau mors
De poux le nourris, de loirs
Qu'il en veuille encore

Pour réussir cet exploit
Attention, bien te méfie
Ou même si ton cœur est droit
Dans son ventre tu finis !

Will éclata de rire.

— Encore ! Je veux l'entendre encore.

Dravothrak sourit.

— C'est peut-être au-delà de nos capacités. Je peux essayer, mais ce que je devrai faire à la magick pourrait l'inciter à rester avec toi. Je peux encore le renvoyer, mais après ce n'est pas certain. Veux-tu le risquer ?

— Oui, où est le mal ?

Le voleur sourit, les yeux pétillants lorsqu'il détailla son père. De la joie transparaissait sur son visage, sous son masque. Will y lut un soupçon d'arrogance, mais quand même, c'était son père et pas la créature en laquelle Chytrine l'avait transformé.

Dravothrak souffla de nouveau. La silhouette se figea, puis se remit à marcher. Leigh Norrington répéta le poème et recommença la même scène. Will se concentra et, à la quatrième déclamation, il avait entièrement mémorisé le poème. À la cinquième, il commençait un peu à s'en fatiguer, alors il agita la main devant le fantôme de son père.

— Ça suffit, maintenant.

Le fantôme avança vers lui et la main de Will le traversa. Le voleur fut parcouru d'un frisson glacé, puis le fantôme disparut.

— Qu'est-ce qu'il s'est passé ?

Dravothrak se mit à rire.

— C'est ton sang. Ton père est là, derrière toi. Pas de quoi s'inquiéter. Il devrait disparaître dans un jour ou deux. Jusque-là…

— Je suis hanté, je sais.

Will haussa les épaules et ferma les yeux. Il invoqua l'image de son père et le son de sa voix. Il se voyait dans ses traits et entendait des éléments de sa voix dans celle de son père. Des connexions se formèrent.

Avant cela, il avait été le Norrington parce qu'on le lui avait dit. Oracle le lui avait affirmé et s'était servie de magick pour le prouver. Chytrine qui essayait de le tuer, Corbeau et Résolu qui l'avaient trouvé, Sayce qui partait à sa recherche, même Scrainwood lui donnant le masque, tout cela était des signes extérieurs qu'il était le Norrington. Will avait accepté cette charge parce qu'il pouvait en porter la responsabilité.

Mais jusqu'à cet instant, il n'avait jamais vraiment cru qu'il était le Norrington. Il voulait bien endosser le rôle et il l'avait bien joué. Toutefois, voir son père et entendre sa voix confirmait la prophétie. Non seulement il acceptait la mission, mais il savait maintenant qu'il était *destiné* à l'accomplir. Il *était* l'accomplissement de la prophétie.

Il ouvrit les yeux et l'espace d'un instant, il eut froid. Puis il regarda Dravothrak.

— Merci.

— Ce n'était rien.

— Si, pour moi c'était tout.

Will sourit et posa la main sur l'un des orteils de Dravothrak.

— Je suis vraiment le Norrington. Je vais sauver Vorquellyn et tuer le fléau du Nord.

— Oui : la prophétie.

Dans la voix de Dravothrak résonna un pouvoir qui envoya des vibrations dans la poitrine de Will.

Un Norrington pour les mener,
Immortel dans le feu forgé
Victorieux de la mer à la glace.

Le pouvoir du Nord il brisera
Un fléau il tuera,
Enfin sauvera Vorquellyn.

Le voleur sourit.

— Elle a l'air beaucoup plus puissante quand c'est toi qui la récites.

— Ce n'est pas de moi que vient son pouvoir, mais de la prophétie elle-même et des personnes qu'elle a attirées pour l'accomplir.

Will hocha la tête.

— Eh bien, on m'a sauvé d'un incendie quand j'étais petit et l'attaque de Wruona pourrait être notre victoire en mer. J'imagine que j'ai plus qu'à mener des gens vers le Nord glacé pour vaincre Chytrine et puis on pourra sauver Vorquellyn.

Le dragon souleva la tête, dominant Will.

— Le travail de toute une vie. D'une vie de dragon, même.

Dravothrak regarda derrière lui et siffla.

Will se retourna. Un dracomorphe se trouvait là, tête inclinée. Il répondit par un autre sifflement, mais d'un ton très poli. Un nouveau sifflement lui fit relever le visage et il attendit.

La voix de Dravothrak s'éleva derrière Will.

— Will, s'il te plaît, accompagne ce petit dans la Chambre du Congrès. Les autres t'y rejoindront, y compris Kerrigan. Je dois prendre un autre chemin et ma place au Congrès.

Will se tordit le cou.

— Qu'est-ce qu'on va faire ?

— Vous répondrez aux questions qui seront posées. Soyez sincères et tout se passera bien. Chytrine n'a que peu d'amis au Congrès et même eux s'interrogent sur ses motivations. Si nous y arrivons, vous aurez des alliés dans votre guerre.

— Ils seront bienvenus. (Will lui fit un signe de tête.) Merci encore.

— Cela m'a fait plaisir, Wilburforce Norrington.

Will sortit de la chambre à la suite du dracomorphe mais ne se posa pas de question sur le fait que Dravothrak avait prononcé son nom en entier. Il aurait bien voulu se retourner et demander à l'ombre qui le suivait si c'était lui qui l'avait baptisé de cette horrible manière, mais il n'était pas certain qu'il obtiendrait une réponse. Étant donné que son père avait engrossé une prostituée au cours d'une nuit de débauche en Alcida, Will n'était pas sûr qu'il ait été au courant de sa conception, encore moins qu'il ait quoi que ce soit à voir avec son nom.

De plus, son père d'alors et son père d'aujourd'hui n'étaient pas la même personne que l'ombre. Cette dernière était heureuse et libre. Elle n'affichait rien de la tragédie qui avait gâché sa vie. Le poème était drôle et léger et c'était ainsi que Will l'imaginait.

C'est ce qu'il m'a légué. C'est ce qui fait de moi un Norrington.

Le dracomorphe le guida jusqu'à une corniche de pierre à demi circulaire qui surplombait un lac de feu. Will marcha jusqu'au bord et vit une ligne de runes qui l'encerclait. Il ne savait pas les lire, mais il ressentait le pouvoir qui en émanait. Il regarda derrière elles, là où la chaleur de la lave troublait la vue. Will souffla comme Dranae l'avait fait à l'entrée de la caverne et vit l'air embuer brièvement la barrière invisible qui retenait la chaleur. Il sourit, puis baissa les yeux plus loin, vers les profondeurs du lac. Là, à divers endroits, sur de grands rochers plats, de hautes tours et dans des niches creusées dans les parois distantes, se trouvaient des dragons. Au loin, il vit Dravothrak s'installer mais s'empêcha de lui faire un signe de la main.

Qwc le dépassa à toute vitesse et, un court instant, Will crut qu'il allait traverser la barrière.

— Qwc, fais attention !

Le Spritha s'arrêta net avant le mur, puis se retourna.

— Chaud, chaud, Qwc sait. Très chaud.

— Ouais, très, très chaud.

Will lui fit un clin d'œil puis se retourna et sourit lorsque les autres le rejoignirent.

— Je parlais à Dravothrak. Dès que Kerrigan nous aura rejoints, nous devrons répondre aux questions qu'ils nous poseront. Si on se débrouille bien, on pourrait obtenir de l'aide contre Chytrine.

Corbeau le regarda fixement et pâlit.

— Will, qu'est-ce qu'il y a derrière toi ?

— Tu devrais le reconnaître. C'est mon père. Dravothrak l'a fait apparaître. Il va bientôt partir, mais je l'ai entendu réciter son poème : « Comment rendre fou un temeryx ».

L'homme frissonna, puis secoua la tête et lâcha un petit rire amusé.

— Ce devait être son meilleur. J'aimerais beaucoup te l'entendre dire, Will.

— Bien sûr, ce soir, quand tout ça sera fini. Ce sera amusant. (Will baissa la voix.) Je suis désolé si ça te perturbe de le voir. J'avais simplement besoin de prouver que je suis bien le Norrington.

Alexia haussa un sourcil.

— Y avait-il un doute, vraiment ?

Will haussa les épaules.

— Ça ne fait pas de mal d'avoir une preuve de plus.

Corbeau lui tapota l'épaule.

— Aucune de nous n'en a jamais douté, Will. Tu l'as prouvé encore et encore. (Il regarda les dragons derrière le garçon.) Et ici, tu auras l'occasion de le prouver encore une fois.

Chapitre 72

Alors qu'il avait somnolé sur le dos de Vriisurcol pendant le vol pour Vael, Kerrigan ne se sentait pas du tout reposé à son arrivée. Deux des dracomorphes de trois mètres de haut l'avaient guidé avec Bok dans les chambres qu'ils occuperaient. Cette suite confortable lui rappelait les *coric* des urZrethis, toutefois elle avait des dimensions plus humaines et seules trois chambres partaient de la salle principale. Il en occupait une, Bok l'autre.

Kerrigan n'était pas certain de savoir combien de temps il avait dormi, mais le fumet qui lui chatouillait le nez et le grondement de son ventre le décidèrent à se lever. Parmi les vêtements que Bok avaient déballés et pliés sur une étagère, il choisit une tunique et un pantalon puis glissa les pieds dans ses bottes usées. Il savait qu'il ne ressemblait en rien à un mage, mais il ne s'en souciait pas. Il avait faim.

Quand même, l'aisance avec laquelle il s'était libéré de ses inquiétudes sur le protocole et son éloignement de Vilwan lui prouvait à quel point il avait changé. Cela venait en partie, savait-il, des compagnons avec lesquels il s'était retrouvé, Will, Alexia et les autres. Il faisait bien plus partie de leur groupe qu'il était un citoyen de Vilwan. Là-bas, il n'avait été qu'un objet d'entraînement, une arme à aiguiser, encore que dans quel objectif exactement, personne ne s'était jamais soucié de le lui expliquer.

Cela dit, Corbeau ne confie pas à son épée ce qu'il a l'intention de faire avec.

Pour ses amis, il était plus qu'un objet et, pour lui, ils étaient plus que des fâcheux que l'on devait tolérer.

Son changement était dû également aux révélations que Rym Ramoch lui avaient faites à propos de Vilwan et de la nature de la magick. Il en avait appris encore plus au Muroso. Vilwan n'était pas la source de toute la connaissance magicke. Même le Conservatoire d'Aurolan avait trouvé d'autres façons de considérer les choses. Cela donnait un sens à tout d'une façon qu'il n'avait jamais encore ressentie. Kerrigan n'aurait jamais imaginé qu'il n'y avait qu'une seule façon de construire une chaise, ou un seul objet qui servirait de chaise, alors pourquoi attendre autre chose d'un sortilège ?

Beaucoup de chemins peuvent mener au même résultat.

En très peu de temps, il en avait appris plus sur la magick et la façon de s'en servir qu'après des années à Vilwan. Certes, son entraînement lui avait permis de voir et de maîtriser ces nouveaux éléments, mais la façon dont les maîtres de Vilwan encourageaient l'inefficacité le choquait. Ils le faisaient pour que les mages soient moins puissants et plus faciles à contrôler mais, de cette façon, Vilwan les rendait incapable de répondre à un mage qui en connaîtrait plus.

Il se demanda un instant si c'était ce dont Kirûn s'était rendu compte. Mais, tout simplement, Kerrigan pouvait désormais accomplir plus de choses qu'aucun autre de ses contemporains et il avait créé un sortilège qui détectait la présence des fragments de la Couronne. Grâce à lui, il aiderait à défaire ce que Kirûn avait accompli il y avait si longtemps.

Souriant, il sauta de son lit et entra dans la salle principale. Là, il trouva une table ronde où étaient disposés un jambon fumant, du pain frais, des fromages, des légumes en sauce et une foule d'autres choses qu'il ne reconnut pas. Tout sentait délicieusement bon et l'eau lui vint à la bouche avant même qu'il imagine par quoi il allait commencer.

Toutefois, il oublia tout cela bien vite lorsqu'il vit Rym Ramoch sortir de la troisième chambre.

— Maître ! Quand êtes-vous arrivé ici ?

— J'ai l'impression d'être là depuis toujours, Kerrigan.

— Comment êtes-vous arrivé ici ?

Ramoc se mit à rire.

— Vriisureol n'est pas le seul dragon de Vael, vous savez.

Kerrigan hocha la tête et attendit que son maître prenne place à table. Ramoch marcha jusqu'à l'autre extrémité, tira la chaise et s'assit. Il avait l'air un peu plus heureux que dans le passé, mais l'excitation de se trouver à Vael pouvait l'expliquer. Le mage à robe écarlate indiqua à Kerrigan de s'asseoir et Bok surgit de sous la table pour glisser une assiette bien remplie devant lui.

Le jeune mage la regarda. Il n'aurait su dire si la nourriture avait été examinée, mais les gargouillis de son estomac lui signalèrent que cela n'avait vraiment aucune importance. Il sourit, porta un petit bout de jambon à la bouche avec sa fourchette puis ferma les yeux et gémit.

— Très bon !

— Bien, bien. Les esclaves font ce qu'on leur dit, mais on ne sait pas toujours s'ils ont compris l'ordre qu'on leur a donné. (Ramoch hocha lentement la tête.) Votre travail sur les sortilèges de détection ainsi que vos exploits à Navval étaient très étonnants. Vous m'impressionnez.

Kerrigan sourit et, entre deux bouchées, expliqua beaucoup de ce qu'il avait accompli. En fait, il se retrouva à ce point passionné par la conversation qu'il oublia complètement de manger, repoussant l'assiette dorée pour appuyer les coudes sur la table tandis qu'il répondait aux nombreuses questions que lui posait Ramoch.

Ces dernières n'étaient pas faciles, mais Kerrigan répondit joyeusement à chacune d'elles. Il se rendait compte qu'il prenait grand plaisir à créer des sortilèges et qu'il avait été heureux qu'ils fonctionnent. Mais ici, pour la première fois depuis des siècles, il avait quelqu'un avec qui discuter de son travail. À l'exception d'Orla, ses mentors précédents s'étaient contentés de s'assurer qu'il maîtrisait tout ce qu'ils lui enseignaient. Même si parfois la conversation abordait de loin la théorie, il manquait à la plupart de ses professeurs une large compréhension de la magick. Ils avaient des connaissances dans leurs spécialités, mais pas une vision d'ensemble, ils n'avaient aucun espoir de saisir les connexions entre les fondations des différentes disciplines.

Il se souvenait de la surprise d'Orla lorsqu'il lui avait recréé le bâton magick qu'elle avait perdu. Il s'était servi de bois comme matériel brut et avait tissé ensemble différents sortilèges pour y arriver. Il n'avait eu besoin de faire aucun effort. Il s'agissait d'un sortilège qu'il avait créé afin de pouvoir remplacer des objets qu'il aurait cassés, mais pour elle c'était un petit miracle. Ramoch, bien qu'impressionné par son sortilège, était capable de comprendre comment Kerrigan le tissait.

Leur conversation dura toute la matinée et se poursuivit au-delà du déjeuner. Kerrigan grignotait tandis qu'ils parlaient et remarqua que des mets disparaissaient sous la table de temps en temps. Les rots tonitruants de Bok lui confirmèrent leur destination. Ramoch ne mangea rien, mais Kerrigan ne s'en étonna pas réellement puisqu'il portait toujours son masque et qu'il était si maigre qu'il ne devait pas manger plus d'une fois par mois.

En milieu d'après-midi, un dracomorphe aux écailles d'ivoire tachetées de rouge sur le torse et le dos entra dans la salle et parla à Ramoch dans ce langage fait de sifflements et de claquements, tous prononcés d'un ton très respectueux. Le mage hocha la tête puis, d'un geste de sa main gantée, fit signe à la créature de s'en aller.

— Nous avons été appelés, mais nous avons un peu de temps avant notre rendez-vous. Je pourrais vous faire visiter Vael, si vous le désirez.

— Ça me plairait. Je crois qu'à la princesse Alexia aussi. Allons-nous la chercher ?

Ramoch pressa le bout de ses doigts les uns contre les autres.

— Elle a d'autres préoccupations, je le crains. Une bonne partie de vos compagnons de Meredo sont arrivés ce matin avant votre réveil. Vous les verrez bientôt, mais la princesse les a tout de suite rejoints.

Kerrigan sourit.

— Will et tous les autres ?

— Oui, y compris Dranae. C'est un dragon.

— Un dragon ! (Le jeune mage réfléchit un instant.) Est-ce lui qui a guéri Will ?

— En partie, il me semble. Il y avait certainement d'autres influences en jeu.

Ramoch se leva et défroissa sa robe.

— Nous y réfléchirons plus tard. D'abord, je veux vous montrer Vael. Viens, Bok.

L'urZrethi se glissa de sous la table et les suivit tous les deux hors de la suite. Ils parcourent un chemin dont les parois mesuraient environ trois mètres de haut, avec des colonnes de pierre tous les trois mètres cinquante environ. À droite, le mur était continu, mais à gauche il s'ouvrait sur une large galerie. Kerrigan voyait d'autres passages de la taille de celui-ci, puis de bien plus grand plus bas. Les couloirs en eux-mêmes, lisses, plongeaient et grimpaient comme les traces de termites sur le bois.

Ramoch guida le jeune mage.

— Ces passages ont été construits pour les esclaves et les dracomorphes. Ils sont destinés aux serviteurs, bien qu'ils correspondent tout à fait aux humains. J'espère que vous n'êtes pas offensé.

— Non, maître.

Ramoch hocha la tête.

— Vous savez, bien entendu, que les dragons et les urZrethis sont ennemis. Les urZrethis élèvent d'immenses montagnes, puis les dragons les privent de leur dur labeur. Vael même était autrefois bien plus grande. L'Alcida n'avait pas de côtes et le territoire des urZrethis bordait Loquellyn. Dans des temps anciens, ils se sont battus pour lui dans une grande guerre contre les dragons. Lorsque ces derniers l'ont détruit, il n'en resta plus que Vael.

Kerrigan jeta un coup d'œil à Bok.

— Est-il en sécurité, ici ?

— Bok ? Oui. On sait qu'il est mon compagnon, alors mes amis sont les siens. Vous bénéficiez de la même protection. (Ramoch ouvrit les mains.) Vous avez vu Bokagul, alors vous pouvez imaginer à quoi devaient ressembler les grandes salles de Vareshgul. Hélas, elles ne sont plus. Depuis sa chute, aucune des constructions urZrethies n'est montée si haut, ni n'a été aussi ambitieuse.

Le jeune mage grimpa une pente en soufflant.

— Pourquoi les dragons ont-ils détruit Vareshgul ?

Ramoch haussa les épaules.

— Qui sait ce qui passe par la tête des dragons ? Peut-être ont-ils pensé que ce serait merveilleux d'y vivre. Ou les contes plus sinistres pourraient être vrais.

— Tels que ?

Bok cracha.

Ramoch caressa la tête de l'urZrethi.

— Les dragons existent depuis la création du monde. Des légendes font allusion à une guerre contre d'autres créatures, encore plus terribles qu'eux. Les dragons ont vaincu et les ont repoussées au plus profond de la terre, y enfermant leur esprit diabolique. Ces créatures ont créé les urZrethis pour élever les montagnes et creuser assez profondément afin de les libérer.

— Mais alors, qui a créé les elfes, les hommes et les autres espèces ?

Ramoch tourna lentement la tête vers lui.

— Ce sont des légendes, Kerrigan. La source du conflit entre les dragons et les urZrethis est perdue dans les brumes du temps. Ce qui importe est de savoir que ces conflits existent. Des origines aussi lointaines ne signifient rien aujourd'hui.

— Mais si nous savions comment il a commencé, nous trouverions le moyen d'établir la paix.

Ramoch se mit à rire.

— Éliminez Chytrine et vous pourriez accomplir l'impossible et établir la paix entre les urZrethis et les dragons. Mais chaque chose en son temps.

Tous trois se promenèrent tranquillement dans Vael, toujours plus profondément. Kerrigan cherchait les indices de ce qui avait autrefois été une construction urZrethie, mais ils lui échappaient. Tout lui semblait de pierre naturelle, quoiqu'elle ait de toute évidence été creusée. L'espacement des colonnes était si régulier que la nature n'avait pu y jouer un rôle, ce qui signifiait que la magick avait servi de guide. Malgré tout, il n'avait pas l'impression que les choses avaient été faites à la hâte. Il imagina plutôt des sortilèges qui permettraient à la pierre de couler naturellement, construisant les piliers. Cela prendrait des vies entières, calcula-t-il, puis corrigea cette pensée.

Des vies humaines entières.

Pour un dragon, cela ne signifierait rien.

Enfin, Ramoch le guida dans une chambre si immense qu'il n'en voyait pas les limites. Elle aurait pu accueillir tout Navval et peut-être même Caledo et le lac Calessa. En fait, elle avait un lac de feu comme fondation. Le rebord de la corniche sur laquelle Kerrigan sortit avait été gravé de sigils étranges en forme d'arc. Ils vibraient de pouvoir et il conclut qu'ils servaient à empêcher ceux qui se tenaient là de s'enflammer. Au-dessus du lac, une immense arche de pierre soutenait le toit.

Du lac s'élevaient un certain nombre de formations rocheuses aux flancs escarpés, semblables à des montagnes au toit aplati. Ailleurs, découpées dans les falaises, se trouvaient d'autres corniches, grandes et petites. Celles qui surplombaient la corniche étaient vides mais, sur celles du lac et autour de celui-ci, étaient assis ou allongés des dragons. Il y en avait de toutes les tailles et de toutes les couleurs. À certains, il manquait des orteils ou un œil, d'autres avaient les cornes brisées, la queue et des cicatrices zébrées privées d'écailles. Certains avaient l'air endormis, et un ou deux, il l'aurait juré, n'étaient que des statues de pierre repliées dans une niche.

Kerrigan embrassa du regard tout ce paysage avant que les appels des autres le ramènent à la réalité. Lombo courait à quatre pattes vers lui et Qwc lui voleta autour joyeusement puis revint prendre sa place sur l'arrondi de la courbe. Alexia était là avec Corbeau, tous deux ayant l'air très heureux. Il reconnut le prince Erlestoke d'Oriosa et vit qu'il portait un fragment de la Couronne du Dragon. Résolu se tenait derrière lui, une main sur le pommeau de son épée.

Kerrigan sourit et agita la main, grattouillant Lombo derrière l'oreille. Les voir lui gonflait le cœur de joie. Toute sa vie, il s'était toujours senti un étranger, mais ces personnes l'acceptaient, ils éprouvaient même de l'affection pour lui. Il vit le plaisir qu'il ressentait se refléter sur leur visage et cela le rendait encore plus heureux.

Will, les yeux brillants, accourut vers lui lorsque Lombo s'écarta.

— Kerrigan, tu as vu cet endroit ? C'est immense ! Comme Bokagul, mais encore plus grand !

— Je sais, mon maître vient de me faire visiter.

Kerrigan regarda Will fixement, car la forme fantomatique d'un homme le suivait comme une ombre.

— Will, qu'est-ce que…

— Lui ? (Will jeta un pouce par-dessus son épaule.) Un truc que Dranae a fait avec de la dracomagick. C'est un dragon, tu sais. C'est lui qui m'a guéri, c'est pour ça que tes sortilèges n'ont pas trop compris ce qu'il se passait. Ici, il s'appelle Dravothrak. C'est lui là-bas, le grand vert.

Kerrigan lui fit un signe de la tête mais Dravothrak ne montra aucun signe qu'il l'avait vu.

Rym Ramoch fit un pas vers Will, puis regarda le dragon.

— Dravothrak, as-tu seulement idée de ce que tu viens de faire ?

Le Dragon Vert redressa la tête mais la silhouette fantomatique flotta derrière Will pour le cacher à leurs yeux. L'esprit était passé d'un blanc transparent à noir, du feu brûlant dans ses orbites.

Je l'ai déjà vu ! (Kerrigan sentit ses entrailles se glacer.) *C'est Nefrai-laysh !*

La main gauche du *sullanciri* surgit, ses doigts avaient pris la forme d'une lame. Il les plongea dans la poitrine de Rym Ramoch dans un grand fracas mêlé à la déchirure des vêtements. Lorsque le *sullanciri* retira sa main, le sorcier s'effondra, les bras et les jambes tordus dans une position anormale. Pis encore, le trou de sa poitrine dévoilait que Ramoch n'était rien d'autre qu'une immense poupée de bois. Le masque avait été repoussé lorsqu'il était tombé, révélant une absence de visage.

Le *sullanciri* bondit en arrière, brandissant un rubis. Il battait d'une vie suffisante pour irradier de lumière la peau noire de Nefrai-laysh, à lui faire ressortir les os. Le *sullanciri* replia les pieds sous lui puis s'éloigna du groupe d'un saut en arrière avant d'atterrir avec grâce sur l'un des perchoirs aplatis au-dessus de la corniche.

— Dragons, l'oreille me prêtez, ma maîtresse souhaite que vous connaissiez ses pensées. Ici d'un sujet vous débattrez bien, et votre décision déterminera le destin. (Le héraut de Chytrine éclata de rire.) Conversez s'il le faut, conversez bien fort. Conversez sagement et il n'y aura pas de morts. Écoutez-les, écoutez-moi, alors l'avenir du monde se dessinera.

Chapitre 73

Nefrai-laysh s'exprimait dans de très mauvais vers, mais Will les entendit à peine. Son regard allait du mannequin brisé au visage de Kerrigan. Le choc et la trahison lui firent perdre toute couleur. Son regard se fit distant, alors Will lui agrippa la tunique des deux poings.

— Je suis désolé, Kerrigan, je suis désolé, mais j'ai besoin que tu te concentres ! Tout va mal et il faut qu'on arrange les choses !

Bok se transforma les bras, les tendit et repoussa brusquement Will. Le voleur pivota sur lui-même et retomba sur les fesses, à moins de trois mètres de Qwc. Lorsqu'il redressa la tête, il vit Nefrai-laysh sur la corniche. Il était devenu entièrement noir, à l'exception du feu qui brûlait dans ses orbites et de son manteau enflammé. Il levait la pierre lumineuse comme s'il allait la jeter et la briser en millions de morceaux.

Un grand dragon, aux écailles bleu foncé zébrées d'azur, bougea sur son piédestal de pierre.

— Ce Congrès acceptera le témoignage d'un représentant de la cour d'Aurolan. Il n'est pas nécessaire de menacer Rym Ramoch ainsi.

— Hélas, je souhaite être à égalité avec eux, ces êtres devant le lac de feu. (Le *sullanciri* montra Erlestoke du doigt.) Une Pierre véritable en sa possession il a, désormais nous sommes pareils, lui et moi.

Le Dragon Bleu pencha la tête à droite.

— Nous vous aurions traité à égalité de toute façon. Vous êtes tous des invités ici et liés par la Paix de notre Congrès. Il ne vous est pas permis d'être violents les uns envers les autres. Brisez la paix et vous connaîtrez notre fureur.

Corbeau montra le mannequin brisé.

— Ça, ce n'était pas de la violence ?

Un autre dragon, d'un gris tacheté, la corne brisée, tendit le museau vers un dragon allongé dans une niche. Il avait des écailles rouges, mais d'une couleur éteinte, comme si elles reposaient sous une couche de poussière.

— Rym Ramoch n'est pas un invité et Rym Ramoch a pris des risques. Il s'est tout seul brisé, il a payé.

Dravothrak parla.

— Et ce n'est pas du tout le sujet. J'ai été envoyé avec la mission de voyager parmi les humains, ce que j'ai fait. L'on nous avait dit qu'ils souhaitaient rassembler les Pierres véritables et recréer la Couronne afin de nous forcer à abandonner nos devoirs. C'est un mensonge. Ils ont dispersé les fragments afin d'empêcher Chytrine de recréer la Couronne et de s'en servir pour détruire tout ce qui vit.

Le Gris souffla deux jets de flammes.

— L'extermination des hommes est-elle un problème ? Nous avons créé les Panquis afin qu'ils les repoussent loin de chez nous, mais ils continuent à empiéter sur notre territoire. Chytrine nous demande un petit service en échange d'un plus grand.

Un dragon noir rayé de rouge ouvrit la gueule et Will se rendit compte de deux choses. La première, c'était qu'il l'avait déjà vu une fois, à Vilwan. La seconde, que le mur qui le séparait du lac ne servait pas seulement à retenir la chaleur mais traduisait également le sifflement des dragons par des mots compréhensibles.

Je me demande si Résolu les entend en elfique.

La voix de Vriisureol gronda au travers du mur invisible.

— Pour combien de temps encore nous servira-t-elle ? Aujourd'hui, elle propose d'être notre alliée. Elle se sert des Pierres véritables en sa possession pour attirer certains, puis les laisse lui offrir leurs services. Elle n'a fait de personne son esclave, mais en sera-t-il toujours ainsi ?

Le Bleu répondit :

— Tant qu'elle existe, la Couronne est une menace. Chytrine dit que, lorsqu'elle aura rassemblé tous les morceaux, elle détruira la Couronne, nous libérant pour toujours de la tyrannie des Pierres véritables. C'est bien dans cet objectif qu'elle les réunit.

— Oui, oui, il faut le voir. Elle les rassemble de tout son pouvoir, risquant la mort par les humains au cœur noir. (Nefrai-laysh montra Erlestoke du regard.) Sa pierre, donnez-la-moi. Je serai celui qui la lui rapportera.

Résolu dégaina Syverce.

— Si tu prends cette pierre, tu meurs.

— Du complot tu fais partie, avoue ceci, Résolu le hardi. (Le feu dans les yeux du *sullanciri* brûla de plus belle.) Bientôt moins hardi, encore moins en vie, tout froid, ça oui.

Les narines du Dragon Bleu frémirent.

— Ne te sers pas de cette épée, elfe, ou tu seras loin d'avoir froid.

Résolu foudroya le dragon du regard mais ne remit pas Syverce dans son fourreau.

Will se remit debout et s'adressa au Bleu.

— J'aimerais que l'on m'écoute. Je ne sais pas si ça aide que j'aie du sang de dragon ou que j'en aie inondé la Pierre véritable que le prince transporte, mais je crois qu'il y a moyen de considérer les choses de manière rationnelle.

Le dragon tourna la tête vers lui.

— Je vous en prie, dites-nous comment.

— En fait, ça commence comme ça : je suis un voleur. Si je devais voler une chose, je déterminerais où elle est, puis j'irais la dérober. Chytrine, elle, a pris Vorquellyn il y a très longtemps. Peut-être qu'il y avait une pierre, là-bas, peut-être pas, mais en tout cas elle y est restée. Et, il y a vingt-cinq ans, elle a voulu prendre les fragments de Forteresse Draconis, sans succès. Elle avait quand même des forces loin dans le Sud, et mon père le sait parce qu'il a composé un poème sur la façon de les combattre bien avant de voir une Pierre véritable.

Le *sullanciri* persifla.

— Tes mensonges, raconte-les, toi qui es né entre des cuisses vérolées.

Will renifla avec dédain.

— T'es passé par là avant moi.

Des flammes s'élancèrent des yeux de Nefrai-laysh, mais il garda le silence.

Le voleur reprit :

— Après ça, elle est allée à Forteresse Draconis et elle a envoyé des gens à Lakaslin pour prendre les fragments. Elle en a un de Forteresse Draconis, le prince possède le deuxième, et un troisième est caché. Celui de Lakaslin aussi. Mais, toujours, elle envoie ses soldats dans le Sud alors qu'elle ne sait pas où sont les fragments.

Le Gris gronda.

— Y a-t-il une conclusion à ce discours ?

— La voilà : si elle voulait les fragments, si c'était eux son objectif, elle s'arrêterait lorsqu'elle savait qu'elle ne peut pas les trouver. Mais au lieu de ça, ses soldats continuent à descendre. (Il montra son père du doigt.) Et vous savez déjà qu'elle réduit des gens en esclavage et les force à obéir à ses ordres. Si vous contempliez ce qu'elle fait au lieu de vous fier à ce qu'elle dit, je ne crois pas que ça vous plairait plus qu'à nous de voir la Couronne entre ses mains.

Le Bleu réfléchit un instant.

— L'argument est recevable. La requête est refusée.

Le *sullanciri* était fou furieux.

— Écoutez-moi, naïfs ne soyez pas ! Sous le couvert de beaux héros, ils cachent leur venin du sucre des mots. Voyez bien ceci, ils ne sont pas vos amis. Au contraire, ma maîtresse câline, la magnifique Chytrine, ne souhaite que votre bonheur. Diviser la Couronne serait une erreur. La pierre donnez-nous, quelque temps c'est tout. Avec quatre en sa possession, les autres aussi bientôt le seront. Son objectif elle aura atteint, les dragons auront le monde entre leurs mains.

Will cligna les yeux.

— Quatre ? quatre ? Elle en a deux, ça lui en ferait trois. (Il regarda Corbeau.) Le rubis ! On l'a laissé à Scrainwood ! Il n'oserait pas !

— Pas si nous l'arrêtons.

Le voleur se tourna de nouveau vers le Bleu.

— Emmenez-nous à Meredo et nous vous rapporterons la quatrième pierre. Vous pourrez la garder, et celle-ci aussi. Comme ça, vous saurez qu'elles seront en sécurité. En fait, si Chytrine avait vos intérêts à cœur, elle vous les apporterait toutes ici et les laisserait en votre possession.

Le Gris souffla deux jets de flammes.

— Le voleur utilise des mots serpents pour nous convaincre de rassembler les pierres en un seul lieu afin de les dérober.

Will redressa la tête.

— Je suis très doué, mais je sais que je ne pourrais pas les sortir d'ici. Chytrine non plus.

Le Bleu se tourna vers Nefrai-laysh.

— Vous transmettrez à votre maîtresse notre désir qu'elle délivre ses Pierres véritables ici.

Le *sullanciri* éclata de rire.

— De preuves, vous n'avez pas, vous dépassez vos droits. Son refus, cela vaut.

Il tendit la main droite derrière lui et traça un cercle dans l'air. Un trou ovale s'ouvrit dans le vide.

— Vous avez provoqué sa colère, les conséquences seront sévères, un mort il me faut.

Nefrai-laysh s'apprêta à projeter le rubis. Lorsque son bras se tendit, il eut un sursaut. Une lance lui avait traversé le corps par le haut, de son épaule à sa hanche droite. Son bras se prit dans la hampe. Au lieu de filer droit vers le centre du lac, la Pierre véritable monta haut et loin en tournant sur elle-même.

Will la regarda voler. Il la vit pivoter et se mit à courir. Des éclats de lumière brillèrent au cœur de la pierre lorsqu'elle tomba, de plus en plus vite. Will calcula la trajectoire, détermina où elle atterrirait et plongea.

Ses doigts se refermèrent sur la surface lisse. Il fit pivoter son corps. Il jeta la pierre vers la corniche et vit qu'elle atteindrait sa cible.

— Qwc, rattrape-la !

Lorsque le corps de Will traversa le mur magicke, il vit le Spritha voler à tire-d'aile vers le rubis. La petite créature referma les quatre pattes autour et s'y accrocha fermement.

Puis la chaleur frappa Will et il s'évapora.

Chapitre 74

L'apparition soudaine du *sullanciri*, la découverte que Rym Ramoch n'était qu'une marionnette, la lance, le cri de guerre furieux d'une Gyrkyme, l'arc brillant du rubis tourbillonnant dans les airs et le plongeon de Will… Kerrigan en avait perdu tous ses moyens. Il vit Will attraper la Pierre véritable, se tourner et la jeter. Il suivit du regard la trajectoire de la pierre et vit le vol du Spritha la croiser. Il ne capta l'explosion de flammes que du coin de l'œil.

Il ne pouvait pas regarder. Il ne pouvait confirmer que ce nouveau feu, dans le lac, c'était Will. Il ouvrit la bouche pour crier, hurler, faire quelque chose, mais il n'arrivait pas à respirer.

Puis il vit Qwc paniquer et tomber. Kerrigan tendit la main gauche et lança un sortilège. Il attrapa doucement le Spritha, le dirigeant vers Alexia en renforçant la magick pour empêcher la princesse de sauter après Will.

Au-dessus de lui, sur la corniche, Nefrai-laysh gronda de colère.

— Oh, vous pouvez tous être dragons de cœur, mais vous ne saurez retenir ma fureur !

Il fit un geste de la main droite et une sphère dorée de la taille d'un melon mûr en surgit, parcourue de filament d'éclairs qui couraient à sa surface. Elle se projeta en avant, traversa le mur et fonça droit sur le Dragon Bleu.

Ce dernier renifla et un bouclier magicke renvoya le sortilège vers le Gris qui, d'un coup de patte, expédia la sphère tournoyer plus loin dans la Chambre du Congrès. Tels des adultes s'émerveillant de l'invention d'un enfant, les dragons se servaient de sortilèges pour se renvoyer l'attaque du *sullanciri* entre eux. Le sortilège ne perdit rien de sa fureur mortelle, mais ils semblaient simplement s'en amuser.

Lombo lâcha un grondement explosif et chargea contre la falaise sous Nefrai-laysh. En deux bonds énormes, il l'atteignit et la grimpa à toute vitesse, furieusement. Le *sullanciri* fit un demi-tour vers le Panqui, mais la moitié de la lance se prit dans les rebords de l'entrée magicke. Un sortilège se concentra dans sa main droite ; toutefois, avant que Nefrai-laysh puisse finir de le lancer, Lombo le plaqua à terre, les crocs plantés dans son épaule gauche. Tous deux basculèrent par le portail, qui se ferma brusquement, coupant la tête et le bout de la lance et rasant une touffe de poils noirs de la queue de Lombo.

La disparition du *sullanciri* n'annula pas le sortilège, que les dragons continuaient à se passer les uns aux autres. Puis la sphère dorée remonta tout droit, cognant contre la voûte, projetant des pierres de partout. Elle se brûla un chemin plus haut, il plut des étincelles dorées. Un immense torrent de feu rouge et or se déversa alors et toucha la surface du lac. La détonation du sortilège secoua la montagne entière, renversa tout le monde sur la corniche à l'exception de Corbeau et Alexia qui serraient Qwc entre eux.

Au-dessus des dragons, des craquelures rouges dessinèrent une toile dans le plafond. Des blocs de pierre se mirent à tomber dans le lac de lave. La roche brûlante éclata contre le sortilège bouclier et retomba comme de la pluie. Certaines s'écrasèrent sur les plates-formes et un dragon glissa de son perchoir. Ses griffes grattèrent la pierre mais elles ne trouvèrent aucun appui et il tomba en hurlant dans la roche liquide.

Son cri défiait toute traduction, pourtant nul ne pouvait se méprendre sur son sens.

Les dragons soufflèrent. Vague après vague, la magick coulait vers le haut pour renforcer le toit, mais les rochers continuaient à tomber. Des tremblements secouèrent le sol. Toute la montagne s'effondrait et, aussi puissants que soient les dragons et leur magick, même eux ne pouvaient l'empêcher.

— Kerrigan !

Le mage tourna la tête vers Corbeau. Il avait tiré son épée et se tenait au-dessus d'Alexia. Kerrigan secoua la tête.

— Je ne peux rien faire ! Toute la montagne s'effondre !

Corbeau brandit sa lame vers le trou que le sortilège du *sullanciri* avait créé.

— Envoie cette épée là-haut ! Maintenant ! (Il la projeta dans les airs.) Va, Tsamoc ! La promesse sera accomplie !

À l'aide d'un sortilège, Kerrigan la cueillit en plein vol. Il lui fit traverser le bouclier et vit que le métal se mettait à chauffer. La pierre précieuse dans le fort de la lame, battu par des reflets d'opale, brillait. On aurait presque dit que la gemme changeait et fondait, car plus elle s'approchait du trou, plus grande apparaissait la lueur.

Lorsque l'épée pénétra dans la faille, la pierre précieuse explosa sous la forme d'un disque plat, puis elle se creusa en un bol d'un blanc laiteux parcouru d'éclairs. À certains endroits, le bol se tordait lorsque les pierres tombaient, mais elles ne le percèrent pas. Puis il s'agrandit, se pressant contre le plafond brisé.

La lumière pénétra la montagne, plongeant la chambre dans le noir. Au-dessus, les grondements cessèrent et la roche s'immobilisa. Puis la lumière réapparut, ruisselant du trou central. Huit colonnes lumineuses surgirent. Deux couraient le long de l'arche d'origine, les six autres formaient des angles qui en partaient. Devant, la roche craqua comme si elles étaient des bêches qui creusaient la terre sèche, puis de la pierre coula par les craquelures. Elle gonfla comme du pain et se solidifia.

Quatre arches d'opale servaient désormais de support au toit en voûte de la Chambre du Congrès. Et là, en plein cœur, un cône de roche à huit faces pendait. À l'intérieur, Kerrigan crut voir bouger quelque chose, une forme vaguement humaine.

Il secoua la tête.

— Qu'est-ce que c'était ?

Corbeau avala difficilement sa salive et essuya une larme sur sa joue gauche.

— Le *weirun* d'un pont de l'Okrannel. Il s'est détruit pour arrêter les marauds de Chytrine, mais seulement après la promesse de le laisser se battre contre elle. Un ami l'a lié à mon épée et nous avons accompli des choses merveilleuses, ensemble. Toutefois, c'est à cela qu'il était destiné.

Peri atterrit près d'Alexia.

— Tout va bien, ma sœur ?

— Je ne suis pas blessée.

Alexia redressa la tête, des larmes aux reflets rouges lui inondant les joues.

— Mais Will…

Kerrigan regarda là où Will avait traversé le mur.

Où il est tombé dans le lac.

— Il a disparu. Disparu, comme ça.

Les membres de bois de Rym Ramoch s'entrechoquèrent lorsque Bok prit la Pierre véritable à Qwc et la fourra dans sa poitrine. La marionnette se remit debout, mais ne fit aucun geste pour réajuster son masque. Le gant de sa main gauche était tombé, révélant que les doigts étaient liés à la paume par des jointures de cuir et des ressorts.

— Oui, Kerrigan Reese, votre ami n'est plus. Toutefois, son sacrifice ne sera pas oublié.

Erlestoke s'épousseta les mains.

— Il n'y a pas intérêt. Si cela ne vous a pas montré à quel point on ne peut faire confiance à Chytrine, alors vous marchez aveuglément vers un destin terrible.

De nouveau installé sur sa plate-forme, le gris grogna.

— Nous ne *marchons* nulle part.

— Volez alors, et la destruction n'en sera que plus rapide.

Erlestoke se défit du harnais contenant le fragment de la Couronne.

— Tout comme l'a dit Will, je vous laisse cette pierre ici, pour vous prouver que nous n'avons aucun désir de recréer la Couronne.

Le Dragon Bleu ferma à demi ses yeux azur.

— Regrettable, car c'est seulement en la rassemblant qu'elle peut être enfin divisée pour toujours. Nous avons été complices de sa création. À l'époque cela semblait sage, mais les événements se sont alliés pour nous faire revoir ce jugement.

Alexia se leva.

— Si c'est vrai, pourquoi n'avez-vous pas rassemblé les morceaux ?

Rym ouvrit les bras.

— Des complications, princesse. Nous savions, tout comme vous, où se trouvaient cinq des fragments. Trois à Forteresse Draconis, un en Okrannel et un en Jerana. Il y en avait à Vorquellyn, mais il est perdu. Du septième, nous ne savons rien. Sans la garantie de réussir à tous les réunir, nous avons choisi d'attendre. De notre point de vue, cela ne fait pas si longtemps.

Erlestoke fronça les sourcils.

— Ma première remarque reste valide. Vous savez désormais qu'on ne peut faire confiance à Chytrine. Vous devriez nous aider à rassembler les fragments et à l'arrêter.

Le Gris retroussa une babine.

— On ne peut tenir Chytrine pour responsable des actions d'un subordonné, surtout qu'il a été attaqué ici. C'était une violation de notre paix.

Corbeau haussa un sourcil.

— Mais Nefrai-laysh a bel et bien attaqué Rym Ramoch.

La marionnette leva une main.

— Il y a des subtilités dans nos coutumes qui compliquent la situation, Corbeau de Kedyn. En prenant cette forme, je me suis mis en danger et nul dragon n'est obligé de me sauver. En fait, la plupart ici auraient été ravis de me voir payer pour ma stupidité. La Paix du Congrès ne s'étendait pas à moi. Au contraire, l'attaque de la Gyrkyme contre Nefrai-laysh la violait.

Peri poussa un cri de défi.

— Le mal se révèle tout seul. Les lois, non.

Kerrigan regarda son mentor.

— Vous êtes en train de dire que Will est mort pour rien ?

— Non. Sa mort – son *sacrifice* – compte pour beaucoup. (Sa voix se fit glaciale.) Je ne suis pas sans influence, dans cette assemblée. Et nous n'allons pas prétendre, n'est-ce pas Vriisureol, que tu n'as pas guidé cette Gyrkyme jusqu'ici ? ou devons-nous croire que tu as manqué de remarquer qu'elle te suivait ?

La gueule du Dragon Noir s'ouvrit dans un semblant de sourire.

— Pourquoi me serais-je soucié de quelque chose qui ne peut ni m'attraper ni me blesser ?

— Nierais-tu l'avoir aidée magickement à trouver cette salle ? Tu cherches toujours trop la subtilité, Vriisureol. (Ramoch tourna la tête vers Peri.) Perrine a été attirée jusqu'ici afin qu'elle s'interpose. Même si son geste a violé notre loi, elle n'a pas agi entièrement de son propre chef.

Peri poussa un nouveau cri, furieux, destiné au Noir. Vriisureol, ayant a priori entendu son insulte traduit dans sa langue, écarquilla les yeux un instant, puis les ferma lentement.

— Alors c'est ainsi, mes amis. Les alliés de Chytrine se serviront de la violation de notre paix pour justifier leur soutien, la tentative de Nefrai-laysh de détruire la montagne servira à ceux qui s'opposent à elle. Puisque ces forces sont actuellement équilibrées, la position des dragons restera neutre.

— Neutre ? (Erlestoke secoua la tête.) Elle possède déjà des alliés dragons, ainsi que des dracomorphes.

Rym Ramoch pressa ses mains de bois contre le trou dans sa poitrine.

— Des individus isolés, oui, tout comme vous. J'ai aidé Kerrigan et je l'aiderai encore plus. Dravothrak vous a porté assistance, et Vriisureol, eh bien, il a ses propres manigances, mais jusqu'ici elles étaient en votre faveur. Et il y en a d'autres ici qui auront envie de vous aider. Mais pour la plupart, Chytrine et vous êtes en pleine course. Le camp qui amassera le plus de Pierres véritables sera celui en faveur duquel nous interviendrons.

Le prince oriosan croisa les bras sur la poitrine.

— Vous jouez à un jeu dangereux. Si vous soutenez le mauvais camp, on vous refusera la Couronne. Si vous entrez en guerre trop tard, il arrivera la même chose.

Le Dragon Bleu leva la tête.

— Ne nous faites pas de leçons de politique, car c'est ce qui se joue ici. Même si nous n'intervenons pas tous, certains le feront.

Le camp qui l'emportera gagnera beaucoup, et celui qui échouera perdra encore plus.

Kerrigan referma les poings.

— Mais ce n'est pas un jeu. Ce n'est pas une course. C'est une guerre ! Des gens sont morts. Orla est morte. Will vient de… et Lombo… Qui sait ?

Un chagrin terrible le submergea soudain. Il eut l'impression de recevoir un coup en plein ventre et se plia en deux. Il tomba à genoux et se recroquevilla en boule. Dans sa tête, il voyait les éclairs déchirer les entrailles d'Orla. Il voyait Will s'enflammer.

Il aurait voulu que ses larmes éteignent ce feu, puissent guérir les blessures d'Orla. Mais il savait que c'était impossible, que toutes les larmes versées ne pourraient jamais rien guérir.

Et pourtant, bien qu'il le sache, il ne pouvait rien faire d'autre que pleurer.

Chapitre 75

Alexia bougea dans son lit. Corbeau était pressé contre son dos, la main gauche sur son ventre et le bras sous l'oreiller qu'ils partageaient. Elle lâcha sa main, puis se retourna pour lui faire face. Il glissa la main au creux de son dos et elle passa le bras autour de son torse.

Elle se serra contre lui bien fort, ayant autant besoin d'enlacer que de l'être. Elle lui embrassa le front.

— Tu ne dors pas.

Les paupières toujours fermées, Corbeau secoua la tête. Ses cheveux frottèrent contre l'oreiller et sa barbe frôla la naissance de ses seins.

— Je ne cesse de penser à la nuit où nous l'avons trouvé. Il était trempé, et si menu. Il venait de recevoir un coup de poing. Il avait l'air si vulnérable, mouillé et dépenaillé, une petite chose sauvage.

» Et puis aujourd'hui… J'ai vu l'expression de son visage lorsqu'il a lancé la Pierre véritable. Il savait que Qwc serait au bon endroit. Il avait tellement changé, tellement grandi. Le Will que nous avons trouvé se serait précipité dessus, mais seulement parce qu'il s'agissait d'une gemme et il ne l'aurait jamais jetée. Non, il aurait plongé dans le lac de feu, agrippé à elle, le regard perdu.

Elle plongea les doigts dans les cheveux blancs sur la tempe gauche de Corbeau.

— Je sais, Corbeau. Je l'ai vu changer. La façon dont il s'est comporté devant Scrainwood et les Libérés. Devant Kenleigh. Une fois parti de l'Ombreux, il a beaucoup grandi.

— Et maintenant il n'est plus.

— Il s'est sacrifié pour que Rym Ramoch vive.

Corbeau hocha la tête.

— Il a eu une belle mort, oui. Je ne peux qu'espérer la même. Mais nous étions certains qu'il était *le* Norrington. Avions-nous tort ? la prophétie est-elle fausse ? Scrainwood avait-il raison ? Kenleigh est-il un Norrington ? est-il l'élu ? se meurt-il quelque part à Sarengul ?

Alexia frissonna et Corbeau la serra un peu plus fort.

— Corbeau, Kenleigh n'est peut-être pas l'héritier du sang Norrington.

Il s'éloigna légèrement pour la regarder.

— Tu ne parles pas de son frère, n'est-ce pas ? De quoi parles-tu ?

Elle fronça les sourcils.

— Après votre départ de Caledo, j'ai appris que la famille de Sayce avait déterminé qu'elle était enceinte. À Navval, elle souffrait de nausées matinales… (Un autre frisson la parcourut.) Oh, par les dieux, comment allons-nous lui dire ?

Elle sentait les poils de Corbeau se hérisser.

— Elle porte l'enfant de Will ?

— Oui. Et de plus, elle est amoureuse de lui. Elle ne le sait pas, du moins pas encore. Elle le saura bientôt, évidemment, mais elle est probablement en train de mener une armée contre les Aurolanis qui font le siège de Caledo.

Corbeau gémit et son corps s'affaissa.

— Will est mort et les autres Norrington sont en danger.

— Il y en a deux autres, père et fils.

— Ils ne trahiraient jamais Chytrine. (Corbeau secoua la tête.) Ce sont Leigh et sa progéniture qui sont concernés par la prophétie. Son père n'en fait pas partie. Quant à retourner Leigh contre Chytrine, ce serait possible, mais il ne pourrait jamais se dresser contre son père. Quelle que soit la puissance que Chytrine donne aux *sullanciri*, elle ne peut supprimer leurs défauts naturels. Les actions de Nefrai-laysh dans la Chambre du Congrès, c'était Leigh tout craché. C'était un de ses accès de dépit. Ce que Will a dit l'a touché.

Alyx pressa un doigt contre les lèvres de Corbeau.

— Mon amour, mon époux. Je sais que tu penses à bien des choses, mais il y en a une que tu évites. La mort de Will est une grande perte pour le monde, et il devrait pleurer. Il pleurera. Mais toi aussi, tu le dois. Il était comme un fils pour toi…

Corbeau pinça les lèvres et ses yeux s'emplirent de larmes.

— Pas un fils. Un neveu, peut-être, et c'était une autre chance après Leigh. Mon père a aidé à élever celui de Leigh et lui a appris à être un grand guerrier. Il a aidé à l'éducation de Leigh. C'était mon ami et j'ai échoué envers lui. J'ai terriblement échoué. L'épée qu'il possédait, l'épée qui le possédait, avait un prix. Son propriétaire serait invincible, sauf qu'à sa dernière bataille il serait brisé. Il l'a été, et de ma main.

» Mais Will était son fils et je pouvais lui enseigner. Je pouvais lui transmettre ce que j'avais appris de mes erreurs et de toutes les erreurs que son père avait faites, et tout ce que j'ai appris en combattant Chytrine. À travers Will, je croyais pouvoir réparer tout ce que j'avais fait à son père et à son grand-père.

Elle prit une poignée de sa barbe et le força à relever le menton afin de le regarder droit dans les yeux.

— Et n'oublions pas que Will était notre seul espoir et que tu as réussi à le protéger de Chytrine et ses acolytes. Tu n'as pas agi égoïstement, tu agissais pour le monde. Si tu ne l'avais pas trouvé et si les choses ne s'étaient pas passées ainsi, Chytrine serait en possession de cinq des fragments de la Couronne, les dragons seraient ses alliés et nous partagerions tous le destin de Will.

Il acquiesça rapidement, puis rejeta la tête en arrière. Des larmes coulèrent sur le côté de son visage.

— Ça fait mal, Alexia. Ça fait mal de sentir l'espoir mourir et… pis, lorsque je l'ai vu courir je voulais lui crier de ne pas le faire. Mais alors j'ai vu son expression et j'étais si fier de lui. Il était passé d'un petit sauvage à un homme, et il avait fait un choix d'homme. Et je ne pouvais pas l'arrêter, je ne pouvais…

Lorsque la voix de Corbeau s'éteignit, il continua à balbutier en silence. Alyx passa les bras autour de lui et le serra contre elle. Elle enfouit le visage dans son cou et sentit les larmes inonder ses joues.

Corbeau trembla, déchiré par les sanglots, et elle l'enlaça encore plus fort. Elle le serra jusqu'à ce que son corps cesse d'être secoué de frissons et qu'il la serre lui aussi dans ses bras, et jusque bien après.

Enfin, lorsque Corbeau renifla et essuya ses larmes, elle déposa un baiser dans son cou, puis s'écarta. Elle se redressa sur son coude gauche et de son corps le plaqua sur le dos. Elle se mit sur lui à califourchon.

Ses doigts écartèrent les cheveux de son visage et, des pouces, elle essuya les larmes avant de lui embrasser les joues.

— Corbeau, il y a deux choses que tu dois savoir. La première, c'est que je t'aime plus que ma vie. Tu n'as pas trahi la confiance de Will et tu n'as pas échoué à sauver le monde.

Elle ponctua ses paroles d'un baiser ferme.

Elle redressa la tête et Corbeau enroula une de ses mèches de cheveux blonds tirant sur le blanc autour de son doigt.

— Ensuite, mon amour, je crois en la prophétie et tu avais raison à propos de Will. L'enfant de Sayce, Kenleigh ou Nefrai-laysh pourrait désormais être le Norrington par défaut. Il y a toutefois une autre possibilité.

— Qui est ?

Elle sourit.

— Que Will ait en réalité déjà accompli la prophétie. Elle se réalisera grâce à sa mort et tout ce qui sera mis en route à cause d'elle. Alors ce que nous devons faire, c'est nous assurer que tout se déroule pour le mieux et la menace de Chytrine sera à jamais anéantie.

Erlestoke ne fut pas surpris de trouver Résolu assis sur l'une des plates-formes extérieure de Vael. Bien trop petite pour l'un des grands dragons, l'ouverture était suffisamment grande pour les dracomorphes.

Le prince oriosan contempla son compagnon.

— Vous n'arriviez pas à dormir, Résolu ?

Le Vorquelfe leva la tête.

— Altesse, je n'ai pas bien dormi depuis bien avant la naissance de votre arrière-grand-père. Mais ce soir, le sommeil m'échappe complètement.

— Nous sommes à la recherche de la même proie et elle nous fuit tous les deux.

Erlestoke soupira profondément et regarda les deux silhouettes qui traversaient un rayon de lune.

— J'envie à Qwc et Perrine de pouvoir voler.

— Leur chasse n'est pas plus couronnée de succès que la nôtre.

— Mais peut-être peuvent-ils éviter le désespoir. (Erlestoke croisa le regard argent de Résolu.) Ne me dites pas que vous ne le ressentez pas.

— Aux dernières nouvelles, Altesse, je n'étais pas d'Oriosa, et donc pas soumis à vos ordres.

— Je sais que vous être contrarié. Je peux comprendre…

Le Vorquelfe se leva du rocher où il était assis. La lumière froide de la lune soulignait sa silhouette sombre, et seuls ses yeux d'argent ressortaient.

— Contrarié ? Vous comprenez ? Vous me pardonnerez si je choisis de ne pas croire que vous comprenez ce que je ressens. Cela fait plus d'un siècle que j'ai perdu ma terre natale. Peut-être haïssez-vous votre père, peut-être avez-vous choisi de vivre loin de votre nation, mais je n'ai pas ce privilège. Ma famille a été massacrée et mon pays m'a été arraché. Tout ce que j'ai jamais voulu, c'était y retourner, afin de pouvoir m'y établir et mener une vie normale.

» Will en était la clé. Lorsque Corbeau et moi l'avons trouvé, il n'était rien. Dans sa tête, « bien » correspondait à ce qui lui plaisait, et « mal » était un mot utilisé par les personnes dotées d'une moralité inutile. Son devoir allait à lui-même, peut-être à ses amis, mais pas plus. Lui, tout comme vous, désirait être roi, mais son royaume correspondait à cinq acres de taudis noyés dans les égouts.

Erlestoke secoua la tête.

— Ce n'était pas le Will que je connaissais. Ce n'est pas le Will qui est mort ici, aujourd'hui.

— Exactement. Ce n'était pas le Will Norrington qui est mort ici, aujourd'hui. Nous l'avons entraîné, nous lui avons donné le sens du devoir et des responsabilités. Du moins, nous l'avons mis dans les conditions pour qu'il accepte ce fardeau. Il n'était pas parfait. Il avait des faiblesses. Il y a eu des moments où j'ai eu envie de le ramener dans les Fondombres et de l'y laisser.

Le prince hocha la tête, la voix basse.

— Mais parfois il s'élevait au-dessus de tout. Mon frère m'a raconté la façon dont il a affronté mon père et accepté les Libérés. J'ai vu comment ils le regardaient et lui parlaient, lorsqu'ils lui ont dit au revoir. Il avait gagné leur loyauté. Aucun raton de caniveau n'aurait pu le faire.

Résolu secoua la tête.

— Non. Personne n'aurait pu et, aurait-il vécu, il aurait pu accomplir tellement plus. C'est terminé maintenant. La prophétie est brisée.

— Le croyez-vous ? (Le prince se passa une main sur la mâchoire.) Peut-être a-t-elle seulement besoin d'être réinterprétée ?

— Oh, elle le sera. (Résolu indiqua la Saporicia à l'est.) Lorsque nous arriverons à Narriz demain pour annoncer que le Norrington est mort, tout le monde va s'y mettre. Certains débattront des mots dans l'elfique original, d'autres retourneront les phrases et les clauses et inventeront des histoires à propos d'autres candidats pour qu'ils y correspondent. Peut-être que « le Norrington » désigne seulement quelqu'un de leur terre. Et il y a d'autres familles portant ce nom dans le monde. Peut-être une branche secondaire. Les arbres généalogiques vont pousser comme des champignons dans le fumier lorsque tous ceux qui voudront être un héros se fabriqueront l'ascendance d'un Norrington.

— Se débarrasser d'eux sera un problème, mais…

Le Vorquelfe secoua la tête violemment.

— Vous êtes resté à Forteresse Draconis trop longtemps, Altesse. Là-bas, le baron Draconis maintient l'attention de tout le monde sur Chytrine. Lorsque j'étais enfant, elle s'est emparée de Norvina et de Vorquellyn. Lorsque vous étiez un enfant, elle a pris l'Okrannel et tenté de détruire Forteresse Draconis. Comme Will l'a fait remarquer, le motif est évident. Aujourd'hui, elle a la Sebcia et bientôt le Muroso.

— Et les nations du monde s'allieront pour s'opposer à elle.

Résolu partit d'un rire qui résonna violemment contre les hautes cimes de Vael.

— Répétez ça aux gens de Norvina. Répétez ça aux Vorquelfes, comme moi. Les nations du monde se servent de toutes les excuses pour échapper à un plan aussi audacieux. Au cours d'une grande conspiration, ils ont brisé Tarrant Hawkins, ils l'ont marqué comme traître et menteur, alors qu'ils savaient très bien que votre père était un lâche fini et que le message de Hawkins était vrai. Imaginez seulement, Altesse, ce qu'il se passera lorsque la nouvelle se répandra auprès des souverains à Narriz.

Erlestoke sentit un frisson lui parcourir l'échine.

— Des factions se réuniront autour de divers candidats Norrington, divisant les efforts pour s'opposer à Chytrine. Les nations se sentiront vulnérables, formeront des alliances contre leurs voisins et certains établiront des traités de paix avec Chytrine. Mon père le fera, certainement.

— Et tout est perdu. Même si elle se satisfait d'attendre encore une génération, elle ne perdra pas. Grâce à des terres fertiles comme celles de la Sebcia et du Muroso, elle engrangera de la nourriture pour ses troupes, nourrira ses armées et elles s'agrandiront jusqu'à devenir invincibles. (Résolu le dévisagea de son regard argent.) Votre enfant ne s'assoira jamais sur le trône d'Oriosa si l'on n'arrête pas Chytrine maintenant.

Le prince réfléchit un instant, puis hocha la tête d'un air solennel.

— Alors nous devrons les en convaincre.

— Ce serait plus facile de ramener Will à la vie.

— Ça ne veut pas dire que c'est impossible. (Erlestoke énuméra les éléments sur ses doigts.) Alexia et moi pouvons parler avec les politiciens et tenter de les convaincre. Kerrigan peut rallier Vilwan de notre côté. Corbeau et vous, vous vous adresserez aux militaires. Perrine peut recruter une armée de Gyrkymes. Vous rassemblerez les Vorquelfes et nous avons des dragons : Rym Ramoch, Vriisureol et

Dravothrak. Même Bok pourrait se rendre utile. De plus, les Libérés aident à sauver Sarengul, nous aurons donc des alliés urZrethis. Nous pourrions mettre en place une armée formidable.

Le Vorquelfe ferma à demi les paupières et sourit pour de vrai, ce qu'Erlestoke ne trouva pas tout à fait rassurant.

— Ce plan n'est pas sans mérites.

— Mais ses chances de succès sont minimes ?

— Oui, et le moindre grain de sable pourrait provoquer son effondrement. (Le sourire de Résolu s'élargit.) Il mettra aussi beaucoup de gens en colère. Mais étant donné les choix qui s'offrent à nous, c'est probablement le meilleur.

Kerrigan détestait les expressions de déception choquée et le sentiment de trahison sur le visage des autres.

— J'ai dit : « Je suis désolé, mais je ne peux pas vous accompagner. »

Erlestoke le regarda fixement.

— Mais nous avons besoin de vous. Vous pouvez montrer aux Vilwanais comment localiser les fragments. Vous pouvez leur enseigner à combattre les troupes de Chytrine.

Le mage joufflu secoua la tête. Bok était accroupi à sa droite et Rym Ramoch, dans sa nouvelle robe de mage écarlate, se tenait à sa gauche.

— J'ai beaucoup de choses à apprendre, ici. Mon maître va me montrer de la dracomagick qui devrait m'aider à rendre mes sortilèges plus précis et plus efficaces. Si je pars avec vous, je ne serai pas aussi utile qu'il le faudra. Je ne serai pas l'allié dont vous aurez besoin.

Corbeau s'écarta d'Alexia et tira sur son masque. Il posa les deux mains sur les épaules de Kerrigan.

— Kerrigan, je ne doute pas que tu ressentes le besoin de rester. C'est normal.

— Merci.

Refusant de croiser le regard de Corbeau, Kerrigan baissa les yeux.

Le guerrier leva le menton du jeune mage.

— Mais avant de partir, avant que nous te laissions ici, je veux connaître la véritable raison pour laquelle tu ne nous accompagnes pas.

Kerrigan ouvrit la bouche un instant. Il s'apprêta à nier, puis referma la bouche. Il sentait ses bajoues trembler. Il serra les dents, au cas où le tremblement gagnerait son menton et ses lèvres et lui ferait venir les larmes aux yeux. Il aspira sa lèvre inférieure et la mordit, espérant que la douleur les retiendrait, ce qui fut le cas. Il put ravaler le nœud dans sa gorge, qui l'étouffait.

Il parla d'une petite voix.

— J'aurais pu rattraper la Pierre véritable. J'aurais pu rattraper Will. J'aurais pu le sauver. J'aurais pu projeter Nefrai-laysh dans ce portail avant que Lombo l'atteigne. J'aurais pu sauver Orla.

Corbeau lui pressa les épaules.

— Rien de tout cela n'est ta faute.

— Non, Corbeau, pas ma faute.

Les larmes lui brûlèrent enfin les joues.

— Mais j'aurais pu l'empêcher ! Si j'avais été plus entraîné. Si j'avais réfléchi plus vite. Et…

Le guerrier acheva pour lui :

— Et tu ne veux pas nous décevoir et nous laisser mourir aussi.

Kerrigan secoua la tête, incapable de parler.

Corbeau le serra fort. Mal à l'aise et au comble du désespoir, Kerrigan hésita, puis s'agrippa à la tunique de Corbeau tandis que celui-ci lui caressait le dos.

— Kerrigan Reese, maintenant tu m'écoutes. Je sais qu'Orla t'a dit de nous écouter, Résolu et moi, en mourant, elle t'a confié à nous. Et nous t'avons gardé avec nous jusqu'à notre départ de Caledo. Pas par crainte que tu ne sois pas en sécurité avec les Libérés, mais parce que nous savions que tu servirais bien mieux à Alexia à Navval.

» Et tu l'as prouvé. Tu as sauvé des vies. Tu as accompli des choses qui ont protégé le prince Erlestoke et un autre fragment de la Couronne. Tu as vaincu un *sullanciri*. Tous ces exploits n'ont fait que confirmer ce que nous savions : tu es un homme bien, au cœur immense, et gare à l'ennemi que tu décides de combattre.

Corbeau le relâcha et recula.

— Alors, si tu penses avoir besoin de l'entraînement de Rym Ramoch, tu devrais rester. Mais lorsque nous aurons besoin de toi…

Kerrigan opina.

— Je serai là. Merci.

Corbeau regarda la marionnette.

— Vous avez intérêt à bien vous occuper de lui et à le protéger.

Ramoch pencha la tête de côté.

— Vous me pardonnerez si les menaces d'un homme privé de son arme paraissent un peu creuses.

— Je me souviens où j'ai laissé mon épée. Je ne crois pas que vous voudriez que j'aille la chercher.

— Certes non. (La marionnette s'inclina devant eux.) Faites un bon voyage, sans dangers.

Kerrigan agita le bras tandis que ses compagnons se retournaient et montaient sur le large dos de Dravothrak. Le Dragon Vert le salua d'un petit signe de tête, s'assura que tout le monde était bien attaché, déploya les ailes et s'élança dans les airs. Le jeune mage resta là, à les regarder, jusqu'à ce que Dravothrak ne soit plus qu'un petit point dans le ciel matinal.

La main gantée de Rym Ramoch se posa sur son épaule.

— Corbeau avait raison. Vous aviez raison. Ce que vous apprendrez ici fera de vous le mage le plus puissant du monde. Nous pourrons retrouver les fragments manquant de la Couronne puis, enfin, avec l'aide de Bok, nous trouverons Chytrine elle-même.

Kerrigan baissa les yeux sur l'urZrethi vert.

— Comment vas-tu nous aider, mon petit ami ?

— En partageant avec vous, Initié Reese, tout ce que je sais d'elle et de ses manières, ce qui est considérable.

L'urZrethi sourit lorsqu'il se releva, s'exprimant doucement et d'une voix posée.

— Après tout, je suis son père.

Découvrez un extrait de la suite de
La Furie des dragons :

La Grande Croisade

(à paraître en poche chez Milady)

Prologue

Le froid vif de l'hiver transperçait les murs de la demeure dans laquelle le roi Scrainwood d'Oriosa s'était établi, à Narriz. Il s'infiltrait entre les différentes pierres qui avaient servi à la construction de la bâtisse. Mais le souverain ne sentait aucun courant d'air ; pour cause, il n'y avait pas de vent dehors. L'obscurité était tombée en même temps qu'un silence surnaturel, et Scrainwood comprit que le moment était important.

Il s'était produit, là, dehors, quelque chose d'à la fois terrible et merveilleux. De nombreuses hypothèses virent le jour dans son esprit. Il fallait en faire le tri, les évaluer, puis les utiliser comme des leviers afin de permettre aux autres rouages et pièces du puzzle qui s'offrait à lui de se mouvoir. La situation finirait par tourner à son avantage. Enfin. Toutefois, dut-il admettre avec regret, son peuple et lui se trouvaient dans une position délicate.

Les dirigeants des principales nations s'étaient rassemblés à Narriz, la capitale de la Saporicia, afin de faire face à la menace que représentaient les hordes conquérantes de Chytrine. Même si les troupes de l'impératrice du Nord avaient été mises en complète déroute dans le lointain Okrannel, leur assaut contre le Sud en Sebcia et au Muroso s'était révélé violent et implacable. La Sebcia était rapidement tombée, et le Muroso était sur le point de succomber. Sarengul, la place forte urZrethie qui se trouvait au nord de l'Oriosa, avait également été envahi.

Son pays semblait être le suivant sur la liste, et le roi Augustus d'Alcida avait menacé d'envahir l'Oriosa par le sud, afin que les batailles qui les opposeraient à Chytrine se déroulent le plus loin possible de ses propres terres. Il l'avait fait pour forcer la main à Scrainwood, et le roi d'Oriosa n'avait pas vraiment apprécié.

Mais il ne s'y était pas opposé. Pour deux raisons. La première, c'était qu'il avait joué avec le feu pendant bien longtemps. L'Oriosa avait secrètement fait preuve de neutralité, servant de base arrière aux troupes aurolanies pour qu'elles puissent organiser leurs incursions plus au sud. Scrainwood parvenait à justifier ses actes de dizaines de façons différentes, mais il ne s'autorisait jamais à penser à la raison véritable qui l'avait poussé à agir : il était terrifié à l'idée que Chytrine puisse l'assassiner, comme elle l'avait fait avec sa mère.

Même si certains jugent que je suis un mauvais dirigeant, il serait pire pour le royaume que je meure. Scrainwood tendit la main et ajusta son demi-masque de cuir vert. À une époque, il avait nourri de grands espoirs pour son fils aîné, Erlestoke. C'était un solide gaillard, bien plus costaud que lui, comme le reconnaissait volontiers Scrainwood. Doublé d'un brillant tacticien militaire. S'il avait permis aux troupes oriosanes d'affronter celles de Chytrine, il aurait voulu qu'Erlestoke soit à leur tête.

Toutefois, longtemps auparavant, celui-ci s'était brouillé avec son père, et il avait préféré se rendre dans le Nord, à Forteresse Draconis. Là-bas, il avait accédé au grade d'officier en second. Malheureusement, Forteresse Draconis avait été la première victime des assauts répétés de Chytrine contre le Sud, et Erlestoke avait trouvé la mort au cours de la défense des lieux.

Il ne restait donc plus à Scrainwood qu'un fils, Linchmere. Son plus jeune héritier avait fait preuve d'idiotie et s'était montré faible, infantile et pusillanime lorsqu'il s'était agi de s'occuper des réalités de la vie. Linchmere avait voulu que les troupes d'Oriosa affrontent celles de Chytrine – sa seule et unique démonstration de courage. Lorsque son père s'était opposé à cette requête, le prince s'était enfui. Les rumeurs sur la destination de sa retraite avaient abondé. Scrainwood espérait que la plus répandue soit la plus proche de la vérité : elle voulait que son fils soit parti afin d'aller combattre au Muroso. Il y trouvera la mort, et j'aurai un problème de moins à régler !

Pendant un court instant, il avait été surpris d'avoir révoqué son fils avec tant de sang-froid. Il s'amusait à présent avec la chevalière qu'il portait à la main droite, et, d'un simple chuchotement, il fit appel à sa magick. Après la mort de sa mère, il avait fait faire ce bijou pour qu'il l'avertisse des éventuelles intentions hostiles de ceux qui se trouvaient dans son entourage, et, à Yslin, quelques sorciers de Vilwan avaient affiné et renforcé sa magick.

Il ressentit quelque chose de semblable à la piqûre d'une épingle lorsque le sortilège se déclencha. Il se prépara à repérer les premiers signes d'hostilité, car il avait souvent ressenti l'inimitié de ses pairs, particulièrement lors des Conseils des Rois. Ils le haïssaient parce que son pays serait le dernier à tomber entre les mains de Chytrine, et, pourtant, ils savaient que s'ils laissaient libre cours à leur ressentiment, il serait capable de se ranger du côté de l'impératrice. Et dans ce cas, face à la puissance d'Oriosa, la chute de leurs propres pays n'en serait que précipitée.

Mais, cette fois, il ne perçut aucune animosité, et il s'en réjouit. Il savait que ses pairs le considéraient comme quelqu'un de retors et perfide. Ils pensaient vraiment qu'il allait les trahir pour se tourner vers Chytrine parce qu'ils étaient convaincus qu'il serait incapable de s'opposer à elle. Il n'était pas suffisamment solide pour agir ainsi. Toutefois, ils ignoraient que, s'il la mettait au défi, elle ne serait pas en mesure de réagir.

La seconde raison pour laquelle il avait cédé au roi Augustus à propos de Tarrant Hawkins – un ancien ennemi qui se faisait désormais appeler le Corbeau de Kedyn –, c'était qu'Augustus lui avait cédé un fragment de la Couronne du Dragon. Il l'avait vite dissimulé, puis il avait fait tuer tous ceux qui l'avaient caché, afin que lui seul sache où l'on pouvait le trouver. Sans cette partie de la Couronne, Chytrine serait dans l'impossibilité d'achever sa reconstitution, et donc d'accéder au pouvoir ultime.

Sa bague se mit à chauffer. Scrainwood jeta un coup d'œil à droite et à gauche, puis il arrêta son regard sur le recoin le plus éloigné de la pièce. Les ombres s'y étaient épaissies, et quelque chose se déplaçait en leur sein. Le mouvement l'effraya plus que la légère hostilité que lui transmettait la chevalière parce qu'il semblait totalement anormal.

— Qui est là ?

Scrainwood s'exprima d'une voix égale et tenta de s'exprimer d'un ton impérieux. Mais il n'y était pas parvenu, et il en avait conscience. La seule chose qui le réjouissait, c'était que son visiteur et lui seraient les seuls témoins de cet échec.

— Montrez-vous.

Un petit humanoïde sortit de l'obscurité en traînant les pieds, et Scrainwood fut surpris par le simple fait qu'il ait été à même de se déplacer. Il était fasciné par le nombre de blessures qui lui avaient été infligées. Malgré le froid, l'inconnu ne portait pas de chemise, ce qui permit à Scrainwood de faire un rapide examen des affreuses plaies qui lui couvraient le torse et la hanche, comme s'il s'était fait violemment percuter par quelque chose. Son bras gauche pendait mollement, et son épaule déchiquetée montrait les signes d'une affreuse morsure. Enfin, la créature avait la tête tombante, comme si son cou était brisé.

Mais, enfin, il ne devrait même pas pouvoir bouger avec de telles blessures !

Des flammes se mirent à crépiter dans les orbites sombres de ses yeux, ce qui permit à Scrainwood de distinguer un visage qu'il avait déjà rencontré, des dizaines d'années auparavant. Ce visage esquissa un sourire, puis sa voix – reconnaissable entre mille – résonna dans la pièce avec mépris.

— Scrainwood, Scrainwood, roi élevé aux nues, vassal d'Oriosa, et craignant pourtant la mort.

Les entrailles du roi se tordirent, mais il s'efforça de rester impassible.

— Bosleigh Norrington…

— Autrefois c'était moi, aujourd'hui il est parti. (Le sullanciri ébaucha un salut. Sa tête bascula en avant dans un craquement.) Nefrai-laysh vous pouvez maintenant m'appeler.

Scrainwood s'emporta.

— Est-ce que ta maîtresse est si courageuse qu'elle préfère envoyer son héraut au Conseil des Rois plutôt qu'y participer elle-même ?

Nefrai-laysh empoigna ses cheveux blonds et tira dessus pour relever sa tête et être en mesure de regarder Scrainwood.

— Plus courageuse que vous le croyez, elle en fera preuve, vous verrez. (Il se retourna brusquement, et sa main gauche inerte balaya d'un revers le recoin dans lequel il était apparu.) Vous être présentée est son souhait.

Une étincelle dorée se mit à luire dans l'angle sombre, puis la lueur s'élargit en un ovale de plus en plus grand, comme si l'on avait soumis une feuille de parchemin à l'effet d'une flamme. Scrainwood leva la main pour s'abriter les yeux de l'éclat de la lumière, mais, après un très court laps de temps, celle-ci se dissipa.

Une femme magnifique, grande et bien bâtie, surgit du recoin, une cascade de cheveux bouclés blond doré lui tombant sur les épaules. Elle portait des vêtements blancs et des bottes fourrées – à peu de chose près le genre d'accoutrement que Scrainwood aurait jugé fonctionnel dans son royaume nordique, de la cape au chapeau de fourrure en passant par le léger foulard blanc qui recouvrait la partie inférieure de son visage.

Scrainwood songea que Chytrine était si puissante et possédait un charisme si marqué qu'elle ressemblait certainement en cet instant à ce que la princesse Alexia d'Okrannel deviendrait quelques années plus tard. Mais il sut, presque aussitôt, qu'il se trompait, car les tourbillons bleu-vert qu'il distingua dans le regard de Chytrine trahissaient une malice dont Alexia était totalement dépourvue.

Alexia est capable d'éprouver une haine féroce envers quelqu'un, mais pas d'une façon aussi froide et inhumaine qu'elle.

Chytrine s'immobilisa à une demi-douzaine de pas de lui, et sa bague lui infligea une intense douleur dans le bras. Scrainwood en chancela. Ses genoux cédèrent, et Nefrai-laysh lui assena un rapide coup de pied aux fesses, ce qui le fit tomber à terre. Scrainwood gronda, mais il se refusa à pousser le moindre cri.

Chytrine jeta un coup d'œil à son héraut, derrière lui.

— Ce n'est pas une façon de traiter un si précieux allié. D'un air détaché, elle fit un geste de la main, et quelque chose,

derrière Scrainwood, s'écroula. D'après le fracas qui s'ensuivit, il présuma qu'elle avait projeté le sullanciri contre la petite desserte sur laquelle se trouvait un plat d'argent contenant du pain et du fromage – un repas tardif auquel Scrainwood n'avait pas touché. L'impératrice du Nord lui sourit en ôtant ses gants de chevreau, aussi blancs que la peau délicate qu'ils protégeaient.

— Nous nous rencontrons enfin, roi Scrainwood. Vous m'êtes un allié précieux, même si l'on peut mettre en doute la constance de votre valeur.

Elle s'était exprimée d'un ton nonchalant, mais tranchant, et Scrainwood aurait été pris de terreur si sa chevalière ne lui avait pas transmis un si faible degré d'hostilité.

— J'ignore de quelle façon j'ai pu vous irriter...

Derrière lui, un bruissement et un cliquetis lui permirent de déduire que Nefrai-laysh était parvenu à se relever.

— À Vael je suis allé et ma mission a échoué. Mais là-bas on m'a dit qu'un fragment de la Couronne vous aviez pris.

— Mensonges.

Avant que l'écho de son désaveu ait pu se répercuter contre les murs, Chytrine lui cingla le visage à l'aide de ses gants. Le coup le piqua légèrement, mais pas autant qu'il l'aurait pu, car son masque le protégea en grande partie.

— Il vous est inutile de mentir, roi Scrainwood. Je ne suis pas complètement idiote. Vous avez cherché la pierre, vous l'avez mise en lieu sûr, et je vous suis reconnaissante d'avoir réussi à l'arracher des mains des voleurs qui l'avaient subtilisée à Forteresse Draconis. Vos efforts m'auront fait gagner un temps précieux. En outre, vous pouvez – et vous allez – prétendre que vous n'aviez aucun moyen de me faire savoir qu'elle était en votre possession, puisque c'est toujours moi qui suis entrée en contact avec vous et puisque je ne vous ai jamais donné la possibilité de me joindre. Vous allez plaider l'honnêteté, et il me sera difficile de mettre en doute cette affirmation.

Scrainwood porta la main gauche à sa joue. — Pourquoi m'avez-vous frappé ? Elle abaissa son foulard pour le gratifier d'un sourire glacial.

— Parce que j'en ai la possibilité. Parce que vous êtes incapable de m'en empêcher, et parce qu'il faut que vous reconnaissiez le caractère désespéré de votre situation. Même si mon assistant est mal en point, il lui serait aussi facile de vous décapiter que d'arracher un raisin de sa grappe.

Le roi s'apprêta à protester, mais Nefrai-laysh le saisit par la nuque de la main droite, et il serra. Pas trop fort, mais pas vraiment délicatement non plus – et ce fut suffisant pour que les paroles de Scrainwood s'étouffent dans un râle. Il se mit à trembler, et sa vessie se libéra, inondant ses cuisses d'un liquide chaud.

Chytrine l'observa un moment, puis elle fit la grimace.

— Malgré votre perfidie, Scrainwood, j'ai décidé de ne pas vous punir. Au contraire, je vais même vous récompenser au-delà de vos rêves les plus fous.

Il leva les yeux vers elle.

— Et comment allez-vous vous y prendre ?

— Très simplement, Altesse. Je vais faire de vous l'un de mes sullanciri.

Le frisson qui le parcourut manqua de le libérer de la poigne de Nefrai-laysh.

— Vous le feriez en échange du fragment ?

— Non, non, vous m'avez mal comprise. Je vous ai dit que j'allais vous récompenser. Je vais faire de vous l'un de mes sullanciri. Si vous consentez à subir cette transformation, vous en serez grassement récompensé. Si vous refusez, le procédé ainsi que le résultat en seront d'autant plus douloureux.

— Vous pouvez me transformer contre ma volonté ?

Elle éclata de rire, et il trouva que ce rire n'était pas totalement dépourvu de chaleur.

— Je suis capable de dominer des dragons contre leur volonté. Les Vilwanais et les autres mages ont parfois besoin du consentement d'une personne pour exercer leur magick, mais c'est avant tout pour des raisons de commodité qu'ils tentent de l'obtenir. Il n'est pas simple de vaincre la volonté, toutefois agir ainsi est beaucoup moins complexe que ranimer un mort et lui dicter la conduite à tenir. Je pourrais également en passer par là avec vous, mais vous seriez alors loin de m'être aussi utile que dans mes prévisions. (Chytrine afficha un large sourire en revenant auprès de lui et en s'accroupissant.)

» D'ailleurs, vous saviez depuis le début que je ne souhaitais qu'une chose : dominer. Et c'est vous qui m'avez permis d'aller aussi loin en renonçant à m'affronter. En m'étant acquis, vous aurez encore plus de poids que vous en avez aujourd'hui. En fait, le roi de mes sullanciri est originaire de votre pays. Je vous en suis reconnaissante. Et je vous offrirai par conséquent un pouvoir incommensurable.

Quelque chose sonnait faux aux oreilles de Scrainwood.

— Le Norrington de la prophétie est également originaire de mon pays. Celui qui vous précipitera à la ruine.

Chytrine eut un ricanement, puis elle se redressa.

— Ce célèbre Norrington n'est plus un problème. Maintenant, vous voulez être dans le camp des vainqueurs, n'est-ce pas ? Vous voulez voir ramper ceux qui vous méprisaient ? Si vous devenez l'un de mes agents, vous aurez la possibilité de voir tout cela se produire, roi Scrainwood. Grâce au pouvoir que je vous offrirai et aux informations que je vous transmettrai, vos ennemis se retourneront les uns contre les autres et vous pourrez les forcer à rompre leurs alliances. Ma victoire sera aussi la vôtre.

Le monarque oriosan réfléchit quelques secondes à cette proposition. Il n'avait pas d'héritiers. Il était à la tête d'un royaume que tous haïraient à jamais, que Chytrine l'emporte, ou qu'elle perde. En l'absence du Norrington, il était plus probable qu'elle sorte victorieuse de ce conflit, et il pourrait toucher du doigt le pouvoir, ce pouvoir qui lui permettrait de châtier tous ceux qui le méprisaient.

Scrainwood remua les épaules, se libérant le cou de l'emprise de Nefrai-laysh. Il se redressa.

— Je suis, comme je l'ai toujours été, votre créature, Votre Altesse impériale. Exercez toute votre volonté sur moi, afin que je puisse servir au mieux notre cause.

— Très bien, Scrainwood d'Oriosa. (L'impératrice aurolanie hocha solennellement la tête et tendit la main pour lui caresser la joue de ses doigts glacés.) Qu'il en soit ainsi.

Au contact de sa peau, Scrainwood se remémora toutes les souffrances qu'il avait oubliées, et imagina l'ensemble de celles qu'il devrait subir à l'avenir. Il était brûlant et gelé, il sentit les vers le grignoter, les coups d'épée tranchants et les regards profondément méprisants. Mais ce qui lui fendait le cœur, en fin de compte, c'était de savoir qu'il finirait par être trahi et que tout ce qu'il avait fait ne mènerait à rien.

Pourtant, alors même que toutes ces pensées tourbillonnaient dans son esprit, il éprouva un certain plaisir. La peur qui l'avait maintenu en équilibre, qui l'avait poussé à jouer la carte de Chytrine contre le reste du monde – la peur de connaître la même destinée que sa mère –, était en train de lui glisser entre les doigts, avec autant de fluidité que le sang de sa mère, jadis. Et, débarrassé de cette crainte, il devint un Lancier Noir.

Achevé d'imprimer en juin 2012
N° d'impression : 001
Dépôt légal : juillet 2012
Imprimé en Italie par L.E.G.O. S.p.A. - Lavis (TN)
81120745-1